稊園詩集

星人 張桂光題

關賡麟 著
孔繁文 整理

南方傳媒
嶺南古籍出版社
·廣州·

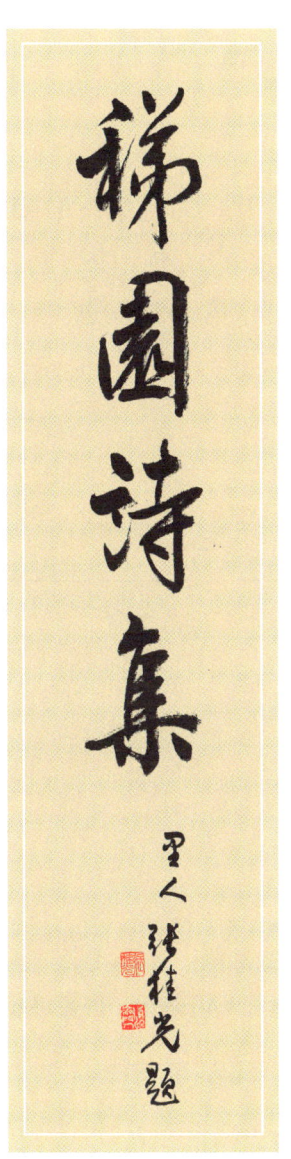

圖書在版編目（CIP）數據

稊園詩集 / 關賡麟著 ; 孔繁文整理. -- 廣州 : 嶺南古籍出版社, 2025.3
ISBN 978-7-80775-004-8

Ⅰ. ①稊… Ⅱ. ①關… ②孔… Ⅲ. ①詩集－中國－民國 Ⅳ. ①I226

中國國家版本館CIP數據核字(2024)第092968號

TIYUAN SHIJI
稊園詩集
關賡麟　著　孔繁文　整理

出 版 人：肖風華

封面題字：張桂光
責任編輯：周衛平　周潘宇鏑　張賢明
封面設計：瀚文工作室
責任技編：周星奎

出版發行：嶺南古籍出版社
地　　址：廣州市越秀區恤孤院路 12 號（郵政編碼：510080）
電　　話：(020) 87776449（總編室）　(020) 87774479（售書熱綫）
印　　刷：廣州市大洺印刷廠
開　　本：889mm×1194mm　1/32
印　　張：28　插　頁：4　字　數：696 千
版　　次：2025 年 3 月第 1 版
印　　次：2025 年 3 月第 1 次印刷
定　　價：198.00 元

圖一　青年時期的關賡麟

圖二　關賡麟、張祖銘夫婦合照

圖三　老年時期的關賡麟

圖四　關賡麟八十歲生日合照

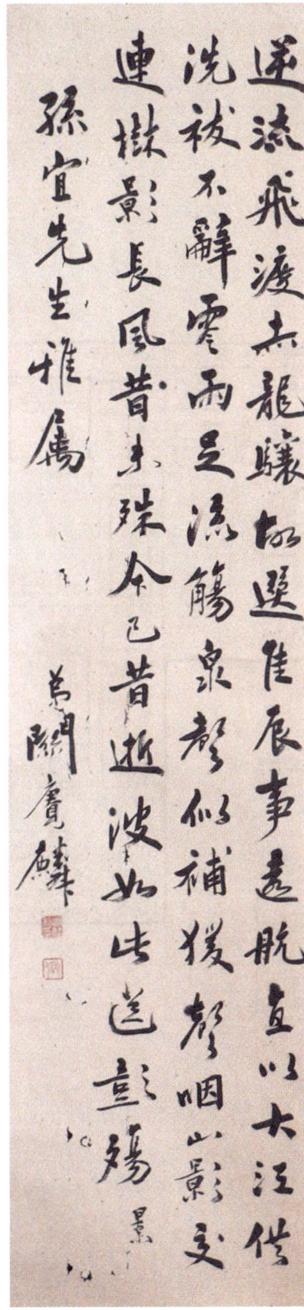

圖五　關賡麟書法

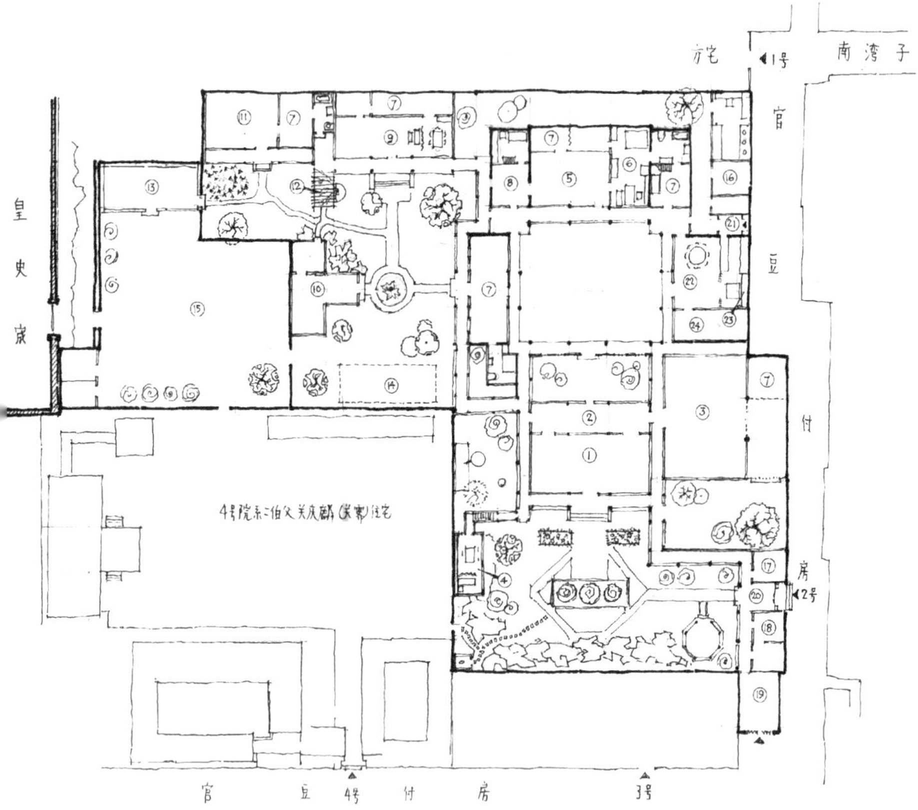

圖六　關肇鄴手繪梯園平面圖

序

岳雪烟滸，仰先德之瓣香；抱經禮陶，分往賢之奕葉。慨夫祭書意篤，汲古功深。廿止子固守一廛，小毛公豈讓十駕。則吾同學友羅格孔君，蓋嘗從事於斯矣。粤自天傾西北，洪水漫垓；跖盗春秋，斯文自鄶。故山桃杏，但剪售乎深巷；蠻舶珠綃，多呈供於閟宫。文獻則搜訪無路，辭華則瓦礫多時。是以周酷錢殘，莫非秦政梁繹；陳狂胡猾，何啻黄巾赤眉。論文僅及晚明，詩學偏崇希臘。近代詩家文士，雕鏤肝腎，咳吐珠玉，弃之不惜，豈復有樓開至樂，版鏤同文者耶。晚近粤詩之盛，蓋自延南園之故緒，挹學海之春波。嶺雲人境，發悲吼於鯤溟；葵閣葮樓，寄幽吟於象嶠。至夫抗風復起，存十先生之舊社；大雅重扶，有百君子之聯鑣。當推稊園老人焉。惟以劫生赤卯，家失青氊，刊木無時，告翁何日。繁文君偶於香島廠肆，啓井中之鐵匣，心史仍存；咏洛下之金聲，召埭如在。遂援丹鉛，昭存故獻。匪止粤詩之巨帙，抑岳雪之重光者也。若夫持維新之説，指保守爲狂者，又安知吾二三子，文物之思，點勘之樂，陶陶然如坐春風雩臺上哉！

甲辰冬日同學弟鹽瀆徐晋如序

前言

稊園老人關賡麟家吉利鄉，與余家羅格鄉枕北江支流南北岸，舊同屬南海縣吉利堡，今爲禪城區南莊鎮域。史上水網如織，魚塘桑基，養蠶繅絲，編氓賴以安居樂業，近世經濟科甲人文俱盛。余少時常聞先祖父談鄉中名人佚事，深受熏陶，故業餘搜集鄉邦文獻，樂此不疲。二〇〇六年，余曾因參與《南海市志》《南莊鎮志》人物傳記編寫，得機緣赴北京訪問關賡麟幼子、清華大學教授、博士生導師、中國工程院院士關肇鄴先生，一見如故，相談甚洽。談及其父關賡麟所著日記稿本、一九三六年至一九六二年詩詞稿本及舊藏典籍、書畫在「文革」期間散失，《稊園詩集》亦蕩然無存，甚感惋惜，示以僅存之數種文獻影册，視同拱璧之珍。曩歲余整理出版關氏所著《東游考察學校記》期間，偶然在香港拍得《稊園詩集》一函二十二卷，商諸關肇鄴院士，關院士以整理出版相囑。

關賡麟（一八八〇—一九六二），字伯辰，號穎人，廣東南海縣吉利鄉（今廣東省佛山市禪城區南莊鎮吉利村）人，係我國近現代著名學者、詩詞學家、實業家、教育家。關氏在清光緒二十七年（一九〇一）中式舉人後，兩廣總督陶模官派其與胡漢民、羅汝楠等共赴日本宏文學院，學習速成師範。光緒三十年（一九〇四）甲辰科中式二甲進士。歷任兵部主事、郵傳部員外郎、鐵路總局提調等職，曾隨同鄉禮部尚書戴鴻慈出使九國考察憲政。辛亥革命後，先後擔任北洋政府財政部秘書、交通部路政司司長、京漢鐵路局長、川粵漢鐵路督辦等職務。民國十一年（一九二二），擔任交通大學校長，後任交通部參事、代理交通部次長等職。民國十八年（一九二九）後，任南京國民政府鐵道部參事、鐵道部業務司司長、平漢鐵路局局長、鐵道部顧問等職。中華人民共和國成立後，任中央文史研究館館員。

關賡麟少年科第，博聞强記，喜爲擊鉢吟，題出倚馬便就。宣統三年（一九一一）在北京創立寒山詩社。民國三年（一九一四）創立稊園詩社，至民國十八年官南京國民政府後，創立青溪詩社。樊增祥、易順鼎、王闓運、傅增湘、朱祖謀、商衍鎏、陳衍、曾習經、梁鼎芬、梁啓超、夏仁虎、廖恩燾、葉恭綽、楊圻、許寶蘅、羅惇曧、黄節、潘飛聲、高步瀛、郭曾炘、靳志、羅惇㬊、林紓、嚴復、桂植、陳雲誥、譚祖任、章士釗、張伯駒、梁寒操、吴湖帆等名士，或爲詩社成員，或爲詩社活動積極參與者。一九六二年三月，關賡麟逝世，稊園詩社由張伯駒主持。翌年，張伯駒等稊園社員爲紀念關氏逝世一周年舉辦稊園詩社雅集，油印《稊園癸卯吟集未定稿》，收入春、夏兩季社課作品。一九六四年詩社仍有活動，但未有編集，此後稊園詩社漸漸消停。寒山詩社、稊園詩社、青溪詩社是中國傳統文化向現代文化過渡之文化團體，是中國最後一批傳統詩人群體以千古絶唱謝幕之舞臺。關氏係其主持者，其詩詞内容豐富，具有很高之歷史時代感與文化研究價值。關賡麟曾在民國二十二年（一九三三）至民國二十五年（一九三六）間，出版其在民國三年（一九一四）至民國二十四年（一九三五）所作詩詞。關肇鄴院士云，總目有十四種，後因時局動蕩，原計劃之第十三種《水精如意館集》二卷未及刊行，只出版十三種二十二卷，總稱《稊園詩集》。詩集中多有友人和詩，其中《飴鄉集》《廣飴鄉集》是與繼室夫人張祖銘之合著。張氏字織雲，江蘇銅山（今江蘇省徐州市銅山區）人，雲貴總督張亮基孫女，擅詩詞，夫唱婦隨。吴湖帆曾爲夫婦二人畫《梅花香裏兩詩人圖卷》，紀其風雅，傳爲一時佳話。張氏著有《琴風館詞》。

《稊園詩集》之整理，按原書十三种編排：《小園集》一卷，録民國三年九月至民國五年（一九一六）二月詩詞；《南行集》一卷，録民國五年二月至五月詩；《辰巳集》一卷，録民國五年六月至民國六年（一九一七）十二月詩；《飴鄉集》四卷，録民國七年（一九一八）一月至民國八年（一九一九）一月詩詞；《廣飴鄉集》四卷，録民國八年一月至民國十一年八月詩詞；《遠志集》二卷，録民國十一年八月至民國十五年（一九二六）二月，又民國十七年（一九二八）三月至七月詩詞；《盍聲甲集》二卷，録民國庚申年正月（即一九二〇年二月）至民國乙丑年十二月（即一九二六年二月）詩詞；《荒傖集》二卷，録民國十七年七月至民國十八年十二月詩詞；《囊中集》一卷，録民國十八年十二月至民國十九年（一九三〇）四月詩；《借山樓集》一卷，録民國十九年四月至民國二十一年（一九三二）一月詩詞；《留都集》一卷，録民國二十一年一月至十月詩詞；《吾土集》一卷，録民國二十一年十一月至十二月詩；《盍聲乙集》一卷，録民國二十年（一九三一）二月至民國二十四年十月詩。共計詩二千三百餘首，詞七十餘闋。此外，余又借網絡之便，尋訪綫索，翻閲國内外資料庫，搜得刊登在雜志、報紙等文獻中之關賡麟所作佚詩二百餘首，詞五十餘闋，與關肇鄴院士家藏《南海關賡麟先生哀挽録》，及余所編《關賡麟年譜簡編》，并作附録。

此集之整理，時易六載，始克告竣，衷心感謝關賡麟幼子關肇鄴院士（關院士已於二〇二二年謝世）及其夫人孔令彰大姐，以及關賡麟之孫關道誠先生、關淳先生、關道錚先生，外孫鄧康教授之支持并提供珍貴文獻材料。此集在整理過程中，得中山大學教授、博士生導師陳永正師伯閱稿并給予寶貴意見；華南師範大學教授、博士生導師張桂光老師惠賜題簽；深圳大學副教授徐晋如先生惠賜序言；詩友吴化勇先生助力初校文稿。此外還得到中國社會科學院近代史研究所近代通史研究室主任馬忠文研究員、嶺南古籍出版社常務副總編柏峰女士之指導，關賡麟家鄉吉利村委會和高志錦書記、關淑瀅委員之大力支持。本單位同事羅惠燕總監分擔有關工作，使本集得以順利出版。在此再向各位師友謹致謝忱。由于整理者水平有限，疏漏在所難免，懇望讀者指正賜教，以待後來重編時糾正。謹將始末，略陳梗概。

甲辰冬月同里後學孔繁文謹識于羅格誦芬書屋

目録

小園集

南行集

辰巳集

飴鄉集

飴鄉集卷三……一五〇

廣飴鄉集

廣飴鄉集卷三

遠志集

【附和作】

盋聲甲集

盋聲甲集卷上……三五九

荒傖集

囊中集

借山樓集

留都集

吾土集

盋聲乙集

附録

挽詞

挽聯

附録三

序

昔在舊都，嘗過關君穎人稊園，爲斷句擊鉢吟，一時海内能詩者多聚焉。粤詩人若君兄吉符，及梁節庵、曾剛甫、葉遐庵、羅掞東、陳公俌、沈養源、沈硯農、梁卣銘輩咸在座。穎人記問最博，往往冠曹，雖糊名定甲乙，得以其對仗之敏、數典之瞻，揣摩而知之也。夫爲詩至於嵌字、鬥韵，習之久，適以自累其辭。穎人雖工於此，特竄句以游心，用其才之所餘而已，未嘗以爲病也。顧沉潛古籍，外粹而券内，其於歌詩也，遣辭隸事，匪惟其工，益以所遭際歷覽，雕鎸肺肝，蕩滌神志，吐其所欲言而茹其所不忍言，使雜置倫輩詩中，予有以審其爲穎人也。節庵、剛甫、遐庵、掞東諸君子詩，既先後授梓行世，生平定稿，去取綦嚴，弃者太半。予竊嘆其矜慎，而尤惜節庵詩僅爲門弟子所輯，未睹其完。穎人爲詩富矣，今手編十四集，集皆自爲小引，紀其歲月，體例詳備。所謂《飴鄉集》者，又皆其夫婦唱酬之什，閨襜雍容，發爲聲詩。方之孫淵如、王惕甫之流，詎多讓耶。方予游華山，歸作圖卷，穎人賦詩題之，以未登覽爲憾。近讀所寄甲戌詩，則其夫婦亦已西踐太華，遍陟三峰，挹言胸臆，寫爲崇高，裒然成詩一卷。予西游才及北峰而止耳，得詩不過數篇，然則穎人不特視予爲勇，即其造詣，又豈予所能望哉。乙亥三月新建夏敬觀序。

題辭

昆明王燦惕山

絢爛聲華震兩都，筆端疑有萬靈趨。江山游遍添奇趣，咳唾生香似貫珠。野興偶然傾濩倒，僧房亦復謁伊蒲。等身著作名山業，一字千金換得無。

南昌胡奐眉仙

朅來清吹拂衣巾，便覺高言挹庾塵。落日夔州懷雅興，疾雷太白想詩人。老無彩筆酬知己，近喜青溪結晚鄰。不用更耽窮事業，風騷分付與靈均。

大興杜福堃靄簃

觴咏猶存晋代風，永和裙屐想雍容。人同茂叔春風坐，詩與曹溪法乳通。能以温柔涵教旨，每從敦厚見深衷。寸心甘苦千秋業，爐火純侔造化工。

北勝南强壁壘屯，騷壇牛耳執中原。艱危孤憤陳詩史，慷慨匡時草罪言。幾輩清流江左重，三家嗣響嶺南尊。元音一洗箏琶耳，道眼知君不二門。

集遺山句

長洲彭清鵬雲伯

萬古文章有正傳，唱酬無復見前賢。眼明今日題詩處，筆底銀河落九天。
焦遂高談四坐驚，誰從慘淡得經營。陽春不比黄莠曲，真向華嚴見化城。
尊酒相逢意自傾，一家難弟復難兄。老來留得詩千首，付與時人分重輕。
耆舊風流今復誰，從公未覺去年遲。長安多少貂裘客，巷語街談總入詩。

南海李之毅叔任

年年栗鹿踏京塵，蓮社欣逢席上珍。自是名賢稱國寶，不妨餘事作詩人。文奇寧賴山川助，心廣應知意境新。更愛浣花同調處，毫端情盡在斯民。

湘鄉張元群仁父

小園詞賦動江關，擊盋吟成手自删。北館生蕘猶著象，東山携屐定開顔。争看黄閣無雙士，來住青溪第幾灣。多少渡江詩句美，會當鐫遍六朝山。

瀏陽鄭晟禮舜徵

萬卷書撑腹笥便，兩都十載幾駢肩。百篇夢賜生花筆，三峽懸河瀉玉泉。游屐東南山水助，悲歌燕趙士林傳。放翁杜老懷忠憤，贏得微言待妙詮。

臺山伍勳銘麟閣

性靈學問兩兼之，五十年中萬首詩。子畏科名誇少日，夏侯才藻擅新詞。江山扶助增精采，書卷紛披佐綺思。粤派三家稱絶調，騷壇賴此繼前規。

靈璧張問軒秋柳

高懷直與古爲徒，小技猶能傲壯夫。藥貯百金洴澼洸，丸經五累橛拘株。先生之詩，巧乎有道。善藏刀用憑神遇，老斫輪成信手扶。好向天機微動處，下風俯拾唾餘珠。

九江徐寶泰公和

領袖騷壇四十年，江山時擁嘯歌前。斂餘才氣猶横出，婉約心情却漸傳。豈盡文章掩經濟，稍迴功譽入詩篇。同光抗手思樊易，藴藉難能覺更賢。

衡陽劉趫蔚筠友

曠代匡時略，憂深著作勤。青箱綿沈約，赤氣燭崔群。詔早承金馬，劍能起井犴。爲因吟橘頌，寧自耀魚文。風靡宮墻峻，春敷桃李薰。休休涵海岳，莽莽羃烟雰。遽報河湟弃，空嗟玉石焚。鯨還翻夕浪，蝮迺豁秋氛。感慨頻書憤，艱虞別紀勛。行歌深入楚，瞻道喜游汾。燕薊寒邀月，羅浮翠拂雲。過江風淅淅，誓墓雨紛紛。夢草神靈運，謂吉符先生。摘芳儷左芬。謂織雲夫人。篁幽時集鳳，蒲暖任鳴蚊。懷舊倦鱗羽，開新展荻芹。招邀娛擊鉢，契好縱書裙。綺綉工枚馬，高超抗典墳。捶鈎恣藻鑑，琢肺奮雲斤。屢抱瘡痍痛，何妨朱紫分。威儀長抑抑，文史日齗齗。自振青萍價，咸舒絳錦紋。追歡欽杖屨，辱句誦朝曛。道廣人争重，名高世共聞。中原平定日，信史伫徵君。

往趫蔚游故都，從梁節庵、馬通伯二先生學爲文章，則聞南海關穎人先生，以孝義奇偉之性，爲典麗清曠之詞，心儀焉而未得介，無以自達於先生。及來金陵，先生適參鐵道部事，劇應中以風雅提倡後進，飲酒賦詩，往往一會至數十人，趫蔚乃得承謦欬於其側，益讀其詩與文，饜夙心矣。蓋先生君子人也，不輕肆以爲才，不襞績以爲學，不佶屈聱牙以爲古。藹然以温，淵然以澤。不徒名公鉅儒過從絡繹，即凡羈旅憔悴之子皆與之馳驟，而先生則奬接惟恐弗及，殆所謂道德文章，足資四方人士薰染而觀感者非與。曩時，梁、馬二先生雖各以所學垂範末學，而於文藝一道莫不以扶世覺民爲旨歸。嘗曰：『文而無行，縱工奚益。』今先生不心乎世俗榮利，憂時閔物，發爲詩歌，感慨自負，忠憤無窮，風節益於以見。其於趫蔚所受真潛罕營之旨，蓋有合焉。嗟夫！先生少負高才，而不克大用於世，而徒以音韻文言，栖隱幽邃，其志良可悲矣。翹蔚不悲先生之志，而深慨世變之危急。念二先生音容雖邈，猶幸得隨先生之後，追詢當代舊聞，領受緒論，以趨學而信道。年垂五十，淺薄滯拙，俯仰身世，冀先生有以進之，因書簡末。乙亥春衡陽劉翹蔚。

武陵廖維勳允端

伯陽强著書，函關騎青牛。莊周隱漆園，寓言逍遥游。哲人哀道喪，言詞媲九丘。關子濟世才，敷政定優優。豈曰耽嘯傲，悲憫托吟謳。即以詩人論，如君孰更儔。前世陶彭澤，今生韋蘇州。我誦載胥什，長抱杞人憂。陳此當諫書，庶幾國有瘳。

丹陽顔省也愚

先生高潔播人寰，航海梯山樂往還。大地精華成錦帙，尊前吟嘯對千鬟。
四聲按譜妙休文，八法臨池仿右軍。經濟文章同白日，功名富貴等浮雲。
梅花香裏詩人兩，海燕堂前好伴雙。愛到畫眉添韵事，吟成綉口集新腔。
高名清福喜連肩，綺織雲章霽色妍。同捷南宫稱不櫛，年年記取杏花天。
破碎山河感不支，眼前色相太離奇。先生獨有陽秋筆，曾聳文章杜甫詩。
大局紛紛劫後棋，中原國粹賴維持。東鄰慣説同文種，名媲鷄林來購詩。
問誰肝胆輔蒼穹，漢水翻天白下風。豈是文章掩經濟，扶輪豪氣早如虹。
京華桃李沐春風，多少衣冠文化中。幸托龍門堪自喜，雲天翹首待飛鴻。

堂堂詞筆出人寰，領袖風流卅載間。一代高才誰伯仲，瓣香低首屈翁山。
花光南海長相憶，碧樹燕雲舊有鄰。風景一般留不得，由來白下屬詩人。

壽縣孫澄方頊波

稊園詩集題詞

寧海章梫一山

當代詩家孰後先，尾聲正不讓康乾。甲辰同榜多名士，拾取驪珠屬少年。是科二百七十二人，君年最少。
福慧雙脩佛後身，最難夫婦是詩人。并時誰訂同聲譜，龍顧山房集亦新。郭嘯麓提學詩詞集，亦與其俞夫人合刻。
格律嚴於中晚唐，西崑酬倡遠相望。可憐黼黻昇平手，閑與仙人話海桑。
事去名才無奈何，難將抔土障潢河。行年未老裒成集，已主詞壇博雅科。

話義弟自北平以稊園詩集見寄奉題二首寄話義且介關穎老

番禺賀耜無庵

漭瀁驚流衆壑奔，此才晚近不堪掄。嶺南間氣文章久，日下詩名泰斗尊。吾土十年歸故好，鮐鄉一集卷俱繁。世人拭目看徐淑，倚馬猶能賦萬言。

瓦釜争鳴百態奇，中原文獻至今衰。扶輪大雅公猶在，攬轡澄情事或宜。樊榭天才能造派，杜陵吟望每憂時。荆州未識吾行老，夢逐春明萬柳絲。

水龍吟·題稊園詩集

北平張瑜郁庭

此生聊遣無涯，詩人麗則非無意。浮沉宦海，甘鹹嘗遍，一般滋味。大好江山，纖兒撞破，且裝痴醉。任攬勝遐荒，拓開奇境。丘與壑，爲胸次。　更有飴鄉堪寄，放清吟，遂將初志。江雲薊樹，還勞築社，文章鼓吹。陶寫中年，世情都淡，干卿甚事。却心肝嘔出，一囊詩稿，抵三朝史。

讀稊園主人詩集

閩侯黄穰荃秈

風月平章只自娱，等身著作豈區區。知幾學識原良史，子美才情异腐儒。却爲詩多輕萬户，伫看紙貴匹三都。詞人例有湖山福，非戀江南仕宦途。

奉題稊園詩集

常熟楊圻雲史

直從五季話開天，郎署清寒事惘然。今日已無王定保，何人摭拾舊詩篇。
湘水重逢湖草青，巴邱舉酒當旗亭。雲夢八九氣猶在，化作清詩飛洞庭。
過江名士多如鲫，君獨還游燕趙間。應愛太行蒼翠好，江南江北本無山。

白社詩人海内矜，青溪風物費沉吟。六朝初賦餘枯樹，省識蘭成去國心。

題梯園主人詩集

西平陳銘鑑子衡

嶺南騷客仰梯園，十載過從氣誼敦。鐘鉢聯吟傳日下，滄桑變局溯貞元。靈光歷劫終難掩，硬語横空總可存。萬事等閑詩價重，羡君平步作家門。

小園集

乙亥之夏日
蒋雲章楊題

序

嘗讀諸葛武侯《梁甫吟》，咏晏子殺三士事，直質無奇。以視魏武詩，跌宕超越，似弗如也。及讀陳《志》孔融、荀彧、楊脩三傳，皆心繫漢室，爲九錫之梗者，乃知所謂殺三士者，意在此乎。武侯澹寧志遠，旨深而辭約，使魏武覽之無惡也。同學關子穎人，持志而行，恒擯聲色之娯，篤於倫紀，治公如治家。每覽山川、歷名勝，輒紀以詩，時發攄其襟抱。雖蒙險難，無改常度。凡所爲詩，温雅而不迫切，若不經意，無所規撫，若《梁甫吟》者。然彼自矜跌宕超越者，殆不及也。余竊悲夫一國之士，會逢餘閏，秉國钧者動引以爲名高，若魏武之慨慕周公，形諸咏嘆，吐哺下士，初非無公天下之心也。一時四方豪俊，多樂與之游，謂可宗以致太平。庸詎知羽翼既成，懷德與畏威者相引，爲曹襲九錫之殊榮，踵勸進之隆典。昔所謂公天下之宏願，不敵其家天下之侈心，有如漢三士識微抗俗，擯邪謀以固邦本者，陰賊之，摧抑之，關其口而奪之氣，甚且造作語言，興大獄以箝制异己之口，緹騎四出，如鷙鳥之將攫，道路以目，相與咨嗟太息，超世之杰，懼爲三士之續，希踪武侯，苟全性命於亂世而已。先子讀史，嘗謂魏武能轉敗爲功，自信其更事之多，倘能容納孔、荀、楊之直，亮豈獨三士之才，戡内亂、禦外侮而有餘，海内英杰皆于于來歸，并力壹志，得永固禹甸，而吴蜀之畺域可以不分，國運之隆可計日而待。惜其外欲智昏，身爲福先，禍延家國，止戈爲武，魏武於是不武矣。魏武已往，吾恐有繼魏武而起者，惟澹於榮名，可以不殆，爾小子其識之。廉持此誼以從穎人游，穎人方領京漢路局事，予爲記室，不違親旨。穎人築室京師侍親，從兄與諸友結梯園詩社，月必數會，予資以爲樂，有終焉之志。乙卯六月，五路參案起，是時掌路政者，主持民意，不欲變更國體，彼挾魏武非常之志者，慮梗大計，如三士之所爲，乃作威肆虐於在位執事。于時國事益紛錯而不可理矣。穎人牽連去職，閉户自專《小園集》，諸什適成，於是時抱膝長吟，得風人不怒不傷之旨，人言諸葛君真名士哉，殊令予遐想不置云。甲戌四月湘潭翁廉拜序。

小園集

稊園詩集第一種
南海關賡麟穎人

通籍十年，移家五度，春廡屢賃，草堂未成。勉斥千金之裝，甫獲一椽之庇。地原南内，街近東華。飲仙人之菖蒲，啜大官之菽乳。爰傍士衡同居之屋，錫以莊生倉米之名。九城輪蹄，此其適中。群賢觴咏，許爲得所。以稊園經始之日，别成是編，名之曰《小園集》。起民國三年九月，即夏曆甲寅七月，訖民國五年二月，即夏曆丙辰一月。凡詩一百十九首，聯句一首，詞一闋，附録詩四十七首。

梁節庵年伯見贈鴛鴦湖菱却寄

南湖秋老采菱天，珍重分携一握鮮。舉世淤泥能獨潔，向人棱角不妨圓。寄錢未遣逋仙札，謝賚慚無子慎箋。却爲生靈愁易碎，幾回即物感齊烟。

爲徐容舟洪題阮文達靈隱書藏紀事詩真迹後即和原韵

皋稷讀何書，古文日星爛。後人博寡要，旨一詞相萬。歷朝藝文志，標目亡泰半。經時自銷滅，豈盡由佚散。遂令藏書家，浩淼苦無岸。儀徵挺世才，博涵盡東觀。擇地靈隱岩，書藏此中建。撝呵鬼物護，籠致馬牛汗。分厨訂規約，紀事付詞翰。殷勤愛古意，定香留論難。著述刊諸家，時賢詎冰炭。研經精校讎，公邃於經，所著名《研經堂集》。修書勞點竄。公有《修書圖》。昔聞曝書亭，垞南委藩溷。殘址倡重修，展圖恒永嘆。亦聞天一閣，書目久淩亂。給胥俾編葺，群籍始條貫。凡茲好事心，言之破愁悶。誰知西湖上，復此發宏願。泉冷峰飛來，勒詩立公案。持此壽名山，固應操左券。我亦憙藏書，區區那足算。何來此墨妙，珍重獲飽看。頻年古籍淪，嗟惜動輿論。輦金贖海外，犇走饑忘飯。微聞范家落，萬卷又冰涣。

新構小園甫成將招諸公賦詩落之先成四章索和

索米長安宅屢移，卜居誰寄草堂資。沃洲未買身難隱，江水能盟世豈知。繕屋經年遲李沆，横流何處著王尼。聯床風雨無多願，却記河樓夜讀時。謂廣州故居。

禁城人海好藏身，樓殿參差日月新。開徑莫尋張仲蔚，買鄰須傍吕僧珍。莳花隔院通泉脉，啼鳥雕篮藉草茵。惆悵飛虹橋畔路，故宫東苑幾成塵。

登臺極目遠山低，林外嵐光一髮齊。百尺賓朋床上下，兩頭兄弟屋東西。仲兄吉符居西頭。開窗老樹連書幌，甃石虛亭接藥畦。且喜詩人衡宇近，可無珠玉入新題。吴絅齋、楊瑟君并在鄰近。

臘鼓聲催急景收，繞墻一曲壓寒流。修椽社燕安新幕，殘照城鴉起暮愁。不爲畏人宜小築，杜詩：『畏人宜小築，褊性合幽栖。』偶然作戲豈菟裘。陸詩：『買屋數間聊作戲，豈知真用作菟裘。』朝來雪霽梅初放，準備群公載酒游。

【附和作】

霸縣高步瀛閬仙

高標寧與世推移，百萬聊輸買宅資。魯國爰居風可避，堯年老鶴雪先知。挂瓢未許逃巢父，坐席何妨暖仲尼。會讀君家花萼集，聯床風雨苦吟時。

萬樹寒梅寄此身，不隨桃李炫時新。闢彊蠻觸雄蝸角，進職螺蠔署海珍。蓮社且尋元亮酒，屬車敢污少卿茵。自憐顦顇京華客，三載緇衣已化塵。

自讀新詩首屢低，弟兄坡潁大名齊。小山叢桂思江左，陸游詩：『語到淮南小山作，人如江左永和年。』白日飛甍屬鎮西。四壁梅花環紙帳，三秋菜甲擷霜畦。園林即景供雕刻，驅遣烟霞并入題。

情懷如海浩難收，壇坫風騷納衆流。清夜寒山鐘入夢，高樓藝市酒澆愁。論交喜見延陵子，得友寧忘樂正裘。轟飲平臺拼一醉，共袪六鑿與天游。

江西趙惟熙芝山

守邊八見歲星移，返轡猶餘貰酒資。燕市挑燈招舊侶，騷壇解屨訂新知。醇醪我醉周公瑾，雅望人推蔡子尼。山寺鐘聲催臘盡，園中附設寒山詩鐘社。尋詩莫負早梅時。

大集觥觥早等身，清詩猶自逐年新。每開東閣迎逢掖，小築西園榜煉珍。君家庖人治饌精。白戰但催僮擊鉢，醉眠不厭客污茵。朝來賭韵珠誰得，白玉輪君九斛塵。

廣榭平臨女堞低，危臺高并太行齊。階餘朔雪梅舒臘，庭有東風柳向西。小闢池亭都入畫，新栽松菊旋成畦。款門兼索元方話，客到應無鳳字題。

耘業難謀歲晚收，五陵衣馬愧時流。平原蔓草江淹恨，隴水關山庾信愁。食肉幾曾逢燕頷，行沽莫惜典貂裘。隔籬如喚鄰翁飲，謂絅齋、瑟君諸子。我願從君秉燭游。

恩施樊增祥雲門

名園小築瞰南池，庭砌芳蘭間玉芝。二月梨桃催庾信，一時檉柏取蕭嶷。間臨丙舍三行帖，分賦寅庵七字詩。移得花源禁城裏，等閑莫遣外人知。

寒山社裏主人翁，弟廨西頭兄廨東。車馬殘年填巷雪，去臘稊園詩會，君有《夜歸遇雪詩》。樓臺正月試燈風。牡丹黃欲驕仁浦，詩戰，君屢得元。荔子紅應奪亮功。南北英才湖海士，占星都聚草堂中。

龍眠妙墨寫園林，斜帶皇城紫禁陰。金闕觚棱雲裏見，檀橋瓦屋雨中深。春尊北海無酸酒，晚翠西山入苦吟。欲識上京壇坫盛，翁覃溪孫退谷而後到如今。

北臺集裏數前游，西幸而還十七秋。己亥、庚子間，余參榮文忠公幕事，居北池，有《北臺集》。過去難忘宣武幕，此來重倚仲宣樓。芳馨楚窟兼秦窟，門望麟洲接鳳洲。老去香山才筆退，賓家花萼在前頭。

祥符金葆楨實齋

詩來葛令道家移，鄰買真堪直萬資。路熟東華廬自愛，坊名豆腐巷誰知。徑開彭澤陶元亮，望重陳留蔡子尼。最喜落成高會日，當頭正見月明時。

萬人如海此藏身，闢得名園結構新。裴度堂開名緑野，祖常梅徙號南珍。微風吹草縈書帶，好月移花上錦茵。到此別饒清趣味，翛然不染庾公塵。

亭臺高踞遠峰低，積雪欹松一望齊。別墅遥連黄闥遠，禁城還在小樓西。何詩官閣梅千樹，庾賦天寒菜一畦。林水翳然吟興助，主賓風雅各分題。

西山爽氣望中收，漱玉泉聲檻外流。境雅何勞書破悶，心安不借酒驅愁。賦詩爲樂王摩詰，有友知名樂正裘。應笑劉麟虛願托，神樓但向畫圖游。

閩縣陳振家銘侯

園居選勝喜新移，杜老堂成不計資。雁塔榜花名士貴，鷄林詩價賈人知。耆英倘續文丞相，郡吏爭傳蔡子尼。他日春明坊畔宅，料應僦值倍當時。

神仙生世玉溪身，詩酒餘閑結構新。啓肇山林通路政，補苴文化數家珍。城東絲竹開游宴，花下琴尊坐落茵。千萬買鄰思季雅，高臺何日接芳塵。

蓬萊住近五雲低，仙吏風流孰與齊。當世文名傳日下，今朝詩夢到堂西。縱談風月花三徑，閑課陰晴竹一畦。却喜平泉修記日，定知掃石有新題。

如此樓臺俗慮收，東南賓主盡名流。蘭亭修禊宜行樂，輞水吟詩好散愁。吏隱林泉新甲第，騷人文采舊弓裘。芳園桃李張春宴，秉燭高談快夜游。

湘潭翁廉銅士

海山深處已情移，尚負林逋豢鶴資。一誤投驍天欲笑，未妨賣藥婦爭知。寓言臧穀蒙莊叟，評議殷周魯仲尼。依舊屠蘇更漢臘，遷喬況復太平時。

激昂盈尺寄閑身，古意今情物我新。觀止澄心論水鑑，饋貧種學數家珍。素餐笑客歌懸特，虛受容人醉吐茵。居傍南池儗廉讓，西瞻甘石隱珠塵。

峼嶁泰岱判高低，物化能教物論齊。只共天人辨真妄，不知耶孔界中西。河陽已種花千户，彭澤還栽菊一畦。廡下肯容偕隱否，五噫何似五雲題。

西山北闕望中收，宴處超然接上流。漢苑朝陽分曉色，彭城夜雨散詩愁。謫居誇勝微之宅，兼濟豪多白傳裘。我愧爲賓莫爲主，花時沽酒一來游。

泗州楊毓瓚瑟君

早識元方與季方，比鄰風送紫荊香。素心晨夕陶潛樂，青眼分明阮籍狂。春定先歸池上草，年來同見海生桑。苑墻寂寞園林外，記得詩人背郭堂。

東冶郭曾炘春榆

陵谷滄桑看變移，幾人辨得買山資。高踪朝市猶堪隱，樂趣濠梁祗自知。食字生涯餘脉望，營巢心事訊芻尼。浣花晚作誅茆計，長記經營斷手時。

龍漢休論劫後身，無邊風月總常新。韋家花樹傳芳牒，鄴架圖書盡秘珍。礙步早教除棘刺，行吟隨意坐苔茵。紅墻咫尺疑銀漢，隔斷官街十丈塵。

引泉疊石稱高低，浩蕩天懷物我齊。選勝舊聞編日下，消閑雜志補槐西。迎賓是處堪通驛，涉世無機付灌畦。多少道旁名利客，到門凡鳥敢輕題。

唱酬都入錦囊收，王後盧前數輩流。卜築居然小秀野，廣騷漫擬畔牢愁。連墻况有交輝萼，萬室從嗤反衣裘。人境結廬心自遠，不須更羡采真游。

番禺石德芬星巢

避地金門歲月移，田園歸去尚無資。略營樹石娱親志，偶借琴尊集故知。種竹漸緐添稚子，出林送喜有芻尼。笑他坡潁難同老，虛憶連床夜雨時。

算是乾坤定後身，立春十日歲華新。園林觴咏時相過，金玉文章各自珍。詩伯讓君開壁壘，酒狂容我吐車茵。主賢膳美賓朋聚，那管寒衝九陌塵。

不有宣城首漫低，二三豪俊古難齊。楊孚舊宅禺山麓，杜老新居瀼水西。大地風花寰宇記，小園寒菜庾家畦。無拳何力搥黃鶴，崔灝詩先在上題。

酒抱吟懷蕩不收，懶殘無意結時流。名園花鳥圖中笑，故國荆榛笛裏愁。壇席山林同軌轍，詩書門第自箕裘。浮生值得春宵醉，付與青蓮秉燭游。

前作意有未盡再呈一章

石德芬

尊公當日同京旅，席帽柴車各憔悴。轉眴風花三十年，有子娛親營别墅。老圃黄花晚節香，當階紅藥春風醉。百鳥巢林感及烏，諸孫列笋森生翠。余復流轉來燕京，浣花小築剛落成。東南會宴美賓主，坡潁聯床賢弟兄。流水知音得琴趣，寒山結想尋鐘聲。金門大隱亦佳耳，夢餘箸録留春明。

山陰劉敦謹厚之

喬遷好共遠梅移，買宅何須百萬資。并壽椿萱家慶篤，後凋松柏歲寒知。詩人管領王僧孺，名士風規蔡子尼。肇造邦基觀建築，公才今日足匡時。

執玉生平重此身，蓮花自愛出泥新。避居詎是池中物，寓言現住南池口內。待聘誰知席上珍。緑竹分陰仁比里，與同社吳絅齋、楊瑟君兩君比鄰。紫荆茁秀蔭成茵。應『兩頭兄弟屋東西』之句。芳園逸趣饒泉石，離垢應無半點塵。

登臨巍閣覺天低，四望迴環雉堞齊。絳闕回看高峙北，碧山遥對爽來西。識君廉可盟秋水，笑彼勞常病夏畦。旋馬能容宜有客，尖叉鬥韵夜分題。

四壁丹青一卷收，輞川逸事溯名流。酒籌交酢時尋樂，花債堪償豈買愁。竟下陳蕃當日榻，不慚季子舊時裘。文心莫步雕龍技，愧列騷壇逐貴游。

蒲圻賀良樸履之

檻外雲山自可移，壺中風月不論資。陶潛開徑期三益，任布登堂署五知。元圃凝輝誇積玉，廉泉有色綴摩尼。幽栖恰近長安市，妝點春光要入時。

寒山累爾苦吟身，文酒於今醼集新。種竹渭川宜北牖，移梅江介數南珍。池蛙列部添繁吹，宫燕銜泥落舞茵。韋杜去天纔尺五，東風爲逐路旁塵。

五龍浮翠壓檐低，雙鳳流丹與案齊。二陸聲華馳雒下，大蘇歌唱擅關西。門延佳客三千履，園列群芳百二畦。秫米太倉仍自晦，莫從數尺認榱題。

山河舉目泪痕收，看盡人寰第一流。庾信有園成小隱，揚雄築宅寄牢愁。歡顔應闢千間厦，好句堪聯百結裘。行樂敢辭金谷酒，愧無佳咏伴清游。

江都李濱古餘

毓靈獨秀慕高姿，風雅中衰賴主持。得地樓臺都入畫，闌門賓客盡能詩。劫餘再續名園記，意曠勤披秋水辭。重到春明華表鶴，曾陪韵士泛瓊巵。

金谷平泉漫溯洄，此間佳趣共徘徊。登臺長嘯孫公樂，識面新編海岳推。宬屋飛翬饒近景，園近皇史宬，《説文》：『宬，屋所容受也。』衛珠照座屬清才。寓言倉稊何曾小，『稊』『蕛』古今字，《爾雅》注『音帝』；《疏》引《莊子》：『若稊米之在太倉。』化作詩城綺思裁。

稊園新成諸公惠臨賦詩分得麻韵

乾鵲聲喧日未斜，聯翩户外客停車。室移尊酒開三徑，春遣垂楊作兩家。數武堂坳容庾信，幾人冰柱和劉叉。明朝更訂重來約，別賦新詩寫歲華。

題周養庵篝燈紡讀圖

周侯至性天下無，終身哭母眼欲枯。一十三年痛定痛，忍泪復展篝燈圖。憶從先世度服領，兩家伉儷初歡愉。宦游日飲欽江水，政績時還合浦珠。一朝瑶釵股忽折，間關涕泪留妻孥。空山拾橡苟視息，風塵奔走徒饑驅。門户支持仗健婦，衰宗復振期遺孤。辛勤十指補膏火，嫁衣典盡償催逋。虀鹽料理病孱弱，冰蘗茹苦忘艱劬。一身慈母兼嚴父，斷機課讀昕宵俱。罡風橫吹女貞落，中年竟奪天無辜。春暉寸草恩未酬，兒今鼎貴母已徂。我讀圖記重嗟吁，何人丹青工描摹。恍然斗室聞伊吾，阿娘上座傍女嫛。休鵂夜叫天雨霜，羈烏失侶門上呼。燈影搖搖黯無焰，機聲軋軋隅以于。母織未妨手皸瘃，兒讀莫言口卒瘏。秋蟲隔壁隱應和，庭樾撼響寒生膚。淒風冷雨年復年，堅貞苦節罹憂虞。嗟哉金萱忽顛頸，致身不早空雲衢。藐孤成立幸瞑目，百年如夢真須臾。我有良言君記諸，兒時手澤猶存乎。急檢塵篋灑庭除，紡車在室楹有書。葛燈短檠弃墻隅，以此數物陳紗櫥。留與君家爲楷模，世世永寶慎勿渝。

端忠敏公殉難三周年忌日設祭柏林寺感懷往事愴然有作（一百韵）

寒日薄虞淵，嚴霜摧百卉。驚烏避高枝，宿葉飄荒砌。驅車城東隅，言尋柏林寺。路人相指目，往事多歔欷。危邦性命輕，俊才造物忌。愴懷時序更，舉目山河异。憶從乙巳冬，列邦諏政治。旌節隨雙麾，圜周帀大地。歷聘載國書，揖讓列槃敦。時從離宮游，輒窺武庫秘。海陸軍事向禁參觀，此行得睹一二，特例也。於時幕府才，并爲公輔器。劉若曾熊希齡參帷幄，伍光建施肇基佐專對。鄧邦述闕冕鈞嫻文學，姚廣順舒清阿曉武備。龍建章陸宗輿高而謙岳昭燏儔，乘時并鼎貴。留學多駿材，所至復鱗萃。謂陳篆、馬德潤、張煜全、王建祖、施愚、王繼曾等。賤子最不才，載筆愧强記。采風贊輶軒，翻書盈篋笥。侍公辭往復，盱衡籠萬彙。世隆善清談，文舉能嘲戲。静言思昔游，瞥眼如夢寐。歸來陳國政，侃侃抗廷議。濟時了宏願，借籌關大計。節旄南京還，鎖鑰北門寄。四國仰羽儀，一坯忽顛蹶。青瑣隔朝班，落萁嘆蕪穢。蒼生祝起用，材大難終弃。庸知七尺軀，卒爲一官累。仙侶憶同舟，頻年各分袂。日下談瀛圖，雪泥凡六志。半畝借園林，半畝園爲麟見亭故宅，寅僚集此爲最後之會。未幾，而戴文誠逝世矣。西山挹濃翠。罷官時居西山歸來庵久之。猶記清宵宴，賓僚競霑醉。吳漢若敵國，對壘强人意。謂吳禄貞，爾時睹飲各將一軍，今墓草俱宿矣。騰觚罄無算，勝曹彌自憙。爲樂曾幾時，盛會不可再。軒然大波起，争路國如沸。一朝膺簡命，晨征催羽轄。盤錯詎不知，忠節義難避。而我末議參，終辭廣厦庇。督路日，呈身乞用者門庭如市，獨以余與王君孝繩熟川粵漢路事，商之部，延致助理，已而余不克從，幸免於險。中原匝月烽，戈鋋竟天彗。霖雨正郎當，秀支方替戾。蠶叢逼艱險，羝藩窮退遂。微聞事變始，日夕用循慰。慷慨同袍澤，丁寧足醪糈。共知祖豫州，恩施及賤隸。何期劉越石，親信遭反噬。道塗皆荆棘，肘腋森殺氣。間關藉寇兵，倉卒易漢幟。咫尺斷聲援，部曲忽離貳。吮血齒狂刀，風日晝霧曀。孰云有天道，謬稱非族類。可憐入蜀時，新命遏郵遞。九重方嚮用，一瞑恩未逮。訖臨終時，不知有督川之命。吾弟葆麟弱冠年，夙荷青萍契。征西羽書遲，涉冬星駕税。軍心猝譁變，客途久跋疐。三旬成都居，千里長江至。所親驚老瘦，妻孥怪猶在。爲言西行苦，涕下不可制。伏莽竊名號，生靈恣斬薙。凶耗述傳聞，言之已酸鼻。四海同太和，一旦消祲沴。知識訟慘寃，先朝錫褒謚。歸元尚中梗，招魂竟何麗。誰馳朱瑒書，或鳴欒布義。升屋舉衣冠，鑱膚訪骸胔。千村哭新鬼，萬里歸車轊。客秋過漢皋，啓殯將加襚。一室雨幽咽，雙函地深瘞。碧血蝕土花，赫然辟蠅蚋。公兄弟歸元後，分貯煤油箱中，暫瘞京漢鐵路江岸材料廠内。余適至漢閱廠，因偕黄君開文冒雨臨視，則廠隅木室爲雙顱葬地室，故更夫住所，淺隘不可入。循視一周，不禁惻然，命廠役嚴謹守衛而已。撫棺缺一慟，怱怱總余轡。時公弟仲綱將營合殮，即就材料廠假餘地備將事，而余以事遄歸北京，不克留送，翌日行矣。今年游百泉，道流引相示。凄凉餘土墳，寂寞無標識。康節此比鄰，夏峰宜把臂。爾時一憑吊，彷彿睹靈愾。公家在蘇門山百泉迤西，越隴數武得之，其地在邵康節孫夏峰二祠之後，巋然并峙，不立碑碣。道人云『暫葬以俟擇地也』。我生性孤僻，賓座罕參詣。豈期公身後，俯仰頻涕泗。重登黄鶴樓，白雲耿孤逝。公在鄂，嘗捐萬金修黄鶴樓。遺愛留荆襄，每來動遐思。公精金石學，陶齋廣藏庋。古文埃及摹，崇碑華山絜。纂輯歐陽編，點竄堯典字。豈緊嗜玩物，聊以遺好事。願言設崇館，奇珍不自閟。何時突兀見，眼福倘能慰。英英汝州君，追從亂離際。凶徒無漏刃，急難空求代。阿兄風流盡，同命稱死悌。浩氣歸太虛，凡骨焉非蛻。忽忽歲三周，永思無時既。素車雜遝來，遲公一觴酹。昔聞崔光州，營齋荐故吏。亦聞羊叔子，立廟群饗祭。濟濟況舊僚，平生念風誼。山邱感零落，京華剩憔悴。虛隨奉使槎，實下聽猿泪。權書老杜詩，懸之素幃次。兩公如有知，重泉應感喟。考察政治之行，凡八閱月。戴文誠公薨，余以奉使虛隨八月槎，求屬一成句作挽聯，公爲俯思，久之未得。今公遭難蜀中，上句『聽猿實下三聲泪』，亦復相合，可謂天然挽詞矣。歸來北方招，舊鄉倘臨睨。再拜瞻殿墀，人間此何世。靈風來颯然，庶幾歆薄醊。

藏山年伯以抗風軒圖見贈并屬題詩因感往事

前日抗風軒裏事，一秋高會散如雲。衣冠洛社今何世，涕泪新亭剩此君。頻辱鉅公過李賀，得交父黨愧陳群。十年坐負蓴鱸約，留待南園補舊聞。

冬日招樊山杏城實甫芝山諸公集稊園小飲席後賦呈樊山

東華塵擾衣冠歇，南内城深殿閣墟。地爲明南小城，英宗所居，亦名南内。不盡登臨懷古思，都來憀慄苦寒初。彌天雪意山沉寂，入夜詩情酒破除。是日作詩鐘，罷賦詩之約。省識京曹十年事，北臺風月較何如。

樊山以小花朝雪入暮轉盛二詩見示翌日雪霽奉和并志連日宴集之況（以下乙卯）

說詩醉酒憶連朝，用白詩。戰罷群龍冷未消。梅萼添肥香不減，月華交映筆能描。樊山歸去作《雪月吟》一首。御溝流急催新漲，畫閣檐低碾屑瑶。誰道袁安獨高卧，藥爐深伴雪兒嬌。抱存以姬人病不至。以上二月十三日事。

霽色千門玉勒驕，初陽眼纈逼窗綃。營巢尚顫銜芹燕，入市重煩换酒貂。春事花城遲百卉，夜吟樺燭盡三條。諸公臺省無多暇，莫爲泥塗許放朝。周少樸、楊杏城皆至。上咏十四日事。

【附原作】

小花朝雪

樊增祥

一簾微雪作花朝，余乙亥舊句。四十年來迹未消。春殿衣花今宛在，御河眉葉不勝描。孤寒眠夢思鹽絮，金碧樓臺换玉瑶。别奏緑章求晚霽，祇因無奈海棠嬌。

入暮雪勢轉盛

樊增祥

滕巽諸郎意態驕，龍宫碎翦白鮫綃。奇寒倘有能言鶴，輕暖原無不足貂。榆柳五城將禁火，時寒食將近。梨桃二月尚封條。百花生日東皇笑，特敕瑶臺罷晚朝。

三月三日修禊十刹海分韵得帝字

古人濯祓逢嘉辰，自周以來有春禊。執蘭三月本鄭俗，曲水一祠盛漢世。初旬巳日巳者祉，舊之取義寓禳祭。不知何意改重三，元巳顧名近疣贅。相沿晋宋備掌故，君臣歌舞樂融洩。魚龍百戲陳雜沓，車馬九衢逐鱗切。張華後園陪世祖，王導連騎從元帝。樂游顔既妙作序，鳳光沈亦工應制。此皆令節供宸游，風浴民間寂無繼。自從蘭亭一觴咏，始與文人開先例。後來朝賢競好事，傳集勝流歲復歲。前年梁子執牛耳，賓從西郊憶聯袂。名園高宴非水涯，本義稍嫌相鑿枘。今年樊易主風雅，諸子聯翩有同契。城北陂塘春水生，折柬延賓應時莅。驕陽乍斂天氣清，烟織平林風轉蕙。撲人山色青欲浮，倚檻波光緑無際。菰蒲出水短没葉，鳧鴨狎人浴沿砌。酒家亭午掃除待，連櫳洞闥恣談藝。傳觴促席忘主賓，擘箋分吟備衆製。舐筆關仝復荆浩，座中能畫者至多。清言裴頠驚王濟。永和題名有故事，省稱門閥具貫系。晋賢四十今倍之，揭來儒雅風未替。此時俯仰獨深念，坐視神州掩霾曀。一枰危局劫正急，東望海雲伏氛沴。却觀都市壒埃濁，赤瘢如血煽祲癘。時有猩紅熱，蔓延甚熾。是均謚曰不祥物，急與祓除逐波逝。吾曹澆愁苦無地，托此微尚寧玩愒。忽然噫氣轉蘋末，吹花獵柳豁塵翳。樓下湖波皺如織，披襟視天暫晴霽。酒闌日暮衆客散，相將覓句張侯第。謂君立。我獨歸途重有思，兩度勝游均失計。既非流杯傍山澗，亦未湔裳近川澨。不如預訂明年約，要使臨流汎容裔。遠當解衣湯山試温泉，近或昆明湖邊鼓蘭枻。

小西天觀隋唐以來石經歌

君不見，摩騰跋涉東方來，身毒白馬馱經迴。四十二章梵文字，一時翻譯藏蘭臺。道安示寂羅什出，智嵩法顯咸高才。寫成華言便誦習，象教自爾彌宏恢。一從拓跋降浩劫，胡神僞物歸燔煨。香雲已共寶相散，花雨不澹伽藍灾。宫中護法微太子，經論豈得留寒灰。物極必反殆天道，易世禁罔承風開。隋初佛書乃大出，百倍六經盈九垓。誰歟慮遠發宏願，收拾秘籍埋山隈。静琬禪師應時起，大業初年此經始。誓留四部經卷在，不共千秋陵谷毁。世間傳寫徒紛紛，貝葉爲書膚爲紙。火焚蠹蝕晌息盡，如蠟印空筆畫水。流傳功德孰不朽，惟有石經遠無比。遂招巧匠琢山骨，兼倩文人書墨髓。三車載至塗孔艱，一藏讀完功未已。道儀暹法歷五傳，世世相仍鍥不止。先成涅槃後般若，十二部經刹那耳。其間貞觀迄開元，尊崇内典有天子。金仙帝妹捨經本，遠近布施遂填委。碣來此地淪北朝，莽莽中原隔尺咫。頻叨御府頒帑錢，屢動游人折屐齒。幽州一旦留大觀，巋然白帶東峰峙。北來聞有小西天，約游屢爽心拳拳。性非佞佛但好古，置身忽到雷音前。堂名雷音洞。盤旋絶磴亘百步，靈境在眼疑空懸。刳山爲堂窅然黑，石扉洞啓浮雲褰。中央彌勒笑不語，端立覆手兜羅綿。金瓶玉匣舍利暗，千佛雕柱煊華鮮。就觀四壁字深刻，姿態秀勁波磔全。唐碑完本今漸鮮，幸免淋炙及火然。或云字體類松雪，疑本後建非其先。惜哉經堂僅著此，欲飽眼福何無緣。寺僧導我行，喘息兼胝胼。餘洞何所有，石幢列目如珠聯。五洞左右勢相連，二洞稍降臨崖邊。鑿櫺鐍鐵窺可睹，片片腹背咸雕鎸。更穿二穴瘞碑石，築臺建塔銘其巔。僧言山下鑿井七，皆有經板沉重泉。波旬魔力不敢犯，風雷呵護垂千年。曹學佺《記略》云：『開則育風雷之變。』巡岩讀罷三太息，始服信徒有毅力。儒家衛道能幾人，漆簡摧殘黯無色。非無竹書出汲冢，亦見秦餘藏魯壁。穴中石匣長不扃，井底石函漶難識。即論石經諸故事，熹平以來數摹刻。太學六經蔡邕置，古文三體邯鄲勒。至今海内空弦歌，豈復有人吊陳迹。我聞岱宗經峪山之陽，大字徑尺鎸金剛。弇州有弟作游記，評騭唐宋殊周章。又聞平定崩岩隱經石，百廿六柱通天光。道人失足墜不死，摩挲終日饑疲忘。嗜奇我愛傅青主，考古我非王太常。偶然來游此坐卧，欲去不忍猶彷徨。獨嫌七洞永幽閟，無乃慮有好事携取終淪亡。方今教宗信奉已同視，古物保守日不遑。何不一年一度開洞縱觀著爲例，搨取千百副本傳四方。我爲此論當駭俗，但見頑石點首烟蒼茫。

抱存瘿公諸君招法源寺觀花是日樊山與春榆子蕃劍侯約集稊園作詩鐘緣是易期已而遲樊山復不至以詩訊之

去年留春花如雪，湘綺踞觚粲花舌。群賢聽講兀不動，襟袖紛紛落英綴。湘綺南去樊山來，今年花更争先開。名流百輩集蓮社，獨少元亮攢眉陪。同時本訂聽鐘約，預選良辰具梧酌。主人四杰有賓王，種桃劉郎種樹郭。夜來忽報丁香繁，寺僧祇怕遲芳尊。一時賓客轉惆悵，入城車馬皆南轅。石壇日暖松陰寂，竹几風清茗烟碧。花光十丈隱林梢，香海沉沉壓茵席。晼晚齋堂塔影移，品瓷讀畫歸遲遲。微聞隔面尋春客，偷向歌臺聽柘枝。叢林從此添公案，試與吾曹更判斷。賭詩已累看花忙，惜花寧把徵歌换。歌場已散花成塵，惟有詩思時時新。請君補試如神筆，莫令花枝空笑人。

與羅瘿公惇曧梁卣銘宓胡子賢祥麟張魯恂昭芹黄孝覺文開黄晦聞節家兄吉符游西山宿潭柘寺分得左字

首夏月既望，炎傘午如火。行行指西山，額汗足欲跛。石徑萬松合，禪關亂雲鎖。繚垣接迤邐，峭岩聳岌峨。薄暮見琳宇，山僧迎道左。入門清風來，蕭然失故我。引泉繞方亭，流杯此環坐。殷勤勸加餐，蔬蔌腹能果。夜深百蟲絶，凉月傍檐墮。一覺明朝暾，起來洗塵堁。精藍遍隨喜，健談推炙輠。妙嚴寶遺迹，牟尼供珠顆。拜磚印雙趺，黝澤深没踝。二蛇解聽法，蜷伏尚幺麽。有時倏變化，海眼波潭沱。亭覆斷拓在，石甃銀杏夥。古柏參天直，紅藥繞欄妥。忽忽遽移晷，少留悵靈瑣。九峰隱屏幛，千竿掩霜笴。僕夫告戒輿，歸途志彌惰。再約重來期，山靈應報可。

琉璃河至長溝鎮道中口占

桑樹鷄鳴催客起，麥田鴉過掠人飛。貪行林樾枝妨帽，偶憩籃輿露上衣。兩鬢山花游女靚，千村社鼓賽神歸。紆途數里吾何恨，一路還延看翠微。

小西天題壁

懸崖已分絶攀躋，鳥道盤旋望屢迷。雲罅乍陰微過雨，石棱半滑不黏泥。洞中經刻千年在，歸去烟嵐萬木低。寄語衆生宜努力，此間真有上天梯。

初到雲居寺

岩巒萬轉柏千章，遠水潺湲渡石梁。隔樹濃陰聞鳥喜，落花夾路剩泥香。重門闃寂遲清梵，雙塔參差隱夕陽。有約經年來苦晚，不幸排日看山忙。

宿雲居寺雜詩

棲雲杰構起隋唐，山脉西來接上方。五百僧徒零落盡，撞鍾幾輩出齋堂。
因山爲殿抗參差，隨喜周廊足忘疲。饒愛諸天工塑象，教人瞻仰立移時。
石經山色懸眉睫，排闥能看最上峰。屋背斷雲浮一抹，天然翦出碧芙蓉。
經刻摩巇絶𡻕登，題詩解讀幾人曾。無端三峽橋邊事，惹得人知遵可僧。
曙後嵐光洗眼清，忍寒聽瀑坐軒楹。懸知林外千峰雨，并作階前一夜聲。
雨過龍涎苔石濕，天低鳩語隔林喧。檐淙斷續雷聲歇，又促筐輿出寺門。

蝶戀花·自雲居寺歸途中

翦燭聽濤寒達曙。盼得些晴，無計留人住。門外緑楊鳩自語，行人度入溪烟去。　濕面絲絲風又雨。麥隴高低，迷却來時路。回首精藍雲黯處，亂山相送青無數。

與羅癭公楊昀谷家兄吉符同游石經山宿雲居寺聯句

白帶山勢如龍翔，琬公卓錫劚崇岡。琳宇窌寮凌青蒼，（癭）萬木蓊鬱環周墻。當門激湍石爲梁，（穎）松椿竹柏爲道場。（昀）莊嚴妙相七寶裝，前殿後殿遥相望。（吉）主僧殷勤掃禪床，山蔬滋味逾羶薌。（穎）歷覽臺榭窮修廊，一衲携杖追笋將。導我攀躋從徜徉，（瘦）磴道百折如羊腸。（昀）緣藤披棘汗出僵，（穎）仰捫絶壁開天閶。石經八洞皆琳琅。（昀）肇隋大業逮李唐，歷遼統和金明昌。繩先繼志法乳長，陰厓靈閟驅風霜。龍虎守護魑魅藏，（瘦）石室鴻寶如燉煌。（昀）與經石硲争精良，波磔遒麗兼端莊。虞耶褚耶將歐陽，（吉）石幢千佛圍法王。彌勒濃笑神揚揚，（昀）高厓石骨森開張。大書題名志弗忘，（瘦）瀹茗嚼墨留短章。振衣一笑天低昂，（穎）暮烟滅徑還僧房。疏雨槭槭敲松篁，（瘦）浮圖雙矗天微茫。鈴語答和聲郎當，歸鳥倦飛蝙蝠忙。琉璃熒碧寒斂芒，一龕清净旃檀香。（吉）倚枕不入華胥鄉，（穎）但聞半空飛瀑流湯湯。（瘦）

贈日本旅行人菅野力夫

雲山囊蹻一身輕，揮手重爲萬里行。毾帽豐髯齊入畫，遠人争讀健兒名。
四國浪游恢解語，九州歷盡不賚財。世間始信無難事，携有精神滿腹來。
海外歸來歲九周，京塵我亦動羈愁。著書仰屋成何事，剩把張圖補卧游。

京師正陽門拆毁甕城得崇禎二年鐵炮作歌紀之

君不見，瑯琊築城獲弩牙，黄銅機捩金錯花。梅宛陵有《蔡君謨示古大弩牙詩》：『黄銅弩牙金錯花，銀闌綫齒如排沙。』又云：『蔡侯出此問誰得，往年客遺來琅琊。琅琊築城穿厚壤，既獲磨洗争傳誇。』又不見，郜子廢城得矛矢，螺殼劫灰完不毀。薛季宣詩序：『宿大城寺，與寺僧行郜子故城，壁間得銅矢鏃，土中螺殼往往不壞。僧言初作寺，發殿基下有古磚渠，宮城中得銅矛矢鏃百數。』古人厭勝有深意，板幹每每藏兵器。未饒陶甓策奇章，兼許築人師阿利。燕京樓闕高嵯峨，九城轂擊轔轔過。通衢頓欲四門闢，平治甕堞無坡陀。司空程限官徒急，毛人夜静投磯泣。一朝古炮出人間，鏽文剥蝕泥痕澀。何時鑄者明崇禎，磨洗細字猶分明。當時造械廣設局，雙頭十眼紛殊名。伯顔炮佚金汁制，交趾鎗置神機營。佛郎千斤火迸發，紅夷二丈雷砰訇。錫號將軍遣官祀，同此頑鐵何其榮。物誠有幸有不幸，似汝埋没鴻毛輕。坐觀流寇滿天下，弃廢不用瘖無聲。炮乎爾勿傷幽瘞，晦迹寧知非左計。同時雲擔已成灰，獨向滄桑閱人世。吾聞其時督戎視師德勝門，炮不創敵創外援。《明通鑑》：『崇禎二年十一月，清兵薄德勝門，李邦華令城上發大炮，誤傷滿桂援軍。』又聞遵化城外營三屯，燃炮炮炸潰且奔。《明通鑑》：『崇禎三年二月，劉之綸引兵至遵化，清兵擊之，之綸發炮，炮炸軍營自亂。』火器既窳用者拙，反藉寇兵危至尊。何况中官蓄异志，空筒貯藥徒聲喧。連珠無靈隸不力，莽莽斷送愁中原。豈如三百年來此無恙，江山屢改精鏐存。前朝古械今稀覯，請置箭樓資訪舊。衹今無地用英雄，祝汝更延千歲壽。

張子幹以篁溪歸釣圖題詞見貽戲題二絶

聞君決計買歸舟，遍索題詩盡勝流。君既不行吾又懶，詩情歸思兩夷猶。

我亦南歸理釣絲，家居洲渚六鰲嬉。居宅地名鰲洲。歸時我衹蕭然去，不寫新圖不乞詩。

壽金息侯同年梁母錢太夫人七十

十年伏闕識劉蕡，讜直聲名海内聞。潔養詩人爲孝子，教忠賢母是嚴君。慈暉戀戀留芳草，官廨依依望白雲。一盞家園遥上祝，輕軒長日帶微醺。

壽邢冕之同年端母劉太夫人七十

郎君弱冠起詞林，不負萱堂晚節心。婚約解胡盟斷髮，楹書汲集薄遺金。舉家食報原先澤，四世清芬見嗣音。爲祝歲添長命縷，壽觴蒲酒一時斟。

伏中飲南河泊泛舟賞荷分得冬韵賦呈履之蔚如翼牟并樊山實甫諸君

消夏園池不可逢，相携出郭此停踪。稍分魚國依高柳，爲拓荷區徙積葑。水淺客便游艇緩，灣深禽樂夕陰濃。酒闌移具城南去，有約來聽盡日鐘。

雨中游清華園即事

小雨侵凉氣已秋，單衣喜及近郊游。檻泉瀹茗浮深盞，風葉驚魚避釣鈎。緣徑野花濃匝地，隔溪烟柳碧臨流。晚行無礙歸鞭緩，一路寒蟾照上頭。午後，與王子琦、嚴侶琴、許叔伊并騎野行，至暮乃返。

游黑龍潭遂至温泉

斷峽中開入赭山，紅山以石皆赤名，峽口峻險，行者舍騎而徒。好風吹客破愁顔。古潭噓氣龍涎濕，石溜窺人鶴性頑。松蓋童童森雨後，蓮燈隱隱出林間。是日中元。竭來髀肉消磨盡，抵得胡床百日閑。

壽徐慕初象先尊人班侯侍御母胡太夫人七十

永嘉山水生畸人，城北一髯尤絶倫。滄桑三變晚逾健，同時物望尊耆獻。時平要著還山衣，隨身書局飄然歸。白首劉樊人未老，緑衣軾轍知名早。盛秋吉日西風凉，畫堂簾捲黄花香。祝髯晚節如壽客，一笑掀髯浮大白。

題徐容舟所藏黄忠端公墨迹長卷

郊天壇燭迎風滅，玉璽失聲驚隕缺。天興隆武時，改福州府爲天興府。兩載小朝廷，灑盡輔臣腔血熱。婺源一戰全軍死，五人并命金陵市。虚傳絶筆數章詩，罕見人間藏片紙。猶有生平得意書，鬼神呵護劫灰餘。微聞内府珍藏久，不遣零縑飽蠹魚。輔臣一代推風節，廷劾連章忤群孽。謫戍窮邊不自憂，高寒衹是懷宫闕。當時大盗移龜鼎，北師如蟹東南警。時有『清行如蟹』之謡。烈皇初降大行詔，潞藩已執降王梃。鳳陽帝子出高墻，衢州累表圖勤王。君臣慷慨誓恢復，出關一月無餘糧。可憐迮直招憎妒，武臣爭席乖龍怒。義師枵腹化蟲沙，空劄百函終坐誤。徐生好古有真識，不知此物從何得。上無年月祇題名，觀者沉吟費推測。頗疑筮仕宫詹年，含香進講陪經筵。三疏草成潑餘瀋，照人肝膽生雲烟。又疑遣戍蒼梧日，經歲杜門身不出。繫獄餘生志未衰，閑情偶縱如椽筆。或當囚服著書時，飾巾幽室無人窺。丙戌預知驗皇極，甲子故難書義熙。即論書法神規矩，并代幾人能接武。至今字字墨花香，浩氣忠心已千古。掩卷蒼茫感劫塵，孝陵草色幾經春。鷄鳴鶴怨無終極，凄絶當年失路人。并絶命詩中語。

挽葉玉甫亡姬陳氏八首

草草因緣一瞬間，廿年塵夢謝紅顔。幽蘭泣露新香死，愁絶河陽李義山。
爲憶歌筵乍見時，深宵香火定情詩。城西金屋雙栖穩，盡日春風護柳枝。
生性耽書事管城，初歸温淑著賢聲。閑來愛讀元兒傳，寫出幽蘭寓小名。
八月消磨病榻身，荆枯椿萎總傷神。鬢邊白柰襟頭泪，風雨秋宵送析津。
平子長年賦四愁，可堪紅袖更悲秋。天公到底拘成例，不遣佳人見白頭。
郎君名滿謗隨之，不道憐才出女兒。剩有平生知己泪，一時注海報蛾眉。
夢覺蘭房墮半釵，忍拋彩筆懺風懷。鏡中眉黛能爲慰，猶有孤雛玉雪佳。
小謫人天了宿逋，再來期約事模糊。君家舊有瓊花鏡，照出緱山倩影無。

挽王湘綺闓運

柱下星沉事尚疑，驚聞海内失經師。眉山稍喜縱横學，長慶工爲諷諭詩。相背荊通寧妄語，當塗王浚有微辭。百年耆獻垂垂盡，未許商顔老采芝。

上壽姬傳又見君，先生壽八十五，與姚姬傳同歲。一家兒婦總能文。祁門早脱看山劍，《祁門雜詩》云：『獨慚携短劍，真爲看山來。』衡岳終歸出岫雲。書局經年隨洛社，講壇諸將侍河汾。歌謡行國今何世，亂葉喧鴉下夕曛。

佳人行

南國佳人來萬里，風流婉約良家子。菟絲托體恩不疑，高艷三春壓桃李。生小居貧事浣紗，守身如玉凈無瑕。梨渦難得逢含笑，檀炷時聞愛辟邪。雲母屏前曉妝靚，水晶簾底頻窺鏡。自矜容色冠時人，不向丹青求捷徑。門户支持年復年，曾無水碓買脂錢。剪花隱笑鄰姬侈，撲絮常嗔小婢顛。薄暮衣裾寒易襲，羅幃不遣春風入。誰知雙燕語參差，幾度覘人來往急。無端春恨惱比鄰，百丈游絲盡罥人。衆女由來善謡諑，蛾眉從此落風塵。公堂對簿情無賴，真遣桑榆儕駔儈。要須此耻濯西江，已惜清名污下蔡。妾家古鏡暗塵侵，持鏡沉吟比妾心。若許清光重拂拭，依然照膽冷陰森。旁人扼腕傷萋菲，群謗自愚公論韙。五陵終選女無雙，四德皆知卿有幾。平林簌簌鳥驚飛，燼泠金爐静掩幃。定約還君長命縷，含顰返我嫁時衣。水清見石何消説，回首終拚相决絶。爲祝新人勝舊人，比似月圓長不缺。

傀儡謡

華燈萬點春宵舞，傀儡如人作人語。鑼聲聒耳始登場，彩衣傅粉軒軒舉。牽絲刻木疑通靈，捧手頷頤難自主。未必心腸真木石，終疑胸次有城府。巧能擲劍兼跳丸，招手瞬目行媻姍。忽聞座客笑聲起，令我却憶朝中官。子陽罄折如木偶，修飾邊幅賓無歡。大程端坐似泥塑，接人但見和一團。宗資成瑨空解事，畫諾坐嘯如是觀。况屬群蕕殊臭味，太阿倒持復何謂。御寇相傳似象人，曹蜍真怪無生氣。傀儡笑客無乃愚，謂我朽木無知乎。衣冠自是麒麟楦，輕詆吾類寧非誣。迴旋趁節動合拍，此中有矩不可逾。譬猶法治納之軌，委裘可使躋唐虞。但憂人不傀儡若，弁髦律度宜何誅。君不見，雷將軍面中六矢，令狐却謂偶人耳。陳平計解白登圍，閼氏疑是傾城美。傀儡於人亦何負，人貌傀儡渾不似。若云傀儡爲譏評，頗疑在彼不在此。古來去黨難朝中，陰作鷹犬欺群蒙。言官搏擊但承旨，决曹周内惟希風。王莽睚眦假孔光，梁冀草奏呼馬融。摇手噤聲不得動，是非毁譽寧由衷。此曹操縱人掌握，客乎所笑將毋同。

儒冠

石星巢丈見過，爲言『每值亂世，必讀書人先受禍』，感其言賦此詩。

儒冠餓死尋常有，何况遭逢世網艱。能識字人爲鬼妒，不如意事見天慳。豈聞腐竪知通變，誰遣痴頑與厚顏。去去石生休復道，知君無意馬蹄間。

鬻所乘馬車感賦

生事頻年計早疏，罷官軒馬費躊躇。自由畢竟輸徒步，杜詩：『出門無所待，徒步覺自由。』懶出惟宜數讀書。門客何心彈劍鋏，窮人無分坐肩輿。陳後山《嘲無咎文潛詩》：『窮人乃工君未可，早據要路安肩輿。』明朝傳語趨廷尉，猶喜王嘉有小車。

厩馬俄國産駕車六年矣賤價鬻之傷感成咏

六年豢汝情無限，中道相捐轉惘然。芻豆久愁分薄俸，車塵甘已讓先鞭。賣騂券在蘇和仲，遣駱詩成白樂天。爲祝主人能勝舊，驕嘶重見酒樓前。

灌園

無賴西風静掩門，瓜烟豆雨近黄昏。客來不省藏何事，身雜蒼頭學灌園。

一飽

一飽真能解百憂，得閑歸第復何求。孱軀健在醫相賀，詩腕如神客不愁。擁被酣眠常日晏，寫書罷過亦風流。床頭虀甕猶無恙，淡飯粗茶即四休。

驟貧

年年家計資囊粟，一賦閑居便不支。債似未焚姑覓券，窮猶自慰倘工詩。客車頓少奴逾懶，甕米無存鼠苦饑。剩喜吾家餘四壁，今年未至立無錐。

粤灾嘆

粤人何辜憯可哀，人禍未已仍天灾。三江洪潦同日漲，故園回首成蒿萊。年年汛溢西江起，咫尺堤防未傾圮。今年大浸忽稽天，北江并入珠江水。城中夜起驚呼喧，下床平地波瀾翻。朝來没膝晡没頂，一時號哭逃無門。水流涬溶兼天涌，閭巷駕舟多倥偬。山與潮平隱隱浮，屋經浪打摇摇動。貧民露宿嗟淪胥，富室殘喘猶樓居。誰知亭午誤炊飯，城門一火殃池魚。是時闔城電光黑，鬼霧沉沉黯燐色。祝融徹夜麾不去，雨工漫天灑無力。箱籠倉皇遭刼攘，骨肉流離苦顛踣。更聞梧州溢上游，廣肇四鄉成澤國。近如鼎安圍名遠景福圍名，七十餘圍盡崩塴。牲畜淹没禾苗空，園桑漂蕩塘魚擲。墟落不聞鷄犬聲，田廬陷作蛟鼉宅。汪洋四十有六縣，龍伯不仁竟何責。縱頒内帑恤餘黎，灾區遼遠難爲德。諸公日日言治河，瞠觀瀠滓終無策。西風獵獵黄昏急，吹退狂流夜三尺。日出開門問親朋，始有家書報消息。發緘讀罷涕交頤，民不死水終死飢。魚鱉浮江嘬人肉，饞吻饜飫凝膏脂。其餘隨流没入海，焦爛枕藉焚餘胔。家在河南依水涯，登樓避水水及楣。石漂岸嚙不知數，板扉欄檻皆傾攲。蛋人善泅徑入室，探取餘物公然欺。横江巨舶鼓輪過，北岸逆溯行遲遲。水高流急不得泊，斗壓鄰舍成崩摧。吾家天幸出此險，數間破屋猶能支。七月十二日，江通輪船事。水乾拓地斂家具，束如亂笋棼如絲。蚯蚓上階虺緣榻，新蚊出渠螢入帷。屋椽潮濕怒菌迸，敗墻泥滑莓苔滋。一室掃除豈足念，神州陸沉空爾爲。東南財賦頻年蹙，一省偏灾憂不足。何况諸州風與蝗，補瘡真苦剜無肉。我從薄宦旅京華，十載離家念松菊。今年乍許息勞肩，頗喜南歸遂初服。誰云夜夜江月明，惟照家家新鬼哭。米糧翔貴柴木荒，盜賊滿山灾癘伏。精神蕩盡存幾何，元氣百年非易復。舊聞鄉人好義廣勸輸，挽粟千里纔須臾。爾來自救苦不贍，無家可毁空嗟吁。沿門手册募急賑，明知弩末如催逋。爲善最力報最酷，禍福之理何其誣。起觀朝賢尚水火，争栖豖虱安濡需。風雨漂摇室將毁，綢繆無日口卒瘏。更不乘時急努力，死者爲魚生爲奴。嗚呼！天人響應如鼓桴，不知天公有意無。

颶風行

土囊發怒罡風急，高捲海潮乘壩入。東南沿海盡爲灾，白浪排空作山立。颶母出巡走精怪，群木低頭齊下拜。中流海舶獨屈强，一擲沙灘如掇芥。大船撞擊不相顧，小船溺没知無數。此時岸上絶人行，屋瓦皆飛水迷路。天低雲捲颶未休，匪汝之訟將誰尤。不知此曹坐何事，千百人畜隨沉浮。覆舟財物成無主，濱海群兒相篡取。漂篷折柁盡捆載，不顧溺人號救苦。東家遠抱籠屜歸，西家爇火烘濕衣。跛奚呶呶無所得，亦拾斷板當門扉。但嫌屏翳力猶薄，眼望千帆難飽掠。安得時時風浪惡，萬人哀泣群兒樂。嗚呼！人生幸灾冀利己，泗水群兒小焉耳。君不見，宦海風波正如此。

耽吟

人海升沉計早知，三年已悔拂衣遲。此中宜飲吴興酒，長日唯消杭郡棋。故我依然悲逝水，干卿底事皺春池。苦心遠害誰能識，贏得耽吟作口碑。

銅士録示與龔叔明夫人卜居杜廡病中書懷之作寓意良厚即用其韵

平生耽著述，此事利窮愁。始信閑爲福，居然醉可侯。杜門迴俗士，贈策謝良儔。但恐蓴鱸美，秋風滯客舟。

詣曹

詣曹蕭育終男子，按事蘇章失故人。自是蛾眉恒見嫉，誰云魚目竟殽真。南冠高潔心能表，北寺囚拘祭不神。翻喜此行增閱歷，未須坐逮問何因。

歸家

脱然頗信吾無累，待質惟愁暫見羈。署保故人輕百口，迎門稚子展雙眉。頓知潘岳閑居樂，免作佺期枉繫詩。却看飛蟲瀕著網，檐前負手立多時。

復訊

十年讀律依稀憶，便我頻來證异同。理直人忘言語拙，心平世有是非公。置辭原未窮周勃，微法終能免孔融。早識宦途荆棘險，更無怪事字書空。

中秋待月

幾回盼得今宵霽，霧氣迷漫混太清。秋色蒼然經雨洗，月輪深處逆雲行。未妨露立三更冷，終放空澄萬里明。緩下臺階頻却顧，隔林不覺起鷄聲。

觀嫦娥奔月新劇戲作

廣寒忽作逋逃藪，索婦天街怨不平。一笑重翻甌北集，誰知此老竟無情。趙甌北《戲題姮娥奔月圖詩》：「彀率能摧九日精，何難射落月輪明。尚留桂館藏嬌地，此老當年也有情。」

强弩凌虚指月扃，要能射殺藥無靈。他時此意誰偷得，游戲人間有歲星。

回首家山事可危，勢歸寒浞悔何追。竊逃一著由天幸，不遣宫中作息嬀。浞因羿室，生澆及豷。

青天碧海情無限，撩起凡心已隔塵。此語謫仙曾道破，孤栖今古問誰鄰。

文人狡獪獵群書，王母吴剛等子虚。一事微嫌留缺憾，不教后羿化蟾蜍。

早起

早起晴窗無一事，整衣兀坐笑何因。隔墻高柳初摇日，掠地雛鴉不避人。筆墨愆時添債負，米鹽隨處見經綸。閑餘消遣仍多術，自課觀書日等身。

公園晚步

日暮園林車馬少，游人散盡我初來。城頭吹角聞幽咽，水次停橈暫却回。漸出星辰穿木葉，近窺燈火下樓臺。微吟不覺經行遠，守吏當門莫漫催。

戲示内子

讀書深鄙容容福，挫折何須意氣嗔。兒輩公卿皆易事，要無灾難是庸人。

園後新闢隙地雜種菜蔬瓜豆蘿蔔花生之屬均實可食

我生不解爲農圃，小試行畦足自娱。瓜爲貪多無隙地，蔬因親種勝常厨。舊知風味根能咬，寫入詩篇氣未除。閑看家人忙瓮盎，不愁早晚禦冬儲。

爲章曼仙華題先德銅官感舊圖

靖港波平餘戰壘，年年嗚咽東流水。風雨孤舟大有人，手挽將星沉復起。當時賊艦圍三匝，章公少年姿爽颯。奇功水脱杜侯沉，詭語冰真王霸合。捷書夕報無差池，半壁自此東南支。只今展卷沉吟處，猶憶回谿垂翅時。乃知成事須堅忍，舊地重來應涕隕。山河已見風景殊，人物相看浪淘盡。世疑報施曾侯薄，始同患難終淪落。焉知此事反留名，老守一官寧寂寞。君不見，辛壬之間天地昏，群言矯枉決籬藩。中興功罪尚反覆，區區恩怨何足論。

夜讀

習勞已慣難爲逸，故耗精神讀不休。押字眼昏宜得寐，結鞾心懶詎忘憂。欲求寡過思中散，苦愛高官戒子由。今日未須憎萬卷，此生拚作老書囚。

九月二十五日飛蝗過京師自西北往東南逾時始已

河北螟蝗處處均，更聞引子近畿頻。蔽天但見飛如雪，入地仍憂蟄啓春。鄰邑責言疑發遣，村農指畫諉靈神。鄉人爲言，蝗有靈，不應灾者，接壤不爲害。盈廷且莫陳符命，愁嘆田間正有人。

重陽日不出

重陽十度客京華，更不登高總戀家。今日無錢復無酒，罷官陶令負黄花。

王渭生秉權聞余訟累知近況貧窘遠寄銀元三百爲舉火資雖違不受人憐之心彌有能知我貧之感覆書辭謝并繫以詩

彦謙月俸賙施盡，宦久曾無儋石儲。乞米魯公羞作帖，寄資録事枉馳書。雀羅甘我門庭寂，鮒轍辭君升斗餘。爲報故人多厚禄，長安憔悴尚能居。

和黄晦聞樓陰二絶句原韵

烟散長垣積蘚深，舊巢如夢倦重尋。無端風雨催林葉，辜負棲禽别覓陰。
塵網京華拔脚遲，惟應日飲老袁絲。頻年誤作承平夢，苦憶江南著作時。

惜陰

一生勤瘁惜分陰，髀肉消磨負夙心。顛倒才人羈紲老，要論億萬擲黄金。

訟事初起豫計中秋前後當了遂與友人約謁孔林并赴杭爲西湖之游歸粤攬羅浮之勝忽忽三月案縣不結天氣漸寒游興頓沮爲之憮然

曾經海外歸來後，放眼中原望欲穿。株守一官真失計，遍游五岳待何年。身輕已覺閑爲福，事解寧知月屢延。誤我秋深行未得，名山不信竟無緣。

霜葉

微霰空庭下，蕭然萬象森。小山黏亂葉，畫閣失浮陰。風掃紅猶積，烟横暝漸深。殘陽戀林杪，一一照歸禽。

寒暑詞

天氣有暑寒，如國有治亂。暫暑復入寒，亂世常不斷。
春暖屏薰爐，秋深弃紈扇。紈扇與薰爐，何恩復何怨。
盛暑望寒來，嚴寒覺暑好。寒暑兩無窮，人身坐衰老。

朱瓜結實纍纍數百枚霜降後摘饋親友留其絶大者供之几案間

自喜朱瓜繞架栽，秋來瓠落摘成堆。不堪一飽誠何用，始信人間愛弃材。

挽座師陸文端公

星坼中台海内悲，百年耆獻益淩夷。説書崇政勤趨闕，扈駕山南老負羈。傳世文章名共壽，救人方藥國能醫。師門屈指凋零盡，金帶花殘最後枝。甲辰會試四總裁，公年最高，亦最壽，今無一存矣。
兩朝侍從紀殊恩，宫闕高寒戀夢魂。傳德佩刀歸少子，臨終留硯有孤孫。文先耆舊黄初重，公祖高年太尉尊。自是滄桑悲世運，羊曇何止哭州門。

壽譚篆卿祖任母許太夫人七十

叔子遼陽宦未歸，遥飛一盞祝萱幃。天孫慧福星初降，七月八日生。壽母華顛古已稀。燈火廿年勞夜織，板輿萬里戀春暉。諸郎好客叨陪久，末座猶能辨綠衣。

賢翁賢子復賢夫，名德三傳并世無。漸貴公卿逾縣長，蜚聲酥酪讓醍醐。丈夫子四，篆卿尤白眉。庚寅佳日婣星耀，丁卯家風別墅娱。釀得瓊漿顏可駐，年年萊彩舞氍毹。

壽吴絅齋士鑑尊人子修年伯慶坻母花太夫人七十

雙星海上輝南極，十月梅花透春色。群仙呼酒醉蓬萊，家在西湖歸未得。延陵華胄夙蟬嫣，宦迹鴻泥楚復川。瓌瑱文章名父子，劉樊眷屬活神仙。玉堂先後鵷鸞侣，於陵嗣復同知舉。一時桃李出公門，五色絲綸聞吉語。昔年冒暑泛清湘，宣統己酉，余以會議萍昭鐵路事，至湘奉謁，過從旬日。曾許通家拜下床。家嚴與公爲光緒丙子同舉。冠蓋群公零落盡，巋然今獨魯靈光。謂同官陸臬使鍾琦、賴警道承裕、袁觀察學昌、沈大令瀛，數年多遘難或謝世。當時頻辱高軒過，名宿清談驚客座。壓裝贈我手璣衡，天球、地球各一，湘中諸生手製。歸棹洞庭風不簸。長沙一别幾春秋，早脱朝衫退急流。預見荆駝傷故闕，便携梅鶴買扁舟。東南耆宿存文獻，一卧滄江腰脚健。野處聊成擊壤篇，感時閑作潛夫論。况復齊眉有少君，白頭偕隱話鄉枌。幾家舉火資釵珥，廿載持門服練裙。長公純孝遵嚴命，惟與慈幃彰懿行。我謂高年古豈稀，夫賢子貴真家慶。繞膝孫曾笑語親，一門名德世無倫。若論林下娱清福，應是人間第一人。

不寐

夢醒常嫌夜漏遲，已難成寐苦遐思。燈前獨起挑燈寫，長是新詩覓得時。

出處

出處商量事兩難，雲泥冷眼一相看。家無薄産愁饕膳，時正横流忍挂冠。三徑菊松空夢寐，百年禾黍有悲歡。陸沉俗計寧能絶，避世惟應作小官。

和晦聞過公園看菊韵

已過重陽還買菊，幾回乘興訪籬陰。亦知晚節今來薄，猶幸詩人著意尋。憔悴寒英秋色老，荒凉古殿屐痕深。林柯風急無時静，可有空枝借宿禽。

擬韋蘇州難言易言

自宋大夫賦《大言》《小言》，殷荆州爲《了語》《危語》，賓筵舉例，演義益繁。詩家效之，遂成創體。古云：『去朝中黨難。』又云：『下民易虐。』刺此二語，聊托諷焉。

難言

使魚泳陸馬渡江，驅豚禦虎羊鬥狼。磚塗持塞尾閭泄，杯水潑滅燎原揚。不如朝中朋黨相嫉娼，根株拔除苦不早，大家空作和事老。

易言

燥薪爇火焚乾楮，利劍如霜分朽腐。側阪乘高走鐵丸，順風千里吹纖羽。不如霸者詐力欺齊民，雷霆在後勢萬钧，噤聲蹙頞歌聖神。

署供

大獄株連海内驚，受辭誰道此真情。頗聞當制爲窮詆，豈有長途或倒行。世事不平寧可計，諸公見罪竟何名。讞成一笑出門去，功過悠悠得失輕。

賦雪

撒鹽空際謝胡辭，散麵風中張説詩。張説《喜雪詩》：『積如沙照月，散似麵從風。』南方有犬皆走吠，他日問蟬應不知。和氈能果蘇卿腹，映書曾照孫康讀。更饒六月不偷閑，要與人間管冤獄。

庭鞫

盼斷佳音幕始開，十旬此地四番來。外人洞見真觀火，獄吏猶憐肯溺灰。如許鬚眉對刀筆，不妨身世辱塵埃。若論赴訊烏臺日，我比蘇髯少七回。烏臺詩案，凡訊十一次。

客問

客來問我閑何事，樂趣時時解自尋。身欲奮飛仍倦臥，力非濟勝怯登臨。難完詩似貧兒債，易盡書如浪子金。獨向中庭踏黃葉，北風歸雁一沉吟。

梁燕孫宅中聽粤東諸友人合樂

幼時不解繁音妙，每遇衆喧恒掩耳。管弦迭奏雖悦聽，頗覺嘈嘈復鄙俚。一去鄉關十二年，此調京華誰挂齒。遠聞土操忽神往，亦如空谷見人喜。梁侯退食愛新聲，群公携酒歡相迎。張燈折簡召賓客，陡憶舊事心怦怦。入門冠履已滿座，高談曲派詞縱横。酒酣就坐不肯歇，弦索摐摐激清越。主客無言屏息聽，徐聞背面歌聲發。往來遞唱各有情，洪細不殊皆赴節。餘音已落梁塵飛，急響乍令金石裂。就中洗老推定場，二黄逸興尤飛揚。其餘諸子人一藝，揮手頓覺天低昂。斂眸默坐與意會，置身恍忽仍家鄉。童時日月似未逝，依然笑語初扶床。此時群響紛未息，羯鼓銅鉦震堂壁。花檀曲項坐相向，二弦幽咽三弦激。鏗鏘衆器一一諧，持問北人多不識。古人重樂皆喜歌，衹今知樂人無多。讀書誤視伶官賤，操縵翻聞小學訶。粉墨登場固游戲，并樂不講寧非苛。諸賢風雅深心許，但遇知音常不拒。李衮工欵早得名，桓伊弄笛還交語。一曲初終情已移，再三轉調聲逾悲。夜深座散不忍去，低徊賞嘆忘爲疲。歸途觸我離家悔，静坐依稀餘韵在。鞺鞳寧嫌三日聾，風塵尚累兼旬待。春明一夢散如雲，此樂年來那得聞。顧曲不緣解音節，聞聲衹是感桑枌。清歌每聽愁誰語，坐對茫茫無樂處。何日學調絲竹音，從君陶寫中年去。

和樊山秋柳原韵

憔悴腰支歲序侵，肯將顔色换黄金。風流殿裏渾如昔，月夜梢頭又感今。舞態嫌人偷學得，愁眉消汝别情深。千秋依舊龍池影，辜負當時改植心。

畫角城頭起暮秋，登臨暝色愴高樓。沾泥故故隨飛絮，顧影時時落濁流。無奈舊恩辭漢苑，驟移新翠上章溝。長緌拂地香塵涴，不掃人間萬斛愁。

新種柔條蔭野田，亂花如雪正漫天。無聊圜水嵇生鍛，得意春衫晏叔鞭。垂泪一簾和曉雨，銷魂幾樹冪溪烟。眼前舉世輕喬木，輪爾成陰已十年。

閉置荒園盡日垂，東風暗换詎曾知。獻顰慵綰同心結，弄色争憐搔首姿。繫馬有人歸計決，聽鸝容我覓春遲。一生不傍章臺路，攀折何須悔後時。僕雅不狎邪，非以爲高，實不見其樂。樊翁耆宿，他日乃有不入妓院之恨，故云。

壽樊樊山七十

第一才名震九州，客星難遣老羊裘。詩人貴顯惟高適，詞伯耆年數陸游。餘事文章掩經濟，平居治實見風流。不須探問春消息，相對梅花未白頭。

刻燭宵深總不疲，又從日下見宗師。名流數領簪裾宴，理窟頻抽勃窣辭。車胤同游人盡樂，陶潛穎脱世難覊。微聞近稿添盈寸，要讀新來自壽詩。

壽趙劍秋椿年尊人元直太翁七十

甌北詩才一代尊，喜聞秘監有玄孫。游山濟勝人携屐，問字停車客在門。卌卷家傳金石録，十思箴奉老成言。郎君官職饒平緩，長傍華顛愛日暄。

與諸公携酒賀楊瑟君新居

楊生詩畫俱能事，安硯新齋定不同。植援激流環檻外，隔墻分翠落杯中。更誰市宅鄰張霸，有客移尊就孔融。入户早梅齊破蕚，宵來先賀主人翁。

生日

歲歲生朝常置酒，今來厨突獨蕭然。頭顱更不堪朝請，陶弘景《與從兄書》：『今年三十六，方奉朝請，頭顱可知。』饑餒猶思散餉錢。宋衡陽王義季恐劉凝之饑餒，餉錢十萬，凝之散饑者立盡。偶作漁洋編集計，尚遲定父戒詩年。王漁洋三十六歲自編詩爲兩集，龔定庵誓以三十六年戒詩。一杯向晚何人借，塊壘能澆亦有緣。夜飲友人家，亦前此生日所無。

賀王子琦廷璋新居

風塵我亦劉平國，建第時時趣故人。甥館讀書慵下酒，王城如海足藏身。中年賃廡懷前事，夜雨聯床有夙因。十年前，君兄弟與余同僦居西城。要待君家春釀熟，花間覓醉不辭頻。

宣判

鎸詰原無狀可尋，讞詞竟讀見文深。一官破甑顔寧瘦，片語平亭氣已瘖。院判不許上訴。對客解嘲真懶作，爲人受過更何心。懸衡豈免差毫髮，此事悠悠已古今。

病腦旬日内子苦諫觀書釋卷枯坐復不自聊作詩遣悶不知吟詩與觀書孰與病增減耶

寖淫萬卷猶今日，顛倒人間事可知。一字哦成詎堪煮，十行目下尚嫌遲。病妨百嗜相隨廢，張文潛詩：『一病廢百嗜。』心有千秋作計痴。此後惟應學坡老，書毋多讀勿工詩。東坡《送劉攽通判泰州詩》：『讀書不用多，作詩不須工。』

被議以來不預外事報章有謬傳余列名勸進致深惜之意者戲作

閉户依然待罪身，不堪附翼更攀鱗。誰言朝覲謳歌外，更有當時訟獄人。

晦聞見讀近詩頗以懸懸於訟事爲嫌因答

自輯新詩當寫真，流傳已愧一微塵。相逢如夢何嫌囈，定痛猶思詎免呻。托醉恨無千日酒，懷歸尚靳五湖蒓。病餘匝月吟哦懶，寂寂春風倘笑人。

【附和作】

和答穎公并乞賜教

順德黄節晦聞

昌黎詩好論身世，后有柯山又不然。二子能毋懷抱惡，古人難免性情偏。每爲長句公尤健，始嘆奇才世已傳。憂患如山吾輩在，莫將閑恨遽呼天。

重答晦聞

舉世酣嬉藿食憂，咨嗟良不爲身謀。任爲鬼笑窮何害，豈待人言始欲愁。歲月尚求排遣計，文章寧假姓名留。卅年道著應難必，此事輸君出一頭。

肇方生（以下丙辰）

又報熊占慰老親，居然四葉第三人。余祖父及余行次皆居第三，故余親盼三索爲男甚切。黑貂歲事初更漢，黄鵠家居豈帝秦。選夢雲居前日憶，以游上方山後得子，命名曰方。聆呱綉褓隔年新。可能福澤真勝我，吉語當筵謝衆賓。

南行集

吴用威

序

余弱冠學爲文章，舉業而外，兼治經史，旁及詩賦詞曲駢儷文字，無所不習。顧其時之詩，命題課所業，等於嚮壁虛造，無與於性靈也。讀書之暇，與仲兄吉符時時爲詩，得百數十首，是曰《聯璧書屋詩集》。然足不出州里，無行旅游覽之什也。自東渡扶桑，北官燕市，稍稍有所陶寫，然居東未嘗至日光、箱根道，江南未至蘇、杭、鎮江、無錫，居北方且十二年迺至西山。吾國人以行旅爲苦，非遠宦不得已，未嘗輒游。余故不與人异，其專爲游覽山水而旅行者，自丙辰歲春夏間之南行始也。南行游踪，肇始京師道，出山左，小憩滬濱。因舉頻年欲游而未克游之江浙名區，一一搜索。於崑山、南翔，則伴游者從弟筱卓；於杭州，則伴游者何翁庚生、從弟鍾麟；於金焦、惠泉、虎邱，則皆鍾君紫垣。令人爲之先導，晷刻雖暫，而得句饒多。及抵故鄉，適逢禊日，所居河南，故有詩社，江霞公同年相與糾集吟侶，呼畫船，具水陸盛饌，大會於珠江，分韵賦詩。而伍子懿莊爲之圖，是後復薄游芳村花埭。將更尋南方佳山水，而内訌忽作，舉家北遷，南行之詩遂止於此。自是以後，足迹遍國中，在朋輩中以好游名，而詩草亦以游故而激增，持《南行集》較之，皆椎輪之作，僅紀行踪，不足以傳。會以南北遷徙，詩草復有散逸，懼不急録，所有行并此僅存者而失之也。遂輯爲一帙，而識其緣始如此。民國十九年十月稊園主人序。

歸粵後得詩尚多，有三月三日招集粵中詩人珠江修禊，分韵賦詩，及天山草堂拜何端恪公維柏五言古詩數章，稿并散佚，容俟訪補。附記。

南行集

稊園詩集第二種
南海關賡麟穎人

訟累初弛，孑身遠行，途經曲阜，自鎮江、無錫而姑蘇而滬濱，徜徉西子湖邊，已而返粤省親，一住浹月，中間游覽鄉土風物，集南中名士，高會賦詩。爲日雖無多，而踪迹具見吟咏，别集存之，名之曰《南行集》。

起民國五年二月，即夏曆丙辰正月，訖民國同年五月，即夏曆同年四月，得詩七十餘首，粤中詩稿一部散佚，今所存詩六十八首。

夜自浦口渡江惡風忽作小輪幾覆巨浪入窗衣裘盡濕

月黑風橫舷入水，破窗一浪洗征塵。衆賓驚定難爲慰，猶道馮夷避福人。

所見

菜畦夾水露蒲菰，風利帆輕穩似凫。絶似吾鄉春漲後，近村一幅曉行圖。

登金山寺

樓閣浮空翠作堆，天光水色涌蓬萊。沙洲漸淤中流窄，錦嶂如屏四面開。風急塔鈴催客下，雲低梵響隔江回。瀕行應被山靈笑，笑我剛能半晌來。

觀端忠敏所施文衡山手卷感題（附跋）

名山與畫原非兩，况又題詩在上頭。待詔高才見雙絶，尚書好事亦千秋。相尋人物消磨盡，如此江天咫尺收。剩檢舊題成太息，五年碧血逐東流。

耳金、焦二山名久矣，今春以省親南下，得紆道來游。天寒，游客益稀，正聖俞孤港落汐之時，有東坡明日顛風之懼。既而焦山返棹，波濤不驚，重訪山門，索梅村上人此卷，率題二律，用留紀念，忠愍當作敏，跋時誤書。此卷時在，去今年已十二年，成仁亦五年。撫此遺迹，不勝西州之感云。

蘇文忠玉帶

留帶今知有夙緣，禪機偶窒亦欣然。當時不换雲山衲，未必能留八百年。

劫火焚餘佛護持，宫中携去費磨治。可憐鐫損無瑕玉，要刻純皇御製詩。

妙高臺

神游已久山靈識，處處相逢似故人。拾級妙高臺上望，恨無明月證前身。
苦溷京塵失故吾，難尋佳處住髯蘇。南來爲借名山水，洗得他鄉俠猾無。

渡江至焦山

已分顛風能斷渡，神山惆悵引船回。却看江雨霏霏下，終遣春帆緩緩來。嶼遠乍疑鷗出没，雲歸應有鶴徘徊。峰巒似解相迎送，洗盡烟嵐笑面開。

雨中登焦山峰頂

纔向金山吞海去，亭名。又來此地吸江樓。東峰頂樓名。波濤吐納乾坤大，島嶼微茫日夕浮。雨滑莓苔妨蠟屐，峰高雲氣襲貂裘。歸時定壓風潮穩，携得新詩上客舟。

觀楊忠愍手書真迹

獄中家報流傳遍，此卷揮毫更自如。到底不曾緣字重，鈐山當日最工書。

焦山戲作

孝然漢隱語無根，三詔何人待細論。譙戍樵夫紛未已，椒山何意更争墩。

泛舟至惠山

柔桑末葉水平堤，夾岸人家板屋低。回首小金山畔望，紅墻一角夕陽西。

酌惠泉

小試山泉泛碧甌，竹烟石井見風流。故緣第二無争者，甘讓中泠出一頭。

山塘道中

正月郊游士女稀，林烟横掃遠山微。一溪春水青如染，村婦凝妝坐浣衣。

蘇州街道狹小其尤窄者衡財并肩望疑無路輿者掉臂入壁詰曲可通洵奇觀也口占

鼠鑽牛角蟻穿珠，較此游行比得無。錯道輿夫有神術，喝開壁縫化通衢。

鴛鴦墳

鴛鴦墳畔路，游客幾人停。無賴離離草，春來不肯青。

前題

人人盡訪真娘墓，憑吊倪娘更有誰。名節念輕顔色重，血痕終古遜胭脂。

寒山寺

不識寒山寺，三年主社盟。偶然避詩債，來此聽鐘聲。樹小雙橋豁，寺前兩橋，橋曰『江村橋』，曰『楓橋』。或謂張懿孫詩江楓漁火乃兩橋名也。陸申甫有記辨之綦詳。樓空一水横。無端思擊鉢，錯道在都城。

將赴鄧尉或以地僻不靖見尼而止賦以志憾

待趁烏篷木瀆船，好尋香雪太湖邊。誰知臨海饒山賊，辜負梅花又一年。

三潭印月

塔影浮仍聚，潭雲凝不飛。閑僧能笑客，不待月明歸。

湖船對奕

湖上輕波蕩遠春，一枰坐對耐芳晨。移船莫近孤山去。地下逋仙要笑人逋云惟不能，著棋擔糞。

孤山懷林處士

孤嶼凌空碧四環，杭城咫尺好湖山。不妨大隱廬人境，李及王隨日往還。

蘇小墓口占

藏春柳色近西陵，油壁車輕日日憑。至竟當時緣底事，錢塘不葬葬嘉興。
杭嘉兩地留疑冢，汝若男兒亦霸才。不見比鄰秋女墓，有人一度剗夷來。

觀岳墳鐵囚雜感

縱檜南歸和局成，卅年首相不渝盟。金人本計分明識，饒舌何須扣馬生。

物論他年有异同，南園敗後更褒忠。韓侂胄始易檜『忠獻』之謚爲『繆醜』，韓敗，史彌遠復檜王爵、賜謚。寶祐間更釐定檜謚，乃有『繆狠』之諭。師王函首金源惜，敵國雌黄倘未公。

邪正規恢不可論，偏安殘局竟誰存。各行其是無功罪，鐵案何人與一翻。吾友胡展堂同年居東時，與余語檜事，謂南宋和戰孰益於國，本無定論。政治家爲貫澈其政策起見，不惜辣手對待异己，排除障礙，以行其志。事所恒有，安得爲咎。此論殊創，然而冤死者衆矣。

素園早起樓望

侵晨鷄唱報當關，不遣詩人一息閑。破牖天光催夢覺，壓襟烟色送春還。六橋内外添新漲，孤塔西東襯曉鬟。我愛園林最佳處，小樓三面面湖山。

葛嶺

燈火湖濱罷宴年，半閑舊迹已如烟。游人但感平章事，不憶仙翁葛稚川。

靈峰寺

玉泉一徑接靈峰，白草蒼烟隱古松。鎮日無人禪院過，嶺雲深鎖不聞鐘。
梅香浮動竹參差，影入光師洗鉢池。猶有周生能好事，招人來賦拜蘇詩。

自靈隱上韜光賦贈何翁庚生

濃箐仄徑達幽岑，愛静真愁入不深。陟險倚崖添小築，尋詩拂壁作微吟。泉聲激石成琴筑，海氣涵山浣素襟。擲杖從教化龍去，輸君腰脚濟登臨。翁年八十四，健旺乃如少年。

杖折口占

忽折登山杖，難爲濟勝資。雙峰真滅迹，不得爾扶持。遂不克登南北高峰也。

韜光觀壁題

青山怪我爲來遲，十萬風篁繫夢思。輸與西川傅沅叔，頻年六度此題詩。

湖上坐雨

來遲不見孤山雪，望雨湖樓亦一奇。懸瀑添泉分遠澗，濕雲蒸潤入枯池。烟嵐洗盡峰争出，土脉蘇回草作姿。坐對空濛窗四面，此中難遣俗人知。

絅齋自城中遠致珍饌小飲書謝

正愁湖市盤飧遠，辜負山光滿眼來。豈謂酒船遥放棹，居然水閣坐銜杯。一年魚笋江鄉足，卅里鷗波畫本開。除却蒓羹遲後約，此行飽腹未空回。

龍井寺

一碧龍泓澗沼荒，蕭森風韵送脩篁。烟侵絶巘衣裳冷，雨過連山草木香。神物依雲隱鱗爪，春芽汲井試旗槍。不辭觀瀑窮幽阻，坐卧溪亭下夕陽。

偶成

雨霽歸途萬緑繁，沿溪一曲過荒村。村人不識佳山水，厭聽泉聲晝掩門。

自龍井至烟霞洞

破蘚迴環繞翠微，緩行隨處見清暉。雲來欲與人争道，雨急翻疑鳥退飛。撲面四山身入畫，搴簾一路霧侵衣。計程今日愁須晚，耽玩烟霞不忍歸。

烟霞洞遠眺

緣徑松蘿曲曲通，危亭分列岫西東。洞天壁鎖朝雲白，溪澗泉鋪木葉紅。一角江流收眼底，幾人邱壑起胸中。何須更慮登峰阻，烟雨南山最鬱葱。

洞口故祀財神陳藍洲湯蟄先毀之而刻坡像戲成

財神奎宿較如何，富貴終然付夢婆。香火此間愁冷落，更無男婦禱東坡。

觀釣

細雨斜風掩暮曛，釣絲微拂漾波紋。老漁自倚苔磯坐，不辨溪頭漲幾分。

理安寺

山麓尋幽寺，芒鞋喜晚晴。篠輕松鼠過，齋冷木魚清。經塔慈雲覆，春波法雨平。治安空有願，誰問洛陽生。

登六和塔

天風吹我上層霄，下瞰錢唐見沓潮。歸鳥漸稀帆影亂，晚來江上雨蕭蕭。

望錢塘江

望遠風帆小，江濤撼岸時。逆流艱寸進，半晌不曾移。

題何翁庚生意園灌菊圖

西風無賴冷雙鬢，種杞餐芝興盡删。老去參軍髯似雪，依然籬菊看南山。
一抛手版住杭州，湖上逍遥盡日游。絶勝罷官彭澤令，不知清福幾生修。
意園寓意望非奢，秋色相尋處士家。寫出天寒雙翠袖，意中人種意中花。
夢中彩筆壓錢塘，老圃歸來伴冷香。贏得捲簾人一笑，好留晚節殿群芳。

駐顔酈水認鬚眉，兩世論交得舊知。我是慈明行最幼，廿年今識太邱遲。家嚴在周竹卿年伯署中，曾與翁識，今二十餘年矣。
繞膝兒孫興不孤，相携三徑未荒蕪。明年預約王摩詰，謂翁友人王竹人雲，第三圖即其所繪。別寫同堂五世圖。翁今年已爲曾孫納婦。

劫火

翠濤深處畫屏開，濺泪春城往事哀。大好湖山淪劫火，幾時彈指現樓臺。

靈泉

無病居然亦得閑，靈泉一酌福非慳。寺僧愛説前朝事，搜讀宸章蘚已斑。

寄内

伏雌一別幾晨昏，分手南天欲斷魂。萬里有家歸計決，三珠在抱笑顔温。草書大抵怱怱作，婢子寧爲刺刺言。緘汝十年思母泪，有人白髮倚蓬門。

南翔游古漪園

健步尋幽夐，名園傍小溪。亂鴉喬木外，怪石畫橋西。風掃棋枰冷，波涵石舫低。滄桑撩客感，極目草萋萋。

崑山懷古

拔地單椒豁上方，天空風緊客衣涼。燈光磬韵依然在，不見詩人孟溧陽。
兗肩斗酒渡江游，猶憶詩人返客舟。日暮一山迷塔影，不知何處葬龍洲。

有贈

十載鄉關短鬢催，鼓鼙聲裏暫歸來。衣冠垂盡餘詩社，塊壘能澆付酒杯。横海戈船聞羽檄，隔江燈火黯樓臺。年年坐閲滄桑慣，此事輸君又一回。

吴淞曉望

晚上輪舟得熟眠，侵晨坐對曉霞鮮。側帆千片虚浮水，遠樹分行密接天。騰躍濁流趨大海，昏冥寒日掩濃烟。可憐河壖横如帶，不障戈鋋萬斛船。

海病

陸居久不涉波濤，海病於人定何物。胸中塊壘忽傾吐，眼前天地成轉側。習習不從腕下生，拂拂疑從指間出。非詩非詞非文字，如箭在弦急一發。强欲支撐避訕笑，頭目森眩終無術。楗門僵卧客何爲，辟穀不饑能累日。忽聞椗泊聲一呼，起視寥天病若失。

初歸

初歸閭巷依稀識，顧盼渾疑夢裏身。久别故鄉翻作客，偶忘舊事轉詢人。親知零落餘今雨，著述無多剩劫塵。聞道江河愁日下，幾時風教却還淳。

舉世

舉世憂兵革，吾能獨出游。避人得邱壑，冷眼有陽秋。棋局仍兒戲，江花惹客愁。欲尋乾净土，何處繫孤舟。

偶書

伏案兒時地，歸來百感生。燈迎河岸近，春入彩衣輕。書篋蟫餘亂，樓塵鼠迹明。所親陪話舊，不覺夜三更。

劉裕

劉裕破長安，義真鎮其地。留守付弱兒，返旆此何意。無暇營中原，急欲成篡事。屈子梟雄才，料敵具殊智。朝臣方夢夢，拱揖易天位。豈知萬里外，竊笑有荒裔。幸而業小就，傳璽尚再世。奈何開國功，垂成挫异志。無端受劫持，卧榻容鼾睡。大業喪一朝，能及寄奴未。

董昌

董昌起鎮將，入朝官平章。忽聞妖鳥鳴，僭號傳四方。一旦婆留攻，軍潰知天亡。請去天子號，仍班節度行。勸進由越人，今知謀不臧。黃屋豈南越，小朝非南唐。厚顏直兒戲，反覆真無常。誰歟蹈故轍，狡兔猶金床。

辰巳集

任中署簽

序

《辰巳集》者，稊園主人於帝制解禁北歸，復起歲餘所作也。丁巳嘉平，予始來歸，最初得讀《小園集》諸詩，尤於重陽日所作『今日無錢復無酒，罷官陶令負黄花』之句，爲之低徊太息，感不去心。既而盡請近兩年詩稿讀之，則主人方以政敵所憎，横被摧陷，而對於項城稱帝，始終不爲隨波獻媚之舉。諷刺之語，且時時見之吟咏，如《秋柳》詩云：『千條依舊龍池影，辜負當時改植心。』又曰：『閉置荒田盡日垂，東風暗换詎曾知。』又如《不預勸進戲作》云：『誰言朝覲謳歌外，更有當時訟獄人。』又如《舉世》詩云：『避人得丘壑，冷眼有陽秋。棋局仍兒戲，江花惹客愁。』如是者指不勝屈。此外如《挽王君協吉》詩自叙云：『撑肚難合宜，銷骨遂叢毁。會丁神器摇，冠紳舉波靡。倉卒陶穀詔，紛紜謝朏璽。拂衣却新垣，扁舟遽南駛。』其他咏古事以况今，如《劉裕》《董昌》兩詩，則意義更爲明顯，此則在袁氏事敗之後，不慮有文字之獄，故率臆而言之。平日服膺孟氏人有不爲而後可以有爲之訓，故自少時以有不爲名其齋。凡上所舉，殆皆有不爲之一見端而已。詩雖小道，關於立身行己之品節甚大。予故於《辰巳集》之刻表而出之，以告讀者。歲在旃蒙赤奮若如月祖銘識於琴風館。

辰巳集

稊園詩集第三種
南海關賡麟穎人

宦海波騰，國事鼎沸，玉步未改，金甌僅完。人有棟榱之憂，歲值龍蛇之厄，前則兵興清側，後則變起奪門，加以牛衣不温，鸞釵忽折，雖濫人爵，迺無好懷。檢輯蠹殘，强半散佚，姑就可留者録之爲《辰巳集》。

起民國五年六月，即夏曆丙辰五月，訖民國六年十二月，即夏曆丁巳十一月，得詩九十首，附録詩二首。

哭王協吉

我昔論人才，於君屈一指。豈緊吾黨私，心許良有以。才略匪所難，肝膽信可倚。一别十二年，綉衣治閭里。孰云擾攘間，所就乃衹此。君少賤且貧，舌學具根柢。自爲秀才時，沉毅絶倫擬。興學一同舟，邑人集衆矢。南海之有學堂，始於余與君。時邑令姚君紹書與羅觀察崇齡力排衆議，舉余草創此事，而君贊助之力尤多，今姚、羅皆宿草矣。濯足扶桑流，奮翮蒼梧汜。一從乖崖張，再御龍門李。負荷日益重，憂患從此始。天末起涼風，滇池念遐軌。萬里馳書來，頓消吝且鄙。質我籌邊略，攬轡彌自喜。勖我濟時才，先憂互磨砥。魚雁苦迢遞，沸天騰海水。義旗舉再三，鄉邦盡荊杞。君方引閑身，東歸福桑梓。而我處京華，憔悴折其匕。撐肚難合時，銷骨遂叢毀。會丁神器搖，冠紳舉波靡。倉卒陶穀詔，紛紜謝朏璽。拂衣却新垣，扁舟遽南駛。投刺河堤東，一見語移晷。遂傾北海樽，頻倒中郎屣。慷慨談時艱，隱患未可弭。何期奪君速，禍發不旋跬。置人桓惎謝，奪軍餘望耳。衽席忽戈矛，橫尸伏尺咫。平凉渾瑊脱，南越終軍死。矯矯湯與譚，并命皆才子。如何一日間，殺此三烈士。君尚留須臾，耿耿殁猶視。絶筆數行書，雨泣讀衢市。當君未成仁，政聲不勝紀。萬家陰托命，庶哉亂遄已。自君殉凶鋒，盡人失所恃。貧者窮呼籲，富者急謀徙。我亦挈家去，北行入囊裏。嗟哉生才心，窮通竟何理。文綉争爲犧，泥塗誰曳尾。得失本難論，後先焉喜否。假君十年壽，業足炳青史。云何竟無命，橫江制螻蟻。徒辜血滿腔，閣筆泪盈紙。挽近人心偷，顯宦仍潝訿。巧宦工藏身，見人羞舉止。臨難義不苟，如君復能幾。悠悠肉食人，懷哉吾亦耻。

壽余母阮太夫人六十

人類競智巧，分工盡纖悉。入國覘文明，進化在美術。松江有賢母，撫時憂漆室。興學藴深心，十年如一日。嬌客識吴生，馳書述貞德。感懷獨搔首，頗憶曩時説。吾嘗發狂言，不避衆所叱。擇藝各有宜，陰陽不相賊。男性宜剛决，毅力赴標的。女性宜靈静，心思恒緻密。譬如司簿記，又若肄音律。或爲小學師，和婉得教益。吾試廣其義，爲之立區別。屬對騈儷文，續事丹青筆。詞曲香奩體，楷字簪花格。此宜婦人事，不爲吾輩設。雕蟲壯夫耻，玆意誰能識。奈何皦鬚眉，茶然奪女職。翰林諸先生，勞精日矻矻。舉朝崇嫜嫛，頗笑但不櫛。沉迷方一概，而女反自逸。嬉娛百不事，甘心作玩物。本性適顛倒，所執成兩失。嗟予蓄此議，獨賞孰可質。誰云有解人，矯然女中杰。毀家發宏願，此學遂萌蘖。會當增諸科，寧徒觀一節。成材歲相望，白首心逾熱。善報良不爽，遐齡當可必。預期星一周，來觴壽七秩。爾時教澤普，生徒遍吳越。庶幾女兒功，勿爲男子奪。人壽校亦壽，持以壽吾國。

重陽雨和内

不知滿城雨，秋色在誰家。似爲秋容瘦，添肥到菊花。

【附原作】

重陽日小雨

番禺梁懿芬

欲趁重陽日，登高問酒家。蕭蕭窗外雨，無賴對黄花。

九月二十四日初雪和内子韵

容易中人是薄寒，秋風城郭雁聲單。錯疑鴛瓦霜華重，一抹墻腰雪未殘。

【附原作】

九月二十四日初雪　　梁懿芬

秋宵風緊釀微寒，爐火無温綉被單。起捲珠簾驚雪滿，小闌干外菊花殘。

梁夫人初學爲詩詞，所作僅絶句、小令十餘首，此其絶筆矣，本不足存，録以志痛，附記。

挽宋敦父

詩壇健將筆縱横，苦爲耽吟太瘦生。隸事王摛頻奪簟，擁書李謐抵專城。五悲文字餘殘稿，雙暈醫方誤食羹。嘔盡心肝終底用，可憐熏燭損蕪菁。

幕府隨龍職盡崇，獨遺衛尉代來功。鮎魚苦嘆緣竿拙，蜥蜴閑争射覆工。入夢白駒尋字杳，歸家黄鶴逐雲空。練裙冬月難爲計，十五孤兒泣朔風。

三宋聯宗豈偶然，蜀鵑遼鶴各迍邅。詩社氏宋者三人，芸子遞解，寰公繫獄，君且以目疾隕，同人皆謂宋姓不祥。黨人胸塊虛澆酒，名士頭銜不值錢。已分命當磨蝎宿，誰知歲厄赤龍年。好書如色天胡酷，我憶雲崧矐目篇。

壽陳恂庵父子静母王太夫人五十

臘暖庭階舞彩斑，瑒華千盞照歡顔。著書世澤追潛室，陳植號潛室，先生永嘉人，陳氏出自陳宜中，本永嘉人而遷蕭山。講學高名慕象山。入幕嘉賓參密議，望門元節慶生還。苧蘿香粉鵝池墨，偕隱何妨老此間。

吉語平分壽百齡，東公西母鬢長青。中書三世添徐嶠，家法諸男肖穆寧。劍鋏彈餘歸畫錦，籯金散盡有遺經。來宵自寫迎春帖，獻歲雙懸極婺星。

代陳瀾生總長送神田正雄歸國

文字因緣兩國聯，倦游無奈促歸鞭。記從橐筆西來後，側帽京塵八九年。

故國暄龢二月春，櫻花如錦迓歸人。舊游鴻爪如相憶，猶有吟箋墨色新。

挽李古餘濱

性不宜官負宦游，能專講席亦千秋。身窮但合工書畫，道在何須問友讎。晚喜仲齊居岳麓，暫聞景說主衢州。可憐歲直龍蛇厄，正應吴中處士憂。

送胡遲圃都轉之官浙江

大利今歸左藏財，牢籠山海鹵場開。簽書景伯高時望，記室元瑜屈霸才。終遣一麾司榷莞，盡教四所領温台。篋中携有張融筆，要寫熬波俊語來。

去年入浙我題詩，辜負吴山立片時。湖漲四圍愁葑積，春游一恨失蓴絲。鹾池駐節何修得，州宅誇人大有辭。預約餘杭重買醉，就君先索杖頭資。

紀哀

先室梁夫人以丁巳正月三十日歿於京師，余方人事紛錯，心緒瞀亂，僅以挽辭兩通少寫悲感，并追紀病況，狀表行誼之文，亦未克有所筆述以告親友。洎喪事告蕆，乃雜書絶句二十八章，以識顛末。古所謂文生於情，情生於文，要未足慄餘哀於萬一也。

短夢瑶臺了夙緣，夾河昏嫁事如烟。回頭始信平安福，静好閑過十四年。夫人年二十，以光緒癸卯歲來歸，歿年三十四歲。

環海除隨八月槎，晋雲湘月偶離家。人生比翼誰能似，不負香衾應早衙。自出洋考政以後，小別罕逾兩月者，畢生聚首之日至多。

海外征人遠寄函，展書日日盼歸帆。閨中手澤無多剩，一卷傳抄鎖秘緘。考政歐美時事。

春廡携將舉案人，郎潛日下九經春。劇場酒肆都無分，幾見闈襜一展顰。舊日京官眷屬不入酒肆，非堂會不能觀劇，清季猶然，而夫人交游復鮮，同鄉亦稀往來。

萬里乘風羡父兄，謂外舅鎮藩公及内兄世忠。隨槎夫婿願同行。使軺破例虛承諾，蓄語從兹學不成。伍欽使秩庸奏調余爲美使署三等參贊，夫人乞同行，以便求學，伍欽使嘉其志，特許之，已而余以郵傳部奏留，不果行。

宣髪娘嫌戚眷知，會親爲爾十年遲。孟光短命翻堪惜，椎髻如今不合時。外姑陳夫人以髪禿常御帽，夫人亦苦髪少，恒以爲恨。

北游一紀倍思鄉，恨未同歸去歲航。懷抱呱呱偏記得，催將喜信報萱堂。

三十初疑得子遲，誰言花萼報連枝。四男自喜聯珠卜，肯信今生命數奇。夫人連舉四男，賀者皆頌其福命，夫人亦甚自許。

宜男芣苢入詩材，不道生兒起禍胎。就館連年更事稔，輕心一誤使人哀。夫人以正月廿一日生第四子肇廣，旋患産後發炎，遂不治。

傭婦偷閑喚不應，米鹽家政尚紛仍。寧知咫尺風寒襲，一夜虛炎忽上升。産四日，以呼僕不應，下榻取物，爲得病之始。

昕宵夢囈語無端，血毒深深洗伐難。灰滌母腸真底用，群醫束手枉相看。

囊冰鎮腹顫宵分，徹曉呼號不忍聞。救死豈堪姑息誤，誰知此着竟妨君。

病急投醫各自矜，參苓未效竟何憑。曹生空侈神方力，奪命波旬恐未能。

人影憧憧帳一開，喃喃真上望鄉臺。離魂已向佗城過，曾見華燈鬧市來。

慰語床前譬百端，未完心事衹長嘆。回光轉覺神明勝，贏得檀郎泪不乾。歿之日，神智甚清，自知不起，言語逾多。

戲言身後亦尋常，弱息牙牙最斷腸。蘆絮早勞他日慮，鸞膠擇對費思量。

長男黧瘠攝生疏，肩髆夷傷舞象初。折臂三公終有日，報恩惟在讀爺書。夫人召肇冀至醫院，遺囑訓教備至，謂：『汝祖父最重人讀書，汝務當努力勤學。』

瀕危一一面諸兒，兒輩終身似預知。變色雛嬰酣綉褓，可憐殘喘命如絲。夫人最喜肇方，見時歡笑不已。見肇榆，如有憂色。及家人抱肇廣來，則怒甚，切齒視之。

痴心失恃念諸雛，顧復何人暫托孤。欲乞南方迎母姊，苦難如願一長吁。夫人以兒女皆幼，無人撫育，欲迎外姑或適趙氏大姊來，余難之。已而外家秘凶耗，不使外姑知，遂不果。

朝露人生輒自危，報施太酷理堪疑。夫妻不省因何罪，泥首床前慟哭時。

兩家中表不相知，築里居然姊妹宜。買宅結鄰纔幾月，彌留執手泪如縻。二嫂盛夫人與夫人爲中表姊妹，平日極相得，病中與之訣別，嫂爲慟哭。

有父年時旅析津，生前燕市往來頻。九原倘有相逢日，爲語遺箋墨尚新。謂外舅鎮藩公。

有妹深憂母氏悲，北來消息闕多時。平安更托年年報，但怪寥天雁到遲。謂六、八兩姨妹。

有弟相携客上京，苦心訓誨幸成名。少年漸望能遵義，忍遺辛毗失憲英。謂內弟世清。

鼓盆未忍學南華，鏡破釵分付惋嗟。結髮恩情梳擲後，蓋棺長戴一枝花。粵俗，妻死夫須在柩前折一梳，以其半擲屋瓦上。又有『死在夫前一枝花』之語。夫人生前屢言及之，以爲有福，故殮時亦簪紙花，如俗例。

念舊心如百沸煎，更深猶在几筵前。教從老父書齋宿，擁被鰥魚夜不眠。時襆被宿沐曦簃中。

重喪俗忌渺難論，又送殤兒夜出門。壯碩偏教隨母去，翦衣無計與招魂。謂次兒肇榆。

十萬營齋尚苦貧，遺金長記語諄諄。夢中却怪詢回煞，薄怒無言冷向人。一月後，余夢見夫人，夢中知其已殁，因問回煞日返家否，夫人怒而不答。

上巳修禊十刹海分韵得儼字

東風約餘寒，皺波緑如染。積旬得暄霽，麴塵颺奄冉。選勝城北游，高樓倚厓隒。拾歡仍舊地，林外酒帘颭。賓客百十人，聯翩造門儼。用《難蜀父老》文。談笑各爲朋，科頭絶拘檢。傳斝顔未酡，賦詩腹憂儉。酒闌沿堤步，迴塘蹙微瀲。高柳翳魚窩，新蒲没鷺點。日斜車騎散，遥山暝烟斂。年年勤禊事，星霜催荏苒。群賢盡勝流，臨河此何忝。余懷但私祝，一祓洗憂慊。春愁重如山，困人不可瀱。歸來獨惆悵，寂寂空房掩。時新失偶。

展上巳日脩禊陶然亭分韵得鞅字

詩人惜芳春，十日嘉會兩。勞勞冠蓋間，苦未釋塵鞅。及時暫偷閑，近郊足俯仰。選勝來城南，地偏得幽敞。久晴忽好雨，一夜洗氛坱。霽宇陽不驕，西山挹遥爽。江亭窪水耳，便有濠濮想。禪房甚花木，積潦泛菰蔣。葦徑襲餘潤，竹溜滴清響。雜坐忘主賓，登臨集少長。更盡酒一杯，不知屐幾緉。三絶書畫詩，攢觀競歡賞。憑闌或拍肩，諧譚聞鼓掌。百端感余心，游人增悵惘。隨化亦何戚，取懷聊自廣。緩歸托微吟，林梢月初上。

壽熊秉三母吴太夫人八十

世德生良輔，春暉報大年。八旬尊壽母，百揆仰名賢。象服山河耀，鸞書日月綿。潯陽清淺處，芳釀祝群仙。教子推明達，治軍佐澤仇。老知爲善樂，静覺與天游。析木雲初駐，沅江水自流。每聞民力竭，漆室有深憂。舉世欽名德，巍巍一女宗。黄巾知避里，赤縣靖傳烽。班列榮中正，將迎侍顧雍。幾時瓊島宴，領袖語從容。南岳人多壽，清聞老鳳聲。家傳修月術，宦有兩錢名。慈竹猗猗秀，萱花歲歲榮。緑衣慚不識，末座一飛觥。

行河

不見行河平子思，徒勞置驛鄭當時。雨多豈但憂傷稼，道毁真成治亂絲。五派錯流防已失，十年樹木計應遲。空言塞决知無補，歲竭軍儲百億資。

不寐

擾擾塵纓暫得清，酒醒欹枕夢難成。雨工與客同無寐，卧聽車檐一夜聲。

曉發清風店

道茀初除積潦收，長涂于役當清游。單衣曉起凉無限，吹作征輪十里秋。

正定道中喜晴

滯雨兼旬尚積陰，放晴一日抵千金。行人頓忘修途苦，父老猶殷望歲心。夾路泥深妨試馬，失巢烟暝語歸禽。郊原遠近聞邪許，督役詩成有和音。

水菑後述所見二首

北方闕水政，河道廢不修。太行屏其西，鐵路居下游。年年苦山洪，况乃雨未休。一夜失屋廬，平原深可舟。樹梢出水湄，古道成河流。棉麥蕩無餘，禾稼泛不收。哀此民何辜，每疑天與仇。村居既沉堙，宣洩須深溝。穴堤救然眉，蚩蚩無遠謀。罪汝良未忍，貰之群效尤。何時壑有歸，釋此淪胥憂。

今年春夏交，大旱燋下土。猶言天公仁，軫此窮黎苦。土龍禱忽靈，商羊蹶起舞。愁霖竟累月，積潦溢河滸。我來暫得晴，停車日當午。倚窗一遐眄，夾道惟販堵。爨突無炊烟，桔槹卧荒圃。父老褰裳來，垂涕膺屢拊。爲言民蕩析，長官視無睹。高田雖未淹，秋成復何補。尚留一椽蔽，綢繆勤牖户。起觀天際雲，又釀明朝雨。

四載吟（并引）

沉菑千里，道修多阻。車輪馬足，水涉沙行。梯陟而登，舟綍以引，勞人百況，輒廣見聞，選其尤奇，次爲韵語，命曰《四載吟》。

筐渡柳條作筐，坐可三四，泅而推之，視舟尤速。

編柳爲筐似葉輕，中流旋轉笑相迎。晚來烏咽過泜水，絶憶淮陰渡木罌。

船舁木船如斛，庋板其上，下亘扛二，六人舁之。

小小方船互挽推，凭肩巍坐簇陪儓。旁人指點緣何笑，大似西方活佛來。

背馱一人前負，二人後，持棒而涉河。

淺淖横流不可逾，更憑大力負而趨。夾持終有臨深懼，愁殺昌圖偉丈夫。

軌懸堤土隨波，鐵軌猶在。摇車飛越，往往自如。

浪淘沙盡木猶支，輕轍翻空故出奇。不信秦皇馳道上，有人能唱步虚詞。

告瘁

告瘁吾寧敢，前驅語僕夫。千村生杞棘，十里辱泥塗。面爲觀河皺，裳因揭淺濡。赫曦曾未苦，日日得晴無。

視工洛河立堤上口占

一雨添新漲，長堤齧怒潮。秋聲摇斷岸，人影集危橋。水壅沙囊重，繩行木筏漂。役夫須努力，回首尚讙囂。

内黄道中

長阜連延入左原，百家烟火自成村。柔桑如薺傷風力，下隴無禾剩漲痕。幾處索綯乘晚霽，有人倚杖聽溪喧。臨流田舍兒偏樂，放鴨歸來直到門。

碭山田家風景

拾穗人歸暫息肩，團焦處處見炊烟。老羊慣見雷車過，獨撫群羔傍樹眠。

曉起望泰山

夢覺推窗曉氣清，遥峰秀壓泰安城。入秋遠樹猶蒼翠，對客青山有送迎。風急故妨飛鳥疾，雲深漸隱采樵聲。勞人輪轂何時已，五岳吾須寄此生。

與端甫兆熙渠常星池平孫泛舟楊柳青間時兩河新決二十里間巨浸無際

蝦蟆窪外夕陽西，如此横流極望迷。濡軌每憂來軫覆，扣舷惟見接天低。拍浮樹杪知依岸，明滅燈光識故堤。秋露哀鴻景愁絶，可憐中澤夜風凄。

重視新樂橋工

風急秋高水落灘，臨河四顧破愁顔。役夫運杵聲呼應，過客移舟日往還。宿雨乍收增碧漲，濕雲初散露青山。明朝略約能通未，見説行人杖履艱。

車中晚眺

招手山光入座隅，夕陽如染赤霞鋪。層巒雜沓分濃淡，一幅天然著色圖。

贈孝覺

滿地干戈劫運開，故人無恙喜重來。怕聞杯酒論時局，回首鄉關事事哀。
舉足神州見重輕，南方群帥已尋盟。自從弃疾趨朝後，盡識中原有耿京。
不意書生綰左符，嶺南一道正崎嶇。可能盾鼻留餘瀋，依舊詩筒嚮答無。

壽沈濤園夫婦六十

匝月蟾輝上下弦，極娵先後麗南天。鴻光同志能偕隱，梟躍分才各象賢。花甲平頭長慶集，桃源寓意義熙年。五男好時今皆貴，要請移家就擊鮮。

哀董生

稚夔殁既四年，余但從友人許，聞其見戕，顧無赴告，不詳事之顛末。近晤其從子善獎彥拔，始具以告，愀然悲之，追悼云爾。

儒冠憔悴不得意，低頭小生請相吏。公門何地豈足栖，一行毋乃貧爲累。奉錢不足贍妻子，承符趦趄走城市。猾豪幸校盡富貴，獨遣秀才應兵死。秀才習氣誰知得，每假野行看山色。一朝案事下堂皇，懷牒疾趨郭門北。午投村落暮未歸，酸風獵獵吹人衣。主人畏官不曉事，殷勤一飯留柴扉。西曹醉飽寧言失，要使怨家生忿嫉。真成文吏探黑丸，忍見居人藏碧血。祇今宿草幾經秋，都亭未報仇人仇。年年弱息孤嫠泪，灑向斜陽原上頭。人生動息皆憂患，我爲熱官思熟爛。托身何況隨役胥，溷鼠時驚那可居。嗚呼董生長已矣，腐儒擇術何其疏。

吉符兄四十初度置酒賦呈

聚首王城共海桑，永嘉依舊夢西堂。文章世譽歸韓浦，名字官書改宋庠。三戰鏁廳看筆秃，四年太學抵槐忙。記從釋褐爲郎日，辛苦金門粟一囊。

萬里張旜戒使車，長公携手喜連茹。歸裝剩有觀風記，郎署猶司互市書。貫月仙槎游博望，題橋健筆驗相如。講臺海外多桃李，頻與先生問起居。

連璧初蜚日下聲，鋒棱不露世偏驚。杯鐺部署皆才略，花木平章見性情。冠玉趨蹌森五桂，掌珠遨戲粲三英。團圞繞膝咸無恙，此福修來已幾生。

卜築相携膝僅容，慰情差免賃皋舂。近分別宅居裴楷，暫喜行窩就邵雍。藏酒有人謀一醉，讀書能伴足三冬。小春南北枝先後，兩度梅香泛玉鍾。

蒲河如帶繞高樓，牖外雲山一望收。不爲搊蒱妨政事，時於削札識風流。中年陶寫遲安石，舊約閑居待子由。借問工書賢阿買，新詩自壽寫成不。

題洪俅卮梅譜

洪生寫梅如寫字，勁幹剛棱藴姿媚。洪生寫字如寫梅，豐容笑靨天然開。畫成題句筆不輟，書畫與詩稱三絶。零縑潑墨頗自珍，尋常不肯持贈人。我從吟社久相識，不待丐言時有得。歸來榜之滿長廊，素壁月入生清香。未知腹稿凡有幾，但見揮灑無盡藏。吁嗟乎！逋仙無人石帚死，近代童金俱已矣。能畫梅花世已稀，何况真梅問知己。洪生愛梅爲寫真，要訣能得梅精神。忽然興發不復閟，盡啓扃鐍梁通津。我披百葉梅花譜，尺幅之中見規矩。何當化作萬千身，分爲樹樹梅花主。

壽梁燕孫五十

扶桑東望鶴飛迴，壽宇昭明禁網開。萬甲藏胸森武庫，四方翹首下簃臺。稍親絲竹寧無意，暫托江湖惜此才。一盞析津春晷永，海濱德曜喜偕來。

論史絶句（并引）

周公恐懼流言，王莽謙恭下士，世人以一時之成敗，一時之毁譽，爲論定人物之標準，其能衷於理亦僅矣。白香山因之有『當年身死』『真僞誰知』之感，此數語，千古下讀之，猶驚心動魄。由此推之，孤臣孽子操心慮患，是非無定，命運厄之，與夫忠良謀國孰殺，有歌呼天誰籲，人言可畏，我後遑恤！是乃王稽所謂『三不可知，三不可奈何』者也。香山原作本爲律詩，傳者但耳熟其後半，然辭意已盡，以爲絶句，謂尤適宜。讀史餘暇，盡仿其意，爲小詩得十有二首。

失地魯猶曹劌將，喪師秦用孟明臣。兩君中道如疑貳，低首無辭作罪人。
趙括父書曾熟讀，彥回名德履清華。國家不遇秦齊釁，美譽應能保世家。
韓信臨刑逢太僕，張蒼伏質見王陵。當時交臂須臾失，一代奇才鬼録登。
毛義爲親歡府檄，善明贖母贖金錢。倘非晚蓋完清節，枉受汚名到九泉。
主軍忠涉有同盟，賊事終緣太白星。借使伋邯遲告變，國師論伐應圖經。
義真宫禁連張讓，盧植軍中賂左豐。二子硜硜矜介節，可能事業見成功？
周處虎蛟同一害，張充鷹狗已三旬。當年惡少如誅殺，誰爲朝廷惜此人。
秀實從容牙笏日，杲卿受賜紫袍時。此身萬一遭狂刃，心事焉能後世知。
張奂初因梁冀免，無詖晚得國忠援。不因勛伐兼忠義，青史能無奸黨論。
晋父契丹緣篡國，唐臣突厥爲資兵。石郎祚促唐公永，争向神堯頌聖明。
赤心阿犖副腰圍，玉輅朱温執轡隨。嘆息忠臣誰不信，倒行日暮却何爲。
信國笙歌豪宴夜，鈐山僧刹讀書年。蓋棺倘不他年定，一節論人竟孰賢。

飴鄉集

傅增湘題

序

《飴鄉集》者，吾友關君穎人與其淑配織雲夫人倡和之作也。穎人久居京輦，名冠朝流，逸氣凌霄，高情概日。負顧厨之雅望，主壇坫之齊盟。會以倚馬之才，載咏求皇之什。蹇修可托，嘉耦爰成。夫人生長竹西，薄游薊北。藉紅絲之絆合，携玉鏡以團圞。艷福清才，儷繁欽定情之句；瓌文麗藻，軼孝穆新咏之編。弦絙諧和，譜雙聲於絳樹；緹油傳寫，賡一集於金荃。相莊之樂，蔑以加焉。

當夫珉窗鬥茗，紙閣彈棋。蘭焰宵明，共對戧金之硯匣；苔箋晨擘，代裁尺素於郵筒。偶值花朝，寄懷小别，稍親藥裹，不廢微吟。珍浦詞華，名溢紅香之館；墨琴韵事，詩題寫梅之軒。前喁後于，此唱彼和，此一時也。燕郊北邁，地險西紆。陟磴道於居庸，仰橋陵於天壽。讀昌平之記，流連故國山河；過鞏華之城，感慨遺墟禾黍。既而溯通津於析木，望左股於蓬萊。指九點之齊烟，黄腄近接；眺二勞之山色，勃碣遥連。騁此游觀，寄諸篇翰，此一時也。

帝京景物，歷代爲昭。白紙坊南，訪貞觀之舊刹；瓊華島畔，問耶律之妝樓。徘徊閲古之堂，三希秘笈；迤邐寶泉之水，五尺輕艖。馮益都夕照題襟，俊流所萃；米水曹林於分滏，遺址猶存。凡兹選勝之區，悉入夢粱之録，此又一時也。稊園小築，咫武城陰。廊廡周遭，池臺幽靚。禹卿别墅，自署匏瓜；笠翁舊廬，亦題芥子。暮春方永，禊事重修。韋家宗會之圖，欣依花樹；直卿天寧之叙，并話桑麻。内外弟昆，齊名顧陸；聯翩姊妹，媲美玢璘。飛箋無曳白之譏，題葉有流紅之句，此又一時也。迺騁南轅，先經東魯。驅車云邁，縮地無勞。載登日觀之峰，上躡雲根之石。萬仙樓迥，結靈想於烟霞；三字崖高，鬱奇觀於風雨。齊言可證，岱史能稽。爰涉江淮，來臨吴越。金牛湖畔，打槳而聽徹菱歌；靈鷲峰顛，杖策而遍摹苔篆。緬白蘇之遺躅，抒趙管之遥情。鐫竹題名，拈花分咏，同携行笈，益富奚囊，此又一時也。

時未逾朞，詩成專集。授而循諷，佩此芬馨，而士鑑竊有感焉。以爲南朝盛閥，每産賢媛。東晋婦人，尤多專集。夫人清河舊望，邗水僑居。祖德未湮，史宬可紀。其大父惠肅公久膺節鉞，世列緌纓。往者邊徼未綏，牙璋用起。先曾大父督師六詔，敷化三迤，與惠肅公笙磬同音，旌幢并建，卒使葉榆故域，咸稽首而來歸；蒙爨遺黎，共回面而内嚮。憬兹世澤，述彼舊聞。魏太傅之後賢，厥生鍾琰；晋謝哀之孫女，迺有韶元。此則論江左之高門，掞張恐後；續閨秀之詩話，剬緝宜先者矣。歲在戊午孟秋之月吴士鑑序。

題詞

淳安邵瑞彭次公

玉臺佳句數秦徐，樂府唐山見漢書。吟得浮梅三百首，不須雜佩問瓊琚。
天緣巧比一雙璧，詩思甜於三九冰。解識周南琴瑟意，揑泥應鄙趙吴興。

常熟宗威子威

烏絲闌畫錦江箋，硯墨和花滴露研。一抹山雲秦學士，萬家井水柳屯田。玉臺新咏添佳話，蜜月風光記去年。且把安豐卿婿意，譜將雅樂入琴弦。
月樣團圞水樣澄，分箋擘韵賭春燈。柔娘鶯木隨元稹，松雪鷗波配道昇。視草夜深歸禁署，簪花格妙寫吴綾。稊園風景多詩料，紅藥當階一紫藤。

番禺石德芬星巢

絶妙一篇黄絹詞，玉臺唱和寫新詩。羹魚潔饌公姑悦，《易林》有『公姑悦喜』句。銀鹿扶床兒女嬉。何讓舊人工織素，似聞餘事善圍棋。月圓花好彌前憾，老去秦嘉尚有思。

陽湖吴寶彝 恫淵

錫簫三月桃花裏，四卷飴鄉妍麗多。園有蜜漿羊刺草，人依粉水麝香河。翦裁詞句參甘苦，寄托温馨入咏歌。塵世但知誇澳釜，輸君清福住鴛波。

順德黄節 晦聞

一輪月照雙人面，風雅能追静御堂。得句最惟驚獨客，泛湖聞已過泉塘。雲鬟香霧休言別，椎髻山妻未足量。徒倚明河望今夕，羨仙寧不似鴛鴦。

番禺石福畇

官閣聯吟樂唱隨，一雙牙管寫新詞。幼年記讀船山集，修到梅花婦有詩。卿雲黼黻擅文雄，裳錦天孫配合工。此事自應兼福慧，雙環難得玉玲瓏。

南海譚祖任 篆卿

彩毫芳繞，羨清才艷福，人住香國。花底簾前偕覓句，吟遍翠深紅隙。絨唾檀郎，帖臨新婦，并入詩胸臆。畫眉刻燭，此情堪永晨夕。見説綺陌樓頭，柔鄉歲月，休便教輕擲。絶世才華和

錦粲，信是神仙標格。曹儷鷗波，董諧琴隱，遜此雙鸞筆。同功繭在，問誰深意知得。（調寄百字令）

崇陽劉㟏劍侯

詩律千聯香口傳，圖書萬卷比肩看。徐飴閫內無才婦，遽署甜齋義未安。

鷗波風味最怡情，何事仙山石髓傾。生子合呼甘露頂，昨聞英物試啼聲。

飴鄉集卷一

稊園詩集第四種
南海關賡麟穎人
銅山張祖銘織雲

西俗，始昏命曰蜜月，譯假其意，謂鄉爲飴，寘之古人醉餓諸鄉之次，亦温柔黑甜之比也。丁戊之間，度此光陰，忽積年月，倡和既繁，輯而存之，遂名吾集，穎人識。

起民國七年一月，即夏曆丁巳十二月，訖民國八年一月，即夏曆戊午十二月。凡詩二百八十六首，詞十一闋，附録詩一百二十三首。

叙昏

穎人

四海求凰物色殷，虚懸一格欲云云。愛才但使如初願，不薄韓公與左芬。

著述年年祇自娱，屋梁仰看窘囚拘。何時偕隱翩雙影，便可輕舟訪五湖。

英胄迢迢溯越公，崖門風雨走孤忠。海陵山下沉舟後，播徙彭城一脉通。婦家銅山張氏，爲張公世杰之裔。

孝友堂中手澤貽，猶存雪夜牡丹辭。謂外曾祖星槎公。再傳孫子聯翩貴，要補韋家述德詩。

故帥祠堂遍楚黔，至今遺愛在窮檐。謗書盈篋何曾損，清德公忠物議僉。謂外大父惠肅公。

愛息舒祺不作官，家居課子有餘歡。剩留曙後星光在，氣象猶能彩筆干。謂外舅紹石公。

烽火袁江侍母居，縞衣垂髮十三餘。暫從避寇團焦後，灰燼蒼黄罷讀書。

訪學韶年鼓篋游，潤州安硯幾春秋。朅來翻作冥鴻逝，不爲虛名一昔留。

生長維揚二十年，句吴地小久迴旋。無端滯作京華客，始信紅絲有夙緣。

綺歲雙珠并可人，女兄同學少相親。一從嫁得劉晨婿，結伴長安踏軟塵。謂十一姊紉蘭夫人。

春暖懷仁殿左廂，往來裙屐費端相。誰知千里投賓轄，同日鏘鳴見鳳凰。三姊毓芝夫人事。

童時習氣未能除，柔翰常操興有餘。一紙偶然窺署啓，諸親争識婺華書。

鴻雪時時愛寫真，鏡奩百影秀無倫。就中粲粲西人服，倜儻冰綃最稱身。

罷織天孫下界看，新秋珪月漸團圞。深藏七寶神仙枕，待選人間郭翰難。

擇對經年鮮賞音，數家偃蹇自沉吟。撤環未必能如願，祇是求安老母心。

不甘奇女予庸流，大姊殷勤作蹇修。慧眼俠心誰得似，瓣香先祝女曹邱。謂毓芝三姊。

令暉才調重諸兄，雷岸馳書見性情。猶記岳雲樓上句，西風翠袖可憐生。

憨態深居懶出房，墨池寸匣日携將。生嫌女伴傳消息，鐫入河洲第一章。謂三表姊賈蘭蓀夫人。

滄海横流嘆不安，匆匆嫁娶歲將闌。用修無限傷時意，留付閨中錦字看。

問訊佳期月滿輪，玉京商榷降仙人。稍遲處姊逢良匹，不害扶風先馬倫。謂十二姊介眉。

亭午香車緩緩來，馬蹄穩蹴不成埃。前宵飛雪花盈路，要試閨人咏絮才。

物望靈光歸析津，小詩馳賀筆如神。是誰註就鴛鴦牒，水竹邨前月下人。東海相國。

洞房宵暖漏聲催，辜負繁欽倚馬才。華燭雙明梅百萼，暗香浮入合歡杯。

饌宴逡巡一舉卮，凝妝并坐强矜持。無因倖避諸賓鬧，却是城南警蹕時。是日，總統出京，群客飲城南，阻不得至。

燈火螺江過上元，壽觴遥祝北堂萱。豫要歸省渾無計，兵氣東南正斷魂。正月十六日，爲石太夫人五十壽。

燭邊濃睡困腰肢，中酒心情不自持。最是雙渦紅暈處，乍添銀粟上香肌。

無數蘭交氣味親，緑窗緘札往來頻。記從廣宴金山後，雲散歡場剩幾人。

漱玉才名愧已夸，但憐人瘦似黄花。章生一語還持贈，日夜經過趙李家。謂曼仙。

記室翩翩出掃眉，抽箋賈勇未爲疲。從今容得威明懶，不苦書來作答遲。

坐對酬詩信手拈，析疑鎮日擁書籤。不應刊作和鳴集，輸與張祺匹史炎。

立春日喜雪（限寒字）

織雲

一冬天氣靳祁寒，忽散祥雯萬户歡。自是東皇施厚德，漫空飛絮滿長安。

紛紛鱗甲曉光寒，爐火無温覺被單。遥望兒童相撲處，輕隨彩勝度闌干。

偶成

織雲

廿年塵夢落京華，春到闌闉韵事賒。辜負徐陵詩句好，更無清思賦梅花。天津相國賀詩有『梅花香裏兩詩人』之句，殊覺愧對。

寄懷介眉姊福州

織雲

曾憶京江判袂時，依依握手悵臨歧。而今一掬相思泪，愁讀當年話别詩。

歲闌休暇挈内子旅行出都爲海濱之游是日元旦

穎人

千門爆竹鬧春聲，似送游人第一程。行篋預籌詩草滿，香衾仍遣曉鐘驚。兒童百戲歡新歲，烏雀重檐報早晴。回首西山殘雪盡，碧雲冉冉是神京。

出都書懷

織雲

隱隱城樓接遠峰，客中行役轉愁儂。怕聞汽笛催人去，更惹離懷一萬重。

村居即景

穎人

百里無人迹，林疏偶見村。避烟鵶搶地，迎日犬貪暄。古道明沙色，新蕪失燎痕。雪塍初解處，流水度平原。

天津

織雲

旅行到處即爲家，獻歲暄晴愛物華。七十二沽春色早，岸頭楊柳綠初芽。

膠州途次望海

穎人

海氣浮空霽色開，平田斥鹵半蒿萊。千條潮汛驅殘雪，百道飛橋走怒雷。東去正迎朝日出，北行仍戴曉星回。魚鹽自古爭雄地，此事終應付霸才。

登青島炮台有感

穎人

三面凌空瞰海灣，蒼茫戰壘血餘殷。日斜京觀收忠骨，雲護姑山襯曉鬟。波静暫容龍睡穩，林空惟有鳥聲閑。督亢圖據成何用，付與游人指點間。

前題

織雲

海島涵波一色青，血痕故壘草猶腥。可憐鷸蚌相爭後，袖手漁人醉未醒。

日本青島司令官本鄉房太郎招飲官邸席後賦呈

穎人

微服携家傍海游，咄嗟忽爲主人留。春來㶿館群花早，門對寒潮一塔浮。劫後山川仍嫵媚，軍中樽俎見風流。使君投筆從戎久，磨盾猶能屬和不。

【附和作】

本鄉房太郎 栗州

海城預約續吟游，此日先教雅韵留。揮麈清邀風月助，飛觴濃釀酒漿浮。烟涵島嶼翠如滴，霞散波濤丹欲流。借問櫻花撩亂節，少陵千里再來不。

戲示内子

穎人

海濱誰識兩詩魔，惡客招邀且奈何。憐爾閉門成獨坐，苦吟時比出游多。

九水

穎人

彈月橋前水不澌，四山環匝立多時。何當春雪消融後，倚杖危崖和小詩。

登勞山柳樹臺

織雲

登臨携手此高臺，雲氣瀰漫撥不開。認取青齊烟幾點，群山睡覺送春來。

前題

穎人

未踐勞山頂，相携柳樹臺。竹輿人出没，石澗水瀠洄。峰向雲間隱，春從樹杪來。酒家何處問，一炬剩寒灰。臺上有德人所設酒店，戰争時與兵房均自毁於火。

李村道中

穎人

鷄犬桑麻别有天，居人衣服尚從前。伊川被髮誰能念，夢醒蝸争又幾年。

濟南

織雲

祖德當年此宦鄉，論才第一佐河防。兹游忽遂平生願，不爲尋詩貯錦囊。

泛舟大明湖

織雲

湖光摇漾奪天青，四面春山列畫屏。小鳥亦如人意樂，雙雙飛上水心亭。

徐十端甫招飲明湖酒家索贈

穎人

漠漠晴湖過客稀，凝寒猶未試春衣。蒲根出水鳬鷖老，藻帶連罾蚌蛤肥。林隱酒帘窗一角，岸移畫舫樹重圍。勸君暫釋憂時意，扶得尊前淺醉歸。登北極閣，君有感懷時局之語，故云。

謁曾子固祠

穎人

江右文章在，南豐一瓣香。山從千佛徙，臺問百花荒。流水通城堞，遺詩勒壁廊。中原諸將外，此老有祠堂。

元夜聯句

穎人　織雲

晚妝初掩鏡，結彩鬧春宵。（織）刀仗群兒樂，筝琶萬户囂。（穎）花飛如火傘，燈密似星橋。（織）人散天街静，餘烟裊未消。（穎）

元夜月色不佳

織雲

桂魄涵空霧未開，滿城火樹炫樓臺。嫦娥應爲觀燈夜，不共人間鬥勝來。

春日展梁夫人殯宫

穎人

佛院重來草自春，漆燈無焰几凝塵。報君一事能爲慰，付托諸雛已得人。
十年歡愛散如雲，寂寞靈幃唤不聞。死去九原能聚首，四男今日却平分。

春日與外子恭謁梁夫人之靈

織雲

愁日花無色，臨靈自悚然。愔愔欽令德，眷眷悼前緣。一室幃空冷，三生夢未圓。聊申追吊感，托管寄重泉。

梁夫人殯所口占

織雲

聞道家人誦令儀，相逢恨不在當時。我來蕭寺君泉壤，魂若有靈知未知。
君在瑶池若有知，料應長憶最嬌兒。儂憐失母雙雛瘦，暗祝泉臺好護持。

梁夫人所蓄香水十五年矣外子携至殯所灑之香氣如新感而有作

織雲

异域奇香貯十年，今朝零落灑棺前。更憐潘岳痴情甚，故劍依依念舊緣。

國子監觀周石鼓

織雲

訪舊成均地，摩挲石鼓文。尊儒猶國學，稽古媲皇墳。喬木凌蒼靄，豐碑立夕曛。臨雍今絶響，鎮日鳥聲聞。

春郊即景

織雲

曉適荒郊外，當春氣候融。西山猶霧裏，旭日已天中。烟水浮嵐翠，溪橋入畫工。驅車忘道遠，振袂嘯長風。

湯山

穎人

頽落宫垣二百年，方池日暖静生烟。前朝禁地無官守，贏得商人賣水錢。

和外子湯山原韵二首

織雲

地涌湯泉不計年，晴湖春鎖緑楊烟。行宫寥落今無主，費盡豪家築宅錢。

離宫駐蹕想當年，靈液朝涵漠漠烟。我欲青山賦偕隱，樓臺有地莫論錢。

【附和作】

長沙章華曼仙

湔裙猶似永和年，碧玉春流欲化烟。若把湯泉作三海，未應還論賣魚錢。

同作

夏縣賈景蕙蘭蓀

碧流温潔自年年，珠作浮漚玉作烟。點綴都門好風景，湯山二月見荷錢。

蘭蓀表姊以春日游中央公園近作督和即步原韵

織雲

寒意向春消，垂楊長嫩條。日扶花影瘦，風送鳥聲嬌。買醉臨芳樹，尋詩凭小橋。待將明月上，好共步良宵。

同作

穎人

微步洒初消，和風破凍條。草根蘇石徑，人語隔溪橋。馴鹿窺林定，唐花得氣嬌。歸時須緩緩，論刻買春宵。

【附原作】

蘭蓀

殘雪已全消，東風動柳條。微波新綠水，斜日小紅橋。池館晚逾静，綺羅春更嬌。佳游燈節過，秉燭憶前宵。

同和

夏縣賈秉章孟文

古樹晚烟消，斜陽路幾條。水清魚戲樂，花媚鳥啼嬌。淺草迷芳徑，垂楊鎖畫橋。欲尋沽酒去，拼飲醉今宵。

池畔積冰消，千林翠展條。淡烟紅藥圃，微雨緑楊橋。山色迎春笑，釵光競夕嬌。歸來饒逸興，翦燭話良宵。

銅山張靈毓芝

薄靄晚來消，青摇風滿條。買春騷客醉，拾翠女兒嬌。日落鳥争樹，花迎人過橋。偕游不辭倦，燈火憶元宵。

曼仙

芳意杳難消，春光上柳條。樹深青隱路，溪漲緑平橋。鴛戲有時浴，鶯聲何處嬌。歸來仍惓惓，樽酒話清宵。

先農壇公園聯句

穎人　織雲

荒園寂寂少人踪，（織）古柏千章翠黛濃。射圃沙明霜尚滑，（穎）雩壇草茂霧猶封。憑闌日暮聽禽語，（織）列柴春深養鹿茸。聞道劉綱仙眷在，（穎）歸來咫尺未相逢。（織）謂奇甫夫婦。

小別

穎人

小別期淹數日程，分携珍重隔簾聲。燕山楚水人千里，落月殘星夜五更。生未識愁今欲始，强能自遣若爲情。家書此去須頻寄，莫道相思寫不成。

正定道中所見

穎人

旋風漠漠晴沙起，遠村隱約黄埃裏。柳稊迴緑頰窺人，一瞥車窗行百里。野塘春暖雜花飛，浴盡前村過鴨肥。幾處斷橋通客渡，何人把釣坐漁磯。潦餘萬户初蘇息，聞道有田歸不得。春畦種遍菜花黄，化作村民憔悴色。

車中看豫南諸山

穎人

看山宜徐不宜遽，竹杖芒鞋乃游具。有時輿馬傍山行，亦可從容領山趣。豈聞千里走飆輪，應接層出無窮新。明窗三面掠山過，非人看山山看人。近山如馳遠山立，後山犇逐前山急。低昂山勢各雄長，揖讓山容相出入。羊腸一綫從北來，夾崖如浪衝山開。山泉涓涓出石罅，山花灼灼依岩限。萬壑迴環態千變，置身其中目爲眩。請告懶游宗少文，觀山從此開生面。

花朝憶内時客漢臯

穎人

積雨初消長緑莎，養花天氣正暄和。晴窗晨起調琴懶，寶硯宵吟洗墨多。石洞可曾添薜荔，竹籬應已種藤蘿。新年第一芳菲節，辜負風光客裏過。

寄外

織雲

楚雲燕樹共愁天，別緒如絲一縷牽。夜雨簾櫳燈動影，春風巷陌柳吹綿。懶描眉黛臨明鏡，空寫心情托彩箋。惟有素娥長不寐，照人孤寂立階前。

菩薩蠻·別思

織雲

柳絲低拂闌干緑，錦衾斜掩屏風曲。何處繫離愁，楚雲天盡頭。碧窗魂一縷，杜宇凄涼語。別泪背人彈，杏花春晝寒。

黃河植木場種樹紀念　潁人

林圃河壖創畫先，萬柯森列長風烟。計材有術藏無盡，樹木何嘗不百年。
四年臨視惜何遲，補植今成紀去思。祝爾春風無恙在，再來應滿子孫枝。

天壇遇雨　織雲

森森杉柏豁氛埃，夾道陰濃雨欲來。雲裏亂山浮罨靄，壇前怪石雜蒿萊。翠華想像千官幄，碧血淒涼萬竈灰。稚子不知朝代感，齋宮游罷尚低徊。

同作　潁人

壇宇重游感海桑，繚垣四合樹千行。登臺頓覺依天近，過雨微看戰葉涼。塵暗長廊饑鼠過，草深危石乳鴉藏。舊時兵燹今何在，無語松髯緑出墻。

寒食　織雲

百五韶光一霎然，簫聲吹徹賣餳天。杏花滿院飛紅雨，芳草盈郊起緑烟。買醉春衫過闤市，牽絲石井試新泉。踏青城外人如織，景物依稀似舊年。

清明

織雲

淡雲疏雨養花天，客裏清明倍黯然。記取兒時逢此日，柳條插遍畫檐前。

野望

織雲

樓閣烟霞鎖，身如入畫屏。路迷千樹密，日暗一川冥。餘雪浮山麓，新蕪滿野垧。故鄉何處是，百感此浮萍。

登八達嶺

穎人

要塞名天險，關河俯瞰中。山城千堞黑，野燒一星紅。嶺峻留殘日，衣輕怯疾風。北門開鎖鑰，鑿空此神工。

【附和作】

遇穎人南口車中出示游八達嶺之作奉和原韵

曼仙

逢君壯游返，執手萬山中。嶂疊雄關翠，車迴落照紅。晴光消嶺雪，警句挾邊風。愧我先攀險，登臨語未工。

同和　　蘭蓀

聞説居庸道，群山一望中。樹迎詩鬢緑，花對晚妝紅。時偕織雲表妹出居庸關游覽。寶鏡邊關月，香車野店風。翱翔兩鳴鳳，欲和句難工。

同和　　毓芝

結伴春游遠，相逢客路中。明陵幽草碧，秦塞晚霞紅。襟灑桃花雨，窗迎柳絮風。還君五色筆，白雲和難工。車中曾以筆見借，故云。

登八達嶺　　織雲

峭壁參天峙，登臨意渺然。迎風衣拂磴，叠嶂樹含烟。古戍傳烽息，長城落日懸。佳游樂忘返，倚石聽流泉。

昌平道中　　織雲

東風吹緑柳毿毿，四面青山展翠嵐。曉御輕輿殘睡覺，依稀夢裏到江南。

明陵

織雲

城圍到處起春耕，猶有山陵屬故明。腸斷年年寒食節，荒原一片杜鵑聲。

長陵

穎人

漫山桃杏鬥芳菲，葱鬱長陵隱翠微。吉地親臨勞法駕，神京初徙苦戎衣。斷橋驅馬沿流水，廢殿栖鴉噪夕暉。五百年來彈指過，松杉離立盡成圍。

長陵殿柱

穎人

絶怪前朝物力豐，殿材合抱勢摩空。不知采木當年史，多少民間血泪紅。

昌平王氣百年銷，酹礎憑誰酒一澆。太息諸陵勞樹木，紛紛楨幹已新朝。土人云：『乾嘉以降，凡巨工需材，輒以他木抽易明諸陵柱材以去，獨長陵僅完。』

思陵故田妃園寢也感賦

穎人

莽深埂矮鎖朱扉，如此陵園過客稀。佳俠傷心曾幾日，可憐生死付田妃。

飴鄉集卷二

戊午三日修禊江亭同用江亭二字爲韵

穎人

昔年歸夢落珠江，禊飲分題醉客艭。丙辰重三，余適歸粤，有泛舟珠江修禊之舉。亂後主賓尚吟鬢，愁中歌嘯付春缸。人來鵜鰈東西國，詩合齊曹大小邦。例與惠和天亦靳，蕭蕭風葉打樓窗。

畫壁黄河倚醉聽，諸伶解事即旗亭。逡巡末座衣疑緑，點竄才人眼獨青。禪趣蔬蒲能共飽，酒腸芒角不須醒。兩年此地重爲會，依舊西山入户庭。是日，座有异國人及歌伶，獨與他歲异，故兩及之。

前題擬作

織雲

重三舊例宴浮江，今日群賢集此邦。幸有南窪觴咏地，也隨鄭俗采蘭茳。

風動芳林滿座馨，江亭禊飲仿蘭亭。恨無一曲流觴水，凈洗看山兩眼青。

戊午重三余既與樊山一厂癭公諸君倡禊事於江亭越三日癸巳内子復議規古制於是日修禊稊園親眷中能詩者咸與會以杜子美上巳日徐司録園林宴集詩分韵凡賦詩者十二人未與會而補詩者四人余拈得水字

穎人

一春晴旭暄，三日顛風止。修禊江亭，時大風飂塵，天日爲昏。城南禊事闌，餘興盎未已。頗嫌重三辰，不協吉日巳。觴咏謀新歡，湔祓御嘉祉。小園正花時，高會有戚里。亭午紛簪裾，嬌春散羅綺。扶床歸小姑，謂諸妹。駕車迎大姊。謂毓芝、蘭蓀夫人。乳酪誰弟昆，子咏、孟文、叔莘及余兄弟。觽笄各娣姒。謂諸嫂。表兄正輔偕，子有及諸賈。外甥無忌似。高丈石似。一堂擁衣鬢，萬艷鬥紅紫。院逼雜棠梨，室馨襲蘭芷。纖緑上新柯，濃殷落芳蘤。小鳥蹋檐枝，文魚戲池水。晝永鞦韆閑，風定游絲起。載酒車未停，試才馬可倚。險韵分尖叉，深杯澆塊壘。自從魏晋來，此事屬文士。孰云群賢外，掃眉盡才子。行樂喜及時，欲别語移晷。元巳久不觚，請從今歲始。

戊午暮春上旬巳日與外子約諸戚屬禊飲稊園分韵得同字

織雲

禊祓當元巳，高情主客同。詩成珠玉唾，室列蕙蘭叢。撲蝀穿林碧，飛花入酒紅。不須施步障，合座醉春風。

【附同作】

戊午上巳修禊關氏稊園即席分韵得欹字時余有大梁之行并以志别

貴筑高培焜石似

季春好風日，上巳即良時。北地素苦寒，每恨花放遲。名園地幽曠，衆卉已繁滋。更有賢主人，騷壇牛耳持。謝女與鮑妹，亦各陳偏師。我自慚形穢，何足語於斯。記當少年日，尖叉逞新詞。饑來每驅人，填肊塵皆緇。三十年世網，不辨妍與媸。謬托風雅中，濫竽良足嗤。分手河梁去，故人從此辭。佳會苦不常，紀事托風詩。盡此一觴酒，顔酡帽任欹。

上巳日祓禊稊園分韵得年字

孟文

塵世滄桑幾變遷，人生行樂且隨緣。杯浮竹葉春如海，簾捲梨花月上弦。富貴漫談天寶事，風流肯讓永和年。座中裙屐翩翩集，可有山陰序一篇。

稊園修禊即席分韵得紅字

毓芝

一年好景是東風，祓禊湔裙士女同。莫把韶華輕擲去，鵓姑已喚杜鵑紅。

簾捲花飛夕照紅，稊園烟柳畫圖中。洛濱雅集蘭亭序，不讓當時漢晉風。

梨花淺白杏深紅，香送幽蘭隔院風。爲惜春光招雅集，好留鴻印到詩中。

綺席金樽酒不空，良辰樂事與人同。小園春色明如錦，姊妹花開并蒂紅。

作序蘭亭日，披襟對晚風。韶華三月艷，情話一樽同。草映湔裙緑，花拈入袖紅。俗塵吹不到，庾信小園中。

三月初六日修禊稊園分韵得喜字

夏縣賈景仁子咏

春深花事繁，風暖鵲聲喜。舊事憶永和，佳節適上巳。闞子折柬招，姻婭履錯趾。矍鑠慎獨翁，穎人尊人齋名慎獨。耆年邁黄綺。導我游稊園，一一勞視指。樓臺妙參差，桃李紛紅紫。須臾綺筵開，盤飧羅甘旨。清談多素心，狂飲傾緑蟻。風塵方澒洞，歲序慨逝水。壘塊得酒澆，埽愁賴有此。芳時且酩酊，漫言肉生髀。君家賢弟昆，健翮聯翩起。竇桂叢三株，田荆有連理。君更人中龍，詩壇執牛耳。我詩本不工，出語多鄙俚。譬如歌陽春，其先必下里。

上巳稊園修禊分韵得節字

曼仙

祓除宜上巳，其義取盥潔。語出風俗通，不用重三節。稊園賢伉儷，雅會與今别。新移鄭國蘭，遠紹山陰哲。嬉春樂游事，諏日依古説。芳樹繚周廊，東風散微雪。會心不必遠，杯水在坳垤。同居兄弟怡，情話親戚悦。明燈照華席，士女觥籌列。何時序玉臺，重與集香屑。

上巳稊園修禊分韵得林字

蘭蓀

上巳稊園集，春風曲院深。流杯新祓禊，穿石小登臨。詩句防催鉢，花枝照盍簪。群賢咸列坐，不异在山陰。

上巳稊園雅集分韵得積字

華亭廖宇春少游

良辰逢上巳，處處芳菲積。鹿車訪稊園，主人出迎客。主人廊廟材，清興在泉石。山妻正苦病，祓禊來君宅。徐淑兼秦嘉，名流錯履舄。登堂競拈韵，脱帽欣入席。小庭景物幽，桃紅楊柳碧。滿院惠風和，一彎新月白。蘭亭與洛水，俯仰今猶昔。盛會慨難常，光陰如一擲。珍饈雜然陳，微醉酡顔赤。興辭謝主人，握手情脉脉。歸來且嘯傲，泚毫紀游迹。

上巳日潁人姻長招集稊園修禊長幼列席皆親戚也分韵得風字

桃源羅蕺愓園

瓊巵歡飲鳳城東，燭影玲瓏月樣弓。翻去重三修禊案，數當廿四棟花風。爲因名士開春宴，難得諸親集座中。欲仿蘭亭成一序，只慚文字總難工。

稊園修禊分韵得攀字

夏縣賈景僴叔莘

稊園樓閣幾躋攀，今喜開門即見山。淡蕩春回天寶後，風流人在永和間。日維上巳原難定，情至虛文盡可删。是日盡親戚脱略形骸。笑我三生無慧業，也隨觴咏入仙班。

穎人招集稊園展禊因事未往分韵得留字

寶慶劉馥奇甫

冗官歲歲負清游，剩有前盟證海鷗。失喜名園饒盛集，可無新句答吟儔。當年洛渚鴻泥在，此日江亭蠟屐留。先三日在京名流曾禊飲陶然亭。一例陸沉傷典午，定知征虜涕難收。

稊園修禊分韵得面字

銅山張祖馥紉蘭

良辰修上巳，春風滿庭院。行樂貴及時，肯負鶯花絢。主人折柬邀，殷勤懷美眷。惜爲俗情牽，未與春夜宴。馬有索群思，鳥因比翼戀。翹首望城東，姊妹約俱踐。稊園好風景，仙居令人羡。垂柳裊晴空，烟絲飛匹練。簾外桃李花，灼灼映朱面。新詩賦采蘭，我獨未能見。

暮春修禊分韵得蕊字

畢節楊和林佛媛

春色滿郊原，佳節況上巳。風日愛晴和，百卉争吐蕊。西園文宴開，座中多佳士。談笑生春風，舉杯泛緑蟻。楊柳拂新池，幽蘭茁芳沚。鳴禽嬌且清，毋乃砭俗耳。我聞永和賢，流觴引曲水。茲會亦勝常，往事堪比美。將以滌襟塵，芳躅時仰止。喜偕童冠游，荷鋤植桃李。

上巳日穎人織雲伉儷招同稊園修禊以杜工部上巳日徐司録園林宴集詩分韵得薄字

閩侯林葆恒有道

盛會畏囂塵，端居苦離索。良辰愀不歡，客懷殊落拓。劉綱賢夫婦，禊叙尋新約。風日故清娱，料峭寒猶薄。曲廊啓逶迤，散策恣略逴。陔蘭秀且滋，階篁坼新籜。彩服奉板輿，金昆聯棣萼。异姓皆戚里，清譚縱笑謔。雖無曲水觴，頗得栗里樂。我聞昔斯舉，不祥資祓濯。方今是何世，南氛日益惡。沅湘積戰塵，粤蜀厭鋒鍔。無地足寧居，有書皆相斫。誰移巨壑舟，鑄此六州錯。豈若此室内，嫛婗尚春酌。咏絮紛高才，坐花舉清爵。一觴消兵氣，群生庶有托。談笑挾風雷，精誠動冥漠。昇平券此詩，掀髯倘一噱。

展上巳日稊園禊飲戚好畢集予以事不果至翌日補拈招字韵

南海關霽吉符

江亭三日宿酲消，樂事芳園又見招。儘有妍妝驚北渚，早聞鈿轂響虹橋。園距飛龍橋數十步，明之飛虹橋也。到門溪水晴漪漾，展宴城隅逸興饒。如此風光閑不得，清游幾度繼花朝。

襞裙側帽各妍遥，酒熟何妨近局招。數典賓朋談摯束，拈題姊妹邁華昭。却拼罰飲依金谷，惜未分行接翠翹。索取阿連詩卷看，芳飆起爵帳前宵。

北海雜詩（分題同作）

穎人　織雲

瓊島森森王氣收，前朝何處問妝樓。液池最是無情柳，仍向東風舞不休。（瓊華島　織）

百磴山門度法輪，刹竿高矗瞰池濱。執戈虚設嚴更衛，登眺居然不禁人。（永安寺　穎）

參差樓閣與雲齊，孤塔凌空萬户低。山色清明如畫裏，春禽不斷向人啼。（白塔　織）

積石嶙峋艮岳移，驟吹浮靄見朝曦。日長衛卒閑無事，携墨亭前搨御碑。（滌靄亭　穎）

老柳堤邊發舊柯，小橋欹曲卧春波。琳光最惹游人戀，緑樹陰濃聽鳥歌。（琳光殿　織）

慶霄樓下石玲瓏，斜轉迴廊徑路通。畫檻凝塵誰拂拭，滿山空對野花紅。（慶霄樓　織）

秘笈千年内府藏，層樓環壁勒琳瑯。游人近喜開門禁，消受廊間墨瀋香。（閲古堂　穎）

庭陰交翠足清游，迴抱岩廊石洞幽。一曲簫聲人不見，天風吹下韵悠悠。（交翠庭　看畫廊　曼仙於此吹簫　織）

層樓環抱靄春陰，吐納湖光樹色深。彷佛金山舊游處，江天如畫復登臨。（漪瀾堂　織）

小崑邱畔徑斜通，華表遥瞻萬樹中。太息銅仙辭漢後，年年鉛泪泣西風。（承露臺　穎）

略彴臨池曲折通，俯看魚戲葉西東。有人拾翠歸盈把，一笑闌干夕照紅。（濠濮間　穎）

春來無雨入枯池，畫舫苔深静不移。最是倚闌人細語，荷香風定月明時。（畫舫齋　春雨林塘　穎）

先蠶壇後浴蠶河，水涸塵封長綠莎。惟有殿前雙老柏，當年曾見驂輿一作翠華。過。（先蠶壇　穎）
液池如鏡露華清，朱碧亭臺畫不成。費盡帑藏髹漆後，更無王子讀書聲。（鏡清齋　穎）
沁泉前渡一橋横，曲港悠悠徹底清。瞥眼池臺何所見，好花無語弄新晴。（沁泉廊　織）
柘館墻陰塔影移，藏經散盡少人知。帝居第一如椽筆，萬榜千楹佞佛詞。（小西天　穎）
碧瓦飛檐剥落多，五亭曲折枕清波。行人興盡尋歸棹，殘照微風一葉過。（五龍亭　織）
萬佛樓中一佛無，璇題珠網日荒蕪。誤疑花雨諸天下，鳥糞空庭積寶趺。（闡福寺　萬佛樓　穎）
輕風水面送扁舟，斜日樓臺倒影浮。夾岸樹陰濃欲滴，一篙春浪起眠鷗。（太液池　織）
堆雲坊外暮烟微，蒲帶初長絮正飛。不信湖租供使宅，有人下值打魚歸。（堆雲積翠橋　穎）

對雨軒賞雨

穎人

一雨軒欞冷逼人，小桃如菽草如茵。落花趁水初浮砌，柔蔓緣墻欲過鄰。檻外莓苔添壁畫，座中琴筑動梁塵。渾忘坐對衣裳薄，領略清光殢此身。

萬壽山游眺即景

織雲

晴峰積翠矗層樓，畫舫徐徐鏡裏游。仁壽殿墀棠滿樹，昆明湖岸水平流。泉聽響峽琴聲杳，草鎖長廊屐齒幽。山後街衢傷一炬，不知何處訪蘇州。

崇效寺觀花聯句

穎人　織雲

洛花如錦賽新妝，古寺停車問紙坊。綠樹列屏圍客座，彩雲經雨尚天香。（織）嘉名分榜高低檻，劇飲相聞左右厢。爲惜春光逐流水，與君延佇更雙翔。（穎）

高廟看牡丹作

織雲

梵宮寥落隱穠芳，車馬稀來蜂蝶忙。畫閣無人相對坐，一潭新綠送斜陽。

春藹室中蘭花盛開分題賦詩凡十有二曰買蘭養蘭采蘭握蘭佩蘭戴蘭浴蘭燒蘭漬蘭釀蘭夢蘭畫蘭余得三首

穎人

浴蘭

露重風清夜漏長，春寒乍怯試蘭湯。窗移倩影燈花落，池沃餘脂玉佩涼。攬帶坐憐芳汗膩，披襟猶殢稚根香。媚人竟體芬難□，不爲新妝襲芰裳。

漬蘭

刈取蘭芽浸碧油，紫莖膏潤濕痕收。葳蕤帶露舒丹穎，芳澤經時入翠幬。在物願爲濡髪用，膩人翻惜濯纓謀。别來非麝非檀味，夢覺依稀綉枕頭。

釀蘭

家藏十醞泛蘭叢，百末芳馨出漢宮。能飲未應輸墜露，微酣差欲倚光風。浮英李嶠詩誰識，對酌羅畸酒不空。聞道澆根須苦釀，知君日在醉鄉中。

養蘭　織雲

乍離空谷托盆栽，風静芸窗不染埃。自有孤芳契泉石，豈甘靈卉委蒿萊。留香室喜重簾下，擢秀人尋十步來。無數瓊英與丹穎，一春心力費滋培。

【附同作】

買蘭　銅山張祖襲石嗣

三春花事總關心，買得芳蘭伴楚吟。幽客有時出空谷，美人無價論黄金。傾籃種選香盈袖，近市移根露滿林。最是小園朝雨後，擔頭紅日巷深深。

采蘭　毓芝

欲擷幽蘭寄所思，微波何處好通詞。同心豈比蘼蕪恨，雅襖應躅芍藥詩。含潔自宜高士咏，紉芳可有美人知。摘來莫與凡香并，挹秀凝芬冠一時。

握蘭　蘭蓀

入手花枝分外嬌，禊游人散過津橋。三間幽恨如相掬，九畹芳魂豈待招。莫采玄芝舒皓腕，願爲翠帶綰纖腰。漢京艷説郎官貴，日日含香事早朝。

佩蘭　銅山張祖訓式之

一枝紉取楚江秋，鎮日幽芳竟體留。肯替蕙纕輕約帶，詎同菊把但盈頭。真珠細綴芙蓉結，素萼香垂翡翠鈎。對此疏花饒嫵媚，吟襟瀟灑淡忘憂。

戴蘭　孟文

素心相對足忘憂，樓上妝成花見羞。九畹折從騷客手，一枝簪向美人頭。朝窺鏡裏影還倩，夜墮枕邊香更幽。老去莫嫌雙鬢白，玉釵斜插亦風流。

燒蘭　曼仙

同心何事苦相煎，搗麝成塵亦可憐。屈子豈應焚芰製，龔生枉自損華年。金釭銷後無餘燼，紫玉來時已化烟。多少荃蓀舊儕侶，刼灰猶泣楚江邊。

夢蘭

孟文

畫閣湘簾垂緑筠，劇憐玉體夜横陳。蘅蕪授與懷中草，蝴蝶飛來幻裏身。别後芳情勞送枕，醒時香泪尚沾巾。靈根自是仙家種，塵世榮枯莫認真。

畫蘭

紉蘭

墨痕濃淡筆參差，繪到幽蘭得意時。燕尾魚魫憑點染，釘頭螂腹費神思。煊成泉石根宜托，寫入丹青雪莫欺。太息板橋歸去後，從無人續美人詩。

喜式之石嗣兩兄至自福州

織雲

烽火東南急，家園悵望中。雲山千里隔，語笑一朝同。堂上金萱健，庭前玉樹葱。天倫無限樂，把酒話離衷。

春暮

織雲

落花無語謝空枝，緑草侵階綉幕垂。惆悵春風怨啼鳥，此時情緒少人知。

送春　織雲

風逐殘紅深掩扉，緑楊夾道燕交飛。却憐枝上多情蝶，戀戀餘芳未忍歸。

社稷壇觀芍藥　穎人

牡丹謝後餘春在，賴有穠華殿衆芳。出檻自成迎客態，因風微度醉人香。東西緩步通仙禁，紅紫分奮鬥艷陽。從此壝宫添故事，入門日日爲花忙。

偕外子游社稷壇看芍藥　織雲

佳日尋芳到社壇，花開婪尾錦成團。春風圍解黄金帶，寶月光浮白玉盤。障日不須紗作幔，翻階低亞竹爲欄。縱然嬌擅傾城色，富貴終應讓牡丹。

時癘盛行卧疾數日無以自遣戲書示内子時亦小極　穎人

病枕何緣得并頭，暫偷官舍片時休。藥方屢試無深效，書卷頻抛作夢游。商到虀材初勸食，驚看詩骨况言愁。明朝衙吏催人去，爲爾遲回更少留。

病中有感

織雲

二豎乘時令，兼旬擁枕衾。有緣親藥石，無計解煩襟。攬鏡愁容悴，抛書睡態侵。晴窗空吊影，寂寞起鄉心。

晚歸過公園

穎人

晚過園門暮鼓催，公餘日日此時迴。黄塵四合香車散，游女如潮捲地來。

病起

織雲

推衾强起淡描蛾，小步園林風日和。萬緑成陰花滿地，不堪韶景病中過。

雨後所見

織雲

銜泥雙燕覓烏衣，小雨歸來寂掩扉。爲愛群山開霽色，芳郊萬緑暢生機。

午日雨霽期諸親眷於公園游賞移晷仿東坡上巳與二三子携酒出游之作聯句

穎人　織雲

炎旭蒸人逼端四，明日商量銷夏事。（穎）怒雷忽起風雨來，一宵驚破閨中睡。（織）起看鞠跽具晨醪，盤飣杏梨刀在截。（穎）家家艾葉懸門楣，角黍靈符遠相饋。（織）是時傾巷盡出游，相約壇園挈童稚。液池北岸車班班，未若近尋得吾意。（穎）入門裙屐紛絡繹，映日凝妝鬥千媚。重重杉柏密遮天，處處莓苔濃匝地。（織）茗席摩肩不可過，却避塵囂臨岸次。（穎）水榭四窗飛檻紅，荷錢萬叠浮波翠。雨餘林霽氣清和，鮮果滿枝紅欲墜。藥欄旋繞觀兒嬉，竹馬行行人不避。（織）登山釣水各有樂，擊球習射吾何嗜。（穎）佳節郊游憶少時，廣陵競渡陳百戲。今年別母居京師，風光迥與江南异。（織）歸來筵張燈在壁，脯鹿胹熊遠珍致。年年歡宴未有涯，俯仰庶幾終焉志。簿書勞人苦不休，得閑半日彌自憙。（穎）夜深連袂阿兄來，殘酒燈前堪一醉。（織）

大羅天公園晚歸（在天津）

穎人

林静宵深露氣滋，雙雙人影落清池。月明歸去車如水，正是笙歌達曙時。

述内子病狀

穎人

絶粒何堪動浹旬，玉顔憔悴不勝春。夜深恐擾檀郎寐，帳外扶頭試一呻。

雨

織雲

徹夜林風怒捲潮，翻空雷鼓達今宵。千絲散入桐陰去，新綠叢生分外嬌。

與内子約諸戚屬携酒南河泊銷夏有作

穎人

避夏呼車郭外停，舊曾游處户深扃。園池畫界歸新主，花石當門尚綉屏。雙槳不來蓮溆黑，一簾如織柳紋青。更無俗客尋踪至，消受槐蟬盡日聽。

和前韵

織雲

永日蟬聲不暫停，荒園有客叩巖扃。路尋南郭開農圃，雲隔西山擁畫屏。菜甲初肥隨地綠，茶烟輕裊入簾青。歸來互索奚囊問，笑誦新詩倚枕聽。

【附和作】

稊園主人以游南河泊詩見示勉步原韵

孟文

選勝蓮塘吟屐停，園扉寂寞晝常扃。環池旖旎花成錦，繞屋扶疏樹作屏。入座心如止水静，捲簾眉認遠山青。一樽親戚還相共，情話蟬聯肯厭聽。

游南河泊和穎人原韵

毓芝

緩繞長堤步屢停，忽聞犬吠啓柴扃。人求世外清凉境，樹似池邊翡翠屏。日映波光花逞艷，烟籠柳色葉含青。漫云暫與塵囂遠，四野干戈不忍聽。

同和

蘭蓀

命駕西郊此暫停，候門童子啓雙扃。一簾荷氣濃於酒，四面山光翠作屏。屋舍幾番新主换，柳條猶帶故時青。莫言野外無絲竹，蛙鼓蟬琴自在聽。

同和　曼仙

遠扣荆扉馬足停，荷香風送不能扃。入門翠葉如圓蓋，繞屋濃陰作畫屏。酌酒花間邀李白，煎茶竹裏倩樵青。園林易主何須問，山水清音自可聽。

同和　式之

寶馬香車柳下停，名園風景掩雙扃。門前碧漲鋪文錦，窗外晴風擁畫屏。花雨一簾芳草緑，雲山四壁黛螺青。歸來飽飯黄昏後，説與旁人子細聽。

同和　石嗣

盛暑吟鞭郭外停，游踪到此叩園扃。風來南浦荷翻蓋，日落西山翠列屏。逐隊蜻蜓依水碧，避人鸂鶒浴空青。長堤行盡斜陽晚，歸路蟬聲聒耳聽。

夏日游南河泊作　織雲

夾樹清溪别有天，亭亭荷蓋露痕鮮。風迴葦浪群魚戲，日映筠簾一蝶穿。淺草離離迷野徑，殘陽冉冉泊游船。酒闌倚檻渾無事，閑向槐陰聽晚蟬。

和前韵

穎人

明瑟城南尺五天，數來風景見猶鮮。當窗稚柳修眉映，隔水芙蓉望眼穿。時有喧聲過雷轂，更教餘醉付舼船。新詩迭和誰爲繼，一路高槐不斷蟬。

【附和作】

同和

孟文

淡日微雲欲雨天，嫩荷出水翠新鮮。花香成海蜂争鬧，柳綫抛梭燕任穿。半畝方塘明似鑑，數椽矮屋小如船。憐他寂寞園林裏，好潔誰知飲露蟬。

南河泊之游孟文亦有詩即步其韵

穎人

一鞭歸去路東西，山外雲浮日脚齊。風送芙蕖香被徑，烟籠楊柳緑垂堤。課農地占瓜疇盛，留客窗宜樹影低。爲有上頭題瘦島，和詩餘思已筌蹏。

【附原作】

孟文

携詩載酒出城西，碧浪翻風草長齊。籬外野花紅媚客，水中荷蓋緑平堤。園堆碎石荒無主，樹隱遥山望更低。興盡斜陽促歸去，蟬聲一路送輪蹏。

祭梁夫人殯宫因感往事

穎人

歲歲良辰謝綺筵，今朝和泪酹重泉。傷心家祭勞分付，劫火圍城又一年。去年此日，值奪門變後，余于役析津，兒子亦各辟地，僅傳語家人設供具，不能歸也。

梁夫人生日致祭於殯所前一夕遂夢見之恍若生平

織雲

謀面無期夢有緣，花前微步態翩翩。祭君却憶宵來事，旅櫬塵封一黯然。

泛舟二閘即用孟文南河泊詩原韵

織雲

雲散游踪日已西，歸來一舸葦初齊。隨波畫槳喧前渡，夾岸垂楊拂古堤。點染園亭溪上下，奔騰飛瀑閙高低。明朝擬就郵筒寄，寫得新詩小赫蹏。

泛舟二閘

潁人

野蓮落日城畔，垂柳微風渡頭。驚起人家乳鴨，蘆花撑出扁舟。

公主墳前風急，慶豐閘外波深。照鏡一灣晴影，移船十里溪陰。

飴鄉集卷三

不寐

織雲

千端懷抱集深更，欹枕思量夢不成。風静晝屏燈燼落，夜禽時作斷腸鳴。

重游長沙張公祠

織雲

縹緲雲山萬里晴，屋廬撲地午風清。登樓依舊同游伴，去秋與蘭蓀姊伉儷同來。不見寒砧落葉聲。

賣花聲·江亭霽望

織雲

野色上高樓，風定簾鈎。深深蘆葦足藏鷗。密樹參天晴漲緑，惟乏扁舟。　鄰笛韵悠悠，無限新愁。夕陽西下水平流。看盡壁題蕭寺晚，儂也歸休。

清平樂·病中

織雲

疏簾風透，久病腰肢瘦。銀篁如雲消永晝，憔悴鏡中眉皺。睡餘强倚高樓，遠山點點生愁。不解近來渾懶，沉疴何日方休。

一跌

潁人

益德齊驅日，揚雲一跌時。禍生恒所忽，事已悔何追。幸作前車鑒，終知躓垤危。猶能鼓餘力，游興未應疲。

贈黄陂童子馮鏡

潁人

渴驥盤蛟筆萬鈞，擘窠腕力似何人。九齡大字襄陽杜，祝爾終成著作身。鬻書徐範聲名起，獻字文深隸法工。不道揮毫驚客座，一家姊弟兩神童。

贈黄陂女子馮鑄（鏡之姊）

潁人

積階柿葉幾辛勤，健筆春闈四海聞。分付終南搜紫石，不須小字刻移文。馮嫽書史冠西京，彤管君家早得名。自有僧彌爲小弟，阿嫛今日是難兄。

【附和作】

奉和穎人先生元玉

黄陂馮鑄冶吾

春風噓拂忒殷勤，直許青蠅附驥聞。到處逢人爭説項，誰知絳灌愧無文。
瞻韓願切赴燕京，耳熟荆州震大名。阿弟却先稱弟子，女嬃今果是難兄。

贈黄陂女士馮鑄姊弟

織雲

龍騰虎卧筆如神，秦漢書傳未失真。不信劉家二童子，孟崙中有衛夫人。柳子厚有《孟崙二童子詩》，孟崙，劉夢得子也，善書。時柳惟有女，故劉報云：『聞道夢熊猶未兆，女中誰是衛夫人。』
揮毫爭識女相如，弱弟兼工徑尺書。料得名流宏獎後，高軒日日集簪裾。

登車後得雨

穎人

急雨車中散積炎，夾溝新碧水痕添。風吹不斷飛檐瀑，織作珍珠六幅簾。

夜宿泰安府城外車上熱極而雨然不能寐 穎人

壓野雲濃夜雨天，窗濤潮上枕函邊。蛙聲未斷蟲聲起，不許行人得熟眠。

環道中遇雨不得避戲成 穎人

纔上天門第一重，疾風吹雨襲前峰。始知避蹕當年樹，消得秦皇九等封。

斗姥宫觀瀑 織雲

梵宫高檻倚層崖，千尺飛濤濯客懷。不爲半天添瀑雨，泉聲焉得此時佳。

五大夫松 織雲

千載猶蒼翠，相傳秦代松。祇應苗裔在，世襲帝王封。

五大夫松和内子作 穎人

武陵桃萬樹，高節過於松。猶解避秦去，何曾肯受封。

登泰山絶頂

織雲

萬里塵寰眼底收，白雲挾我九霄游。冥濛雨後烟霞出，虧蔽山前日月浮。歷歷陰晴朝暮變，茫茫天地古今愁。諸峰俯首争朝岱，獨鎮青齊幾度秋。

前題

穎人

扶搖岱岳巔，飛輿入烟靄。石梯亘遠盤，輦路翳叢薈。天門萬鬼伏，木石森若繪。行行青未已，始覺磅礴大。不辨魯與齊，歷歷但聚塊。冥然四山合，俯視九州隘。微雲蜿蜒來，下與風雨會。岩松轉崩雷，衆壑發清籟。境高遲夕暝，瀑急添怒瀨。時憂橫風來，身吹落天外。

無字碑

穎人

至竟秦碑有字無，長傳石表迹模糊。倘留文字人間讀，硎谷虚阬八百儒。

莫愁湖懷古

織雲

洗盡繁華不洗愁，明湖十頃碧於油。一從嫁作盧家婦，贏得人人道阿侯。

秦淮河夜泛

臨河酒市綺筵排，十里燈光照水涯。畫舫往來歌舞歇，六朝風月舊秦淮。

織雲

湖上泛舟

落霞如錦浪花紅，橋近西泠一水通。遠寺晚鐘催客去，扁舟輕度藕花風。

織雲

孤山吊林和靖墓

梅花萬樹繞孤山，鶴子千年去不還。無數南朝卿相墓，争如高節在人間。

織雲

蘇小墓

一代風流傳北里，千秋艷迹説錢塘。至今湖畔埋香後，松柏西陵幾夕陽。

織雲

湖上夜歸

繁星歷歷耿清宵，水黑風高出斷橋。人語暗中遥問訊，藕花深處一停橈。

穎人

由三潭望湖中景物　　織雲

蕭森水榭傍湖邊，蓮葉翻風漾碧天。淺水乍波浮塔動，遠山積翠錦屏懸。六橋篙影摇殘日，兩岸漁歌唱晚烟。惆悵此行當晦夕，三潭何處照嬋娟。

葛蔭山莊　　潁人

萬葉芙蕖遠俗塵，無邊清福占湖濱。不知花木誰爲主，如此樓臺坐付人。風隔孤山舟咫尺，雲低葛嶺樹輪囷。勢家園宅垂垂盡，繞岸軒楹到處新。

重謁岳王墳感賦　　潁人

三十九年猶録録，公當吾歲已千秋。功名塵土寧須戀，湖上蘄王正白頭。

賦岳墳鐵像　　潁人

垢面相觀四鐵囚，翻因遺臭得千秋。冷泉髡像終劖壁，冷泉亭壁石佛像皆楊髡所塑，以己像雜其中。穢冢胡兵已發邱。秦檜墓在牧牛亭，名曰『穢冢』，爲元兵所發。斷足賀蘭寧比壽，張、許二公廟有賀蘭進明鐵像，僅餘雙足。分尸老檜竟何仇。遥聞沉石長無恙，依舊荆溪祀岳侯。荆溪岳侯石像，廟毁，像沉水中無恙。

玉泉寺觀魚

穎人

甃石方塘藻荇侵，玉泉如鏡緑波深。群魚到底猶貪餌，欲避蛾眉更不沉。

和作

織雲

半畝芳池塔影侵，錦鱗依岸緑痕深。凭欄人與魚同樂，忘却山前日半沉。

烟霞洞

織雲

拾級登峰去，平林到眼賒。亂山迷磴道，古洞吐烟霞。雨過花枝重，風來竹影斜。野蔬饒雋味，此境即仙家。

題烟霞洞壁

穎人

貪看嵐光不肯疲，濕雲出洞失炎曦。野蔬含露甘於酒，湖渌浮烟淡欲詩。風過莽香生静室，雨餘竹翠落空墀。吟成破蘚題何語，要與山靈約後期。

靈隱寺 織雲

龍蛇蟠踞樹蒼蒼，一杵疏鐘送晚凉。門外群山朝佛寺，飛來鷲嶺界中央。

韜光 織雲

石徑迷叢竹，遥峰印暮暉。樹隨流水轉，山抱亂雲飛。遠塔浮青靄，禪門隱翠微。凉風侵袖冷，啼鳥促人歸。

裏湖 穎人

接天蓮葉裏湖濱，一棹香風送白蘋。識得西湖宜六月，東坡而外更何人。

采蓮 織雲

平湖十頃鏡中天，翠蓋亭亭一色鮮。欲把芙蕖和露折，釧聲微度采蓮船。

采菱

織雲

一一菱舟泛緑波，香塵滿袖夕陽過。晚烟蔽渚人何處，萬葉深深起棹歌。

杭城不雨匝月山寺祈禱未應余甫至兩日皆雨喜賦

穎人

日日山游雨意濃，此行端未負吟笻。旁人不道由天幸，疑有曇超咒怒龍。

和吴絅齋見贈詩原韵

穎人

半日山游半水涯，笋輿隨處走晴沙。我慚仙眷婿松雪，君有詩才奴少霞。腋下茶風生習習，懷中扇月寫家家。承見惠佳茗、團扇，故云。不知遠客迴車後，多費先生手幾叉。

【附原作】

錢塘吴士鑑絅齋

詩盟辜負閱年涯，款闥重逢感散沙。每苦塵中鮮儔偶，暫從物外噏烟霞。鷗波翰墨神仙侶，此行與尊夫人同游西湖。鶴柴栴藩處士家。夢繞稊園天尺五，相期鬥韵和尖叉。

虎跑寺即事用東坡韵

穎人

雨餘空翠撲衣香，修竹山門一徑凉。石鼎聽潮茶正沸，經幢移影日初長。爲尋詩句巡前壁，時有鐘聲落下方。池水浮瓜如斗大，上人親抱勸人嘗。

雷峰

織雲

静對雷峰俗慮捐，臨流塔影浸波圓。南屏寺裏鐘聲晚，敲破晴湖十里烟。

葛嶺

穎人

初陽孤臺汗且攀，置亭諸衝便（平聲）往還。徑路如丹各九轉，詩客雖官能半閑。嶺凉不雨亦色喜，經泠無聲空石頑。喜雨、頑石，皆亭名。隱居宜朴苦勿抱，雕楹華燭猶人間。

前題

織雲

高峰石室白雲間，仙子丹成去不還。寂寞樓臺金竈冷，游人空吊好湖山。

喜見母上海

織雲

膝下依違倏隔年，今朝喜獲拜堂前。相夫未敢忘親訓，慰女頻誇得婿賢。但祝春暉留寸草，怕聞江水送歸船。相逢幾日還相別，南望孤雲意黯然。

留園

織雲

名園小飲息游踪，花竹當門紫翠重。閱盡滄桑頻易主，巋然惟有冠雲峰。

重至惠山

穎人

惠山山麓小迴旋，同試人間第二泉。歸去明燈喧夜市，笙歌兩岸看花船。

鎮江車上晨眺

穎人

濕翠蒸雲失遠山，晨曦如綫漸開顔。出欄晴柳窗三面，臨鏡明荷水一彎。秋色似隨人迹到，客心先共鳥飛還。試看兩點金焦色，爲似修眉似曉鬟。

與内子奉外姑石太夫人游金焦二山　潁人

近午鐘聲兩岸聞，中流山色一江分。秋來洞壑生虛籟，天入帆檣接遠雲。海畔釣魚無片石，亭前瘞鶴有殘文。遲遲杖履應忘倦，歸鳥松寥下夕曛。

重游金焦二山　織雲

樹藏古寺鬱青蒼，舊地重游興更長。兩岸青山看不厭，江流日夜浣詩腸。

中泠泉　潁人

石籬山畔樹籠烟，一勺盤渦試品泉。莫怪江心成石井，本來東海已桑田。

抵家是夜七夕　潁人

甫息塵裝倦未消，倚闌衡望夜迢迢。星光雙照團圓影，天上人間共此宵。

七夕

織雲

秋近針樓花露多，纖纖新月夜如何。遥憐織女經年別，玉佩風裳正渡河。

賀織雲生日

穎人

蘭秋佳氣毓天孫，璚月光流右帨門。才調能成東觀草，孝思長寄北堂萱。聖湖山水詩材富，岱岳烟霞筆力吞。汝定吾家一良相，降生明日是中元。

二十環瑱不嫁身，歸來接脚已夫人。持家半抵鬚眉健，撫幼雙承笑語親。深淺商量京兆譜，釣游惆悵廣陵春。瓠壺瓢勺君能飲，要趁田居暫未貧。

曼仙與冒廣生鶴亭陳任中仲騫吴用威董卿招作擊鉢之集題爲鷄臺夢限魚韵得三首

穎人

迷樓夢醒復蘧蘧，重見鷄臺注起居。南北無愁兩天子，心肝頭頸較何如。

南朝數盡手驅除，玉樹何曾鑒覆車。并秀菊蘭猶夢囈，有人望氣走扶餘。

較量蘭菊竟何如，結綺迷樓兩國墟。一樣君王有今日，織兒無處著家居。

和毓芝姊新秋夜景四首原韵

織雲

一棱初月挂簾鈎，露濕圓荷香已收。叢竹風來羅袖薄，殘蟬曳響報新秋。
半捲珠簾院落幽，憑欄無語待牽牛。鄰家夜静聞私語，不盡秋光處處愁。
靈鵲銀河報喜頻，樓臺百尺月華新。一年一度難相見，未必雙星勝世人。
暑退秋高露氣清，庭階寂寞起蛩聲。微雲吹盡燈無色，皎潔冰輪壓禁城。

同和

穎人

璇閨采戲罷藏鈎，携手花陰露未收。蓮蓋漸稀籬豆老，月中殘笛一聲秋。
槐柳陰森夜轉幽，一家廬舍聚瓜牛。故園烽火何時靖，南望鄉關處處愁。
梧井金風落葉頻，欄干過雨緑苔新。可憐天漢雙星影，曾照當年密誓人。
窺牖凉蟾沃簟清，庭柯瑟瑟雁無聲。輸君詩思如秋淡，驅遣風光入管城。

【附原作】

毓芝

捲簾乍見月如鉤，紈扇輕揮暑漸收。蟲語滿庭螢數點，飄來一葉已成秋。

緑葉濃陰小院幽，仰觀星漢渡牽牛。可能一掬銀河水，洗盡人間萬種愁。

兒女庭前拜禱頻，案中瓜菓供時新。金錢十萬難償願，未必神仙巧勝人。

露重花香夜景清，忽聞隔院弄簫聲。無端吹出陽關曲，散入秋風滿鳳城。

秋日招同孟文曼仙奇甫伉儷式之兄弟賞桂園中同限陽韻

穎人

秋入岩花起晚凉，爲開家宴一飛觴。靈根八樹分金粟，鬢影雙燈坐畫堂。拂席扶疏飄散蕊，捲簾鬱郁送餘香。濃醺兼有留人意，不事深杯亦醉鄉。

前題

織雲

幽蘭開後桂飄香，繞座叢花玉露凉。姊妹并肩親綺席，主賓叉手付詩囊。霧籠馥氣侵羅袖，風落繁英撲酒觴。夜飲未闌清興發，霏霏簾影淡秋光。

【附同作】

前題　曼仙

畫屏鐙火對秋光，樽酒清宵共一堂。寶相分來金粟影，詩禪參到木犀香。茗華琬琰聯班鮑，玉樹枝柯合謝王。唯有花前雙白首，椿萱相并日青蒼。

前題　蘭蓀

已從春日禊蘭房，更選秋宵集桂堂。星曆平分珠蕊艷，風裾微動玉犀香。但招近局供浮白，莫對名花誤約黄。待到蟾光圓滿日，廣寒新結子芬芳。

前題　毓芝

習習微風陣陣香，庭中蘭桂鬥芬芳。華燈瀉影銀荷燦，冷露沾衣綉袂涼。花萼聯吟忘夜永，親朋聚語覺情長。稊園一事人爭羡，酒奉椿萱滿玉觴。

前題

孟文

今夕復何夕，稊園綺席張。珠燈秋射影，仙桂夜飄香。文罽鋪金粟，天葩泛玉觴。小山seg低亞屋，矮樹綠環廊。花競幽蘭媚，衣沾冷露凉。一堂分長少，四座襲芬芳。才調推班左，親情擬謝王。今行棠棣酒，詩集蔦蘿章。擲果群兒喜，煎茶小婢忙。人生行樂耳，莫更問滄桑。

前題

石嗣

綠酒紅燈綺宴張，西風散作一天凉。幽蘭入室遍增媚，叢桂留人静度香。笑折仙葩簪客首，暗揚秋馥沁詩腸。待他黄菊迎霜發，更向花前醉玉觴。

八月十三夜玩月聯句

穎人　織雲

高秋萬里浮雲開，（穎）滿月流輝入户來。夜半搴幃舉頭望，（織）沉沉玉宇無纖埃。連宵得月猶昏翳，（穎）一雨長空洗新霽。西風蕭瑟動遠林，（織）啼寒絡緯聞霜砌。此時四顧烟霄平，（穎）銀河倒捲金波生。清光無際衆星掩，（織）舉城燈火難爲明。中庭坐久人無寐，（穎）冷露依稀侵半臂。宵寒砭骨促人歸，（織）月影漸移霜滿地。（穎）

八月十四日醵飲城南遂歸園中賞月同用許丁卯鶴林寺中秋玩月原韵

穎人

車轂追隨素月圓，九衢城外夜涵烟。撤燈暫許蘇廷碩，對酒須酬白樂天。銀鱠入時宜饌後，霜螯選味戀樽前。彩襦甲帳明宵事，宜有嫦娥愛少年。

同作

織雲

萬里光涵玉鏡圓，清秋碧落净無烟。觀燈花徑初迎客，把酒瓊樓欲問天。聲聽寒螿鳴廡下，影驚宿鳥避檐前。公園尚憶同游事，彈指蟾輝又一年。

【附同作】

前題

毓芝

千里嬋娟玉鏡圓，瀼瀼白露草凌烟。流螢數點夜無影，早雁一聲星在天。醵飲預期留節後，禊游佳約憶春前。金尊酒滿休辭醉，珍重流光似水年。

無聲冷露墮珠圓，佳樹輕籠淡淡烟。花影織成雲錦幕，冰輪碾破蔚藍天。秋河瀉碧湘簾外，仙桂飛香綺席前。記得嫦娥曾有約，韶華如水不知年。

前題　曼仙

鬥罷茶痕伫月圓，屏山曲曲净無烟。波流碧瓦夜如水，風捲晶簾秋滿天。如此瓊樓非世外，固應金粟是身前。駐顔倘許分靈藥，不學長生學少年。

前題　蘭蓀

酒闌同看玉輪圓，收盡平蕪向晚烟。凉暈漸移花影地，露痕清滴桂香天。一庭秋思蟲聲裏，幾點疏星雁陣前。欲與嫦娥問消息，廣寒宫闕是何年。

前題　孟文

十二珠簾捲月圓，瓊樓玉宇净秋烟。一庭花影凉於水，萬里銀河朗徹天。風定蟾蜍眠樹杪，雲開桂子落樽前。舉頭笑向嫦娥問，憶否霓裳奏曲年。

碧空清徹玉蟾圓，庭樹婆娑散暮烟。素影倒垂如瀉水，浮雲掃净不遮天。花隨皓魄移欄外，葉挾秋光墮几前。願祝月同人共壽，滿斟桂酒醉年年。

前題　式之

秋遍瑶臺月更圓，長空無際净生烟。瓊樓影裏陀羅樹，玉杵聲中不夜天。萬里清光收眼底，一輪皓魄落樽前。十分美滿妝成候，歷過滄桑多少年。

前題　紉蘭

月鏡開匳寶相圓，流光如水影如烟。珠燈焕彩星低户，金粟飄香露滿天。兔魄漸移高樹頂，蟲聲凉逗短籬前。嫦娥一自偷靈藥，寂寞清虚閲幾年。

前題　石嗣

碧霄擁出月團圓，影滿窗紗淡若烟。塵海幻爲銀世界，衆仙高咏大羅天。雲如匹練横空際，露似珍珠墮檻前。看過今宵光便減，素娥應更惜華年。

中秋聯句

穎人　織雲

長筵果餌當階設，不拜雙星拜明月。兩枝鳳蠟滴珠紅，照徹廣寒舊宫闕。（穎）中庭露重濕衣凉，碧落無雲地似霜。烟散疏梧懸玉鏡，風回丹桂落天香。（織）痴兒騃女迷難破，禱月人間皆罪

過。笑倒嫦娥下界觀，家家靈兔當中坐。（穎）

秋日自清華園遍游翠微諸寺

織雲

曉起風日晴，言携尋山屐。飛車出西郊，穿林度芳陌。名園古禁地，誰與主講席。暇日靜閉門，偶來不速客。水清松竹秀，深抱幽人宅。殷勤具肴饌，一觴醉芳液。過午復登山，取道溯岩脉。寺寺掩雙扃，僧閑罕游迹。香界及龍泉，肩輿隨所適。澗流石有聲，風摇楓葉赤。峰回樹半藏，修徑履危石。石洞探寶珠，倏然紅塵隔。亂山浮薄雲，蒼茫紫翠積。嵐光印眉黛，榛藋緣石隙。俯首瞰都城，樓臺靄金碧。徘徊梵王宫，平蕪霜氣白。丹桂飄天香，針栗恣攀摘。暝色入深林，歸禽投古柏。嵌空秘魔崖，禪房路幽僻。夕陽隱翠微，鐘聲距咫尺。倦游返舊途，林杪翳蟾魄。

和前作

穎人

累月罷游山，苔階閑蠟屐。西風忽蕭蕭，吹我上晴陌。清晨發飈輪，餘酣不暖席。水木地清華，入門忘主客。誰言講師壇，自是神仙宅。連阜依長林，一潭漾靈液。列岫招翠微，西山此支脉。前歲足所經，依稀想陳迹。舍車呼篼輿，一一快游適。修竹夾門青，霜楓映霞赤。風落鳥巢泥，雲起龍池石。平坡矗琳宫，回首人凡隔。花果攀祇園，茗飴出香積。盧師尋壁題，崖頷無餘隙。近携香界香，遠瞻碧雲碧。八月叢桂丹，千年銀杏白。萊妻有佳趣，屈艷頗高摘。清思發榮茁，勁氣凌寒柏。囊將好句歸，詩與境爭僻。下山林夾趨，去人月數尺。酬君托微吟，取芥謝虎魄。

眼兒媚·秋閨

織雲

霜酣楓樹葉飄紅，關塞度征鴻。連天秋草，數聲秋笛，萬里秋風。　暝烟别院蛩吟歇，露井下疏桐。深閨無寐，淒凉月色，偏照簾櫳。

重九日與外子携兩兒至三貝子花園登樓有作

織雲

佳節宜清游，風定秋涵霽。香車指名園，輕凉振仙袂。游屐絡繹來，地曠遍農藝。禽畜列縱横，珍奇不可計。秋深水木寒，雕籠聞鶴唳。籬菊兩三花，竹影侵苔砌。荷殘橘柚黄，衰草白無際。疏林葉轉紅，畫橋暝烟蔽。瀹茗豳風堂，同游有遐契。孟文表兄與式之、石鼂兩兄期於此。層樓矗雲棟，四壁絢瓌麗。翠華不復來，洞房金鎖閉。登高天地寬，憑闌快遥睇。空翠壓秋巒，晴斂遠嵐翳。兒曹樂未央，亭苑恣游憩。歸鳥投高林，落照影難繫。驅車入西門，黄昏怯風厲。

重陽登農事試驗場暢觀樓内子先有詩拾霽韵餘字和之

穎人

年年有重陽，久破登高例。今年遇休沐，勝會始可繼。城南集群彥，是日，陳公睦兄弟等在畿輔先哲祠作重九，見招。命駕午將税。忽辭高齋游，遠作妝臺隸。當時桓景事，舉室携弱細。諸公紛獨遨，前修胡鑿枘。而我忝大夫，賦才有嘉儷。郭西故可園，山色接迢遞。一鞭指高梁，橋影漲容裔。迹已奉誠更，營兼未央制。亭荒積楸葉，渚淺戢蘭枻。層樓峻凌雲，吐納作遐勢。遠望静宜園，飛甍隱山髻。近瞻極樂寺，國華就崇薙。七松復五塔，後先各興替。徘徊此禁地，餘構廓寥戾。檐前栖鳥静，林外晚烟曳。茗譚殊未闌，曦輪忽已逝。西風獨依然，吹老幾人世。

宗威子威屬題姚氏聯珠集

穎人

娛茂雙雛錦褓挑，香閨顔色鬥榮苕。詞家三秀齊名後，又見虞山大小姚。丹徒鮑之芬，與姊之蕙、之蘭并工吟咏，有《三秀齋詞》。

才名宗慤冠詞場，定有詩傳繼夢湘。若比汾河三葉事，不應阿姊遜瓊章。

題姚氏聯珠集

織雲

福慧雙修玉雪姿，一家連理擅文辭。開篇愛誦香奩句，想見微吟擁髻時。

新詩一卷輯聯珠，刻燭分題興不孤。同産虞山三女史，故應韵事勝菱湖。歸安談印蓮、印梅與孫佩芬有《菱湖三女史集》。

題朱誦韓盥薇癸卯紀念册子

穎人

蠶蟻生涯劇可憐，棘闈藍墨色猶鮮。當時乙榜人何限，什襲輸君十六年。

我愧春官雌甲辰，戰場依舊過來人。記曾兩館親弦緩，不及明經借出身。仕學館畢業，其非科甲者。予副榜出身，此一掌故也。

爲蔡傳奎斗南題其太夫人停機勖學圖

穎人

教子成名賴母慈，孑身能代父兼師。丹青猶想春暉在，門户常資健婦持。錯石磨瓏雙璧出，紡車辛苦一燈知。夜深促織聲初歇，正是楹書課讀時。

題停機勖學圖

織雲

青燈風味卅年餘，罷織深宵課讀書。不待斷機能勸學，古來孟母較何如。

飴鄉集卷四

一斛珠·懷人

織雲

曉寒慵起，開奩減盡眉尖翠。疏林蕭瑟西風裏，秋燕呢喃，不識倚闌意。野塘雁去愁難寄，晴烟弄暝霜侵砌。黄花也似人憔悴，何日相逢，蝴蝶夢千里。

織雲偶爲詩鐘曼仙謂其妨詩遽止不作戲成一絶

穎人

偶聽鐘聲著意摹，居然試手得驪珠。閨中小技嫌無用，翻把雕蟲讓壯夫。

菊花

織雲

西風日淡草離離，秋雨蕭疏葉滿墀。惟有黄花偏耐冷，冒霜猶發兩三枝。

清平樂・鄉思

織雲

樓臺烟樹，望斷清江路。黯黯鄉思誰與訴，怕聽征鴻南度。秋階落葉催寒，凄凉月上闌干。夢裏乘風歸去，一聲鄰笛驚殘。

園中菊花盛開

織雲

秋暮霜濃凈碧空，尋芳緩步小籬東。滿叢燦爛黄金甲，獨戰西風一夜中。

中央公園觀賽菊

織雲

秋盡霜寒百卉摧，晚榮獨讓菊登臺。冷香豈共繁華歇，佳種偏宜次第開。鬥艷宫壇勞品藻，選奇老圃費栽培。歸來不覺黄昏近，携得餘芳汎酒杯。

和前作

穎人

秋花不共衆芳摧，九月同登賽菊臺。選種百千搜市盡，應時次第向人開。平章一一名難識，愛癖家家手自培。且喜高堂雙健在，擔頭買取好浮杯。

同和　　孟文

霜凋紅葉半林摧，黄菊金鋪白玉臺。庾嶺芳梅慚後發，小山叢桂妒先開。自憐秋日寒能傲，肯受東風暖護培。聞道餐英仙可得，不妨沉醉掌中杯。

同和　　毓芝

不闗蕙折與蘭摧，賽菊還登九日臺。一束誰將延壽贈，萬花相競餞秋開。偶餐細蕊霜同嚼，爲護靈根土厚培。獨向名園縱幽賞，陶然水榭快銜杯。

同和　　毓芝

傲節無妨風雨摧，故應桃李作輿臺。若逢隱士還相契，不遇詩人詎肯開。瘦骨豈因霜冷暖，靈根端合露滋培。名園莫道秋容淡，爲助佳游快舉杯。

同和　　式之

閲盡炎凉衆卉摧，只餘傲骨獨登臺。莫嫌晚節秋容淡，也冒西風冷艷開。托迹清高憐汝瘦，得天深厚仗人培。任他桃李争春色，不共金莖露一杯。

昭君怨·秋雨

織雲

秋老菊籬香冷，瘦落半窗疏影。小雨濕黄昏，最銷魂。深掩屏風人悄，腸斷江南芳草。無計隱新愁，上眉頭。

長相思·九月晦夕小雨

織雲

漏聲收，畫屏幽。一雨敲窗送暮秋，深寒侵小樓。思悠悠，倚香篝。故與詩人作唱酬，梧階滴不休。

輯五内兄集奇甫宅中爲扶鸞之戲其本宅土地乃明奄人王承恩也賦一絶紀其事

潁人

梅山王氣消沉後，亦有崇碑祀阿承。何事人家私血食，不留魂魄傍思陵。

太和殿前觀大閲典禮紀事

織雲

戊午孟冬月，縠旦雪始晴。慶祝舉盛典，喜氣盈都城。是時殺機絶，海宇將清寧。天驕日耳曼，鄰邦欲兼并。公理勝强暴，頫首嗟同盟。鏖兵越四載，一朝消欃槍。吾國聞捷書，朝野皆殊榮。禮官卜良辰，元帥大閲兵。戎服别文武，羽儀集客卿。千官聚兩廊，劍佩何縱横。迎風舒復卷，繽紛十國旌。飾徒似山立，戈戟皆鮮明。白羽迎晨日，荷槍寂無聲。飛輪雲表翔，軋軋淩太清。五色散彩徽，閭市齊歡迎。世界大戰局，於今行息争。不知南北間，何時見承平。

前題

穎人

天宇深沉帳殿開，戈矛七萃簇登臺。禁中頗牧尋常事，曾見緹衣韎韐來。
海外兵操歲歲仍，餘威鼾榻氣相矜。屈完終是行人職，辛苦觀師到召陵。
軍樂新頒破陣名，迎風白羽列精兵。太和門内人如海，賀捷齊翻十國旌。

賀外子生日

織雲

嶺梅初放一枝春，門左懸弧慶吉辰。箕帚幸修才子婦，海山共此百年身。稱觴聊以詩爲壽，偕老常思敬若賓。爲祝椿萱長托蔭，與君舞彩日娱親。

和内子見賀生日原韵

穎人

人海匆匆卅九春，嘉名肇錫憶庚辰。遠山坐對琴三疊，愛日年延亥六身。耐冷散官勤亦拙，論詩流派主兼賓。朅來豪氣拼磨盡，消受安豐一字親。

曉起

織雲

江南鄉夢斷，兀坐思悠悠。落月銜山罅，栖鴉噪樹頭。風鳴三徑葉，寒透五更裘。半晌慵梳洗，扶琴上畫樓。

題青島旅行小影

織雲

萬里雲帆浪蹴天，望中孤島草迷烟。海濱小立留雙影，惆悵東風又一年。

初雪

織雲

騰空飄去逐風迴，片片祥霙落砌苔。遥憶江南春色早，故園應發數枝梅。

西院新築土山戲成

織雲

小山點綴石橋通，頃刻能成一簣功。畫本居然憑意造，不妨塊壘在胸中。

鋪青叠翠小峰巒，石瘦花深畫出難。昨夜東皇添雅事，好山教作雪中看。

大雪示内

穎人

雲壓長空凍不飛，朔風吹雪著簾幃。室生虛白天心静，坐對爐紅火力微。開户九衢陳玉戲，登車一路隔烟霏。晚來祇恐餘寒重，爲囑歸時及早歸。

大雪

織雲

飄空鱗甲掩朝曦，凍雀無聲壓玉枝。皎皎清光侵綉幌，紛紛素質積荒池。擁衾仍覺香篝泠，拂户猶疑落絮遲。朔氣逼人風轉急，待君相對泛金巵。

折梅

織雲

寒梅折得數枝馨，素萼偏宜供玉瓶。風雪不侵明月伴，與人一樣影伶俜。

飴鄉樂徵

穎人

一年以來，看花玩月，對酒聯吟，樂事夥矣。然習見之舉，不復省記，記其可念者，凡十有二首。

㜲斕對舞捧萊漿，新婦羹湯笑口嘗。猶記兒啼驚夢事，青廬門外五更霜。内子愛兩兒如己出，新昏第二夕，天拂曉，聞方兒啼，遽披衣拔關出視之，時雪後寒甚。

掩卷琅琅燭影間，書聲愛聽每開顔。六朝詞賦多成誦，惆悵江南庾子山。內子最熟蘭成諸賦，昏後旬日，余偶請背誦《哀江南》終篇，即曼聲立誦，不移晷而畢，僅訛五字。

當筵屬對不成聯，好語如珠一一穿。雙美兩傷離與合，能修七寶是神仙。俗以七言聯語參錯出之，屬對者輒不成文，命曰仙對，雖老宿每爲所窘。式之來時，輒喜爲之。

征輪轆轆日長閑，懶起推窗不看山。讀罷次回疑雨集，風懷擬作未須删。旅行時同讀《疑雨集》，且讀且評其短長，一樂也。

選句圖成費鑒裁，試官分榜作歐梅。要憑玉尺量才手，盡遣前人應舉來。摘同題古人名句，各次其甲乙以相較。

徵猫數栗響隨應，博記誰知奪席能。故實眼前都説盡，秋星臘粥上元燈。數典爲枯坐一樂，七夕、臘八粥、上元燈皆實録也。

佳句推敲落意筌，有時冥索度前賢。論詩始信劉昭禹，玉合天然底蓋全。讀古人詩，不即讀，必覆卷猜其對句，而後驗之以爲常。

脱字曾聞鳥過詩，座賓謬擬舍人嗤。補天我有神媧手，遍與殘編寫缺辭。試各補古詩中缺字，第其優劣。

觴令飛詩四座娛，偶憑賭食勝樗蒱。畫蛇飲酒留先例，人得楊修一口無。席間限字飛觴，不論詩詞古文，按所嵌題字之次數，使他客傳令，爲酒令最易者。他日得珍果美餌，亦以此法互徵成句，得者啖一枚，至盡乃已。

寓目寧能過不忘，片時强記亦殊常。新詩默誦争先著，上口猶聞齒頰香。取古人僻詩共讀之，先成誦者勝，式之嘗與此戲。

秋來人困廢鞦韆，苦戒妝臺減午眠。戲罷蹵融無一事，却移棋局賭金錢。夜恒與余及式之、介眉兄姊對弈，尤工格五。

論世原知史半虛，每翻疑案一軒渠。要編三字蠅頭録，試仿東坡讀漢書。内子與介眉姊燈下讀史，因就問難，余輒爲指析疑秘，時有妙悟。

喜介眉姊至京

織雲

梅萼傳香雪意稠，相逢如夢幾經秋。分題翦燭添新侣，聽雨連床憶舊游。静夜月明猶縱酒，長空雲淡共登樓。都城小住休歸去，解釋眉峰日日愁。

蝶戀花・冬閨

織雲

雪霽庭階鋪亂絮，静掩屏風，已是天將暮。月照窗櫺人不語，綉幃侵透寒如許。寶篆沉沉香作霧，斜凭熏籠，暗聽征鴻度。酒力漸消慵舉步，燈花正共梅花吐。

點絳唇・雪霽

織雲

積雪晴開，餘寒低壓梅枝亞。玉塵凝瓦，旭日光相射。遥想灞橋，驢背微吟乍。梨花下，淡汝幽雅，寫入詩中畫。

冬夜不寐

織雲

梅萼留香在，蘭閨倦綉時。瓶罍冰凍合，簾幕月生遲。篆冷烟絲裊，更深燭穗垂。擁衾眠不得，起續昨宵詩。

内子與紉蘭介眉兩姊以美人詩分題見視因廣之爲十數題索孟文曼仙伉儷同作

穎人

你儂趙管兩同心，和水團泥愛不禁。若使蛾眉真解笑，居然土價等黄金。（泥美人）

阮公溪上漲春波，謝女山前繞葛蘿。惆悵南陵牽狗地，行人風雨奈愁何。（石美人）

玉映柔膚妒蜀宫，安排綾帳雪光融。獨憐飛燕横陳夜，姊妹嬌顔一色紅。（玉美人）

瞬目登場創偃師，平城妙舞惑閼氏。不須刻畫無鹽去，傀儡居然絶世姿。（木美人）

驅遣丹青淡畫眉，春風識面動人思。誰言顔色難爲狀，織室愁容却是誰。（畫美人）

彩縷玲瓏百媚身，五紋刺就妙通神。遠山眉黛依稀得，妒殺停針不語人。（綉美人）

埏埴螺鬟釉色精，定州琢玉製初成。風裳雲袂猶飄舉，一跌真愁瓦曼卿。（瓷美人）

露洗嬋娟净出塵，青奴雕刻證前因。何當紫竹林間種，幻作觀音大士身。（竹美人）

流風迴聚見靈姿，姑射疑逢月下時。最憶摩訶池上事，清凉消受此冰肌。（雪美人）
妃唇甘嚙膩猶黏，煎蜜調霜信手拈。別是心頭滋味在，不知到底爲誰甜。（糖美人）
素質磋成玉不如，細紋雕鏤褶衣裾。天然顔色誰能擬，妒殺端端插鬢梳。（象牙美人）
煊染丹青費翦裁，仙人驚喜下瑶臺。雲端冉冉緣紅綫，疑是當年盜合來。（風筝美人）

同作

織雲

黄土摶人彩服鮮，薰肌衹賴粉妝研。何時打得情關破，了却塵心一點牽。（泥美人）
天生温潤稱柔肌，刻入苕華并坐時。一色手携團扇白，令人惆悵謝芳姿。（玉美人）
丹青阿堵好傳神，妙畫通靈世所珍。若使披圖能唤出，瓣香鎮日拜真真。（畫美人）
柯亭生長歲寒身，瀟灑娟娟出俗塵。刻畫尚留筠粉態，何須風月借精神。（竹美人）
東風吹雪霽寒宵，捏就娉婷分外嬌。暖日不教侵寶帳，生愁瘦損小蠻腰。（雪美人）
塵世山川眼底收，輕軀細骨太清游。扶搖借得東風力，惟有嫦娥在上頭。（風筝美人）

【附同作】

玉貌花容太不倫，泥塗墮落認前身。早知黄土成紅粉，願把江山换美人。（泥美人）

堅冷肝腸世罕諧，此心難轉屬裙釵。妾身已化山頭石，補恨無方乞女媧。（石美人）

通靈原是妾前身，一入情關墮劫塵。不向卞門徵價值，平分甘后六宫春。（玉美人）

方寸何嫌具體微，桃根桃葉是耶非。登高妙作翩蹮舞，妒煞閼氏亦解圍。（木美人）

幾日深閨費手摩，稱絲分繭刺雙蛾。綉成不作莊嚴相，一幅生綃賽女蘿。（綉美人）

歡喜真成弄瓦緣，女窑相對失嫣然。若論顔色能傾國，絶代當從景泰年。（瓷美人）

翩翩翠袖泣湘山，長恨蒼梧去不還。刻骨相思難解脱，尚留泪迹在人間。（竹美人）

天花散罷貌珊珊，月下梅妻伴體寒。見晛曰消留不得，玉容寂寞泪闌干。（雪美人）

簫聲吹徹賣餳天，噓氣如蘭態貌妍。博得兒童争拍手，可人裁值一文錢。（糖美人）

奈何天裏奈何身，嫁得東風了夙因。萬斛離情消不盡，尚餘一縷繫紅塵。（風箏美人）

式之

嶒崚一片化温柔，姓氏從來溯石尤。寄語生公休説法，望夫痴絶不回頭。（石美人）

紉蘭

丹青一幅妙傳神，玉貌花容幻裏身。滿面春風誰省識，朝朝暮暮唤真真。（畫美人）

瀟湘風雨幾經秋，半似相思半似愁。翠袖天寒人獨立，平安二字記心頭。（竹美人）

梅花爲骨玉爲身，獨立亭亭净出塵。莫道阿郎生性冷，世間有幾熱腸人。（雪美人）

紅顔妒煞海棠嬌，翠袖湘裙五色描。喜遇東風能著力，身輕似燕入青霄。（風箏美人）

張祖懿介眉

玉顔黄土事荒唐，瓦狗泥車共一筐。倩影出淤能不染，紅塵雙脚插何妨。（泥美人）

束薪何事費綢繆，刻畫精妍意態柔。不讓棘端誇絶技，舞腰裙褶見風流。（木美人）

鉛華洗盡不施朱，素態天然與衆殊。静立案頭無一語，問卿底事意躊躇。（瓷美人）

仙人姑射降層巒，玉潔冰清不畏寒。紙帳祇宜梅作伴，素娥青女一般看。（雪美人）

日暮天寒學補蘿，湘山遺恨奈愁何。蒼梧夢斷情難斷，空谷幽居蹙翠蛾。（竹美人）

翩翩張袖見精神，舞月穿雲自在身。但願乘風能解脱，莫同飛絮易沾塵。（風箏美人）

孟文

花間小立印留鴻，黄土摶成笑腹空。莫更天生矜麗質，要知費盡女媧工。（泥美人）

潛英寶石妙通神，幻出婷婷嫋嫋身。天子多情仙狡獪，帳中常駐李夫人。（石美人）

璇閨韵事憶投壺，名刻茗華艷彼姝。聞道仙盆留古迹，問卿曾個洗頭無。（玉美人）

桃奴杏婢兩爭嬌，一寸芳心未展蕉。二月春風似刀翦，莫教瘦削小蠻腰。（木美人）

誰將彩筆寫娉婷，買盡黃金畫有靈。馬上琵琶千古恨，明妃端底誤丹青。（畫美人）

劇憐婀娜女郎身，莫等平原一例論。并世紅綃與紅綫，爲傳俠慧到針神。（綉美人）

琢成紅玉賽胭脂，窑變觀音絶世姿。瑩徹冰肌如雪白，屏風莫更隔琉璃。（瓷美人）

亭亭瘦影笑環肥，悄倚雕闌翠拂衣。勁節虛心誰得似，一生端合拜湘妃。（竹美人）

風姨月姊寄相思，縞素新妝妙入時。姑射肌膚冰與玉，莫教紅日妒胭脂。（雪美人）

肯施刻畫肖無鹽，膏澤香還雲鬢黏。不待蔗漿澆内熱，笑卿櫻口本來甜。（糖美人）

迴風一搦舞腰輕，月下紅絲暗繫情。翩若驚鴻雲外影，前身合是許飛瓊。（風箏美人）

毓芝

含情凝睇却無言，相對南窗伴曉昏。應是玉鈎斜畔土，個中原有美人魂。（泥美人）

心自空靈質自堅，此君丰度太翩翩。天寒翠袖臨風立，瘦影娉婷只自憐。（竹美人）

冰肌玉骨絶塵埃，合伴閨中咏絮才。人自愛温儂愛冷，寒鴉莫帶日光來。（雪美人）

六塵色味費端詳，伐性蛾眉變腑腸。只恐東風吹化去，一場春夢黑甜鄉。（糖美人）

誰把情絲一綫牽，相逢疑是步虛仙。翩躚彩袖凌空舞，借得風狂欲上天。（風箏美人）

寫翠當眉貌出群，合歡徐淑擅清芬。好如并蒂芙蓉相，卿我相憐兩不分。（鏡中美人）

曼仙

沾絮心期懶逐風，遍從爪印識驚鴻。仲姬亦解參禪語，都在呢呢爾汝中。（泥美人）

補漏媧皇太渺茫，化身秦女亦荒唐。阿儂心事誰能轉，惟有臨江白石郎。（石美人）

岷山琬琰蜀宮甘，瓌寶名姝并二難。和璧倘教鐫趙女，相如不得返邯鄲。（玉美人）

雕欄絳樹好扶持，遍體文章絶世姿。不是香山同槁木，未應開閤放楊枝。（木美人）

凝眸無語亦盈盈，繪影工時欲繪聲。千古紅顔遲暮感，畫圖白髮幾曾生。（畫美人）

雙瞳宛轉翦淞波，無限春嬌在綺羅。留得針神寫妍媚，色絲真個擬曹娥。（綉美人）

八寶琉璃映彩裳，輕花紅玉比容光。何人論得千金價，不是哥家便是郎。（瓷美人）

入懷清潤夏生涼，瀟灑偏宜婀娜妝。衹恐天寒衣袖薄，秋風捐弃女兒箱。（竹美人）

冰爲肌骨玉爲神，小謫塵寰不染塵。若問前身似相識，兜羅天上散花人。（雪美人）

囓到妃唇甘似飴，本來秀色可調饑。蜜殊戒律精嚴甚，難免江瑶一朵頤。（糖美人）

蘭蓀

心雖難轉自通神，口不能言亦可人。石黛雙蛾誰得似，望夫秦女是前身。（石美人）

湘妃灑泪楚江湄，鳳子龍孫帝室姿。誰識此君清節貴，桃花輕薄尚留祠。（竹美人）

梨花春雨比楊環，記否相逢姑射山。本是飛仙天上謫，暫留色相到人間。（雪美人）

錫簫吹暖好容光，三日猶留口角香。一事思量差足比，可人新嫁入飴鄉。（糖美人）

十一月十五日夜分俗傳立月中無影賦索内子同作

穎人

遲遲皓月赴中天，徙倚闌干夜不眠。顧影參差猶一綫，三更霜氣襲詩肩。

娥池雲鬢絶埃塵，翹首當空桂滿輪。一笑壺丘招返顧，壽麻人種練兒身。

同作

織雲

冰輪端正浄無塵，行近天心望最真。若使謫仙邀對飲，今宵何處得三人。

冬夜讀書

織雲

一鈎寒月北窗虛，永夜深閨樂有餘。挑盡青燈何所事，焚香静讀古人書。

虞美人・曼仙所蓄馬車即余家故物織雲未嫁時嘗假坐之暇語其事爲填此闋

穎人

衢塵不動城南路，雲擁香車駐。扶窗側坐玉纖纖，合與老奴家物是前緣。　鵲橋消息喧簫鼓，對鏡鸞雙舞。明年陌上緩看花，不道雕輪油壁又誰家。

女德禕生

穎人

吉信先傳玉勝符，纔過祝歲喜將雛。添盤三日供湯餅，繞榻諸兄剩酪餬。類母共言瞳翦水，勝男差慰掌擎珠。鳳池新奪寧須恨，贏得閑身抱汝無。

戊午十二月初十日懷仁堂觀劇

穎人

填冰成海作龜坼，海岸平連無際白。撬床深泊不敢行，碾破飛輪玉千尺。白宮峨峨集衆賓，廣場洞闢容千人。九霄仙樂落堧外，餘音尚凝梁間塵。春臺日日傳絲竹，我亦摳衣時寓目。接座千官劍佩寒，分行萬國冠裳肅。徵歌選舞得傾城，病室維摩太瘦生。博取九賓齊拍手，仙韶聲價屬梅精。去年天女花爲戲，化作雲門行裏字。樊山老人以天女散花格製聯語賀余結婚。今年天女馭雲來，掌珠試啼方墮地。德禕適於是日生。酒闌曲罷客言歸，瑤樹緣堤絮正飛。回首寶光門外路，玉霙吹滿楯郎衣。

廣飴鄉集

隶章

序一

光緒三十三年，先文直公以樞臣兼筦郵傳部，南海關君潁人方以考政自歐美歸，由陸軍部調官郵部，爲先君所激賞。余方需次冀北，未及過從也。閲九年而潁人喪偶，與銅山張氏締昏，織雲表妹實爲先妣張太夫人最稚之侄女，於是兩家始爲姻連。織雲聰慧工詩，與潁人召集親眷晨夕唱和，余亦偶一參與其間，世所稱《飴鄉集》者是也。自後吟侣雲散，盛會不常，而潁人伉儷詩境乃益進，往往於報章雜志間得讀其一二。朋輩屢促潁人以全集付梓人，顧以務繁職劬，不暇從事。去歲始釐其戊午至壬戌間之詩稿爲四卷，請序於余。余方事冗，未即應。忽忽數月，復見敦促，且曰：『自《飴鄉集》以來，余之詩以適於閨人酬和之故，頗降就凡易，余妻之作，則以力求警煉，時有俊語，然疲於家事米鹽兒女門户之累，吟咏乃益稀，計爲時三年有半，而所得不逮丁巳之一歲。余既别編壬戌七月以後之詩爲《遠志集》，而前此兩人未刊之稿，苦無集名，今即以《廣飴鄉集》名之。雖其中多非倡和之章，亦姑以綿其甜蜜之歲月云爾。子於誼爲姻戚，於詩爲同社，弁言之責，其不可以辭。』余乃備述兩家交誼之始末，及潁人所稱勒爲本集之大意，而歸之於集中，諸詩不泛泛爲虚譽。蓋本集輟筆於壬戌，發刊於甲戌，潁人、織雲之詩境益邃而益高，僅僅求之於十年前之故稿，固未足見其真相也。甲戌九月閩縣林葆恒序。

序二

夫閨房燕好，風雅相尚，代有其人，傳爲佳話。如漢之秦徐、元之趙管，其顯著者焉。南海關君穎人，博學多聞，以名進士宦於都門，始與余爲同曹友，繼結爲連袂親，其德配張女士織雲，嫻吟咏，能文章，又爲余中表而兼姨妹，作合之始，實由余妹聟章君曼仙之蹇修，而先室毓芝夫人力主其事。穎人有《述婚詩》載於《飴鄉集》中，所謂『慧眼俠心誰得似，瓣香先祝女曹邱』者也。穎人、織雲伉儷極篤，居恒以唱隨爲樂，時人多企慕之。每於春秋佳日，名園勝地，輒召集戚友於一堂，觥籌交錯，詩歌互答。爲日既久，積成卷帙。《飴鄉集》爲結婚第一年之作，既已鏤版行世。自後數年，穎人方在北方，爲風雅主盟，又以職守所及，于役晋齊吴楚之郊，凡雲中、泰岱、鎮江、維揚、漢皋、岳州、長沙，踪迹所及，輒有題咏。織雲以兒女累，居家時多，然亦偶或從行，又以餘暇，繼作修禊游園之集，錦囊佳句，往往而滿。計其詩，自社課刻燭之吟，别爲《盍聲集》外，所得兩人古近體詩詞凡三百十有一首，命名曰《廣飴鄉集》，所以示甜蜜歲月之綿長也。近者人事變遷，盛會不常。余既有分釵之痛，曼仙亦歸道山，曩日儔侶，風流雲散。穎人方整理故稿，付之梓人，屬余弁言於首。余以文思艱澀，辭不獲已，勉書其概略，以志雪鴻。譾陋之譏，所不計焉。甲戌二月夏縣賈秉章序。

廣飴鄉集卷一

稊園詩集第五種

南海關賡麟穎人
銅山張祖銘織雲

《飴鄉集》編次以後，歲星既周，柔鄉無恙。外則案牘役我，内則兒女累人，雖明鏡笑窺，形影不隔，而奚囊探稿，酬唱漸稀，如是者凡三年有半。壬戌之秋，闈中吟草，別錫專名，始以其前所存詩詞附於曩稿，名曰《廣飴鄉集》。穎人識。

起民國八年一月，即夏曆戊午十二月，訖民國十一年八月，即夏曆壬戌七月。凡詩二百八十一首，詞三十闋，附録詩十七首。

紙婚詞（戊午）

穎人

西俗重結婚紀念日，於結婚若干年各有品目，大率由輕薄以漸底堅固，由賤値而益臻貴重，親友亦咸就所屬之年贈以同類之物品焉。結婚後一年爲紙婚，二年爲稿婚，三年爲糖婚，四年爲革婚，五年爲木婚，七年爲花婚，十年爲錫婚，十二年爲麻葛婚，十五年爲水晶婚，二十年爲磁婚，二十五年爲銀婚，三十年爲珠婚，三十五年爲珊瑚婚，四十年爲碧玉婚，四十五年爲紅寶石婚，五十年爲金婚，六十年或七十五年爲金剛石婚。古者，親戚之誼喻之葭莩，而納采之禮，有蒲葦、磐石、膠漆、雙石、綿絮諸物。古《讀曲歌》，且有『麻紙語三葛，我薄汝粗疏』之語，用意取喻，不謀而同。其六十年紀念，尤與甲子一周重逢花燭之意相當。惟西俗輕於離合，故結婚未久者，目之爲紙爲稿，與我所謂『一與之齊，終身不改』者大异矣。東西俗殊，各有沿襲，好奇效顰，良無所取，余獨以爲此絶妙之詩題，近世詩家集中所未嘗有者，是可賦也。今歲十二月十四日爲紙婚之期，作《紙婚詞》。

吉日嘉平届，周天始一期。九分霄月滿，四序歲星移。憶結蘇卿髮，初齊德曜眉。起居彤史記，風趣楮生知。茶味緘囊密，梅花隔帳窺。鑽蠅慚故步，烹鯉寄相思。窗静熒燈火，毛生蹙被池。命非鳴杵薄，手合補天施。殊俗西歐仿，新名好時宜。海苔尋側理，綿繭造高驪。藤巨蠻溪切，麻輕蜀土賫。樹分林邑葉，木异涬泥皮。并作閨房寶，深符秖行資。潤方鋪玉版，潔不染隃糜。本色符紈素，清修配縞綦。誰工透背字，待寫合歡詞。摇襞風前耐，光明錦地疑。衣裳纔作嫁，歲月已綳兒。韌豈輸三葛，明如織界絲。洛陽須好價，九萬餉羲之。

十二月十四日用退耕堂主人賀詩韵集句

穎人

金樽美酒惜餘春，（歐陽修）雨霽風和不動塵。（姚孝錫）從此梅花消息好，（宋濂）琴聲常伴讀書人。（李群玉）

除夕

臘鼓聲殘玉漏遲，梅花初發歲寒枝。年來生悔聰明誤，不敢街頭賣却痴。

織雲

春日偕外子侍母游三貝子花園（以下己未）

九衢如電騁香車，近郭園林覽物華。初日漸隨人影轉，好風徐度鳥聲嘩。千條秀色將舒柳，一片餘寒尚勒花。最喜俊游添伴侶，歸來詩韵鬥尖叉。

織雲

柳梢青·春思

草色重重，畫檐燕子，又啄新紅。雪密風斜，花稠香軟，烟雨簾櫳。隔籬杏萼鮮穠，秋千外、清溪繞峰。半軃雲鬟，日長人倦，欲綉還慵。

織雲

蝴蝶

花香鳥語日遲遲，玉板雙敲過短籬。留住芳魂休入夢，怕從萬里惹鄉思。

織雲

春日游三貝子花園

織雲

柳條含緑雪猶堆，二月東風了却梅。把酒暢觀樓外望，昔年燕子可歸來？
一彎流水小紅橋，草色依依凍未消。待得春濃花似錦，緑楊深處買輕橈。

深院月・海棠

織雲

春欲暖，日初長，滿院風光付海棠。濃艷一枝堪折取，晚來對鏡試新妝。

題北平射虎社第一集

穎人

觀射如墻客不疲，大黄没羽定爲誰。高呼撫掌群傳誦，想見宵深中的時。
入社經年未效顰，春燈日日看翻新。望洋我嘆機鋒拙，籌百真愁作舍人。

沅叔味雲義門諸公招作擊鉢吟賦得迴心院我聞室限尤虞韵各成二首

穎人

十香詞句最風流，故録焚椒事可羞。何物傖奴趙惟一，附名疑案亦千秋。
絶代觀音白練收，懶龍譖入六宫愁。知情片月依然在，猶照當年院址不。（以上迴心院）

老去尚書戀麗姝，別營精室待清娛。鬚眉慚愧傾城帽，要讓河東作丈夫。
虞山才調匹龔吳，覆水終然負姓朱。七載絳雲歸一炬，歸來同夢遜芝芙。（以上我聞室）

己未三月三日修禊瀛臺同限南海二字即用東坡焦山放魚二首原韵

穎人

複廊抱厦邃以眈，暮春候暖如江南。南臺禁地不可即，肯放游屐觴重三。臨波洗硯動鳧雁，催詩下筆聞春蠶。高軒踵接各老宿，我獨曲水風流慚。液池一碧蕩畫舸，人柳顰影摇空潭。新桃始花眩舞墨，清莽不酒猶沉酣。先朝故事且勿問，登瀛常作瀛洲談。獨樹變石依香殿，雙桐化琴藏書龕。瓊華遠矗接天近，玉蝀卧飲知泉甘。閨人嗜游恨不櫛，目騁未療山水貪。蓬萊福地豈可閟，足繭不到誰能堪。何時池籞許接翼，緑陰深處昇行庵。

有酒不澆嗣宗塊，詩思何人問驢背。名士已傷麟落毛，正味誰知蝍甘帶。弦歌道廢大雅衰，幾輩長安憶蓴膾。晚晴簃主發宏願，一代錦紈摭零碎。頗聞高賢入蓮社，亦欲客星起嚴瀨。文章光焰不可掩，定有真賞驪黄外。此地群賢足觴咏，少長豈數蘭亭會。我將橐筆從諸公，歲歲來觀鴗擘海。

巳日與外子修禊公園水次同用韓魏公上巳詩原韻

纖雲

上林烟景入芳辰，柳色依依綠漲新。樹暗鶯歌池館晚，風微燕喜草堂春。赤欄橋外喁喁語，紅葉壇前漠漠塵。禊事去年彈指過，銜觴不見咏花人。

同作

穎人

習俗重三是禊辰，偶從巳日却翻新。不須十幹疑當己，相去三朝更買春。橋下柔波雙笑影，門前芳草六街塵。詩成更擬流觴去，故繞長林避俗人。

春日與式之石嗣兩兄游玉泉山聯句

穎人　纖雲

清明節過新烟起，芳陌風柔塵十里。夾城萬柳與墻齊，嫩綠絲絲照春水。（穎）飛輪出郭盡游人，不惜金錢爲買春。道旁草木各争艷，漸見郊原景物新。（式）穠杏夭桃紅燦爛，遠聞林外鐘聲斷。晴沙一片蔽晨暉，料峭風來雲鬟亂。（纖）玉泉山上古浮圖，影入青霄淡欲無。樓臺金碧正相望，昆明低浸水平湖。（穎）入門泉水沿溪曲，鎮日跳珠兼濺玉。源頭活潑自何來，朱橋泛出波光綠。（式）清流見底碧悠悠，洗盡人間今古愁。小草萋萋迷壁碣，一篙烟水渡扁舟。（纖）先朝避暑離宫日，累代翠華曾駐蹕。剩有山根裂帛聲，噴薄依然螭口出。（穎）亭臺寥落徑荒凉，斷檻頹垣感海桑。（石）蒼翠參天松柏老，祇今怒幹淩風霜。（式）拾級同窮千里目，前度劉郎途徑熟。觀棋未必爛柯回，要賭仙人塵十斛。（穎）濕嵐空碧欲沾衣，明秀晴光浮翠微。冉冉白雲入襟袖，西山諸寺猶依稀。（熾）蒼茫村落暮烟紫，俯眺神京迷霧裏。尋幽洞壑不知疲，游屐下山真折齒。（石）繁陰夾道出宮門，傍杖猶聞澗底喧。（穎）流水不隨人事改，垂虹趵突何足論。（式）倦鳥歸雲争古樹，烟巒指點來時路。芙蓉故殿無處尋，林杪斜陽光一縷。（熾）

首吟甫鳳標名其草廬曰亞醒屬題二絶

穎人

天醉胡爲賜翦鶉，沉沉東陸幾經春。丁寧室榜成何用，餔歠糟醨大有人。

卧榻他人共鼾難，十年風雨客長安。睡魔要有驅除法，莫作尋常慰藉看。

送龍澄宇學競歸粤祝其尊人叔悦先生六十一壽

穎人

郎潛十載長安客，南望靈椿頭未白。一朝歸捧老萊觴，始信得閑皆福澤。龍生矯矯舊同官，日下聲名見二難。每聽黄門談世德，共知嚴教出陔蘭。當時燈火文場戲，塗抹依然眼前事。石麟摩頂各高騫，刻鵠貽書成大器。頻年鄉里作儀型，先後黄巾避孝經。爲善寧徒副腰腹，容車預計改門庭。仙厨櫻笋辰初吉，花甲重周新晋秩。宅居惟是近桑麻，服餌無勞采芝术。鯉庭歸省介春杯，携得東華寵語迴。衡泌優游皆實録，大年日日笑顔開。我羨丈人占清福，尊前起舞森蘭玉。隨班無分祝南天，海上蟠桃今正熟。

春暮三貝子花園即景

穎人

丁香白後紫荆紅，三月春光在眼中。最是落英吹滿地，海棠無賴嫁東風。

前題和外子

織雲

朱樓倒影半溪紅，綠漲平堤入畫中。斜日酒旗楊柳外，落英無限付春風。

【附和作】

和穎人織雲春暮三貝子花園即景韵

銅山張祖懿介眉

半池綠水落英紅，春事忽忽一瞬中。惟有鳥聲啼不住，聲聲都是怨東風。

碧雲寺

織雲

翠微深處比詩肩，五塔依依落照邊。松鼠避人行殿檻，石螭破蘚吐山泉。百年香火藏名刹，幾處樓臺鎖晚烟。留客僧蔬聊一飽，野花歸路各欣然。

香山即景

織雲

崚嶒山勢破蒼烟，人迹蕭疏石瀉泉。御殿荒凉尋未得，斷腸松柏自年年。樓閣參差倚翠微，雨餘嵐秀緑沾衣。游人散後禽初樂，林外鐘聲送夕暉。

金鳳鈎·初夏

織雲

問春色在何處。惟只見、柳花遮路。苔痕侵砌，榴烟弄色，一霎黄梅過雨。倚窗湘簟凉如許。睡未覺、幽禽啼寤。微風吹得，飛英入户。小苑緑陰當午。

星巢丈買屋菜園胡同招飲賦呈

穎人

老去儒冠戀菜根，擇居猶慕庾郎園。客來偶報藩羊躅，地僻惟聞林鳥喧。分日羹湯朝子婦，堆床書卷付兒孫。一椽人海先生隱，剩喜晨窗酒滿尊。

【附和作】

和穎人贈詩原韵

番禺石德芬星巢

自笑萍蓬那有根，三山五嶺阻鄉園。草堂資仗親朋助，人境幸無車馬喧。酒頌未堪充竹隱，詩評私擬續陶孫。多君慰藉意良厚，招我頻開北海尊。

金縷曲・送介眉姊歸清江

織雲

草色迷南浦。聽聲聲、杜鵑凄切，催人歸去。鬥茗敲棋同歡笑，一晌忽忽萍聚。又極望、故鄉何處。五載離家還未得，恨柳絲、添我愁千縷。分袂也，黯無語。　薰風吹過黄梅雨，最銷魂、驪歌一曲，別觴愁舉。屈指歸帆吴天遠，迎路榴花齊吐。看遠黛、收將眉譜。燕北青山游不盡，問何時、重踏長安路。空目斷，渺雲樹。

車中戲成

穎人

槐陰夾路起坡陀，卧看遥山一瞥過。小女（謂内侄女德芬。）欲人推牖望，前頭紿道是黄河。

江南道中

織雲

堤楊不斷送飛車，山色湖光綠透紗。一抹烟巒梅雨節，幾間茅屋野人家。前途漸聽蟬聲起，過樹常留日影斜。自是江南時令早，池荷已放兩三花。

自南京至鎮江舟中

穎人

車徒不戒市囂停，翻喜江聲買棹聽。林外遠帆烟漠漠，浪邊飛鳥雨冥冥。雲低斷岸千盤墨，天入平蕪一綫青。別後金焦仍似舊，望中燈火兩三星。

鎮江旅懷

穎人

四載三來此，登樓百感生。大江喧客枕，驟雨斷人行。汲衆泥橋滑，舟虛野渡橫。市廛商業輟，猶有賣花聲。

鎮江

織雲

昔日橫經地，重來憶舊游。江寬風雨急，帆遠水天浮。白浪千花濺，青山一髮留。晚來獨凭檻，隱隱望瓜州。

揚州天寧寺　穎人

倚郭深沉作梵宫，六朝喬木曉烟籠。風鬟人去仙居冷，棋局敲殘别墅空。相傳寺爲柳毅捨宅。一云謝安故宅。雨後新蔬僧飯美，門前垂柳客船通。光明經在誰能寫，慚愧楞伽識長公。用東坡在真州天寧寺寫經事。時寺僧乞書，故云。

玉鈎斜　穎人

隋宫遺事玉鈎斜，大地荒蕪幾帝家。烟散雷塘人不見，春風開遍斷腸花。

梅花嶺吊史閣部墓　穎人

四鎮軍聲付國殤，衣冠戰後一杯藏。千年血入土花碧，和魂化作寒梅香。草深墓道披荒薉，人事滄桑幾興廢。健兒偃卧看游人，冉冉飛燐過墻背。

邗溝泛舟即景　織雲

緑楊郵外酒家樓，鴻雪重尋憶昔游。指點湖山渾似夢，白蘋依舊滿汀洲。

小雨花蹊步屧泥，數聲杜宇畫橋西。隋宫王氣千年盡，剩有垂楊百尺堤。

凌空遠塔白雲間，棹入蘆花翠一灣。四面樓臺臨水出，游船先艤小金山。

江湖載酒想當年，一抹斜陽滿畫船。二十四橋歌吹冷，有人惆悵杜樊川。

雨餘三尺漲新潮，溝水東西出畫橈。賣却魚蝦歸去早，漁歌響過五亭橋。

平山堂下暮烟橫，古渡波澄一葉輕。最是涼宵新霽後，二分明月坐吹笙。

和前題

穎人

臨水朱欄處處樓，邗溝一舸畫中游。此行妒殺鴛鴦未，并倚篷窗過蓼洲。

閨人生小憶鴻泥，歌吹年時尚竹西。不見冶春詞客在，鶯聲終古占隋堤。

蜀岡綿亘六儀間，突兀三峰照塔灣。我欲先從高處看，嗚榔一徑泊平山。

官河高柳不知年，短短蘆芽未礙船。試問夕陽疏雨裏，何如五日赴斜川。

漁浦收罾趁晚潮，相逢水狹一停橈。前頭驚起眠鷗夢，念四橋中第幾橋。

雨後殘虹一道橫，雜花歸棹晚風輕。祇今騎罷揚州鶴，不讓緱山子晋笙。

歸棹遲月

穎人

廿四橋邊起暮曛，畫橈燈火隔溪雲。不知終古繁華地，明月而今算幾分。

平山堂

穎人

淮東山色横如几，遇雨頽鬟沐初起。捲簾一笑浮青來，便與游人作平視。堂前修篠壓寒烟，堂後檐聲起瀑泉。雨中挾蓋捫碣讀，香火何地祠三賢。舊有三賢祠，以王阮亭配祀歐、蘇。齊檐歷歷蜀岡樹，園亭足繭無尋處。導僧太息指樓墻，一夜風吹五楹去。近風灾，樓圮如掃，徒壁立云。

平山堂拜歐陽文忠公

織雲

山堂淮上熟攀躋，雨後螺鬟與檻齊。蜀嶺脉分三刹塔，邗溝環抱六朝堤。文章寥落人何在，池館凄凉草欲迷。惆悵醉翁詩酒地，泉聲日夜下前谿。

蕃釐觀

穎人

唐昌仙佩遥，瓊花世不識。我爲看花來，但見花臺石。

勺湖曉泛

穎人

淮城斗大如水田，分渠别派縱横穿。臨流處處通略彴，出門家家呼畫船。勺湖一水容烟艒，棹入荷花最深處。舷畔魚兒不避人，林梢鳩婦頻呼雨。斷橋危閣霧沉沉，草與人齊一徑深。劫後文峰游迹絶，惟餘塔影落湖陰。迴舟蕩破晴波緑，半日徘徊看未足。何時銷夏傍湖邊，飽啖蒲根船上宿。

湖心寺竹陰精舍小坐

潁人

修竹環窗不受塵，前朝名刹一時新。寺僧得意延賓地，處處楹題盡貴人。

謁外舅張紹石觀察公墓（在清江）

潁人

松柏蕭蕭蔽夕曛，亂鴉飛噪尚新墳。可憐前繞河如帶，嗚咽東流未忍聞。
遺像登堂肅拜遲，鬚髯如雪想風姿。十年屈指郎潛日，正是龍蛇厄歲時。
趨庭詩學舊能詳，檢點楹書迹已荒。我是涪翁來苦晚，謝公何處得津梁。

惠濟閘

潁人

轉庾當年此地經，黄淮鎖束勢懸瓴。而今挽漕渾無用，香火黿神更不靈。

漂母墓

潁人

生遭蕁食死野鶏，國士命懸亭長妻。解識王孫獨賢母，年年麥飯夕陽西。

溧陽報德空投瀨，一飯千金未是多。漂絮自來售善價，不龜手藥又如何。

蘇幕遮·別介眉姊清江 織雲

柳絲垂，蟬響咽。三日盤桓，又向河橋別。泪透鮫綃心百結。淮水舟輕，回首雲千叠。一帆風，千里月。欲寫新愁，幾簇峰青絶。迢遞天南魂夢越。宛轉柔腸，却似江流折。

清江書懷 織雲

憶昔離家五度春，初歸樂事叙天倫。乍逢奴僕渾難認，久別兒童倍覺親。梁燕有知應識我，庭花無語解迎人。當年姊妹嬉游地，留得鴻泥證夙因。

居清江三日北行呈外姑石太夫人及諸兄 穎人

三日安排坦腹床，忽忽甥館又歸裝。寶刀燈下看浮白，明鏡窗前憶貼黄。雜沓江潮催客急，去來檣燕送人忙。深情别後知相念，流到清淮一夜長。

寄介眉姊 織雲

惜别勞相送，多時立渡頭。水添淮岸泪，雲黯禹臺愁。欹枕山爲幛，推篷月作鈎。江行潮正急，一夜下揚州。

曲阜謁孔廟　穎人

國教争中外，輿評有主奴。誰言發祥地，空付小人儒。禮樂真從野，經書已入鄹。但供游客吊，林廟就荒蕪。

曲阜道中遇銅士　穎人

乘車戴笠兩逡巡，搴幔誰知值故人。傾蓋須臾惟一語，袖中携得岱雲新。

千佛山　穎人

郭外嵐光接户庭，百盤石磴上禪扃。丹崖劖削諸天相，赤字摩挲太學經。謂丁公寶楨所書《抑詩》。雨後泉添龍洞黑，林端烟隱鵲山青。京西我憶靈光刹，一覽當軒肖此亭。

前題　織雲

近郭諸天相，千岩一望收。䧿華峰拔地，淮泗水争流。雨過山房寂，林昏石澗幽。人間惟禱富，香火冷黔婁。山有洞，祀黔婁。

題孫師鄭雄鄭齋感逝集

穎人

頫頷虞山著述身，交游半世遍風塵。不孤懷舊休文感，王謝劉胡各有人。

野史亭荒未輟編，網羅掌故幾朝賢。放翁天遺朱顏健，執筆開禧六十年。

題張德詒女士光百花手卷

穎人

點染群芳錦一團，生香和露拭霜紈。未煩千日寒山寫，便作端容本草看。

服領谿來物産奇，元嵩圖本藥亭詩。寫生誰似君家筆，畫罷群花再畫眉。

題王蓴農十年說夢圖

穎人

江筆如花歲歲開，個中甘苦味初迴。寓言十九無人識，寫盡王郎抑塞才。

痴人信口事模糊，誰夢誰真任所呼。若使眼前能解脫，故應無夢亦無圖。

廣飴鄉集卷二

居庸道中

穎人

積翠城墻側礀分，洞中雷轂遠相聞。山樵危立疑孤樹，烟鳥驚飛入斷雲。百仞礀樓烽不起，一溪亂石水成文。軒眉崖佛當關笑，曾見元明谷口軍。

左雲石佛寺懷古題壁

穎人

北荒鑿廟石嵌空，烏洛南來尚虜風。誰授胡僧雕刻術，至今游客想神工。雲岡萬窟隱禪關，車駕平城日往還。歲計諸州財賦盡，一時施與武周山。

平城

穎人

白登塞草連天碧，旃幕窺邊一鳴鏑。舊拘隆準作山囚，龍虎采雲黯無色。地綿戰伐七百載，邱骨墟烟血成海。腦脂入地不生穀，但有莽深没人骸。天驕拓跋霸牛川，四十萬人齊控弦。伐木陰山征屈子，築城五原禦柔然。縱橫兵力行荒漠，代土無如此間樂。遂使雲中盛樂宮，又向南都立城郭。六州豪杰初遷徙，貴家第宅相望起。離宮徒作六千人，築苑包圍三十里。當時萬騎飲江來，牲畜氈皮滿載回。居民富庶飽鹵掠，日華光爍黄瓜堆。盛極忽衰王氣盡，雁池鹿苑成灰燼。誰信千年一帝都，荒凉烟蔓無人問。猶存石佛閲興亡，游客時時訪武岡。至竟沙河有穹窟，絶勝天師留道場。我來灅水沿斜日，大磧歸鞭馬蹄疾。入城何處叩遺聞，不見筆公作門卒。

出塞（豐鎮作）

潁人

如帶高墻接戍樓，荒原盛夏似深秋。山從狐嶺依天盡，水出羊河夾野流。戰馬久閑餘瘦骨，村氓慣處少邊愁。年年窮塞誰爲主，關外班超早白頭。

重登八達嶺觀長城

潁人

起伏邊城跨遠峰，萬山青似去年濃。路緣淺磵時驅馬，雲護飛橋欲作龍。劫後殘磚莓雨濕，戰餘遺鏃蘚花封。迎風我擬髯蘇嘯，二客臨皋恨不從。謂子琦、澄宇。

師鄭招集江亭爲翁文恭公作生日索賦

潁人

七年削籍隱田園，功罪滄桑不可論。去國左徒猶有痛，玉差頭白與招魂。

蕭寺長因避客來，寒泉重酹有餘哀。低徊廿二年前事，上壽翻成祖道杯。

七夕爲德禕陳瓜果拜星戲作

穎人

新得嬌嬰此寧馨，便教携褓禮雙星。阿娘即是天孫巧，何事銀潢別乞靈。

同作

織雲

冷落清秋六曲屏，芳筵競禱玉爐馨。嬌娃酣卧朦朧裏，抱取中庭學拜星。

題許張佩芬女士崇蕙花卉遺卷

穎人

露花拂絹彩毫輕，畫荻餘閑幾日成。差勝澂湖題箑事，南樓遺墨落門生。

同作

織雲

春暉如夢托花枝，尺幅冰綃手澤遺。惆悵寫生成絶調，人間争識女徐熙。

十刹海即景索内子和

潁人

城北班班沐日游，荷香入座柳垂溝。白衣買醉人如雨，翠蓋招涼氣已秋。鬥茗不休成水厄，餐松偶試見風流。無多殘暑銷除易，忙殺紅妝坐畫樓。

和前韵

織雲

堤岸喧闐士女游，稻田荷渚劃鴻溝。風生古樹吹殘暑，雨過迴塘動早秋。茗社日斜人未散，蘋波香軟水分流。烟籠翠柳蟬聲歇，隱隱笙歌滿酒樓。

賀織雲生日

潁人

偕老威儀配六珈，生朝妝鏡見風華。誕時瑞應支機石，夢裏文成綉錦花。每避才名緣忌滿，稍分學力爲持家。今年祝壽添嬌女，手抱緋桃映臉霞。

曼仙生日招飲公園登邱縱望晚歸賦呈

潁人

早戒生朝避客車，相邀林籞一軒渠。荷蕖被渚船難渡，松柏籠山畫不如。樹影漸低星斗大，觚棱側覻殿廬虚。歸途酒力曾銷未，露氣霏霏欲襲裾。

臨江仙·荷溪泛舟

織雲

無數螺鬟遥潑翠，連天芳草萋萋。水雲佳處一徘徊。溪清魚自樂，棹急鷺鶿飛。　裊裊風來侵薄袂，冷香飄落紅衣。藕花深港隱魚磯。斷萍秋渚浪，疏柳夕陽堤。

閏七夕

織雲

星橋雙駕又停梭，兩度佳期轉瞬過。莫羡幽歡添一夕，泪痕翻較昔年多。

小醉

織雲

小飲嬌慵力不支，酒闌紅粟透香肌。夜深猶傍欄干立，露冷羅裳總未知。

爲王薌侯文蔚題孤山折梅小影

穎人

歲寒岩上剩荒亭，亂點梅花入座馨。携與巡檐人作伴，烟崖水墅一痕青。

雙鶴湖濱去不還，尚餘早萼破春顔。繁枝見説多零落，輸與君家九里山。

菩薩蠻・暑退

織雲

水晶簾底籠香霧，畫梁紫燕雙來去。欹枕碧琉璃，緑窗初醒時。 庭花初轉午，一霎芭蕉雨。獨自凭回欄，羅衫暗地寒。

北戴河海濱

織雲

萬卷驚濤接碧穹，海光山色淡空濛。一彎釣石寒雲外，三徑人家密雨中。天際歸帆疑白鷺，林端疏籟度征鴻。游人寥落園林寂，惟有秋花遍地紅。

角山寺

穎人

萬壑迴旋隱梵宫，穿林盤道入晴空。秦關北障長城絶，碣石東臨渤澥通。霜氣寒凋秋草白，海濤碎擲日光紅。粤人好事誰能念，我憶三賢構造功。謂黄花農、陳簡持、張弼士。

角山懷梁夫人昔游

穎人

角山七載較來遲，每念青峰夢見之。惆悵當年驢子背，風裳雨笠下山時。

中秋望月織雲以去歲用許丁卯韵太易因和杜少陵刀字韵索和　穎人

一鏡飛天小，團團肖屈刀。桂香和露濕，霜氣抗秋高。入户收螢火，梳翎落鶴毛。困人愁韵險，不敢遽濡毫。

同作　織雲

玉宇明如練，金風鋭似刀。光流千里闊，天迥一輪高。人静聞霓羽，宵深冷鬢毛。恨無珠滿袖，何以潤吟毫。

菊花　織雲

天留野色媚秋光，萬叠新英自在妝。露重偏滋三徑艷，人來宜對一簾香。凉風蕭瑟初過雁，老圃清幽獨戰霜。誰載白衣門外酒，不妨日日作重陽。

題夏師母劉肅卿夫人望雲圖　織雲

微雲山抹悵天涯，一寸春暉萬里思。官廨早懷偕隱願，慈闈常憶出門時。傳家畫仿威姑稿，得句題成幼婦詞。舊事十年今轉慰，白頭歸侍到期頤。

壽朱聘三同年汝珍五十

穎人

御橋聯步聽宣名，曾數臚傳第二聲。過眼滄桑成老大，駐顏山蕨見平生。一官常侍新詩稿，萬里牂柯舊使旌。獨有仁英修史筆，幾人同館和冲卿。

緑菊

織雲

三秋霜緊最精神，花葉相當色不分。惜未移君金谷住，落英免作墜樓人。

四十自述

穎人

粉署爲郎四十春，借成句。乾風吹律降庚寅。官如孫楚尚參幕，生後放翁剛浹旬。山藪抽簪遲卜隱，賓筵作賦要留貧。相期稷契虛人望，成就中年著述身。

文場百戰起郊祁，泥首蘭陵最老師。字走石蛟辛丑鼓，名如槐癭甲辰雌。横經太學通三舍，賃廡皋橋慰五噫。每過岳雲樓下路，州門馬策有餘悲。

神山八月記歸程，又遣乘槎佐漢旌。上使海疆雙秉節，賓僚日下六談瀛。翬衣君后皆平視，毳幕行人有送迎。絶域鳳麟多將相，一官如豆負浮名。

郵傳特詔設專曹，同軌經營足自豪。長價龍門人見嫉，還家庞吠史書勞。辭金暮夜清名在，轉粟中原課績高。聞道去思猶昨日，停驂燕楚首頻搔。

白宮勸進幾劉琨，鈎黨乘時見怨恩。徐廣漸聞同謝晦，魯連何必負新垣。清流綱盡緣私憾，詩案箋成有罪言。至竟處脂能不潤，百年功過付評論。

舊雨長安德不孤，小園燈火夜圍爐。高軒屢見過閭巷，喬木居然似畫圖。詩戰孫何無勝敗，壁題王渙互揶揄。主持風雅吾何敢，作吏年來筆硯蕪。

性介無如舉世通，狂泉未忍易初衷。屬僚幾輩皆騰達，拙宦連年托聵聾。檀板每驚山鳥避，摴蒱終讓牧猪工。被人呼作詩人後，分與前賢一例窮。

半世牛衣負夙心，瑶徽仍續斷紋琴。緑鬟愛綰凌雲髻，彩縷能穿乞巧針。絲竹臨河春作禊，星辰别院夜聯吟。喁喁貴壽閨中祝，算聽銀州織女音。

鴻泥是處有前緣，齊楚歸來更代燕。三晋雲山荒寺塔，六橋風月裏湖船。紀行争讀渾瑊稿，作伴惟携子敬氈。每愛春秋排日出，不嫌費盡撰碑錢。

涕泪新亭盡楚囚，冷官何計挽神州。耗倉雀鼠時時壯，起陸龍蛇處處憂。大藥無靈成蹠盭，槁梧閑據暫優游。多眠善飯今如願，感舊漁洋尚黑頭。

生計從無一歲儲，獨留萬卷壯蝸居。符融例有登高賦，元亮仍來乞米書。却病怕施寒食藥，教兒寧作不材樗。稍閑案牘忙詩債，習氣依然未肯除。

養志斑衣作老萊，歲時休沐里門開。婦能直饌供熊白，女愛明珠出蚌胎。晚節霜華留徑菊，隔年春信上檐梅。廣微誰會循陔意，自製笙詩獻壽杯。

外子四十初度賦賀

織雲

小園冬暖綺筵開，介壽聯翩賀客來。萬丈文章呈异焰，九重姓字識奇才。畫眉新樣矜金管，椎髻微吟侍玉臺。最喜士衡生日近，兩家先後再銜杯。

二載鴛盟憶結褵，嶺南門望重當時。山川勝景春移棹，著述餘閑夜賭棋。蘭玉庭前争戲彩，椿萱堂上樂含飴。平頭四十奚言老，笑折梅花侑一卮。

孟玉雙錫珏與余同日生是年適五十有詩來賀賦答

穎人

風流吾愛孟襄陽，官職聲名十載强。半世鴻泥俱合轍，兩家羊酒各登堂。論年孺子慚王粲，置驛時人識鄭莊。清福故難消受得，未須相見問行藏。

潦倒詞場浪得名，漸將詩酒换公卿。輸赢官選趨殘局，取弃人才見短檠。常侍集成推仲武，斜川游日健淵明。中原相斫行看厭，要祝新年睹太平。

【附原作】

己未十月二十七日爲穎人先生四十誕辰僕亦於是日五十初度因念兩人俱起甲科嗣綰路局轉參事前此遭際亦多相近惟公方壯盛而僕已老矣追維往事感賦二章壽人耶抑自壽耶夙不能詩聊以達意知難當大雅一哂也

孟錫珏玉雙

身世彭殤等量觀，徜徉惟願得平安。論交我愧十年長，介壽今同一日歡。東野幸能免曹務，聖俞久羡將詩壇。不須春酒相酬酢，松柏俱應耐歲寒。

年來壯志澹浮名，自信當無寵辱驚。駑馬舊留雙轍迹，閑官容得兩書生。偶來世上觀滄海，不願胸中判渭涇。人壽百年曾有幾，與君携手盼河清。

德禕周歲循俗例以百物試所取輒取金環戲賦

織雲

錦褓新調玉雪顏，掌珠入抱歲周間。晬盤試汝平生嗜，疑是生前李氏環。

咏山鷄

織雲

三嗅山梁本識時，何因近水妒芳姿。争强到底英雄志，舞鏡翩躚不肯疲。
錦翎竹外啄花殘，顧影中流意自歡。文彩近來宜俗眼，有人將汝鳳皇看。

冬暖

織雲

冬日行春令，時乖變物華。唐花收宿火，早柳吐新芽。室覺狐裘暖，爐嫌獸炭加。近畿常望雪，何日慰農家。

題金拱北紹城苕溪秋泛圖

穎人

結想谿山托卧游，棹歌迢遞故鄉秋。水亭背石聽懸瀑，弱柳摇波出釣舟。塵海一官勞負米，白雲萬里悔登樓。可憐輟筆延安日，風樹蕭蕭動客愁。

醉花陰・畫菊爲拱北題

穎人

一簾瘦影霜華曉，又過重陽了。次第折花回，問訊東籬，放出秋多少。
西風吹盡寒英老，顏色依然好。夜雨有情無，淺絳深紅，染作秋窗稿。

夢中得詩四句因足成之

穎人

天與才人作勝游，世無此樂二千秋。畫裙化鶴凌霄去，召客炰鵝設饌留。亡室梁夫人在側，問畫裙之狀，余以絳帛雲氣之形告之。三世定知仙骨有，六丁仍慮秘書收。夢回得句驚神助，挹袖何時過十洲。

鄧和甫毓怡四十初度索書爲贈時同在公府編書

穎人

簪筆同爲著作身，論年我愧大庚辰。屋梁仰看書生事，寂寂君家要笑人。

臨江仙·夢中又讀一詞有云飛霜催過客殘燭送歸人醒後自念豈臨江仙耶因譜此調

穎人

向暝碧雲天際合，爲誰慵倚重門。簾深容易又黄昏。飛霜催過客，殘燭送歸人。雙燕未知離別苦，玳梁軟語初温。一生厮守伴綦巾。思量前夜夢，莫道不銷魂。

二梅

織雲

園中梅二株，離立若姊妹。年年冰雪間，紅白開次第。不争南枝先，善識東君意。主人護惜勤，徘徊起幽思。移一寄几案，咫尺殊位置。室暖不知寒，枝頭盡破蕊。倚賴香篝温，宛轉華燈媚。乘時壓群芳，自視方得志。回首舊同伴，慨慨尚離次。人情逐冷暖，愛憎在易地。一旦精華竭，紅顔倏憔悴。曇花不終朝，速化反爲累。巡檐試却顧，蕭疏正浮翠。暗香清入骨，玉容始妍麗。晚達或壽徵，後凋歷寒歲。世人喜趨炎，對梅發深喟。

挽石星巢

穎人

洛社推耆碩，風流王席間。憂時催白髮，病酒改朱顔。封禪無遺稿，休官早得閑。故鄉埋骨願，何處是青山。

晚歲詩猶健，時時讀和章。門方桃李盛，兒爲橘林忙。後世文誰定，中原祭未忘。草堂資待補，惆悵故莊荒。

稿婚紀念

穎人

苧衣莎毯隱居身，秣馬于歸憶令辰。歲籥再周花并蒂，生芻一束玉如人。茅純心地同懷潔，蓬累生涯且樂貧。已注百年鴛牒定，稿成待削恐非倫。

前題代内子作

穎人

雀屏前歲締新姻，中矢翻成束稿人。薄似葭莩初附麗，勞分箕帚喜躬親。鏡中蓬鬢韶顔駐，堂下萊衣舞彩新。最是豆荄灰暖處，梅花又報一年春。

賀吳桐淵寶彝新婚（以下庚申）

穎人

待闕鴛鴦亘十年，遲遲婚宦轉欣然。爲求高世營春廡，偶就微官得聘錢。集裏風懷添著作，塾中文字見因緣。芝芙催入明誠夢，屈指花朝撲蝶前。

冰泮熙春暖綉幃，壓奩書卷玉人歸。閑身初識周顛累，秀色能醫曼倩飢。眉黛螺江臨曉鏡，酒痕燕市上新衣。幾生修到梅花伴，第一酬功謝令暉。

題畫

織雲

修竹晴窗小洞天，悲時何處避塵烟。春來開遍花千樹，要借桃源住十年。

久不出門有作

織雲

斗室蕭然静掩扉，寒爐相伴息塵機。不知冬事匆匆盡，陌上春回雪漸稀。

宣兒生

穎人

汝後方兒三日生，亦如汝父不先兄。問誰孺子輕王鞏，增我中年累向平。壯志桑弧宜亂世，良宵燈火祝春城。喜心祖母聾驚破，爲爾新啼試一聲。

題亥既集　穎人

坐看陵谷托哀詞，甲子書年斷義熙。八載涕洟銅狄在，一生心事鐵函知。克家有息能傳硯，置國何人與弈棋。作意消磨新歲月，擁爐親訂篋中詩。

吟壇宿將氣幽燕，燈火寒山記夙緣。八采早驚盧客雋，六身誰念絳人年。逸民有傳寧初志，勞者須歌祇自憐。并集中語。我讀蒼生何罪句，幾回掩卷意茫然。

三月三日禊飲中央公園寄介眉姊并索外子和　織雲

嬉朱愁碧露華新，草色芊芊入禊辰。坐石泉清衣解垢，泛觴風細酒生鱗。枝頭語燕窺紅袖，沙際文鴛妒緑蘋。回憶隔年分韵事，再來惆悵上林春。

公園禊飲和内子　穎人

蘭閨詩思逐年新，置酒欣逢上巳辰。欄藥翻晴烘石徑，壇松作勢起蒼鱗。人來後圃貪挑菜，鳥蹴飛花自覆蘋。且喜循陔忘路遠，追陪杖履兩家春。是日，侍兩大人及外姑石太夫人同游。

庚申重三小麓季湘理齋邀赴北海静心齋修禊分韵余拈齋字　　穎人

暮春早暖人意佳，晴空掃碧收風霾。三日踏青新上鞋，歲忙禊事如官差。東風夜吹緑陳荄，柳絲毿毿蔭銅街。連岡龍拏松始釵，北海幽築藏歲褱。磐石作洞形旋蝸，仙鶴不歸草盈階。坐對方泉浮湝湝，心静如鏡清可揩。亭午高軒門外羣，主人肅客連袂偕。茗碗筆硯先安排，喬梓忠宣領容齋。郭春榆年伯及小麓同年。弟昆季江隨伯淮，謂金拱北弟兄。議郎才高蔡伯喈。謂鄧守瑕、宋芝田諸君。方面亦有張乖崖，謂樊山丈、郭侗伯。四十賢人耆碩皆。不雜屠沽屏倡俳，乞畫東絹詩松牌。詩思疾如矢脱轂，畫法細似泥落簁。驅車古刹瞻宫槐，崇構一炬同然稭。招提深鎖寒灰埋，破面諸佛紛束柴。畫舫爲屋門常闔，五雲題字名相挨。池枯水閘縮肚蛙，壁拓昭陵拳毛騧。坐久興闌步徘徊，地非蘭亭外形骸。賓主相忘惟笑諧，顧念南北猶離佤。當途甘人多虎豺，時難措置衹益乖。補天終須籲神媧，拊髀不得行胸懷。强爲無益遣有涯，天意豈久閑吾儕。

瑞鶴仙・春日萬生園小飲值雨　　穎人

東風寒食雨。正流水、鈿車西郊馳路。牽衣小兒女，愛折枝鬥勝，背花私語。橋邊柳絮，趁游絲、欲飛還住。看移時步屧，人來草色，粘裙如許。　知否前朝臺榭，舊時呼酒，登臨幾度。碧山無數。窺墻外，妒眉嫵。喜疏林收霽，檐花細落，偷放斜陽一縷。又池蛙、鼓吹聲中，催人歸去。

雨中花・杏花

織雲

春鬧繁枝交蝶舞。引芳徑、泥人纖步。悵連夜東風，萬花如糝，失却溪頭路。燕啄胭脂猶幾許。正迷濛、冷烟疏雨。憶三月、江南賣花時節，應遍紅千樹。

雨中

織雲

霧重失樓臺，人聲度竹回。路盤青嶂合，風掃緑蘋開。漠漠銜山日，蒼蒼漬雨苔。桁簾寒不捲，歸燕幾徘徊。

東岳廟觀牡丹聯句

穎人　織雲

五年不踏東郊路，忽爲看花移遠步。（穎）沉沉岳廟游人繁，邃殿幽廊緑陰互。黯淡螭頭承旨碑，猙獰鬼判劉蘭塑。（織）道人一笑開矮扉，野蜂紛紛過墻去。花高如人五尺强，香襲衣裾光溢霧。（穎）爲言連日東風緊，枝頭吹落紅無數。塵中富貴能幾時，匆匆不作從容住。（織）相約明春携酒來，莫更尋芳三月暮。（穎）

惜春

織雲

暗香隨步踏晴泥，綠遍平蕪日未西。滿地落英慵掃却，幽禽不住向人啼。
毵毵蹴地柳千絲，芳杏夭桃盛一時。日暮風姨狂未已，賣花愁殺陌頭兒。

友人屬爲某報出版祝詞

穎人

横流滄海茫無歸，國是悖盭紛然疑。桑牖綢繆來恐遲，孰立讜言喉舌司。發聾砭疾衆聽之，轉輸文化瀹新知。狂泉群甘不可醫，桀犬堯主何是非。恩牛怨李争其私，揮手瓊玉大放辭。孟晋自拯今其時，神州日新揚國徽，陰霾吹散明晨曦。

廣飴鄉集卷三

壽高閬仙步瀛母張太夫人八十

潁人

詩人享壽古有例，今見親年兼錫類。寒山諸子歲分箋，互索吉詞成故事。前有陳劉仲騫厚之太夫人年逾八十。後郭吴，謂小麓、絅齋兩家尊人。吾家與樊尤合符。緊誰大筆屢煩染，青邱矯矯能操觚。今年移具君家去，北堂鬱鬱冬青樹。喜聞八十作生朝，天漢一星明寶婺。外家著姓本連天，婉孌長令老父憐。扶榻孝能親藥鼎，勝衣慧已解琴弦。盤匜初奉蜚賢譽，井臼料量資内助。省疾威姑百里歸，擇鄰孺子三遷悟。短檠教讀守青箱，風雨寒幃夜績忙。卅載貞筠悲寡鵠，一朝尺楚出雛皇。寠鄉不屑爭遺產，簪珥猶能資戚畹。幾家黔突待晨炊，再世嫠嬰從授館。竭來海上見桑塵，明哲先幾數保身。薑桂性成常嫉惡，虀鹽食慣不言貧。蘭儀蕙問齊桓孟，禮法閨門稱穆行。荼苦循環得薺甘，懸知積德鍾餘慶。膝前文梓起科名，弱冠笙簧賦鹿鳴。燕薊新陰盛桃李，登堂無數小門生。黄河高唱曾題壁，我與長君始相識。履道坊前深夜歸，彈指八年如過翼。安排弦管爲催詩，多少詞人競祝釐。擬製長篇傳夏母，薄才愧作繆昌期。明夏忠靖母壽八十，繆記其事姑誠孝執手之語，與太夫人事悉合也。煉顔金姥頭如雪，天予康强酬勁節。長記稱觥海屋時，年年圓似三春月。

壽曾伯厚福謙七十

穎人

識君十載漢江邊，官職文章兩有緣。入蜀放翁曾作記，依劉王粲愧麐賢。童時治譜聞先德，老去詩才壓少年。願訂稊園香火約，座觥歲歲祝華顛。

法源寺觀丁香歸途聯句

穎人　織雲

東風連轂沙塵起，有約尋春蕭寺裏。入門偃蹇綠陰濃，古殿神鴉驚復止。（織）禪房曲折趨後園，丁香滿林開正繁。漫天一白作霏雪，坐花浮茗真忘言。（穎）花飛絮撲如相妒，舞蝶紛紛抱香去。殘英留得幾回看，賃廡商量就花住。（織）時惕園夫婦有僦居之議。

端忠敏公六十冥壽家屬爲啐經柏林寺得觀春間梅氏所録乩語賦呈仲絅丈

穎人

老柏仍春世逝川，經壇話舊事如烟。劫餘人物猶深念，身後皈依得善緣。濺血萇弘長入地，捨鬚靈運晚生天。什提口業真成悔，彈指羈魂已十年。

自沙河至暘臺山道中

穎人

初夏郊原萬綠新，麥田處處颺輕塵。陰晴天氣來無準，遠近山名問未真。卧石濕痕知雨過，斷塍波影借風皴。隔林已見金仙寺，白堊墻低不隱人。

妙峰山觀進香絶句十四首

潁人

朝頂年年舉國狂，消磨半月事焚香。休耕罷織渾閑事，靈佑惟知仗老娘。妙峰山有金頂之名，故進香者曰：『朝頂始四月朔日，至望後止。』娘娘廟，土人皆呼爲『老娘』。

村氓耕鑿隱田萊，戰伐中原已幾回。勝似桃源忘魏晋，輿檐五色入山來。所乘肩輿以五色國徽爲檐。

進香男婦趁清晨，簇簇衣裾照水濱。絮語浣紗橋下女，一時停杵看游人。

廟兒窪畔好天風，山色雲烟出没中。如此嵐光看不得，可憐忙殺叩頭蟲。廟兒窪爲暘臺山最高處，進香者多三步一拜，且有匍匐者。

豆粥茶湯出釜新，分棚傳唱餉來賓。艷裝時有秦樓女，膜拜神壇不避人。

枷鎖鋃鐺一罪囚，滿山真見赭衣游。前身更學劉三復，苦作聾蟲不肯休。見有背鞍作馬行者，不得起立及人言云。

倒坐山輿緩緩行，下臨百仞未須驚。似緣信女途中遇，不許游人得目成。下山皆倒坐，故來者同一向背。

上界真妃亦大慈，好風晴日卷靈旗。安排滿足人人意，富貴宜男各有司。

目眚相將禱眼光，風沙喝日往來忙。眵昏我亦愁宵讀，不向娘娘乞藥方。

百貨駢陳似錦鋪，裁絨翦彩費工夫。相逢游伴還相問，選得龍頭拐杖無。貨物者，以高香、絨花、木杖爲最盛。

花鼓秧歌太少師，弄鑼演棒滿神祠。村童例喜觀春賽，行盡前山不道疲。各會赴賽，以初七、八日畢集。

吉詞帶福是耶非，石徑蜿蜒下翠微。幾輩迴香聞笑語，絨花紅插滿頭歸。購得絨花，皆插帽邊或襟際，曰『帶福回家』。集會進香者，下山名曰『迴香』。

入夜繁燈盡放明，修途萬磴費經營。有時舉事資神道，如許宏工豈易成。自暘臺山至妙峰山，石路數十里修治道路，有會路燈，有會皆集衆力爲之。

香火相沿百載閒，只應野語飾愚頑。尋碑讀志都無着，我欲呼爲没字山。娘娘廟僅康乾以來募修各碣，他無事迹可考。

夜宿金仙寺所見

穎人

叢碧沉沉擁彩棚，遥聞打粥報鐘聲。曼歌響自雲間落，趁夜燈從樹杪行。凉月窺檐初有影，野禽喚曉不知名。宵來倚枕難爲寐，起看前村作火城。

大覺寺

穎人

松梢轉日午陰輕，入寺無僧鳥送迎。萬壑懶雲陪客憩，千年流水照人清。泥深草没殘碑字，風静泉酬石鼎聲。暫坐危亭閑不得，一回搔首一詩成。

自君之出矣 織雲

自君之出矣，不復理晨妝。思君如野菊，憔悴爲誰芳。
自君之出矣，終日下羅帷。思君如蠟炬，清淚背人垂。

題陸放翁劍南集 穎人

放翁死去九州同，混一山河百載中。奈是腥羶胡世界，不堪家祭告而翁。

冒風雨游農事試驗場 穎人

已識天容變，仍爲郭外游。汗衣銷夏暑，繭足阻吟儔。雨隱雲垂脚，風横樹打頭。花前仍小立，流水幾歸輈。

田家所見 織雲

烟汀幾曲隱苔磯，日落村童叱犢歸。遥望濕雲沉樹底，家家催補舊簑衣。

哭六叔父紫明公

穎人

任劇終身老不移，濟川才略幾人知。生前行輩多冠蓋，死後中原正弈棋。遠待鹿車扶杜伯，早慚犀角器蘇遲。隔年咫尺無緣見，腸斷南徐買棹時。

近畿戰興都門盡閉今夏遂不克爲郊外之游聞荷花零落盡矣感賦

織雲

藕花聞道滿汀洲，足繭圍城阻勝游。如此風光看不得，今年閑殺采蓮舟。

惆悵都門晝不開，逢人閑話劫餘灰。早知風鶴妨花事，悔不先期出郭來。

新秋送外子之漢口

織雲

小别每芒然，征塵路幾千。暮雲樊口雨，秋水洞庭烟。縮地思求術，觀星憶比肩。漢陽好風月，應付錦囊傳。

石家莊車上不寐

穎人

曾宿石莊今兩載，市街燈火轉繁華。天明星斗難成雨，客慣風塵不憶家。茶力未消猶破睡，人聲偶沸爲過車。一宵輾轉圖將息，已見疏林動早鴉。

許州

潁人

許昌萬堞古名都，城外烟光入畫圖。日暮荷花自開落，無人知是小西湖。

廣水驛七夕寄内

潁人

凉雲一角楚天秋，驛柳蕭疏動客愁。遥想兩歡亭子外，有人獨立望牽牛。
沉沉銀漢冷高梧，鐵轂宵寒旅夢孤。應有喁喁兒女語，阿爺今到漢皋無。

新店避暑山莊

潁人

結廬占得好嵐光，無數濃青擁堊墻。懸峽秋枯泉瀑澀，隔山雲過草根凉。卧游常敞窗三面，買隱兼收木萬章。野蕒連岡新釀熟，客來祇合醉爲鄉。

觀新店李家寨林場雜咏

潁人

北地山川我慣經，萬山童盡氣沉冥。誰知荆楚虞衡志，卌里峰巒寸寸青。
年來千萬擲黄金，一事差强祇造林。辛苦百年謀至計，可憐當日樹人心。
山花紅紫尚芳菲，野飲相携選翠微。藉草朱裀酣坐久，不知竹蟻上人衣。

韓山傳説屬韓家，小築真宜避世嘩。不負烟巒供點綴，園中猶有筆生花。所長韓君竹平居西山中，其夫人能詩。

臺上望西山

織雲

暮山梳洗净烟霞，妝罷頹然一髻斜。自是天風能解意，吹來雲朵與簪花。

初秋溪上

織雲

蒼茫倚棹泊鷗鄉，天際烟波入夢凉。一路藕花香不斷，畫船消得幾斜陽。

大總統徐公命題族祖晴圃中丞從軍圖

穎人

古多從軍詩，愛作從軍語。不言從軍樂，但道從軍苦。從軍苦樂何足云，士氣壯茶繇此分。焉知白面書生耳，投筆乃亦參殊勛。書生何人智勇備，時在睿皇初年事。川楚兵興宵旰勤，衮衣方攬澄清轡。禁中徐公頗牧才，征西幕府從登臺。遂見牙璋辭闕去，不嫌墨絰即戎來。核桃瓤裏山形裏，黑松嶺下烟深鎖。席箕千里覆寒冰，桔槔百道明烽火。馬蹏朝蹴崑崙裂，劍氣夜衝秦隴月。題句弓衣盾墨新，凱旋歌吹邊簫咽。去時桂子飄天風，回日荷蕖映渚紅。解甲歸來仍儤直，花開旌節又秦中。凌烟準備留顔色，老去夢中猶殺賊。却遣丹青别寫真，鬚眉剩付兒孫識。君不見三年緬甸徐原一，立功藉補東隅失。圖成不辨何人手，紀入夢樓詩史筆。王夢樓有爲徐原一別駕題《從軍圖詩》，事見《詩序》。又不見西藏隨征孫訥夫，金娘彩筆難爲摹。佛雲石在亦尤物，空有其語無其圖。王仲瞿婦金雲門嘗爲孫訥夫太守作《從軍西藏圖》，絹長三丈餘，未成而亡。此圖殆有神呵護，此事恒爲世忻慕。樹杪朱旗閃日殷，猶見當年騎行處。衹今累葉起真人，家乘流傳又幾春。我是梁園未至客，題詩斂手彌逡巡。吁嗟乎，詩亦可不題，畫亦可不寶。男兒萬里立功名，致身盡應志橫草。若教舉國人皆兵，此畫此詩誰復道。

挽易石甫

穎人

龍陽詞客遽生天，六十三齡一少年。詩作俚言方爾止，老猶蕩子李雲田。好名恒以文爲戲，痛母因於哭有緣。曩恨死遲今恨蚤，滄桑留殉盍遷延。

家學函樓一脉開，張融第五最淹賅。卌年心力爲奇對，七字詞場總大魁。詩卷榆關添史料，兵書桂管識天才。平生仕比游山拙，未到蓬壺頂上來。

金粉年年刻意描，深宵聽曲媚茶嬌。李師未信私邦彥，卞賽將毋負鹿樵。乞食歌姬衣故在，上墳乾女酒須澆。琴樓舊夢何時醒，魂似天游倘已銷。

百韵風懷换特豚，居然三好敵蛟門。觀河面已波斯皺，如戟髯猶褚令髡。留髮商量遺老計，嘔肝圖報美人恩。膏明蘭臭須臾事，翦紙誰招楚客魂。

飾巾往歲厄星宫，焦穫誰知命未終。彩筆及身編説部，隱囊扶病答詩筒。壯心五爪樟何在，遺產千頭橘豈豐。屈指翁山生日近，風流頓盡太匆匆。

吟社過從墨未乾，陳芳國外海漫漫。墓碑真署嗚呼字，囊粟猶慳措大官。廬峽夢回泉澗急，高涼魂返鬼門寒。生前篤信扶鸞術，肯馭靈風一降壇。

和樊山薄薄酒

穎人

薄薄酒，不醉人；短短衾，不蔽身。畫餅不充飢，貸金不療貧。嚴刑不止謗，空言不解紛。曲針不受磁，直木不爲輪。鑿井不能救大旱，决江不能蘇涸鱗。汰冗官，不能抵一方之軍籍；傾積穀，不能飯一日之流民。吁嗟乎，權勢推遷，禍福相倚，造物不仁，大盜不止。文愛錢，武惜死；名争朝，利争市；兕出柙，魚赬尾。民無小康家，書成相斫史。政令不出於國門，士氣患深於洪水。如燭在風，如肉在几。盧鋺俱極田父獲，鷸蚌相持漁人喜。大陸行佩離，四民酣以嬉。覆國殉黨争，假公快恩私。宦巧官必高，性介人云痴。操戈同室將誰勝，厝火寢薪不知危。我不學朝賢締私朋耐久，亦不學輕薄雨雲翻覆手。不爲木偶不土偶，不爲牛後不鷄口。浩然發高歌，讀書期尚友。擁吾短短衾，飲吾薄薄酒。

【附原作】

薄薄酒一首索同社答

恩施樊增祥雲門

薄薄酒，不如茶；芊芊草，不如花。檻中猿，不如猳；籠中鴿，不如鴉。倚馬萬言，不如不識字；乘軺萬里，不如早還家。惡木干霄，不如拱把之桐梓；壯夫之多欲，不如索乳之嬰稚。才鋒八面，不如爛熳葆天真；書幮兩脚，不如聰明識道理。權勢奔走，不如父子；車笠寒盟，不如兄弟。平康閑寫，不如釵布；遠游雖樂，不如鄉里。卿雲獻賦，不如梁父吟；儀秦掉舌，不如河渚喑。而況賁育暮年，烈士亦等轅下駒；施嬙霜鬢，美人亦是鳩盤荼。拔山扛鼎徒爲爾，争妍妒寵非惑歟。可知貂狐重襲，不如暖笎一襦；野火燒天，不如榾柮一爐。大排筵席，二十四味不如飢下飯；紈袴諸郎，昏酣短折不如貧讀書。吁嗟乎，粉黛滿前，死不能二婢夾棺；積金如山，祭不過絮酒楮錢。胡爲乎體力敝於色，身名敗於貪。生爲萬夫指，死無一人憐。高明鬼瞰，不如環堵室；富貴疢疾，不如平地仙。四方喪亂失綱紀，楊墨之言充兩耳。漢高帝曰殺人者抵，吴桓王曰無知者死。不死不抵天厭之，施報相尋屢驗矣。與其無君無父得罪於萬民，何如子孝臣忠流芳於百世。君不見，燕王棣、姚廣孝不如補鍋匠，馬士英、阮大鋮不如閹典史。萬病莫如喪心，萬善莫如知耻。冥行擿埴，不如琉璃一點之明燈；病熱求醫，不如澆背一瓢之冷水。

中秋日晚晴簃陪宴和樊山韵

穎人

影娥池水繞廊清，餘事栽花見性情。庭院人來香不隱，山河戰後斧無聲。用王晉老題《玩月圖》詩意。因風倘有詩能聽，涵萬閣南草屋三楹曰『聽詩廬』。列檻翻愁菜闕名。園中蔓青未榜名，府主舉以爲問，衆倉卒皆不識。玩月圖中遲作客，老成吾欲愧蘭成。西園月暗柳風清，燈撤重留轉有情。是夕，小雨無月。桂樹澹雲微漏影，桐陰疏雨不聞聲。登峰須就知微飲，擲筆難題闕澤名。誰念荒年辜望眼，幾家蕎麥待秋成。《瑣碎録》：『中秋無月，蕎麥不實。』今歲北方大旱，故云。

【附原作】

庚申中秋日府主招集晚晴簃敬賦一律

恩施樊增祥雲門

水殿雲廊露氣清，蒔花種菜老農情。簃南葺屋數楹，多植秋花蔬果。菜香不改秀才味，花落如聞春鳥聲。席間芝鈍舉『人閑桂花落，鳥鳴春澗中』之句以相質。三五獨豐更老饋，萬千難辨紫紅名。去年玩月人俱在，閬苑秋陰畫不成。去年有《晚晴簃玩月圖》，今夕薄陰掩月。

大總統命題先德九九消寒圖

穎人

數點天心節候催，折枝一一供瓶罍。嚴寒歲月能禁受，正氣乾坤要挽回。呵凍便同吹律手，調羹兼見救時才。宸章祖德長珍護，散作祥和遍九垓。

殘菊

織雲

風雨黄花次第殘，掇英佐得晚來餐。陶然一醉東籬晚，醒後惟應畫裏看。

農事試驗場小飲又雨

穎人

不解郊行日，偏於雨有緣。匆匆游屐盡，往往板輿旋。雲外殘虹斷，林間石溜懸。柳陰馳道濕，小立數歸鞭。

壽葉玉甫四十

穎人

人生何事爲達官，要措民庶無飢寒。一身憂樂在天下，此意豈復尋常看。遐厂四十聞國政，黑頭樞府時相慶。昨日生朝避客行，厨傳蕭然車馬静。京師貴人争奢豪，日事歌舞驕兒曹。金珠脯醢列庭下，坐視澤雁哀嗷嗷。一家歡樂萬家哭，大地奇荒需義穀。路旁凍骨望朱門，移燈誰照逃亡屋。斷屠非無普六茹，放雀亦聞翟光祿。視物何重人何微，未見生靈能造福。君當此時念獨深，揮手斥盡賓筵金。爲善最樂匪立异，托詞禪悦寧初心。我憶童年識君日，玉樹臨風才第一。百戰曾饒祖逖先，一頭忽讓歐公出。別來六載不相知，掉頭鄂渚擁臯比。當君槐市横經後，是我長安受學時。無端華省同徵調，衛索一臺稱二妙。公卿動色嘆天才，吏人脱腕驚年少。高足旋看策要津，當時冠劍尚埃塵。君爲偉節最怒虎，我作檀珪不噬麟。風吹鴻集分先後，茵溷下官亦何有。誰知歲晚卧滄江，幾回閑却烹鮮手。浮雲蔽日誤群傖，按劍明珠本不情。忤檜譖成商隱字，讓頗退重泰山名。條支海上乘槎去，四國羽儀增令譽。明農勸學盡經綸，熱血肯令無灑處。今年劫後需才亟，二三豪俊邀前席。特教臺上舞長袖，共看寰中規遠蹠。九軌重聞絶地通，萬鈞時有回天力。轉移菑運裕生計，盡渡國人登壽域。獨飽原非伏湛心，活人終報于公德。君不見王猛褐衣入秦國，卅六齡爲左僕射。又不見東山謝椽繫蒼生，年逾四十擁旄節。如君堂堂方盛年，涑水生佛人稱賢。願將今日臨觴意，長作窮人續命田。嶺梅十月浮春色，行見調羹報消息。早晚招賢東閣開，我是平津老賓客。

同人復以壽詩册子屬題再成一律　穎人

努力公孤甫四旬，壽杯移作萬家春。念深每欲憂千歲，才大真能了十人。定國高門宜獲報，當時置驛早傾身。一年務觀慚差長，搓眼平園看秉钧。周益公少陸放翁一歲，故以爲祝。

臨江仙・寄介眉姊

織雲

一晌東風吹別袂，天涯芳草初稀。河梁折柳兩依依。歸心催杜宇，情話絮芻尼。記得都門攜手日，前塵事事堪思。擘箋分賦美人題。落花朝撲蝶，微雨夜圍棋。

府主命題晚晴簃玩月圖

穎人

寒月沉波光不定，秋入空潭明似鏡。夜深水殿足清游，歲歲西園飛蓋盛。高齋妙選築吟壇，絡繹珍厨出大官。玉宇簪毫多侍從，幾人下界隔高寒。緑衣末座追陪晚，新逐閑鷗盟別館。圓缺陰晴事偶然，問天誰倩吹弦管。去年侍宴瑤臺客，盡見姮娥好顏色。猶留仙影入丹青，萬古浮雲遮不得。今年磨鏡同無光，千山冥冥夜未央。世間螢爝盡得意，西南星彈皆垂芒。東坡《和子由中秋見月詩》：『西南火星如彈丸。』九州坐看山河一，滓穢太清能幾日。飛天一旦照江湖，嚇退蛟龍不敢出。金甌無恙客依然，呼酒娥池又隔年。我亦萬家修月户，相期七寶永團圓。

友人爲其子臘月八日娶婦以詩戲之

穎人

消息遲遲報鏡臺，嶺梅香入合歡杯。新人净洗羹湯手，別捧今朝臘粥來。

雪後遥眺有作　　織雲

漫天一白望中迷，雪滿池塘雁影低。偎樹凍雲慵不起，歸巢寒雀瞑争栖。霜風故故侵人袖，玉絮時時没馬蹄。忙殺尋梅林處士，明朝杖履斷橋西。

樸老以東坡生日招陪樊山翁賞雪泊園翁先有詩敬和原韻兼呈兩公　穎人

鬢眉今角綺，交契昔牙期。二老生同里，吾曹喜并時。三毛留客飯，萬首待箋詩。却借蘇齋酒，爲翁補壽卮。

翁才如玉局，詩筆世横行。日遣亡何飲，吟成太瘦生。龜床閑歲月，麟閣小功名。矍鑠顛毛黑，何須餌地精。樸老出參酒飲客人，參一名地精。

銀海眩生花，庾詞證道家。晨昏羞燕蝠，鬱律縱蛟蛇。客問卅年作，書無一字差。近緣詩社樂，塵土戀東華。

醉守折霜松，聚星群舉鍾。華燈明代月，枯葉暗鳴冬。故事燒花肉，鄉風斫箨龍。餓寒無秀句，郊賀躡何從。

雪堂四壁雪，此雪應嘉辰。馬耳雙尖没，鵝毛一夜春。畫松誰座客，東坡生日，劉季孫以古畫松鶴爲壽，是日座有林君琴南。拄杞盡仙人。并作今宵祝，梅花報喜神。

【附原作】

東坡生日雪樸翁招集泊園即席有作

恩施樊增祥雲門

年年作生日，弟轍與兄期。直至光宣末，還同元祐時。青州從事酒，紫府押衙詩。盡召秦黃侶，泊園擎壽卮。

公靈在天下，如水地中行。奎宿孤光白，眉山衆綠生。舉朝忌高論，先帝嘆才名。百世論芳臭，焉知蘿蔔精。

如火復如花，文詞冠百家。生雖值牛斗，捉不住龍蛇。坎壈天難問，波瀾海不差。我才纔萬一，名已滿京華。

俱是後凋松，觴坡奉玉鍾。脱衫緣苦笋，漉酒勝門冬。是夜飲參酒。有意辭神虎，無人譖蟄龍。花猪與巢菜，醉飽得相從。

天意於坡厚，瓊瑶集令辰。光摇銀海月，心賞玉壺春。竹石堂中畫，梅花嶺外人。土牛文未就，先謝霧渚神。

糖婚紀念

穎人

醲芳沉浸此生涯，三度飴鄉换歲華。我與誠齋同一嗜，蔗霜留伴嚼梅花。
情如甜味徹中邊，參得僧殊食蜜禪。紙薄稿輕都過了，鸞膠凝合是今年。

同作

織雲

黑甜甘夢飫芳閨，三載飴鄉影并携。試請鷗波重捏像，餳膠應更勝摶泥。

𥡴園擊鉢有趙明誠與易安居士翻書賭茗一題余以顱痛未愈翌日補作一首并令内子同作（限灰韵，以下辛酉）

穎人

强記閨人絶妙才，賭茶屢履手中杯。惠齋嘉耦同遭謗，一樣雌黄是禍胎。
過目無忘并异才，舉茶先後費疑猜。青州十屋圖書盡，腹笥如君定不灰。

趙明誠與易安居士翻書賭茗同外子作

織雲

滿堂圖籍署歸來，潑乳新酬茗一杯。幼讀父書猶記得，文姬給札亦天才。
倡和隨肩笑口開，玉臺舊事喜傾杯。多情當日新婚别，錦帕猶傳一翦梅。

萬卷圖書付劫灰，不堪暮景鬢雙催。翻書記取當年事，狂笑時時覆茗杯。

臨江仙・春日公園觀女士鞦韆作

織雲

極目天涯芳草遍，槐陰枝格相交。晝長雙燕壘新巢。軟烟紅芍圃，疏雨緑楊橋。躡屣誰家矜結束，翩翩翠袖凌霄。鞦韆戲罷暈紅潮。采繩穿樹底，綉履出花梢。

虞美人・蝴蝶

織雲

天涯芳草籠雲暖，來去千千轉。栖香心事慣依人，又是幾番疏雨送黄昏。游絲不繫纖腰住，魂斷江南路。尋芳何處趁殘紅，無奈翩翩弱體不禁風。

賀石嗣内兄結婚

穎人

世胄彭城數德門，翩翩人識令公孫。學成早返吴淞棹，政最猶攀北固轅。妹有班昭傳史筆，母隨潘岳御輕軒。高邱求女周流久，待闕年年羡彩鴛。

北方顔色見焉支，竟有佳人再得時。寧戚中年思浩育，喬公弱息慰流離。增城美眷原仙骨，京兆新毫慣畫眉。多謝令暉能好事，兩家親手繫紅絲。

無計園游避目成，乞漿親自面雲英。多情燕子時時見，作意桃根緩緩迎。鏡影分携俱入畫，墨池偷學未藏名。御輪選得花朝後，簫鼓春風雜笑聲。析津風月好家居，金屋經營始歲除。簫譜秦樓聽弄玉，琴心蜀市和相如。畫材商略兒時稿，説部同觀撰竟書。妝閣顧名知有意，鵲巢南國應關雎。

如夢令・春閨

織雲

庭院沉沉人静，飛絮游絲無定。寶篆裊爐香，夢被流鶯呼醒。催瞑，催瞑，留得半窗花影。

眼兒媚・落花

織雲

落花時節瘦人天，獨立畫欄前。無奈風顛偏招雨，妒春夢誰邊。殘紅滿地無人管，惆悵緑楊烟。收拾胭脂，載將餘恨，都付啼鵑。

夢中得人字韵詩醒足成之

穎人

讀書尚論意無倫，擾擾寰區虱一身。未可輕量天下士，誰云相及古今人。淵魚察後明猶蔽，樵鹿歌成夢亦真。霖雨蒼生聞有待，掃除一室見經綸。

廣飴鄉集卷四

湘兒生　潁人

五男樂令數初符，又見啼聲報設弧。龍脊共期生貴種，鷄年重喜引新雛。祖庭預計稱觴近，客座遙聞隔室呱。入抱諸親誇壯碩，三朝應是小於菟。

辛酉重三與諸戚屬修禊靜園以李頎宋少府東溪泛舟詩分韵得色字　潁人

蟠桃宮外人如織，三月桃花水三尺。誰家別墅臨春波，照見花間好顏色。春波如膏膩可鑑，素襟積塵浣不得。天公知我盛宴游，一雨與人祓衫舄。維舟拾級各健步，亭閣迴旋恣游陟。門前桃李暖爭發，微風過砌紅英積。水禽拍拍掠溪流，石螭涓涓度泉脉。座中文舉尊，足下謝公屐。玉人杜牧矜吹簫，謂石嗣新婦。紫裘李委兼携笛。吾家椎髻夙好事，十幅雲箋纖手擘。明窗選句出新意，蠶葉無聲落瑤席。主人城居刺不通，女中辟疆似曾識。高臺懷清慕風雅，室有琴書詩在壁。客游不禁來今雨，郊居猶能讀雌霓。君不見，大雅久廢弦誦衰，禊游年年紛曳白。丈夫意氣輕雕蟲，此事今宜屬巾幗。但緣逃罰金谷酒，不惜醉傾玉壺墨。晚歸猶及春未闌，爲我寄詩追過翼。

辛酉三月三日修禊靜園分韵得殘字 織雲

禊飲東郊罷采蘭，雨餘頓覺袷衣單。應門籠鳥如相識，遲客林花未肯殘。近水樓臺池樹蒨，冶春簫鼓榜人歡。倩誰寫出臨河序，好作山陰繭紙看。

【附同作】

辛酉三月三日修禊靜園即席分得鶯字 番禺梁世清濂若

异鄉何計遣春明，與客分携江上行。少長盡誇隨唱樂，咏觴更雜管弦聲。詩成蠻府娵隅躍，筆下郎君鸚鵡鶯。高會可酬惟一醉，日斜歸棹綠楊城。

辛酉上巳穎人參事招集靜園修禊分韵得還字 長沙章同覲瀛

停車綠楊郭，解纜青荇灣。名園傍水開，不足一里間。池沼宜湔祓，樓臺稱躋攀。蘭風吹管弦，詩思砭慳頑。臨觴雨催句，歸棹日在山。憶予入洛年，東門水潺潺。觀河感鬢絲，抗塵非昔顔。何時具舟笠，鷗鳥同往還。

辛酉上巳靜園修禊分韵得笑字

長沙章華曼仙

朝來微雨止，幽蚜媚晴照。闌子約嬉春，東門騁游眺。舍車遵遠渚，清鏡瓜皮摇。靜園落眼中，指點領其要。垂楊繫畫船，高閣恣吟嘯。秉蕑雜士女，列坐叙長少。棋聲藥院出，紫竹青雲叫。人語花外喧，行厨竹間調。憶昔稊園禊，歲月風轉爝。曲水新壺觴，芳春舊蘿蔦。世亂有佳會，賓主兼二妙。焉知身世悲，但覓詩篇料。俯仰慨陳迹，山陰殊足笑。

辛酉上巳靜園修禊分韵得葉字

銅山張靈毓芝

良辰逢上巳，萬緑正舒葉。主人詩中伯，修箋招雅集。聯袂出城東，青蕪映眉睫。小燕啄香泥，閑雲起幽峽。芳筵長幼序，音和塤篪協。鬥草姊妹偕，分韵開笑靨。慨我浮生勞，形役心憂慴。名園栩栩游，羨殺雙飛蝶。前春憶稊園，修禊詩盈篋。更祝花月圓，盛會年年接。

前歲南池集裙屐，今年東郭移舟楫。主人招作采蘭游，盛事山陰不暇接。靜園却傍緑水開，門向東風笑桃靨。哀絲豪竹爲歡娛，蹴鞠彈棋誇敏捷。新句當筵寫竹枝，横流待渡呼桃葉。迴舟雨霽又一時，不覺夕陽上城堞。閨秀古無修禊句，筆床冷盡琉璃篋。安得玉臺新咏詩，寫入蘭亭右軍帖。

辛酉上巳静園修禊分韵得低字

夏縣賈景蕙蘭蓀

小艇泛清溪，琴尊野外携。天隨流水遠，城與緑楊低。吹笛臨高閣，湔裙傍短堤。名園先後禊，樂静繼闗稊。

三月五日上巳修禊北海分韵得以字

潁人

東坡談風月，太白宴桃李。坡言無盡藏，白曰良有以。乃知吾輩一騁游，人事天時須具美。北來何物最快意，日下文朋萃園綺。年年禊事不肯荒，每有新吟挂人齒。今年三日盟忽寒，直恐湖山笑人耳。曹侯制禮有餘暇，更選嘉辰設芳醴。西園詩社拓常會，一十五人翩涖止。盟鷗館下照鬚眉，課雨軒前迎杖履。歐趙閑宜會老堂，白劉來自集賢里。是時豁眼晴嵐開，遠岫林端懶梳洗。堤陰游魚不避人，花外啼禽如送喜。班班小車出林趨，兩兩輕舟沿岸艤。金鰲橋下春漲深，桃花紅泛湔裙水。北海塔尖高卓筆，西山坐次前横几。出入烟光一棹迴，飽餐湖渌翔鷗裏。君不見，瓊島巔瀛臺址，流杯亭上前皇子，四度禊春恒在此。舊游如夢不可尋，斜照液池暮烟紫。

挽仲姒盛夫人

織雲

儒門淑德嶺南推，廿載因緣黯鏡臺。從此外家宜姓痛，瑶池黄竹古今哀。周穆王痛盛姬之亡，改盛氏爲痛氏。

匆匆就館五朝前，薄暮參苓憶手煎。是晚，余與韵明姊視藥。葉子在枰書在榻，凄凉一晌隔人天。

夜臺難覓返生香，每遇黄昏輒斷腸。恨不贈君長命縷，凄烟苦雨近端陽。

向平遺累忍西歸，露冷花殘悄素幃。惆悵諸雛衣上綫，他年何處覓春暉。

燕

織雲

愔愔院宇日初長，過雨薔薇尚有香。笑殺修椽雙燕子，啄花何事一春忙。

賦得啼鶯

織雲

花明柳暗近深春，出谷流鶯百囀新。莫向幽閨驚好夢，天涯尚有未歸人。

春暮

織雲

亂紅無主鬥繁華，雨後輕寒透碧紗。指點一池春緑外，陌頭新柳不勝鴉。

楊花

織雲

撩亂楊花西復東，輕飏簾外舞晴空。偶然會得因風意，始信當時賦雪工。

菩薩蠻·暮春

織雲

啼鶯催却韶光老，緑槐交舞長安道。門外柳如烟，落花春可憐。　夢痕無覓處，記得香車駐。猶憶踏青前，東風二月天。

陳迦陵爲紫雲作梅花百咏（限真韵）

穎人

千古紫雲雙美人，李公微笑冒生嗔。樊川詩比陳髯少，空有狂言動座賓。
別墅如皋好主賓，百篇夜就筆如神。詩成贖得雲郎返，一紙梅花抵一身。

前題

織雲

六年捧硯影相親，曾托梅花續舊因。衹恨雲郎花燭夜，紗窗愁殺擁衾人。
紫稼吴趨逢祭酒，紫雲水繪侍巢民。多情終屬迦陵老，苦咏梅花贖美人。

秦皇馳道歌爲日本那波光雄作

穎人

秦皇馳道亘萬里，金椎厚隱青松裏。當時宇内兩大工，長城無恙大道毁。千年遺法世不傳，誰歟見者或徐市。童男一去樂忘歸，東望無人問弱水。揭來世變不可窮，鑄鐵爲軌非人工。仙人縮地真有法，徑度山澤如騰虹。縱横大陸一氣通，燕齊吴楚須臾中。不惟其實惟其意，此與馳道將毋同。那波先生今健者，最老孫卿尊稷下。山林藍縷見才藝，桃李門墻盡陶冶。西來忽作觀國賓，一時風采傾途人。諸生海外頌高義，東方大雅推扶輪。我邦除道限堂閾，太行以東大江北。先生縱游豈無意，經涂有術閟不得。回首神山十七秋，我亦兩濯扶桑流。一官置驛苦羈紲，恨不鴻雪尋前游。年來東圉紛争議，架梁鴨緑原多事。却怪爾時秦人鞭石鞭，何不築橋跨海爲平地。

爲陳景蘇同軾題其尊人簡始中丞遺墨

穎人

元成殘奏愛憎謀，中立遺章繼貳憂。二子篋書咸半稿，一時鼎足各千秋。雄心延吉風雲在，浩氣遼河日夜流。十載邊才零落盡，幾人揮涕念西州。

哭宣兒

穎人

𩑶雪搓酥似，吾家一玉嬰。盡人得歡愛，未語見聰明。束手逢奇疾，椿喉痛噤聲。親朋姑慰我，兵死定今生。

初秋雨坐

織雲

翠濕靡蕪徑，廉纖雨不休。晝閑簾久下，陰積簟宜收。樹影隨墻暗，花香傍砌浮。驚心一葉落，已覺半庭秋。

内子生日賦賀

穎人

銀燈妝閣數觥籌，韶艶年華廿四秋。風信花時更日下，明月橋影憶揚州。夢餘半醒聞瑶軫，闌外重臺醉玉樓。琴風館外新購一花，絶艶，名『玉樓醉酒』。今歲多從愁病過，勸君一酌散千憂。

相對何嫌齒鬢懸，我年顛倒即君年。論詩一室兼師友，作誡諸親見聖賢。斗酒藏爲留客飲，篋衣節得買田錢。介觴長喜秦嘉在，四載吟成第五篇。

秋日聞蟬

織雲

西風起凉吹，秋思鬢邊深。蟬過聲猶曳，天寒響易沉。避鴉藏密葉，飲露翳疏林。休近樓前樹，騷人感不禁。

壽曼仙五十

穎人

緑衣傾座昔翩翩，五十依然美少年。先德銅官留畫本，閑情玉女教琴弦。金鑾秘記餘朝士，紫禁清班悵謫仙。舊雨朅來成戚好，幾回春禊費吟箋。

液池日日小車來，默數花磚散值迴。饋肉細君勞曼倩，織圖大婦感陽臺。微官户限清閑福，吟社鐘聲藴藉才。一事生朝差似我，對床兄弟介深杯。

秋燕　織雲

驚心秋信尚依依，苦向橋頭話落暉。窺幕頻看翻玉翦，辭巢猶自戀朱扉。烏衣巷口銜花過，玳瑁梁前冒雨歸。欲去殷勤重惜別，雙雙故意近人飛。

内子書問途中新詩賦答　潁人

篋草番番滿載回，長途況有客追陪。恨無石鼎聯吟興，閑却侯劉二子才。時適雪農、劍侯同行。

汀泗橋觀戰迹　潁人

一戰桑榆弱轉强，奪橋死士積如墻。雨深叢冢青燐暗，秋老環山白草長。濺血有鋒尋折戟，障身無地誤胡床。承塵猶剩瘢痕在，留與游人吊國殤。站長梁志衡中流彈死於此。

登岳陽樓書感　潁人

旌旗滿眼客停車，湖水涵虚八月初。軍艦大江餘殺氣，戰雲徼道護儲胥。樓下盡囤軍米。九疑山色來風雨，三户人家莽市墟。多難登樓生百感，爲誰鸛爵自驅除。

君山

潁人

君山遥望十年前，一夜鳴榔下水船。江色自黄湖自緑，湘靈何處怨神弦。

誤佳期・秋晚

織雲

寒日顰愁斂，晝減光陰一綫。西風不管斷人腸，落葉階前滿。後約問黄花，甚日重開宴。籬邊無語影伶俜，似向斜陽怨。

夢中作賦犬二首意有所刺醒不全憶足成之

潁人

舐鼎飛升意頓雄，與鷄同日入雲中。主人豢汝恩難負，慎莫當門吠八公。

門巷新豐盡識途，他鄉摇尾見相呼。爾曹得意須回首，今日功臣故狗屠。

菩薩蠻・秋閨

織雲

平林隱隱籠烟薄，粘天衰草秋蕭索。極目大江東，吴山幾萬重。迴腸人似醉，午枕難成睡。鏡卜幾時歸，盼君君不知。

菩薩蠻・中秋憶外

織雲

桂花浥露天香發，澄輝萬里明如雪。長笛一聲秋，相思正倚樓。有人同鬱結，愁對天涯月。今夕爲誰圓，團圞羡舊年。

爲曹理齋秉章題唐磚美人拓本

穎人

萬絲如漆刷鴉光，便似崑崙出織坊。掠髮牙梳山月黑，苔斑猶識内家妝。雙眉畫罷腰支懶，隨意約鬟嬌靦覥。乞得宫花正面簪，半晌低頭和悶撚。（簪花）

雲鬟一尺立春風，親手烹鮮竈火紅。彷彿劉樊仙子戲，唾盤雙鯉見神通。調羹五嫂西湖上，風味依稀能不讓。恐是溪頭比目魚，金刀欲下還惆悵。（烹魚）

中酒情懷困未消，樵青辛苦點茶瓢。竹簾碧裊烟絲出，松葉紅分炭焰燒。竈突茶神香火冷，陶形翻肖驚鴻影。似聞報道乳花圓，午枕潮聲春夢醒。（煎茶）

亭午高軒客舍過，咄嗟酒食已駢羅。滌鐺瀹釜跛奚事，却累厨娘奈爾何。鳳髻一緺釵半溜，殷勤如見揎紅袖。春風慎莫吹簾開，門外有人窺絡秀。（滌器）

如夢令·題唐磚美人簪花拓本

織雲

睡起黛蛾愁斂，長日慵拈針綫。攘腕試簪花，紅映春風人面。誰念，誰念，暗度靈犀一點。

浣溪沙·題唐磚美人烹茶拓本

織雲

石鼎香浮鶴避烟，酒闌雪水爲誰煎。黨姬風味暮寒天。翠袖蘇蘭添活火，玉纖點乳品新泉，不應消渴病文園。

菩薩蠻·題唐磚美人烹魚拓本

織雲

遼西雁杳無消息，雙魚忽饋天涯客。尺素應閨中，燈花前夜紅。擊鮮原婦職，江水姜詩宅。莼菜動鄉思，秋風人未歸。

采桑子·題唐磚美人滌器拓本

織雲

誰家紅袖司中饋，妝罷當壚，檢點魚蔬，三日調羹試手初。行厨竹裏杯鐺净，莫是仙姝，溪上相呼，還有胡麻飯客無。

題鐵如亭夫人草書聖教序

織雲

蘭閨故事界烏絲，春蚓秋蛇見媚姿。如亭嘗界烏絲闌寄梅庵，梅庵有『秋蛇春蚓不成行』之句。應是榆關觀海後，玉臺豪氣壓鬚眉。如亭與梅庵出山海關觀海，梅庵有詩序謂：『乘風破浪之想，得之閨閣中。非尋常流輩所能爲也。』生小何曾寫練裙，緑窗夫婿教殷勤。墨池學就郗璿老，畢竟書名遜右軍。如亭嫁時，尚不識字，梅庵教之，遂工草書。

李是庵女士花卉册葉爲番禺徐氏題

織雲

抹翠勾紅著意工，寫生彩筆有誰同。分明斂手檀郎避，想見蕪園拜下風。葛光禄言：『山水姬不如我，花卉我不如姬。』如花人去幾多時，點染冰綃映麗姿。穠艷故應含勁節，當年不負晚春枝。是庵賦梅，有『一枝留待晚春開』之句，爲光禄所賞，因納爲妾，後卒以節著。

卜算子·漁父

織雲

一棹隔紅塵，獨釣烟波闊。欸乃漁歌夕照邊，幾點沙鷗没。　蕭瑟大江秋，遠火時明滅。沽酒前村緩緩歸，醉卧蘆花月。

醉公子·坐月

織雲

繞砌蟲聲咽，一桁黄昏月。竹影隔簾篩，横斜上客衣。銀漢雲垂幕，夜静松花落。何處警秋心，西風隔院砧。

革婚紀念

潁人

嘉姻四見歲星周，韌革偏宜喻好逑。尚憶儷皮陳束幣，早聞鞶帶訓妝樓。笑顔豈待靴紋皺，靡體真成椀鞠柔。退食雙携絲五緎，佩韋此福幾生修。

再用春人韵

潁人

蘭徑梅梁暖欲春，年年影事憶前塵。花開花落休惆悵，酒畔雙雛解泥人。

李藤龕霈爲繪梅花香裏兩詩人畫卷題示内子

潁人

雙影逋仙喜不孤，營邱尺幅費工夫。千株終擬環茅屋，百咏相期補玉壺。詞筆春風人健在，酒家夜月夢模糊。從今却老梅花釀，守歲年年一展圖。

同作

織雲

結廬香國遠囂塵，并影難分畫裏身。庾嶺南枝君故里，揚州東閣我芳鄰。清癯伴月窺還瘦，偎倚臨風意倍親。尺幅冰綃煩健筆，暖帷寫出一家春。

紀夢（以下壬戌）

穎人

雲漢誰當捷足先，修途徑欲問諸天。人間斧鑿寧無用，開闢遲吾一萬年。民國十一年一月十二日，夢爲天路之行，時天垂曉矣。古稱蜀道難於登天，喻辭耳，夢中乃以爲實。由蜀發軔者，時將議修鐵軌自蜀達天，謂年可一往來也。余鋭意任其事，先率家人履探焉。歷無數程，途至一石室。群言出此即奇冷，須飽啖取暖，且挾禦寒之具以行。時余父母與親屬先行，余與張夫人稍後。至一巨宇，作穹形，上圖飛鳳雲彩花草，精細絶倫。張夫人以紙摹繪成圖，旋步旋畫，頃刻滿楮。余縱觀頂之窗外碧嶂萬丈，上又有大山，下覆嵐光，相接通天，光纔如黍。已而發旁室，床几數事，落落如人間。登程，路螺旋而前，或上盤，或下折，皆廣途，白石爲闌干，極闊偉。途中遍生緑草，其細如髮，柔韌可念，花甚繁，皆作緑色，隨踐而靡。舉步有凌雲之意，過此爲巨浸，湛碧無際。又前爲峰無數，殆千百尋，曰天柱峰，圓直如樹幹，離立整齊，柱末至端滿生緑苔，與柱罅蔚藍天光相映。而柱端復與大山相連。更前，聞語笑聲喧，迹之，則前行諸人悉踞巍石，戚梁生酒酣，方與人哄。旁有青牛鬥於碧峰之巔，意象瓌偉，殆入非非想矣。狂笑而醒，而夢境了了在目，令唐宋好事者爲之，當又一佳話，述其所憶者如此。

夜過黃河寄内

穎人

寒夜橋霜碾有聲，鐵闌回首萬燈明。大河畫界憂方始，砥柱環濤怒未平。挾勢漸成千里曲，憑流誰俟百年清。捲簾梳洗閨中事，獨望沉吟負此行。

柳林至武勝關道中

穎人

春意荒原動燒痕，柳林南去幾孤村。遠山冠雪疑天顛，近道欺風見樹髡。野外人家忘戰伐，隧中噫氣變寒温。相逢北客唯宜飲，時事於今不可論。

洪山

穎人

雨後郊游便，洪山一刹荒。村尨迎客惡，僧飯出厨香。雲濕頽依塔，苔深緑過墻。年年愁戰伐，春色尚江鄉。

重至長沙感舊

穎人

十四年前作客身，再來湘水幾揚塵。舊時相識凋零盡，剩有青山是故人。

談笑陳价庵曾雲霈一舸俱，雪鴻岳麓記模糊。可憐咫尺羅髯麟閣失，自寫山人鬼趣圖。麟閣能畫，號四峰，以擬兩峰，前日卒於漢上。

題賀履之良樸千岩萬壑圖

穎人

風流賀監能豪飲，醉後丹青若有神。腕底江山自葱蒨，胸中文字見嶙峋。安排放鶴調琴地，商略看雲聽瀑人。滿眼滄桑無净土，不知何處著吟身。

畫手吾家數老橦，關仝，一名橦。恨無彩筆接關中。臥游忽睹天機妙，槃薄懸知遠勢工。寥落人才誰入室，蹉跎身世剩飄蓬。閑來解寫青山賣，敝屣微官未算窮。

眼思媚・落花

穎人

落花時節瘦人天，獨立畫欄前無奈。風真偏招雨妒春，夢誰邊。殘紅滿地無人管，惆悵綠楊烟收拾。胭脂載將餘恨都，付啼鵑。

摸魚兒・菱角坑待雨

穎人

照殘陽城樓一角，東西溝水如許。采菱此地謳聲斷，身在藕花深處。花解語，道閑殺、風裳水佩誰爲主。東華塵土。趁佳日郊游，池亭呼茗，携手覓新句。　高柳外，無復舊時鷗鷺。漫空惟是飛絮。誰家庭院渾無定，剩有愔愔簾户。天又雨，算四面、綠陰催暝留難住。聽歌人去。指喬木蒼然，沉沉天醉，依舊晚晴否。

念奴嬌·菱角坑待雨同外子作

織雲

藕花深處，正緑楊倒蘸，柔波如鏡。長日作何消夏法，池上好尋芳訊。翠蓋摇烟，紅橋坐雨，繪出江南景。濃陰做晚，轉增無限詩興。隔岸人影衣香，霓裳曲裏，風顫釵頭勝。恨事新亭誰省識，玉樹後庭休聽。烟暝横塘，人行古渡，滿地參差影。此時歸也，再來莫誤花徑。

中央公園閑坐聯句

穎人　織雲

叢柯夾道路彎環，（織）雨後新滋石蘚斑。繫岸扁舟虛載客，（穎）臨流古樹側看山。風荷作態羞紅袖，（織）杯茗談諧破玉顏。暝氣漸寒宜小飲，（穎）疏星雲罅照人還。（織）

廣飴鄉樂徵

穎人

讀曲寧知斷句難，聱牙鈍舌窘相看。拼將有誤勞郎顧，譜字參差本未安。賭讀僻詞，取不常見之長調讀之，斷句錯誤及囁嚅者罰。

覓句諸公費撚髭，從來吟社屬鬚眉。步虛詞好風吹下，名字飛瓊世不知。每詩社課集，織雲輒私納卷其中，恒居高列，及臚，不知爲何人所作。

少年三五知塗抹，繪事於今不足奇。獨喜筆端生意滿，許君一一與題詩。織雲幼年能繪花卉，今不復作。余許以每作一幀爲題一詩。

塾童舊學嘆榛蕪，摘句誰能字貫珠。教得聰明小兒女，綠窗試憶費工夫。初授諸兒女唐宋詩，常於燈前月下命一字，使之誦詩較其勝負。

大夫能賦許登高，兼有三能始足豪。收拾山川明鏡裏，比肩不負數游遨。余好游，嘗言游必能詩文、能繪畫、能攝影，方不負山水之勝。織雲學攝影，一學即工。

聯語軒楹灑墨餘，偶然代作一煩渠。寫成博得高堂笑，初見閨人徑尺書。嘗代余書慶吊各聯幛，太夫人詫以爲未嘗見也。

初從三日試羹湯，風味揚州早慣嘗。偶向賓筵供肉臛，北方無此好厨娘。織雲頗諳食性，製獅子頭一饌尤所擅長。

要言妙道涌思泉，吴客能令病霍然。我亦擁衾忘所苦，南華愛聽馬蹄篇。余每病，恒令織雲坐床次，曼聲讀古文，或《楚騷》《莊子》，輒忘苦痛。

竹

織雲

我有歲寒友，修篁千百枝。臨窗篩影碎，擁徑度風遲。鸞集分蓬島，龍吟起葛陂。彈琴人不見，明月獨相窺。

新秋

織雲

窗竹收炎盡，庭花過雨香。殘槐猶借緑，弱草尚禁霜。砧急催寒杵，風低淡夕陽。驚心一雁下，秋意滿横塘。

醜奴兒·寄介眉姊

織雲

朝來無賴西風雨，又是新秋。怕上高樓，極目關山點點愁。　年年夢遍江南路，鄉思悠悠。寂寞香篝，何日鴻泥覓舊游。

右《廣飴鄉集》四卷，依《飴鄉集》之例，仍附入《稊園詩集》内。凡穎人詩一百九十九首，詞四闋。織雲詩七十九首，詞二十六闋。聯句詩三首合之。附録戚友和作詩十七首，共計詩三百十一首，詞三十闋。織雲附記。

補遺

稊園主人四十初度詩社同人公祝用柏梁體聯句（己未）

穎人

關侯盛名九牧知，（章曼仙）萊衣舞彩猶嬰兒。（易石甫）行年四十頗有髭，（李雨林）瑞應壽潛十三芝。（王蔭樵）南海孕此珊瑚枝，（易由甫）叔度汪洋千頃陂。（林季武）搏風鵬翼翔天池，（高閬仙）高文典册獻丹墀。（龔薰琴）文軌大同百工釐，（陳仲騫）特立當世無激隨。（侯疑始）寧畏中傷箭暗施，（劉劍侯）騷壇牛耳君主持。（夏蔚如）同社濟濟推宗師，（朱謙甫）五百里内星聚時。（黄篤友）典午清談玉麈麾，（王志盦）懷中錦匹咸邱遲。（盧諤生）詩龕酒社有文移，（羅掞東）夜深聯吟共賞奇。（邵次公）揀金辛苦沙盡披，（劉厚之）詩戰孫郎敵史慈。（陳虞孫）得豹一斑人盡窺，（江霞公）有酒不攢元亮眉。（稊園主人）窗梅簾雪最相宜，（洪幼寬）和聲鳴盛有壎篪。（黄荃秈）弟昆觥觥絳縝維，（李孟符）謝家三絶喜霽詩。（吴桐鴛）令妻燕喜頌奚斯，（孫師鄭）雅謔鷗波倒好嬉。（丁蘧卿）左擁琴書右鼎彝，（陳夢九）飴鄉不繫於職司。（林彦博）高山流水有所思，（馬步蓀）同心臭味畹蘭滋。（李蓮塘）嶺梅十月含仙姿，（崔聘侯）檀像篆盤爲君貽。（關吉符）公宴廣張擎壽卮，（翁銅士）玉笛横腰李委吹。（宗子威）一年一首春風詞，（陳彦通）幕入蓮花久沐曦。（張郁庭）梁園賓客貂續嗤，（顔冰厂）腸空頌美偏强爲。（吴子明）百年亞子歌三垂，（樊樊山）明星爍爍輝南箕。（賀履之）前身奎宿福有基，（曾伯厚）縹緗萬卷貯家資。（駱南禪）行見三樂齊榮期，（陳公脯）富貴壽考郭子儀。（陸彤士）

（附）三月三日靜園修禊分韵得衆字（辛酉）

銅山張祖焱達夫

上巳天氣新，佳游樂從衆。名園近城東，一葉輕舟送。曲水緑到門，小山叠穿洞。少長欣咸集，老鶴偕雛鳳。雅興賓筵開，繁音管弦弄。親戚悦情話，一堂非聚訟。分韵逗尖義，詩向稊園貢。但祝斯會長，年年吾與共。

（附）靜園修禊分韵得登字

銅山張祖訓式之

名園臺榭樂同登，少長咸臨興倍增。門外春流常活潑，路旁怪石自嶙峻。籬花含笑時迎客，野鳥忘機亦作朋。修禊永和佳話在，管弦齊奏谷神應。

（附）三月三日靜園修禊分韵得語字

夏縣賈秉章孟文

佳日度湔裙，朝來天欲雨。安排五兩屐，清游偕勝侣。步出城東門，舟行約里許。風定波不興，鴨浮逐柔艣。會飲開東堂，何須更問主。野桃紅欲然，雜花嬌無語。叠石成小山，疏池近芳渚。知樂察儵魚，唤人有嬰武。酒闌鬥尖叉，鏡影寫眉嫵。盛會真不常，雅集良可數。珠玉紛當前，詩句要須補。

之楚別內

穎人

草草離觴未忍醺，秋光千里楚天雲。與君情似雌雄劍，牛斗遥遥氣不分。

遠志集

黃濬署

序

毅讀杜詩至『白鷗没浩蕩，萬里誰能馴』，竊嘆以爲少陵一代宗匠，微獨篇章藻彩，敻絶千古，而其襟宇氣度，亦豈唐宋以還諸家所能幾及哉。少陵生丁離亂，忠義鬱勃，當其咏此，遭際尤極轗軻。且方爲嚴武所扼，幾隕厥身，而托興抒辭，猶雄放跌宕乃爾。綜其生平諸所爲詩，其遇愈蹇，其辭愈壯，大率稱是。彼其豪曠冲夷之度，以視後世所謂風人雅士，少不稱意，輒悻悻見於辭氣間者，相去寧可以道里計！嗚呼，此其所以無愧爲詩聖也歟。潁公社長從政數十年，更歷盤錯，游刃有餘。酷好詩文辭，雖簿書迫促，罔廢酬唱，取境閎廣，未嘗專主一家一派。辛酉壬戌間，以交通部參事兼長交通編譯處，及督辦漢粵川鐵路，其時武人柄國，甲仆乙起，有擠之使止者。潁公乃謝事息影稊園，凡二年有四月，此《遠志集》所由名也。政局忽更，君子道長，復起任漢粵川鐵路事。毅先後承乏曹掾，靡役不從。潁公與樊山、匏庵諸公結詩社，復獲厠末席。又嘗受命主持輿論日報。丁卯，毅南還，始不復共朝夕。當時，竊見公日兀兀於規畫漢粵川築路，及編輯交通史之餘，主持壇坫，撚髭構思，咏吟弗輟。中間游歷吴越，視察晋楚，重渡扶桑，舟輿所經，篇什尤富。一詩脱手，輒以相示。毅讀公詩，蓋以成於此數年間者爲最多。今公編次此數年之詩，并以戊辰春夏間所作附於《遠志集》之次，郵寄沽上，俾爲校訂。集中所録，起壬戌七月，訖戊辰六月，都詩詞二百七十首，清麗深淳，自成馨逸。大抵多毅嚮所已讀，而其謝事息影時諸作，彌足見其襟宇氣度之沖夷豪曠。雖苦貧累而拳拳國事，未嘗以不得意少寓侘傺抑塞之致，殆與少陵遠通肸蠁。至其吊古懷人，隸事典切，爲當時名賢之所傳誦，風格亦多逼近少陵。稊園詩雖不專主一家一派，庶幾所謂學杜而能得其神髓者歟。穎公書來，謂『此數年中，惟子與吾最相習，序吾《遠志集》，子其可』。毅誠不文，忝附知雅，安敢辭，因書平昔臆説，有契於穎公之詩者，以諗讀此集之君子。

中華民國二十四年一月實甲戌季冬無錫侯毅序於沽上。

稊園詩集第六種
南海關賡麟穎人

遠志集卷上

郎署迴翔，眴逾强仕，雖兼劇職，未合時宜。壬戌甲子之間，讒人高張，善類罷斥，道消君子，盜憎主人。浦側沉舟，千帆盡過；國中大鳥，三年不飛。余以無官身輕，去家天遠，大隱城市，委懷琴書。當安仁之閑居，作逸少之遐想。昔郝仕治有言，在山爲遠志，出山爲小草，竊取斯義，借爲集名。已而天日復昭，浮雲不蔽，仍參曹務，輒作遠游，東訪神山，西尋晋水，凡諸登陟題咏彌繁，統名之曰《遠志集》，而戊辰服闋，自春徂夏之作亦附焉。

起民國十一年八月，即夏曆壬戌七月，訖民國十五年二月，即夏曆乙丑十二月。又起民國十七年三月，即夏曆戊辰二月，訖同年七月，即夏歷同年六月。凡詩二百六十四首，聯句二首，詞四闋，附録詩二十首，詞一闋。

壽張邵希緝光夫婦五十（以下壬戌）

廿載交游湘最盛，識君曹部後諸公。一官落拓憂天下，百歲倡隨正日中。朝事密勞韓偓記，箋書争致葛龔工。近同珍木金丸感，把盞相期海上鴻。

壽郭春榆丈夫婦六十有八

秋淺星河月滿輪，蟄園杖履擁諸賓。論年洛社猶居殿，偕隱柴桑未患貧。蠶尾文章親定集，鯉庭花木自成春。盟鷗舊侶長無恙，飛蓋追隨更幾人。

傳世三儒廟祀文，十年史局亦崇勛。一家制誥尊瓌頙，兩代交游得紀群。舊事杜鵑和泪拜，清聲老鳳帶雛聞。蓼窗遥想憑肩夜，自壽詩成酒半醺。

織雲生日先期謝親眷却饋贈約山居避囂已而緣病未果遂觀劇城南口占

收拾門前翟尉羅，清泉茂樹著行窩。君能偕隱吾能隱，無奈當權一豎何。

清福吾儕亦大慳，城南弦管暫開顏。林花谷鳥能歌舞，辜負山居一日閑。

壽孫子涵潤宇尊人澐廎七十

一觥瓊醴慶新秋，海屋人添七度籌。洛下士龍諸子譽，河西王豹幾家謳。棼絲未改憂時意，製錦原通治國謀。孫氏以業緞起家。老眼看花聞不倦，城南仍作少年游。

廖四少游字春抱痾滬上外傳其不起久之乃得實耗蓋絶而復蘇秋間重遇京師見示述病之作賦贈爲念

海外東坡事有無，尊前重見一嗟吁。尚留報國心難死，不爲觀河面已癯。惡夢初疑厄秦七，君與秦太虚同字，此行至西湖曾訪其墓址。名醫終幸得俞跗。愈君之醫俞姓。長安棋局何時定，歸去松江正膾鱸。

懶殘

懶殘不識李長源，煨芋相逢撥火温。相業十年身自有，丁寧惟屬勿多言。

蔽日

蔽日浮雲未肯開，北胡南越儘塵埃。章惇聞有憐才意，不遣昭州試命來。

有嘆

瓜面臯陶黯不光，故人無分語行藏。平生令譽消除盡，忍把秋霜換檻羊。

壽徐仰山丈夫婦七十晉一

吾聞服領以南多鮐耇，疑年往往逾古稀。得非老人壽昌應南極，下鑒福善皆延釐。自從秦漢間，即有浮邱與安期。載論巾幗中，亦有何姑若盧眉。黄野人，葛稚川，軒轅集，古成之。謂有神仙是耶非。同邑百齡尹南峰，一門九秩潘秉彝。九老天山主及賓，六皓甘泉弟侍師。更憶瓊州楊宋卿，鷄窠九代遠祖如小兒。文獻歷可徵，造物若有私。豈緊長生得秘術，或疑屬有天幸非人爲。客從香江來，爲言徐翁伉儷凌霜姿。不餌句漏砂，不服羅浮芝。不采石菖蒲，不茹補骨脂。終身勤且學，神明至老未少衰。海濱大隱陶朱蠡，冷眼朝局如奕棋。達官養狙有喜怒，政海無日無險巇。鱗甲滿腹乘人危，斫肝鏤思神爲疲。日暮遠途苦不止，甘以有涯隨無涯。以此求益算，毋乃欲東而西馳。長君硜硜守庭訓，不與庸俗争糟醨。病木沉舟豈足嘆，十年郎署遷除遲。古來拙宦終勝巧，揚帆滄海會有時。少男喜讀貨殖傳，與人誠信人無欺。記從海通來，阿翁身毒三年歸。賈胡集估舶，互市求銖錙。烟葉葡萄醅，毯罽玻璃瓷。番坊番長古有職，客綱客紀今誰司。白圭治生見家學，并善繼志承裘箕。雙珠在握勝十百，此寶豈直籝金遺。今年仲冬月初吉，華筵喜照雙星輝。越山詞林及南園，故鄉詞客多笙詩。繄余南望屋廬冷，與翁舊近珠江湄。兩家鞠跽各具慶，優游杖履宜相隨。楊孚宅前雪映壁，福場園外花滿枝。此花此雪即息壤，照耀華髮過期頤。何時扁舟訪鄰好，翩翩對舞萊子衣。翁方掀髯一大笑，爲我罄舉黄金卮。

挽張貞午總裁元奇

一卧江湖幾歲星，生前豪翰殁精靈。盛時抗疏聞傳誦，老去編詩見典型。鵬臆長沙心未已，鶴歸遼海夢初醒。榆園嗚咽流泉在，賓客重來不忍聽。

病足仍逢作戲場，城南相遇詫頹唐。入關定遠無胸疾，謝老乖崖豈鬢瘡。生日壺觴猶上巳，隔宵風雨了重陽。舊時傷逝無窮意，應悔餘年見海桑。

祝劉蔚廬室王夫人七十有一

笄歲持家愛掌珠，盛年擇對得名儒。山妻夙擅知人鑒，漆室微聞憂國吁。教子篝燈即嚴父，立言韋佩有威姑。導輿今日長安道，試較崔邠得似無。

垂老勤勞魯敬姜，幾回憂患見滄桑。治心亦可通禪理，繼志猶能置義莊。晝錦縣君宜曼壽，緑衣令子有輝光。朝來法曲長生奏，愛日遲遲照北堂。

壬戌生日

日出雲消天氣清，諸君呼酒臨柴荆。不飲頗宜兀兀醉，得閑暫息勞勞生。賓客交情一貴賤，門人講學三虚盈。胡床白眼且縱笑，世間正急鷄蟲争。

年年三首呈樊山及同社諸公

年年生日百忙過，未似今年對酒歌。擾擾摴蒱詩替換，堂堂歲月墨消磨。但除賭唱心無競，頗怪休官客轉多。坐數殘棋旁斂手，貴來掩鼻意如何。

年年老少合觥籌，散髻相看并黑頭。偶占先庚三日長，誤疑同甲四人游。移尊且忝居停便，排日仍爲伴食謀。翌日，復承晚晴簃同社公宴。元爽兼謨齒懸絶，東都社例得援不。

年年無盡是生辰，借樊山近詩語意。公定期頤以外人。家世一門呼蓋代，用樊三蓋代語。兒孫五葉衍長春。科名結習猶臚榜，游戲文章亦斫輪。懷翠軒前春釀熟，肯容遷座主兼賓。

【附和作】

穎人先余三日生同社合置壽觴歲以爲常今年穎人有詩即次其韵

樊山

燕臺九載白駒過，仍歲梯園嘯也歌。臺閣冷看王國寶，伶倫無取敬新磨。君不觀劇。紅梨同甲忘年久，春草抽心愛日多。世事紛紜同食果，味隨刀變笑如何。

一般海鶴與添籌，君黑頭看我白頭。乍喜中郎友王粲，豈其劉向誤君游。『劉向惑於鴻寶之説，君游誤於劉向之談』，魏文帝語。詩唯莒國兄能和，謂吉符。酒倩同安婦與謀。待洗百年岩電眼，崑崙河水得清不。筵開玳瑁揀芳辰，俱是明珠社裏人。花片詩籌紅燭夜，幅巾酒量玉壺春。桑田變後三觀海，紗縠生年九轉輪。行見鹿鳴鄉飲近，笙簧重與宴嘉賓。

壬戌冬月稊園詩叙祝樊師穎公兩社長生日即用穎公年年三首韵

子威

壬戌匆匆十月過，雪堂猶聽洞簫歌。是日鉢題咏簫。詩如秋草經年换，硯綻冰花帶墨磨。梁苑賦無教客代，月泉社記署名多。夜闌燭灺催臚唱，探得龍頭莫是何。

詩律嚴明當酒籌，筆鋒慣使古尖頭。摳衣入座黄裳末，秉燭良宵白也游。貽上聲名偕牧仲，悔庵才調重卿謀。年年例有簪裾集，倒載能拚一醉不。

郇厨饌好薦良辰，客至偏宜作主人。潞國耆英高會序，士衡兄弟兩家春。喬枝入畫松雙管，續句敲鐘月一輪。排日連開文酒宴，佇看绿野再延賓。

玩月聯句

天公斬雪宵不寒，嚴冬月可中庭看。小兒不識雲逆走，却疑月轉如擿丸。（穎人）雲破月來天宇迴，并坐不眠更漏永。階除似水藻交横，老樹漸移襟上影。（織雲）

壽張次潛振鋆慈母趙夫人五十

十七年來鞠育慈，撫孤人在母兼師。山川舊載清娛侍，門户終勞絡秀持。劫後楹書存手澤，佛前經卷伴巾綦。寒梅消息春方半，看取萱堂百歲卮。

壽成竹山多禄六十

側帽蕭然霜鶴姿，經年文酒忝追隨。一庵著述邦衡集，萬口流傳勝欲詞。櫜筆江南宗國恨，弓衣塞北故園思。白山喬木長無恙，耆舊如君更有誰。

題靳仲雲志威海衛紀游詩

尊俎風流幕府開，勞成雲物付詩材。篋中携有臣斯筆，不負之罘刻石才。
防海猶聞設衛年，南溪深處見人烟。漢官復睹威儀在，頭白邊氓一泫然。
卜居常悔買山遲，世外桃源夢想之。友人金君常約余買宅威海未果。燈下把君詩卷讀，海天環浸卧游時。

杭大宗嶺南海物圖卷爲胡勿盦形恩題

君不見，嶺海饌材窮水陸，日日擊鮮勝粱肉。百年幾輩落炎荒，天遣寓公傲口福。秦亭老民早好事，皋比遠擁三台麓。半生彈鋏未一飽，入池空勞網罟數。刺船海上忽大笑，珠貝陸離蛟蜃伏。福州蟳蜆韓江鰣，無復冷盤甘苜蓿。郝隆不解語陬隅，毛勝猶能恩水族。説經暇聽門生議，車螯但果便便腹。昌黎南遷侈南食，坐厭腥臊日不足。异名鬥怪數十種，鱟蠔蒲蛤供吞剥。公爲後至嘗益遍，海獅嘉魚滿笭箵。天章閣上發奇想，徑取介鱗歸尺幅。濡毫一一與寫生，留伴老饕饜饞目。平生爲人畫幾本，兔園不憚中書禿。我今按圖動食指，風味依稀故鄉獨。北游十載不得歸，展卷慰情重反覆，如手食單百回讀。

乍肥（以下癸亥）

無端中歲變狂痴，飯飽眠酣竟賴誰。相士舉肥吾倘及，遠謀食肉彼何知。問年聞道豐腴早，銷骨防人積毀遲。見説近來天下瘦，故應攬鏡有遐思。

壽張琴舫存誥夫婦七十

武岡山色接丹邱，眉案鴻光未白頭。二老稀齡同甲子，一年佳日占春秋。蕉園刊集傳家乘，荔水歸帆記舊游。鞠跽膝前文度貴，登堂人羡幾生修。

故劍詞

弃婦下山悲蘼蕪，井雖無波未肯枯。道旁無賴有心計，委禽强與媒金夫。利君傀儡豈有愛，一旦反眼仍泥塗。不辭一誤更再誤，豈其爾智人皆愚。君不見，漢皇故劍求亦得。霍顯瞬旁涎一尺，女醫宫中能作賊。

曉起書所見寄示織雲

曉鴉啼破春宵霧，一穗殘燈垂欲曙。星隱高梧紙入風，猧奴衝出窗櫺去。怯寒乍起聳吟肩，消盡晨厨藥鼎烟。不知新讀郊居賦，昨夜高樓得熟眠。時織雲挈德禕居别墅。

【附和作】

和外子曉起見寄

織雲

朦朦曉牖凉生霧，寥落殘星破林曙。遠聞更柝動春愁，壁鼠窺燈避人去。東風小立寒侵肩，踏遍花廊拂宿烟。不信村居能藥病，有人日滿尚高眠。紉蘭姊患不寐者兩載，百藥不效。頃同宿别墅，酣眠達旦，可喜也。

癸亥三日小麓同年招同玉泉山下禊飲遂泛舟昆明湖分韵得初字

西山山水清而姝，御園棋布如畫圖。樓臺劫後復餘幾，静宜非舊圓明墟。獨留西海一巨浸，嬉春游屐猶盈途。昔言此地宜禊事，懷之十載徒憑虛。郭侯與我意暗合，隔宵急足來見呼。屏巒得雨洗石骨，萬绿迸怒華紛敷。高軒野飲見豪舉，杖頭錢不他人醵。要藉酒澆胸次塊，勿畏羊蹴園中蔬。饌有羊胛，不食者四人。東風獵獵吹華裾，送我輕步湖堧趨。石舫無楫不可艫，斯須易棹縱所如。望中賓客神仙徒。雁飛汾水有感喟，風景豈與山河殊。純皇濬湖實治水，自言内帑分餘儲。當時物力最康阜，清漪締構猶慚吁。孰云頤養費巨萬，樓船陰罷供嬉娱。昆明池本習水戰，責實雖迕名則符。擁兵糜餉今遍地，困窮四海資軍需。與民同樂亦美事，移築文囿民其蘇。眼中了了見傾厦，而此巢幕方安居。不祥十九但隱忍，此外何者宜祓除。不知主人有意無，選客顏駟老向隅。湖山登陟須濟勝，似謂壯齒能犇驅。我亦妝臺隸長真，吟詩不許呼老夫。轉思在野多盛年，林下把臂今不孤。蒼生饑溺付觴咏，豈暇咄咄空中書。吾人難進本易退，誰與謀國毋乃疏。閑民且容夏仲御，招隱莫反王康琚。知人家國亦何意，試揖輿公尋遂初。

湯山

宫槐交陌花如雪，亭榭周遭路盤折。黄竹歌沉王氣銷，年年石竇泉嗚咽。禁門初啓費經營，甃石傾頽砌草生。緑水朱闌一妝點，斯須物外田園成。當時坐湯太平事，耆臣扈蹕承恩賜。誰分商人費僦錢，偃仰先王游幸地。沸泉靈閟古何限，汝南魯左多宫館。新豐供御復藍田，衹與皇家作私産。寧遠州，黑龍潭，北方湯泉知者三。居人未必盡痌疾，犇凑飲豈狂泉甘。胡爲乎行宫車馬門如織，馳道往還同咫尺。我來一度一番新，彌望東西權貴宅。君不見，勺水華清梁石渡，范陽遠屈猪龍住。諸藩有意釋兵權，爲汝驪山造湯去。唐玄宗聞安禄山有反意，遣中使馮神策賫手詔諭之曰：『朕新爲卿造一湯，十月於華清宫待卿。』

壽徐庶侯丈鍾令六十

櫻厨四月古揚州，好善交推馬少游。出處每關桑梓計，門閭先爲子孫謀。弦歌百里淮陰郭，畚鍤千檣皖北舟。一盞江南遥介壽，明年花甲正重周。

沿頤和園東宫門而南至綉漪橋水田彌望溝塍縱横咸仰昆明湖外洩之水其地嘉樹接蔭好風送凉尋常游踪所不及也口占

迤邐宫墻鎖碧烟，家家石竇引湖泉。不知帝澤猶前否，遍溉村農百頃田。

廣仁宮

長春橋外鴨兒肥，古剎無靈士女稀。聞道村莊全盛日，萬家香火拜天妃。

紺宇巍峨天啓年，茄花東廠正當權。穹碑名字磨治盡，好事今誰貫俸錢。

寶藏寺

雲鎖長廊錦幛開，峥嶸樓閣見崔嵬。主人慣侍蓬壺境，偷得天家様本來。

野築金山得近鄰，別墅距寺最近。山花山鳥總相親。樓前古柏猶蒼翠，不見年前倚樹人。謂畢福賴，嘗爲余秘書。

賀新郎・友人韜吾性絶痴意有所慕申禮自防乃私祝來生諧成嘉偶語且爲閨人所聞則大恚余謂其恚宜也作此調之

君信痴男子。問九州、茫茫海外，他生卜未。要限孟光齊眉案，厮守百年而已。早約定、後來伉儷。舊感阿瞞雙星誓，願生生世世成連理。今自笑，悔無謂。

三生果有輪迴事。怕個人、聰明頓盡，齦唇疥痔。便枉把赤繩偷繫，休説這回君不。算怕見、雷同身世。奈此著家鷄須弃，怪得床頭人一怒。道老奴、太不爲渠地。情鍾否，在吾輩。

六月十三日書事

突圍困鹿踣中原，早晚高材定一尊。下殿虜星豈南斗，喪家堯顙忽東門。更無餘罪緣懷璧，大有圖儂已屬垣。太息葫蘆總依樣，年來因果不堪論。

題鐵路協會十周年紀念增刊

經國縱橫九軌涂，十年簣進僅區區。大官厚禄吾無責，今日興亡在匹夫。

今歲梁夫人四十誕日盛爲營奠先一夕入夢宛然醒而追紀

正向柔之説蕙叢，遺懷今古語誰工。無端爐冷香銷後，冉冉玄裳入夢中。

團坐敲詩四座春，珮環海外一歸人。分明舍北停橈地，長揖吾家作上賓。

椸中裳帔案頭書，故態檀奴尚未除。一瞬冰顔寂無語，新縑相對意何如。

無多薑篋費金錢，世界身臨大小千。自云歷名勝二千處，僅費錢八十番。惜未妝臺携彩筆，爲君補賦女游仙。

與從妹韵明携冀方兩兒登玉泉山

玄雲幕四垂，旭影收組練。天風送山椒，游興吹不斷。玉泉月再飲，潭緑猶照面。令暉躡飛屣，拔足曾叠巘。頗愧伴游者，遠蹠見勞頓。懶腰久偃息，朋好每規勸。此來復趦趄，舉策但喟嘆。痴肥難登陟，十步一憊喘。兩兒捷奔鹿，頃刻塔巔唤。而我仰彌高，不移趾尺寸。招手下翠微，西嶺日已旰。息陰就岩洞，石氣入衣汗。出門趁墟落，雨脚隨步健。且歸解濕襦，飽吃田家飯。

露臺上觀電戲

爚如驚烏舒翼翔，歘如秋蚓蟠形長。閃如釋迦白毫光，飄如天女舞帶揚。霍如駭鋏公孫娘，繁如結繩前史皇。疾如雙管迴銀鉤，蜿蜒矯變不成行。紛如珊瑚枝柯横，交互上下凌鋒芒。奔如鑛鉛鎔四流，奮如騰螭群仙旁。此時玄幕雲始張，萬里爍爍夜未央。天公試手爲妙劇，投壺一笑山低昂。生平歡樂盡百戲，未似觀此娱心腸。世間役汝作幻術，悦兒女耳何足臧。露坐暗觀欲生畏，飛鏃射日眩不明。（叶）奇寒襲人膚欲粟，欲去不忍重彷徨。吾聞大澤蒸鬱氣相感，疾霆隱隱罡風剛。順流無厚有正背，虚空觸激成陰陽。造物於人亦何厚，清風明月歸詩囊。觀雲賞雪及聽雨，盡供大塊爲文章。此皆不用一錢買，顛倒驅遣無盡藏。獨此神霄赤熛怒，罔敢戲豫徒悚惶。燭天紫貝奪心魄，繞案鐵索疑鋃鐺。我爲人間啓閟鑰，貢此絶玩非尋常。誰與來者一放膽，請駕尻輪游帝鄉。

城南公園醵集爲孟文壽是日夏至

園蔬長命酒逡巡，小飲無名借介春。樹底殘霞能媚坐，燈邊雛月尚羞人。送涼襟帶宜林木，隨意壺觴忘主賓。擾擾笙歌摇夜籟，隔垣熱客正囂塵。

蝶戀花・豳風堂晚飲

林氣蘇蘇收積雨，曲岸荷風，盡力吹殘暑。選得闌干臨水處，杯盤草草誰賓主。　向晚蟬聲催客去，柳外明蟾，却又留人駐。燈火西門門外路，歸鴉已滿城樓樹。

【附和作】

蝶戀花・和外子豳風堂晚飲　　織雲

萬緑葱籠含宿雨，霽色初開，亭榭清無暑。一棹烟波容與處，垂楊院落誰爲主。　薄暮馬嘶人漸去，涼月如鈎，照我行還駐。芳草粘天丁字路，雙雙歸鳥池邊樹。

王陽明緑青硯爲蟄園題

硯石萬殊最青白，獨有緑端不宜墨。旱坑苦多水坑少，流轉人間成玩物。緑端不發墨，宜作朱硯。出水坑者爲硯，潤而發墨。旱坑爲玩好之器。陽明此硯大如掌，艷作歸州好顔色。銅花水漬隱苔暈，眼筋雲氣垂青脉。呵津發潤義無取，豈與骰盤供一擲。清狂貽此有深意，石不能言度以臆。當時戰功招内甚，九華野服憂讒隙。捷書重改録閹奴，方略告成歸御蹕。平宸濠後，武宗欲自以爲功，翌年九月，令陽明重上捷書，竄江彬、張忠名其中，製硯正當是年。濡染大筆用如此，毋乃端人負名實。不如講學歸去來，歲月磨人良可惜。閑居周易點朱露，更勝朝衣淋墨汁。補注龍場驛裏書，或題佛手岩前壁。山中枕石换枕戈，儻汝在軍不交睫。陽明在軍中，能四十餘日不睡。狂客非狂乃其智，天外冥鴻羅不得。龔生元亨倘伴武昌游，豈使中官謗通賊。五百年來海桑變，龍虎呵護無磨缺。誰言刻劃見俗鄙，曹秋岳謂：『端硯作龍鳳人物爲俗鄙。』尚喜姓名留斧鑿。蟄園家授賢良硯，亦似德輝陽明父尚書公。傳祖烈。一朝得此忽大喜，蟬腹持儷洮河碧。嘉名錫以青琅玕，瀟灑雲烟生几席。君不見，半山新樣蠻溪石，貢入玉堂人未識。丁寶臣製緑端硯送王介甫，謂之『玉堂新樣』，王報詩云：『玉堂新樣世争傳，况以蠻溪緑石鐫。』又不見，鷗波石磬松枝銘，八寸硯池費雕刻。緑端松磬硯，趙子昂銘其陰，見《東軒筆録》。近聞竹垞羚峽論翡翠，朱竹垞説：『硯凝緑若灑汁，謂之翡翠。』亦見芸臺茶坑選蕉葉。阮文達稱：『恩平茶坑石，緑如蕉葉、如苔錢。』所愛非寶惟其賢，寧爲君家較得失。此材未必竟無用，萼緑仙人宜侍側。敬宗謂之復何人，持此緑君抵千百。

題徐枕亞雜憶詩後

幾回覆水尚盈盈，留住蘭芝伴仲卿。早死安知非幸事，妾身從此得分明。
姑惡東風怨別離，稽山黄土葬蛾眉。多君海上雙栖燕，稍勝龜堂釵鳳詞。
今古紅顔薄命同，落花何地不罡風。遺懷爲有微之筆，千載人猶識蕙叢。

黄金臺

羖皮論價身原賤，駿骨相求豈爲才。甘受黄金顛倒去，可憐樂劇入燕來。

壽翁銅士廉配龔夫人五十

修到今生才子婦，詩囊富抵宦囊虚。米鹽慣治推明算，釵珥慵添佐置書。春廡依人安德曜，瓠壺偕隱伴田居。相看接葉孫枝起，琴瑟中年慶有餘。

題陳子衡銘鑑侍親游園圖

蹕道春歸草木深，湖山禁地許登臨。人間各有頤親願，不負先朝錫類心。圖繪頤和園全景。

壽内時家居匝歲

涼秋右帨又門邊，難得閑居伴一年。不厭遠山終日對，漸看明月十分圓。深杯酒爲延齡勸，疊韵詩饒索和先。與爾幸無銀漢隔，莫愁十萬窘天錢。邇憂貧特甚。

别墅晚歸

頽陽隱西崦，暝色忽前嶺。涼風散午炎，幽寂换清景。奔輪碾犖确，意迫路逾永。缺月逗微曜，沿溪動林影。古木如人長，森立兀陰猛。麥田深可匿，白棓疑探詗。稚子罷奔趒，夢轂摇不醒。烏帽前出没，世險詎知省。謂肇方。頓思春夏間，越貨或不逞。陳尸馳道外，覆稿露泥脛。經途猶憯慄，戒心况宵静。鐃吹起林際，遥響雜蛙黽。夜行庶有恃，得此釋憂耿。海内聞賞盗，莽伏至今梗。窮氓遍效尤，所在走險挺。劫質苟不戢，此方寧有幸。西山寇易侵，誰更廬人境。避兵倘有符，百拜敢以請。長嘯入郭門，露華襲衣冷。

女德俶生

大風豈降灌壇神，是日，天文家預言天地有變异，果大風晝晦。門右飄摇又佩巾。從此有人配殷謝，不愁無女作昭華。井闌婿影虚三匝，秋月娥池減半輪。曾讀傷心開府賦，唤名禹别笑無因。余兒女七人，凡偶數者皆殤。俶兒行次第八，家人呼九小姐以禳之。

胡徵若鴻猷屬題麻姑獻壽圖

水簾玳石撫州山，衣染丹霞采藥還。桑海幾更蓮又碧，髻雲狘獊忽雙鬟。麻源環珮下仙壇，桃實千年阿母歡。寫出瑶池圖一軸，北堂應作玉卿看。明蔡玉卿夫人嘗作《瑶池圖》，遺其母太夫人。

廖君鳳舒恩燾屬題新粵謳

七年不飲珠江水，萬里移家住燕市。兒息長大未得歸，偶學鄉談生澀耳。粵人土音亦一癖，衆咻能令莊岳靡。相逢移席聲輒縱，不顧座賓瞠視起。懺綺盦主吾鄉親，召客喜無江外人。酒酣興發誦新作，唾壺碎擊飛梁塵。人言粵謳絶妙辭，美人寓意同靈均。百年此調被弦管，銘山豈是君前身。就中多著勾欄語，喁喁恩怨痴兒女。分明諷諭托廋詞，便是秦中新樂府。轉思古韵隨意造，敕勒巴歈皆土操。候人開母始南音，輯濯王商成越調。後生近喜俚白詞，娵隅蠻語更非奇。解詩似欲煩老嫗，學語公然師小兒。主人此道肱三折，鄙語翻新如鑄鐵。傳與北人知者稀，手校奇文自怡悦。我是東坡不解歌，敢緣綺語訶涪皤。爲君傳抄讀萬遍，幾輩聞聲喚奈何。

壽傅治薌同年岳棻尊人蓮芩年伯夫婦七十

子微天隱幾人同，老學名庵尚放翁。桃李鯉庭新教澤，瓠瓢鹽室舊家風。漫游不減看山興，醫術應齊治國功。秋菊盈階梁孟健，白頭雙照酒顔紅。

孫師鄭作自壽詩上述祖德旁暨交游賤子姓名漫辱齒及屬爲和章久無以報賦此謝之

多君懷舊例新開，點將乾嘉此别裁。子美文章千古在，伯温聞見四朝賅。腐儒憂國寧辭謗，野史成書苦費才。家有清娱能屬草，壽人曲可侑深杯。

剖簡連番督和辭，筆如竿客懶爲吹。蟠泥已分馴龍性，索米猶能共鶴饑。文字元亭原覆瓿，功名廣武付枯棋。與君歲月同樗散，天遣清閑富篋詩。

生日避客别墅遂携眷如湯山

山樓三面愛環青，避客郊西此暫停。馳道絶塵知市遠，離宫濯垢試泉靈。近郇氣候冬仍暖，築墅人家晝盡扃。猶有二豪能侍側，劉伶醉眼不須醒。是日，蔭樵、式之同游。

挽劉劍侯樳

重見都門語不倫，駭君才盡此吟身。深源咄咄書空字，趙孟諄諄視景人。猶剩文章同歷劫，苦營升斗豈醫貧。青楓一去寧無礙，尚念萱堂白髮親。

壽曹理齋秉章六十

論相知君壽者徵，龐眉一寸紫生稜。湖山歸夢琴尊在，金石高文刻畫能。家釀屢傾緣社集，异書新得抵良朋。歲星恰與同周甲，更祝春朝晷景增。

洞庭

湘水旌旗失霸才，洞庭八百亂雲開。蛟龍斂迹波濤靜，今日威靈屬秀才。

十二月十四日贈内

壁月窺綺疏，霜天豁塵翳。光近簾一鈎，紅掩燭雙穗。自君降雲軿，臘鼓六回遞。今夕問何夕，嘉會忽復至。漸苒時催人，兒女解環侍。杯鐺得在手，及時圖適意。行觴市酤盡，節飲亦需醉。列席履舄交，對座簸錢戲。室暖如初春，琴軫見風致。梅花含笑顏，佩幃充喜氣。

題蟠桃圖（以下甲子）

喚起斑龍海未塵，何人弃核得崑崙。宋宫亭子金牌在，留取靈根伴大椿。

一笑窺窗有小兒，千年垂實在瑶池。分明紅映雙成頰，記得龜山上壽時。

瘦象行

象坊坊下橋水竭，越南貢象百年絶。瑶光精落立仗空，却就郊園老羈紲。初來童孺詫未見，奔走隙窺求一識。齒嵯耳盇作諸態，屹立儼然疑叵狎。龐軀不稱眼孔細，側睨向人有驕色。年深熟慣觀者少，日啖官芻費千百。近來莝豆頗不繼，秃尾夾臀微露脊。獠官豈吝賦常糈，聊遣饑之媚游客。坐視侮弄來兒童，裹飯逡巡涎半尺。隨人俯仰博一飽，捲鼻長鳴如嘆息。我知此嘆意何居，更恐有人不如物。仕版新除日凡幾，民盡化官愈艱食。經歲須求辟穀方，舉家誰念無衣吉。郊游不敢象圈過，園外爲郎氣應索。象乎象乎，爾雖羸瘦得不感，如汝人才孰愛惜。獨不見，鄰柙虎頭昔何武，食肉之相汝非敵。刳腸實薦今入室，摇尾而求且不得。

時近清明圃事漸繁與内子雜傭保躬灌樹畚鍤之役戲爲一詩

少君提甕卿何勇，愚叟移山我豈痴。百卉逢春天與健，一邱蔽望去奚疑。輟勞恐負爲傭志，過逸長防運甓時。室外掃除猶有待，酣嬉袖手復爲誰。

甲子上巳理齋書衡嘯麓秋岳諸公見招修禊三貝子園余以前一日清明郊居遂自別墅歸與會時疾風連日不息同用可園字爲均

土囊噫氣漲塵堁，耳後烈鳴似飛笴。黄天立後蒼天埋，沙攪作團眼前墮。顛風五日不肯止，前夕千村卷蓬顆。重三依例氣清朗，預計騁懷今信可。焉知成案有時翻，造物戲人測亦叵。一鞭我自西山回，駑馬苦遲行駊騀。名園入官同奉誠，别館宸游非馺娑。四杰儒林望虞揭，二俊里人擬沓妥。詩成金谷酒三斗，名署郇公雲五朵。如吾輩意不易敗，足前寧爲飛廉裹。轉思清明昨日事，種藝家家趁槐火。十年作計指材木，免俗未能吾亦頗。治國方如樹新植，弱根豈任風掀簸。時無槖駝使壽孳，誰謂天時亦相左。試聽蘋末調刁聲，卷舌何時當悔禍。

朔方三月寒不温，桃杏始花猶未繁。天公試手染林杪，柳眼漸解窺清尊。今年土燥膏雨屯，疾飆况挫元徽幡。日斜風霽得晚趣，空潭一祓緇塵昏。當時貴胄居郊原，賓客幾輩來梁園。滄桑莫辨數易主，固山譜牒名長存。擁翠延曦可園舊有擁翠亭、話雲樓、延曦亭、留香室諸勝。不可識，古藤尚作虬蜒蜿。十年觴咏轉眼過，勝地坐閲犇輪犇。天琴老人今詩帥，諸將馬首隨櫜鞬。臨河一序各縮手，此事大筆仍推袁。老人摇首意不然，葫蘆歲畫頗憚煩。當仁古誼有不讓，北面右軍誰審言。

出門

緑波容易九回春，曾憶離家落拓身。誰道飄零書劍在，又爲惘惘出門人。

津門别内

藕足都門又累年，出游要趁暮春天。東西勞燕從揮手，迎送舟車未息肩。舊袷認君衣上綫，澀囊添我杖頭錢。遥知隔夜明燈畔，先草懷人第一篇。

舶中

堆委郵筒日幾時，篋書坐擁一書痴。同舟我自慵占對，名姓防教俗客知。

讀抱朴子述彭祖語

偶爾飛昇得占先，公然祇奉役新仙。耻看天上尊官面，拼屈彭籛八百年。

海望用前韵

海天寥闊望多時，擾擾京塵總是痴。一任旁人争席去，此心惟有白鷗知。

三月十五夜海上觀月

彌天笠影海氣蒼，上接星辰成混茫。墨痕拳島著三兩，出没地綫舟低昂。蛟宫忽擁冰輪光，拍浮戲浴濤中央。金銀樓闕收蜃氣，一洗塵翳魚龍藏。雪花浪擲白如練，流沫何止卅里强。今我不樂思八荒，欲濟無楫心旁皇。姮娥知我苦岑寂，伴我直達春申江。扣舷何人操土音，不敢南睨懷故鄉。夜静倘聞彩虹貫，載書此有顛元章。

重到滬上書感

堂堂歲月感前塵，納納乾坤著此身。遁迹漸看逋客老，治生誰信故人貧。高樓彌望銷金地，涸轍相看失水鱗。萬里天空波浩蕩，遐心剩與白鷗鄰。

湖上

重試蘭艖掠淺波，别顔西子更如何。春蝦頓爲游人盡，湖鯽真愁措大多。縮雨裏雲徐展幕，舞鱗出水一騰梭。六橋聞道都非舊，惆悵蘇堤緩緩過。

葛蔭山莊

臨流小築幾人家，籬際維舟樹半遮。猶有鼠姑能待客，雨餘留得未殘花。

西湖雜書所見

斷橋重步認都非，白堊樓垣映翠微。崗草截如游女髮，泥田裂似道人衣。采茶竹籠村童樂，請印絁囊香客歸。獨有放生蛇不售，日斜臂汝弄兒饑。

理安寺

拔地修柟伴翠筠，松顛平視閣檐新。當關瘦犬嫞迎客，出穴游蜂下趁人。雲過日移經塔影，雨餘花放佛堂春。詩成不爲闍黎寫，怕惹他年撲面塵。是日，僧待客甚慢。

九溪十八洞

錦石苔紋不受泥，人家養鴨水東西。泉聲盡日笙鐘響，不辨前山第幾溪。

保俶塔

綠陰倒影落晴湖，照出針尖入畫圖。南北遥遥雙塔峙，鈍鎚能勝利錐無。

葛嶺

每來葛嶺感興亡，一角湖山又夕陽。朝士自身方蟀鬥，近聞閑殺老平章。

自湖濱馳車至玉泉靈隱諸寺遂至雲栖

環湖已便小車乘，幾處名山健步登。戲水遠看操檝女，望塵時拜募錢僧。玉泉魚減誰鬻釜，古洞猿歸有谷陵。恨未五雲試腰脚，連朝濟勝我猶能。

丁家山訪人天廬

結廬勝絶占峰巔，盡取湖山位眼前。爲喜談瀛留石俑，不嫌買隱費囊錢。高名每抗諸侯禮，晚歲能容一壑專。擬乞主人詩卷讀，精華早付及門編。

無悶·憶内

璧月收奩，梅雨裛衣，早是春殘天氣。對數點峰青，畫闌慵倚。午枕無端旅夢。合付與、滔滔東流水。想緑窗望斷，青禽正試，别離滋味。　心事倩誰寄。恨輕薄東風，賺人千里。奈困不成眠，欲眠還起。長記尋芳舊約，算廿四花風今餘幾。問恁日、嘶騎歸來，新種丁香開未。

鷄鳴山古同泰寺

訪古單車夕照中，舍身依佛運終窮。大同未必非宏願，成敗今難議老公。

江行

江流日夕喧，客心逐花發。行行溯黄上，邨舍俯一瞥。西旋近燕趙，東顧隔吴越。平楚莽接天，百草芳未歇。遠帆隱水低，歸翼與雲没。行飯有常課，攤書聊自悦。側艫疏遥風，深幃晻微月。一星燈塔火，江勢照旋折。匡山應笑人，遲君幾華髮。此行欲游廬山，不果。

登大别山

濛濛烟樹一川晴，江漢交流嶺勢平。鐵鎖燒沉岩穴在，游人猶識魯山城。

四月初二日蔭樵伉儷招爲黃州赤壁之游歸途以無盡藏字分韵得盡字

大江日夕東流緊，斷壁頹文山嶙嶒。此間巉岩臨水濱，舊俯馮夷尋咫近。堨來八百四十秋，歲淤沙洲接畦畛。惟餘風月變不得，未遺游人婪取盡。蘇公兩爲看月來，露横水落夜忘返。我愛清晨挹山翠，星舸激輪逐飛隼。千摇萬兀盡瞠後，斯須登堂一拜展。文字久爲人愛惜，負壁斷碑森立筍。微嫌分坐綿竹榻，抗顔香火胡偃蹇。道士洞簫進士笛，此輊彼軒殊未允。壬戌後一年十二月，李委吹笛，亦公在赤壁事。祠公者，僅讀二賦，知有楊，何其陋也。隨身兩膝客非一，獨拜羽衣吾所哂。

嘉魚北望山隱隱，一炬隔江檣艣燼。蒲磯江夏各聚訟，衡以水經輒矛盾。老髯率意聽人道，舊謂坡詞言『人道是、三國周郎赤壁』，本屬疑詞。吊古齊安草春蚓。桃蟲僵忽李樹代，燕客涕寧晋龍隕。才人失志落江湖，偶借興亡寫憂憫。但知杯酒消壘塊，焉暇山川考圖本。題誤不害文章工，一笑真緣亡是听。此地風流遂千古，肯與英雄浪淘盡。始知文人最長壽，擾擾孫曹自朝菌。

兩賦卅年在唇吻，夢中來游輒神奮。眼前忽挾飛仙遨，山下未被神風引。雨餘濕翠入亭檻，霽後流光落檐楯。却思雪堂十月游，無酒無殽計先窘。羹戛幸未瞋荆笄，歸謀猶得勞閨閫。東坡在武昌西山作《吃語詩》云：『荆笄供膳愧攪聒，乾鍋更戛甘瓜羹。』此後賦外一重公案也。獨惜家中藏酒人，不作縞衣同夢伴。似緣但喜春月怡，攀鶻登虬謝不敏。樵園夫婦獨好事，匏尊親勸柁樓飯。座中履舄凡八九，同游有陳虞孫、陳敬安、李振先、梁衛華、振卿兄弟及振卿夫人。洗盞不愁肴核盡。此行俯仰足快意，勿吝苦吟鏤肝腎。江山再來應相識，回首丹崖黿菌蠢。山旁白黿渚，上爲放黿亭。

由赤壁放舟游武昌西山遇雨寒溪寺口占四首

不負天公半日晴，橫江急指武昌城。連岡草木春如織，欲覓樊山紫石英。

離宮避暑鄂州西，觀物炎凉豈足齊。我已熱官思爛熟，温泉不喜喜寒溪。蒲圻有温泉，石嗣盛稱之，此行欲游，未果。

九曲亭荒柏樹稀，望中重阜屨如飛。是誰燔得痴龍起，急雨漫山洗客衣。

依舊書臺慕古心，不妨弦誦換禪林。舊有陶侃讀書臺，今爲寒溪中學校。雨中遥指西山寺，菩薩泉添一尺深。

挽吴子修年伯慶坻

識面臨湘十七春，摳衣猶及太平辰。江湖歸卧嗟何世，懷抱幽憂懶向人。墟里命題炎武痛，都城憶舊老蓮身。客游恨未賫磨鏡，湖上遲來已浹旬。

吟壇祭酒幾回推，書局終身任自隨。高處瓊樓寒在念，餘生桑海悔誰知。沈梁顔色猶關塞，楚蜀孤窮有涕洟。風雨補松廬外路，晚年心事一編詩。

壽林菽莊夫婦五十

倚天臨海此名園，鷺嶼西來浪石喧。文藻江山陳黯宅，衣冠賓客孔融尊。散財不減鴟夷富，教子先高駟馬門。見説南飛雙鶴健，風流何止壓鑾邨。東坡詩：『風流可惜在鑾邨。』

科舉既廢歲月不居甲辰訖今寒暑廿易將開廣宴用紀前塵戲集古成一詩博諸同年一粲

金榜高懸姓字真，（袁皓）恩榮曾醉杏園春。（何喬新）芒然二十年間事，（張耒）猶是當時獻策人。（李東陽）

東觀蓬萊集列仙，（呂文仲）青燈相對各華顛。（黄公度）歸來遍檢登科記，（潘閬）淡墨書名二十年。（歐陽元）

王逸塘同年揖唐册録今傳是樓詩話關於亮臣遠生濟武三同年數則屬題爲書五絶句志感

廿年萍迹首重回，如此三豪付劫灰。别有精神能不死，世人欲殺是憐才。

殉孝何妨即殉忠，千秋碧血鬼猶雄。不須帛語翻疑案，從古成仁算考終。（亮臣）

同時記者最翩翩，脱手新聞萬口傳。斷送才人惟一語，探丸狙擊自年年。（遠生）
歸元通替面如生，覆轍誰尋萬里行。我爲黨人憐此著，鴻毛一擲太無名。（濟武）
天壤王郎海外歸，一編懷舊語歔欷。書成墨瀋和殘泪，灑入當年去國衣。

游仙

洞天深鎖隔紅塵，花落棋枰草自春。分得八公清福享，不辭我亦散仙人。

壽郭春榆年伯夫婦七十

仍世綸綸掌禁垣，鑾坡翔步舊承恩。得臣文筆分諸子，報國心肝奉至尊。修史温公書局重，選詩嗣立草堂存。銀河貴壽君家物，猶記驪珠賭蟄園。上年，蟄園擊鉢，以郭汾陽拜織女命題。拙詩引郭翰事，有『郭家偏得天孫愛』語，得元群許爲善頌。
絳縣重開甲子筵，稀齡紱佩對華顛。誕辰秋令饒春氣，詩社耆英壓少年。齋似舒章分蓼種，華亭李舒章雯有《蓼齋集》。廬如爾政作匏懸。嘉興沈西雍爾政，號匏庵。最難瓌頙生同月，先後催成介壽篇。

次公有詩見懷奉寄

長憶回車此路歧，避人門巷至今疑。魯生遠蹈秦終帝，漁父初來漢不知。四海稻粱猶瘁羽，一枰白黑已殘棋。沉吟中夜觀星象，按滕龍泉欲語誰。

李霽東霖以蔗盦痛心録見貽即書其後

較量縑素若爲情，枉著郎君薄倖名。一夢歡場容易散，妾身終竟不分明。

妝臺甘伺最情痴，爲爾長攢入社眉。此後定無心可痛，谷風凄怨悔何時。

挽羅癭公惇㬊

海山何處遲公歸，黯黯星垣隕少微。晚托徵歌消壯志，儒冠憔悴負初衣。

癭暈蕭寥二百年，得君後起軼前賢。清詩人順德羅石湖有《癭暈山房集》。讀書種子今餘幾，剩有文章映九泉。

廿年舊雨老燕山，詩酒京華日往還。歷盡炎凉成傲骨，忍饑同得著書閑。

子尹詩才印伯書，君嘗語余：『清代詩以鄭子尹爲第一，書以顧印伯爲第一。』舊時月旦定何如。而今虎卧龍跳手，名下江東信不虚。翁銅士究書法久，頗自矜許，獨盛推君，以爲莫及。

雲居潭柘幾禪關，細數游踪十載間。一事至今虚夙約，不曾聯騎訪盤山。

過二真成北海憂，寒山社以二章字作詩鐘，君舉《張儉傳》『刊章』二字求屬對，余以孔融『過二』應之，君大喜。忽忽若前日事也。霜鐘響輟廩清秋。百年强半唐生死，可有仙山兆夢不。唐寅祈夢九仙山，得中吕字。後見壁上東坡《滿庭芳》，詞注曰中呂有『百年强半，來日苦無多』句。驚爲夢中所見，果五十三而卒。

哀樂中年死別多，幾回鏡裏感觀河。誰知易實甫顧亞蘧梁節盦陳公俌後，曠達如君亦逝波。

輿疾匆匆別滬濱，海西醫聖技如神。何曾奪命波旬手，贏得千瘡百孔身。

净土皈依病骨蘇，栖禪一夢憶模糊。扁舟我正寒溪返，來路君猶認得無。余方游武昌寒溪寺歸，君病中夢至一佛寺，亦曰『寒溪』。

病起移書爲告存，墨華争問海王村。終成楚老蘭膏恨，始信虞翻骨相屯。

寫經珍重大唐收，羽化千金付海鷗。病中語余：『失所藏唐人寫經，值五千金。』稍惜未遲三日待，黄妃塔本出杭州。殁後二日，雷峰塔塌。

霜泫枯英旋不支，語餘病榻喘如絲。才看光澤堯臣面，已是人間訣別時。

伏枕支離字轉工，定文後世付南豐。姓名不入遺民傳，肯更留書待所忠。

誰拋心力教歌成，風義伶官勝友生。傳遍曉風殘月句，幾人揮泪拜耆卿。

蕭寺孤栖夕氣陰，病妻無分理邪衾。年年三月花如雪，携酒重來感不禁。

東北長星徹曉明，不留病眼看刀兵。啾啾萬骨魂歸日，中有先生誦佛聲。

爲朱謙甫文柄題秋樹倚聲圖

側帽詞場早得名，郎潛垂老隱王城。勸君莫譜秋笳調，怕入中原肅殺聲。

深杯澆得酒腸寬，燈火稊園夜未闌。獨憶桐陰荒屋裏，西風人耐紙窗寒。

爲秦聲潔岱源題唐園雅集圖

練川三老配程婁，訪古唐園迹尚留。二百年來觴咏地，展圖如見掃花游。
好事吴江冷廣文，高情兼愛醉紅裙。畫中詩與詩中畫，老輩風流尚見君。
照天香雪舊亭臺，梅塢年年萬樹開。何日扁舟吴下泊，東風携酒聽鶯來。
遼瀋歸來落拓身，溪山腕底見精神。近承續贈《溪山静氣圖》。舊時月色春風筆，世與梅花作主人。

遠志集卷下

沁園春・花婚詞

何謂花婚，梅花香裏，花開七回。記觀魚花港，花鈿醉覓；停驂花塢，花信頻催。花底人來，花間詞雋，不羡花封拜誥時。花如海，試菱花雙照，花勝參差。燈花又報佳期，合歲和梯園花燭詞。好連床花蕚，花生夢筆；喚奴花面，花撲春巵。元夜花朝，月圓花好，洞口桃花將笑誰。疏花冷，倩花光妙筆，細點花枝。

春日宴客泊園樊山先有詩依韵賦和（以下乙丑）

撼壁顛風夜有聲，沉沉春酌笑言清。遠移尊榼翻常例，暫假林園避俗情。刻燭門如袍鵠立，引杯波漾酒鱗生。眼中人海緇塵涴，猶是衣冠滿舊京。

是日趙次老詩得首選同人賦詩并及其事復用前韵

臚唱誰當第一聲，雲卿何意讓延清。獵名結習猶文字，節受當殘見性情。汝士歸應驕座客，孔璠身欲就門生。龍頭屬老雍熙例，故事重教數汴京。次老年正八十二。

林琴南聽琴圖爲李壯飛題

三疊琴心萬慮清，將門餘事作書生。請君專奏和平調，海内而今識正聲。
松石中間有賞音，抽弦促軫兩沉吟。響泉倘補汧公譜，不讓君家百衲琴。
年少英英柳令才，七弦指下見奔雷。深深竹裹茶烟起，畫出奚童側耳來。
絶筆凄然失畫師，披圖如見老鍾期。何堪牧竪登邱日，却憶移情海水時。

題徐固卿紹楨南歸集

十年解甲尚工詩，嶺外傳人更不疑。突騎渡江辛弃疾，書生殺賊傅修期。局如置奕誰能定，身遂藏弓事可知。我正欲歸歸未得，眼中南國有旌旗。

雪中與從弟頌華携眷至翠微遂往觀香山新築歸途賦示

東風吹雪花滿城，萬白飃舞輪無聲。郊馳十里忽放霽，遠烟微抹螺痕青。西山睡起知客至，面冪徐啓歡相迎。春寒地迴游屐少，酒家寂寂雙扉扃。龍門賞雪有故事，騎從尊榼誰居停。翠微妝色照眉黛，笑語吹落雲外馨。呼吸嵐光足饜飽，豈假厨傳羅羶腥。村居蔬美偶一試，緑醅户小無深觥。御園咫尺掉頭過，息駕且喜開柴荆。道旁度地誰買鄰，正及土暖銷殘霙。此間結廬盡佳處，移家伴汝吾其能。

乙丑上巳與樊山匏庵思緘書衡劍秋味雲衆异仲雲次公疑始諸公招客修禊江亭以白香山三月三日祓禊洛濱詩分韵得宴字

大地迴春姿，林風施韛扇。天高群物清，麗日媚郊甸。佳節謀晨歡，及時飭厨傳。荒塗凈叢翳，輪轂竭來便。江亭禊集地，一紀屢張宴。題壁詩縱横，排闥山隱見。永日無經聲，石幢静僧院。雲罅落天光，照眼寒潦顫。蘆根冒水出，髶髶立萬箭。弱柳染微黃，低裊不成綫。村人眩高軒，雜沓窺芳讌。少長倍蘭亭，（主客七十六人。）當窗安筆硯。趙（次珊）樊（樊山）及柯（鳳孫）郭（匏庵），疑年過絳縣。題名韋陟工，强韵王筠擅。清才羡吴質，（向之即席成詩。）好士闕丁掾。（閬公未至。）末坐殿緑衣，（瑟君最後至，署名卷末。）妙辭集黄絹。獨惜南州人，冠冕失從彦。（謂羅癭公。）年年此銜觴，商量主賓選。勝會謂可常，尋春忽隔面。濁醪爲誰澆，腹痛菊泉薦。濕烟上城堞，鴉影雜人亂。迴車顧遺慮，搔首一增嘆。

仲雲以詩課所得樊山書迴文詞屬題

麟閣功名尺楮酬，賞詩墨妙見風流。兩家噲歙原同傳，封到偏裨第幾侯。漢十八侯位次，樊噲第五，靳歙第十一。

鸚鵡洲遥吊禰正平

江潮如練抵岑牟，三撾漁陽怒未休。入手聲名虚鶚薦，殺身文采托鸚洲。幾家完卵巢終覆，一例荒臺雀不留。生死憐君似禽鳥，子魚得意正龍頭。

重登岳陽樓

梅夏湖雲氣欲秋，登臨依約記前游。冥冥日月皈何地，莽莽乾坤著此樓。過客光陰猶故轍，英雄成敗付浮漚。撫闌便有神仙意，不待飛凌萬里流。

小喬墓

流離得婿兩歡然，坏土孤嫠倏可憐。英發雄姿曾幾日，孫周一例未中年。

紅拂墓

尸居執拂別鍾情，夫婿何時伴遠征。豈有翟衣封大國，祟碑仍取妓時名。

君山

求仙幾輩阻蓬萊，自詭神風引却迴。何意湘山能斷渡，不教伐樹祖龍來。

二妃墓

十二螺鬟曉霧迷，遺墳帝子説無稽。湘靈不見神弦曲，剩有幽禽盡日啼。

廬山天池寺

絶頂禪林拱九峰，天池雲絮望容容。御碑猶幸逃樵火，古塔差宜伴瘦松。鐵瓦風微依宿鳥，赤鱗池小綏成龍。文殊臺外神燈晚，惆悵歸途日下春。

由神龍宮溯瀑泉至黄龍寺道中和内子作

邃谷尋源去，都無一步平。曲流時側出，陰磴忽前横。鑑髮空潭碧，濯魂寒玉清。潛龍定何處，霞起問仙城。

【附原作】

由神龍宫溯瀑泉至黄龍寺道中　織雲

龍去涎猶在，紆迴路不平。雲深山出没，瀨急石縱横。濕翠沾衣冷，飛流入夢清。茫茫塵夢裏，何處瞰江城。

含鄱口

吐納鄱陽盡，斜窺磴不分。激丸真走阪，踏屩欲穿雲。湖氣侵眉睫，航帆入掌紋。玉淵源可溯，濤響已先聞。

歡喜亭口號

未臨惶恐灘，先來歡喜亭。五老如欲笑，鬚眉向客青。（下山）

重到歡喜亭，是登歡喜地。餘人汗且偃，回頭心尚悸。（上山）

栖賢寺

殘僧依舊撥寒灰，秀韵名藍幾草萊。却憶往時鐘唄盛，禪師遠自嶺南來。謂廣東天然禪師。

舊怪坡公徐凝惡詩之語以爲責之過深及觀陳令舉廬山記謂自徐凝李白詩出而天下始知有匡廬乃知非凝之詩惡乃令舉之言失也無令舉之過譽無以發東坡之譴而凝名遂傳於世矣戲書一絶示内

徐李論才豈等夷，練飛措語亦常兒。匡山詎爲人輕重，贏得留名是惡詩。

三叠泉

箕踞危亭上，臨崖見瀑泉。披襟蘿徑石，煮茗竹爐烟。屏障張雲錦，濤聲沸玉川。由來神物隱，創獲紹熙年。

與吉符家兄同游上方山距乙卯瘦公之約十年矣途中感賦

踐約遲來亘十年，羅生宿草已芊芊。石昇西域官無賴，地縶南冠客有緣。散潦高低知水脉，疏林遠近見人烟。重過不辨經行處，芃黍前村緑際天。

孤山口冒雨至接待庵遂至雲梯大雨

借得游山半日陰，緑章夜禱費沉吟。移雲忽送諸峰雨，添瀑應饒萬壑音。楨壁斗懸窗一面，丹梯净洗鎖千尋。平生天助吾何敢，夷險更乘見道心。

是日五月十三日俗謂磨刀雨也戲占

豈有神刀缺淬磨，恣令下界足妖魔。微聞殿上掀髯笑，今歲安排費雨多。接待庵塑關侯像，甚偉。

兜率寺至雲水洞道中

處處庵堂别署名，浮嵐環接曉來清。峰腰雲氣如横截，樹罅山椒漸倒行。經閣松孤僧不見，謂粵僧貫如。毒潭龍去水無聲。陰晴造物如人意，約取危岩待月明。

雲水洞

穹窿陰凝石乳腴，絶人思議此靈區。導僧捷似方鶩鹿，游客多如乍合烏。洞府千年無日月，衣冠幾輩在泥塗。不知陵谷何時變，試問彌陀一語無。

重游太原書事

依舊雲山入眼中，前游隱約記泥鴻。衣冠賓客趨期會，城郭人民有异同。接座釵光分講幄，長筵酒色上方空。遠來士女多如鯽，那可無詩代采風。

渡汾作

西風吹客渡汾流，七月高寒似晚秋。飲馬尚看濡及軌，斷虹不害濟無舟。遠山一角横屏障，濁水群兒小拍浮。釋荷邨氓聞笑語，人家處處足瓜疇。

晋祠

太公未連周室姻，後車爰載風期親。不知何年胎老蚌，掌珠擇對猶青春。望羊世子襲西伯，一朝治内參亂臣。姜家晚孕似有種，九旬受命兒始呻。成王即位方幼冲，尚遺母弟遲封桐。皤然嫠媪不干政，負扆之責勞元公。當時史佚最曉事，析珪或者窺慈衷。爲天下母憐少子，北來就養藩侯宮。豈如薄姬遠適代，大類武姜偏愛共。我來汾晋讀祠碣，始封之辟夷附庸。昔人傅會尊聖母，歲時香火趨村翁。叔虞遺愛千載在，蟋蟀勤儉猶唐風。垂簾訓政非美事，子統於母將毋同。忽憶唐公義旗舉，裼裘來作生民主。起兵潛禱得神助，化家爲國皆由汝。同心裴劉氣早識，束手雅威謀坐沮。功成銘字留神筆，夜深亭廡聞風雨。銘中不道女郎祠，朝雲夜影虛傳疑。閻朱讀書但好奇，遠徵乃及宋前碑。譚積稱述應有本，毋乃偶被前人欺。不知好事者誰某，妄言妄聽姑存之。靈旗肅肅微風起，焚帛如山神色喜。懸甕山前萬人聚，勝瀛樓下百貨市。迴看南嚮扉深扃，俎豆荒凉祠帝子。欲問村人莫吾答，古柏無聲泉震耳。君不見，岐山王氣久衰歇，武成廟祀亦告毁。周齊寸壤復何有，母子相依賴有此。功德宜祀歲報賽，霖澤於民若或使。莫疑禱雨非神司，灌壇術授而翁始。

難老泉

北方河道多枯涸，濟物千齡剩此泉。寧有甕懸常注水，不知龍起應何年。鬼庭老柏拏根古，神海明珠落影圓。欲問長生惟日飲，幾回金狄閱桑田。

謁傅青主祠

虹巢猶在杏先枯，舊捨龍池地一區。世亂黄冠歸故里，歲寒青竹見真吾。橐饘奔走因人記，醉墨縱横治鬼符。并見本集。舉世貌爲奇古字，瓣香能及蘗禪無。

登車後寄内

銅鉢聲中惜别顔，驪駒催客正班班。送行勞得青霄月，千里隨人夜出關。
遠游懷抱向秋開，一歲登臨第幾回。屢選行期應有意，教人十月看楓來。
玉淵聽瀑憶匡廬，梅鶴偕來興不孤。咫尺扶桑辜宿願，請君先讀卧游圖。

星浦

島嶼如鷗没遠烟，當軒浮翠落尊前。南方濱海分明似，數點漁舟水拍天。

旅順觀古城丸下水典禮

萬斛舟輕一綫牽，馴禽舞影拂朱舷。山氓耕鑿閑無事，傾市來看進水船。

旅順考古館吐魯番木乃伊千三百年前物也

千齡僵骨起泉臺，冥漠名君作玩材。誰信中郎居上賞，有人萬里發邱回。

大龍王橋望海

不費登邱力，時時海汊經。浪環灘岸白，嵐接遠天青。素檻隨坡矮，游鱗出網腥。龍王橋上望，雲氣正冥冥。時忽微雨。

大廣場乃木大將銅像

馳轂縱横劃廣場，忠臣遺貌矗中央。自從黄鳥哀歌起，珍重將軍墨瀋香。

釣魚台

荒台流水外，何處釣竿垂。一釣舉千里，臨淵羡者誰。

本溪湖至鷄冠山道中

急裝縛袴辦晨征，天與溪山慰此行。隧密出如穿孔蟻，晝昏幽似下喬鶯。激湍夾軫流無盡，積鐵層崖草不生。戰地西風猶肅殺，路人遥指鳳凰城。

過鴨緑江大橋

衣帶相望户闔通，卧波旋轉見神工。江中魚鱉今無用，閑殺東明擊水弓。

初入朝鮮

王氣消沉盡，何人念報韓。更無屠狗客，滿眼白衣冠。

平壤月夜

燈黯樓臺夜氣微，澹烟殘月閣餘暉。眠遲自起推窗望，不覺輕寒襲寢衣。

謁箕子陵

武王克商既，大啓群侯封。茅土餌先朝，毋乃畏怨訌。監殷禄父在，二叔猶异同。名頑民且甘，何况系一宗。大哉箕聖心，道統肩吾躬。陳疇翩然去，海外爲附庸。卜祚過七百，與姬同始終。衛滿入主時，周已爲祖龍。三仁兩有後，食報何其豐。

熊野徐福墓，求仙事傳疑。東人諱勿道，祖述如羞之。至今東海岸，斜陽黯殘碑。鬱鬱箕子林，蕪薉久不治。距今八百年，賢王與重規。滄桑易李朝，香火尊崇祠。功德果在民，澤斬留餘思。徐生一方士，至竟非開基。

微比各成仁，受辛命在天。不死復不逃，爲奴身苟全。忍辱亦何常，剛或柔制旃。亶父與勾踐，功成豈不賢。人奴足笞罵，但祈主公憐。以此立始基，國性懦以孱。更歷七八代，臣服惟强權。寧知創造心，神恫開其先。奮飛當有時，祖德爾勿諼。

浮碧樓即事

愁眉凝恨伴哀歌，只合當筵喚奈何。不待後庭花唱徹，新亭舉目此山河。

朝鮮王故宮

慶會樓前水四圍，故王臺榭付斜暉。禁門長日無人過，養得清波乳鴨肥。

東海道綫汽車中佐佐木仁太郎以册子屬題偶占

綠樹清波夾轂馳，昔游如夢少人知。朅來廿四年前路，窗外青山是舊時。

【附和作】

日本加賀美平

楚水吴山夢屢馳，蓬桑有志少人知。同文長保居鄰誼，東亞興隆在此時。

觀王子製紙會社以册索題口占

化腐神奇頃刻成，締工四紀費經營。只今文教宣傳力，第一功臣是楮生。

船越光之丞以詩見投依韵和答

騷客馳先導，天民覺後知。此行叨厚意，何日寄相思。秉燭游方亟，揚帆濟有時。海東逢大雅，得見恨何遲。

【附原作】

日本船越光之丞

名士高樓會，初逢似舊知。燈紅杯酌玉，酒緑客談思。兄弟相携日，菊花將放時。漏移人未去，歡飲夜遲遲。

日本帝國鐵道協會東亞鐵道研究會鐵道同志會張宴見招乞留書紀念席後即贈

同軌多賢勵自强，善鄰取法指扶桑。從今若遣求仙使，但覓瀛洲縮地方。

【附和作】

加賀美平

興國由來在自强，不須向客説滄桑。與君再會知何處，彼美宛然天一方。

和加賀美平八郎贈詩

和曲争傳白雪高，使星慚愧有詞曹。陽關杯酒人千里，回首東飛念伯勞。

【附原作】

加賀美平

東洋文物五洲高，縞紵爲交有我曹。唇齒輔車唯兩國，斡天旋地莫辭勞。

熱海道中大雨

急雨銷炎島國秋，偶緣行役得清游。地偏喜見初來客，風御難翔不繫舟。是日，初擬往土浦觀飛行機，以雨中改。雲氣濛濛山黛斂，人家隱隱樹烟浮。此間景物吾專有，濱海詩材一望收。

觀丹那隧道工程

誰攻九地闢玄關，劫後猶餘石色殷。嶺脉南連伊豆島，海風西引駿河灣。掣牛幾歷崩崖險，得虎終看入穴還。我自鑿空慚巨手，衡韶雲阻萬重山。

熱海偶作

蒸氣遥成水上雲，深林日暮轉繽紛。登山曲徑連環上，飛遞靈泉隔户分。貴邸各開臨海墅，小詩權替紀游文。邦人錯認揮豪客，染墨吾慚張一軍。

海濱樹

熱海山間地震後，有斷崖横徑，并大樹數章，自顛移趾，位置已殊而枝柯不改，無憔悴色。蓋時境一遷，翩然下野，有政治家風度焉，作詩美之。

一震威至此，陵谷忽互遷。崇卑豈有常，不願爲人憐。
居危來疾風，不如平地好。喬柯心不移，衆生自顛倒。

日光雜詩

華表莊嚴制不殊，五重塔外翠紛敷。水神預有秦王約，嫌惡人間作畫圖。
萬本杉苗盡向榮，百年心計佩松平。平泉花木今何在，枉著權門進奉名。
家廟沉沉拜殿尊，千年雕刻想唐門。火祥未厭憐朱邸，噀酒無靈福乃孫。是日，東京德川公邸毁於火。

幸橋渡過又榮橋，游軫時勞茗屋招。離合兩山風雨裏，不知身已入層霄。
得雨松杉緑葉肥，山林無禁斧斤稀。荷樵不復勞人力，日暮柴車緩緩歸。
白龍倒挂半天遥，疑雪疑綿處處飄。最憶神橋橋下瀑，小樓支枕度寒宵。
誰修情史此年年，選地華嚴作水仙。同命鴛鴦三十六，一時飛作滿湖烟。日本人以情死者，輒投華嚴瀧，土人云，今歲統計，已三十六人矣。
向晚餘霞斂復開，蔚藍天接水縈迴。湖心三五舟如葉，打槳遲遲不忍回。

日光金谷旅館即景爲渡邊市郎題册

枕流鎮日聽濤聲，如此湖山好遠行。料得紅塵飛不到，心同泉水一時清。

多治見至土岐津道中凡度山洞十九側瞰溪流風景佳絶

陰崖傍蝕似旋蟲，雪瀑聲中曲隧通。預想深秋好風景，隔溪横看兩山楓。

惠那峽舟中口占

碧波如染浸晴天，板壁蘆簾小放船。行到屏風岩下去，自疑身是畫中仙。

名古屋古城

水繞環壕隔市塵，宮墻深護古城春。網中金鯱猶無恙，不見當年傅翼人。

名古屋至米原書所見

濃緑郊原似綉茵，鳥居處處祀村神。攫空頳石獰山鬼，瀕瞰翔禽避草人。饁飯最便青箬餉，飲冰遥認赤帘新。采風第一惟勤儉，板屋何疑大啓秦。

琵琶湖雨泛

琵琶湖畔湖波碧，船行不借湖神力。水紋不動西風輕，急雨打篷客衣濕。琵琶貌似嫌無聲，雨驟補作盤珠鳴。不煩溢浦千呼出，權作湘靈一曲聽。曲終艤近湖邊路，殘雨留人留不住。天際回看霽色開，遠峰隱隱青無數。

宇治至志津川道中

瀑石聲喧路不迷，激流宛轉赴前溪。濃青何處真如畫，蘸水崖楓鳥爪低。

金閣寺

金閣崔巍冠舊都，經營邱壑費工夫。將軍解向君王乞，紅葉山前小鏡湖。
南天樹柱尚依然，洗手泉澄五百年。報道朝來殊客至，夕佳亭畔起茶烟。

大阪兵工廠賦贈三輪少尉即用其見示詩韵

殺運何緣止沸湯，故城憑眺意蒼茫。願將劍戟爲農器，解甲咸歸田舍郎。

遍歷奈良諸寺遂至春日神社

奈良多少寺，杉檜照人青。石楔書官幣，燈籠暗鬼形。鳥川雙翮直，猿澤萬鱗腥。求食嗟神鹿，依人爾有靈。

登摩耶山大雨

朝雨摩耶洗翠微，塵寰下望霧霏霏。大夫不減登高興，千仞詩成一振衣。

贈鄭祝三神户

又作瀛洲客，逢君一舉卮。留賓煩置驛，教婢定知詩。故里猶烽火，中原付弈棊。廿年重握手，珍重此臨岐。

連日大雨遍觀川崎三菱各工廠有作

排日身隨轉轂忙，葫蘆依樣戲逢場。油衣濕作靴文皺，冶火炎分雨氣凉。海上帆檣迷向背，世間銅炭幾陰陽。考工舊是東來法，投報差非數典忘。

舞子萬龜樓席上作

天風吹不斷，盡日海潮聲。曉旭魚龍静，平沙蚌蛤明。清暉山水意，暢飲主賓情。夾路松如蓋，歸途趁晚晴。

海田市雜書所見

樓閣真疑蜃氣成，朝來海市最分明。遠山霧破翔烏出，下阪霜嚴瘦馬行。拾蠣人歸沙路遠，捕鯨船泊沓潮平。森森吴港前頭近，挽水何時與洗兵。

觀吴工廠歸感賦

團團晝日揚國徽，蜻洲一點如翔翬。鎖鑰軍港吴其扉，延袤十里山崔巍。此山真可名鐵圍，略窺一豹吾所譩。火簾爚炫暗室輝，箭鏃雨發流星飛。赤龍倒挂無霞褘，天河甫决銀霏霏。牝牡鑰合相推依，頑鐵萬钧洞以機。激水逆射明澧澧，將軍出世先紅衣。蠡舟善没無檣樺，身如修鱗鬐尾肥。煉丸生焰雹有煇，殺人如麻惟指揮。吾聞佳兵實不祺，賦重力竭民胡睎。戰後弭兵衆禱祈，軍備有限鼓鑄稀。萬國歃血盟叵違，焉知昨是今已非。飭武各欲謀取威，尚虞奥秘洩先幾。刀俎魚肉真弦韋，嗚呼吾黨將安歸。

中秋宫島寄内

瀛洲過雨净無烟，秋月呼來客在船。萬里陰晴如有準，與君今夜共嬋娟。

乙丑中秋客游宫島與同人乘舟海上觀月夜深乃歸賦詩紀事

明月在天不可招，白雲落水光摇摇。客心怒發如秋潮，一舸上溯凌飛飆。嚴島祠宇何寂寥，風吹沙岸松蕭蕭。神君意喜不禁夜，麋鹿寢伏魚龍驕。三笠之濱平如席，海波蒼蒼海山碧。鳥居峨峨作人立，石燈無焰群動息。年年中秋駒過隙，大難絶景如今夕。放顛酒作西江吸，掬餅大啖如啖月。扣舷高歌更浮白，醉呼萬象吾賓客。榜人驚慴催返櫂，三更風露衣裳濕。明日影娥隔顔色，回首滄溟莽無極。

返櫻

地暖湖堧氣欲春，林櫻重現返魂身。故鄉萬里花如錦，太息宵行衣綉人。

和原口要博士

霸業神州豈偶然，讓君祖逖著鞭先。但看精衛心填海，人定何妨竟勝天。

通道何人繼禹功，三山歸棹引神風。欲將萬里爲庭户，爐炭終須造化工。

老筆猶看五色花，問奇遲訪子雲家。何當搦管龍溪字，獨念人間蔡少霞。

【附原作】　日本原口要

善鄰輯睦豈徒然，通得有無無後先。説到輔車唇齒理，烏紗巾上是青天。

縮地移山奪鬼功，飛輪電發勢生風。邦家第一經綸策，唯屬金工與木工。

氣暖四時多异花，東瀛到處是仙家。新衣若向秋風製，乞翦蓮峰五色霞。

地獄行

涪翁不畏泥犁戒，綺語筆端圖一快。忽疑身作鬼方游，阿旁大笑冥官駭。我生未入酆都城，豈有羅刹當途程。孟婆好風待歸棹，偶留半日冥中行。别府人稱今樂土，誰謂沉沉作冥府。幾百由旬頃刻過，八獄周巡得其五。白骨猙獰餘瘦嗔，灰湯百沸深没人。鐵輪烟中現尊神，血池如染日百巾。温泉之温汲火井，硫磺曼頭鹽水茗。鷄子蒸炊乍出釜，醍醐激射交灌頂。神山采藥百病治，白日見鬼誰爲醫。愁雲慘霧古戰壘，焉有甘露濡楊枝。阿鼻何常人自納，我不此入誰當入。不知設獄爲何人，掉臂游行萬靈集。鬼門陰濕旋風起，變相誰圖吴道子。更有同名夜度娘，脂粉青唇嬌倚市。日人所謂『地獄女』也。

觀撫順煤礦

空穴風來去鬱蒸，隧中歧出復旁升。誰知千尺深岩下，萬輩游行掉臂能。露天四里礦圖新，地媪留貽富以鄰。終古爲誰勞典守，金銀識氣更無人。

樓桑

樓桑舊蔭起遼東，鷄犬猶應戀故豐。裘帶不忘羊叔度，葛燈無改寄奴風。健兒日課看調馬，望氣星居應得雄。軍務似聞謀野獲，堂前趨走幾元戎。

將至家寄内

雁後人歸未爽期，秋凉猶乃菊花時。斷鴻路遠無多信，語燕堂成定索詩。轉轂記纔初去國，横流真欲久居夷。遼西夢好啼鶯誤，三日遲君話別思。

南湖遠投贈章行次郵達不克答和歸後補成

故人天末作曹邱，緘札遲猶及客舟。海外起居勞遠訊，眼前貧病托先憂。平原十日無多飲，蓬島三山不斷流。借問綺懷消盡未，禪心詩籟付風甌。

【附原作】

無錫廉泉南湖

仙山縹緲不可上，落日中原何處舟。莫訝西風吹短髩，欲傾東海洗繁憂。車書借鏡光專對，詞翰升堂預勝流。説著舊游猶歷歷，松陰寮下款茶甌。日本茶道猶存唐風，然爲主客者苦矣。松陰寮在神户，爲燐寸會社社長直木政之介君别莊。往年東游時，直木之女名静枝者，曾約試茶。余贈詩有『珂珮珊珊自得仙，秘封小甕試新泉』之句。

伯高自日本歸爲原口博士催書和作録示咏竹一首前所未見也復用其韵

玉盤慚愧報琅玕，有約經時未肯寒。何日復來之子遠，雲深黄竹正彌漫。

【附原作】

原口要

淇園古色碧琅玕，尚見虚心耐歲寒。好與貞松結爲友，不關天地雪漫漫。

料檢游記詩草將以付刊用子威贈行韵題之

消磨髀肉二年閑，暫泛星槎樂此間。覿日重來臨碣石，得桃幾輩返綏山。神仙何意望膺泰，機巧終期鬥翟般。除却囊詩無長物，匆匆寶藏肯空還。

【附原作】　常熟宗威子威

并門漢瀆未曾閑，又見蓬萊指顧間。孤本書應搜島國，一帆風自引神山。故墟咫尺懷箕子，絶學流傳訪魯般。海外弓衣新綉滿，輶軒載得好詩還。

乙丑重陽招同樊山書衡闇公鶴亭彤士子威諸君北海瓊華島登高樊山丈未至以萬方多難此登臨分均得難字

遠帆閣上風開幔，太液波光横几案。自有此山幾重九，喬柯飽閲流年换。我來飲客臨池觀，檐宇連欒雲不斷。西風吹上橛頭船，蘆葦參差高隱岸。登高豈有灾能避，佳日借爲山水玩。避兵無地大有人，眼底長星照江漢。子顔頗聞敵國若，公孫詎忘河北難。軍事誰參落帽嘉，憂懷祇寫登樓粲。吾輩同舟宜努力，衆賓且莫神仙嘆。扣舷聲動鳧鷗散，夕陽歸榜相呼喚。沉沉花石晚生寒，塔影回看落天半。

挽周少樸

頻年詩社廢鷗盟，張易聞君嘆逝聲。雙鬢未星驚老態，一身如海寄王城。違時姓字虛甌卜，干禄人才讓釜鳴。忽漫乘風何處去，泊園秋月正淒清。

祝樊山八龢雙壽一百韵

壽相吾能識，頎然太古姿。八旬甌北序，萬首劍南詩。海内靈光歸，人間慧業基。客星夜郎國，文筆洞庭涯。上黨推華系，南陽有舊陂。家風起屠狗，勛望仰非羆。七葉傳弓劍，三朝勒鼎彝。試啼官舍壯，昌後將門窺。夷水尋游釣，蘿溪憶丱羈。講堂鱣早集，沙苑馬常騎。丙夜丸熊膽，辰州結鳳褵。隨身離蓆帽，驤首始雲逵。譚沈名相埒，袁陶譽并馳。人來今雨衆，集是昔游追。榜寺樊名改，升堂越縵蘄。十韃方述學，三輔忽臨歧。劍誤朱游請，囊終曼倩饑。訟庭催雹掃，琴縵勝星披。豈有虛聲盜，能謳衆母慈。横流傷已溺，戒石凛民脂。仙令飛鳧迹，休徵得鹿詞。恧顔頻展覲，劇邑幾量移。山水歸陶寫，文章洗鬱伊。流連居易里，憑吊夏峰祠。香瓣尊湘綺，吟筒報伯熙。廨齋忘歲月，鰈舫又房帷。政牘官爲譜，清名吏不欺。新軍龍武牒，法署豸冠綏。蓮幕留王粲，麻鞋先拾遺。執殳從問道，知誥侍文墀。水調詞忠愛，山南詔涕洟。宦游虛皖浙，官職久汧岐。俗眼徒青白，塵容變素緇。篋書猶速謗，鞶帶有時褫。閉户虞卿讀，還山李泌咨。家居起張敞，晚節重韓琦。白下分藩寄，金陵半壁搘。紅梅標俊號，黛柏挺高枝。九鼎驚波沸，餘黎痛黍離。愁予臨北渚，宴客感南皮。超社分題盛，樊園載酒隨。駝銅看晋棘，鴻翼茹商芝。乞米慵書帖，陳疇屢訪箕。安車延老宿，人海隱京師。猶記詩壇檄，初迎大將旗。一新瞻壁壘，四座退偏裨。臚唱誰魁首，吟成費撚髭。寒鐘傳夜寺，造榜仿春司。打鉢才同琰，題名兆替滋。龍頭老成屬，蟲篆壯夫爲。僻事惟徵典，諠争或索疵。院門紛立鵠，試席見孤羆。麟閣酬功日，蚖膏見跋時。蓬山戴盧筆，花簟付王摛。往往群空馬，時時句得驪。指頭山子押，髫様賀梅奇。寧止詩無敵，兼之樂不疲。十人才足了，八采座交推。壁數黄河畫，兵無白戰持。心同冰鑒澈，歸迨月輪欹。此趣知誰解，吾儕祇自怡。每於思勃發，時見筆淋漓。虞顧東南選，融修大小兒。捷逾三步植，博羨五車施。有笥真充腹，無文不入脾。磨人潘谷墨，染翰右軍池。羊肉多能换，蠅頭細不辭。襪盈湖守絹，縑贈福先碑。我愧能無似，公來識較遲。知名緣髮福，險韵和王尼。貴相驚淋鶴，修顔肅植鰭。生朝共杯斝，夙分契針磁。屢倒忘年屣，同看不定棋。蒼茫桑海變，惆悵草堂資。顧曲勝公瑾，柔翰門左思。陶腰難再折，坡肚不時宜。偕老兼珈服，延齡及縞綦。高人知德曜，才子得柔之。婚費群資阮，鏘鳴大育嬀。丹砂句漏外，紫石武昌湄。繁祉如公備，榮名與世垂。幼同中實慧，觀异節庵悲。門有平頭僕，床無暖足姬。真男夸李賀，幼子愛舒祺。遠祖輸瓊海，曾孫過武夷。一堂羅燕喜，五世集鴻鼇。見客頭慵裹，疑年鬢未絲。文光高北斗，寶婺耀南維。公度常温氣，堯夫不皺眉。耄徵原所自，永錫理無疑。今歲逢平格，諸君競介禧。西周沿朔旦，北陸暖冬曦。故事歌飛鶴，精神尚逐麋。禓裾吟吉昉，野蔌待文僖。祭酒推荀况，披裘樂啓期。衣冠前輩在，松柏歲寒知。消受兼人福，真疑造物私。名尊今召奭，頌合古奚斯。展卷文千字，躋堂酒一巵。更留廿年約，六代祝期頤。

稊園重修工竟招同社諸公集宴分得青韵（附引）

甲寅歲杪，稊園落成，延客題詩，至者三十人，以沈均上下平鬮分，即席賦就，李藤龕、嵩公博兩君復繢圖張之，已賦詩者二十有四人，裝爲行卷。迄今歲之冬，園庭日蕪，重事葺治，喬木猶昔，時序不居，已十有一載於兹矣。卷中題詩諸名宿，易實甫、金實齋、顧亞蘧、陳公俌、黄孝覺、羅癭公、胡夔文，并歸道山。日月幾何，零落至此。展玩故作，遺翰如新，離合不常，後今等視。俯仰陳迹，感喟百端，因以吉日，廣招嘉客重繢前塵，依前以三十平分均，各賦古若近體一章，次録卷中，用留回憶。略志其緣起如此。乙丑十一月。

依舊西山入座青，高軒重辱鉅公停。橋平漸竭飛龍水，地小惟宜旋馬廳。晴萼暖遲梅閣雪，繁鐙宵帶草堂星。十年前事真如夢，手種桐枝緑滿庭。

咫尺畿南戰血腥，月泉例課不曾停。分無殊錫居朱户，要博新詩上畫屏。邱壑未平猶甃石，兒童漸長已趨庭。不堪人物蕭寥意，哀箋山陽七度聽。

贈日本清浦子爵（丁卯）

銜恤以來，吟咏久廢，芳澤公使席上得讀清浦子爵贈作，同人既皆屬和，因亦破例，次韻奉酬以代致辭。

文章政事幾時流，兼擅輸君出一頭。頫仰山川歸著録，評論人物有陽秋。觀光東海推吴札，和韵松陵愧日休。期飲平原如可續，小園掃徑遲重游。

贈中山龍次歸國（以下戊辰）

羈旅長安久，東歸各愴神。位尊星外客，來近日邊人。設醴情猶在，分襟意轉親。憂時常有願，依舊一家春。

頗憶中秋夕，滄瀛客一船。謂乙丑中秋宫島之游。至今明月好，不似向時圓。人海藏身共，神山倦羽旋。吾謀猶在耳，珍重繞朝鞭。

唁宗子威悼亡

廿四年前熨冷人，青衫重漬泪痕新。梅樓貧累黄皆令，蕊史神歸屈秉筠。屈婉仙與君夫婦同邑，皆令亦晚客虞山，故以爲比。訓子漸教門户大，輟吟應爲米鹽親。長安多少看花局，愁見姚家一朵春。謝無逸《牡丹詞》：『誰知碧嶂清溪畔，也有姚家一朵春。』

戊辰上巳招客禊飲北海静心齋以孫興公三月三日蘭亭詩序分均得澄字

歲閏節候遲，二月初泮冰。東風不肯寒，春服差能勝。鱗鱗液池波，氣與天俱澄。涉烟雙槳來，鷗没馴誰能。時禽園柳變，霞錦林花蒸。鉛淚滴露盤，空餘仙掌承。京師足勝游，禊事隨年增。簿領苦不釋，堆案時相仍。佳節值休沐，今歲興飛騰。客倍山陰集，與會者八十四人。主數瀛洲登。主人凡十有八。傳觴大小户，接席左右肱。餘韻待景宗，惡詩謝徐凝。對弈與揮毫，分曹各爲朋。客有期不來，白髮傷觚棱。轔轔止闕車，却步懷惕兢。諸老有以先朝游幸之地爲嫌，弗欲涉足者。禁地阻游屐，晝扣恒不應。頗聞群公謀，於此吟儔徵。學士誰高齋，攝衣中堂升。十日飲平原，此樂得未曾。聞蔚如言，擬約同志，乞齋爲公共宴集之所。顧念多壘郊，百憂來填膺。玄黄戰不休，中原碎生菱。積骸各成莽，物力凋軍輿。大禍祓豈解，世事行谷陵。理亂付不聞，吾愛吾聾丞。謂闇公。

樊山丈以上巳不出詩見示依韵奉和

塗抹何心避少年，阿婆晚艷勝春妍。詩成午枕初醒後，思在林花未發前。曲水懶隨游客屐，暖風坐負麗人天。者回誰得驪珠去，疏雨微雲讓浩然。

舊游禊日憶鷄年，辛酉歲，嘗禊飲於静心齋。禁地重來百卉妍。末至尚留司馬右，杰才争敢照鄰前。

周旋與我誰爲客，俯仰忘言別有天。偶爾杜門成故實，明年此會倘欣然。

【附原作】

上巳不出　樊山

不預流觴已二年，小齋風日亦清妍。朋簪踴躍山陰後，花事聯翩穀雨前。誰謂心爲難測地，周侯指顧和心曰：『此中何所有？』顧曰：『此中最是難測地。』不應春號奈何天。山公無意宗莊老，往往音詞合自然。

上巳復集親眷修禊稊園以庾子山賦語分均得聚字

瓊島歸來日移午，春風吹花滿庭户。池面驚魚下避人，一勺柔波照眉嫵。小園寂寞蘭成庾，移樽佳日無賓主。中表蘇程壽骨同，弟兄溉洽蘭臺聚。前游如夢略可數，履舄一堂聞笑語。井桐十花觴再舉，座客黄壚幾塵土。戊午禊集，有高石似舅、廖少游兄夫婦、毓芝夫人，吾家則黄、盛兩嫂，并去世。人生得酒且快意，感慨彭殤吾不取。近來浪仙作詩苦，謂孟文近數以詩見投，尚未暇酬答。太瘦正如杜陵杜。拔才莫斫司直劍，有子待貽宗武斧。謂葆生，是日詩先成。爲君更調穿縞弩，餘勇吾儕猶可賈。曼仙及吉符兄，是日皆自北海禊集同來。碧桃花下生微陰，飛泉散作催詩雨。

和李釋戡戊辰元日

余向不喜作元旦詩，加戊辰歲首尚在憂服。飫聞高咏，惟袖手作壁上觀，春事垂盡，郊壘轉多。釋戡兄乃一再以和作見屬，聊攄所懷奉答。

戰鼓嚴城雜戒晨，詩逋猶責倦吟身。歲華久蜕宜春筆，家祭偏妨罷社人。辟世却尋何土净，解嘲差算有錐貧。萬方多難年年慣，莫遣重揚東海塵。

【附原作】

戊辰元日　　李宣倜釋戡

當關無客報清晨，元日依然晏起身。不隱不官寧有道，自哀自樂豈關人。盆梅影瘦疑春遠，爆竹聲疏覺歲貧。猶是酸儒寒骨相，題詩惟祝洗兵塵。

與湯愛理龐鎮湘王晦如同參部事合繪一影率題紀念

萍聚無端出處同，曹廳畫像伴群公。樹栽夢得重來後，名愧盈川四杰中。攬鏡痴狂各肥瘦，分庭文武足西東。廿年掌故吾能説，留取他時證雪鴻。

爲人題畫佛

彌天道貌出凡塵，錫杖蒲團伴一身。淡薄儒門收不住，千山行脚爾何人。

庭坐聯句

中宵笑語倚簾櫳，（織雲）消受胡床面面風。雨少恨遲階草緑，（穎人）星低微眩壁燈紅。市聲漸息聞清籟，（織）雲滓無餘浄太空。露坐不知更漏永，（穎）一鈎斜月下疏桐。（織）

壽梁燕孫六十

嶺外今人杰，卌年居盛名。過庭學詩禮，攬轡志澄清。賓作神仙望，天因社稷生。黑頭公相易，物論屬耆英。憂樂關天下，交游遍海隅。羽儀周四國，籌策定中樞。官豈脂膏潤，身猶博塞娱。爲邦通弈道，先着幾曾輸。命達憎逾衆，名高謗亦隨。點金王吉誕，置驛鄭莊疑。張儉頻名捕，安民耻黨碑。生平三仕已，喜愠兩無之。甘石橋邊住，巢痕尚舊椽。少眠似新建，健啖過齊賢。絲竹供韜晦，乾坤待轉旋。不材居藥籠，久負祖生鞭。難得于公健，親規駟馬門。春風生藻茆，海島寄琴尊。舉案留皋廡，吹篪代伯塤。登堂萊子彩，依舊侍晨昏。三月花如錦，華堂奏八璈。客傾文舉酒，兒授吕虔刀。霖雨東山重，璣衡北斗高。毋忘壽人意，饑溺在吾曹。

題南皮王翁季卿還鄉記

君不見，吴門孝子黄端木，思親日向滇南哭。干戈滿地板輿歸，手寫記程圖百幅。又不見，鉛山孝子劉服耕，迪化窮邊萬里行。阿翁賜環未及睹，剩有遺照題茗生。誰謂今人不如古，南皮乃有孫尋祖。六十六年漂泊身，四世一堂重笑語。翁年大耋兒古稀，白頭長望孤雲飛。分向貧民院中老，有孫如此能毋歸。歸來始識還鄉樂，投筆離家事猶昨。鄰里從軍今幾人，感翁生還泪應落。

題泉山聚壽集長樂施涵宇景琛爲其兄績宇作

絶妙君家佐壽卮，名流百輩介春詞。白頭預想賢坡穎，風雨連床手讀時。猶慳一面識肩吾，寶翰編成足自娱。有弟清才如獻吉，更須年繪壽兄圖。李空同有《壽兄圖歌》云：『仲氏吹篪塤者伯，兄今六十我半百。』與君兄弟齒正同。又云：『嵯峨一掃一千幅，一年一幅南山歌。』

菩薩蠻·題林彥博及羅藴之女士合作天中清供扇子

赤符彩索晶盤滿，玉臺雙下生花管。五色剩殘絲，臂纏嫌過時。　靈馗真醉也，有妹何年嫁。蒲劍莫縱横，桃門今辟兵。

盋聱甲集

癸酉仲冬

聞齋

序

民國初元，名流麕集舊都。於時創設寒山社，恒爲詩鐘之戲。稊園繼踵，每届社集，間以擊鉢吟，而蟄園鉢社亦同時競起焉。余追隨諸君子後，靡役不從。每當命題選韵，冥目沉思，鬥陸士衡之才多，詩枚少孺之速藻。獨三見跋，如舉子望榜然。雖嚴更風雪不輟也。緬想前塵，憬然在目，中隔度遼，此樂不再，益以時變，盡室南歸。稊園主人篤嗜風雅，重拾墜歡。青溪九曲間，猶時聞鐘鉢聲相應答。一日出其《鉢聲集》，命作小序。展讀既竟，當日廣坐，傳觀同人，擊節之作，皆一一如舊相識。而并時吟侶，半多宿草，尤感不絶於予心也。兹集行付殺青，爰書數語，以志雪泥鴻爪云爾。癸酉端午前三日虞山宗威序於秣陵客次。

南海關賡麟穎人

盍聲甲集卷上

京師士夫宴集賦詩，命題限韵，鬥捷誇多，因難見巧，謂之擊鉢吟。同時此風盛行諸社，今别爲專集，名以盍聲。其客座偶成，閨房游戲，不關社課者并不録入。

起夏曆庚申正月，訖乙丑十二月。都上下二卷，凡五百三十二首。

香山居士夜聽薛陽陶吹篳篥（限江韵，寒山詩社）

舊曲伊凉絶妙腔，幾人泪落憶鄉邦。座中若有玲瓏在，便是當年絳樹雙。
策策邊沙暗撲窗，小童隔座度新腔。便如殘焰風吹夜，卧聽微之謫九江。

琴（嵌猪字，寒山）

次律陳濤萬骨枯，琴工一曲座賓娱。海青慟哭猪龍僭，愧殺庭蘭誤國無。
東坡居士悟禪機，愛聽聰師撫玉徽。絶憶琴操皈佛後，花猪飽吃海南歸。

帝德垂衣治五弦，求嬪二女佐中天。虞賓尚有丹猪廟，曾見薰風解慍年。

題羅昭諫爲錢武肅王謝賜鐵券表（限東韵，蟄園詩社）

陌上花殘錦樹終，獨留謝表鎮江東。若論片楮流傳久，心史何須鐍井中。
婆留開國早銘功，再世降王宇宙同。此表便如籌筆驛，百年運去亦英雄。
鐵券錢王亦表忠，流傳故稿重江東。當時金榜人多少，豈但文章拜下風。

緑珠井（限冬韵，蟄園）

三斛量珠選妙容，迎歸金谷壓吴儂。少時行汲魂應戀，肯向奇章夢裹逢。
翾風老去此情鍾，故井千年蘚尚封。賤日夷光同一例，若耶溪水剩淙淙。
秀氣交南女獨鍾，緑珠一去閟靈踪。齊奴若與黄奴比，辱井難爲地下逢。
兩井南方秀氣鍾，梁楊國色白兼容。世無補闕喬家婢，此水惟應七竅封。

艮岳記（限齊韵，蟄園）

花石殊名盡御題，藥寮東面雁池西。衹今瓊島春岑寂，依舊山根作怒猊。
積石城隅瞰郭低，閘泉成瀑石爲梯。張郎一掬滄桑泪，餘瀋猶能志會稽。

排衙怪石踞回溪，撤壁當年萬户啼。故事政和誰記得，華陽宫裏一闍黎。

堪輿東北説無稽，花石千年落溷泥。秋老有人紅一背，可憐感舊秀闍黎。

宋宫人送汪水雲南歸（限文韵，蟄園）

琴客歸裝壓斷紋，六宫揮泪送燕雲。同時枋得來難再，此去猶能值一文。

黄冠無恙返鄉枌，杯酒陽關不忍聞。宫人十四人，以『勸君更盡一杯酒，西出陽關無故人』分韵賦詩。歸到錢塘江上路，南枝猶指岳家墳。

歸里黄冠念故君，幾年流徙向燕雲。始知餞別宫嬪句，勝似門生生祭文。

琴師歸國別殷勤，環珮流離感朔氛。發配幾人依北匠，江南何日更逢君。《水雲集》有《宋宫人分配北匠詩》。

宋之問駱賓王靈隱寺聯句（限微韵，蟄園）

女主金輪正踐翬，義烏兵敗早知幾。生平綺語除難盡，詩筆猶爲客一揮。

選曲昭容一紙飛，夜珠當日賞宫闈。誰知靈隱宵吟苦，要覓君房代紫薇。

虬髯客看紅拂梳頭（限删韵，蟄園）

虬髯氣索太原還，一妹相逢逆旅間。留取當年觀弈眼，枯枰收拾看雙鬟。
一妹天人异等閑，仲堅下馬識宫鬟。藥師終有風雲氣，不學相如戀遠山。

宋徽宗爲李師師作傳（限佳韵，稊園詩社）

國亡不愴道君懷，但爲師師惜未偕。莫記江南橙入傳，此身如橘已逾淮。
倉皇青蓋逐風霾，猶爲同心憶故釵。紅杏燕山春色好，可能人是北方佳。
複道宸游避禁街，李師一傳寫風懷。孟婆若與人方便，五國城邊好事諧。

迎紫姑神詩（限青韵，稊園）

縛草爲神舞不停，小姑欄溷酒漿馨。何如如願灰堆祝，雙髻青衣出洞庭。
芻人戲作紫姑形，爲卜蠶桑設果醽。王太常家詩集在，可能依舊女仙靈。
跳躞猪欄夜降靈，紫姑得酒態娉婷。子胥不在曹姑去，莫向人家作小星。

姜堯章梅邊吹笛（限侵韵，鐵路協會團拜）

絶唱梅花得賞音，春風何遜誤而今。衹除明月窺人外，偷聽依稀有翠禽。
故王臺榭幾登臨，又見西湖雪色侵。長記舊時明月好，玉龍一曲照哀音。
石湖石帚兩知音，曾傍梅花笛一吟。翻憶定王臺下路，古城紅萼可宜簪。
簫韵松濤托短吟，梅邊玉笛又新音。小紅倘侍西湖去，便似孤山客姓林。

宋宫人送汪水雲南歸（限齊韵，秭園）

錢塘南望草萋萋，相送黄冠惜解攜。惆悵當年分韵事，陽關杯酒故人西。
陷虜宫嬪感雪泥，朔風吹泪灑征蹏。水雲無恙文山死，一樣黄冠事不齊。

李易安琵琶行圖（限元韵，蟄園）

溢浦青山舊泪痕，百年重與寫才媛。玉壺豈有桑榆誤，别抱琵琶語不根。
衰孌南渡愴中原，商婦天涯一例論。閣筆歸來堂上日，黄花人瘦正銷魂。
潯陽江月照離尊，寫入生綃尚泪痕。書畫詩才家法在，阿娘原是狀元孫。
教坊曹穆憶都門，身世天涯不可論。寫出空船孤守意，未應老負趙侯恩。

龍爪槐（限江韵）

舞龍交翠落晴窗，日轉高槐拂綉幢。我欲種將松作伴，一鱗一爪自成雙。
消夏庭柯蔭碧窗，風前交翠影幢幢。茶生鳳爪槐龍爪，選入詩材字字雙。
槐安貴種出名邦，舞爪迎風影入窗。若使移根楓樹側，幾人鳥迹誤吴江。

米家燈（限文韵，稊園）

四壁綃燈照夜分，米家園宅繪連雲。卧游終勝滄江樂，不學元章學少文。
鐙事前朝録見聞，勺園邱壑望中分。宛平畫史翻家乘，祖硯應傳米漢雯。漢雯亦宛平米氏，善書畫，時稱小米。

陶淵明移居（限鹽韵，稊園）

舊居終未幾年淹，淵明有《還舊居詩》。三徑真成突不黔。却喜南村新宅好，負疴應免嘆頹檐。淵明詩：『負疴頽檐下。』
北窗高卧等羲炎，蘇句。願學淵明是子瞻。若把南村比陽羡，新居五柳定垂檐。
敝廬南徙意無嫌，爲有芳鄰日夕淹。若使門生舁具去，借車應比孟郊廉。

卜宅南村遠不嫌，素心晨夕得針砭。漉巾餘興依然在，擇地先應近酒簾。

問舍南村擇最廉，素心晨夕意先忺。卜居但愛鄰家好，不學三閭更問詹。

向子期山陽聞笛（限蕭韻，稊園）

琴聲絶後笛聲調，龍性游魂不可招。誰料山陽懷舊日，同時巢許已臣堯。

故人閭里隔懷譙，感舊山陽不自聊。鄰笛一聲重下泪，幾曾腹痛誓曹喬。

薛濤箋（限隅、衢、儒韻，禁倒置，稊園）

百花潭水躍娵隅，小簡新裁錦耀衢。若比蜀箋書百韻，真成長狄視侏儒。蜀有『百韻箋』，長可書詩百韻，故名。

越藤詔竹别方隅，未見聲名遍九衢。誰似枇杷花裏妓，松箋分餉蜀諸儒。濤所製，名松花箋。

荷花生日（限蒸韻，稊園）

芳誕年年六月仍，仙肌照水玉棱棱。誰家君子長生館，寫出花神喚欲應。

蓮誕傳聞事有徵，池塘拜倒折腰菱。但看葉上龜千歲，祝爾花神壽域登。

華清扶浴力難勝，六月池荷露氣凝。生與玉環同一月，故應解語此花能。

李林甫選婿窗（限蕭韵，蟄園）

偃月堂前六女嬌，才人幾見費琴挑。就中弱息騰空在，曾否携將弄玉簫。
六女真成賦瓦窑，開窗窺客得文簫。唐家二李奸相似，偃月風流勝李猫。
春在紅絲第幾條，緑窗窺婿各垂髫。秦門若準吴郎例，十客何人選最嬌。
相府群姝選客嬌，乘龍物色遍當朝。可同霍氏婚明友，芒刺他年禍度遼。

朱尼述蜀主摩訶池避暑舊作（限軍、分、焚韵，稊園）

摩訶暑氣夜如焚，猶記窺簾月幾分。餘慶兵來花蕊去，西湖應愧錦將軍。
入蜀全斌玉石焚，摩訶夜宴誤前軍。可憐花蕊張仙像，眯目神皇竟未分。

明思宗以田妃手綉補服賜狀元劉理順（限侵韵，稊園）

朝衣捧出五雲深，費盡田妃壓綫心。紫鳳天吴顛倒在，百年遺物見神針。
九重臚唱領朝簪，第一仙人綫壓金。我惜宋宫忠孝字，綉旗無處覓湯陰。
朝服新頒冠翰林，綉成争識美人針。縫衣若比張良娣，多士何如戰士心。
射策焚香契上心，尚留鶴補到如今。却嫌賜蟒平臺者，不出田妃乞巧針。

王右軍臨諸葛武侯遠涉帖（限覃韵，稊園）

勞師六出過征南，誓墓人來翰墨耽。摹得驛中籌筆字，始知青勝茂漪藍。

漢業難回鼎足三，宗臣遺迹墨皇參。不知一紙眉山篋，曾否風濤伴謫儋。

秦檜鑊（限麻韵，蟄園）

古鑊千年出相衙，庖丁衹合煮鹽豝。醉人風味如糟肉，未必申王亦嗜痂。

白鐵争言鑄佞差，誰知此鑊壽無涯。羸官人倘杯羹賜，高俎何如置執嘉。

壓日秦頭事可嗟，烹人遺迹想凶邪。當年舐鼎猫兒失，懸賞猶聞宰相家。

殺人手辣已如麻，似此調羹用意差。長脚執炊長舌啖，東窗鼎食最豪奢。

郭汾陽拜織女（限豪韵，蟄園）

天孫鵲駕響雲璈，豫許汾陽福澤高。星宿生平兩知己，長庚一樣識人豪。

織女銀河寵語褒，令公猶未擁旌旄。郭家偏得天孫愛，阿翰并州又一遭。太原郭翰有織女下嫁，事見唐人小説。

伯牙琴臺（限符、都、乎韻，稊園）

牙臺遺址昔同符，流水猶悲逝者乎。千古鍾期艱一遇，有人濡筆序洪都。

漢上荒臺接郢都，鍾期流水志同符。可能處女鳴琴似，夢裏苕華記命乎。《史記》：趙王夢處女鼓琴，歌曰：『命乎命乎，曾無我嬴。』

移情山水協渢乎，剩有高臺踞上都。題壁詩成琴韻歇，芷灣猶憶綰銅符。宋芷灣詩云『壁上題詩吾去矣』。

顧橫波沉香孩兒（限庚韻，蟄園）

未須温嶠試啼聲，幻出香孩玉琢成。側室受封娘早貴，不嫌災難誤公卿。

玉雪妝成掌上擎，盼兒顧媚慰痴情。同時楊愛多遺恨，太息虞山族子爭。

心同花蕊祀神誠，琢就沉香掌上輕。究竟尚書勝夷甫，此兒不負寧馨名。

錢武肅射潮（限梅、雷、堆韻，稊園）

八月潮來怒若雷，射雕身手勝雲堆。此弓若遺鑾衣護，應綉新詩學士梅。

岳墳斷柏老逋梅，未若婆留射怒雷。我憶水神遭箭事，有人西蜀鑿離堆。蜀李冰鑿離堆，以避水患。

天下大師墓（限豪韻，蟄園）

皇覺家風早教猱，冢中緇服換黄袍。犢車休比成方遂，䑛肉人來伏地號。
病虎功成帝子逃，偏頭披剃鬢無毛。老僧若早思歸骨，省却西洋太監勞。
一炬宫門變服逃，龍孫遜國遍游遨。十三陵外荒墳二，一樣郕王付浪淘。

胡銓以漢書一部研一匣嫁女（限東韻，蟄園）

卅載韶州嘆轉蓬，白頭歸作婦家翁。壓奩寒儉成風雅，牛角䕵青鳳味紅。
舊聞傳硯婿承翁，遺嫁居然瓠史同。甥館倘逢蘇子美，不妨下酒伴祁公。
餘生海外鬱孤忠，愛女從知有父風。想見洞房人伴讀，墨花光照燭花紅。
李密携書遇越公，元章掘硯讓文忠。誰知并作妝奩物，絶倒冰清一婦翁。

陳遺以囊貯焦飯遺母（限删韻，稊園）

老嗜鐺焦母髮斑，自公日挈一囊還。避兵滬瀆今何處，此地宜名飯顆山。
水仙擾郡甲同擐，主簿餘生一飽艱。麥飯滹沱焦滬瀆，兩人忠孝在人寰。

楊家鞋底樣（限江韵，秭園）

秀才剌刷氣應降，鞋底誰家妙筆扛。莫是神童曾御試，脱靴力士印成雙。大年七歲以神童應召，賦詩一首。

明世宗出警入蹕圖（限蕭韵，蟄園）

警蹕威儀見勝朝，何人金碧染生綃。午門歸日前驅入，纔過高粱第幾橋。《入蹕圖》乘船前驅，由西直門入午門。

趙松雪自書家用簿（限先韵，蟄園）

舊管新收月幾篇，米鹽瑣記費雲箋。好嬉子印曾鈐否，絕倒閨中小比肩。
帳簿流傳五百年，鷗波風韵尚依然。畫蘭無地栽桑有，費盡王孫蠶字錢。

宋璟與明皇論羯鼓（限侵韵，蟄園）

故事開元不可尋，花瓷石末妙知音。他年一曲風光好，應憶賢臣泪滿襟。
山峰雨點費沉吟，依舊梅花鐵石心。一樣聲音通治理，宋弘何事惡桓琴。

故事尊賢里宅尋，手如雨點妙論音。雨聲一樣三郎耳，鈴雨何如蜀道淋。

東方朔娶宛若爲小妻（限陽韵，蟄園）

饑守金門粟一囊，不應猶有斛珠量。細君割肉仍廉否，分與糟糠妾共嘗。
歲星旁耀小星光，待詔金門此客狂。一事定輸枚叔妾，更無愛子侍梁王。枚皋母爲乘小妻。
瑶池舊識玉清梁，夫若人間姓字香。何日孫弘車可借，細君携手共翺翔。方朔有《與公孫弘借車書》。

龍潛木（限佳韵，稊園）

月明萬國壯吟懷，歸路原州一枕佳。棠影不移松北向，主臣神力費安排。
團團樹影蔭當街，鼾睡真王想壯懷。玄德樓桑霸先檜，一時掌故記齊諧。
棠陰障日午眠佳，便抵陳橋掌扇排。我憶髯龍能活動，西山風雨戰松釵。

狄武襄釘錢（限寒韵，稊園）

銅具功名世不刊，百錢釘地舉軍歡。南方尚鬼應寒膽，我當狐鳴勝廣看。
戍卒鳴狐欺夥涉，軍師飛鳥托田單。百錢天使祈神助，傳到邕州虜膽寒。

天使威名賊膽寒，百錢揮手萬人看。汴州我笑劉元佐，布施如山佛汗乾。劉元佐僞稱汴州大相國寺佛有汗，人競布施，得錢巨萬，以充軍費。

龍舟鬥（限麻韵，稊園）

殿脚維舟送阿麼，兩龍重鬥宋官家。終慚興慶池中物，未向嘉陵護翠華。
液池更鼓静蝦蟆，龍戰波騰毁御艖。水殿臨觀猶昨日，有誰故事啓官家。《老學庵筆記》：『巧匠楊姓製龍舟甚麗，哲宗以祖宗未嘗登龍舟，但臨水殿觀之。』

劉美人簪花樓（限佳韵，蟄園）

玉顔扈蹕愜宸懷，樓址袁江迹未埋。料得司花初進御，君王親爲攏金釵。

富川東坡竹（限魚韵，稊園）

灑筆淋漓怒氣書，斑痕湘泪較何如。富川别種分明在，竹鄎還應變墨豬。

金人發蔡京故居得甓二百萬築汴京裏城（限虞韵，稊園）

東明鬼哭故居蕪，萬甓猶能助汴都。廢第倘留精魅在，一雙蘿蔔誤元符。

百年成毀幾須臾，魯國遺墉抵作郛。持較秦城磚一例，居然此甓亦防胡。

雁邱（限才、開、梅韵，稊園）

汾雁秋風冢乍開，遺山詞筆敵蘇梅。君家亦有離群羽，手補天花憶妹才。

雙雁并汾忍拆開，一邱詞待鮑當才。可憐飛繳驚魂後，未與元瑜寫雪梅。吴元瑜《雪梅寒雁圖》，見《宣和畫譜》。

客路并州阻驛梅，弋人三面網誰開。一坏雁冢歸情史，費盡元郎野史才。

蛙（限用鳳字，稊園）

春雨池塘鼓吹稀，翻成白出是耶非。脱將錦襖教顛倒，便似天吴紫鳳衣。

聒耳蛙聲逐水濱，當車一怒氣生瞋。子陽井底諸賓客，愧否雲臺附鳳人。

蛙鼓喧喧鬧水隈，僧昭無計咒教回。可憐新莽聲如汝，枉却楊雲吐鳳才。

雨餘新緑滿荒池，兩部蛙聲客未知。試向鳳凰山上望，故宮凄絶六更時。

張九齡作歸燕詩貽李林甫（限咸韵，蟄園）

偃月堂深畏構讒，思歸寓意燕呢喃。同時朝貴如相憶，猶有飛奴寄遠緘。

曲紅南望滯歸帆，喻燕詩成妙釋讒。此意重勞丞相解，不愁錯讀弄巙亟。
南歸早計脱朝衫，海燕春來易中讒。眼底一雕行挾兔，肯容梁上久呢喃？
鷹隼相猜善類芟，乘春巢燕費呢喃。依然海上孤鴻意，歸路冥冥雨一帆。

姚少師静室（限覃韻，蟄園）

幽州古柘起龍潭，香火猶留室一龕。咫尺西山大師墓，相逢地下定何堪。
功成病虎尚眈眈，佳處曾留此一庵。合與妙嚴磚印伴，少師公主兩和南。

魏廣微以縉紳便覽摘怨家姓名授魏忠賢（限東韻，稊園）

茄花委鬼毒無窮，打盡清流一網中。試比倉曹人物志，兩般心事未應同。
委鬼當權善類空，縉紳名姓出深宫。恩仇了了誰知得，一路圈兒到底紅。
一筆勾除出禁中，百年士氣盡天崇。錯疑熟記人才意，夾袋何如吕聖功。

渴睡漢狀元及第（限虞韻，蟄園）

寒燈渴漢語揶揄，及第争先一著輸。避魘是誰宵不寐，澆油愁聽僕呻呼。

蘇東坡赤壁泛舟（限蛇、沙、麻韵，稊園）

孫曹起陸戰龍蛇，橫槊當年士似麻。此地風流人物盡，大江惟有浪淘沙。
髯蘇賦筆綰秋蛇，赤壁傳疑説似麻。誰記東風銅雀恨，千年猶有戟沉沙。
歲時謫宦感修蛇，赤壁悲秋泪似麻。終是黄州風月好，恩深不遣到長沙。
燒船吉利覆蟲沙，故壘當時萬火蛇。一曲洞簫誰聽得，孤舟嫠婦泪如麻。
洞簫聲裏月平沙，千里旌旗憶隼蛇。一葦御風疑羽化，不勞仙子飯胡麻。
浪花蹴壁散如麻，一葉横江月映沙。轉瞬雪堂游十月，真成大壑赴修蛇。

皇后園（限江韵，蟄園）

黄屋無心争帝號，后園何事列麾幢。想同懼内朱邪耳，裙下岐王氣早降。
翬翟闕中踐上邦，園林解愛未應惷。母儀倘比昌華苑，猶勝劉王大體雙。
按户抽錢衆口哤，北山南浦景無雙。勝如跛脚楊皇后，留得園林對緑窗。

米元章上蔡京書中畫一小船（限蕭韵，稊園）

紙上印須不可招，寄緘有意侮當朝。一船書畫兼奇石，無恙歸帆穩壓潮。

游戲書中著畫橈，歸程虹月足逍遥。可能恰受人三兩，吴段兼携二客嬌。段去塵、吴彦高皆元章婿。
米蔡書名冠百僚，流傳故牘繪輕舠。攀舷莫再呼投水，如此虚舟不耐潮。

小喬墓磚硯（限歌韵，秭園）

嫠婦巴丘髮未皤，周瑜殁于巴丘。遺磚零落掩前和。真娘花共昭君草，輸與香墳硯不磨。
喬公小女墓前過，收拾磚材墨試磨。不待酒缸供硯瓦，蘇子由有《破酒缸硯詩》。飲醇夫婿已顔酡。
周郎南郡罷聞歌，猶有夫人硯可呵。遺寫新詞酹江月，當年嫁了想東坡。
千載磚材尚可磨，小喬艷冢幾人過。祇應汲取螐磯水，來試南唐墨一螺。
兵書觀罷伴聞歌，身後遺磚歷刧多。若使春風銅雀鎖，硯材一樣受消磨。

小斜川（限東韵，蟄園）

少和斜川喜歲豐，叔黨《和陶游斜川詩》：『歲豐田野歡。』西湖晚得丑年同。懸知止酒詩難和，尚憶銀皮琥珀紅。見叔黨《儋人携酒就飲》詩語。
過海同歸厄蝎宫，許昌城外寄烟篷。糟床酒熟何人送，錯遣王弘比信中。叔黨《小斜川詩》《示范信中》等。
玉糝調羹侍膳工，顧橋流轉嘆畸窮。鴨陂城外鷗無恙，見《本事詩序》。正與歸來倦鳥同。

顧宏中畫韓熙載夜宴圖（限冬韵，蟄園）

春夜歌姬捧玉鍾，畫工旁睇許從容。題詞恨乏香奩體，圖有張雨、顧瑛題詞，皆率拙。此事君家讓阿冬。謂韓偓。

歌舞風流意獨鍾，金樽檀板夜溶溶。鐵牛陶穀小字。鬼眼如窺見，不赧秦蘭席上逢。

徹夜酣嬉付筆鋒，虎頭絶技此華宗。昌黎不解紅裙飲，昌黎詩：『不解文字飲，惟能醉紅裙。』莫誤肥髯吏部容。世傳韓文公像，誤以熙載爲退之。

宋之問奪錦袍（限肴韵，秭園）

扈從登封出近郊，龍門應制費推敲。錦袍若較牙緋賜，齒録佺期未解嘲。沈佺期作《迴波詞》，有『已蒙齒録，未復牙緋』之語，遂賜牙緋。

口臭延清衆論嘲，詩成應制重螭坳。錦袍未熨東方暖，衹合號寒學孟郊。

羅兩峰鬼趣圖（限真韵，秭園）

狗馬難於畫鬼神，兩峰偏與鬼傳真。景公寺壁吴生手，吴道子畫地獄變相，在趙景公寺。變相誰爲入獄人。

誰知鬼趣與傳神，壓倒吴玄并岫真。吴道玄、楊岫之、李真，皆工畫鬼神。解寫奈何橋上樂，錯疑君是過來人。

群鬼山阿雜笑顰，帶蘿被荔寫靈均。無端繪入羅生筆，絶倒題詩舒立人。《瓶水齋集》有《題兩峰鬼趣圖詩》。

虱念阿房宫賦（限豪韵，稊園）

賦手樊川一世豪，被中群虱解風騷。李蟦終比楊蟫好，書蠹無聲但老饕。

困處褌中不可逃，書聲聒耳亦腥臊。後人無限哀秦意，一炬分明到爾曹。

擾夢居然虱語嘈，秦宫一賦聽謷謷。頗同蛙化群僧日，積水窮林梵響高。見《宣室志》。

被虱書聲徹耳高，事同漢賦誦王褒。蝨飛我憶虮蜉國，上疏何人與捉刀。

計甫草上陶朱公書（限江韵，蟄園）

遥遥華胄計吴江，七策朱公富越邦。李靖求名爾求利，金天焚疏恰成雙。

金門寺外曉鐘撞，有客貧途憤一腔。白日西湖真見鬼，改亭一樣改之惷。劉改之作《沁園春》詞，有『被白樂，天與林和靖，約東坡老，勒架吾回』語，人謂改之『白日見鬼』。

改亭奇氣世無雙，書上朱公恨滿腔。一卷秋笳長白老，親家才調兩吴江。甫草與吴兆騫爲兒女親家，兩人皆吴江人。

陸放翁沈園感舊（限支韵，蟄園）

照影驚鴻再見時，三生緣斷兩情痴。老來一曲釵頭鳳，搔首東風欲怨誰。

東風姑惡悵生離，鴻影春波一見之。不及稽山黄土好，他年猶得葬蛾眉。

沈園游女逐春嬉，重遇驚鴻一涕洟。啼笑有人俱不敢，舊官愁見越公姬。

沈園春水動相思，柳絮東風盡日吹。嫁婦生前王太祝，此情輸與放翁痴。

日暮嚴城畫角悲，卌年破鏡渺歸期。難忘最是紅酥手，未忍餘情换驛姬。

妙嚴公主拜磚（限齊韵，稊園）

山僧珍重匣花梨，公主雙趺印可稽。一代和南同佞佛，此磚堅勝道昇泥。

鸞輧舊棁翠微西，拜佛遺磚入品題。南北遥遥仙與佛，太湖趺迹兩無稽。太湖有仙人石，石上趺迹宛然。

東萊人迹事難稽，又見元磚費品題。公主趺痕公望膝，千年釣石憶磻溪。

咏簫（限東韵，嵌壽字，稊園）

鳳管玲瓏下碧空，步虛神女馭天風。王褒賦勝王延壽，一夜簫聲滿漢宫。

瓊簫吹徹五雲中，愛女風流愛婿同。若把蟲娘方弄玉，壽安嬌客失唐宮。
九成簫管起重瞳，舞鳳來儀曲未終。不似唐山壽人曲，祇堪隆準奏房中。
乞食終成覆楚功，吹簫逋客隱吴中。自從季札簫韶嘆，壽夢三傳誤甬東。
天壽山前王氣終，可憐簫史誤秦宮。鹿樵無限傷心語，本事詩成一曲中。
壽光爲殿鏡唐宮，緱嶺何曾秘戲工。笑殺吹簫騎鶴客，六郎羽服媚明空。

諸葛菜（限蒸韵，稊園）

八百桑株隱未能，蔓菁渭上緑緣塍。擷蔬不用驅流馬，丞相軍中盡飽騰。
征南銅鼓夜鼟鼟，軍令兼爲老圃能。買菜居然亦求益，武侯易地是嚴陵。
饗軍豈待肉如陵，此菜延緣處處稱。差喜軍中鹽井近，諸葛鹽井在八陣磧下，見東坡詩。不愁淡食到田塍。
拋却躬耕佐中興，蔓菁渭上盡分塍。閉門種菜當年事，流涕猶應念惠陵。

柳敬亭説書（限微韵，蟄園）

稗史紛綸玉屑霏，坐中環聽各眉飛。鼓詞除却皃西賈，此技緜來世已稀。
東稿貧時卧板扉，黄金散盡又鶉衣。説書姑作東方隱，卓見猶聞策坂磯。

亂後詠啁已敝衣，寧南上坐記依稀。窮途莫問曹郎姓，憔悴江邊柳十圍。
武昌賓坐麈頻揮，廣顙人來黄鵠磯。一遇莫生談頓進，錯疑携得論衡歸。

安禄山曾爲回向寺胡僧（限魚韵，蟄園）

經云羅漢猶言賊，阿犖焚修定不虚。五百乳流終悟道，爪痕訶子較何如。
胡雛應運劫灰餘，軋犖居然讀梵書。若使洗兒同浴佛，腹圍彌勒較何如。
嗜殺胡兒百戰餘，誰云祝髪佛門居。不知魔滅何時滅，解脱皮囊付李猪。
胡兒生小誦真如，回向遺聞未子虚。倘值楊環辭壽邸，一僧一道或同居。

虱念阿房宫賦（限虞韵，蟄園）

賦稿阿房鑒獨夫，被池群虱解咿唔。老兵敢怒君何忍，愛讀眉山亦姓蘇。
解道咸陽一炬枯，處褌何事學諸儒。不如趙鬼西京賦，厭火猶知誦越巫。
幾時游罷相公鬚，念賦無端轉隕軀。楚炬秦人哀不暇，要焚豕鬣到濡需。

鄺湛若爲雲嚲娘書記（限齊韵，蟄園）

裘披紫鳳印文犀，想見雲娘墮髻低。冼氏高凉秦石硅，曾無記室侍香閨。

猺女知兵正及笄，抱琴粤客度岑溪。百年更見龍幺妹，幕府舒郎恨有妻。

海雪才人妙品題，翩翩書記侍蛸蠐。相思寨主相思未，彈娘居相思寨。歸棹琴囊獨自携。

繭足投荒走粤西，珠衣偏髻侍鑾閨。拼將百拜懷寧意，更爲猺仙首一低。湛若嘗師阮大鋮，序其詩稱『門人某百拜』，後貽書絶交。

咏屏風（限蟲、弓、忠韵，稊園）

丹青畫障擅雕蟲，圍肉爲屏勝國忠。多事夢中聲一叱，反腰貼地美人弓。

踞妲班生夙納忠，殿前負扆耀華蟲。誰知三百年唐祚，早兆君王射雀弓。

唐宮花鳥使（限桑、方、囊韵，稊園）

內人柘館罷條桑，花鳥風流侍上方。更比漢宮添故事，佩蘭不數繫萸囊。

天寶荒淫盡括囊，更聞花鳥采遐方。宮中主宴笙歌夜，知否民間有翳桑。

采訪星軺遍四方，不緣遺使勸農桑。美人吕尚能爲賦，幾輩朝臣負笏囊。一説玄宗遣使至各道采訪美女以獻，故名『花鳥使』，吕尚作《美人賦》以諷。

劫後開元已海桑，諫臣應愧上書囊。牡丹銜鹿籠鸚殞，花鳥留將媚朔方。

山抹微雲女婿（限齊韻，稊園）

教人肉眼刮金篦，如此頭銜亦滑稽。一樣泰山能得力，鄭郎冠服媚香閨。
絶妙頭銜自品題，太虛甥館即雲梯。青樓不解澄江句，也爲宣城首重低。
流傳絶唱浙東西，愛婿歌筵費品題。宋代秦門兩嬌客，范吴雅俗判雲泥。
流水寒鴉畫角低，新詞傳誦幾人題。郎中花影尚書杏，不及東床語滑稽。

杜十姨廟（限佳韻，蟄園）

儒冠餓死耒陽埋，豈意遺祠弁作釵。失笑髭鬚初嫁日，一雙綉舄换麻鞋。

金錢買燈（限灰韻，蟄園）

燈火鰲山日日陪，錢王好事買春來。金銅釘對銀花合，誰是蘇郎應制才。
燈節匆匆禁漏催，連宵重費越王財。耆卿但識春無價，誰信黄金買得來。柳永《元夕詞》：『原來此景，古今無價。』
論刻春宵買幾回，降王執梃侍蓬萊。帝城三日人空巷，閑殺金吾儆夜來。
月進猶饒造塔財，買燈連夜禁常開。可憐三日田登榜，但許州官放火來。宋田登諱燈字，元夜榜示

『州人放火三日』。

游春黄胖（限蕭韵，稊園）

背有牽絲態便驕，貨郎土偶一肩挑。莫嫌操縱由人手，泥塑尚書正滿朝。登場瞬目偃師招，彩服嬉春過六橋。莫要孩兒防跌殺，倒綳真誤老娘苗。南園山勢已冰消，骨肉埃塵應一朝。莫過鄜州田客肆，鄜州田氏泥孩兒，爲天下第一，見《老學庵筆記》。登場傀儡絶無聊。

唐肅宗刻乾樹鷄爲博子（限麻韵，稊園）

旁午軍書縱博譁，鄰侯府怨此萌芽。養和空有松龍勢，不及鷄𡼖傍帝家。流涕黄臺念摘瓜，更愁棋博出官家。屬垣塞盡諸軍耳，御幄沉沉寂不譁。上皇御蹕正褎斜，諸道軍容競鼓笳。忍把樹鷄供縱博，可憐此著一盤差。

李贊皇次柳氏舊聞（限真韵，蟄園）

連昌林木已爲薪，遷客黔巫念劫塵。史筆太牢輸太尉，紀行多事記周秦。史稿吴兢韋述語不倫，晚成唐歷轉堪珍。著書歲月宜遷客，先後崖郴兩謫臣。柳芳孫璟謫郴州。

賣薺長安遠謫身，偶談遺事勝朝臣。書成應勝元才子，進食連昌問老人。

傳信開天迹未湮，兩家補史出宮臣。倘援外傳伶樊例，故事還應問永新。

王面錢（限文韵，蟄園）

面鑄邦君幕小君，探囊舉國遂瞻雲。此錢恨未吳王創，教看西施值半文。

罽賓銀幣紀遺聞，懷寶何人不愛君。若比張王錢眼坐，定窺帝座動星文。

安息王錢述异聞，望中顏色盡瞻雲。夫人幕面留眉黛，勝似開元指甲紋。

虜中幣不書年號，刻劃生王亦异聞。便有羹墻如見意，愛王心已愛錢分。

嚴世蕃肉象棋（限灰韵，秭園）

米田覆草夢初回，鄒應龍夢射高山，不中，復見田有米，上覆以草，射之，遂決劾世蕃。象戲人棋兩陣開。沈煉束芻如作例，是人是物費疑猜。沈煉以束芻爲嚴嵩像，射之。

小兒票擬僭三台，閨戲驕淫總禍胎。匹馬枰中真應讖，都門款段不歸來。

東樓布罫頻高臺，娘子分軍戰局開。憑軾有人觀士戲，一心鴻鵠可曾來。世蕃兩子，長名鵠，次名鴻。

粥粥群雌未謫雷，世蕃後謫雷州，未至，私逃回袁州。一枰象戲尚登臺。倘教教得諸姬戲，寶髻縱橫入局來。趙文華賂世蕃二十七姬，人各寶髻一。
公子冰山禍已胎，更教群婢作棋材。滿廷走肉行尸在，羅趙輸贏亦一回。

韓文公爲翰林院土地（限元韵，蟄園）

香火明禋降帝閽，文章光在掌祠垣。長兄韓會成神未，莫作郯王與弟論。

孟蜀主鴛衾（限寒韵，蟄園）

錦江戲水不成瀾，花蕊鴛盟畢竟寒。香火張仙虚并枕，可憐誰是换巢鸞。
雙宿君王夢寐安，蘭茝鴛戲夜漫漫。同衾人未冰肌露，待向摩訶水上看。
虎子宵深七寶寒，鴛雛被暖并頭鑽。有時比翼翻紅浪，要倩新詞寫易安。
錦江春色逐鵷鸞，并枕裁成被合歡。獨宿重光應不解，羅衾難耐五更寒。

宋孝宗鐵拄杖（限仁、神、親韵，䄻園）

内禪深宫侍顯仁，高宗韋太后。習勞賢嗣慰嚴親。扶危仗汝心如鐵，絶勝拈毫寫洛神。高宗嘗寫《洛神賦》。
必勇何妨帝者仁，精鏐鑄杖日相親。阜陵開國傳家法，藝祖懲奸倘有神。韓世忠與秦檜争和議云：

『他日不得吃鐵杖於太祖殿下。』

浣花日（限删韵，蟄園）

茅屋生前願尚慳，雨風不動望如山。草堂歲歲遨頭節，廣厦歡顔抵萬間。
社公龍母雨潺潺，每洗車塵各往還。獨有浣花風日好，陳芳何必不人間。
國主陳芳去不還，草堂香火剩人間。世無丈八溝前句，從此催詩雨亦慳。
朱櫻節過黄梅近，難得暄晴錦裏間。恐是十姨初嫁了，不教夢雨濕雲鬟。

諸葛武侯以巾幗遺司馬仲達（限先韵，蟄園）

槽馬初逢畏虎年，甘居巾幗耻軍前。張良女貌嘲能解，記否君家太史遷。
守如處女壘方堅，釵弁騰譏恐未然。和議不同南渡宋，舉朝皆婦痛胡銓。
欺人寡婦奪朝權，狐媚終羞巾幗賢。此物不如貽吉利，割鬚妝就面娟娟。
狼顧人當畏蜀年，非夫甘受亦從權。倘援粉墨宫中例，告廟莊宗卒滅燕。
仗節監軍壁壘堅，閉車新婦等堪憐。自從漢將隨盆子，此服相傳二百年。劉盆子入洛陽，諸將或服婦人衣。

盜跖廟（限豪韻，稊園）

鷄鳴爲利舜同勞，世上相逢半爾曹。弟壟樵蘇兄廟食，戈矛悔不展禽操。

聖人不死盜如毛，廟祀千秋亦足豪。尼父栖皇神大笑，特豚兩廡竟誰高。

惡兼朱粲與温韜，血食居然廟貌高。料仿次睢叢社例，膾肝列俎饜神饕。次睢有叢社，以人爲祀，俗謂之食人社。

下殿走（限元韻，稊園）

不知何國應星垣，徒跣禳菑醜至尊。無奈臺城遲一走，詞人嘆息熟熊蹯。

西駕稠桑魏主奔，練兒慚未應星垣。長安鴆與臺城蜜，魏孝武帝奔長安，爲宇文泰所鴆。末路君王一例論。

吳中高士虛求死，江左老公憂出奔。熒惑少微同一誤，大圜在上竟何言。

綏和而後多星變，漢綏和二年，熒惑入南斗。禳解蕭公不憚煩。獨惜斛椿臣北魏，孝武帝未出奔時，斛斯椿亦以熒惑入南斗爲憂。偏安方信遜中原。

盍聲甲集卷下

漢柏梁灾武帝用越巫言起建章宮以厭之（限蕭韵，稊園）

香柏爲梁一炬焦，别風聳擢益嶕嶢。後來滅火翻新法，禍水宮中赤鳳謡。
高臺一火可憐焦，禳解翻成土木妖。留得阿嬌金屋在，者回焚柏勝焚椒。
厭祥虬尾聳翹翹，越勇陳方萬户囂。恨不欒巴换欒大，六宮火借酒杯澆。
神君猶戀霍嫖姚，漢祀神君於柏梁臺。欲火真教禁地燒。新築漸臺終一炬，蛙聲他日殉黄貂。
豈有宮城赤舌燒，高臺承露變凌歊。何人熟讀西京賦，厭火陳方教姓蕭。

夫人竹（限蕭韵，蟄園）

風篁環珮響刁調，聖解桃花恨未消。怪得淇源配君子，緑衣森立碩人嬌。
雌風吹起竹凌霄，響答琅玕誤步摇。猶有膝前争長笋，諸雛玉立祼雙桃。
結子桃花學楚腰，貞筠傅會更無憀。竹王合作夫人婿，印筰西通萬里遥。

三年瘦削楚宫腰，憔悴無言怨未消。不似蒼梧揮泪日，二妃斑竹殉虞姚。

邵康節宅契（限肴韵，蟄園）

署契温公竟代庖，鵑橋新喜占鳩巢。卜居倘問先生數，筮得同人第幾爻。
小築津橋賴故交，三家莊宅各誅茅。顧塘亦有蘇家契，恨不文同馬券鈔。
擊壤行窩近洛郊，温公户契尚傳鈔。莫疑獨樂園名隘，廣厦偏能庇故交。
無意堯夫奪鵲巢，温公買宅户名淆。但愁兩姓成疑案，王謝争墩又見嘲。

建文帝菜根歌（限歌韵，蟄園）

萬里滇南野蔌多，白雲庵裏有悲歌。能賢應能、應賢。一例伊蒲慣，地上何人舐炙鵝。
不食穿籬與水梭，偏顱祝髮已頭陀。菜根咬得何人會，溉釜生涯問補鍋。
緇衣换赭一頭陀，吃菜翻疑慣事魔。慎莫種瓜臺下摘，再傳抄蔓已無多。
春風葵麥舊山河，閉户光陰種菜過。一例動人家國感，摘瓜辭與立苗歌。

陶穀贈秦弱蘭詞（限豪韵，蟄園）

自在窗中勝算操，郵亭獨宿誤星旄。者回不值鴻溝月，惡劇何人亦太勞。

鸞膠夜夜費煎熬，鬼眼真成餓色饕。弃妾驛亭同一恨，晚年務觀已霜毛。
好惡姻緣不可逃，情絲無計斷并刀。歌姬未遣韓家出，莫爲文公誤絳桃。

韓熙載向歌姬乞食（限青韵，稊園）

嗟來何意到娉婷，長日笙歌醉未醒。若使肥髯圖錯認，五窮真要送奴星。
相公托鉢向娉婷，親見墦間不涕零。至底鐵牛窮乞相，弱蘭一夜誤郵亭。
別院群雌鬥尹邢，黄金散盡夢初醒。葛巾落魄同紗帽，一樣陳郎有挽鈴。陳雍與韓熙載均妾妓數百，後無錢僱僕，客至，請挽鈴而入。
負琴乞食寫丹青，小面多髯憶典型。太息諸姬雲散後，蘇秦一印入泉扃。熙載死，後主優贈之，徐鉉爲祭文曰：『季子之印，佩入泉扃。』

婁逞變服爲丈夫仕至揚州議曹從事（限支韵，稊園）

易笄而弁不甘雌，嘆息揚州逐客時。怪得牝朝容跛相，君家能媚武昭儀。
冠帶居然老嫗欺，不須天變已男兒。鄉親沈約同僚遜，雌霓官梅盡入詩。
莫作婁猪過市疑，一官揚郡老蛾眉。高歡建國宸濠敗，高歡、宸濠，皆有婁妃，并賢明。盡是君家好女兒。
變服多年返服悲，婁娘半老混雄雌。同官倘有常從事，宋優人爲孔門選人之戲，有《常從事》《吾將仕》

等目。待嫁應争婦仲尼。用優人李可及謂：『三教皆婦人事。』

七夕（限陽韵，嵌猫字，稊園）

玉環此日媚三郎，私祝雙星夜正長。末路翻同猫鵲禍，雪姑撲殺雪衣娘。
緱山跨鶴正秋凉，王子晋以七夕登仙。再世何曾是六郎。宫裏羽衣迷子晋，不知猫鼠扼蕭王。

能言鴨（限麻韵，蟄園）

緑頭謬擬進官家，下嘴何曾鴨語譁。不殺能鳴如雁例，只應長豢曉嵐家。紀文達性不食鴨。
异鴨呼名甫里家，金丸换得好生涯。可同識字青田鶴，片紙書厨檢不差。
曾聞怪狗唱梅花，又見經聲出衆蛙。進御緑頭如解語，便疑鴨鬼出蕭家。

文公檜鼯臘墨（限陽韵，蟄園）

公檜伊誰不可詳，廋詞黄絹似中郎。潘奚墨在無年月，瓶罄磨人卅載忙。
磨蝎星宫丙子傷，文家墨亦鼠年藏。大蟲一笑還同屬，留與於菟鎮錦囊。
萬松搗盡練玄霜，隱語嘉平歲月詳。倘贈君家湖守去，最宜潑瀋寫篔簹。
廷珪舊製寶重光，更有鼯年臘月藏。要變墨猪成黠鼠，發囊莫遺遇瀛王。

楊鐵崖作老客婦謡（限尤韵，稊園）

鶴書屢聘鐵崖樓，蓬首黄塵老自羞。謡中有『黄塵滿面蓬首』之語。不辨雲英與羅隱，白衣未嫁總風流。

鳳琶聲裏見風流，晚却徵書托短謳。老去筵前如賣笑，一杯休更覆蓮鈎。

鷄冠花（限寒韵，嵌燈字，稊園）

危幘紅如鶴頂丹，經秋亂葉刷修翰。微風倘顫燈前影，便作山鷄對舞看。

雄鷄一德染句欄，借作花名别樣看。猶記中元呼洗手，河燈萬點賽盂蘭。汴中中元節前競賣鷄冠花，呼爲『洗手花』。

似向傳燈録裏看，波羅奢種義無端。後庭樹色傳應誤，赤玉吾徵魏五官。

白衣送酒（限東韵，稊園）

故人開徑素心同，采菊相期酒一中。幸未青州化烏有，先生口福勝髯翁。

義熙甲子見孤忠，家國興亡一醉中。想有青衣行酒痛，此奴服色不雷同。

酒榼分貽到菊叢，漉巾人想北窗風。他時蓮社如援例，不用攢眉别遠公。

懶婦魚（限庚韵，蟄園）

嗚蟀猶令懶婦驚，焚膏何事不分明。我疑行雨痴龍謫，魚服依然故態萌。
豶豕翻成溉釜烹，殘燈無焰避機聲。横公與爾真强對，要倩任堆述异名。
道是無情却有情，燈邊罷織見光明。驪山亦有人魚燭，合殉秦皇到夜城。
促織秋閨夜不驚，然脂無那黯燈檠。猛蛇尚賽真龍懶，用《焚椒録》語。何物猪婆付鼎烹。

銼角媒人（限青韵，蟄園）

不勞延壽寫丹青，骰子爲媒亦有靈。何物相思醫刻骨，刓方如汝最瓏玲。
蹇修如汝最精靈，一擲承恩感涕零。轉眼骰盤停采選，六宫無分誓雙星。
魚貫誰當眼獨青，采盤月老刻瓏玲。竹籤有傳真同調，酬績何人與作銘。
休言五木術無靈，進御居然别尹邢。到底三郎真快活，采頭題目入圖經。

羊鼻公好醋芹（限尤韵，蟄園）

飲到曹公嗜不侔，野人芹獻亦嘉猷。不知筵仕東宫日，曾爲邪蒿納諫不。
田舍公來怒未休，醋芹餔歠見風流。虬髯嗜好殊羊鼻，但啖靈橋不義頭。

投筆詩成醋甕投，采芹偏喜伴晨羞。少陵傳笏孫相識，合向青泥坊底求。
洪度真成斗醋投，嗜芹斌媚見風流。菜羹堂食應常設，不待嫌名避蔡攸。

宋宮人以珠花爲王岐公潤筆（限冬韵，稊園大會）

星光文字早羅胸，珍飾酬詩兩袖縫。可似九齡金鑑録，珠囊上賜出玄宗。明皇千秋節，賜百官珠囊金鏡。
華燭如神侍九重，珠花光照筆花濃。天家終勝裴中立，一字酬縑未肯從。
新詩换得袖雙封，潤筆親貽詔九重。若較北江論蘭雪，珠光何止七分濃。

徐王以打球賭青苗法（限江韵，稊園大會）

坊郭追呼不肯降，親藩步打計安邦。宫中盡識青苗禍，尚有岐王泪一雙。岐王顥亦以爲言，帝曰：『我豈破壞天下耶，待汝爲之。』顥泣而退。
新法殃民衆論哤，賭球請罷豈愚惷。不同集翠裘贏得，終遜梁公陸一雙。

韓冬郎篋中燒殘龍鳳燭（限微韵，稊園大會）

金蓮雙照出宫幃，珍重冬郎夜宴歸。一樣臣沆燒詔燭，李沆拒立劉后，引燭燒詔，曰：『但道臣沆以爲不可。』宣麻不草相臣韋。偓不肯草韋貽範拜相，麻曰：『腕可斷，麻不可草。』

謫鄧何年内翰歸，前塵殘燭尚依稀。老來蓋篋無餘物，留伴天吴紫鳳衣。

密記金鑾侍禁闈，燒殘龍鳳燼依稀。歸來照寫香奩句，猶似宫娥泪對揮。

九龍雙鳳燭交輝，殘燼冬郎念禁闈。争似玉堂留灼印，宫人窗隔照更衣。宋太宗夜幸玉堂，蘇易簡時寓直，倉卒覓衣帶不得，宫人在窗隔下入燭照之，後傳爲佳話。

謝皋羽主月泉吟社課（限魚韵，稊園大會）

晞髮歸來六合墟，量才一笑拔茅茹。河山已是無根土，莫比田園太祝儲。

汐社遺民靡定居，吴溪月旦剩欷歔。江湖滿地憂羅網，一榜題名托子虚。榜中連文鳳以下，均托他名號以自隱。

朱鳥西臺慟哭餘，愛才更惜一吹嘘。末隨九鎖山人去，留草吴溪送賞書。吟社校選後，有《送詩賞小啓》傳世。

遺民流落嘆周餘，月齋泉寒結社初。月齋泉寒，見連文鳳《回詩賞啓》。名與謝吴俱不朽，壽於沉井所南書。

義烏舊令興何如，晞髮憐才配聖予。龔聖予亦宋遺老，與皋羽同時，常表章遺逸。公福惜非羅子遠，詩成磕睡夢蘧蘧。元羅椅字子遠，有《磕睡吟》名於時。

李後主書金字心經賜喬宫人（限虞韵，稊園大會）

心經不共相輪枯，手翰重光字字珠。一筆泥金與祈福，明宫能似鄭妃無。明神宗鄭貴妃用泥金書《普門品經》爲帝祈壽，有『一筆泥金壽一年』句。

金經寫出付宫奴，流轉江南又汴都。一炬保儀名帖盡，獨留宸翰鎮浮圖。後主所藏鍾、王名迹最多，國亡，命保儀黄氏一夕焚之。

張麗華坐陳後主膝上决事（限齊韵，稊園）

叔寶心肝有品題，隱囊决事擁蛸蠐。高公倘與楊麼便，晋王廣令高熲留麗華，熲殺之，王曰：『吾必有以報高公。』又向迷樓出内批。

辱井胭脂未噬臍，萬幾同覽媚宫閨。麗華枉是兵家子，床下軍書太滑稽。

權如南漢瓊仙重，名與東京陰后齊。奏御不愁星犯座，山人枕膝本無稽。李泌言：『願得枕上膝一卧，使太史奏客星犯帝座足矣。』

提鈴宫人（限佳韵，稊園）

禁闈軼事話熹懷，小謫提鈴冷玉釵。此例何時宫正起，似沿大脚婦人淮。高后遇宫人有罪，輒付宫正司治之。

替戾淒音寫怨懷，月明望斷報時牌。豹房一自常居外，誰爲劉娘夜繞階。

星影離瑜黯御街，宵分鈴語後宫諧。郎當聲遠宫鞋碎，近侍無勞役四齋。明神宗時，四齋近侍二百餘人。

問夜如何亦美差，風流罪過妙安排。鈴聲犬吠無人聽，莫與青邱作禍階。高青邱以賦《宫人詩》獲罪。

房琯團沙捏睡嵇康像（限灰韵，稊園）

浪淘鸞翮未應摧，捏像房君枉費才。鍛竈倘援茶竈例，茶神澆後不成堆。唐時，鬻茶者陶陸羽之形爲茶神，以茶澆之。

貌出馴龍沙一堆，禪師身後見心裁。曼容不作邊韶睡，贏得探微畫像來。伏曼容講經，宋明帝令陸探微畫嵇康像賜之。

聞笛猶令過客哀，摶沙誰肖鼾如雷。難馴龍性依然臥，鍾會謂嵇康爲『臥龍』。會遣鍾侯見見來。

解塑龍章絶妙才，聚沙房相渚邊回。當年托睡何曾懶，睥睨堯天受禪臺。

髯佛（限元韵，鐵路協會團拜）

萬家歌頌口碑存，如此鬚眉似佛門。略比髯參軍勝處，但令歡喜到桓温。

低眉現相托公門，髯守慈悲即世尊。不似生天靈運佛，美鬚身後施祇洹。

一品妃（限鹽韵，蟄園）

真妃寶册出宮襜，名竊姚黄更不嫌。疑是紅綃好顔色，主人品秩借莊嚴。

姚燧爲真西山裔女脱樂籍（限真韵，稊園）

贖得蛾眉上錦茵，趙顔軟障誤分身。從今滋味殊題杏，無待當筵贈子仁。
名儒遺胤落風塵，天壤王郎有夙因。莫作鄭容求判看，尊前墜幘又何人。

陳摶蟠桃核酒杯（限咸韵，蟄園）

渴睡神仙口尚緘，華山雲氣接峣函。醒看天水成都逼，能得桃杯幾度銜。
溺器虚勞七寶嵌，希夷此核免雕劖。酒悲前有嘉王事，前蜀事。誰向訶池立酒監。
墮驢笑罷老栖岩，桃核猶留蜀主緘。賢母可憐收泪日，孟昶死，母不哭。不曾爾汝一杯銜。晋武令孫皓作《爾汝歌》，有『勸汝一杯酒』語。
華山仙種費雕劖，杯獻摩訶一笑銜。不似曼卿桃核擲，春來紅滿海州岩。

聚星堂禁體賦雪（限文韵，稊園）

白戰詩壇起异軍，汝陰咏雪客如雲。醉翁號令當時體，大似環滁也字文。

龍公試手雪紛紛，汝守堂前客半醺。删盡尋常風絮語，柳綿休誤怨朝雲。朝雲言：『奴惟不能歌「枝上柳綿吹又少」也。』

新裁賦雪禁云云，窗葉鳴風酒半醺。體物但工鷴失素，者回難倒謝郎文。

百觴一醑客微醺，『一醑宜百觴』，歐公贈蘇梅詩。白戰詩壇許策勛。不似霧猪泉上雪，吟成隨意和堯文。

聚星禁體昔云云，祈雪坡詩詫景文。坡嘗用本詩韵贈劉景文。不見聽鶏常處士，歐公守潁時，常秩、劉攽皆其客。風流猶有兩郎君。時叔弼兄弟在座，坡詩風流，今有二歐存。

龍門賞雪（限元韵，稊園、寒山兩社甲子新年團拜）

積雪歸途暝色昏，兩賢聯騎駐龍門。相公厨傳留賓意，草具何如郭五園。錢公常與幕僚屏騶從，至午橋郭五秀才園，設草具，甚樂之。

二客嵩山阻返轅，石橋飛雪對清尊。彭婆別後出游少，錢公與幕中別餞於彭婆鎮。俗殺梅花王狀元。王沂公繼錢公爲留守，禁諸人出游甚嚴。

按：繼錢維演爲西京留守任，禁出游者，據《邵氏聞見録》，爲王沂公事。《宋史》則入

《王曙傳》。邵伯温以本朝本地人，著書當屬可信。元人修《宋史》時指爲曙，未知何據。查乾興元年七月，王曾相錢爲樞察使，十一月錢罷，出知河陽。天聖七年六月，曾罷知兖州，八月，王曙參知政事。八年，錢始判河南府。明道元年七月，曙罷，中間年餘，歷户部侍郎、資政殿學士，知陝州，徙河陽，知河南府，遷吏部，史不載年月。曾自知兖州後，復歷知天雄軍、天平軍節度使，判河南府。中間五年，史亦不載年月。史稱『曙方嚴簡重』，曾『平居寡言笑，人不敢干以私』，與本事均相類。而曙傳有子益恭，勸曙引年謝事，不果，與永叔『老不知足』語正同。但《澠水燕談録》又以此語屬思公，蓋兩人皆王姓，皆繼錢留守西京，傳聞互歧，不足异也。

普明畫像駐行轅，觀雪龍門又日昏。可有景平（希深子）兼叔弼（永叔子），兩家鹽絮賦清尊。

同年嫂（限寒韵，稊園、寒山兩社甲子新年團拜）

九姓船娘秀可餐，同年伴取客衾單。美人携得官抛却，如此姻緣勝弱蘭。

桐巖一棹下晴灘，臨水修鬟盡日看。勝似停船相問訊，同鄉生小住長干。

阿儂操檝寄江干，諧語桐巖作嫂看。新婦磯邊如誤入，不妨眷屬一家歡。

預賞元宵（限删韻，稊園、寒山兩社甲子新年團拜）

臘鼓軍中媪相還，預從隔歲看燈山。倘勞忠懿金錢買，更放元宵兩夜閑。

廿年威福此神奸，盡興觀燈兩月間。頗恨南雄函首日，然臍未遣照鰲山。

金錢進奉買寧慳，夜夜春宵總等閑。一例庫油元夕案，觀燈公媪兩神奸。蔡京守永興日，元夕張燈遇雨，至十七雨止，用城庫油繼之，被劾。

不向崑崙夜奪關，春燈預買滿人間。元宵例饋宜男芋，髭頷無如媪相鰥。

太白送内尋廬山女道士李騰空（限東韻，蟄園）

烟霞枕席有無中，弱女尋仙憶相公。一樣天潢求入道，玉真公主出唐宫。

捧爐鬼物侍青紅，弱息匡廬有父風。虎瑟鸞車同訪道，不愁蔡琰答曹公。太白流夜郎時寄内詩語。

元廟天潢譜牒通，匡山偕隱兩心同。權門女勝先生耿，鳥爪黄絁入汴宫。

偃月家風竟不同，青蓮尋道此山中。婿窗未得神仙選，少個嚴陵喚婦翁。

著屐長庚訪謝公，還丹偕隱兩心同。十郎女勝三郎媳，不令楊環道士終。

王莽染鬚髮立杜陵史氏女爲后（限先韵，秭園）

巨君鰥後雪盈顛，別覓良家作比肩。買婢匿情猶記否，翰音朱博已登天。威斗兵氛迫晚年，尚緣立后變華顛。巨君染异荆公澡，生黑誰知別有天。臘改黄貂賦倪天，戟髯染後締良緣。可憐王憲班宫日，無復荒陵祔億年。莽妻，陵名億年。鬚髮依然下士年，晚迎史后伴華顛。漸臺終竟輸銅雀，未與西陵望墓田。末運蛙聲了夙緣，外家姻似戾園連。麗華留嫁頭鬚白，光武云：『每一發兵，頭須爲白。』須，古『鬚』字。未與諸州采訪還。

孟子誕（限蕭韵，秭園）

鄒嶧高風古未遥，中和節過記生朝。祭時莫誤南蠻裔，瀘水魂難饅首招。有人誤以孟獲爲孟子之後，謂不如孔子之裔孔明。生值衰周志學堯，斷機母教憶垂髫。寇讎草芥君權論，祀典朱明豈濫邀。明太祖讀『君之視臣如草芥』語，命撤去孟子祀典。廟祀心香一瓣燒，降靈鄒嶧溯今朝。命宫身殁猶磨蝎，前有王充王充著《刺孟》。後李晁。李泰伯、晁説之皆著書非孟。

明禮部以制義試寺僧（限冬韵，蟄園）

立鵠如聞報曉鐘，强將制義試禪宗。佛時莫誤仔肩字，有眼宗師不易逢。
六籍須羅卍字胸，春官僧試孰登龍。急時佛脚何能抱，强把儒童認祖宗。

吴太伯祠畫輕綃美人（限江韵，蟄園）

讓國邠岐越舊邦，畫中愛寵客心降。而孫未醒蘇臺夢，舞罷西施笑倚窗。
四弦聲裏響琤瑽，愛客賢王勸玉缸。一樣面遭如意損，更無獺髓此吴邦。

醋心樹（限支韵，蟄園）

穜李相逢未嫁時，不才此木啜糟醨。尚書舊恨蓬山遠，似爲搴幃妒宋祁。
杏林近托董家醫，醋味新從染指知。解得治心先治蠱，幾人如汝殺三尸。
醋榴酸薁漫同時，病杏逢春或蠹之。切莫斫桃逢妒婦，此心無術與君醫。

滿朝歡（限肴韵，稊園）

是非誰管口如匏，三字南朝右相嘲。莫作麻陽明太僕，弟兄行輩一時淆。明太僕少卿滿朝薦，麻陽人。

末運臨安正論淆，容容固位侍螭坳。滿朝誰有梁公感，盡受婁君盛德包。不畏先生好好嘲，模棱宰相是非淆。半山執拗盈廷怨，當宁輸君上下交。劉貢父拆王安石名：下交混真如，上交亂當宁。

相業分寧笑繫匏，歡聲朝士遍螭坳。田公笑面靴紋縐，合與先生作解嘲。

左與言西湖遇張穠（限魚韵，蟄園）

酥粉商量總不如，西湖重遇一欷歔。恨無夢晋當時客，暗尾崔娘十美車。宸濠以崔瑩等十美進御，事見《張靈傳》。

帷雲噏臂願終虛，腸斷西泠駐錦車。小宋搴簾同一笑，蓬山更遠恨何如。

李龍眠賢己圖（限佳韵，蟄園）

喝雉聲中字不諧，闆音張口畫先乖。似占節鉞王昭遠，緋赤呼成六齒皆。

呼六閩音字偶諧，龍眠心折見虛懷。一般博弈猶賢意，未遜神頭畫本佳。宋有顧師言《三十三子鎮神頭圖》。

宋子京半臂（限灰韻，蟄園）

樺燭燒寒夜未回，諸姬半臂惹嫌猜。修書倘紀明皇事，應憶王忠斗麵來。

修史寒宵小宋才，取憐半臂悵紛來。后山傲骨無姬侍，一樣齋宮忍冷回。

錦江史局夜筵開，争饋尚書半臂來。一字推敲寒未覺，塞聰澀句换霆雷。

忍冷躊躇夜宴回，褊襠熨體盡親裁。內中應有蓬山眷，曾喚搴簾小宋來。

人面起草（限豪韻，稊園）

兩字推敲不憚勞，刺文雙頰任呼號。有人判竊重删改，識字官多累爾曹。《諧鐸》載：一官人判竊賊，吏誤作俗竊字，官令刊去重刺，賊吟詩云：『早知面上重爲苦，竊物先防識字官。』

刺字商量筆似刀，面皮如許任揮毫。鬢邊江柳休相值，脱稿真愁第二遭。

準條劖面未辭勞，斧削何人擅筆刀。倘富斑兒除涅藥，宋仁宗嘗賜藥狄青，令除面涅，青謝不可。不妨竄易百千遭。

塗改生民大筆操，刺文誰料試刑曹。不如元振燈前面，十字詩題興更豪。

準條字義費爬搔，腹稿初成累爾曹。官自不爲卿面計，謝萬謂蔡系：『卿幾敗我面。』系曰：『本不爲卿面計。』可憐囚首枉呼號。

馮道女爲九龍妃（限陽韵，稊園）

女兒長樂話荒唐，嫁與涇陽費較量。當夕要同馬殷例，九龍環殿坐中央。帳中更莫貯歸郎，身侍諸龍血食長。疑是宣城張令裔，絳綃家世費商量。用張路斯九子化爲龍事。廟食能逾五季長，女爲龍母肖瀛王。侑神倘待胡琴奏，妻舅還應塑大郎。馮道子吉擅胡琴，道嘗衆中賜帛辱之。

劉安謫守都厠（限青韵，稊園）

紫姑神去厠無靈，謫守淮南事不經。怪得人間逢女鬼，鈞天李赤此中聽。遣伴玄霄厠鬼靈，養猪三載謫明庭。天溷，養猪之所。我疑辟穀仙人事，天矢何因傍四星。《天文志》：『天厠四星，下爲天矢星。』藥鼎餘生步紫庭，溷軒三載謫仙靈。迫人倘遇張堅過，置厠君王議上刑。小謫清都語不經，三年厠溷勝拘囹。茂陵踞厠終仙去，誤學當年見衛青。安以踞見太清仙伯被謫。

張咏諷寇準讀霍光傳（限文韵，蟄園）

驂乘仍驕負扆勛，萊公恨未省前聞。雷州晚解蒸羊饋，終免妻孥作顯雲。

開編一笑傳云云，萊國何如博陸勳。背刺足瘢萊公少時爲母責，擲秤錘傷足，及貴，撫創瘢而泣。同遜汝，鬢瘡人戀華山雲。

乖崖妙諷意殊殷，蠟泪何曾照讀勤。若論緑袍陳失政，故應子孟不如君。

芳儀曲（限尤韵，稊園）

供奉江南數粉侯，陰山破鏡入宮愁。不如長主承平福，廝守嚴郎得白頭。烈祖女嫁嚴可求之子續。

重瞳違命已封侯，阿妹難歸伴小周。我笑芳儀工弄瓦，更留須卜侍夷酋。王昭君在匈奴，生女名須卜居次。

歌舞遼宮夜未休，誰教一曲寫新愁。北行終勝蕭公女，白馬臺城忍事仇。

羅兩峰前身爲花之寺僧（限元韵，蟄園）

輪迴誰證兩峰言，遺迹花之托佛門。争似牧童牛背笛，三生圓澤舊精魂。

花之迹爲兩峰存，未必輪迴是寓言。畫鬼何如坡説鬼，前身一例戒僧魂。

唐宮金玉化蝴蝶（限侵韵，稊園）

宮中羽化幾鏐琳，幻作穿花蛺蝶深。翻笑金蟲名濫得，天家不向益州尋。唐婦人多以金蟲爲釵環之飾，出益州，常見唐人詩咏。

蝴蝶飛來滿禁林，黃真王象妖氛侵。張鋋遇怪，玉精曰『王象之』，金精曰『黃真』。見《瀟湘録》。辟邪哭笑猿兒死，李輔國及虢國夫人事。莫作宮中得寶吟。

夢醒莊生不可尋，穿花黃白見深深。誰將玉虎絲牽得，縛向瑶池作戴鵀。戴鵀即戴勝鳥。

長生殿傳奇（限廿、三、男韵，秭園）

門楣有女勝生男，宛轉黃裙殉李三。寫入稗村才子筆，雙星密誓兩情甘。

開天浪説女勝男，孤嶼功名斷送甘。至惜猪龍留反相，君王誤學宥之三。

誤認猪龍作義男，羅衣山鬼死寧甘。何時忉利天宮去，重譜霓裳疊第三。《傳奇》末折《團圓》，有《霓裳舞羽衣》第三疊。

瓊州獠子織仁宗賜新進士詩於錦臂韝（限咸韵，秭園）

天章十字繼韶咸，織就蠻方女手摻。應勝錦韝花隼句，行詩圖爲舍人劖。

翬衣已誤後宮讒，賜詩在郭廢后暴崩後一年。又賜恩袍换苧衫。莫惜十千搜臂錦，瘴雲海雨正梅黮。

塗巷小兒聽説三國語（限東韵，稊園）

成敗曹劉一夢中，稗官猶得悦兒童。無端落鳳坡前泪，誤盡漁洋考據功。

宋憲聖皇后題耕織圖（限冬韵，稊園）

圖題耕織墨花濃，樓令深心進九重。南北椒房賢一例，田家稼穡絳囊封。金天德間，太子生日，皇后獻一絳囊，乃《田家稼穡圖》。

中興賢后重三農，耕織圖題下九重。自是深宮家法在，延春閣畫憶仁宗。宋仁宗常圖農家耕織於延春閣。

白樂天願爲李義山子（限江韵，稊園）

醉吟才豈義山降，甘作嬌兒此意惷。來世金環酬願日，重觀千首玉琤瑽。樂天藏詩集於香山，願來生轉法輪如羊叔子金環故事，自作記云云。又唐宣宗挽樂天詩：『聯珠綴玉三千首。』

低首西崑意氣降，詩仙冥路下旌幢。阿爺未卜他生事，誰信驕兒性最惷。

青衫詩客返潯江，長慶西崑并大邦。再世驕兒能禮佛，商隱《驕兒詩》：『稽首禮夜佛。』緇郎合與翠微雙。崔慎由求子於翠微寺，一老僧受其贈而卒，遂名緇。

曲躬牽綢傍紗窗，兜率他生又下邦。識得之無兼六七，再來聽慧定無雙。

王黼家姬唱李漢老漢宮春詞（限支韵，秭園）

雙鬟檀板勸金卮，絶唱流傳記少時。可似蘭陵王一曲，美成愁別李師師。

彭几卓枝眉（限魚韵，秭園）

囊墨彭生點染餘，軒眉侵鬢見蕭疏。何施面目徒多事，枉作江郎混沌書。

梁公彩字較何如，窺鏡淵材欲肖渠。倘有藝眉方可試，崔家贏汝種扶疏。李庶語崔湛事。

絶倒淵材攬鏡初，梁公眉樣并軒渠。化君五恨成三恨，元子雌聲定不如。老婢謂桓温似劉琨，聲恨雌，身恨小云云。

南陽菊水（限肴韵，蟄園）

甘菊澄潭出近郊，人家沿水各誅茅。武侯祠屋相鄰否，一盞寒泉配蕙肴。

一水流甘接北郊，花名壽客憶傳鈔。西湖亦有寒泉荐，恨未移根近虎跑。

村學究以蔡君謨書糊壁（限豪韵，蟄園）

秀才何意化卿曹，壁紙君謨得價高。倘學竊柎梁鵠法，宜官弟子是人豪。
譜荔餘閑試鼠毫，腐儒壁紙已生毛。永興鶴口誰分得，一笑顔筋付翦刀。
蘇蔡同時八法高，糊墻學究笑徒勞。海南數紙東坡字，解裹猶能换濁醪。
苔泉試茗幾揮毫，措大惟知補壁牢。誰識萬安橋上字，江神落筆鎮波濤。

菊夫人（限歌韵，蟄園）

舞罷霓裳憶大羅，上皇菊部按清歌。有人正立吴山馬，莫遣花魁作桂荷。
領袖仙韶一曲歌，承恩菊部冠宫娥。青衣自感燕山杏，佳色留將伴九哥。
靖康歌舞繼宣和，方便何曾念孟婆。莫奏醉蓬萊一曲，柳三變作《醉蓬萊曲》，托内人代奏求官，被斥。仙韶早愧敬新磨。

翠微禪師（限青韵，蟄園）

下界天魔此殺星，翠微祝髮嘆漂零。廣明祚短皈依晚，丑口唐家讖不靈。
果頭屈律竟逃刑，晚洗禪衣戰血腥。錯道西山元主字，大師墳對翠微青。京西翠微山，舊説翠微爲元公主小名。

倚闌長嘯寄禪扃，運去金蟆誦佛經。天賜赭黄袍已换，巢賦菊詩。僧鞋重賦菊飄零。

劍瘢猶污血花腥，亡命空門我佛靈。龔美已誅周朴死，餘年枉誦度人經。

龜鶴夫妻（限尤韵，蟄園）

龜鶴田家燕婉求，蚓長蛙闊典同搜。夫妻頻仰如橋梓，甘讓郎君出一頭。

鼉室田居亦好逑，一床龜鶴更風流。衹愁鑽出鴛衾孔，尊範無緣得并頭。

寇萊公蠟泪堆（限文韵，秭園）

緑袍年少早知聞，蠟炬筵前徹夜焚。若比齊奴朝爨後，石家豪舉不如君。

爲誰垂泪竟紛紛，掃地萊公萬炬熅。儉殺秦家格天閣，有人剛試一枝焚。

松羔（限灰韵，秭園、寒山兩社乙丑新年團拜）

秦地龍鱗付劫灰，寢訛新茁費疑猜。松醪本有烝羔喻，試醉髯蘇酒一杯。東坡《松醪賦》：『非内府之烝羔。』

萬松如海未成材，翻入平泉食譜來。想得孫枝分植日，斷臍羊種一聲雷。

蟠屈形須跪乳猜，新松濕濕茁秦灰。大夫自比羔羊革，莫把蹲鴟誤芋魁。《顔氏家訓》：『有士大夫得誤本，以芋爲羊。』

司馬温公定投壺新格（限真韵，稊園、寒山兩社乙丑新年團拜）

不向軍中肆祭遵，投驍司馬格翻新。倘逢君錫幾乎敗，絶倒賓筵中耳人。『偶爾中耳，幾乎敗壺』，邵康節答李君錫語。

獨樂園中見性真，投壺一卷即修身。不須但博天公笑，賜帛千言侈阿淳。邯鄲淳有《投壺賦》，長千餘言。

名儒游戲亦修身，偶創投壺格子新。比較上官經一卷，上官儀有《投壺經》。不知誰是得驍人。

陌上花（限寒韵，泊園宴客）

陌頭緩緩促歸鞍，一語真成艷曲看。誰遣落花春竞去，羅衾後主枉貪歡。

紫陌春濃花未殘，兩行錦樹導雕鞍。無須偷取江東句，俊語君王敵判官。

早有盟言不肯寒，遲來無奈轉珊珊。名花一路迎傾國，忍讓君王獨自看。

李和兒熘栗（限删韵，泊園宴客）

故都風味落人間，熘栗和兒兩泪潸。惜未上皇留進奉，杏花零落過燕山。

舊京離黍使星還，風味依稀土銼間。博得和兒宗社痛，可忘戰栗語雙關。

石崇殺勸酒美人（限先韻，秘園）

勸飲何人就僇駢，忍看雙泪落尊前。琵琶髀骨柈中首，合與齊奴佐舞筵。

翾風已老宋禕妍，粥粥群雌主不憐。殺盡龍津持酒女，故事，張憲群姬各有名，持酒者曰『龍津女』。此房終與緑珠專。

血流五步幾嬋娟，玉隕當筵意未悛。劫賊主逢能賊客，石家婢謂王敦：『此客必能作賊。』擲刀焉得見猶憐。

交趾裝盈劫掠錢，酒行金谷血同濺。一雙依舊橫陳體，腸斷珍珠教舞年。

玉照堂梅花（限蕭韻，秘園）

健步移梅北嶺遥，堂中清福更誰消。澹雲曉日都宜稱，品第從頭廿六條。功甫作《梅品》，有花宜稱廿六條。

寄與春風路未遥，種梅三百伴深宵。曹張興廢須臾事，玉照堂本曹氏廢園。夢覺師雄總寂寥。

堂環香海映清宵，梅品書成第幾條。誰向胡沙怨幽獨，新詞分付小紅簫。

梅花三百繞疏寮，照夜分明玉雪嬌。憔悴芳春堂畔杏，《武林舊事》：『禁中有芳春堂，遍種杏。』一齊零落付江潮。

謀殺杜少陵（限肴韻，秭園）

已聞男女十姨淆，謀殺何人尚惹嘲。翻案罪名如出首，耒陽牛酒問誰教。
生前稷契志嘐嘐，身後林彭誤見嘲。謀殺倘能援誤殺，更從沉覯語推敲。
酒樓誰省屬垣聱，拍岸聲中見醉譊。此老果然遭斫殺，得皮得骨有推敲。
杜陵命案忽紛呶，司業狂言起轕轇。白日改之如見鬼，君家和靖是新交。用劉改之作《沁園春·寄辛稼軒》事。

吃冷茶（限豪韻，秭園）

纖手擎杯點雪濤，天寒莫擬硬韓膏。長安滋味官場慣，澆熱惟宜啜冷淘。
渴吻難澆竹鼎熬，姍姍蓮步望徒勞。呼茶一樣家姬事，雪水煎輸鬼眼陶。

文潞公進燈籠錦（限歌韻，秭園）

結納椒風内助多，參知驟進諫臣訶。潞公本是光明地，用孫興公白地光明錦喻。奈此雲騣貝錦何。
元夕翻遭貢錦訶，燈籠心愧水精多。就中异色蓮花樣，可似成都鐵梗荷。蜀錦有鐵梗荷。

内結温成佞意多，上元紅粉事寧訛。潞公出守許州後，有人作詩：『上元無復燈籠錦，紅粉中宮念佞臣。』戚姬不愛蒲桃錦，肯出中宮賜尉佗。漢高祖賜尉佗蒲桃錦四匹。

燈籠金綫媚宮娥，製錦重煩織女梭。濯出蜀江春水碧，同時論價勝團窠。放翁詩：『閑將西蜀團窠錦，背寫南唐落墨花。』

黄巢令皮襲美作讖詞（限鹽韻，蟄園）

作讖偏招鬆髮嫌，皮球媚賊竟身殲。果頭若擬皆頭兆，應遜司勛比部占。

丑口承唐運早燖，讖詞新作反招嫌。八兼二一分明應，大似公孫夢兆占。公孫述夢人告以『八厶子系，十二爲期』。

花蕊夫人祀張仙（限咸韻，蟄園）

香火恩猶故主銜，托詞求子避疑讒。張弓别有迴身箭，懲患誰如太弟嚴。

連天張姓下塵凡，祈子權詞爲避讒。解甲男兒過十萬，一身挾彈枉戎衫。

亡國悲同石闕銜，張仙香火賴莊嚴。畫中帽莫圖危腦，恐有宮人識秘緘。

黄牡丹狀元（限江韵，梯園崇效寺宴集）

國花正色句無雙，冠冕南州壓上邦。染得黄衣成碧血，祠忠應許配珠江。
珠江燈火醉花艭，蕊榜黎郎筆獨扛。倘許端端墨池侍，牡丹黄黑各無雙。

明景帝汪后以玉帶投井（限陽韵，梯園）

謡成雨帝誤郕王，又見椒風避上皇。日角璽歸天命在，區區懷璧欠思量。

王荆公争墩（限庚韵，梯園）

王謝悠然立冶城，一墩獨托謝公名。獾郎倘是籠鵝裔，許向人間説不平。
白下投鞭意不平，荆公詩：『投鞭謝公墩。』謝墩名字未忘情。誰知枷鎖王雱日，捨宅居然建業城。
相公執拗喜紛更，偶爲争墩絶句成。後有楊焦同一例，椒山真欲改山名。楊椒山游焦山，有詩，欲改『焦』爲『椒』。
太傅高風想冶城，相同名字有餘榮。此墩輸與黄幡綽，至竟無人地下争。黄幡綽所葬地曰『綽墩』。

張融牽舟上陸（限江韵，蟄園）

岸上舟居近水邦，張郎措語妙無雙。只愁藏壑終無用，趨負依然大力扛。
舟居偏欲避風瀧，絶妙張郎住客艭。獨恨宫人無殿脚，直牽錦纜出邗江。

陶淵明醉眠石上觀瀑（限微韵，蟄園）

蓮社盟寒爛醉歸，扶頭一卧瀑齊飛。眼前白練朦朧舞，錯認縣人來白衣。
前村釀熟漉巾歸，泉際酣眠濕濺衣。識得緑陰飛瀑意，司空多事著琴徽。《詩品》：『眠琴緑陰，上有飛瀑。』
種秫年豐未療饑，醉看飛瀑總忘機。何如倚杖聽田水，盡日流連不忍歸。

賈宜人墳（限魚韵，蟄園）

疑冢誰知稿葬初，賈墳憑吊足欷歔。若將隗順方唐珏，表識冬青痛有餘。
祁連象冢願成虚，誰料孤墳賈氏書。報信他年酬一職，舁尸隗順計何如。
岳侯歸骨此荒墟，女冢題名恨有餘。后不立真偏立賈，本朝故事一軒渠。
風波冤獄痛爰書，夜出圜扉葬亥猪。名托宜人應降等，母墳杉石較何如。岳飛母死，兵士盡取東林寺石磴及晋朝古杉爲墳，見宋人《廬山游記》。

牧牛亭下土沮洳，秦檜葬地。得葬宜人地不虚。莫似菊香訛菊磵，西湖馬菊香女士墓，乃高菊磵之誤。杜姨留與嫁靈胥。

冤謗金陀未解除，賈墳過客尚欷歔。誰知涅字英雄骨，廋語碑成幼婦書。

沈瑩中教白鸚鵡誦尚書無逸篇（限寒韵，蟄園）

詰屈尚書學舌難，白鸚課罷夢平安。蟜兒斷脛徒人語，羽族能言一例看。

老兵快活（限删韵，蟄園）

鏤腎雕肝學士艱，酣眠誰似老兵閑。倘聞夜讀阿房賦，識字耕夫被汝訕。

金殿論思苦未閑，午眠門卒勝清班。憐他快活三郎誤，老去親嘗蜀道艱。

醉僧圖（限支韵，稊園）

米汁真能證辟支，展圖驚見醉僛僛。如泥自向山門卧，與佛津梁共一疲。

妙筆詼諧老畫師，禪門扶醉倚沙彌。法華讀熟經無用，更向前村换一鴟。

不解公麟寫阿誰，道人愛酒一中之。東林倘許淵明醉，應免長攢入社眉。

沉沉舉世盡糟醨，行脚何人戀一卮。眠倒山門泥鬼側，錯疑寫作醉鍾馗。
麴糵何緣誤阿師，醉歸疑到習家池。龍眠未必嘲蘇晋，綉佛逃禪更有誰。

題馬士英畫（限微韵，稊園）

範水模山日式微，畫宗北苑認依稀。宮妝需汝丹青手，粉墨猶能飾太妃。南京之敗，士英僞飾其母爲太后，奔杭州。
揭帖留都事已非，小朝廷尚贊綸扉。江山如此供塗抹，擲筆登城報合圍。
日蹙江山漸式微，丹青瑶草尚朝衣。莫愁晚節輸如玉，畫史君家有是非。明妓馬如玉善繪事，後爲尼，居莫愁湖以終。

紙鳶（限虞韵，嵌火字，稊園）

削篾成鳶借紙糊，淮陰傳密費工夫。通豨畢竟存疑案，火迫蕭何手辣無。
圍城放出萬人呼，星火軍書達得無。若比九齡傳信鴿，祇應名汝作飛奴。
隨風一綫落平蕪，贏得兒童拍手呼。槐火新泉寒食近，倩誰寫入近郊圖。
烽火圍城跕跕孤，木鳶不用鬥公輸。置身霄漢尋常事，閣老而今亦紙糊。

庚子山小園賦（限齊韵，稊園）

暮齒關河老幼攜，小園數畝足羈栖。地寒忽聽床黿語，賜布何時慰懟妻。懟妻狠妄，見庾集《謝賜絲布啓》。

暮年蕭瑟小園題，賦筆蒼茫擬管嵇。誰解庾郎愁賦意，菜畦蟋蟀語淒淒。

礙眉嘆息户檐低，數畝蘭成自品題。不似郊居夸沈約，客來絶倒讀雌霓。

霍小玉夢脱鞋（限佳韵，稊園）

霍女多情夢不諧，黄衫解脱費安排。李家當覆誰家有，絶似登堂衛士鞋。李後主時，有衛士秦友登堂，覆其鞋。鞋者履也，與李同音，應李覆爲秦所有。

芳心愁積不堪埋，永訣從知讖脱鞋。别有同名妃子伴，用『轉教小玉報雙成』語。未隨錦韤落天涯。

薄情李十老難諧，夢警黄衫悔賣釵。絶命可憐遲解脱，事諧争及鄴侯鞋。有人竊李泌鞋送代宗所，帝曰：『鞋者，諧也。』

吕珍讀越女采荷花詩（限灰韵，稊園）

錦袍戰罷凱歌回，預祝荷花照靨開。留得湖州女無恙，笑看降將徇城來。珍後敗於湖州，降徐達，達以之徇城。

詩箟陳饒枉妙才，荷花越女誤疑猜。吕球恐是君兄弟，誰采湖菱去不回。吕球在曲阿見采菱女，逐之，化爲獺，見《幽明録》。

三矢齊雲未劫灰，荷花十里入詩材。芝麻已僇芝麻李。丁香虜，浙賊葉丁香。一樣西風菜葉哀。

十龍驍將越溪來，十條龍，張士誠軍名。六月荷花幕府開。諸女不勞元帥殺，齊雲嬪御已成灰。

宋太祖兒時石馬（限蒸韵，稊園）

赤蛇出鼻帝王興，玩馬深埋未可乘。此石化泥南渡去，猶留餘蔭至雲礽。

斫石形如振轡騰，故廬帝憶舊埋曾。不如流汗昭陵馬，退敵猶能蔭孔昇。唐玄宗爲孔昇真人。

此亦微時故劍徵，舊埋石處認猶能。勝他玉馬銷殘雪，掘地虚傳典午騰。晋新蔡王騰在真定，大雪，地數丈悉融，掘其下，得玉馬，高尺許。

補遺八首

陶穀賦風光好詞贈秦弱蘭（限青韵，稊園）

江南奉使禮分庭，草草姻緣誤客星。歸與黨家侍兒語，雪茶風味讓郵亭。
鸞膠無計續郵亭，一曲當筵不可聽。惆悵敝衣持帚日，朦朧鬼眼未曾醒。
道貌江南一使星，弱蘭春夢尚忪惺。若論務觀題詩妾，千古風流兩驛亭。

并蒂蘭（限肴韵，蟄園）

老子婆娑久繫匏，南陔喜色溢眉梢。夢蘭本是生男兆，錦褓雙挑句許鈔。
蘭臭同心協易爻，并頭一蒂正含苞。可憐連理明皇誓，花萼相輝倘解嘲。

客氏名刺（限寒韵，蟄園）

客媪居然刺未漫，當時三字震朝端。若論愚妹觀音例，投謁生祠要别刊。

唐肅宗以九花虯紫玉鞭轡賜郭汾陽（限蕭韻，蟄園）

綏轡垂鞭穩入朝，令公御馬稱身腰。大人怪有胡巫卜，回紇入寇，胡巫謂：『藥葛羅此行，見一大人而還。』單騎他年讋渭橋。

銜策酬勛下玉霄，九花虯副令公腰。同時僕李皆凡駑，無數驊騮氣已凋。

附記：自庚申訖乙丑六年間，擊鉢之作，凡六百有七首，删落六十七首，存五百四十首，如右。

荒傖集

冒廣生題

序

歲辛酉瀛堧倦游，重滌塵硯，始稍稍爲詩。宣南三社：寒山、稊園、蟄園，月五集以爲常，而與穎人心迹獨親。戊辰春暮，舊京花事將盡，間關走江南，日惟漫游城厢山澤之間，足迹殆遍。晚歸無俚，則捃摭《秣陵集》中題目，戲爲七言截句，多至百餘首，揭櫫曰《過江集》。七月，穎人南來，入冬始相見，則煩爲喤引。直諒之言，所謂文獻無徵，山川非昔，取題微濫，付之卧游者是也。是年六月，從事譯署，自此文書有程期，然休沐假日，不廢登臨，近則燕子一磯，牛頭雙闕，遠則雷塘杯土，北固很石，惠山第二泉，栖霞千佛嶺，莫不命儔選勝，携筇探幽，流連忘歸，每至曛黑。若夫臘後前春，雙崦單舸，三登玄墓山，眺東西洞庭之奇，兩峰三竺，淡抹濃妝。再泛錢塘江，賦八月秋濤之壯，大抵皆親披榛莽，旁參志乘，然後始濡墨伸紙，發爲嘯歌。模範山水，跌宕文史，宇宙瓌异，奔赴毫端。哀感鬱陶，流迸弦外，蓋非復曩時金陵百咏之嚮壁虚造者已。卷中諸詩始戊辰，迄於辛未之嘉平。明年壬申，隨國府入洛，因緣西至秦，憑函谷關，眺黄河下，浴於驪山温湯，登太華絶頂，題詩落雁峰，謁漢唐陵寢，窮歷南山深處，汗漫投荒，蒼茫吊古，乃與穎人聲聞隔絶，如是者蓋逾年矣。越歲癸酉春，穎人歸自粤，再見於金陵，出示所作《吾土集》。囑墨其前，促促未有以報也，而旋有視察華北外交之行。甲戌新年，穎人書來，言《吾土集》顧伯寅既序之矣。《荒傖集》者，戊己之間作於金陵，吾子之《過江集》也，將弁其首，非君莫屬。因念志與穎人踪迹南北，蓬飄萍合，白髮鏡裏，青眼塵中，聽午夜霜鐘，翦西窗泪燭，十餘年來，固已魂夢與俱。而况南朝金粉，六代鶯花，過江荒傖，迷神醉骨，烏衣訪舊，新亭置酒，河山滿目，塊壘填胸，雖復憂生嘆逝，念亂哀時，然而藻思常新，豪情不减。并世文章，屈指有幾，寸心得失，相視而笑。吾於穎人此集，復何言哉！復何言哉！書此歸之，但恐其詞之贅也。祥符靳志拜序。

題辭

茶陵譚延闓組安

延闓别穎人三兄已二十年，中間嘗於廣座見所爲詩，隸事精屬辭妍，不勝嘆服。頃來金陵，得睹此册，鬱積而出之平淡，精煉而措之春容，异哉，其造詣之深乎，非駑下所敢望矣。昔人勞者易歌，又云窮而後工，今兄以閑適之身，有咏歌之樂，足以破斯語矣。十七年十一月延闓讀過漫記。

按：譚組安同年，民國初年尚聚首於北京，相别凡十五年，云二十年者，誤也。

汾陽王式通書衡

山水因緣與友師，老來日作二邱思。遂昌手定僑吴集，懷古輸君有好詩。

余與亡友吴松鄰皆以浙人居吴，松鄰恒謂，蘇杭懷古詩最難著筆，昔人皆無佳製，余韙其言，相戒不作。今稊園居士偶游蘇州，遍咏古迹，乃知事患不爲，畏難則百無成就，詩其小者。戊辰臘八日式通題識。

荒傖集卷上

稊園詩集第八種
南海關賡麟穎人

王元美以六朝人語評張茂參詩，謂『如荒傖渡江，揖讓簡略，故是中原門第』，今取以名過江以後之詩。起民國十七年七月，即夏曆戊辰六月，訖民國十八年十二月，即夏曆己巳十一月。凡詩一百三十八首，詞三闋，附録詩二十六首。

別內

無端牽率江南去，懷抱窮年欲語誰。人物登場餘襪綫，功名養晦久囊錐。別來親故多貧病，劫後河山有溺飢。君問歸期應記取，桂花香裏月明時。

新大梁行

馮君焕章導觀汴城各新政，因述所見。

城門笨車轂相擊，萬户垣扉半青白。導人識字字滿壁，法語觀之動心魄。衙署洞開安講席，滿座駢肩速新客。將軍親人面常懌，布衣入市人皆識。居民不解華胥國，熙熙但住平民宅。

車上夜望

燈火城郊遠，東行感百端。無人村落静，不雨野風寒。照夜雲千葉，跳空月一丸。出門寧鬱鬱，天地向來寬。

碭山

芒碭雲飛王氣終，千年戰伐血花紅。太平倘應希夷叟，二帝誰邀矍鑠翁。猶爲讀書留種子，未妨凡豎許英雄。四方猛士今須守，更莫中原起大風。

偶成

諸帥聯翩棨戟經，梁園無意得居停。誰知列宿雲臺外，别有羊裘一客星。時隨李君任潮、李君德麟、戴君季陶、閻君百川、馮君焕章專車南下。

方正學血迹石

石爲故宫午門内正殿階石，上有凹處，雨後血痕宛然。相傳草詔時齒血所濺，事詳左文襄《請難諸臣致命處碑》。惟陳雲伯遍搜金陵古迹，初未之及，而發見於道、咸以後，豈亦後人傅會耶？

帝畿誰逐高飛燕，可憐謀國書生見。假托東山破斧人，成王何在周公篡。殿前投筆詈且呼，平日所學何爲乎。但能討賊草文檄，不知登極成詔書。病虎愛才保不得，讀書種絶誰能惜。嚼齒噴血何淋漓，深漬蟠龍丹陛石。吁嗟乎！血不能伏尸五步流，齒不能嚙斷反者喉。猶能涓滴微凹留，此齒此血皆千秋。君不見，萇弘血化三年碧，又不見，清風投崖痕不滅。并時尚有黄觀妻，嘔成血影同芳烈。忠誠所貫能永存，豈以尋常物理論。當時十族八百七十三人血洗盡，惟此一腔灑出留斑痕。斑痕留得群稱道，木末亭邊争拜倒。欲識成仁一片心，更驗正陽門外草。

明孝陵

秋原石馬立荒烟，高廟神靈尚儼然。易代謁陵師顧絳，托名復漢有劉淵。冶山多事傳疑冢，靈谷何人徙故泉。金碗幾朝聞出地，一杯無恙夕陽邊。世傳冶山三清殿爲明祖真葬處。

樓望（時居胡君子賢寓樓）

霧幕烟扉向曉開，小樓四面足低回。倚山城市多邱壑，歷劫坊鄰幾草萊。地僻不緣稀輸迹，寺荒仍可入詩材。主人情意慚孤負，更遣宵來覆酒杯。

鍾山

石城劫後久摧殘，八姓興亡冷眼看。地下翁山應不料，鍾山依舊見龍蟠。

明故宫

宫門禾黍事如烟，墀礎依稀輦道邊。一代良材難竟弃，棟梁無數入幽燕。

有慨

十年民力竭軍興，海内相期攬轡澄。盡解大言學劉季，不聞助理得嚴陵。策安事有一流涕，治疾人須三折肱。匣裏龍淵汝知我，救時今日竟誰能。

隨園舊址訪袁簡齋墓感賦

石頭東脉來蜿蜒，小倉山人園山巔。百年亭榭迹如掃，峰坳虧蔽餘雲烟。乾河沿接西門路，三百論金買山住。終歲長緣著作忙，一官算被林泉誤。當時海内正承平，壇坫江南負盛名。相公騶從時時過，游客詩筒日日迎。一家慣飲錢塘水，故把西湖置園裏。烟雨雙堤小艇回，真成鷄犬新豐市。燈火長廊卍字闌，梅花七百竹千竿。水田跋涉勤農課，厨傳商量寫食單。板輿幸侍期頤母，八十邱爲同白首。丹堊丁寧待後人，結廬倘與山長久。焉知華屋忽山邱，大好家居不可留。所好軒中書散盡，回波閘外水停流。園西百步牛眠地，晚歲阿遲同奉祀。親旁生壙費經營，泉下金釵猶列侍。葬瀧居潁薄廬陵，墓道攢碑閱廢興。先生詩：『我於隨園旁，卜兆葬顯考。生壙附其間，較歐爲稍好。』欲訪孫曾不可得，荒山剩與傭人耕。名園址在游誰到，况憶當年隨織造。更未尋春設酒帘，隨氏中落後，先改爲酒肆。何曾改築成家廟。先生晚年，囑弟香亭改園爲家廟，祀己於西齋。劫餘喬木今空山，灰燼樓臺復見難。別有詩城燒不得，風流依舊在人間。先生集海内投贈之作，糊於廊壁，名曰『詩城』。

問舍

過江百輩盡衣冠，大庇曾無萬厦歡。問舍幾人居不易，始知此地是長安。

病中偶成

病室朋簪未寂寥，最難枯度此長宵。懶軀弱似三眠柳，愁緒紛如萬沸潮。書課每緣燈暗斷，睡懷誤被牖涼消。髑髏壯語身能賦，莫更群魔苦見撩。

得諸兒女家書

學作家書各別裁，阿爺得此爲顔開。尋常家政無多問，大母前旬笑幾回？

滬上苦雨

海風嘯後漲江濱，滌穢誰令雨浹旬。東北似聞兵事了，天河洗甲定何人。

惜陰

萬流吐哺願歸心，宵旰時同寸寸金。夬以決柔誰定識，需能賊事是良箴。薪然賈誼憂方大，弦佩安于誤已深。刻楮三年成一葉，可憐志士惜分陰。

南湯山道中

秋水涓涓趨野塘，翔曦東迎浮曙光。車輪喧鬧蔡州鴨，山石起伏金華羊。城近尚存炎帝廟，樹髡不辨孫陵岡。村氓家家識佳節，滿筐蔬肉歸墟場。是日中秋。

壺中天慢·戊辰中秋玄武湖泛舟

夜涼一舸，有紅燈夾映、湖波澄碧。第幾洲邊宜待月，病柳蘸烟邀客。水鳥驚飛，游魚静躍，點點菱花白。西風衣薄，玉蟾猶滯消息。　誰道半夜窺人，嫦娥羞態，不似前時色。莫是清光留太液，偏戀高寒宫闕。千里陰晴，萬家離合，月也分南北。浮雲吹未，隔船剛過簫笛。

金山放生池口占

禪門巧闢放生池，宏願真成及物慈。大陸殺機聞欲息，萬鱗終有化龍時。

多景樓遠眺用楊廉夫韵

第一江山著此樓，危亭風急倚高秋。遠帆極望天無際，廢塔臨波影不流。六代浪淘人物盡，百年地起谷陵愁。眼前浮島如鷗小，不爲憂時已白頭。

蘇小墓舊有疑詞春渚紀聞謂司馬才仲爲錢塘幕官其廨舍後有蘇小墓今墓已瀕湖前亦非置廨之所戲成

訪墓西泠在水邊，慕才亭築自何年。錢塘果有臨湖廨，判事應勝坐泠泉。

秋社

鏡裏空扶未斫頭，吟魂驚斷使人愁。流傳七字非無意，風雨年年屬姓秋。

黄龍洞

天南本有黄龍洞，幾輩黄冠是舊游。到此飛來似靈鷲，錯疑服領陟羅浮。隔花泉瀑腥涎濕，傍竹雲房煉竈幽。鶴觀上梁誰落筆，故鄉諸老足風流。

八月十八夜海寧觀潮歌

高車班班出南郭，游侶深宵履舄錯。月明如水夾轂流，洞垣不畏重門鑰。海潮卜夜勝卜晝，愛看銀蟾浪中礫。浙人觀潮到白頭，濤頭常與人俱白。錢江巨險真羅刹，天遣婆留鎮吴越。捍海爲塘亘百里，鑄幢入土餘七尺。我來静坐夜過子，鐵牛無聲風露襲。上下空明極光怪，俯仰高寒逼宫闕。初看匹練乍隱晦，漸出漁燈半明滅。龕南赭北束遠勢，高漲頓趨瓶口狹。日月虛疑互吸引，島嶼渾如動噴薄。東越富陽西浮山，重水回頭添激射。豈有前胥導後種，但見海神挾河伯。十萬軍聲動地來，漫空森森眩戈甲。雲翻雷輥海壁立，團作絮花騰一擲。銀山雪屋忽推倒，萬里斯須見空闊。不知畫泛復何似，洗眼回車蕩魂魄。此景枚生悔未聞，更選新詞遣吴客。

湖船口占

打槳無聲遠水濱，緑油如瀉漾輕鱗。風光如此催歸去，湖上閑鷗定笑人。

文廟故朝天宮址

廟堂歷劫未榛荊，楹廡新開養馬營。俎豆無靈且軍旅，宮墻難入有干城。泰山夢奠今安仰，論語爲薪事不明。此地吴王留劍氣，金絲應换鼓鼙聲。

卞忠貞墓

殺賊張巡廟在，讀書周處臺空。同是千年碧血，成陽代代褒忠。

廷尉山頭終敗，太和像贊猶新。別有袁家粲最，石頭流涕何人。

游第一公園書感

英威建閣無多日，轉眼穹碑見拽繩。身後諛名寧可久，眼前物議總難憑。不言頑石從功罪，有泪銅人閱廢興。血食龍潭諸將士，至今收骨痛殽陵。

戲爲謝太傅答王荆公争墩之作并用原韵

名字誰料後世同，休争坏土百年中。小亭歸若墩歸我，如此區分亦至公。

得家書并寒衣却寄

問訊江南客，新詩幾度吟。秋風愁病骨，家累促歸心。衣每先寒到，情真與水深。遥知思遠意，時數倦飛禽。

【附和作】

外子久客京都有詩見寄即和原韵以寄余懷　銅山張祖銘織雲

珠璣九天落，費我一沉吟。燭影摇寒夢，碪聲動客心。詩從愁裏積，秋到鬢邊深。庭樹枝栖穩，憐他比翼禽。

鵲橋仙·紀夢

柔情似水，涼肌如雪，初解相思滋味。奈何天裏返魂時，却不道爲誰憔悴。　冰上人來，幃間春暖，私語喁喁堪記。面龐認得最分明，原只是閨中眉翠。

重九日偶感

庭砌秋花報令辰，家家彩紙角旗新。异鄉一事能爲慰，更未登高少一人。余兄弟三人，并客南京。

九日攝山登高賦詩紀游兼呈組安同年

攝山城東北，四十五里强。有寺曰栖霞，六朝古道場。夙興戒征塗，峰頭作重陽。㞘輪運斯須，翼客江乘鄉。朝氣西顥澄，初日明扶桑。群樹作秋籟，落眼迎山光。精廬廓新構，花木通禪房。但讀徵君詩，不見徵君堂。笋冠竹如意，山藪誰徜徉。雲霞兩可栖，千仞翔鳳皇。武岡晚造象，尚在金輪時。龍門遍刻佛，乃出胡后資。此間洞千百，雕斫由齊隋。高者抗尋丈，三聖瓔珞垂。小者如蜂窩，萬髻森雲涯。神工費劖鑿，千歲猶珍之。拙哉主寺僧，一一塗灰泥。面目失本來，豈但臂胛肥。觀河不復皺，膚堊脣燕支。撫摩三太息，混沌今書眉。

陰崖劃青冥，險嶂撑崒屼。密接鷩猱栖，窅入獰鬼窟。孰謂天開岩，而非巨靈擘。樛枝蟠鐵青，溜痕隱寒碧。樹根未化年，裂石綻石隙。蟄龍出九泉，莎髯垂八尺。褰衣攝危磴，披蘚讀題泐。樵徑仄容趾，打頭葉寸積。天井窺一綫，絶壑嵌虚壁。風雨兩山離，五丁謝無力。

天風吹客衣，枯桑聲獵獵。絶頂三茅宫，香火今未歇。健步却舁人，狹路憂一跌。日中苦登頓，不炙面生熱。水田頫縱横，江流明曲折。人家翳烟霧，檣帆見毫髮。拔地此獨尊，群岡蟻營垤。野食趺團蒲，泥飲睨衣褐。下望錦樹林，遠近萬彩纈。插帽無茱萸，代之以紅葉。

上山露始晞，下山日未晡。道左逢故人，方向中峰趨。温公非獨樂，亦與賓僚俱。佳節宜登高，况值休沐餘。謂組安同年。我行感百端，環顧新邱墟。鄉人爲我言，客秋戰骨枯。龍潭即回谿，危失收桑榆。彈雨蔽天落，崖谷無處無。耕氓非國殤，馬革同須臾。四海今一家，山川皆康衢。黄昏野燐游，血迹猶模糊。鬼伯不肯舐，化爲楓千株。不見北山椒，殷紅新畫圖。

東花園

秦淮嗚咽水，太傅邸前流。東園本徐中山别墅，今爲白鷺洲茶廬。西園名鳳臺，即今胡園。舊内空遺像，王府園，故明祖爲吴王所居，後稱舊内。嘗以賜中山王，嗣别賜第，猶祀其像。長橋憶昔游。東園西與舊院鄰，有長橋跨塘上，爲歌舞勝處。荒凉鍾阜月，咫尺鳳臺秋。鄰院鶯花盡，南朝剩莫愁。

是誰廬故墅，權作鷺洲看。落照城笳近，微風客座寒。飛鴉明野潦，童羖狎迴闌。莫問中分水，桑田幾改觀。

【附和作】

潁人先生出示東花園詩次韵奉呈　　長沙龔福熙芙初

十年成遠別，矯矯此清流。勉爲蒼生起，同來白下游。論交空八表，抗志有千秋。却笑張平子，無端賦四愁。

太息斯文墜，人禽一例看。衣冠新樣巧，車笠舊盟寒。作客霜侵鬢，敲詩月滿闌。眼中城郭是，怕展醉眸觀。

孝陵原爲志公葬地自鍾山玩珠峰遷之今靈谷與同人語及此事有感而作

一例高僧屬姓朱，志公，宋元嘉中，朱姓得於鷹巢中，收育之，因姓朱。雨花皇覺事模糊。發邱未必興朝意，誰遣佳城選玩珠。

九月十六夜月寄内

離尊猶記月徘徊，夜夜清輝減鏡臺。遥想琴風館前望，别來圓到第三回。

贈展堂

十年重見胡生面，訊我新來著作無。久畏文章掩經濟，頗知操慮出憂虞。蒼生不問慚前席，天下誰興責匹夫。慷慨澄清舊時事，笑人寂寂負頭顱。

【附和作】

次穎人原韵

番禺胡漢民展堂

南鴻北燕相逢處，爲問新來有句無。少作子雲休愧悔，中興臣甫尚憂虞。故知謀國爭先着，要使乘時起病夫。更憶談瀛東海駐，卌年贏得好頭顱。民二居東，傖伯兄贈有『百粤爾來幾肝膽，十年贏得好頭顱』，今又十餘年矣。

暇日遍尋城南諸名園古迹遂至愚園觀菊而歸賦詩紀事

萬竹園中無一竹，緣畦草根慘不緑。城隅深秀剩群木，杏花村前何處花。泥墻禿樹短槎枒，不辨當年太守家。遁園樓館餘荒土，第宅渠渠易新主。巨石猙獰卧如虎，鳳游寺僻人罕來。山椒無鳳亦無臺，謫仙辜負搥樓才。西園故是鳳臺地，園榜曾稱鳳臺字。雲影閑潭起秋意，秋容爲客留殘陽。明朝更約觀農場，閑身却爲黄花忙。

周孝侯讀書臺

河橋敗衄梁山覆，師弟何曾解辨亡。一樣讀書無用處，越城我憶讀書堂。二陸讀書堂在越城南。

旅中雨坐

一雨連三日，蕭條客閉門。惡風生竹嘯，積潦長池痕。窗凍枯蠅落，檐低敗葉喧。明燈催早上，依舊送黄昏。

雨後紫霞洞觀瀑作

一秋啬尺澤，枯澗收潺湲。疾雨忽三日，萬壑聲喧闐。冥想飛瀑佳，便擬催吟鞭。鍾山氣不紫，餘霞散爲烟。窈然洞深黑，萬緑藏朱埏。奔流及山趾，未邇聞涓涓。石闕破縫出，微溜山爲穿。拾級登仄磴，藤蘿緑屋椽。道人多世情，香火雜佛仙。志公説法地，相對無言詮。滴滴如意珠，試飲厨窪泉。泉源不可溯，青嶂知何年。倚樹望雲際，白練凌空懸。雪花四交飛，絲絲霜人顛。倒影收入鏡，鬚眉得秋妍。林風千葉丹，霞標眩長天。歸輪不忍驟，一物皆流連。咫尺幸未失，信有名山緣。

答内子見寄詩即用原韵

牙琴惆悵誤鍾期，無計酬君别後思。欲托青鸞遞消息，更須開遍嶺梅時。
客裏光陰日易昏，江山鴻雪遍留痕。十年踪迹猶堪慰，多傍妝臺少出門。

【附原作】

外子逾期不歸作此問之　張祖銘

燈花虚卜總無期，雁過遥天繫遠思。可憶臨歧曾有約，桂花香裏是歸時。
誤却歸期朝復昏，漸看苔砌上秋痕。有人簾底懨懨睡，疏雨梧桐夢白門。

蘇州雜詩

四城河道盡通湖，跨水橋梁無處無。行到護龍街上望，舊時狹巷化康衢。
抉眼城頭視越師，神靈猶似入吴時。一椽風雨摧殘盡，盍并西門相國祠。
重到獅林看石來，愚園不數冠雲臺。獨尋拙政古藤去，傳是衡山手自栽。
世間千萬募捐碑，如此名流冠一時。叢葬誰修五人墓，丹楓如血草離離。

杭人廋語拜朱天，香火吴門亦有年。今日城中無忌諱，何須花蕊托張仙。
一棹山塘畫舫移，幾家挑菜待晨炊。阿儂屋背春波緑，日日臨河照畫眉。
劍氣翻成虎氣騰，吴王遺事久無徵。道旁一石痕如削，畢竟干將試未曾。
倪楊并命葬鴛鴦，可及青樓姓字香。好事一般爲保墓，游人依舊吊真娘。
天花如雨落中庭，説法千人滿座聽。頑石至今靈氣盡，四山不動佛頭青。
壁文深刻冷森森，磨泐千年直至今。容易訪碑交臂失，過門不拜石觀音。
弃書學劍志誰知，救國深謀欲有爲。身後是非今不管，一門忠孝陸公祠。
劍池旁涸第三泉，明月何時照二仙。預約看梅冷香閣，春來重繫虎邱船。

五人墓

廠臣緹騎出長安，民氣能伸一舉幡。豈謂朝廷豢鷹犬，有時市井愧衣冠。識無一面寧恩怨，來戴吾頭見膽肝。破柱禽奸須健吏，此才惜未假之官。

京師諸同學集飲鷄鳴寺有作

未成風雨天容晦，有約鷄鳴寺裏行。雲意垂垂催晚雪，湖光隱隱上荒城。人才太學歸三館，詞賦新題换兩京。一飽僧厨下山去，眼前嗷澤幾蒼生。時道旁多游丐。

【附和作】

奉和鷄鳴寺同學會飲之作（序略）

靳志仲雲

風雨鷄鳴同泰寺，白駒場藿欲留行。三千髦士都無館，卌載梁臺尚有城。計吏春偕來上國，官儀夢見説西京。鴟夷未許逃名去，愧殺傳經劉更生。劉君曼更名靖，弃儒經商。

古林寺

尊者波離證後身，中興戒律屬何人。三楹舊址渾難識，劫後樓臺半作薪。古刹深山不出城，寶華寺遠遜知名。坐聽晚課天垂暝，林外猶聞梵唄聲。

大鐘亭

何人挽起神鐘卧，重聽南朝百八聲。六角築亭丹壁在，百年薶土緑苔生。元音豈假柔莛發，世事由來瓦釜鳴。咫尺小樓妨美睡，道人不敢打殘更。

壽吉符兄五十有一

廿年户限不遷官，重任金陵感百端。未見列門三戟貴，尚虛廣厦萬間歡。華顛漸欲催人老，壽骨相期葆歲寒。生命本來龍虎屬，可能虎踞更龍蟠。

十月剛逢介壽時，梅花同作向南枝。群才食肉誰謀遠，少作雕蟲早耻爲。風雨對床彭郡夜，池塘生草射堂時。小樓東望鍾山雪，爲壓嚴寒勸一卮。

生日避客燕子磯雨中游幕府山諸洞

濕雲如絮朝壓城，雨工陰阻游人行。荒山坐雨亦一快，天寒况聽江流聲。生朝出游期夙戒，縛袴急裝不持蓋。巾車出郭事竟成，如吾輩意豈易敗。觀音門外東渠口，直瀆水通甘墓後。青蓋當時未北行，鑿脉仍勞鑿眼手。浪花上撼釣魚磯，燕羽差池突欲飛。舉頷迎風左右睇，西連幕府東臨沂。不知燕子汝何意，世世與人家國事。銜土蕭梁昔有湖，築堂王謝今無地。高飛忽入帝畿門，倉琅依例啄皇孫。春燈燕子南都日，一代興亡付夢痕。汝今化石臨江渚，留作詩人憑吊處。不識西山以幕名，此幕幾回巢燕去。三台洞府神仙居，捫碣縋窟窮崎嶇。八卦洲邊芳草歇，盡收眼底烟模糊。閑雲戀岫呼未起，欲出不出石岩裏。暫屈低飛故不嫌，天下爲霖終待爾。村市行沽酒一鴟，重穿雨脚臨蘆碕。孤亭四面占絶勝，無人更讀純皇碑。遥飛一盞當窗坐，我賀江山兼賀我。高歌驚起魚龍聽，持贈水神無不可。水神故是文章伯，選詩昔日曾相識。知我無田不得歸，倘夢衣冠來拜客。裘文達公自言爲燕子磯水神，余選清詩時，曾讀公全集，故以顧俠君事爲比。

樊山丈生日寄懷一首

雲散吟儔剩幾人，商量遥祝歲寒身。行窩康節常安樂，雅會温公總率真。詩草漸盈三萬首，庭椿留蔭八千春。滄桑不問今何世，閉户依前作逸民。

使君昔賦紅梅地，我亦南枝就暖來。多少簫聲落吴市，蕭條日色冷燕臺。放翁畫像家家扇，太白山花一一杯。風雅總持恃公在，可容緩緩看山回。

戲作反惜陰

時光盡道抵黄金，可有人能勿惜陰。聞赦獄囚需詔令，計程舶客促歸心。戍期守代嫌何晚，銓格停年恨未深。怪得綢繆桑土日，坐令逝水歲駸駸。

荒傖集卷下

河北道中

太行雲物識歸人，北首重看獨客身。入夜村聲隔燈火，横河橋影動星辰。中原壁壘新軍幟，舊尹謳吟付海塵。戰後民生蘇息未，歲華倘及萬家春。

舊京

緩緩歸期陌未花，蕭寥想像舊京華。江湖滿地今爲客，城郭重來尚有家。豪杰已隨鐘虡徙，遺民猶抱闕庭嗟。兩都陋洛誰能計，多事西賓一賦誇。

和樊山丈見贈原韵

詩骨憐翁太瘦生，壓裝贈句伴晨征。諸天虚示維摩疾，太上寧忘夷甫情。酬客燈前仍晚睡，扶童藥後得閑行。相逢無奈匆匆别，椽燭修書待子京。此行以修《交通史》事，賫案南下。

【附原作】

穎人社兄殘臘回京問疾談詩情誼殷摯賦此送之　恩施樊增祥樊山

將母歸來視友生，住無旬朔復南征。寒山耆宿存亡泪，謂春老。歲莫關河骨肉情。葵井蕪城明遠嘆，頂潮弦月太冲行。秦淮此去重回首，喬木春風是舊京。

【附和作】

得穎人社兄金陵書并和贈行之作疊均再寄　樊增祥

盡息囂争廉讓生，《漢書·食貨志》：『廉讓生而争訟息。』北征纔賦又東征。萱蘇已起哀年病，花樹寧無故國情。别緒雙魚書尺素，社規一肉酒三行。百年不絶寒山會，燈火綿綿照玉京。君在北，議定寒山社會每月一舉。

明光道中望雪

琉璃千里碾輕車，縮地燕齊不覺賒。澤淺漸凝波作骨，樹枯添與雪爲花。窗風激射侵茸帽，烽火銷除咽戍笳。指點年時爭戰地，炊烟零落幾人家。

和孟文見贈原韵

暫回南軫話相思，如海王城感黍離。時運升沉有茵溷，人才利鈍孰椎錐。久容善睡嵇康懶，肯悔尋春杜牧遲。長記小園杯酒夜，隱囊憑讀篋中詩。

【附原作】

穎人表妹丈將旋金陵賦此志別

夏縣賈秉章孟文

纔經把酒話相思，又報征車促別離。君去難爲藏櫝玉，我留猶作處囊錐。馬驚日落歸巢急，月被雲遮出樹遲。更向金陵賦懷古，琳瑯富有百篇詩。

壽組安同年五十

江左誰堪第一流，過人雅度見休休。留賓東閣叨前席，登第南宫憶上頭。明志武侯依舊澹，治邦文叔但須柔。執鞭不恨相逢晚，謀國當年許借籌。

慶雲未散靄雲生，軍旆閒關赴歃盟。衡岳天開忠義氣，珠江月冷管弦聲。遠夷先世知門閥，鈞黨刊章識姓名。戎服重來讀書地，故應風物愛羊城。

龍戰重昏八表塵，支搘危局歷艱辛。萬家生佛尊君實，四鎮驕兵服道鄰。善受故能王百谷，分才猶可了多人。雅歌結習何曾廢，儒將軍中識祭遵。

久別初逢貌轉豐，百年勛業日方中。修書局許隨身領，度嶺途誰鑿空通。故步守株嗟失計，餘生横草愧無功。投公千里參鑾府，不敢人前薄郝隆。

漫天雪絮浹旬餘，歇浦初回避客車。竹葉金尊催臘鼓，梅花紙帳伴鰥居。九州李絳無私比，一室陳蕃有掃除。病腕龍蛇仍健否，萬家楹壁遲公書。

生查子・看雲樓覓句圖爲曹熙宇題

登樓君苦吟，樓外雲如絮。試問看雲人，詩在雲何許。　下樓君句成，回首雲凝佇。不復辨詩雲，并入丹青去。

詩史閣悼亡詞

近來閨閣爲長句，傳説君家有嗣人。身後翬衣猶讓德，病中詩草付餘呻。高才名字兼蘇左，佳偶門庭見劫綸。辜負俸錢營奠願，晚年枚叔剩清貧。

爲朝鮮金能元生日賦

預舉秋觴選令辰，躋堂四世一家春。慈悲嶺外多君子，鄉里相逢識善人。市隱韓康世識無，家居險瀆故王都。忠儀畫派流傳遍，别寫神山采藥圖。新羅人金忠儀，唐德宗時官將軍，畫繢精妙。

幕府山三台洞即景同内子作

蟻轉猱升石穴通，危樓三面納天風。洞中岩乳參差下，江上帆檣日夜東。春到漸看洲草緑，人歸争擷野花紅。斜堤緩步頻回首，畫裏丹崖倚翠空。

【附和作】

三台洞即景和外子韵　　張祖銘

縋幽洞壑絶還通，處處天光處處風。石竇仰窺危閣小，雲帆徐送大江東。夾堤春氣蘇寒柳，隔岸殘陽絢落紅。拾翠歸遲行緩緩，不知新月挂遥空。

挹江門即事口號

斷城平接臥波橋，傳令霜蹏氣不驕。渺渺靈風吹道紼，沉沉哀籟咽邊簫。班行白鵠千官珮，江泛黃龍一尺潮。要警北頭獅子睡，百番雷牕起山椒。

【附和作】

前題 湘潭翁廉銅士

枕流帶郭跨虹橋，雷動風驅士馬驕。鷺立清嚴疑縞素，鳳儀沉寂斷韶簫。靈來北地雲中寺，哀咽南朝江上潮。王氣未銷鍾阜在，獨持尊酒奠芳椒。

會葬

橫郊馳道隱金椎，浩蕩衣冠會葬期。諸路立坊分進奉，萬人空巷看威儀。地因鍾阜猶佳氣，名掩孫陵近故基。樹木漫山成不易，十年材用待新枝。

【附和作】

前題

翁廉

金堤一道襲秦椎，長住橋陵千載期。甲子已更嬴世紀，衣冠重見漢官儀。肯將填海移山志，來構分岩抗殿基。衽席斯民天下重，永留遺愛杜棠枝。

移居一枝園口占

繞匝真愁窘一枝，鷦鷯暫托卜居宜。鄧林借尚賓王靳，全樹酬嗟義府遲。巢父安巢吾倘免，北人歸北朕安之。短椽喜枕青溪綠，試汲春波注硯池。

把酒問月圖爲連君聲海題

孤影芳林手一卮，秋顔未改此鬢眉。坐饒修竹如佳士，添入先生獨酌詩。
未嫌天問襲靈均，奇想誰知始賈淳。歸去高寒有宫闕，一般自命謫仙人。

與客語太平割據時金陵遺迹事雜紀

南朝碑石散如烟，爲治天京益蕩然。識得蕭何未央意，經營將作十三年。金陵六朝碑石自洪武來已多拽作街石，及洪氏據爲天京，數百里宮室、陵墓、坊表、柱礎，皆拆爲宮室、苑圃、官廨之用，十三年工作不息。

報恩九級琉璃塔，不待雲梯正瞰城。聚寶門外小長干報恩寺有九級琉璃塔，踞其上發炮，炮及中正街，城陷後轟而毀之。却自長圍南北合，松堂竹徑一時平。寺有松林堂、竹浪徑。

城北沉沉制府衙，重門忽變帝王家。洪氏即城北前制軍署爲王府，大門額曰『榮光門』，二門額曰『聖天門』。石船金殿今何在，疑冢依稀水一涯。僞殿梁棟皆塗赤金，其東有池，池心以青石砌成一船，長十餘丈，廣五六丈，傳聞洪秀全尸自船掘出。

無多臺榭小倉山，不值東王一解顏。楊秀清至隨園，周覽一過，以爲朽壞，弃不用，而以妙相庵爲御花園，惜陰書舍爲東王別業。幸未樵蘇擾遺壟，隨園坏土尚人間。

黄泥崗上住東王，環繞金龍近太陽。東王府在黄泥崗，爲鹽運使何其興住宅，時有金龍城、太陽城之名。無數朱書新府署，主人歸日幾滄桑。僞衙多以黄紙朱書張門上。

江北江南峙大營，孝陵衛近萃旍兵。向榮之江南大營，在孝陵衛。自從七甕橋邊捷，旋作長濠逼石城。官軍破太平軍於七甕橋，始逼城，作長濠圍之。

困守孤城久絶糧，爲多種麥毁民房。至今東北人烟少，甜露曾嘗百草方。

一曲秦淮舞未終，重開女館策頑童。楊韋授首緣何事，應紀紅鸞第一功。楊、韋結怨，互相屠殺，爲秦淮妓紅鸞而起。

北岸軍鋒渡若飛，凶殘掃盡合城圍。奪回九洑洲前壘，江路難援燕子磯。江北都興阿遣師船自瓜洲攻觀音門，襲燕子磯，自破九洑洲，以兵守燕子磯，江船接濟遂絶。

重師俯壓雨花台，忠侍援師一戰摧。制勝别趨龍脖子，鍾山無復運糧來。龍脖子即天保城，占領後鍾山後，始斷陸路糧運。

出入圍城卅六回，所親驚瘦賊中來。謂縣丞胡恩燮，即後築愚園以養親者。張繼庚吴長松并命終何補，神策門中栅不開。

老巢如阱困重垣，湯沸無聲死士繁。地穴遍防三十六，自朝陽門至鍾阜門，地道凡三十六穴。獨遺廢隧太平門。

儀鳳門前地道通，擊西妙計在聲東。洪、楊之陷金陵，由儀鳳門發地雷，城崩，他將自三山門入。及曾國荃復金陵，亦於神策門掘地道，城崩，不能進，而他將越城入。挖煤人豈惟黔桂，君始開壠亦此終。太平攻城，全恃挖地道，募廣西挖煤山人一營，謂之開壠口。或曰黔人。曾國荃時，亦仍其人爲之。

莫愁湖水使人愁，自龍脖子至莫愁湖，尸相枕藉，見李圭日記。枯骨城壕血不流。後日翠凝亭上望，每逢陰雨鬼啾啾。翠凝亭在清凉山，曾國藩時新修。

鳳臺山畔路凄迷，白鷺城南失故栖。獨有胡園無恙在，劫餘呵護季高題。胡煦齋愚園中，宋劉季高題名石尚存。

十萬蒼松一炬燔，孝陵龜櫝已無存。相傳孝陵饗殿後平台有朱匣藏石龜，洪、楊之亂失去。發邱猶未中郎命，賴是弘光七世孫。洪秀全有詔勸告國人，自稱爲弘光皇帝七世孫。

墮都作計撫凋殘，苦爲南畿策久安。至竟諸山留郭外，不如列壘倚江干。曾國藩謂金陵城太大，西北闊地荒田過多，欲畫鷄鳴山，沿鼓樓、小倉山至漢西門爲城，而割神策、金川、儀鳳、定淮、清凉五門於城外。

荷香八里後湖船，風景依然劫火前。惟有新洲村舍在，百家零落剩人烟。《曾國藩日記》：出太平門，船行三里許，至麟洲；行五里，至神策門，凡行荷中八里許，又云『新洲』。向有百餘家，亂後復還，不及一半。

壽内

赤蛇一紀壽星周，許邁連年正遠游。日下慢疑西笑樂，囊中早阻北行謀。懷人琴軫因風想，侑醉詩筒計日收。擬寄芳香能發未，鹿葱花照玉搔頭。

秋禊歸逢洗爵歡，報書人與竹平安。懶酬詩債同錢澀，乍别愁腸得酒寬。近况更誰勞問訊，高堂爲我勸加餐。分明織女前宵語，苦待填河見尚難。

留下

霜寒一劍認前身，還我河山日月新。地運千年今尚滯，不知留下待何人。

西溪雨泛紀游即用秋雪庵壁上康更甡聯句韵

西風吹絮連灘白，曉雪不寒迷大澤。釣船深入蘆花灣，失喜夢中動顔色。焉知來早游非時，秋雨有之惡睹雪。窺牖道人語顛末，閉關經年禁勿出。移舟改讀交蘆畫，肯伴蔬盤雜餉客。幾人有願居西溪，卜築可容分一席。圖中高賢各傾幘，我欲行藏問消息。年來踪迹如浮鷗，一載宦游滯江國。不學詞人集古癖，秋雪庵懸强邨、吷庵諸人題聯，均集詞句。義山撏扯愁衣裂。題詩但訂他年游，誰是洪崖吾右拍。

謁杭厲兩徵君祠

好事當年粟主遷，墓田二頃屋三椽。兩家大婦同香火，讓與姬人月上傳。

歸舟口占

緑水灣灣乳鴨嬉，矮篷趺坐愛船遲。他年剪燭留回想，一棹西溪聽雨時。

雲栖寺雜詩

深塢叢篁一徑迷，緑陰如幄護招提。五雲自是雲歸處，無奈游雲不肯栖。

選竹何人與放生，殺青高署女郎名。老僧此舉非無意，留得秋山戰雨聲。

老樹横根十丈强，懶龍伸臂點青蒼。山門甲子難爲記，但數龍髯幾許長。

登鍾山絶頂作

鍾山山勢東南雄，地脉西走通盧龍。海桑閲世屹重鎮，九朝舊迹如飄風。秦皇一怒石骨裂，王氣不緣鑿山泄。藏金化作紫霞飛，冶城青焰千年滅。騎亭旌從伊何人，酒色無賴爲尊神。世上椎埋幾黄屋，娱爾帝號焉足瞋。鷄臺蘭菊俱塵土，宫井胭脂尚今古。帝家一一變蕪城，傳舍江山誰是主。直從燕子金川來，神烈之神安在哉。近百年間兩戰史，雨花如血腥荒臺。此山龍蟠舊不曉，登臨始覺勢夭矯。蒙茸草木見爪鱗，頭角鬅鬅聳雲表。忽然掉尾成西峰，回顧踞虎如相從。若非渡江一馬化，定是水中來阿童。燈臺卓立天咫尺，割青一半分龍脊。考古虚從絶頂行，松風權作彈琴石。萬家鱗瓦負斜陽，桑泊遥看失練光。焉得青溪通九曲，秦淮依舊徧浮航。西岩招隱多佳處，雌霓郊居吾解賦。眼前馳道正縱横，不是後湖劉駿路。

自天保城下望玄武湖時湖水盡涸

遠引江潮憶盛時，後湖六代閲舟師。分明小小滄桑事，一勺今成飲馬池。

暮雨游采石磯長歌紀事

黄流嚙岸摇荒洲，連磯不動天平浮。江神吝風借未得，百里逆溯凌寒秋。不辭猛力争上游，奔輪軋軋回萬牛。列麻諸山落眼底，天門錯道迎前頭。烟昏雨急苦不斷，屢問水程程轉遠。帆檣漸見新河通，燈火已看牛渚晚。更無落日供繫繩，安得浮雲散吹管。近岸神風要引回，乘輿山陰徑思返。忽然壯往氣無前，短衣拔足偕峰巔。山腰森立古碣斷，洞腹永日濤聲喧。然犀之亭萬鬼怪，樹影攫人動疑駭。依稀暝色照歸途，猶及青蓮祠下拜。吾聞長江天塹敵所窺，南北成敗争此磯。入吴分兵王渾計，襲陳宵濟韓擒師。蕭梁不省賊景渡，南唐斷送樊郎絲。此皆南敗北輒勝，得國亡國恒於斯。自宋之南局始變，破虜功成歸水戰。允文運策完顏覆，開平奮戈元陳亂。循環世事豈可窮，德不在險宜非攻。地氣津橋有代謝，得時豎子皆英雄。歸去來，日方暮；慈湖港，陵口戍。馬鞍山外沉烟霧，大勝關前迷去路。菰蒲水鳥聲相聞，舟子停舟不知處。何人解聽袁宏句，高咏吾能宵達曙。權當租舡過客看，真待明朝挂帆去。夢回失笑作張融，夜來岸上牽船住。

太白樓歌

杉青閘外維客舟，八月我作嘉禾游。落帆古亭拜太白，又來石渚登斯樓。相傳公以捉月死，醉學知章眠井底。當塗晚歲依陽冰，魂魄故應常戀此。騎鯨壯語一世豪，五雲軒牖霜旻高。丹楹文藻照江水，猶似船頭宫錦袍。天門夾峙開雙扇，梁博峰巒時隱見。吾儕無句足驚人，辜負青山對葱蒨。平生懷謝無餘子，遺宅荒池今廢圮。江山如此葬詩人，高卧酒星呼不起。嫦娥羞客畏客來，雨後陰雲凝未開。長庚與月同晦影，欲捉無處空徘徊。循墻讀碣字摧敗，暗中摸索發光怪。掉頭去汝未忍行，手拍闌干望天外。雲愁海思心茫茫，題詩上頭字滿墻。此樓此客不易遇，擲筆一笑誰洪黄。

書懷再用孟文韵

幾家頌粟望原思，弧矢何能憚遠離。言大倚天空有劍，歲貧立地并無錐。蛾眉知我憐徐淑，犀角驚人待阿遲。濩落一官終底用，嗣宗心事咏懷詩。

蔭樵招同社集飲樜園樊山丈賦詩見贈次韵奉和

作吏稀於筆硯親，舊常吟局當翻新。秋冬亘歲遲歸客，城郭誰家是主人。一座相知樂莫樂，四時在我春非春。頭顱半百曾何就，潦倒官曹著述身。

【附原作】

穎人至自新京九月二十六日蔭樵招集樜園賦呈一首　樊增祥

還京游子爲寧親，鐘杵寒山入耳新。菊酒已過重九節，茶琴雅集十三人。東西兵火連諸夏，南北梅花正小春。食蛤焉能知許事，尊前且鬥苦吟身。

越三日復集稊園仍用前均

老瘦猶堪慰所親，塵忙詩筆減清新。重陽屢展仍逢節，是日爲九月二十九日，先十日樊山丈有展重陽之舉。十口初添轉累人。謀局河山方劫急，感時草木待城春。平原計日無多飲，易醉寧能惜告身。

以裴韵珊師詩詞遺稿乞樊山丈作序再用前均賦呈

冠蓋承平笑語親，京華幾輩白頭新。虎賁北海誰懷舊，馬策西門易感人。綠野遺言松尚晚，黄壚酹酒草難春。定文後世無窮意，風義平生托此身。

五十初度寫懷

十稘故我尚依然，温舊重翻自述篇。安石蒼生方府掾，泉明開歲又斜川。移家枉作郊居賦，愛客常虧月給錢。攬鏡莫嫌顔駟老，古人今始服官年。

中年仕宦忽蹉跎，回首流光一擲梭。蟲解號寒惟得過，酒能日飲是亡何。稍遲躍冶金終試，苦作勞人墨被磨。官不全卑頭未白，衹除詩遜樂天多。

口舌誰何驟得官，眼中齊虜辱衣冠。驕人愛作宣明面，貧累寧甘仲叔肝。致仕硬差緣苦笋，當門無奈惡芳蘭。兩年有半家居樂，病木沉舟付達觀。

干祿微嫌擇術疏，皋比且試擁橫渠。治生寧有菟裘老，憂國猶思藥籠儲。求學餘師如道路，大
同宏願在車書。新陰桃李成材後，幾輩門生問起居。
五岳遲遲未遍經，看山吴楚迹如萍。岸濤赤壁千堆雪，雲錦匡廬九叠屏。懸甕讀碑祠晉母，洞
庭鼓瑟禮湘靈。珠江風月家何在，烟瘴南天正晦冥。
海外新知問考工，扶桑重覽日光紅。樓船瓊草三山遠，地穴羊珠九館通。蘭柑琵琶湖畔雨，茶
爐金閣寺前風。較量五一作三。百年來樂，秋月滄溟一葉中。
北海登高集紀群，吟儔重九散如雲。寒威撼樹風難息，急景催人日易曛。敞地萬家營有待，楹
書先澤愧無聞。可憐負米他鄉後，腸斷臨歧誓墓文。
父老爲郎定幾回，參卿軍事石生來。罪言策進原非戰，急劫棋殘亦試才。洛下似聞王氣盡，阿
房空付後人哀。憂時莫作論都賦，太液他年剩黑灰。
過江游興與時饒，俯仰山川送六朝。秋舸霧妨牛渚月，鋒車夜看海寧潮。湖樓烟雨鴛初睡，溪
水茭蘆雪未飄。竄突不黔頻徙宅，一年好句滿詩瓢。
通道神州水陸繁，編成實録庶龍門。傳車有待搜遺軼，紙筆長教置溷藩。未敢識途居老馬，且
容入袋作胡猻。隨身書局寧辭瘁，歸去慚無獨樂園。
鐘杵寒山見不鮮，青溪繼起又諸賢。安排醋甕迎摩詰，喚取茶囊待大年。泥巷兼招今舊雨，江
風偶住去來船。耳名客詫袁枚少，一集同人手自編。
論年早逮作翁時，松菊園荒孰主之。擇地未隨劉涣隱，就官休擬孔愉遲。和凝生子兼三美，德

曜移家伴五噫。修史霜毫閑不得，妝臺待畫遠山眉。

懷組安同年

任重方當國步艱，安車消息遲公還。乍癯未必關聞道，因病何曾便得閑。飲啖過人須少損，憂勞無補暫宜删。朱陵應有長生藥，乞爲蒼生更駐顔。

橐中集

關文彬著

序

己巳冬，穎人社長奉命重長平漢路局，未行待決，進止於畏公。公病，亟謝請謁，屬余持晋陽復電示之，君始毅然就道，余送之車次，屏人耳語，不敢以此行賀也。君既循海北上，余弟季和亦綴往，消息時得聞。未逾月，則風鶴頻警，大波掀然，君方竱意治官事，爬梳釐抉，夷險置度外，憚其夙望，未遽逐客。然劍拔弩張，事已無可爲，卒被迫受代以去。重聚白門，悲喜交集，不啻東坡之生還海外也。《囊中集》實成於此三閱月中。由今思之，使恇懦如吾儕者，膺此劇變，苟非屏息之不遑，亦必委職事而行，君乃握蛇履虎，匪計艱辛，出則酬對賓客，入則秤量水藥。文書山積，輒自裁畣，邏騎在户，不廢嘯歌，掾吏從之游者，相忘其托命覆巢之下，非夫矯情鎮物、神明內斷者，孰能與於此。讀此卷，可以諗君之弘毅貞固，而惜其所蓄未盡攄也，安敢僅以詩人目之哉。畏公嘗語余，觀穎人近詩，攄别怵迫，歷歷如在目前，咏史諸作，言之有物，深可昭鑒來兹，曷減少陵詩史耶。九原可作，誠爲知言，感舊懷賢，泚筆及之。甲戌二月清明社弟陳毓華謹叙。

囊中集

稊園詩集第九種
南海關賡麟穎人

己庚之交，北方無事，積薪厝火，履霜堅冰。雖晋陽之甲未興，而無忌之檄已草。鐵路綰轂燕楚，尤兵事所必争。余以是時奉檄北來，單車視事，念地獄之誰入，期太阿之我持。顧耿弇良非主人，而吴漢隱若敵國。命途夷險，不智者而皆知。昔光武官屬有云，奈何北行入囊中，今之謂矣。命其間所爲詩曰《囊中集》，起民國十八年十二月，即夏曆己巳年十一月，訖民國十九年四月，即夏曆庚午年三月，凡詩三十有六首，詞二闋，附録詩二首。

鐵道部復以余兼長平漢鐵路局事感賦

十五年前舊地迴，謳思聞道尚燕臺。民國四年，余以事去京漢路職，全路去思，至今不忘。每有更替，輒虚傳重莅，動色相告，無歲無之。微官不進甘頭責，喬木成材憶手栽。河内寇恂容暫借，雲中魏尚許重來。調停鷸蚌吾何利，却遣盤根一試才。

海上度歲

海氣昏昏斗柄旋，歲星不照島夷船。忽看盤餌瓶花祭，旅鬢催人又一年。

不耐

道梗紆途泛海還，小園計日望西山。平生愛惜陰分寸，不耐舟車數日閑。

夏曆十二月十四日爲麻葛婚紀念日人事倥傯勞於賓客飲食之擾未以有志也數日後補詩紀事

容有人間補恨天，天孫機杼好因緣。我無故素新縑意，春夢沉沉十四年。

赤繩佳日憶青廬，綦縞家風適隱居。麻紙衹今長伴葛，不關誰薄與誰疏。《古讀曲歌》：『麻紙語三葛，我薄汝粗疏。』又：『登店賣三葛，郎來買丈餘。合還與郎去，誰解斷粗疏。』

重游晋祠口占

積素瀰皋一綫過，翔陽收影俯汾河。分明繪出邊城景，風雪千山數橐駝。

丸丸松柏鎖晴烟，鎮水金人六百年。待鳳不來桐葉盡，霜風如翦翦祠邊。

脱粟曾甘水母樓，重來鴻爪悵前游。照人惟有橋間瀑，依舊懸岩不住流。
讀書臺上面浮雲，解甲聽泉每日曛。咄咄書空誰此室，老僧能説故將軍。

晋祠和宋寰公原韵

卅年四作并州客，擾擾輪蹄幾劫塵。猶有一泓供洗眼，强留半日得閑身。尋碑鄂國遺居渺，觀奕秦王望氣真。欲賦大言仍縮手，衹除宋玉更何人。

【附原作】

游晋祠周柏下造像即題

遼寧宋大章寰公

伯勞飛燕皆游侣，來逐城南一掬塵。汾水晋祠臨古地，唐槐周柏伴吟身。出山泉響分清濁，印雪泥痕覺幻真。色相留將他日看，應憐同是未歸人。

【附和作】

題游晉祠攝影步寰公原韵

南通張震西

晉祠聯袂游觀日，千里征衣未洗塵。世變獨留周代樹，歲寒猶寄客中身。泉流難老我嗟老，碑刻存真石失真。聚合有緣留幅影，東西南北幾勞人。

卓吾出示拓本燕然山銘行次無書簏未及考据質證率題三絶

煉都第一西京手，金石誰知刻畫才。猶有關中淵樸意，風塵倦眼爲君開。

永元片石付榛蕪，鷄麓千年始版圖。元舅無端名不朽，國家終未負孤雛。

父兄世業武兼文，槖筆從戎賴有君。説與邊氓應不信，群胡羅拜漢將軍。

見客

私第新排見客單，空勞温語慰孤寒。姓名頗費張巡識，吐哺全妨公旦餐。幾輩囊錐争請處，异時羅雀頓殊觀。愛才心事終慚負，焉得千間廣廈歡。

菩薩蠻·與内子訪紉蘭夫人院中桃花盛開聯句

水精簾外桃雙樹，胭脂萬點凝朝露。（紉蘭）深院颺輕塵，餘薰欲醉人。　香閨春夢淺，（織雲）無奈流鶯囀。多謝軟東風，還留昨日紅。（穎人）

浪淘沙·西山道中與織雲及紉蘭夫人聯句

萬堞繞晴嵐，碧柳毵毵，（織雲）一溪春水浴鷗閑。（紉蘭）林裏村祠紅一角，林外青山。（穎人）
綉轂度班班，薄袂侵寒，（織）小橋流出杏花殘。（紉）久客不歸歸又去，辜負眉彎。

與内子及君穀石嗣夫婦紉蘭夫人韵明從妹退谷紀游

春山稀雨枯泉澀，巨石横縱作人立。群仙越磵小凌波，脚底微聞伏流急。飛橋跨峽山倒趨，人境非遠宜安廬。周髯邱壑具畫法，激流植援成斯須。山花高下鬥顔色，風吹石几雲生席。主人問訊方南游，病鶴婆娑替迎客。客來遽去何匆匆，騎驢側帽斜陽中。更期十日著游屐，來看漫谷櫻桃紅。

與内子游大覺寺聯句

暘臺春早客停車，（穎人）迤邐平疇入望賒。夾户翠濤松作蓋，（織雲）千林霞錦杏交花。山中候暖温泉近，（穎）樹杪亭高輦道斜。回首故都葱鬱氣，（織）晚雲深處是吾家。（穎）

別墅

治墅十年强，虚牝萬金擲。峰巒窺墻頭，亭臺隱林隙。勞生罥簿領，郊闉隔咫尺。花木應笑人，春風自開落。一飲建業水，長作江南客。西山想晴雲，昔昔在胸臆。被檄忽北游，喜氣上眉額。巾車指湖橋，捲簾納山色。樓塵交鼠印，池泥暴龜坼。故都果從容，郊居庶樂適。天末奈風霾，搔首三嘆息。

偶成

垂柳鬖鬖杏葉疏，宵來雪解已澌渠。不知春日猶餘幾，更檢田家舊曆書。

咏史

老濞無人知反相，元老當時尊几杖。白頭舉事竟何爲，廿載大藩故無恙。銅鹽饒富意所惜，坐使軍興空守藏。幾人得間終脱亡，劫迫枉令袁盎將。連兵七國豈不多，亞夫堅壁弢天戈。吳楚無謀劇孟笑，士卒饑散將如何。同盟猜忌易生隙，豪杰何曾真誘得。君不見，守城背約悔將閭，出境分兵疑禄伯。十年反者八九起，覆轍何人鑑安史。無端三鎮又連衡，密使蠟書走千里。有唐禁衛環上京，關中五百屯府兵。神策六軍足資械，居重始馭諸方輕。可憐河朔生靈苦，冀趙兩雄作刀俎。官軍李馬有成謀，畫地按兵孰余侮。冕旒告天催築壇，朱滔公然置百官。焉知武俊多翻覆，前歲盟言血未寒。草間灾民正偷活，不待戰場枯萬骨。莫教幽州田舍兒，更召達干回紇卒。

劍門七寨連烽火，所畏綿龍成閬果。國家大度能兼容，我不負人人負我。董孟梟雄爭著鞭，乘時節度東西川。兩家舊隙忽消解，兒女更議成姻連。上書指摘詞何激，建節諸州懼相逼。一騎不容斜谷來，萬里劍南成异域。繕兵益戍同負嵎，事急相結緩相圖。詔書但解董璋爵，預教猜貳生成都。同室操戈寧可久，頭顱行入潘稠手。謝罪稱藩倘有人，旌節許君全蜀有。

北風

北風何太急，吹夢落江南。報政無三月，程書困百函。好家撞已壞，卧榻睡誰酣。聞有留賓意，居停謝耿弇。

諜者

諜者盈門十日中，未宜種菜作英雄。匆匆去住家猶戀，瑣瑣恩仇誼豈公。處女兵機成脱兔，羅人藪澤失冥鴻。鼓鼙久厭書生耳，相斫何心紀戰功。

別内

雙栖海燕忽風波，羽翼相期避網羅。蕭寺一棺餘涕泪，瀕行前，偕謁伯兄殯宫。舟車滿地正干戈。愼言預戒郵筒少，防疾親儲藥裹多。不負江南烟景好，與君洗甲望天河。

塘沽

一水津沽漲，彎環入海遥。雲籠垂没日，風簸未生潮。村遠迷燈火，春遲暗柳條。陸行今道阻，估舶幾家饒。

史漢新樂府

舟中無俚，擬鐵崖爲小樂府遣悶，頗出新意，前人所未道也。甫數題而止，他日當續爲之。

五月兒

五月生兒，不利父母。命不在天，則高其户。人生在户將在天，一語折父知兒賢。門閭從此日高大，鷄鳴狗盗群側肩。君家且勿憂及户，薛公眇小非魁然。

楚世將

李信覆軍奔不止，始皇馳謝王翦起。六十萬人空國出，一戰楚亡項燕死。六國惟楚無罪滅，三户怨深終一雪。南公嘆息居鄴笑，下相布衣乃人杰。楚秦世將争中原，一時成敗焉足論。翦賁自死項燕存，君不見，項梁有侄翦無孫。

刎頸交

監門攝笞父若子，大梁豪杰首屈指。杖箠下城盟未寒，一朝血染綿蔓水。奉項嬰頭常山逃，頭足异處成安死。耳不殺餘餘殺耳，刎頸之交乃如此。嗚呼！故人之頸果刎矣。

一人敵

學書記姓名，學劍一人敵。教之兵法學不竟，空自昂藏長八尺。起兵八年未敗北，喑嗚輒變風雲色。一朝騅逝嘆天亡，拔山蓋世終何益。君不見，滎陽挑戰决雌雄，瞋目披甲自持戟；又不見，垓下艾旗斬將三，漢軍人馬俱辟易。漢終鬥智不鬥力，君王究竟一人敵。

兩主樂

天驕冒頓强匈奴，對此老媪來嫚書。自言孤僨方獨居，請以所有易所無。豈願漢家婿單于，平城傀儡美且都，不敢篡取歸穹廬。閼氏專寵畏見奪，今寧已贈月氏乎。漢廷復書乃可哂，謝以年老齒落不足圖。彭城高俎歸來後，野鷄留待赤眉污。古來固有兩主不樂求自娱，不見秦宣太后與義渠。

將軍怯

左祖勢成諸呂僇，公卿奉迎道相屬。代王左右多狐疑，大横未占問太卜。從代下馳不測淵，高世之勇逾賁育。一朝峻阪馳六飛，將軍攬轡怯袁絲。前有屬車後鸞旗，千里獨行將安之。身輕萬乘憂宗社，朽索時時凛馭馬。不見前年中渭橋，犯蹕何人出橋下。

上巳修禊公園水榭以沈休文三月三日率爾成篇分韵得照字途中補作

去年吾南轅，觴咏失同調。今年主北道，游騁非意料。春風吹芳尊，臺榭花四照。林湍豈有常，近境得遐眺。冠蓋餘舊都，書畫集衆妙。禊事付群賢，海内幾逸少。我方痛鴒原，幽憂不可療。服始馬援行，坐罷成瑨嘯。室鬼瞰高明，官守失津要。思避高軒臨，忽辱陽春召。廿年歌咏地，忍見火始燎。狂國人飲泉，混沌日鑿竅。幕處忘燕危，湯具遲虱吊。不祥倘可祓，霖澤行息爝。明朝鴻鵠翔，且讓鷽鳩笑。

伯振長兄之逝適遘變端人事乖迕設祭前一夕余微服南下途次始補作述哀四首

吾翁垂大耋，兄止五旬餘。篤信醫仍誤，兄不信國醫，病輕重皆惟西醫是倚。宜年相或疏。兄耳最長，見者以爲壽徵。殯宫邱嫂櫬，病榻學人書。一事差堪慰，新移就我居。

半生劬講學，弟子遍衣冠。傲性難隨俗，高懷不耐官。時方以病辭官，獲許。戀頭氈帽破，絮肘緼袍寒。垢面談玄理，時人白眼看。

銷鑠精神盡，西方嗜飲材。兄喜吸雪茄，飲加非及白蘭地酒，日不離手。不眠常永夜，未醉尚浮杯。病入肝殤速，春難大藥回。更衣憐拜母，力疾侍平臺。母誕日，尚出拜，且同在階上攝一影。

已審彌留近，遺言一字無。憂生空四壁，昏事誤諸孤。暉在魂應戀，情闌泪欲枯。南飛傷孑雁，矰繳正江湖。

借山楼集

廖維勳署

廖氏維勳

序

歲丁卯五月，余自舊京如滬，七月如金陵，僦居羅寺灣錮銀巷一院落小樓中。時兵後殘破，登樓一望，隱約見鍾山一角，往往夜雨朝霽，烟樹空濛，蒼白萬狀。余遂以看山聽雨顔其樓，而乞龍游余越園及余中表黄晦聞各書樓額，見寄所以志也。明年戊辰，穎人南來造訪，亦寄居是間。嘗與舉目流連，穎人輒寓之於詩。一日與登冶城，訪卞忠貞墓。登小倉山，訪袁隨園墓，於榛莽中捫索碑字，傾摇欲仆，狀至險仄，穎人歸有詩紀之。居無幾何，穎人移居他所，猶時時來登是樓，文酒之會不輟。庚午三月，更移居鐵道部官舍，因名所居曰『借山樓』，與余居相距差遠。其年十月，余奉命司理河北，穎人有詩送行，意甚綿邈。自是而後，吾兩人南北相隔，忽忽五年。穎人間且北來，道出平津，輒相枉過，爲言借山樓中，開軒見山，與看山聽雨樓所見略似。又言羅寺灣一帶，比以平治道路，曩時樓址，蕩然無存，相與慨嘆者久之。最近又言，居借山樓數年，閉户著書，依人索米，忽不知寒暑之幾易，因刻最初兩年所得詩百十首，遂名之曰《借山樓集》。余受而讀之，則庚午送行詩載在集中，而其他俯仰陵谷、往來江淮諸作，視辰巳間又夷曠不同。余惟古之君子，懷瑜握瑾，不爲世所輕重，事至尋常，獨至受搏擊、擠蕪穢，迄不一顧，日惟韜匿山水，吟弄柔翰。或更恢恢乎不自珍閟，出餘光照耀一世，而世果亦次第見之。行事若是者，史乘恒有，而今世所難也。他山之石，可以攻玉，兹借山樓所繇名歟。昔天童詩僧有號借山者，於杭結西溪吟社，詩名重一時，故其《完玉堂詩集》，《四庫總目》亟稱之。往者，穎人理董路政，爬梳蕃賾，匪人所堪，而籌路之篇，著録相望，簿書之暇，詩社鐘集，比之天童勞閑奚若，不廢吟咏如此。而得喪榮悴，恒不屑屑措意，故其懷鬱結而不枯槁，其詞危苦而無怨誹，此豈騷賦之倫不得而沉吟自放者比哉。嚮者，余嘗有所參佐，諗厥前後，故不覺其言之審，异時登借山樓，讀近所爲詩，未知意境抑又何如。今余在沽上，亦仍樓居，然近地乃無山可借，不惟看山聽雨樓額之虚懸已也。而越園在杭，晦聞新逝，索居寡歡，心神凄惻。適穎人馳書索序是編，慨念疇昔，爰就年來兩人離合之迹，寫所藴結，序以答之。乙亥二月順德胡祥麟。

借山樓集

稊園詩集第十种
南海關賡麟穎人

距金川門内二里而近，有地曰『薩家灣』，鐵道部建署於此，治官舍焉。余一官匏繫，依例僦居。登樓啓窗，鍾山在望，因名所居爲『借山樓』。閉户著書，依人索米，忽不知寒暑之幾易，姑以是樓名吾居，此最初兩年之集。

起民國十九年四月，即夏曆庚午三月，訖民國廿一年一月，即夏曆辛未十二月。凡詩一百十九首、聯句四首、詞三闋、附録詩十二首。

金陵寄内

弃外居然汲黯歸，淮陽卧治夙心違。泥波畢竟分清濁，奴主何曾有是非。舍館暫依臯伯廡，世途真悔漢陰機。江南寒燠渾無定，謝汝臨歧檢篋衣。

金川門懷古

鐵道部營新署於城北薩家灣，距金川門數十武。余居署後官宅中，暇輒登城，遐思興廢之迹，慨然賦之。

功臣藍傅歐刀死，高枕偏顱作天子。焉知易世燕飛來，始悔四方無猛士。周公破斧忽東征，削藩藉口師何名。巍巍城堞此北望，抉眼誰視南來兵。直瀆盧龍勢犄角，控衛帝畿真鎖鑰。反顏内應延敵師，豎子九江焉足托。己丑，燕兵犯金川門，李景隆開門迎降，都城陷。九江，景隆小名。門卒何人痛哭行，太倉龔詡，字大章，時爲金川門卒。年十七，燕兵至，慟哭去之。後巡撫周忱欲薦之，謝曰：『詡仕固無害，恐負往日金川門一慟耳。』督師委去無堅城。翰林御史各扣馬，東楊有靦逢連楹。燕王入，楊榮扣馬問：『先謁陵乎？先入宮乎？』御史連楹立金川門下，自馬首數成祖，詞色不屈，被殺。際天波浪江邊驛，龍江驛，在金川門外大江邊。出師壇祭猶前日。龍江壇，在金川門外。明初，凡行幸出師，則祀於此。奏凱不曾沙漠回，徐達伐元歸，入金川門。有譖之者，内侍馳馬密以告，徐不入城，還，堅卧船中不起。指麾還駐龍江蹕。燕王令諸將分守各城，仍駐龍江。聞道新城拓築年，工材非出沈家錢。舊説太祖建都金陵，廣其外城，而府庫虚乏。富人沈萬三願築其半，工先就，自洪武門至水西門，乃沈所築也。一夫當關易爲守，狼豺竟化寧非天。四百年來彈指逝，蠹樞如故門常閉。清代因明之舊，北僅開神策門，其金川、鍾阜皆閉。劫後重扃始洞開，鐵輪今是經行地。今寧省鐵路由金川門出城。閲盡興亡幾故都，年年春草更榮枯。皇孫與燕各安在，啄屋剩有延秋烏。

題廖幻晴昌賡扶桑海浴圖題咏集

罷浴扁舟好振衣，裸身持檝客忘機。卅年江島吾猶憶，曾拾胭脂硯石歸。余壬寅歲東游，自鎌倉如江之島海浴，今廿八年矣。

和孟文見寄詩即次原韵

庾亮規東下，王離主北軍。料英無上策，和楚豈中分。脱險從航海，懷歸但望雲。幾人猶戀豆，冀北未空群。

兩院開南北，何時遂奉親。萬方多難日，千里未歸人。直道常遭謗，卑官不療貧。相期燕市醉，剪燭話悲辛。

【附原作】

寄懷穎人表妹丈

夏縣賈秉章孟文

憶昔開文宴，新詩屢冠軍。關山千里隔，勞燕一朝分。皎皎屋梁月，茫茫江上雲。南飛傷鎩羽，空自惜離群。

世亂思彌切，年衰意倍親。鳴蟬争集樹，饑鳥慣依人。才大心逾細，書多腹不貧。金陵饒古迹，探勝肯辭辛。

重游栖霞山和内子作

附郭農村近，濃陰石徑微。山花經雨艷，水鳥隔谿飛。土甃藏經塔，田分壞色衣。寺名名隱士，一笑俗傳非。

累磴高梳髻，遥山淡掃眉。岩幽通鳥道，泉響翳龍池。共倚仙人杖，重捫幼婦碑。笋輿真過計，咫尺未應疲。

記得重陽會，詩成思涌泉。擲梭驚歲月，伐鼓又烽烟。文字勞欣賞，乾坤待轉旋。再來吟侣好，天女解參禪。

山色尋無盡，行行不計程。忙應崖佛笑，歸及雨師迎。怯冷單衣薄，臨風夕籟清。更期紅葉裏，萬樹聽秋聲。

【附原作】

夏日游栖霞山四首　張祖銘

百舌催行急，籃輿入翠微。石溪緣徑轉，山鳥抱雲飛。緑罨疑無路，嵐浮欲潑衣。徵君遺碣在，俯仰昔人非。

層岩千佛坐，對客各低眉。峰罅寒窺日，桑陰密覆池。石揞隋代塔，墨泐禹王碑。佳處頻留戀，攀援不覺疲。

雨過浮龍氣，風生響鹿泉。雲封三聖窟，殿鎖六朝烟。徑僻驚狼迹，山環作蟻旋。僧蔬聊一飽，此地試參禪。

此後游應便，相望卌里程。遠鬟時出没，笑面解逢迎。風雨歸途疾，林巒暑氣清。似聞桃澗水，猶作戰時聲。

乘舟觀江南諸山泊登燕子磯沿幕府山下訪榴花零落盡矣小飲酒肆内子有詩紀游賦和

浮花浪蕊不成妝，虚負觀榴幾度忙。萬緑動人仍畫稿，一江流水付殘陽。石岩曬網漁師去，村肆迴船酒甕香。爲憶嶺南魚鱠美，何時結伴得還鄉。

【附原作】

夏日與穎人爲江游舟中遥覽幕府諸山風景遂登燕子磯游三台洞歸飲酒家紀游有作索穎人和　張祖銘

青山夾岸炫新妝，雨後江聲日夜忙。怒浪翻騰春斷壁，亂帆高下襯斜陽。村墟得鹿依人熟，鄰港叉魚入饌香。翻羨荒洲今樂土，桑麻門户水爲鄉。

暑夜泛舟玄武湖

逃炎無地著涼臺，門禁中宵爲客開。入座荷香徐迤邐，隔雲月影久徘徊。城墻隱霧燈明滅，棹唱隨風艇去來。一醉湖樓謀未得，瀹茶權試碧筒杯。

【附和作】

六月之望泛舟後湖凉月當空青山在望荷香四溢清風徐來打槳中流不覺忘返穎人有詩即和其韵

張祖銘

垂楊倒浸黯樓臺，燈火前洲水閣開。雲影隔山同突兀，湖波與客共徘徊。雙栖宿鷲鷺船起，半面明蟾破霧來。何處笙歌人不見，萬荷爲幄坐浮杯。

夏夜即目

廣場球戲罷喧聲，落日餘蒸尚户楹。檐外梧槐各離立，草間蛙黽自縱横。露車有客眠能穩，風鐸多時噤不鳴。試向疏星河漢望，明朝依舊十分晴。

牛首

北臨幕府南天闕，江左名山屬茂弘。并與王家專壑去，謝墩從此不須争。

遠脉雲臺接石岡，金陵形勢壯南方。三山同落青天外，應數花岩與祖堂。

虜騎長江拒佛狸，壽陽如練應青絲。選樓遺迹蹄涔地，筋脚千群又一時。

山下村猶得勝名，岳侯衛主覆金兵。劉妃空療君王眼，黑白賢奸總未明。
枯禪鐵漢幾春秋，塔影斜陽迹尚留。行到東峰無覓處，月中誰見兩獮猴。
盛夏西峰駐六軍，受俘兒戲記遺聞。明武宗十五年六月，幸牛首，駐西峰祠堂中。翠華又見承平日，三度頒題御製文。

村居即望（牛首山道中）

長夏村居好，閑閑十畝桑。繫牛依碌碡，浴鴨戀池塘。稻穗先秋熟，松枝得雨凉。團焦餘返照，佳氣滿平岡。

挽章曼仙華

卅年燕市共浮沉，詩在酬箋酒在襟。正憶別時憂沈瘦，頗疑亂世托甄痦。琴亡便作廣陵散，家食愁爲梁父吟。身後憐君珠玉集，更無幾道嗣遺音。

七夕雨與内子聯句

濕雲晨失遠山青，（穎人）細雨微飄暮未停。遇閏秋深仍七月，（織雲）隔河水滿阻雙星。車如待洗龍俱懶，（穎）橋尚難成鵲不靈。莫誤長生殿中事，（織）同時私語聽淋鈴。（穎）

賀梁均默寒操新婚

擇對鴻光幸遇之，不妨宦早抵婚遲。松根盤錯凌冬意，龍氣雌雄貫日時。窺寢望舒逢夜滿，卜居仙島與秋宜。雙栖風味誰能説，除是梁間海燕知。

内子生日賦賀時旅居滬上

咫尺飆輪隔聖湖，明燈客館費踟躕。虛鬟疑爲留賓翦，半臂寧供易麵需。近市杯盤許真率，屬垣歌舞自歡娛。來宵補喚三潭月，伴汝松醪盡一壺。

八月十八日海寧觀潮書感

水軍校閲彩旗開，祭賽潮神歲一回。此日相沿多點綴，幾人真爲看潮來。

惜中秋歌

舊時月色呼不回，今宵月好無纖埃。西湖風景天下絶，所惜不以中秋來。來時正值中元夜，碎揉圓暉水銀瀉。忽發奇想欲云云，後月秋光疑可借。文人好事思百端，顛倒造化司其權。重陽上巳例可展，元宵預買惟金錢。人間甲子今難問，治曆似聞當置閏。倘非白帝晚行時，計日早應佳節近。此時皓魄懸當頭，晚來仙侶更移舟。玉臂雲鬟相倚坐，風露滿身容拍浮。四山沉沉滃香霧，人在大圓鏡中住。掉入荷花四壁深，驚起眠鷗遠飛去。摇摇三塔紅燈明，隔船樹翳聞人聲。不知廣寒在何許，翩然自在中流行。古人妙解吾能説，有菊即爲重九節。若更遲呼賞月杯，秋宵豈得無圓缺。君不見，髯蘇赤壁非中秋，前游七月後十月。

後一夕月下復游

凉秋泛月晨慵起，秋夢如烟落湖水。晚看月似昨宵圓，餘興重游殊未已。湖心水塔何磷磷，白石新礱不涴塵。停橈俯仰論今古，依舊同來玩月人。忽憶臨安歌舞日，清光頻照鑾輿出。德壽宫中龍笛清，散入人間聲第一。桂子荷花樂未休，撤欄卧看芙蓉秋。虚傳玉作乾坤句，月子何曾照九州。中原遺老長垂涕，一角殘山幾興替。年年付與放翁吟，餘胙殘壺携一醉。河山無恙今千年，露華晞髮疑飛仙。趺坐松根試大叫，何人喝月雙峰巔。坐想錢唐江上路，白沙翠竹籠寒霧。一舸風裳背月歸，回首鳳凰欲飛去。

爲少平叔和鄧瑞人六十自壽詩原韵

壽觴倡和起于禺，愛客勞君折簡呼。習戰樓船傷急難，持籌塵肆悟盈虚。早希海雪栖天觀，晚學知章隱鏡湖。道侶倘尋華首夢，依然雲影夾人扶。『雲影夾僧扶』，陳子礪提學太翁友珊先生題《華首臺圖》

句也。

葛鄧交期憶嶺南，葛稚川在羅浮，丹成，爲書辭廣州刺史鄧岱，謂有遠行。守安知道老坡諳。鄧道士守安，蘇東坡《游羅浮記》稱爲有道之士。退庵新作湖山録，鄧林號退庵，新會人，官吏部，謫居杭州，有《湖山游咏録》。九鎖喜爲文字談。鄧牧字牧心，居餘杭洞霄宫，號九鎖山人。鄉國幾過龍荔熟，故人猶饜蕨薇甘。惠州春餉如分贈，詩思應同酒味醰。

哭組安同年

客座頻勞奬挽詞，隔年忍作哭公詩。公極推余挽王湘綺詩，謂『當時挽詞甚多，無出其右』。去歲屢於座次言及，并詢存稿。人才殄瘁嗟誰嗣，病體支離失付醫。薦士寧嫌行道屈，公手書相勸語。奪賢除是問天知。平生風義今安在，更爲渠何買綉絲。

戲書示内

紙筆群兒學弄初，平安遠訊慰羈居。閨中偷仿簪花格，竈婢而今解報書。

庚午九月公餞桂東原夫婦澳洲之行并補祝今歲六十壽以王摩詰送李判官赴江東詩分韵得蓋字

十洲天長春，百靈獻珠貝。使者乘風歸，群真日高會。桂侯嵚崎人，談瀛語滂沛。平生數行迹，十九燭龍外。别久念家山，京華聚冠蓋。一夢落西湖，秋風饜蓴鱠。絶域今需才，張膽復舉最。皋廡突未黔，有司促行旆。國華當遠揚，况值寰宇泰。炎荒雖萬里，隔水一衣帶。爲君設祖道，行矣齊玉軑。翩然雙仙人，將翱起鸞翽。前身豈桂父，顔色童非艾。麻姑似年少，丹砂作狡獪。念君潮海才，俯視衆溝澮。詞章溯淵源，膏馥早沾丐。書體創三絶，下筆得李蔡。室有能文婦，酬唱盛簫籟。預知長慶集，價重鷄林儈。壓裝幾牛腰，聲挾海濤大。

送胡子賢之官河北

胡生五十尚郎署，僦舍螺絲灣裏住。三年白下不飛鳴，飛即尋君舊巢去。燕都流寓卅載强，讀書仕宦如故鄉。一落南方飲江水，懷歸無計空旁皇。大河以北頃化外，群兒相貴多除拜。法曹僞命獨未污，袖手枰間看成敗。一朝收京麾白旄，亂絲待理煩孟勞。讀書難耳讀律易，此事得不歸吾曹。提刑官貴今非舊，諸路柏臺需領袖。知君飽看江南山，特許北還衣晝綉。平生賓座笑不嗔，兩靨常皺成靴紋。向人忽作削瓜面，忍俊毋乃非其真。君聞大笑謂不爾，和顔折獄從我始。却看家人無復愁，慢卷詩書正狂喜。秋風帳飲酒未醺，候吏負弩催征輪。我亦思家苦窘束，何時同看西山雲。

題式園時賢書畫集

斷楮零縑入手新，時流迹較古賢真。有誰更信桓譚論，親見揚雲不動人。

挽丁闇公

廿年汐社共尊罍，笑口春明尚屢開。落月屋梁疑太白，秋風鼓角失方回。趨庭兒好無遺恨，自祭文成轉費才。誰信相迎時果至，靈芝宮殿不歸來。

西園曾伴選詩簃，夜半寒鐙各撚髭。屢見蓮花依幕府，舊聞綿蕞定朝儀。著書合讓名山占，飲酒何嘗大户辭。留得鏡中僧服影，一肩行脚去安之。

百城坐擁小諸侯，炳燭中年讀未休。玄鶴正同韓退舞，素騾忽逐曼卿游。耳聽早塞原宜壽，氣海常温不解愁。豈意聖俞光澤面，隔宵風雨送窮秋。

頂螺槁項謝西山，皓首仍朱醉後顔。金榜寧爲羅隱重，白衣終放鐵崖還。亭留史稿何嫌野，室有寒梅不算鰥。眼見九州同以後，更無餘戀在人間。

壽葉玉甫五十

雲程中道惜霜翰，服政初期已挂冠。弛矣大㳄憂國早，導之先路替人難。枯楠霄漢知心事，華髮滄江念歲寒。五十年前戒和尚，故應猶作衲衣看。

病室深辭介壽卮，著書生活謝明時。照顔古道傳家畫，挽手清流本事詩。近展堂以贈君詩見示，此詩中語。師魯真能忘退静，王微聞已起危羸。即看九域今當一，未合閑身久訪碑。

壽商雲亭六十

商生兄弟如聯珠，聲名大小眉山蘇。制科昔爲得人慶，兩龍指顧騰雲衢。長公先進人尤羨，傳家舊寶賢良硯。跌宕名場二十秋，世事誰知海桑變。玉堂當制筆如椽，一别方蓬作散仙。宦味飽嘗原淡泊，閉門惟讀養生編。歲星周甲年光迅，劫灰懶向胡僧問。發聲變雅戒吟詩，扼腕辨亡嫌作論。獨計疲人杼柚空，故都流轉幾哀鴻。蒼生飢溺在懷抱，活人吾分不言功。甕山荒墅曾憑軾，村落千家艱粒食。指説年時散賑人，菜傭尚與君相識。余别墅在甕山之西，君嘗假其地施賑，園丁言之甚詳。離家我阻大江南，接座齊年愧靳驂。謂藻亭。祝汝白頭同聽雨，閬峰煮酒待梅庵。

隱括郭景純游仙詩之一示茗青

南鄰奇樹立根深，徙著誰家負此心。移植無期良嘆息，春來爲爾更沉吟。

庚午十月同人約游焦山集宴碧山庵翌日銅士來告與茀怡則文茗青以定慧寺門内所勒海不揚波字分韵賦詩因戲用詩鐘碎錦格綴成七章紀事并答

海日雲帆入畫圖，重携不借訪靈區。瓜州樓對揚州塔，我欲烟波著釣徒。

海門岩石托羲之，鶴壽殘碑紀不知。更考對揚丕顯字，鼎文波磔見蟠螭。

海口譙山古戍荒，雙峰落水不成行。揚帆漠漠歸舟去，波上紅翻濕夕陽。

海西庵下聽潮音，頑石雷轟不可尋。偶學椒山渡揚子，月波樓址獨行吟。

海内名山兵占多，創痍不奈爾曹何。清揚辜負江峰色，且作焦仙避白波。

書名海岳冠時流，謂銅士。詩侶聯翩筆不休。補入揚州都轉志，《焦山舊志》，盧見曾所修。郭波礱石亦千秋。『海不揚波』四字，長洲郭波刻石。

四海彌天集主賓，不辭詩筆鬥清新。雕蟲小技揚雄慣，可待連波覓解人。

小盤谷

桂叢香閟竹林疏，兩字猶傳待詔書。可惜雲歸無宿處，雙扉長鎖賈胡居。
東南名勝一時存，小小林泉小小村。無數湖山歸縮本，小匡廬又小桃源。

如此江山·冬日與鶴亭仲雲吉符家兄酒後登燕子磯遍訪幕府山諸洞鶴亭言距舊游三十餘年矣輒成此解

問誰領略荒寒趣，江聲遠來同聽。葉褪林丹，畦滋菜綠，殘臘看看催盡。霜洲細認，指斷岸淘痕，亂山痴暈。隔水飛雲，和烟低掠凍帆影。　紅樓林杪一角，借天風送上，微醉吹醒。側帽看花，題詩剷蘚，可似卅年前俊。舊游漫省，剩洞乳流枯，塔鈴凉噤。且趁歸鴉，一鞭城堞暝。

新歲元旦約同人爲維揚京口之游和仲雲韵

未春先訪綠楊城，急景殘年萬籟清。咸集都忘人少長，難全惟問月陰晴。客心晚渡愁江水，歲事官衙禁市聲。草木不知新甲子，梅開依舊待寅正。

【附原作】

二十年元旦金陵出發赴揚州

祥符靳志仲雲

衝寒早別秣陵城，雲氣鍾山若許清。本是舊人看新曆，不教夜雨誤朝晴。春盤懶作椒花頌，鄉夢愁聽爆竹聲。彩筆便思干氣象，九衢車馬已朝正。

摸魚兒·泛舟虹橋至平山堂

又扁舟、瘦西湖畔，柔波催送游侶。雙篙撑破中流影，歷歷堤楊千樹。行且住，問舊日、橋亭一一飛何處。黄蘆被渚。更一水淪漣，疏林明火，寒犬吠聲怒。　登堂拜，不見仙翁笑語。蒼然遥望平楚。雲中隱辨江南岸，山色空濛烟雨。猶記否？算我亦、十年彈指人前度。荒鐘杵暮。待草脚迴青，柳絲蘸碧，相約冶春去。

文選樓

卅卷高文見鑒裁，蕭樓隋巷費疑猜。防微未解閑情意，精熟長留教子材。冤獄呼天鶺瘞後，前湖銜土燕飛來。竹西風雅聞消歇，可有人間半秀才。

謝太傅祠

太傅祠堂不數楹，東山遺愛在新城。中庭檜樹隨龍化，别館芙蓉剩鶴鳴。無墅能供兒子賭，有墩寧免後人爭。雨餘階石流嗚咽，猶作當年擁鼻聲。

蕃釐觀懷古

鈎井沉沉小洞天，高駢多事媚金仙。媪神可是唐天后，衣緑韋郎正少年。后土初荒剩廢臺，無雙何處問根荄。武皇艷説南巡日，戎服簪花駐蹕來。

史閣部墓

四鎮空知幕府尊，偏安草草此中原。文山再世終柴市，吴秀孤祠伴郭門。陪葬高皇虚宿願，報書敵帥有忠言。蠟梅花放香仍烈，吹玉臺邊倘返魂。

重寧寺

行宫北去度宏規，鹺客輸誠爲祝釐。今日尚知皇帝貴，大書萬壽寺前碑。

鐵佛寺

渡海栖靈去不迴，登高光化亦成灰。荒凉廿四橋邊路，誰見僧伽示現來。

平山堂拜六一翁像

群山拱揖接檐楹，真賞千年得定評。督府笙歌仍故事，春風楊柳憶詩情。岡茶無地尋蒙谷，井水何時品大明。太守文章誰可繼，一龕配享老門生。

登觀音閣遠眺

佛閣淩空起，峰巒倚夕陽。迷樓留複道，蜀井接崇岡。亭欲星辰摘，山寧功德忘。劫灰餘棟宇，何處訪齊梁。

湖心寺

方流銜尾出虹橋，識面游船近可招。偶借蔬厨酬旰食，幸餘藕孔避兵囂。相輪倒影波光動，臘鼓催寒木葉凋。問訊西湖消瘦損，更無明月玉人簫。

游石塔寺咏王播事

廿年不埊壁間詩，巨眼闍黎豈預知。白髮猶能待新貴，碧紗從此傲書痴。竹園河水魂何戀，王播巷，在江都官河東劉氏竹園。石塔斜陽影漸移。更向瓜洲尋故宅，姓名題柱幾人嗤。王播貴後，游瓜洲故居，感舊詩云：『更見橋邊名字在，始憐題柱免人嗤。』

翌日遍游興教戒幢卧佛長生諸寺口占

證聖興嚴各譯經，廣陵福地遜天寧。無人解問東西隱，萬佛樓中冷焰青。（興教寺）
隨喜山門沮客游，將軍嚴令肅貔貅。猶餘一角藏經地，未化新城甲仗樓。（戒幢寺）
華嚴樓閣幾時成，卧佛疲津了未驚。護法不須求寶樹，法堂惟仗讀書聲。（長生寺、卧佛寺）

康山

荒草東南土一邱，康家腰鼓想風流。雲山景色江南借，城市吟聲檻外收。急難何當計榮辱，責賢寧免律春秋。卧苔御翰無人問，殘堞寒鴉動客愁。

焦山聽雨紀事

海門静夜生遠潮，潮音怒挾魚龍驕。隔岸一帆送游客，白烟隱隱浮松寥。横江識是揚州鶴，來赴焦岩看月約。一飽僧厨笑語高，燈火熒熒枕江閣。昨宵好月千里明，誰知一夕殊陰晴。四山如障暗不辨，江風吹雨敲窗鳴。冒子詩成先月至，見彈求鴞太早計。焉能汝容作天公，姮娥故與才人戲。一歲當頭月一回，浮雲弦管難吹開。太清障翳缺斫伐，倚樹吴剛遲未來。謂董卿。老僧呼紙更煩客，二妙爲君輝素壁。長江夭矯龍上騰，化作雲烟數行墨。月盡何從來夜珠，良宵虚度各踟躕。不須把酒青天問，先寫焦山枕雨圖。

是夜爲詩鐘之戲德長老與焉仍用正字韵

長夜商量遣管城，明燈替月伴凄清。翻成我輩聯床雨，難續天公一日晴。得句各添蔬笋味，哦詩仍間梵鐘聲。暗中摸索終能識，射鵠懸知不失正。

重登别峰庵

造極吾曹斬，猶能履别峰。一層須更上，久别此相逢。岩腹凝蒼雪，苔衣抱石松。白雲留不得，催客數聲鐘。

北固

天險臨流亂石頑，六朝鎖鑰此江山。蕭公睥睨中原志，祇看更名一顧間。

鶴林亭

竹院重尋半就蕪，杜鵑紅白想仙區。朱方鶴瘞同宏景，卧室龍章憶寄奴。虛唄松風迴畫幌，説經花雨得玄珠。斷碑膾炙吾尤愛，巨軸裝成碎錦圖。

訪米元章墓

貫月長虹起古阡，英光海岳映重泉。門因護法留香火，硯倘搜材有墓磚。拜石雨餘猶愛潔，穿枝風息不愁顛。陰雲懞懂前山晚，幻出君家畫裏天。

自鶴林寺過竹林寺至招隱

竹林我舊游，鶴林游未終。兩寺共一名，考古將何從。更南指招隱，游興時時濃。水木如佳醪，夢想思一中。言念黄鵠山，當食行忽忽。小車趨南郊，寒塘鏡晴空。疏林始濯雨，山翠深幾重。此中百宜畫，惜少吾家穜。松關道尚遼，竹院且從容。入門讀竹賦，森篠皆拏龍。果園方馬厩，蓮宇愁大雄。稍紆登山途，眼飽横側峰。鹿泉閟仙靈，獸窟稀人踪。萬山寺孤懸，放鶴時相逢。誰歟此捨宅，六代開琳宮。古傳元章碑，千秋光貫虹。碎琴對王門，逵昔非伶工。野服參車騎，綽有賢父風。至今逍遥論，俯仰懷戴公。世事付聽鸝，我憶鄉人馮。聽鸝山房，吾粤馮將軍子材所建。蕭統書臺多，古井迷蒿蓬。洞中方石案，年號鐫普通。招隱何以名，豈復因桂叢。著書廣賓客，毋乃淮南同。我來增華閣，捫碣開塵封。黛巘障參差，畫栱烟冥濛。離郭道已遠，晚霽明霞紅。咫尺詩人阡，薦泉心所恫。聞閭公即葬招隱，日暮遄歸，不獲展拜，途次悵惘。

爲陸丹林題紅樹室時人書畫集

海濱寶墨聚群公，斗室英光欲貫虹。名與丹崖同入畫，一龕居士署霜紅。
癖耽書畫已嫌痴，縑楮收藏况并時。好事如君猶幾輩，不辭墨費與題詩。

爲洪寬孫題畫梅稿

梅譜相傳此世家，舊時詞筆見風華。囊空不畫青山賣，爲有江南换米花。

立春日大雪是夜内子至自北平

殘臘餘寒逼坐茵，花前雁後一勞人。繁燈暗渡長江夜，濃雪初迴大地春。兒女何知嬉彩勝，門庭依舊樂綦巾。知君咳唾皆珠玉，灑遍瀛洲九斛塵。

十二月十四日題前歲小照用春人韵

妝閣新歸一室春，每逢佳日憶前塵。不須分影春風後，空憶青銅并照人。

無錫梅園尋梅和内子作（以下辛未）

恨無健筆似華光，驅遣丹青寫暗香。未老風懷何水部，遠尋雪訊孟襄陽。滿園綴玉藏春色，萬樹凝脂鬥曉妝。忽憶孤山梅冷絶，數枝斜放水中央。

【附原作】

無錫梅園尋梅時殘落將半矣

張祖銘

尋春已晚惜春光，何事匆匆葬冷香。檻外山嵐浮遠樹，池邊鶯語送殘陽。萬枝素蕊飛晴雪，十里紅霞媚晚妝。絶好畫圖留記憶，滿身花雨立中央。

菩薩蠻・梅園晨眺

晴潭波動金文織，郊原漸被春顔色。多謝暖風來，野梅連日開。　登樓山遠近，積雪垂垂盡。欲作五湖游，渡頭呼小舟。

挽樊山

將家七葉啓儒臣，文苑循良蹐一身。治事五官能并用，傳詩萬口每翻新。渭南判牘生花筆，江左開藩有脚春。湘綺後先同大耋，洞庭南北兩才人。

記從燕市識鬚髯，養老安東廿載淹。豈意忘年交子野，遂令結社得陶潛。聽歌手畫旗亭壁，隸事胸羅鄴架籤。聞道高玄圖演慶，幾人蔗境祝公甜。

念亂憂貧鬢漸絲，影形贈答病床知。黿堂歲月原忘老，麟閣功名祇賞詩。夢覺舊京銷霸氣，蔭濃喬木護孫枝。暮年揮泪妻兒盡，始信彭籛不可爲。

方伯紅梅最耐寒，隔年臘鼓尚平安。米鹽計較勞形久，碑版流傳煮字難。玉導長留梅子髻，黄紞不改籜皮冠。荒唐兜率宫中事，緘札重翻未忍看。

唐虞

唐虞世多賢，比户皆可封。我疑元愷輩，車載斗量同。其時苦昏墊，天下争能功。禹稷稍謙讓，進取輸驩共。放勛親九族，且緩民時雍。富貴歸一家，姻戚咸隆隆。所以娥皇歡，女婿獨登庸。外博傳賢名，其實私婦翁。親家雖復瞽，令子方重瞳。許由汝何爲，焉不箕山終。

與同社禊集鷄鳴寺以楊誠齋上巳詩分韵得日字

山游不出城，建業數第一。六朝梵刹在，廢堞對殘櫛。簿領久拘攣，輕車艱一出。春風催觴咏，百愁付湔祓。載酒來蕭晨，行厨足肴核。山花自開落，不記今何日。灌木舊當窗，豁目失蒙密。光風轉叢蕙，入座得馨逸。頫視浦溆間，寒玉浸蕭瑟。輕舟晴禽汛，野彴湖水溢。支頤望遠山，前襟滌塵鬱。各呈玉臺藝，不依金谷罰。紙響春蠶忙，腕縱秋蛇疾。塗抹從諸君，流連定何物。辭客先却歸，吾會本真率。

舊京同人修禊十刹海以顔光禄三月三日曲阿後湖詩分均志盦代拈得遍字遠道徵詩率成長句

去年人作離巢燕，禊酒觴春兼客餞。歲星周迴疾於箭，東風又緑垂楊遍。故國江山想葱蒨，十剎名存桑海變。城北一陂通碧淀，春波歲照麗人面。湖樓高座集群彥，依舊筆花向人粲。故人天外忽遐眄，青鳥遠銜雲一片。詩筒答響橫挑戰，未敢沉書誘殷羨。冥思人事年來換，過江幾輩如蓬轉。三載江南游欲倦，荒堤高柳吾猶戀。平生愛客盛詞翰，壇坫名流雲聚散。崛起异軍君請看，南北旌旗分一半。

減食

屬饜微詞謝梗陽，道腴方覺勝膏粱。飽嬰誰解生痌喻，量腹新知節受方。人到中年饕亦老，心求樂土餓爲鄉。何須努力加餐祝，今日痴肥遜瘦狂。

壽沈淇泉丈衛七十

使君秦嶺錦軺迴，物望相期視草臺。中澤哀鴻餘涕泪，朝陽鳴鳳見風裁。麻鞋最憶承恩日，藥籠先儲救世才。舊與階前元朗善，拜床遲我介春杯。

華髮抽簪二十年，江湖明月幾回圓。姓名早入遺民傳，著作能承野獲編。初服騷心蘭可佩，故山歸夢蕨方拳。貞柯爲祝長無恙，歲歲薰風到海堧。

五日偶書

騰蛟水裔豈庭麇，偏畏纏蒲五色絲。身與江魚爲食料，死争角黍更何爲。

得瀛兒殤逝之耗傷述

明珠脱手墮地碎，一之爲甚况三四。榆兒苦塊始失母，病疹陷中未急治。顙巨面黑視非常，成人安知非大器。廣兒塊肉本尫孱，保姆無人猝奄逝。此兒妨母吾不喜，非獨琉璃生命脆。懲於已往諸醫庸，後始海西求絶技。宣兒周歲口忽喑，斷吭蘄生直兒戲。但云期減病者痛，如渴甘鴆螯斫臂。十年襁褓餘群嬰，顧復兢兢僅無事。瀛兒弱質南方濕，忽染沉疴背芒刺。大言往往出庸才，力匪所堪排衆議。中外術窮劑雜施，日一更端以身試。始爲咳喘侵入肺，餘毒繼中諸陽會。顱痛呼聲不忍聞，皮骨空存虚裹被。瀛於諸兒獨類我，彷彿如吾舞勺歲。北歸已晚驚耗來，兄姊傳聞泪盈眥。臨危慰母語了了，望遠思爺心兩地。千金在手携不得，譫語雪仇寧可記。土中眼光玉樹埋，忘不及情非我輩。我年三十初得雄，初憂無兒後殊易。爾時無乃侈心萌，鬼責冥冥應念至。五男二女世所難，數合宜爲造物忌。吟成寫哀祇益悲，老泪一珠詩一字。

酷暑裸居戲成

惡服卑宮大禹身，土階藻火此君臣。近緣十日堯天出，裂却冠裳作裸人。

感事有懷組安同年

調和内外息兵戎，甘草何慚國老功。儒服居間群帥諒，纓冠解鬥幾回同。庾陶心折温忠武，平勃驩交陸大中。公在應無今日事，坐看鷸蚌利漁翁。

韜光口占

處處飛流竹筧通，陰森石徑接琳宫。我來最愛韜光雨，身在泉聲竹翠中。

一雨

一雨連三日，蕭條客閉門。惡風生竹嘯，積潦長池痕。窗凍枯蠅落，檐低敗葉喧。明燈催早上，依舊送黄昏。

潦菑嘆

金陵掘金幾坑窪，潴爲深沼生蘆葭。至今菜畦傍緑水，開門處處豐魚蛙。江潮忽漲百泉溢，上游近報山洪發。居人早晚憂沉菑，淫雨況兼連七日。大浸粘天遠樹浮，沿江入市盡乘舟。望洋難作馬牛辨，得意公然虺蝮游。昨宵洲渚岸崩圮，地主幾家愁欲死。眼前便是小滄桑，十萬洲田付流水。貧家水中門洞開，沉竈濃烟燃濕灰。泥飦蓬頭對飯甑，午潮又報江聲來。江堧鱗次窺茅屋，床床避漏紛移簏。洿泥不廢讀書聲，可有兒如武虛谷。小樓我作仙人居，頫視庭院罾游魚。惟愁掀淖入險坎，下澤不敢頻乘車。晴曦入牖陰蜆逐，衣尚梅黰几生醭。鄰翁爲我言五行，厥咎生蝗害百穀。

聞組安同年葬有日矣感賦

靈谷堧西草樹荒，久勞將作治墳堂。星文永感中台坼，古道長悲一鑑亡。家祭不須憂老學，國殤猶幸接童汪。要留下馬行人拜，争遣崔瑗返故鄉。

內子生日遥寄時居頤和園之益壽堂

壽觴未舉忽長征，再信匆匆此北行。千里銷魂雲樹夢，連宵砭耳管弦聲。偶從王母離宫住，便作宣尼誕日生。是日值陽曆八月二十七日，時以此爲孔子誕日。聞道郊居方避客，山齋松柏正崢嶸。

送葬即事

虎賁葆吹道逶迤，執紼中宵夙戒期。出獵今緣蘇頲止，陪陵近免太真移。旌功未就祁連冢，遺愛長留峴首碑。認取倪塘常坐處，柳侯風度寺僧知。

洪水行

生不信不周頭觸山可崩，胡爲地偏水向東南傾。舊聞坤輿陸地以外水强半，何不挹注流峙劑其平？有客避水來金陵，無家可歸身更生。爲言鄂渚水方割，百年聞見前無徵。歷陽一夕陷爲湖，耳聞未信今親經。不知五行汨陳屬何兆，豈有鸞鸞飛翼軨軨鳴。或云彗星近地熱成浪，遂使高原融雪忽奔放。上游日報山洪發，所至百川皆盛漲。村廬如掃樹杪浮，淺者及尋深過丈。居然漢廣江永難泳方，但見潮平岸闊迷方向。昨猶楚尾今吴頭，灌運排黄潰堤障。試御奇肱飛車天際游，當識神州陸沉作何狀。我聞客言同感吁，眼中如繪流民圖。無語相慰藉，爲君談邃初。今人恨不生唐虞，焉知堯年洚水十九皆灾區。湯湯大地無乾土，更誰擊壤來康衢。行舟市上不可車，嬉游惟有東宮朱。巢父安巢幸而免，一枝否亦隨淪胥。蒼生何罪付伯鯀，彼化黄能民則魚。有鰥未登四岳愎，舉主何乃無嚴誅。可憐黎民缺知識，未向土階責成績。耕鑿兩窮居蕩析，蛇龍不歸滿山澤。九年昏墊無鮮食，真忘於我帝何力。吁嗟乎，放勛汝帝竟何力，坐視荆揚成澤國。博施濟衆病未能，忍死何時民乃粒。圮族不蒙羽山殛，翻以人命試其策。功成終在鑿龍門，息壤何曾流可遏。易堙爲疏一反手，四隩九州皆衽席。如今憂國當群賢，沉菑不減懷襄年。流離户口五千萬，庇無棟宇耕無田。來日大難此何世，孑餘殘喘誰爲延。黄金可成決可塞，臺省衮衮非神仙。大官定條例，從容堂奥議賑權；小官奉教令，日對流亡傾俸錢。僅聞秦穆粟將絳縣泛，未見王尊身欲金堤填。願語國人自救但努力，無爲仰人鼻息祈人憐。君不見，漢世宣防歌瓠子，璧馬沉河河伯喜。河東龍首賴厮渠，不在薪楗負萬矢。武皇晚歲悔窮兵，少減軍需河患已。諸公何渠不若漢，寧肯鬩墻爲禍始。嗟哉！諸公鬩墻禍方始，昨夜郴衡已報邊烽起。

與内子北極閣登高聯句

秋光欲盡天始霜，（穎人）秋林如染紛丹黄。策杖相携展重九，（織雲）琳宮樹底窺朱墻。欽天山倚城垣裏，（穎）杰閣凌空赤霞起。古埭鷄鳴迹久湮，（織）雲影悠悠落湖水。山椒新著小紅亭，（穎）亭畔蘼蕪借雨青。抱葉寒蟬尚凄咽，（織）西來爽氣迎郊坰。觀象臺荒無覓處，（穎）遠近衰楊綴烟霧。萬方多難莫登臨，（織）且向城南沽酒去。（穎）

【附和作】

奉和北極閣聯句

桃源羅葳惕園

豐鐘一鳴天下霜，萬木蕭森墜葉黄。丈人乘輿看秋色，載酒從之循雕墻。晴霞影落丹楓裏，畫棟連雲翬飛起。蔣山巍峨入望遥，渺渺幽懷豁江水。脚力窮時憇新亭，湖山綉錯妙丹青。胡來國難忙備戰，深溝蜿蜒出林坰。豁蒙高會今何處，層臺掣電亘雲霧。景物遞嬗無新陳，付與幽人自來去。

丹陽

秋色丹陽道，清游半月程。地荒蕭衍宅，雲隔吕蒙城。酒美宜留客，塘枯莫練兵。更無天子氣，耕鑿老村氓。繞郭河流曲，藏橋樹影低。田迷湖上下，市界路東西。碑碣移陵寢，帆檣集堰堤。幸無洪潦患，此地足幽栖。

練湖（時湖水久涸，車行達湖心）

白下通衢昨泛舟，乘車今日忽塘頭。練湖有塘頭村。遠山眉黛無鸞鏡，淺水蹄涔有牸牛。湖閘斷碑殘字在，月規遺迹古堤留。村人伏臘仍香火，識得將軍舊姓劉。湖心亭有劉猛將軍廟。

爲人題達摩渡江圖

羞從花雨示神通，小果人天諷老公。留得夾騾峰下迹，蕭蕭葭葦一江風。幕府山西北有夾蘿峰，或曰夾騾。達摩渡江時梁武遣使迫之，兩峰忽合夾，騾不得前，故名。鈴語疑聞斷渡聲，江頭無楫若爲迎。佛家別有三乘筏，彈指横流度衆生。山洞臨江此折蘆，達摩洞在幕府山。西行隻履事模糊。右丞不作王孫逝，更有誰工渡水圖。王摩詰、趙承旨有《達摩祖師圖》。

中秋夜月蝕時東事方棘

巨浸稽天望八荒，萬家秋月色凄凉。麒麟忽鬥誰興釁，蟣虱呼冤豈是狂。懸象故應憂滿損，餘光忍不照流亡。玉川莫誤焚香訴，主宰何曾有上蒼。

爲徐植松同年培題所藏丁采之詩軸

無錫丁采之名玉藻，祖守廣州，父令番禺，皆有惠政。少不事舉子業，有『丁七痴』之稱。長游幕粤中諸州縣間，與徐鐵孫、黄香石、吴石華、儀墨農諸名士游，工詩善書，陳東塾、張南山、曾賓谷、沈晴庚、郭頻伽咸爲延譽。東塾論詩絶句，所謂『西神一集才如海，肯讓更生與悔存』。晴庚贈詩，所謂『蠅頭楷書率更法，鑾箋十色雲霞鋪』是也。晚病足廢，困頓以歿。《西神山人集》今僅存一卷，余嘗讀而選之。生平久於陽春，即植松弦歌之地，物得其主，是可珍已。

丁七清才百粤知，黠中一半虎頭痴。酒酣罵座狂奴態，豪氣依然不可羈。

傳家治譜世循良，流寓天南即故鄉。不盡憐才懷舊意，煩君却報伍鄖陽。

有飛語訐余於軍事當局者當局不察遽交軍法處非順德連公力解幾陷不測事後感賦

與物無争夙自知，行危言孫已多時。譖人漸怪今逾甚，加罪應能巧設辭。風瓦無心吾不怒，鼎鐺有耳客何爲。保全善類尋常事，輕信多疑却是誰。

辛未重陽前一日與董卿鶴亭仲雲出太平門拜杜茶村墓聯句

九月霜旻高，（穎人）郊游愜連衽。歷塊颷車馳，（董卿）問塗村豎稔。荒榛翳短碣，（鶴亭）孤坟慟華寢。中有古遺民，（仲雲）剛介性所禀。門因蒙叟閉，（穎人）節并乳山凛。千金换伊凉，（董卿）八口斷烹飪。常嗟衰鳳饑，（鶴亭）寧作寒蟬噤。大言詈傖父，（仲雲）變雅見詩品。黄岡老不歸，（穎人）峨眉賦誰諗。表阡桐城方，（董卿）同調宣州沈。余白走且僵，（鶴亭）襲周交獨審。蹉跎瓜洲路，（仲雲）旅殯冷衾枕。寂寞梅花村，（穎人）山瘖生噤瘁。斯文懼淪喪，（董卿）志士多坎懔。運去龍蟄穴，（鶴亭）世亂魚驚淰。吾輩繫一官，（仲雲）卒歲盗寸廪。撑腸鬱槎枒，（穎人）追踪慚踔踸。展拜薦菊泉，（董卿）留題掃苔錦。暮鐘動鄰寺，（鶴亭）歸路謀市飲。水鄉足蝦蛸，（仲雲）山厨富葵荏。素心宜劇譚，（穎人）良辰可勤恁。競病恣雕鎪，（董卿）老鈍煩鐫鋟。莫辭淹才盡，（鶴亭）那知粲貌寢。聯吟紀斯游，（仲雲）醉墨潑餘瀋。（穎人）

滁州懷古

郡守無嫌醉，州人慶屢豐。兩亭文字壽，五代戰争終。林墅餘佳氣，衣冠尚古風。吾年非最長，不敢自呼翁。

典午封藩地，元豐造塔文。千年丹臒在，九版碧溪分。醉耳飛泉澗，閑身出洞雲。村人聚新剎，但解拜霞君。

醉翁亭

山骨年年斫，軒楹處處題。取材歐記盡，訪古薛橋迷。試醉泉猶洌，迴峰地轉低。不須絲竹奏，清響度前溪。

問訊文章守，名亭占此州。禽猶前日樂，梅憶幾生修。琴操群山響，觴池九曲流。瓣香酬好事，一角薛家樓。

薛樓

全椒山長吾同物，香火因緣此數楹。前度烏龍潭上過，幾人猶識薛先生。

讀後漢書二十八將傳書後

附鳳攀龍捨莽新，雲臺諸將應星辰。英雄若不論成敗，我貴重瞳廿八人。

生日避客滬濱游江灣葉氏園

嚴冬得清游，園僻無過客。土邱竹百竿，湖舟水三尺。池館有題榜，莓苔没行迹。歲寒猶春姿，醉楓向人赤。

【附和作】

冬日游江灣葉氏園和外子韵

張祖銘

名園敞清幽，寒花笑迎客。石笋矗數叢，池魚跳半尺。壽柏迴春容，舞鏡收塵迹。晚照明餘霞，影入湖波赤。

辛未十二月十九日同人集借山樓爲東坡先生作生日以杯盤狼藉吾何敢車騎雍容子甚都分韵余得雍字

鍾山雲氣散千峰，小泊奎光識舊踪。似白姬人謝樊素，和陶諸子勝宣雍。莫疑磨蝎前因定，恨少花猪取次供。此地平生來往少，靈旗鶴馭肯從容。

是日公祭坡公後復與吉符兄及銅士董卿鶴亭仲雲茀怡雲青季鴻君坦聯句未成篇而罷後半由仲雲翌日足成之遂不詮次也

辛未月嘉平，共爲髯蘇壽。命儔復嘯侶，卜夜繼卜晝。陳人結古歡，怪事驚乳臭。尚論八百年，丙子宋景祐。蜀江初發源，水清山復瘦。於此生畸人，堂堂應奎宿。齠齔讀父書，异秉殆天授。爲滂母其許，奇語驚傅姆。夏侯論泰初，駢麗如宿構。廿二游京師，作賦明光奏。剽裂當時體，鞶帨羞藻綉。文章許歐陽，意氣重韓富。掌制爲詞臣，典郡稱賢守。有古大臣風，頗承帝意右。新法忤執政，蜀黨集群詬。忠憤問蟄龍，肝腎煩雕鏤。惠州嫌未遠，昌化南遷又。四海一子由，急難不相救。清風送急雨，過海纔一覯。今年除學士，前年團練副，便殿對宣仁，他途豈由竇。先帝嘆奇才，盤錯妨速售。得相貽子孫，兩朝主恩厚。瓊樓惜高寒，弃置真大謬。彼哉十惇卞，吠怪爲人嗾。舒亶更何人，意在殺無宥。命宮坐磨蝎，生尅理難究。平生多譽謗，升沉相往復。行年六十六，巒雲昏嶺堠。陽羡田早荒，白鶴菜新就。懷哉江水盟，歲月一邂逅。君恩許歸來，臣罪無僝僽。嶺外槐火新，崆峒春如舊。香火古玉局，凛然照宇宙。汝州小峨眉，佳城猶可購。湖陰數畝田，松楸經霜茂。過也誠純孝，允矣正丘首。吾儕窮不死，絡頭戀芻豆。何曾鳳麟識，只是牛馬走。笠屐想風流，靈爽颯懷袖。仰山知高峻，測海慚淺陋。殷勤爇心香，蕉黄佐清酎。

留都集

[illegible][illegible]署

序

《留都集》者，南海關先生潁人壬申歲自春徂冬之所作也。夫詩言志，以格律氣韵爲重。詩不當有派，而不可無體，格律氣韵，詩之體也。詩之有體，關乎時代運會、性情學問之所存，非可以涉躐取以摹擬得也。是故弃糟粕而茹菁華，遠流俗而嚮雅正。臬製既明，爐錘在手，汲攬前修，獨造意匠。輔以積卷之富，而清能靈解寓其中，殆少陵所謂多師爲師，荆公所謂博觀約取者乎。彼斷斷然派別自矜，如吕紫微作西江詩派，謝皋羽序睦州詩派，動以派別概天下之才俊，亦正見其囿於識，而自相泯棼耳。洞燭斯旨，始可與言先生之詩。是集之成，時遘國難，政府西遷，民情羹沸，男女老弱，犇走駭愕謀避地，闤闠爲虚。留者亦相率謀隧居，若禍至之無日。先生以人望所屬，選於上官，特留主任鐵道部務。福頤浮潛郎署，亦得抱牘昕晡隨左右。先生仍日治官書，持以鎮静。自公退食，不廢吟哦。自是以後，金陵號稱留都者，凡十閲月。先生於其間，以政事稍暇，得選勝秦越，行卷益富。所托意者，咸在家國、友朋、山水、書史之間。滌煩釋滯，流連景光，此其陶冶深而甄采富，蓋無體不苞，而自成其一體者歟。然而余猶有進者，先生飽諳世變，澹然一無所營，而通懷嗜學，博洽古今，結友遍南朔，有江湖旦過之目語，貞不絶俗。庶幾近之讀是集者，因詩以儀其人，并緣其已刊者，以想其未刊者，始知余言之非阿好也已。甲戌陬月宜黄黄福頤。

留都集

稊園詩集第十一種
南海關賡麟穎人

九月十八日之變，爲時兼旬，蹙國萬里。四閲月後，淞滬啓釁，京師震驚。一月杪，政府謀遷都洛陽，以紓危急。自是以後，白下爲留都者十閲月，迄十二月始已。余識謬，明哲身勞，扞圉患難，與共安樂。有人遂以其間蓬轉秦越，爰命所爲詩曰《留都集》。一月初，有追叙亂事書憤十章，變從其朔，亦羼入焉。

起民國二十一年一月，即夏曆辛未年十二月，訖同年十月，即夏曆壬申年九月。凡詩八十五首，詞二闋，附録詩四十五首。

書憤

夷島終非大國風，卅年薦食睨遼東。要將御宇歸長策，不惜寒盟主近攻。錫土翦鶉豈天帝，架橋弓鰲想朱蒙。會寧早晚成馳道，衣帶相望一水通。

挾詐秦廷本虎狼，食人鮮禍又魚羊。夫差未必忘仇越，亞子何當矢滅梁。債帥守邊虞振落，客卿詷國失關防。移民百萬屯軍盛，鼾睡年年卧榻旁。

敵釁蕭墻慣不知，華燈歌舞尚酣嬉。奪牛豈有蹊田罪，巢燕寧憂處幕危。弦上事機隨箭發，床前軍報啓封遲。十年武庫豐戎械，辛苦多藏竟爲誰。

鎖鑰無端弃北門，伊婁傳檄勢燎原。魯逢邾蠆難防毒，象避巴蛇總畏吞。邊患頗聞教李緒，降官已報寵張元。何時失地圖收復，被髮真憂化陸渾。

爆彈明知下咽難，盈廷不敢武臣讙。窖金滿載連歸艦，傀儡登場選熱官。消息邊郵斷朝報，謗言通揭甚儒冠。血骸掩瘞宵傳令，爲避西方使者看。

互市夷場百貨通，中原處處變華風。關津坐數千帆入，繒絮終知五餌窮。海舶幾曾提舉禁，澤漁真竭罟師功。誰知今日西鄰責，問罪翻緣愛國忠。

九國頻年議弭兵，出師此役竟何名。漢胡自信無先過，虞芮寧辭付質成。曲直人心分老壯，興亡天道視謙盈。黄龍清酒誰違約，試檢三朝紀北盟。

龍江抗敵檄初馳，百戰文淵誓裹尸。從此蕭娘變韋虎，遂令貉子避王羆。張拳都尉援終絶，賜服常山事可疑。腹地金錢輸未已，可憐父老望旌旗。

劫火津門脅遜皇，北行真入敵人囊。犬戎未信尊宜臼，耶律終非愛敬瑭。已分君臣同几肉，誰令富貴羡炊粱。百年王氣收長白，一旅何曾起少康。

大言十萬枉横磨，擊賊其如用口何。誰復將才思鉅鹿，似聞候騎逼牟駝。從軍著籍争投袂，毅魄爲雄尚執戈。無數少年求殺敵，可能收拾舊山河。

殷雷

殷雷聲撼石頭城，狼顧居人夕數驚。無數衣冠争避難，祇應迎擔改湖名。

營窟

無端敵炮震城隅，咫尺艨艟逼上都。飛渡已非天塹險，辟兵難藉赤靈符。通衢滅火妨宵襲，設伏環壕備邑郛。聞道有司方下令，家家營窟役厮徒。

元夕口占

繁燈射月市無人，如此年光不算春。聞道淞濱方喋血，明朝佇報奪崑崙。
戰鼓聲中逼夜闌，旋溝鬥士鐵衣寒。轟雷動地傳烽遍，莫作銀花火樹看。

送内子北歸

已度危城險，軺車送汝歸。事方急，官眷盡他徙，内子欲同患難，堅不肯行，及是乃歸。夢回江水隔，目斷朔雲飛。留後仍居守，同官各見機。高堂須告慰，無恙遠游衣。

偶成

樓居依舊客平安，燼冷熏爐夜未闌。魯望詩懷最惆悵，單栖容易覺春寒。

普德寺

南郊棋布叢群祀，劫後殘餘十三四。天禧永福各成灰，巨刹今惟普德寺。寺名晚出路非遥，考古捫碑無一字。門前石礎卧縱横，昂首釋馱雙贔屓。導者焉知談掌故，屈指禪林夸福地。五百應真丈六佛，不壞金身傳好事。經始聞從正統間，鐘樓拔地失銘記。護法何來司禮監，塑像猶勞朝士媚。龍鍾一僧懶酬客，日對健兒群馬戲。墻根指認嚙蹄痕，斜日城頭起笳吹。

天界寺懷古

皂莢橋西水不流，史官僑寓記青邱。千燈萬履今何在，香火惟傳鐵佛頭。明洪武初，在寺設局修《元史》，高青邱即寓此，集中有《由天界寺遷居鍾山里詩》。

冶亭舊址冷飛龍，移刹城南樹萬松。三十六庵何日復，更無野老説文宗。

報恩寺

异氣銷沉望越城，禪堂處處讀書聲。世無雪浪憨山在，説法誰堪覺衆生。
九層寶甓長干塔，三段岩山皇象碑。忽憶南巡曾駐蹕，迎春百戲點名時。

鍾山觀新種梅（并引）

余居燕二十年，燕地不宜梅，僅爲盆供之玩，不可樹。自官白下，念欲爲鄧尉之游，顧人事旁午，屢約輒爽。每惟江南地暖春早，李煜醉紅羅之亭，壽陽卧含章之殿，巡檐索笑，不假外求。昔人題目景色，若鳳山之古拙品梅鳳山六景之一，南園之梅屋烘晴夏禹貢南園十景之一，亦園之晚香梅萼朱安齋亦園十景之一，咸標榜雅俗，著聞當時。他如徐中山王之西園有梅嶺在驍騎倉，魏傳半隱園亦有梅嶺在浦子口，侯康衢有八月梅花草堂在碑亭巷，花皆緑萼，邢氏緣園有梅花澗在皇甫巷，以至靈谷寺有梅花鄔在寺左，慧定寺有梅花泉在幕府山，西泉最甘。其尤著者，爲陶谷古梅，相傳爲貞白手植，六朝故物。甘實菴《白下瑣言》所謂『梅花以隱仙庵爲最古』者也。洪、楊劫後，摧毁無餘。好事者補植新株，見之郡人王雨嵐章詞集，頃亦蕩盡。能仁寺故有覆水梅，今并不可復睹。此皆金陵梅花之掌故也。前紫金山有植梅千樹之訊，春風吹暖，計宜著花。休沐之暇，脂車往尋。比至，則柔枝嫩蕊，高裁及肩，點綴景光，爛漫山谷。殆所謂『春如十三女兒學綉』者，更閲數霜，安知隨園香雪海之名不。且此屬以知，而來游者之猶罕也，用爲詩以張之。

問訊鍾山下，梅花舊有村。杜茶村葬在鍾山梅花村，見方望溪墓表。香埋饑鳳骨，冷化翠禽魂。浮筏湖應涸，梅湖在新林浦，有筏沉湖中，有時浮出，春來滿花，李白有詩。荒龕月正昏。牛首山有梅龕。何人移健步，千樹壓陵園。

仰止亭前望，横斜一水通。宜簪花萼小，扶醉酒痕融。百本添功甫，分身數放翁。轉思樊布政，詞筆謝春風。樊雲門任江寧藩司，有『紅梅布政』之號。

【附和作】

和穎人先生鍾山觀新種梅原韵

長沙鄭兆松岱青

國破山依舊，孤芳淡上村。寒風吹戰骨，細雨斷羈魂。競唱無家别，誰吟古月昏。鄰僧欣共惜，徐步到林園。

興廢空陳迹，時人异塞通。孤山娱處士，南嶺愴房融。清瘦自千樹，幽閑著一翁。未能陪杖履，追賦坐春風。

和鍾山觀種梅原玉

九江徐寶泰公和

玉樹江山在，烟籠竹外村。亂霞歸日角，香雪返春魂。庾嶺一枝發，胡沙萬里昏。豈堪重入洛，回首失南園。

暗香何處是，籬落徑斜通。覆水明妝艷，烘晴絳蠟融。歌傳李後主，笑索杜陵翁。未負調羹手，閑吟到信風。

和鍾山觀新種梅韵

新建蔡可權公湛

古致懷陶谷，江流曲抱村。蚤沉湖筏影，初返嶺頭魂。緑萼芳風遠，青林曉霧昏。他年香雪海，那復數隨園。

點綴江南景，微思欲遠通。冷香千樹小，春夢一樽融。澗壑遲幽訊，亭園傲禿翁。柔枝須護惜，猶有六朝風。

穎人學長鍾山觀新種梅詩依韵奉和

南昌胡奐眉仙

羅浮山水窟，冷艷海南村。東坡惠州詩：『羅浮山下梅花村。』庾嶺花千樹，關山客斷魂。坡詩：『明朝寒食關山路，細雨梅花正斷魂。』靈根通粵贛，香月動黃昏。羅浮與庾嶺，吾二人故鄉。芳信因君問，飄零憶故園。烽火年年見，詩箋日日通。酸鹹人异味，冰雪晚交融。金粉南朝地，孤山處士風。多情兼好事，喻物繼坡翁。東坡《松風亭觀梅花詩》云：『先生年來六十化，道眼已入不二門。多情好事餘習氣，惜花未忍都無言。』

潁公以鍾山觀新種梅二律示青溪社侶即和原韵　祥符顧儀曾季聞

點綴春光好，移梅向遠村。疏枝饒畫意，勝境逼吟魂。屬望成香雪，尋源到月昏。有田歸未得，半隱負名園。索得觀梅句，公餘藻思通。晴烘争歷歷，仰止樂融融。故澗緣皇甫，仙庵閟隱翁。巡檐花共笑，爛熳自東風。

潁人社長見示鍾山新種梅詩次均奉和　衡陽劉翥蔚筠友

高懷闗令尹，東坡《謝闗景仁選紅梅栽詩》：『珍重多情闗令尹。』獨自訪梅村。骨弱寒留影，香清暗返魂。垂垂容翠羽，靄靄澹黄昏。鍾阜甘遺世，何須築小園。應知高格在，宜介不宜通。氣豈酸寒寄，春先雨雪融。傳神懷静女，對影醉仙翁。惆悵故鄉夢，江城一笛風。

奉和稊園鍾山觀新種梅

大興杜福堃靄簃

爛縵初盈谷，栽培乍闢園。紅妝輕點額，翠羽怯驚魂。影淡溪流映，香浮月落昏。茶山想高躅，何處識梅村。

烽火傳江表，寒梅驛使通。玲瓏宜透月，淡蕩不禁風。得氣春和盎，生香妙諦融。幽尋先蠟屐，好事繼坡翁。

穎人詞長以觀鍾山新種梅詩屬和勉成呈政

崇明陸夢熊渭漁

梅訊江南好，花開昔滿村。自荒佳麗地，未返暗香魂。靈谷風光老，倉山烟樹昏。喜今千本植，景可紹西園。

新闢陵園境，尋芳有路通。隔溪香遠送，一樹雪初融。雅賞多名士，清游樂醉翁。文宗南國化，仰止見高風。

敬次鍾山觀新種梅原韵

宜黄符鼎升九銘

無限滄桑感，閑尋郭外村。史從何處説，香返舊時魂。天闕雙峰遠，雲停六合昏。幾番吟侶換，長記一枝園。

舉目山河异，脂車巷陌通。林花含雨潤，樓雪傍城融。高會梁園客，愁吟杜曲翁。渡江驚物候，梅柳又春風。

奉和鍾山觀新種梅

武陵廖維勳允端

世外有桃源，地僻山口小。兩岸無雜木，平陸多芳草。我本武陵人，仙源可探討。君尤南海秀，詩才凌謝鮑。鄉關鄰庾嶺，十月梅開早。索笑羅浮巔，無异登仙島。胡爲在江南，詩酒相傾倒。酒後擘華箋，示我新詩稿。鄧尉勞夢想，梅雪初鮮皓。欲折遺所思，馨香在遠道。獨步仰止亭，寂静聞啼鳥。疏影與淡香，千樹宜春曉。玉骨冰爲魂，花似他鄉好。花落年年開，憑欄人易老。紅梅樊布政，江介留鴻爪。尚有梅花村，烏柏經霜飽。黄崗杜于皇，墓已無人掃。樓臺烟雨中，古寺知多少。滄茫傷往事，吟咏攄懷抱。吾亦有閑愁，感此心如擣。盥手誦清詞，清詞灑蘭藻。慷慨有餘音，三日梁猶繞。

鍾山觀新種梅步潁人韵

南海關霽吉符

丁楊工作畫，嫌野復嫌村。丁野堂所畫爲江路野梅，楊補之稱『奉敕村梅』。争似陵岡樹，先歸月夜魂。千株環苑囿，一色縞朝昏。剛報花開半，朱輪已滿園。何處香浮動，尋芳徑互通。雪晴肌欲瘦，春淺粉初融。被惱吟和仲，移栽感晦翁。江南爲客久，惆悵對東風。

【附題詩】

題穎人社長鍾山觀新種梅五律後

如皋冒廣生疚齋

幕府山榴最可人，後湖櫻放足嬉春。太平門外桃千樹，更爲梅花譜喜神。

要引江南士女來，不辭費盡魏王才。怪君但墮銅坑夢，忘却家山大庾梅。詩叙中惓惓鄧尉，故作此調之。

花事

花信沉沉竟有無，緑章調處費工夫。要看爛縵新桃李，誰料東風一半輸。

察視青陽港被毁橋工紀事

濃霜被草連田陌，平野浮烟割林白。廢橋兩月阻行人，爲扞衝車應不惜。當時鐵翮翔空來，彈丸下擲轟如雷。軌道崩摧岸堤裂，輜軿幸未成飛灰。盈盈此水憂時淚，莫問賽船行樂地。日高戍卒催蚤歸，軋軋鳴機又雲際。

太平門外觀桃花

花落花開斷送春，亂紅如雨碾香輪。避秦今日知何地，十里桃花解笑人。

静海寺懷鄭和故事

胡元西域窮兵後，又見西洋太監行。大地一家通海陸，百年兩役見功名。紀程書作星軺祖，造艦時須歲籥更。廢刹尚存波不静，舊栽穀樹幾秋成。

朝月樓

豐潤湖門舊榜收，陶齋好事想風流。惟餘朝月危闌在，一例春風十四樓。

夏曆壬申三月三日招客修禊玄武湖分韵得適字

東風皺湖波，波上青衫碧。側帽聯翩來，臨流遲嘉客。杏雨送清明，榆火了寒食。造物無盡藏，耳目吾與適。不辭秉燭游，曖曖日將夕。湖亭渌三面，赤欄橋數尺。竹扉瀕水涯，苔徑没人迹。朱華迎戾軫，青莎響游屐。浮水荷未錢，攢空葦猶戟。孤襟付一觴，群賢望三益。高座華燈張，險韵彩箋擘。賓主盡東南，旗亭凡幾畫。楚材居十三，隱若一敵國。主客二十人，湘籍者七。沉陰對頹堞，静室生虚白。烟中過輕舠，笑語破寥寂。扣檻鳧不驚，與客似曾識。繁香撲酒尊，飛英綴吟席。彌邱櫻欲然，交柯棠半坼。芳馨將誰遺，佳人千里隔。吾生非永和，俯仰今視昔。縱横胡羯擾，慷慨匹夫責。國門猶鼓鼙，結習此楮墨。嚴猋佐雄談，獵獵撼窗槅。山河待掃除，神州期戮力。

舊京同人修禊十剎海纕蘅代拈得桃字賦寄

朔南分壘各風騷，禊事維持尚我曹。荷院雙亭浮夕檻，柳堤十剎冷春袍。詩情滯似沾泥絮，民瘼圖成遍地桃。烽火未休觴咏歇，碧雲千里悵蘅皋。

虞美人・將歸寄内

櫻桃開罷新桐展，心似游絲轉。平蕪飛絮悵天涯，莫道阮郎春盡不歸家。　燈花應識閨中意，預卜行人至。莫愁眉鎖幾時開，相約江南梅熟却同來。

後書憤

歇浦春潮日夜寒，戈船長閥又登壇。報書已爲生靈屈，畫地寧能壁上觀。僧侶明爲嘗敵餌，僑人何礙覆巢完。岳侯捷訊慚神算，朝食誰知翦滅難。

天通庵畔莽愁雲，肉搏同仇仗鐵軍。巷戰敵看前轍覆，雷硍户慣徹宵聞。遺言早作靴刀計，殺賊仍工露布文。數萬健兒甘玉碎，南强從此屬諸君。

我往明知寇亦能，雒陽未必异金陵。衣冠吴越愁遷徙，都邑崤澠有廢興。城下莫敖盟已辱，山頭廷尉望何曾。無端聲撼廬龍壘，探海頻驚照夜燈。

吴淞無計守孤臺，龍港獅林次第摧。五里公超先作霧，六丁王遠下轟雷。援師間阻愁江水，文化菁華付劫灰。一炬祇今焦土在，流離萬户使人哀。

小朝廷上漢官儀，薰穴求君竟見之。凍雀紇干生豈樂，杜鵑西内怨應遲。由椰阿瓦終同命，舜水扶桑莫乞師。在澤此龍飛不得，忍教神胄隸蝦夷。

海外星軺萬里濤，東來覘國察秋毫。最難群慝銷簫勺，頗怪成言付弁髦。輿論不平猶齒冷，民情作僞見心勞。周咨百計圖和事，辛苦調停嘆汝曹。

忍死邊氓尚枕戈，不甘蛙紫媚群魔。亡秦楚老期三户，結社金人畏兩河。漸報梏尸羈貳負，屢聞喋血奪蓬婆。回師歸正操成算，忠義依然屬伏波。

天長令節禮初成，五步横尸事可驚。豈有怨家仇俠累，最難劍術講荆卿。先時幸异渾瑊劫，締約終完向戌盟。忽感諸州焚殺盡，明朝管領是燕城。

萬方多難强登樓，國事寧勞借箸籌。誰鑄六州成鐵錯，勢難孤注擲金甌。軍儲已苦江淮竭，伏莽方深楚豫憂。雅廢夷侵儒者説，剩將歌哭寫牢愁。

【附和作】

讀關穎人同年前後書憤詩輒依後詩九首韵奉和

黄安劉遠駒默存

韓范籌邊賊胆寒，而今上將孰登壇。犬戎内逼翻新樣，蝸觸戎興敢達觀。侵魯汶田終不返，入秦趙璧豈常完。書生各有平夷策，召侮人多禦侮難。

兵滿申江涌陣雲，豈知難撼岳家軍。虎初出柙矜誰敵，螳竟當車亦創聞。圜陣四隤師楚羽，大刀百戰重徐文。可憐父老齊流泪，願爲東南借寇君。

薰穴求君計百能，更誰知廢教王陵。豈忘甘露多奇變，翻繪凌烟頌中興。詔諭南都生亦辱，憤投東海死何曾。三韓擁立思前事，衣鉢如傳佛國燈。

洛陽走避剩誃台，城市荒凉雉堞摧。鐵騎汳泉防毒霧，金軍汴水走輕雷。西來白馬尋荒寺，南下紅羊認劫灰。宫殿千門蒲柳緑，江頭無限杜陵哀。

葵丘高會飾朝儀，歃血渝盟竟有之。争長薛滕今失主，質成虞芮昔非遲。合縱蘇季終違約，泣血包胥枉乞師。天子璽書尊日出，可能帝號讓東夷。

義士能揮返日戈，誓憑長劍斬群魔。兵招淮甸晨趨寨，虜懾宗爺夜渡河。北寇前驅誅黑闥，東征士氣壯黄婆。投身虎穴期偵敵，薏苡休疑馬伏波。

白山黑水起驚濤，施舍非徒挫一毫。浩浩盜糧賫异國，翩翩濁世詡英髦。俱栖枉信連鷄説，勇退羞言汗馬勞。地下鬼雄應飲泣，景升豚犬是兒曹。結句一作：『帶甲貔貅猶十萬，指揮安得有蕭曹。』

軺車聞道報書成，左袒天驕事可驚。縱使齊仇忘小白，也應燕地復荊卿。構和我重黄龍約，仗義人忘白馬盟。書展藍皮還掩卷，秋風秋雨滿江城。

白下秋來怕倚樓，匡時誰運子房籌。願驅率土齊衷甲，誓補中原既缺甌。漢使空聞持節返，周嫠常有覆宗憂。引杯看劍愁何限，猶對明湖説莫愁。

勉步穎人先生後書憤原韵

料峭東風砭骨寒，樓船横海競登壇。百年天地罹塵劫，一夕河山改舊觀。玉帳秦川酣醉夢，旌旗趙壁已無完。瘡痍誰念蒼生苦，話到深仇抗已難。

蜀魯沉沉羃戰雲，鼠牙何事苦三軍。横流人欲成今世，盡毁彝倫未古聞。白馬銀鞍驕不武，紅羊鐵彈尚能文。聲喧國難期同赴，猶有閑情約細居。

少難更事老無能，莫向金陵問孝陵。斯世總疑丁末運，彼傖猶復慶中興。専横諛媚成常識，奔走逢迎愧未曾。環誦憤言前後什，不殊暗室得明燈。

高秋寥落獨登臺，風景江南未盡摧。天末雲山銜夕照，橋邊車影送輕雷。辭家歲月年猶壯，報國文章志不灰。悟澈浮生齊物論，彭殤貴賤等鴻哀。

不信偏安有舊儀，登場傀儡竟安之。沐猴自古群相笑，逐鹿而今事已遲。五國城中尋往迹，三邊江上駐雄師。家聲銅柱威名遠，百戰孤軍震九夷。

春申崛起魯陽戈，奇計陳平已伏魔。救國千呼兼萬喚，良家六郡與三河。小民最怯秋風厲，老子難醒春夢婆。此日澄清得快睹，悠悠碧海不揚波。

縱横鐵騎走驚濤，笳鼓傷心莫染毫。父老但聞頒禁令，神州拯濟待英髦。觀天坐井誠多事，縮地乘風豈是勞。廉潔揮金仍糞土，不堪辛苦慨吾曹。

篇裁十九恰吟成，嗣響離騷句句驚。結習拋除剩風雅，緘書久闕報公卿。雲泥雖判同爲客，旂幟高張獨主盟。一統車書尚餘事，論詩亦築受降城。

意氣居然百尺樓，才慚德裕若爲籌。遜朝雀頂關名器，開國龍興類脱甌。相對新亭餘涕泪，傳來舊事莽煩憂。金陵早驗詩家讖，人主無愁妓莫愁。

【附題詩】

讀前渡書憤詩奉題二律

常熟宗威子威

無計排雲叫九閽，驚看要塞虎狼蹲。少陵遭亂成詩史，小杜憂時著罪言。劍氣宵衝黄歇浦，笳聲秋咽管公屯。家居已被纖兒壞，切莫甘爲俎上豚。

破碎江山我欲愁，露車無地不横流。論都雒邑誰齊虜，對囚新亭有楚囚。禁鼓六更聲未絶，飛棋一局子先偷。金源野史從頭輯，詩向中州集裏搜。

擬韓退之

餘春惆悵惜芳華，争壘依然舊白鴉。誰信漫天是才思，錯教榆莢比楊花。

擬王臨川雜咏

叔孫晚歸漢，徒黨皆短衣。群盜化爲官，大猾前搴旗。尚餘弟子百，患難久追隨。人人求進階，攘臂詬其師。一朝舍枹鼓，詔就綿蕞儀。名爲徵魯儒，欲貴惟群兒。兩生幸不來，肯行亦何爲。

周昌薄趙堯，年少刀筆吏。冷眼方與公，是且代君位。弄印當與誰，符璽正旁侍。隆準在術中，巧宦一何智。抵罪雖他年，已竊十年貴。

趙禹志奉公，孤立無親援。張湯習舞智，辨給能售奸。同時爲九卿，巧拙難并論。當時兄事人，無此炙手權。誰知牛車葬，拙者方旁觀。晚歲綏以平，家居終高年。

入洛

宫闕前朝幾廢墟，廿年通道尚窮閭。不緣瓦解金陵日，誰念蘭成負洛居。

洛陽之游適當盛夏甫登龍門遽以觸暑成疾未竟游也翌日有間補作紀事

吊古空勞洛水濱，北邙松柏早爲薪。此間紙價年來賤，俗眼誰知作賦人。

梓澤園荒金水寒，銅駝荆棘感無端。名園興廢歸天意，榮辱何人志牡丹。

花事西宫付劫灰，吴子玉駐西宫，嘗種牡丹數千，今爲國民政府主席駐蹕之地。故營長想將兵才。登臺閲武當時意，幾輩梟雄問鼎來。

威靈此地奉中央，關廟有韓人書額曰『中央宛在』，游君允白奇之，謂爲國都虚遷之讖。故實他年補洛陽。青蓋吴亡恩怨盡，孫陵誰問第三岡。

帷車如火炙驕陽，伊闕伽藍遠在望。佛脚急時容客抱，石龕長晝暑生凉。

隔水香山不可舟，數年盗窟阻清游。敗椽頹壁無人管，誰念詩仙土一杯。

卅年舊夢尚依稀，駐策津橋望夕暉。莫管鵑聲關地氣，荒殘如此不如歸。

自洛冒暑西行至華陰委頓不支養疴華清池兩日而去

治亂開天水一池，造湯不阻范陽師。君王賜浴温泉後，好與宫中洗禄兒。

玉砌千年水尚温，洞房深邃没脂痕。欲蘇病骨無方藥，一洗從招萬劫魂。

華山道中偶成

一身諸職萃憂勤，旬月留都逼寇氛。報與故人應不信，此行閑看華山雲。

函關

峨峨函谷關，修狹劣容車。河流極天黃，土崩表秦餘。顧念周以來，設險作上都。興亡雖在德，一守當萬夫。尹喜善望氣，留聃與著書。穰侯擅關中，携客失稽睢。啓鑰期鷄鳴，商鞅法已疏。六國仰面攻，製勝真良圖。自從新安徙，形勢益東趨。西魏至隋唐，雲擾終廢墟。祇今天險失，毀垣築通衢。丸泥不能封，乘傳焉用繻。人物極蕭條，所見惟塗洳。風氣苟僿陋，文教難急敷。不解杜季雅，論此將何如。楊僕如有知，方耻關内居。

關龍逄墓

拒諫瑶臺識夏亡，得休炮烙謝穹蒼。直聲萬古留天地，讀史何須怨趙梁。

安邑閿鄉冢各留，關前遺碣愴荒坵。後人自讀懷忠賦，幾見能同地下游。

楊太尉墓

太尉瘞幽地，關西此孔林。夕陽行客泪，暮夜故人金。傳世惟清白，聞風動古今。黄衣兼大鳥，幾輩愧靈禽。

與内子偕式之石嗣游古林寺遂循麓至清凉山途中聯句

雨後長林青欲滴，（織雲）野塘風漾波紋碧。環山叢竹隱山門，（穎人）幾處幽禽似迎客。老僧掃葉煮山泉，（石嗣）當階夜合猶鮮妍。浮生半日得清話，（式之）經閣試參文字禪。緑陰夾徑通前嶺，（織）飄然身入清凉境。一角危亭出樹巔，（穎）蒼茫城外歸鴉暝。（石）

龍潭

龍潭山色列如屏，村落猶餘戰血腥。黄土深深埋不盡，風吹原草幾回青。灰石連窑轉水潯，縱横鐵軌入山深。近來藝事鄉人解，不復機心謝漢陰。

寶華山遇雨即書所見

合沓群峰未解圍，萬松夾徑隱晨暉。野花側媚新來客，嵐翠濃分壞色衣。没草石如山虎伏，不風鷹作紙鳶飛。留人此雨寧無意，拂拭禪床且勿歸。

慧居寺

慧居舊榜換隆昌，好事重興此道場。銅殿已無鐘應響，戒壇猶有石生凉。池中龍氣餘泉濁，雨後蓮華入夢香。救國幾人惟抱佛，大書十願告仁王。

觀龍池上蜥蜴

蜥蜴汝何蟲，論智亦已寡。屈蟠泥沙中，生活萍莓下。未饒萬杵擣，腹作丹砂赭。群兒忽汝神，勺水畜蘭若。龐然昂其首，拏攫見尾踝。自顧忘本來，曰余乃龍也。養汝不足騎，肉汝不足鲊。鱗爪空爾爲，神靈焉可假。僧徒工斂錢，媚客供玩把。謂能禍福人，携歸終見捨。緣壁知方朔，爲雲孰東野。世人皆葉公，好夫似龍者。

重至交蘆庵有懷厲杭二徵君時新祠將落成

西溪小泛不須秋，飲榼書囊共一舟。臘粥上寅供丈室，二公有臘八粥聯句。嘉魚南食憶邊州。堂前松吹猶酬答，堇浦有《松吹書堂圖》。門外湖船幾去留。樊榭有《湖船録》。此地兩賢魂魄戀，移家依舊拍肩游。樊榭和堇浦詩：『里社追游每拍肩。』

花鄔

涼雲如織緑成陰，無數茅篷傍竹林。楗户家家謝游客，不知門内落花深。
橋底青苔軟可茵，一泓澗瀑浄無塵。游魚未解毛嬙美，寸寸浮鱗不避人。

西子祠

祠在諸暨縣苧蘿村，杜君建勳、阮君宗和月夜觴余夫婦其中。聞邑孝廉陳某者，信所得乩語，造作故實，謂『夷光鄭旦爲一人』，碑勒其事，盡去故所有聯榜，而易以其一家所作，真妄人也。
花冠劍佩肅宫儀，携酒同過越女祠。廿載終能報烏喙，五湖本未逐鴟夷。緑蘿樹擁窗三面，紅粉泉分月一池。多事鑿空疑鄭旦，游人捧腹讀新碑。

朱買臣廟

下堂已分果長貧，五十寧知免負薪。郡邸功名矜印綬，錦衣閭里駭車塵。佳兒未見山柎貴，劇本猶令偉業嗔。長史無端作丞相，趨庭小吏又何人。

避暑莫干山紀游

山自誰家起冶，竹從何世新栽。頗疑莫邪劍術，正向猿公學來。
俗聰砭以瀑響，病肺蘇之日光。逃得人間炎熱，別成世界清凉。
聽水淵明意趣，織簾麟士生涯。處處鳴泉天籟，村村編竹人家。
何處千年故塔，惟看八角危亭。天目山嵐鬱翠，太湖雲氣浮青。
古鄣茶槍露摘，近村水碓晨舂。不見庵泉跑虎，何年潭水藏龍。
上山叢篁仄徑，下山怪石幽泉。行過天池寺畔，勝似黄泥嶺邊。

劍池

君不見，慶忌之宅豐儲倉，歐冶之井堇山傍。吴王葬地深虎邱，許遜仙迹留建昌。百煉爲劍劍有鋌，寶氣上徹牛斗光。飛泉淬洗各安用，我欲起問吴干將。萬千辟灌操靈術，雙龍終向延津没。磨治如同頑鐵頑，莫干畢竟非神物。

挽王蔭樵世堉

北學期君與起衰，誰云幽冀鈍如槌。語言名早甘英擅，筆札才兼谷永宜。久爲謗書妨仕進，晚分剩馥作人師。廿年推轂何成就，虛負平生鮑叔知。

罷斥關心白舍人，微之垂死病中身。膏肓篤疾慳靈藥，肝胆交期到飾巾。子敬琴亡歸一慟，鄰侯架滿算非貧。撫床訣别吾猶記，忍泪無言最愴神。

壽郭母王夫人七十（春榆年伯之繼室）

凉秋喜作福廬春，留得仙壇跨虎身。畫室上元傳弟子，詩龕祭酒付閑人。法梧門妻號『端静閑人』。稱觴早有山薑戒，督課難忘采荇貧。經卷爐香長健在，萱花歲歲照松筠。

五福降中天·織雲生朝避客選地鍾山因偕游靈谷寺遂至紫霞洞歸飲酒家却成此解

玉顔解賦郊居樂，思量北山松桂。夢雨沉秋，痴雲戀塔，佳處茅庵留未。凉柯送喜，正避客停車，移尊飲禊。小立靈湫，晚荷斜颭野塘水。

西風吹亂鬢影，羅衣初换了，霞絢餘紫。洞漬枯泉，鐘銷澀響，空谷修篁誰倚。卿真好事，問占住名山，解人能幾。試侑深杯，酒爐謀一醉。

題夏呋庵敬觀關山千里圖手卷

壬申五月，余有關中之行，主西潼鐵路事者，爲具車從，且勸登華，以拘於游程，未果也。途次患暑，養疴華清池，再宿遽東，咫尺西安且未達，無論西岳。比晤吷庵先生滬濵，出讀此卷，快當卧游，天外三峰，眼前突兀，春山行旅，恍若重歷。爰成四均，略寫所懷。

等是出門西向笑，輸君踐華我空回。最難作賦登高選，相伴模山範水來。天闕雖梁銷霸氣，故墟秦漢足詩材。三峰雲物歸毫楮，倦眼關河更一開。

徐濟間車上即事

秋冷天如晦，行人百感凄。修途千里雨，積潦一犂泥。客鮮雕軿静，寒深汞管低。明朝晴莫卜，雲黯太行西。

【附和作】

徐濟間車上即事和外子　張祖銘

嵐翠濃如染，霜風盡日凄。暮雲封岱岫，秋雨長河泥。車路緣山轉，農村繞水低。倚窗憑望闊，何處辨東西。

壽陳虞孫椿六十有一

王城卅載一身藏，咫尺龍橋接巷坊。買屋東華匏尚繫，離鄉左海徑全荒。斫輪世早聞齊扁，推轂吾猶愧鄭莊。楚北燕南鴻雪在，催人歲月去堂堂。

生日金絲廢孔林，拜經宿釀爲君斟。後宣尼一日生。偶因習静耽禪悦，肯使談文損道心。綺語漸除山谷戒，安眠無改樂天吟。香山詩：『已開第七秩，飽食仍安眠。』稱觴聞報佳兒婦，千里歸艎喜不禁。

析津車次寄内

九月初三夜，蛾眉儘可憐。閑身催去轂，寒氣覺宜綿。虜近憂方迫，蟲凄客不眠。平原留十日，惆悵故城邊。

【附和作】

外子以析津車次詩見寄依韵和之

張祖銘

風雨重陽近，秋花瘦可憐。霜天初警雁，月夜欲衣綿。燭泪凝殘恨，碪聲破曉眠。良人隔烟水，悵望白雲邊。

壬申重陽後四日瑯琊山登高會飲開化禪寺有懷韋左司賦示季鴻苕青靄簃白秋舜伯諸同游

去年初飲瑯琊水，十月霜林留屐齒。磨陀嶺上雲未歸，一脉蒙泉荒庶子。今年辜負黄華秋，賓客仍尋落帽游。小隊郊坰盛輿從，好山指點環滁州。滁州從古兵争地，岩關想像前朝事。東山虎踞南龍蟠，瑯琊山舊東南山麓有虎踞禪寺，南麓有龍蟠禪寺。劫火巋然留廢寺。劚蘚重尋大歷碑，揭來考古多然疑。李後歐前幾刺史，中間獨憶韋左司。左司一生愛重九，嘉節城樓對尊酒。韋有《重九登滁州城樓詩》。寒菊生池橘未黄，見韋集《奉和聖製重陽日賜宴》及《故人重九日求橘詩》。小字崔甥常在口。韋甥崔播，小名重陽。當時虎豹滿西京，奉天未已梁州行。骨肉羈離斷消息，帛書間道淹郵程。建中四年十月京師兵亂，自滁州間道遣使，有寄諸弟詩。國難經年鼎方沸，郡閣嘯歌曾不廢。燕寢焚香念獨深，流亡苦爲疲甿計。不辭多難更登臨，豐山昏旦殊晴陰。醉守承平記豐樂，焉知此會愁人心。峰回不辨路幾曲，松篁石瀨聲相續。山中恒璨解吟詩，群彦汪洋各珠玉。昔賢文藻剩風流，醉纓一濯銷千憂。江山整頓待吾輩，何事新亭傷楚囚。暝烟西澗來時路，雪鴻彷佛人前度。挈榼供茶入畫圖，圖成更續衡山句。文徵明《九月廿日游瑯琊山詩》：『供茶隨處識山僧，挈榼先期遣僮僕。』

吾土集

漢武題簽

序

在昔詩人一生所作，其意境率有遷變，亦往往與經歷之地方相關。張説既謫岳州，而詩益凄惋，人謂爲得江山之助。又如退之潮州之詩，少陵夔州之詩，東坡海外之詩，於其全集中各成格局，論詩者皆以一好字評之。蓋緒思所寓，鬱伊善感，而緣情抒志，并有流蘊於不自知者在也。若夫羈孤遞進，萍梗飄蓬，久離故土，一賦歸歟。徜徉乎釣游之鄉，流連乎雲樹之景。登山臨水，興之所到，筆即隨之，亦必有别具機軸，呈泓峥蕭瑟之觀者。同學關君穎人，降情文苑，纂述逾尺，尤劬於詩。游衍北都垂三十年，爲寒山、稊園兩社主盟。與諸前輩名士相賡和，英談雋句，思風遒舉，牽拂之雅，盛極一時。洎乎政府南奠，以扶輪大雅往應嘉招，仍綜軌政，括囊流略。因時釐整，然詩事迄未肯遂廢，又立青溪詩社，耆宿時彦，常相過從。下走部廨翕助，得附於末，擘箋促席，引爲至幸。君去家宦游既久，去年以事赴粤，始獲歸里省墓，以餘暇訪曲江、羅浮各勝迹，游屐所經，得詩數十首，編爲一卷，名曰《吾土集》。曾披讀一過，覺其緒密思清，徽徽溢目，蓄念攄懷，親切有味，而字裏行間，寄托遥深，又若不勝夫憂生之嗟，撫時之感，就意境而言，與夙昔之作，迥不相侔，始信古人易地論詩之非無所見而云然也。方今世局臲卼，人事蕭條，來日大難，一流向盡。蒙猶以爲音籟之業，與宇宙相終始，此事未墜，必有英絶領袖之者。兹卷聞將鍥訖，亟頗先睹爲快。由今而言，不過於著作中平添一帙，其後揚扢風雅，護持壇坫，或亦將有所資於此歟。回憶君以原稿見示，在去年秋間，由平過鄭之時，承曾適浮湛路曹，距故土僅百里而遥耳。抗塵走俗，冉冉經歲，曾未一考夷門吹臺之片址，搜艮岳樊樓之尺鑒。聯綴事類，略有擬寫，藉作喁于，以視君之深嗜孤詣，貞風獨邁，相形之下，其自恧又何如也。民國二十有二年季冬之月開封顧承曾。

題辭

稊園主人游粵回金陵出示吾土集讀竟賦五言古體二首略抒所見

南昌胡奐晚晴

去年圍城中，大官走洛邑。君時任留守，部務勤紙筆。事平解印去，去去嶺海疾。歸來示新詩，袖裏羅浮日。余最愛集中《羅浮詩》四首。中原五岳尊，篡竊莽丕黜。顛倒屈翁山，才駕三家一。《羅浮詩》有『五岳南曰衡，坐鎮匍中原』，『翁山欲勸進，成案何由翻』等句。昔聞東坡老，壯語超無匹。昌詩勝昌身，昌氣腹以實。詩昌如膏面，氣昌則志壹。君詩丹火純，老氣力貫虱。莫謂詩人窮，入聖有琴蜜。雄豪而邁，苦而腴，惟有琴聰與蜜殊二詩僧，皆證果位。見《傳燈録》。淤泥蓮花生，糞壤靈芝出。丈夫貴出世，安能鼓膠瑟。黄石書萬卷，只取辟穀術。願約騎鯨李，往追御風列。

倫敦老詩翁，能值幾先令。見《西報》：『倫敦有詩翁，日乞數先令於市。』印度甘地詩，奉爲自由神。吾人談魏晋，唐宋有屈伸。知識分別相，文字無冤親。杜甫比契稷，陶潛是天民。兼善詩外事，獨善詩中人。譬如五等味，酸苦雜甘辛。不得組文綉，敝帚亦足珍。時代各有性，魂魄常如新。旨哉《吾土集》，一掃陳言陳。我手寫我口，真賞垂千春。《人境廬詩》云：『我手寫我口，不爲古拘牽。』何人解意表，就公質殷勤。

吾土集

稊園詩集第十二種

南海關賡麟穎人

余自弱冠釋褐故都，飢驅四方，離鄉十稔，中間惟丙辰之夏，嘗一歸省，會有風鶴之警，舉室北徙，忽忽至今。昔仲宣登樓，有『信美而非吾土』之嘆，比以冗散之身，得請歸里，暢游山水，悦話親戚，屋廬非故，先壟僅存。雖懷元暉吾室之悲，猶勝景陽吾城之恨。流連光景，攄寫遂多，視之昔人，饒爲欣幸，因命所爲詩曰《吾土集》。

起民國二十一年十一月一日，即舊曆壬申年十月初四日，訖同年十二月九日，即舊曆十一月十二日。凡七十有六首，附録一首。

還家

不作還家夢，於今十六年。堤燈依舊照，江月幾回圓。懷古雙門路，浮天萬斛船。倦飛仍隻影，宿恨此綿綿。

吴淞中夜船望寄内

海口乘潮驚夜哄，歸心已遣長風送。激浪音騰萬馬喧，繁燈光閃諸星動。宵吟孤客苦無朋，非我佳人解孰能。舶中近有傳聲術，報汝新章倘一應。

里門

丙午而還廿七春，里門兩返總閑身。曰歸計日應呼再，如夢逢人始悟真。豈有簡書勞久戀，便除先壟更誰親。此生已分幽燕老，千萬無心與買鄰。

蒲澗鄭仙祠

賣藥東來日，菖蒲采澗濱。未傳干楚策，誤作避秦人。迹謝餐芝客，功歸辟穀臣。雲岩泉不竭，容我薦溪蘋。

歸粤有懷書呈粤中諸老

衣綉宵行又幾春，素衿歸日尚緇塵。地靈客有論都賦，世亂生仍誓墓身。且喜山人還李泌，未須時相怨章惇。萬方一概吾能説，歌舞酣嬉厝火薪。

過河南鰲洲故居

聯璧吾家唱和詩，儒官珍重十三芝。舊巢如夢痕猶在，想見篝燈夜讀時。
近市囂塵著小樓，蠹餘萬卷不曾留。歸來紗縠家何在，陽羨甘爲買宅謀。
江干燈火鬧撐蒲，行盡街鄰舊識無。誰是惜陰陶士行，逡巡應避牧猪奴。

北江道中即目

北江山水鬱清華，眉眼盈盈送客車。十月袷衣知氣候，千舟薪束足生涯。連岡野竹藏幽徑，映日柔波閃白沙。如此風光誰占領，臨流茅舍幾人家。

宿韶州客艇所見

河船鱗比梁浮航，華燈照牖玻璃光。船娘進饌解調笑，座中年少多清狂。緑蟻力微不醉客，起舞船頭江月白。水宿鳧鷖夜共酣，夢中忘是玄真宅。

南華寺訪六祖真身

黄梅五葉傳衣鉢，一偈碓房真解脱。曹溪别派此開山，千佛袈裟南入粤。當時行者訶林游，韶州行脚仍新州。偶然避禍晦物色，十載誰從獵户求。寶林西土終靈迹，舍地更資檀越力。女主金輪使者車，賚來萬歲通天敕。香花幡蓋動傾城，兩字南華早賜名。聞道肉身作菩薩，靈塔至今留七層。菩提明鏡初非有，此塔此身何用久。多事丹田及憨山，一一漆顱圖不朽。漫山椒莽寂寒烟，水遞遥通卓錫泉。我愧二蘇文字妙，把茅訶佛還談禪。

帽子峰

一角青峰壓郡城，臨流三面聽江聲。無人解喚蘇侯筆，依舊沿題帽子名。

韶石

湘瑟君山未遽彈，皇岡合樂百祇歡。一雙獰峙如師子，我當中天率舞看。

曲江懷張文獻公

犖山反相最先知，風度空留歿後思。海燕偶來心豈競，太牢遺祭悔應遲。金丸庶免孤鴻懼，囊笏猶存上馬儀。欲訪高樓無問處，飛飛書鴿繞神祠。

謁張文獻余忠襄兩祠遂至風采樓

風采樓舊與風度樓對峙，韶人剌取蔡君謨詩語，爲宋余忠襄請建也。予初至韶，訪風度樓不得，惟此樓巋然，煥以新。徐考之有司，方治通衢，兩樓并當其衝，因夷爲平地。余姓有顯宦，亟於附近張仙廟購地别築，爲跨街高樓。張氏裔式微矣，其後人言數代單傳，今有二子，無力以復。非官紳有好事者爲之經營，則千年古迹已矣。

名臣餘事工詞翰，异世張余此兩賢。上壽頌書皆藥石，磨崖大筆見雲烟。斗山一例鄉評重，陳白沙謂：『前有曲江，後有武溪、菊坡，皆爲泰山北斗。』人物真堪郡志專。地下有靈應嘆息，造樓今待子孫錢。

清遠江上艇宿書見

浮橋月上人如市，畫船簾底歌聲起。隱隱花藏蛺蝶斑，霏霏烟結芙蓉紫。分曹博簺人語讙，曼聲漿餌呼更闌。縣城斗大盛物力，不眠静聽江漫漫。

自清遠峽游飛來寺口占

中宿飆船日往還，烏篷低護卧看山。未行冥想飛來勝，岩洞千盤水一灣。

鎖峽晴潭碧不流，攢峰疊翠眼中收。無多涉歷猶知妙，而况匡床十日留。

禹峽觀新營飛霞藏霞二洞

木末亭幽路折旋，松毛糝徑軟如氈。何須樓觀經營贅，山色泉聲不記年。

爲李景康鳳坡題瑞梅圖

南枝兩度換寒温，數點天心見道根。合與君家添故事，梅龕重返玉梅魂。

鼎湖山道中即景

林麓初冬朔氣微，吟笻高度暝烟霏。雨餘積翠鬟如沐，峰杪寒雲絮不飛。山近漸聞泉韵響，原平分藝樹苗肥。須臾香界橋邊坐，石几苔痕潤客衣。

宿慶雲寺

雲水幽栖第幾層，禪床取次息行縢。木魚夜坐催清課，松鼠爐前避佛燈。花院聞香無與隱，菜根能咬不妨僧。舊湖咫尺勞腰脚，慚愧山巔嶄一登。

飛水潭

上界銀河忽崩決，飛流破空界山裂。自從宇宙有此山，噴薄萬年長未歇。端州州境饒水泉，近郭縱横皆水田。一湖山頂冬不涸，并爲百尺空中懸。水簾五道花如雪，振耳訇雷音中節。割取巉崖作劍鋩，鑽將石腹成鐘穴。置身浮石泉中央，毛髮灑淅衫裾凉。群童連臂作凫浴，解纓一笑非滄浪。平生觀瀑屢快意，此地幾令失交臂。不須遠道訪匡廬，眼底波瀾真莫二。

羚羊峽

烟嵐罨靄山重叠，際天濃黛雲横截。高峽齊如怒馬馳，作勢下坡振長鬣。江流奔放忽一收，端州吐納資咽喉。四時嘉樹各葱蒨，兩岸對峙臨沙洲。沙洲古迹今非故，沙溪佳景誰能賦。往來多少泊舟人，不見龍圖沉硯處。客心入峽翻徘徊，門户年時此洞開。聞道諸夷水程熟，戈船弋鳥時時來。

七星岩

星甓真疑積鐵成，繁柯石縫各峥嶸。房櫳蔽日多靈氣，鐘鼓傳空作异聲。水黑龍蛇潛窟穴，地寒髓乳結瑶瓊。諸岩處處通舟楫，束緼中流自在行。

摩空碧峭列崔嵬，離立群峰應斗魁。金宿自符員屋象，洪荒剩弃補天材。遠通潮汐窺神井，幻化璇璣落石臺。如此清都樓觀好，陽明何日約重來。

重登白雲山始上先王父平階公墓謁祭時郊外邱壟率夷爲坦途求吾家先墓多不可得

佳氣葱葱翠四圍，白雲山麓白雲飛。地形早識牛眠貴，城郭今傷鶴返非。逸少未忘辭墓誓，子瞻安得有田歸。瀕行依戀難爲念，叢棘猶能縜客衣。

過陳獨漉墓下

咫尺荒墳趙尉城，高吟慷慨想先生。鏡中歲歲顛毛白，畫裏時時鞘劍鳴。浪迹江湖憂世變，陷身牢獄爲時名。匆匆未及寒泉薦，遺韵如聆變徵聲。

增城何仙姑祠

雲母峰前服餌身，鳳皇岡上駐神人。葛軒遺履同輕舉，漢殿留裙豈就新。壇石麻姑荒舊約，黍庵鮑女是芳鄰。井泉曾照驚鴻影，明月滄洲又幾塵。

自證果寺至浮山酥醪觀輿中口占

爲訪賓公寺，籃輿緩緩行。肉身成佛果，梵刹即村名。兀兀摇殘夢，荒荒起市聲。欖溪迎路水，不礙出山清。地漸浮山近，烟巒不計層。畬田豐積穀，溪彴繫修藤。靈卉仙人掌，深檐道士簦。禽聲如送喜，何處覓雕陵。莽莽山圍裏，盤旋路欲窮。亂篁妨鳥道，矮舍隱牛宫。嶺秃愁無樹，崖陰喜借風。一層須更上，辛苦日方中。卌里崎嶇徑，時時見道流。循溪宜水碓，得路指丹邱。野燒痕仍在，雲濤瀉未休。不愁行客誤，蝴蝶導前頭。

初至羅浮

幼耳羅浮名，熟玩羅浮志。舟車兼日力，艱險古人記。仙山日以遼，一行身作吏。嵯峨四百峰，昔昔入夢寐。誰令此投閑，前生證真契。濟勝慚英年，行遠藉利器。飆車如乘風，倏送雙燕至。遲我卅年游，縮此半日地。安知歲時後，不更堂闥易。腰脚吾尚能，眼福固自在。來暮亦何傷，此事不足悔。

冒生南走粤，先我朱明游。歸來傲坐客，一醉曾元邱。顥氣吸赤溟，飛雲臨石樓。脱手十明珠，字字精光浮。我方偃斗室，紙上談袁彦伯鄒師正。愧作嶺南人，讓君出一頭。世事豈可測，夙願居然酬。投袂忽還鄉，瓊臺指炎州。有約司徒穎朱兆莘，談笑真良儔。臨歧遽繭足，幾敗築室謀。道人謂圓虛。計獨決，去矣毋淹留。不佩五岳圖，伏戎非所憂。

五岳南曰衡，作鎮囿中原。羅浮稍晚出，遠落南海邊。衡山此佐命，其語出史遷。渟峙本洪荒，予奪誰操權。翁山謀勸進，成案何由翻。吴楚或僭王，莽丕亦配天。輔佐更向上，毋乃篡竊然。白水與白雲，兩麓東西連。效尤各獨立，事主誰比肩。不如作扶餘，粤望猶可專。一岳南斗南，朝拜來群仙。

洪水割神山，浮海遠來傅。風雨時合離，於理竊未喻。譬如膠漆交，又若蔦蘿附。餘耳能凶終，王郗或乖趣。磊磊東武岩，蒼蒼靈隱樹。石以能逃名，峰有飛來處。夢中忽幻想，此想計非誤。山靈倘懷鄉，未必利長駐。兩山但解紐，定識來時路。焉知不載我，浮向蓬萊去。

宿酥醪觀覺樓

枕席烟霞寄小樓，萬峰深處北庵幽。樨香滿院吾無隱，十月山中氣似秋。
胡麻一飽即仙人，含笑千年尚笑秦。試向逍遥臺上望，萬松環立老龍鱗。

釀泉

一噴芳醇落九天，露華沆瀣變靈泉。我心更廣神人術，遍沃村氓賣酒田。

道同圖書館有懷陳子礪師

小樓吟誦傍琳宮，一老歸來物望崇。行遁餘生仍講道，著書微意寓褒忠。荔村集在傳弓冶，芥子園荒憶雪鴻。廿載滄桑風義渺，瓣香惆悵拜南豐。

元邱歌

信陵醇酒昵婦人，灰志不誅無道秦。沛公好酒兼好色，折券醉眠王負側。此時安期何所從，獨挾奇策干重瞳。重瞳沐猴不解事，置酒擁虞日高會。居鄛發背謀臣行，生幸未作韓生烹。高陽酒徒已歸漢，盜嫂陳平封大縣。此曹并世皆侯王，長揖隆準宜無妨。翩然忽悟尋仙好，海上如瓜方食棗。相期神女登元邱，一觴玄碧千春秋。醉餘呼吸成仙液，幻作釀泉流不息。至今游者如飲醇，醺然各願爲峒民。入村汲井煮菘菜，呼名總有酥醪在。世間醉夢誰嬴劉，白雲山麓雲悠悠。

自酥醪觀越分水嶺觀石竈瀑布

萬松擁酥醪，深在浮山北。水門匯其源，水口洩所積。晨興出下陂，迤邐度阡陌。仰見符竹峰，飛巘隱雲隙。頗聞水竈勝，漸可沿溪值。衆水瀦爲潭，兩字署凝碧。由此四五里，仙篆在岩壁。何期升天梯，大困去齒屐。初逾分水嶺，再越大山脊。蓬科長及人，累月無行迹。崖狹劣容趾，枝交動妨幘。葛弱不可援，路陡難爲陟。飛泉雖在望，不救渴吻客。重巘廢半塗，逡巡各嘆息。而我樂不疲，孤策方努力。一峰且未踐，焉能遍四百。行行聞奔騰，眼底見觚突。竈額有舊題，此竈宜煮石。朝吴暮粤語，巧若爲吾設。欲讀摩崖書，豈憚巨靈闢。葛仙今不見，所餘飯數粒。化爲螯人蜂，仙緣慳咫尺。揭來就清波，塵垢一洗滌。菖蒲石縫青，楓葉澗邊赤。微雨催歸人，羽翰生兩腋。

雨中山游紀事

曉雲沉陰生碉户，雨窗冥冥不知曙。山中一雨難即晴，道人留客請勿行。客言晴佳雨亦得，雨後尤宜看山色。香霧濛濛輕撲衣，漫山柏翠松子肥。溪流增漲聲轉急，脚下轟雷濺人濕。須臾白雲壓山低，滅迹驟覺夸娥移。橫風有時忽吹亂，偶似神龍鱗爪現。雲開雨霽天蕭森，攖身策杖穿遥岑。茶仙者誰不可識，野人道是仙家役。經霜橘柚黄離離，不見喑虎巡神祠。茶山飛瀑亦一妙，失計此行騰隴笑。石梁風袂仙飄飄，曰鐵非鐵橋非橋。日斜徐下分霞嶺，振衣直入羅山境。

謝山中諸道友

小住浮山亦夙緣，曉窗跂脚聽飛泉。暫辭上界無拘束，僥倖蓬萊作散仙。故人幾輩慕青精，慚負瓜盧弟子名。無分黄冠同入道，眼前饑溺正蒼生。

自沖虛觀至華首臺

山窗深夜雨，明發卜清陰。曉色連侵幌，泉聲静出林。爪痕留虎阱，蹄迹見牛涔。回首仙橋水，依稀和客吟。群山無長幼，齊向老人峰。羊化纍纍石，龍吟謖謖松。阿婆椎髻伴，玉女鏡臺封。絶頂何須上，層雲已蕩胸。藟落梅花觀，人家失故村。未留仙鶴守，空悵翠禽昏。鐵佛今無寺，桃林别有源。荆榛同一例，陳迹不堪論。蓬萊皆道觀，華首獨披緇。初地尋山遠，禪堂念佛宜。鐘聲尊勝閣，雲影放生池。客至誰迎送，翩翻鳳子知。寺後觀諸瀑，遥尋最上源。望江亭不見，洗衲石空存。寶志天花雨，東坡屐齒痕。錦屏峰外路，隱約水簾喧。

合掌岩

入定曾傳空隱師，此間頑石竟何知。天生如許兜羅手，十爪和南欲拜誰。
華山别有仙人掌，隻手猶能擘巨靈。悟得桼園非指指，岩端合十四圍青。

黄龍觀懷古

山色真能滌俗塵，龍潭相望各鱗鱗。烟霄長映金沙麗，松檜猶疑羽蓋新。水縈迴珠在抱，七星磊落樹通神。幾家欲造天華窟，誰道劉郎是妄人。

白鶴觀觀五龍潭瀑

潭水龍常在，芝田鶴未歸。枕流思洗耳，捫石暫忘機。壁篆文疑蝕，吟筇健欲飛。匡廬三叠瀑，對此想依稀。

稚川丹竈

玉简銅魚事渺茫，丹渣豈在竈中藏。游人分得丸泥去，風送前山藥市香。

葛仙衣冠冢

蜕形冠帔脱塵鞿，吉壤千年占翠微。剩有弊衣收未盡，化爲仙蝶冢前飛。

朱明洞

朝斗壇荒草木疏，石崖曾著野人廬。南離洞府今無地，何處關門讀道書。

忽憶

忽憶今朝海曲身，舉家應念未歸人。鮑姑惜遠飛昇侶，過子難隨度嶺辰。試汲井華甘一勺，冲虚觀有長壽井。更携藤杖祝千春。寺僧出售萬壽藤杖。相期長壽書無擇，月日分明石澗濱。水簾洞下長壽澗，有聖宋皇祐二年冬閏十月二十七日祖無擇題字。

下山

尚有世緣在，名山識未真。長風吹别袂，微雨斂輕塵。入市牛羊碩，連船穀米新。今朝逢下九，我亦趁墟人。

聞伍叔葆病逝

星散吟儔不計年，蹬廬握手兩歡然。壯游期讀新詩稿，絶筆誰知細字箋。虚約浮山觀海日，歸神蒲澗戀雲泉。精亡燭武何須説，辛苦人家志墓錢。

鄭仙岩

松子落無聲，霜葉兩三赤。白雲著仙岩，依依遲來客。

鎮海樓遠眺

層樓如血映朱曦，歌舞銷沉又盛時。屈强木棉餘霸氣，蕭條花塔失神祠。萬家杼柚憂貧匱，十載兵戈歷險夷。臺觀已荒城堞盡，興亡惟有白雲知。

桂南坪以詩贈行倚裝賦和

雲山無恙客歸來，入手詩筒倦眼開。晚節香仍韓相菊，全天心是廣平梅。重逢游子多華髮，莫與胡僧話劫灰。一事君家真健羨，六龍下食介春杯。

【附原作】

桂坫南坪

珠海光中洗眼來，故人話雨笑顔開。卅年共試燕臺馬，十月還尋庾嶺梅。回首過江春裏夢，感懷浮世劫餘灰。多君豪縱登臨興，君以羅浮詩見示。況有黃花酒滿杯。

訪唐少川姻丈於唐家灣海濱新居口占

榕陰如蓋緑紛敷，海氣嵐光半有無。便覺次山風趣在，眼前小小石魚湖。

共樂園

山椒別墅費經營，取次陂陀策杖行。舊載十洲春色返，好花如錦不知名。
熙熙如步帝臺春，父老偕游忘主賓。胸次使君無畛域，晚專一壑又何人。

翠坑訪中山先生故宅

樓桑玄德故居村，錦樹婆留使宅門。邑里一時換名字，更教過客識賢昆。地名壽屏街，即先生長兄眉之字。

波瀾不起井華新，棟堞堂堂閲劫塵。欲話刊章名捕事，當年遺老已無人。

衡宇無多此故鄉，十年樹木擁書堂。時建紀念學校，工未竣。游人不少歌風感，猛士今誰守四方。

石岐爲故香山縣治

商鎮從來掩縣名，七峰環列應星精。累朝海舶通番市，幾輩軺車建使旌。枹鼓不鳴知政理，族祠相望重宗盟。宅中邑治寧無意，喬木蕭森認故城。

前山寨爲先大夫館香山韋氏時居游之地駐車訪問賦詩志感

城寨沉沉繞女墻，地鄰濠鏡好村坊。鬻蝦作醬饒生計，風過人家不斷香。家家皆業蝦膏、蝦醬。

老父三年此課徒，童時未及過庭趨。不知咫尺劉園地，猶有當時手澤無。居人多劉姓，城爲劉作山觀察所捐築，舊有劉園。

宋王臺石

在九龍，即古官富場小山上，爲宋端宗駐蹕之所。

富場王氣黯全收，信宿當年泊御舟。臺石猶能存宋土，行宮從此徙硐州。天心塊肉終魚腹，鬼哭濤聲咽虎頭。急水門前流不轉，零丁雙闕共千秋。

讀子礪師瓜廬詩剩書感

官富場邊小結廬，胡焦而後此幽居。淵源東塾傳詩學，慷慨南齋有諫書。梅觀花香縈夢寐，宋臺山色接庭除。黄冠終老真天幸，未及遼陽厠屬車。師没於庚午八月，翌年而東省變起。

展堂以整理賢兄清瑞文集近詩見示感和

章縫兩兩起諸生，晚喜君家志業成。時望伯升終屬弟，賢聲季布早知兄。旁觀棋劫憂方急，中歲膏銷悔太明。身後遺文容假讀，江山如見筆縱横。

跋

余既次歸粤，所得詩而名之以《吾土集》，念餘意之未盡也，復綴數言於後端。古人重去其鄉，誠以交通梗阻，而往來之不便，故遠宦者，鮮有得歸。一行作吏，於晨昏廬墓，幾於訣别。自鐵路棣通，由燕京至析津而金陵，以達於滬濵，僅兩日程。水道由滬濵以至廣州，亦三日可至，此即歲爲燕雁，宜甚不難。當此之時，而思鄉憶家，發爲歌吟，可謂無病之呻也已。然吾自通籍，居燕十有一年不得歸，歸則未浹月。舉家北徙，復歷十有六寒暑，所以然者，任職方繁重，性不樂委責它人。當南朔爲一時，凡粤人宦游者，往往以吏檄之便，得寧其家。然以當事臂倚之故，獨不吾及。壬戌、甲子間，積忤當權，盡解諸職，可以歸矣。顧又厄於貧，不克遂行，忽忽遂如是之久，孰使然哉。丙辰之歸，吾婦梁方在蓐，念欲同行，而余不之待，其後一年，而婦奄逝，願終不償，病中思家，喃喃皆鄉土親眷游處飲宴之語，聞之增悲，悁悁至今。此《還家》一詩，所以有『宿恨綿綿』之嘆也。去年歸粤，爲時僅一月有奇，於二十餘年未履之地，未把晤之戚友，尚不知凡幾。然則後此必當更來，而此信美之吾土，不復詑偶歸爲异事，固可舉吾集而預券之矣。雖然世變日新，技術孟晋，交通之爲梗於疇昔者，今已縮而邇之。抑政治之變態，舉措之失序，朝膝夕淵，如幻如戲。疇昔從政之士所視爲靡鹽，矢之盡瘁，窮年守職，不敢自顧其私者，焉知時人不目爲大愚，哂爲過慮，而又以爲一無病之呻乎哉。此又向者重去其鄉之古人所不及料者也。民國二十二年十一月稊園自識。

巷蟄乙集

周楨署檢

序

往歲厠身學府，寄迹燕臺，傾耳名賢，馳心文囿。時則穎人先生方與寒山詩社諸老掎裳聯襼，比調同聲，效劉、白之唱酬，鬥孟、韓之聯句。往往停觴賦就，刻燭催成，萬口交傳，一時稱盛。今《稊園詩集》中《盋聲甲集》即爾時社課也。迨至鐘虡南移，敦槃罕接，先生念清唱之靡應，感雅道之將淪，乃復號召朋儔，鋪張壇坫，結春芳以崇佩，統大魁而爲笙。月旦相高，風流重振。頃得裒録四年以來南北詩社所作，附以闈中唱和，爲《盋聲乙集》。先生胸羅百氏，身備九能，騁步康莊，策名華省。神工縮地，進文軌於大同；高才掞天，播詩聲於函夏。憲章六代，包舉三唐，洵爲藝苑宏裁，學林通矩。兹編所録，限於小詩，踵漢上之題襟，效竟陵之擊盋。琴尊雅集，游戲斯文，固未能執安石碎金，即以概少陵連璧也。然而虬龍半甲，亦非之，而鳳皇一毛，自呈文采。榷其品詣，有可言焉。伊昔鮑照才多，建除格創；景宗韵險，競病詩工。領异標新，固未乖於風雅；雕章繪句，實賴澤以圖書。先生摘葉抽詞，粲花著論。取尚書團扇，隸事無窮；奪學士錦袍，摛文盡美。其不易及者一。從來名句，多出深思，索對偶於三年，審推敲於一字。是以子安麗藻，引被蒙頭；無已清規，閉門謝客。先生籠袖憑几，無待八吟；伸紙引毫，速成七步。雲霞糾縵，風雨從横。幾疑馬氏綉囊，得諸神授；江家彩筆，由於夢傳。其未易及者二。且夫指事造言，宜求形似；窮情寫貌，貴得真詮。然使立篇短促，舞袖難迴；限字差池，歌詩不類。雖有妍手，易窘長才。先生運意詣微，因難見巧。鬖龍於莢，洞壁能窺；視虱成輪，中心可貫。其未易及者三。抑又聞之，金刀玉案，張衡藉寫牢愁；蘭橑藥房，屈子不忘忠愛。苟其因文滅質，逞博溺心，未免券類書驢，簿同點鬼。先生含情寓諷，思古傷今。兔走烏飛，流連節物；龍蟠虎踞，憑吊前朝。慷慨臨風，恍遇正平撾鼓；低徊向月，如聞越石吹笳。其不可及者四。藴斯衆美，繼聲甲編，宜其唱而愈高，恢之彌廣。清鵬青溪結社，幸奉清塵；白首爲郎，久疏韵語。屬當寫定，辱使弁言，聊志管窺，敢云喤引。此日旗亭畫壁，懸知唱徹雙鬟；他年武帳封章，佇盼集成一品。民國二十四年十一月彭清鵬謹序。

盋聲乙集

稊園詩集第十四種
南海關賡麟穎人

鐘虡南移，弦歌道廢。青溪吟侶，墜緒復延。初亦屬對，繼以小詩。限韵分題，略如向例。已而北社中興，同聲相應。加閏人好事，屢倡新格。月有存録，所積遂多。命之曰《盋聲乙集》。起民國二十年二月，即夏曆辛未二月，訖民國二十四年十一月，即夏曆乙亥十月。凡詩二百七十一首。

楊貴妃（限龜、祠、時韵，青溪詩社）

佛堂尺組更誰祠，宛轉三郎掩泪時。海上五雲應誕説，仙山王母可名龜。
漁陽鼙鼓震當時，有國思傾事燭龜。誰向馬嵬香火拜，青溪應愧麗華祠。
興亡女禍決蓍龜，炙手楊釗柄國時。太息黄裙隨水後，上皇空祭九齡祠。
壽邸陳情乞奉祠，新承恩澤入宫時。弟兄列土門如市，不讓燕公詹事龜。
天寶河山毁櫝龜，太牢空祀曲江祠。於今國活知誰力，宛轉蛾眉絶命時。

栖霞山（限孤、鬚、狐韵，青溪）

冠玉危峰四面孤，攝山藤石引龍鬚。定林拂袖徵君去，一笑參禪讓野狐。
虎窟何人捋虎鬚，六朝塔倚傘峰孤。蟒蛇斬尚無遺穴，語怪誰爲鬼董狐。
捨宅高賢媲給孤，春來花藥各銜鬚。夕陽無恙隋家塔，可有禪床聽講狐。

明孝陵（限牛、頭、留韵，青溪）

佳氣皇城近石頭，朝天女户幾家留。拾柴斜日人歸去，閑殺荒陵礪角牛。
側微世業似蝸牛，神烈山前祭殿留。燕子飛來王氣歇，可憐璽紱付偏頭。

半山亭（限尖、髯、鹽韵，青溪）

鍾山謝病痛攀髯，際遇君臣水著鹽。借問騎驢定林客，可曾雪没耳雙尖。
倚郭孤亭似塔尖，争墩遺迹草垂髯。安持婦較凝之婦，一樣詩才壓道鹽。
刺時忘味食無鹽，紹述諸臣畏筆尖。不讀文章恐回意，半山終竟識蘇髯。

桃花扇（限分、墳、裙韻，青溪）

歌筵濺血烈釵裙，扇染桃花色不分。畫手南都能晚蓋，九原不愧網巾墳。

血花染箑奪榴裙，春色天台定幾分。歌扇虞山媚如是，故應羞上敬亭墳。牧齋有《爲柳敬亭募葬引》。

龍友丹青幻不分，扇頭點染表釵裙。桃花色似梅花色，紅到揚州閣部墳。

點扇崇桃爛不分，繼之水閣罷湔裙。茄花滿地紅何在，莫寫西山魏監墳。

侯李痴情未忍分，扇頭血影誓鴛墳。桃花龍友丹青妙，勝寫羊家白練裙。

留都歌扇醉紅裙，欽案難從順逆分。阮大鋮欲起順案，以抵逆案。謂降闖者，闖國號『大順』。畫罷桃花終殉國，寧忘朱履祔妃墳。

蘭亭修禊（限魚、鋤、初韻，青溪）

芳郊霽色起春鋤，三日蘭亭祓禊初。癸丑幾年逢乙酉，鮮卑童讖又羊魚。

誓墓餘生托荷鋤，臨河序紀暮春初。人間繭紙無緣見，留與昭陵伴玉魚。

五胡非種更誰鋤，携手興公賦遂初。除却蘭亭觴咏地，中原都付食人魚。

野趣春田隔水鋤，蘭亭一序永和初。管弦意複何須較，蕭選而今付蠹魚。

餞春（限多、戈、娥韵，青溪）

晦盡難迴反日戈，風光九十計無多。花開花落年年事，如此離筵付素娥。
怱怱三月緑陰多，風雨江南未止戈。誰念落花春去也，有人揮泪别宮娥。
流梭花信换羲娥，不負春風酒債多。青帝明年更爲主，也如舊物復過戈。
東皇仙仗擁雕戈，祖道群花濺泪多。要遣長春顔色駐，爲君靈藥竊嫦娥。
荼蘼開盡落紅多，芳餞空投講藝戈。愁似春山移不得，更從何地覓夸娥。
當陽青帝肅天戈，四運乘除别餞多。記取洞庭春釀熟，迎神來歲奏皇娥。
殘春不返魯陽戈，祖道東風别恨多。記得海棠開後望，有人低唱憶秦娥。
何曾春日退揮戈，惜别深情付墨娥。待唤黄鸝詢去處，緑陰如幄落花多。

志公塔院（限高、毛、曹韵，青溪）

龍池吊古集詞曹，三絶摩挲碣石高。輸却孝陵王氣在，歲時誰與薦溪毛。
雨花説法動天曹，三絶書成秃兔毛。不救老公身餓死，可憐施食一臺高。志公施食臺在鷄鳴寺。
荒岡劫後落松毛，靈谷猶存塔院高。試立無梁殿前望，殿在塔院前。山青分外向吾曹。
功成皇覺蓄顛毛，葬地千年讓爾曹。一樣僧家屬朱姓，志公俗姓朱。孝陵名比蔣山高。

鐵翦飛來寺塔高，八功德水浣溪毛。秣陵一尉方稱帝，畢竟禪師遜賊曹。
佛光磚塔放毫毛，如雨天花道行高。枉爲蕭公生説法，可憐宗社鬼謀曹。
高僧傳裏最名高，江左雲霄見羽毛。荒塔斜陽花雨渺，禪宗何處問臨曹。禪家有臨濟宗、曹洞宗。
銅牌陵鹿長茸毛，移葬猶存石塔高。若把少師方寶志，誤留病虎佐兒曹。

孤山放鶴（限貪、蠶、甘韵，青溪）

詩筆吟梅食葉蠶，湖山招鶴客來貪。神鴉解得争拋飯，不讓將軍舊姓甘。
山居身似再眠蠶，名占西湖不算貪。鶴與梅妻同寄托，亦如游戲傳黄甘。
孤山秋菊薦泉甘，處士荒墳漸食蠶。鶴化他年簪尚在，少懲楊璉發邱貪。
梅子時光過浴蠶，鶴田二頃未應貪。孤亭近倚巢居閣，秋菊寒泉一盞甘。
避客田家爲課蠶，無多鶴料不須貪。君家本有鳴陰和，便道無兒恐未甘。和靖有子，見林洪《山家清供》。

達摩渡江圖（限針、尋、襟韵，青溪）

度人無計指金針，佛理須從面壁尋。貌得折蘆江上意，飄然一葉見高襟。
江南一葦快披襟，初祖袈裟待綫針。不似貫休畫羅漢，神通渡水海千尋。

東來不侈術吞針，去志微從畫裏尋。誰戀雨花臺上坐，江頭寶志悵分襟。
游梁悔認指南針，歸路嵩山畫裏尋。直待袈裟傳二祖，江濤痕尚在衣襟。

東坡試院煎茶（限龍、宗、重韵，青溪）

試官水遞點團龍，簾外茶烟隔幾重。惜少朝雲煎竹裏，樵青一婢賜玄宗。
咏檜猶遲謗蟄龍，茶爐風味仰文宗。若將魚蟹方蠶蟻，差未譁聲達九重。
玉局風流舉世宗，煎茶掌故棘闈重。冷泉判事泉曾試，喚起西湖井底龍。

冬郎香奩集（限泥、鷄、低韵，青溪）

禁直封門咏紫泥，冬郎吟罷聽朝鷄。翰林集讓香奩集，幾輩才人首爲低。
綺語休嫌品格低，香奩珍重付金泥。依閩晚歲同滔黄滔朴周朴，腸斷朝班報曉鷄。
冬郎如鶴出群鷄，不附朱三品豈低。閩海尚携龍鳳燭，晚年綺語感鴻泥。
論詩唐季品初低，吟出香奩醉似泥。偓詩：『特許詞臣醉似泥。』龍紀登科幾詞客，輸君猶戀聽朝鷄。

夫子廟（限群、軍、文韵，青溪）

六經萬世冀空軍，邑學青衿幾冠群。憔悴秦淮河畔塔，更無光射斗牛文。

俎豆嘗聞未學軍，天心應不喪斯文。頖宮教澤千年盡，江左何人許出群。
衷聖言淆爝火群，賢關旗鼓孰中軍。櫺星門外金絲寂，卧石猶留誡士文。
兩楹百戲聚爲群，殿廡如觀壁上軍。芹藻久荒鐘虡歇，學官早作捲堂文。

摩訶池（限帆字韵，青溪）

水風嬪御髮髟髟，夜月摩訶冷翠岩。誰念武昌銷暑後，降王一樣石頭帆。
別殿清涼倚翠岩，起携素手女摻摻。可憐一勺摩訶水，習戰何曾挂錦帆。
不悟長春節可芟，君王暑殿奏韶咸。新年天水終相逼，一路鵑聲送去帆。
三更水殿語詀諵，花蕊新詞手自緘。不道西風幾時换，爲君東下送征帆。
劫後朱尼口未緘，摩訶暑夜御輕衫。故宮誰下興亡泪，更挂龜堂入蜀帆。
微汗清涼不著衫，廣寒仙境隔塵凡。桃符尚慶君王壽，孟昶正月十一日生。鶴浦前軍已落帆。

卞玉京（限雷韵，青溪）

阿賽秦淮負俊才，飄零身世鹿樵哀。東行倘固諸侯寵，何必尚書讓姓雷。
玉京重見駿公哀，凄咽琴聲念舊來。一樣墮釵雙枕意，不妨池上賦輕雷。
秦淮水閣舊時開，劫後琴徽聽轉哀。手帕交中沙頓老，更誰腰鼓鬧春雷。

同泰寺（限船、拳、天韵，青溪）

後湖鷺立足初拳，寺倚臺城下泊船。惆悵志公施食地，君王一餓豈非天。
捨身蕭練意拳拳，古刹臨湖水接天。千萬布施誰贖取，金甌翻作漬膠船。
山蕨僧厨小似拳，猶聞花雨散諸天。捨身終索臺城蜜，陶侃空聞奪米船。

梅影（嵌八字，限江韵，青溪）

月色梅邊玉笛腔，黄昏疏影寫銀缸。分明八尺珊瑚活，照水新詞愛草窗。
倩影孤山落野艭，春痕描取借明缸。誰圖八一梅花瓣，濃墨消寒伴客窗。
横幅幽香覓小窗，影浮月夜勝春缸。放翁喜作梅花伴，八十詩人樹樹雙。
横斜疏影自成雙，誰繪梅魂健筆扛。誤却幾回燈背折，長檠八尺傍銀缸。
妙筆華光不肯降，蛾眉窺鏡背春缸。歲寒我欲圖三友，十八公來伴紙窗。

祀竈詞（得蘇字，青溪）

黄羊再拜供芳厨，司命能教一醉無。轉眼田家相暖熱，團團婦子爇薪蘇。
媚竈何人解踞觚，家家饋歲仿髯蘇。一年勞汝天庭奏，吉報無須問紫姑。

子方祈福事非誣，香火黄羊傍竈觚。但抹酒糟神一醉，不須茶佛進鷄蘇。
徙薪曲突愧良謨，司命猶能貢媚無。我愛伯鸞炊滅竈，皋橋懷古過姑蘇。
竈神形見説東都，世祀黄羊報不誣。但祝兒曹能跨汝，眉山軾繼老泉蘇。
破臘梅魂暖欲蘇，芳筵酒果薦神厨。四侯不羨陰家貴，祀典長教記石湖。

勝棋樓（限佳韵，青溪）

命名賭墅近詼諧，或云明祖無賭棋事，徐九公子自比謝玄，取此名耳。樓主當年子弟佳。後日王孫憐代杖，輸他蘭玉出庭階。
石城湖水導秦淮，賭墅風流事最諧。彈指華嚴樓不朽，樓在華嚴庵内。幾人方打孝陵柴。
敕賜湖莊傍水涯，城西攬勝一樓佳。滄桑棋局誰親見，繫艇當年樹斷崖。周邦彦詞：『斷崖樹，猶倒倚。莫愁艇子曾繫。』
中山賜墅遍秦淮，賭弈湖樓此最佳。勝似西園歌舞地，板橋零落記余懷。

青溪小姑祠（限龜韵，青溪）

水涸青溪岸坼龜，荒烟難訪女郎祠。金簪銀碗分明在，相守繁霜却爲誰。
青溪三妹訪遺祠，張孔同龕事可疑。見説無郎居處久，不曾嫁婿得金龜。

中橋蔣妹有叢祠，白水城南接伏龜。南唐金陵城東南隅有伏龜橋，與青溪水通，有伏龜樓，徐鉉有詩。惆悵箜篌聲歇後，趙郎明日費相思。

小姑靈异事然疑，一曲箜篌覺後思。心醉趙郎宵宴後，不須貰酒解金龜。

青骨能神妹可知，騎亭水栅各專祠。祠前試向城南望，花盉岡頭伏似龜。花盉岡，一名伏龜山，在青溪之南。

鍾馗嫁妹（限斤韵，青溪）

載鬼車來日未曛，終南門第衆如雲。娣良帝乙曾歸妹，元吉同占易一斤。

進士終南述异聞，妹歸百輛從如雲。偷鞋倘入青廬夢，小鬼應難赦斧斤。

啖鬼猙獰露齒齦，誰知女弟好釵裙。何當塑出青廬畫，粉堊朱袍妙運斤。

終南嘉禮重玄纁，嫁妹鍾家有舊聞。若問執柯誰作伐，阿兄辛苦與揮斤。

采石磯（限眉字韵，青溪）

天塹臨江拒佛狸，兵争采石幾舟師。祇今太白祠前望，萬樹深山叫畫眉。

宮袍春夜畫船移，一醉長留捉月疑。磯畔騎鯨崖放鹿，肯因權貴便摧眉。

長江飛渡阻雄師，采石何人引釣絲。一夜樊郎量岸去，君王揮泪對蛾眉。

荒磯崖樹碧參差，日夜江聲太白祠。曾記謝家山下別，盈盈峰聚那邊眉。
采石謀成破虜師，陣前拊背勵男兒。大功竟自書生出，我爲虞公一展眉。

重修白香山墓（末句限湘字韵，青溪）

樂天遺冢百年荒，修碣重開九老堂。但使義山真作子，不須收骨待韓湘。
劫餘宰樹幾荒凉，重爲新墳薦瓣香。伊水但教蘋可采，爲公錡釜賦于湘。《詩》：『于以湘之。』湘，烹也。

買菊（嵌牛字）

老圃黄花耐晚寒，買來不厭百回看。種佳抵得中人産，未遜牛欄黑牡丹。
瑟瑟西風九月天，選奇繞遍菊欄邊。倘逢牛首朱家種，爲爾傾囊不惜錢。牛首山有佳菊，爲朱潤身天闕山房種。
選菊携錢費杖頭，遍栽三徑足風流。自從卧看牽牛後，點綴天階一片秋。
聞道頹齡術可延，餐英九日醉籬邊。一麾倘作南陽守，菊酒牛酥費幾錢。宋韓駒《送趙承之秘監出守南陽詩》：『菊泉釀酒不論石，上酥醍醐出肥牛。』
九日仙人遇長房，禳灾桓景菊花觴。回看鷄犬牛羊盡，歲歲毋忘買醉方。

紅葉（嵌錢字）

木葉經霜色倍妍，斷紅一抹晚霞邊。風來吹落金溝滿，錯認王家馬埒錢。
多買胭脂笑畫工，漫山落葉寫丹楓。百錢揮手斑兒日，一樣紗籠滿地紅。
似燒丹林燭半空，戰風葉葉映霞紅。錯疑選勝錢塘上，秋滿唐家塢裏楓。
千林頳紫掃岩霜，楓葉漫山映夕陽。大樹一時皆衣錦，令人湖上想錢王。

齊東昏侯毁瓦官寺玉像爲潘妃釵釧（限先韵，青溪）

佛像光分步步蓮，玉兒釵釧暖生烟。喂鷹割肉慈悲久，更結齊宫善女緣。
獻琛師子勝于闐，佛像東來涉十年。誰爲瘦肥商臂胛，化身千百伴金蓮。
玉佛無靈任削朘，低鬟約腕映金蓮。臠身斷臂酬供養，僅博宫中一笑嫣。
玉工巧斫玉兒鈿，篡取瑶光佛頂圓。顔色豈緣甘后妒，不教刀斧赦諸天。
瓦官三絶佛光圓，製飾東昏付刻鎸。成毁未須稽甲子，東來猶在義熙年。

百子同居堂（限歌韵）

後園兩兩樹交柯，殿撰堂成足嘯歌。教子登朝能抵百，如君繞膝不須多。

訪舊堂鄰信府河，秦家四樹影婆娑。恰如藕偶蓮憐字，一例諧音入樂歌。
百男衍慶豈傳訛，秦巷堂成種樹多。却笑諧音憂見迫，匆匆心動柏人過。
小兒典學寵鑾坡，題榜堂名識樹多。合與早離疆界對，廋詞一例記金陀。

春閨（限嵌一至十數字）

七香車起六街塵，下九嬉娛四座賓。二八佳人三五夜，一庭花木十分春。
九衢燈火路三叉，六曲闌干四壁花。二十五弦彈未了，一聲尺八七星斜。
四山二月聽黃鸝，七寶裝臨九曲池。三十六宮誰第一，五家旗擁八姨嬉。
二分月色五更宵，三九嬉游廿四橋。笑折一枝長十八，七弦琴爲六郎調。

武侯駐馬坡（限江韵，青溪）

談笑綸巾壓衆哤，駐觀形勢馬蹄躞。卧龍妙識龍蟠後，乞食張昭莫議降。
討賊孫劉漢鼎扛，卧龍駐策憤盈腔。同名别有完顔亮，立馬吴山恰一雙。
紫髯建業擁麾幢，瑜亮相逢國士雙。不是據鞍能决勝，阿瞞釃酒已臨江。
駐馬高邱望大江，石城鍾阜詡無雙。坡名一樣流傳遍，落鳳何人誤姓龐。

咏蜘蛛（限灰韵）

結網縱横布屋隈，是何蟲豸殺機開。經綸滿腹文章手，曾試公明射覆才。
吐絲厄井罥荒苔，寺閣深扃網積埃。一樣神蛛能佑順，前扶赤帝後香孩。

訪劉宋馳道遺址（限庚韵，青溪外課）

南北修衢舊迹平，寄奴傳世費經營。劉家别有呼鑾道，一樣荒蕪趙尉城。
馳道初通憶大明，五年興廢幾紛更。君王不爲游觀便，玄武湖中正閱兵。
故道依稀認石城，後湖捷徑達承明。鑿山倘試秦皇手，天印盧龍作砥平。
四年馳道襲秦名，北達後湖南石城。却便蕭家朝射雉，宫車流水趁鷄鳴。
上林御苑跨湖行，築道縱横貫禁城。齊畝盡東憂利敵，窺江正駐佛狸營。
劉家輦路迹全平，無復宏規考大明。武進别留天子道，領軍又帝建康城。蕭道成居武進，有道曰天子道，相傳爲秦皇所游。

訪謝太傅東山（限文韵，青溪）

聯吟内宴雪紛紛，謝墅家風訪舊聞。今日上山游屐渺，依稀折齒印苔紋。

兒子香囊記早焚，東山絲竹此間聞。冶城我亦悠然想，陶寫中年問右軍。
會稽建業説紛紜，兩地東山未可分。功德巍巍碑没字，更于何處訪遺墳。

蘇文熟吃羊肉（限支韵，秭園詩社）

嘉祐文風舉世移，食羊飽誦味流匙。藏神却畏人勤讀，應有蔬園蹴盡時。
飽讀蘇文吃肉宜，慕羶心事秀才知。勝如羊腎矜吟句，尊俎風流賦改之。
三蘇文派衍峨眉，拾芥功名定不疑。却勝求書人换肉，本官容有斷屠時。

擬青溪九曲棹歌（不限韵，秭園、青溪兩社新年團拜外課）

不辨荒溪幾曲青，小姑神去廟無靈。武夷鼓檝如相比，風景平章付考亭。辛稼軒與朱元晦游武夷九曲，作《棹歌》。
東渠記鑿赤烏年，歌唱吴兒慣使船。忽地舟從甘廟過，神鴉飛過錦帆邊。
橋下清波兩槳開，柳陰曲曲見亭臺。溪環無盡詩無盡，幾費郗郎覓句才。世説郗僧施游青溪，到一曲，作一詩。謝益壽見詩，笑曰：『青溪之曲，復何窮盡。』
六代鶯花柵下休，駐兵東府此鴻溝。夕陽紅似前朝血，影入浮橋凝不流。
打槳雙雙蕩麴塵，淮青橋下往來頻。誰家唱得相思曲，壓倒塗黄拾翠人。駱賓王《棹歌行》：『寫月塗黄罷，凌波拾翠通。』又：『相思無别曲，并入棹歌中。』

狀元境（限麻韵，青溪）

東閣郎君老鳳誇，狀頭父子玷清華。笞兒果有鄰翁羨，合在坊居第幾家。熺及第，李文肅賀啓云：『累月笞兒，敢起鄰翁之羨。』檜甚喜。

龍頭先後出梨樝，艷說金陵宰相家。鉅浚何曾科第重，五行行輩有忠邪。檜子熺，孫塤，曾孫鉅，玄孫浚、濬，以五行偏旁爲次。

狀元何姓諱奸邪，長脚坊居一嘆嗟。別有澗泉賢父子，巷名偏幸署秦家。秦大士所居名『秦狀元巷』，在江寧縣署側。

老檜龍頭父子誇，故居猶遺世揄揶。狀元險又塤孫得，風漢科名惜國家。放翁詩：『國家科第與鳳漢。』即爲秦塤事。

舊宅應忘建業家，仙橋賀客別停車。檜賜第在西湖望仙橋。太師穩坐中書早，不待嬌兒召對花。宋制，後一科放進士榜，則前一科狀元召入爲秘書省正字，謂之對花召。

蔡邕見匠人施堊帚創造飛白書（限魚韵，稊園）

屋漏窗塵試手初，掃墻忽悟實中虛。郢斤倘有成風妙，堊鼻從君削誤書。

霜素秋毫勢有餘，中郎飛白創奇書。不同粉點供游戲，田字堆成笑墨猪。

生白驚看一室虛，雲烟揮灑伯喈書。鴻都闐咽觀經地，又見奔波問字車。

掃垣疑攬匠人袪，素暈新裁重石渠。字訣不曾王粲授，帳中秘似論衡書。
中郎創字匠心餘，堊帚居然得悟書。別有試官工用刷，勒紅飛白較何如。

張說夜明簾（限虞韵，稊園）

報德書生爲女奴，納簾計免相臣誅。夜明無復元宵宴，惆悵燕公記事珠。
瓌寶能干帝室姝，燕公獄解策寒儒。橫財自有簾何愛，三十冥間正鼓爐。
不惜珍簾爲免辜，主家綏頰忽充幮。同時照夜明璣貴，能向楊家門寶無。《太真外傳》：『賜虢國夫人照夜璣。』

玉兔泉井欄（限灰韵，青溪）

撲朔靈泉一脉開，井欄殘字想奸回。未能逐兔能擒虎，燈火東窗正晝灰。
木龍穢冢已荒苔，玉兔銀床付刼灰。剩得石欄殘字在，論書老鳳亦天才。檜篆『玉兔泉』三字，《書史會要》盛稱其工。
泉脉曾緣白兔迴，相公遺篆半崩摧。疑同秋壑題名例，有客揮椎一擊來。

苦熱喜雨（限猫韵，青溪）

一綫晴光驗午猫，炎威忽斂雨如潮。須臾已慰三農望，救得平原十日焦。

千林如沐白珠跳，好雨知時暑氣銷。似爲盧郎催警句，不須得力狗和猫。
恒暘浹月下田焦，錯怪痴龍似懶猫。一雨丁寧休便歇，要留長夜聽芭蕉。
炎風忽捲雨瀟瀟，龜坼何愁下土焦。預想農家忙祀典，賽龍歡喜到迎猫。

迎凉草（限佳韵，稊園）

招凉靈草寄幽齋，炙手權奄熱轉佳。辜負君王勞藻火，南薰無計度蓂階。
庭牖生凉轉緑荄，不須團扇擁君懷。出山謝草何曾小，黎庶仁風兩語佳。
招凉珠與辟寒釵，未若驅炎此草佳。倘博宫中張后樂，樹鷄局畔好安排。

潭柘寺鴟吻（限灰韵，稊園）

鈎吻雙鴟涌地來，倚天神劍費疑猜。潭中莫遣乖龍匿，怕惹南山破壁雷。世傳乖龍懶行雨，常匿古寺鴟吻中，爲雷所擊，見宋人小説。
古刹幽州柘樹摧，獨留雙吻鎮崔嵬。客厨煨得殘僧芋，更有蹲鴟入饌來。
五色琉璃笵殿材，潭龍异迹戒壇開。不知厲吻誰膏汝，怖鴿回翔莫下來。
宅徙神龍紺宇開，翬飛金碧耀樓臺。瓦官一樣留鴟吻，藏得羲之墨寶來。唐初，在潤州瓦官寺鴟吻中，得王右軍真迹。

李沆廳事前僅容旋馬（限真韵，稊園）

八騶歸府相清貧，廳隘臣沆謝衆賓。饋馬却宜張太祝，乍離華厩足逡巡。
封邱治第宋賢臣，太祝門庭副後人。駟馬于公真過計，牛車不見漢侯貧。
燭邊焚詔憶賢臣，毖後時將水旱陳。此意治家同治國，陋居留待子孫貧。
封邱相府接城闉，騶從裁容陋座賓。輸與王家饒第宅，巷前馬糞擁朱輪。

倚書床（限文韵，稊園）

案便卧讀達宵分，片玉呼名憶舊聞。手倦抛書真費事，方床務觀不如君。
枕席居然利典墳，床名宋稗記遺聞。一編未盡先成夢，黄卷應酬引睡勛。
危坐風檐對典墳，未應一枕伴秋芸。卧游卧讀如同趣，壁畫真宜配少文。
曹公欹案治書勤，爲賜新名廣异聞。傳與五官宵讀好，添香紅袖伴靈芸。

皇姑庵（限魚韵，青溪）

皇姑祀典仰賢譽，庵址瞻園近故居。若比清凉山上墓，同名李妹不如徐。清凉山有皇姑墳，相傳爲李秀成之妹。

作配天家德有餘，祀崇妙錦尚閻閭。深心拒聘誰能解，燕啄皇孫正革除。辭榮却聘史官書，一任文皇后位虛。別有荒庵香火歇，何人經廠訪遺墟。經廠庵在馴象門外，明成祖仁孝皇后所建。鵝炙中山痛發疽，煢煢弱息耻皇居。入宮他日稱謙謹，懿行長留女史書。妙錦至仁宗時尚入宮，自稱臣女，仁宗后極敬禮之。

鍾山懷古（限鷄、西、泥韵，青溪第一百次大會外課）

金泉玉澗響東西，梁武帝《游鍾山大愛敬寺詩》：『攀緣傍玉澗，褰陟度金泉。』扈從鍾岩憶雪泥。板鄣可憐梁正士，臨終風雨痛鳴鷄。簡文帝被弑前，自書板鄣曰：『有梁正士蕭世纘，立身行道，終始若一。風雨如晦，鷄鳴不已。』

鍾阜如龍起漏泥，昆明池水飲山西。沈約《游鍾山詩》：『南瞻儲胥觀，西望昆明池。』秦皇雜寶埋何用，《金陵地記》：『秦始皇以金陵有天子氣，埋金玉雜寶於鍾山。』已報昭靈遇玉鷄。昭靈后遇玉鷄銜赤珠，吞之，生漢高祖。

洊亭廢址蔣山西，洊亭在蔣山，久廢。王荆公詩：『西崦水泠泠，沿岡有洊亭。』荒埭新吟聽暗鷄。荆公詩：『荒埭暗鷄催月曉。』指點舒王游賞地，閑身小蹇蹋春泥。

花草春柔憶竹西，王荆公《鍾山即事詩》：『竹西花草弄春柔。』當年故相感鴻泥。公墩我屋同名字，幸未新年夢白鷄。荆公詩：『我適新年值白鷄。』

散策東崗日未西，半山曾此踏春泥。定林偶與僧同夢，呼出華胥有竹鷄。王介甫《書定林院窗詩》：

『竹鷄呼我出華胥。』

王氣函關不復西，秦封何自守丸泥。祖龍枉鑿鍾山脉，早有龍顔婿野鷄。

駐馬軍師至自西，如龍山勢豈蟠泥。拒曹斫案終虚語，又見長鳴索貢鷄。魏文帝令孫權貢長鳴鷄。

太初宫址委沙泥，太初宫爲孫策初定江東軍府。建業龍蟠不復西。未見大喬夫婿貴，可憐腹痛阿瞞鷄。

羲之書勝庾家鷄，恨未鍾山勒檢泥。南望冶山真培塿，笑他遐想石城西。

繭窩（限東韵，青溪第一百次大會）

冶壙誰知作繭空，蘆花孤鶴想奇窮。選詩營葬皆知己，泥首漁洋及亮工。

新墳鍾阜委蒿蓬，園客空煩作繭工。輸與君家壽堂好，孤山到底葬逋翁。林逋所營生壙名壽堂，有《壽堂詩》。

澹心蕭灑茂之窮，閩客詩逾雜記工。到死不知絲盡未，春蠶辛苦總成空。

一窩如繭石城東，别墅空聞冶壙工。莫誤卞家蠶室婦，翻成土窟蜜翁翁。

尚湖（限冬韵，青溪）

吾谷丹楓繞岸濃，水濱尚父此遺踪。鷹揚已逐岐山鳳，湖影空留鷞鴿峰。

鼓刀屠肆未相逢，暫向西湖托隱踪。何日非羆終入夢，一湫雷雨起蟠龍。

海禺尚父仰高蹤，山色波光翠萬重。别有西湖居石帚，鷹揚小印識華宗。姜夔有印曰『鷹揚周郊』。海虞垂釣碧溶溶，尚父高名繼仲雍。他日灌壇風雨後，湖神一例待君封。

東坡以羅漢象授子由夫婦生日祈年集福（限江韵，青溪）

觀音檀像介春缸，羅漢重教伴綉幢。爲想髩絲禪榻畔，卯君膜拜比肩雙。

行脚生涯伴佛幢，東坡《和子由詩》：『蕭然行脚僧，一身寄天涯。』應真誕日福來降。張家妙筆誰能似，像爲蜀張氏所繪。一見真同得璧雙。東坡《别子由詩》：『一見何止得雙璧。』

釋迦書讀宛丘窗，坡《壽子由詩》：『旁通老聃釋迦文。』壽弟坡公寄蜀江。十八應真宜集福，檀香大士像成雙。

家藏像設肅旌幢，示相神通列壁窗。羅漢不爲獅子吼，以獅子吼成阿羅漢，見佛經。齊眉蘇史福無雙。

賀季真遇太白以金龜换酒（限眉、之、兒韵，青溪）

八仙璡適及宗之，賀李中間最白眉。貰酒當時無子美，可憐醉忤挺之兒。

胡姬酒肆覓蛾眉，拄杖無錢孰换之。莫誤金龜汝陽邸，春渠波泛伴魚兒。汝陽王璡爲泛春渠置酒，以金銀龜魚浮沉其中。

群季桃園最白眉，相逢賀監問何之。長安酒肆金龜解，歌咏寧慚謝客兒。
謫仙賀監兩鬚眉，好客何如孔大兒。鵝可換書龜換醉，酒傭風雅似羲之。

東坡善射（限微韵，青溪）

破的書生世本稀，長公多藝勝戎衣。大弨暫弛終能彀，處世應同弩發機。坡詩：『大弨一弛何能彀，已覺翻翻不受擎。』
髯蘇飛鏃有光輝，真擬如臯射雉歸。坡詩：『不向如臯親射雉，歸來何以報卿卿。』一笑投弓如得句，不妨詩句綉弓衣。
桑弧玉局訓庭闈，拔矢群看得意歸。射鵠未應方射策，卯君管子洩玄機。

長樂坡祖別賀知章（限先韵，稊園）

東門兩相賁離筵，狂客榮歸此駐鞭。父子黃冠先後去，知章幼子由亦度歸爲道士，詔賜帛。鑑湖争讓二疏賢。
鑑湖一曲客歸田，祖餞榮叨上相筵。不待金龜重貰酒，黃封先賜飲中仙。
四明狂客整歸鞭，帳飲東門餞集賢。知章時官集賢學士。長樂坡前拚一醉，不愁落井眼花眠。

故都竹枝詞（不限韻，乙亥新年稊園、青溪團拜外課）

演書跳毽廠場喧，骨董攤邊似蟻屯。新縮和平門外路，出城即是海王村。
游泳新成白石池，分曹競賽樹紅旗。解衣終怯春波冷，依舊看人作水嬉。
太廟森森禁地開，幽期柏徑憶徘徊。怪郎去似中元鶴，一别經春尚不來。
松花江水躍修鱗，冰窖傳車入市新。惆悵榆邊今畫界，白魚饋歲更無人。
國難無人念察東，街頭標語褪深紅。舶來貨主依然盛，釋怨真推大國風。
謎社雙關號北平，春燈射虎托閑情。大黄猿臂今誰屬，却兆燕都改故名。北平射虎社爲十年前北京謎社之名，似爲北平之預兆。

燈市（限書、驢、虚韻，青溪乙亥新年團拜）

短策城南禿尾驢，觀燈達旦市無虚。子京痛飲長檠夜，不憶僧寮照讀書。

送窮（限狐、無、夫韻，青溪）

詩客高官衹達夫，孟郊窮相送能無。留窮倘爲工詩計，不讓詩人穴裏狐。
掃室禳除命役夫，池陽風俗世應無。命窮不死何能送，無奈含沙有訓狐。

諧文五鬼費工夫，辨語還同惑主狐。不識柳車真送後，有窮能勝孟郊無。
窮神據宅似城狐，至竟文能送得無。我笑東坡窮不死，長甘識字作田夫。
奴星送鬼事虛無，貧逐何如莽大夫。東野有窮同羿國，弋田可解射封狐。

百花生日（限妻韻，青溪）

撲蝶人歸罨畫溪，群芳祝誕媚香閨。李郎偏憶生朝近，兼借春醪壽老妻。李郢及第後，將以二月歸，爲妻作生日，親故尼之，乃寄妻詩云：『謝家生日好風烟，柳暖花香二月天。』云云。

王荆公墓（限佳韻，秦淮修禊）

捨宅荆公遠市街，半山遺冢費安排。相傳墓即在半山寺。善神護法猶香火，廢寺難尋故碣埋。
半山墳址迹全乖，紫氣鍾岩不可埋。宰樹何人尋宋墓，只今化作孝陵柴。
何地曾藏拗相骸，鍾山紫氣鬱層崖。孝陵疑已争墩去，誰辨長生鹿項牌。

懺經樓（限灰韻，青溪）

通衢丁字故樓摧，拜懺重光想劫灰。一樣江南崇佛地，翻經倘勝客兒臺。
南唐樓址委蒿萊，唱懺訛名話劫灰。誰爲舊巢營故地，金川門外燕飛來。

中山淑配自燕來，曾幸經樓翠輦迴。五百年間檐桷在，報恩差勝塔成灰。
北門橋對畫窗開，後主經樓黯砌苔。重賴文皇將作力，上梁應費大紳才。

御史椒毒（限豪韵，稊園）

臺諫威嚴重五曹，至忠本草妙揮毫。椒山枉以椒爲號，不敵鈐山孔雀毛。
游戲文章説五曹，毒椒分喻例難逃。不如諫果饒餘味，苦口回甘品最高。
糞壤申椒誤楚騷，諫官本草筆誰操。院中倘有痴床客，合口名應屬若曹。

文中子不受食經（限歌韵，稊園）

元經勝似食經多，却聘龍門仰碩薖。有客治庖能代汝，尸居無奈越公何。『越公尸居餘氣』，紅綫語。
弟子河汾列四科，勸君謀食意如何。老饕倘解經中味，人笑王家癖更多。
一經珍錯枉騈羅，殷鑒其如酒誥何。他日王家憂血食，翻輸歲月醉鄉過。福時之子勮、勔、助皆以誅死，《醉鄉記》爲兄子勣所作。
著作元經歲月磨，何曾食譜喜摩挲。一編珍重尸居客，請向迷樓奏阿嫲。

騎火茶（限真韵，青溪）

下火梅花昇喜神，茗芽時趁石泉新。騎兵不是蕭公作，何事旗槍鬥好春。
雨前社後未兼旬，茗葉龍安品最珍。鳳餅倘邀妃子笑，也應一騎貢紅塵。
鑽燧時光趁暮春，露芽初茁碾香塵。竹爐火更兼文武，何止槐榆有舊新。
禁烟已過取槐新，提籠茶娘喜令辰。莫是謝仙教下火，雷芽驚破十分春。
新燈猶未乞芳鄰，佳荈龍安正茁春。舉碗定無烟火氣，詩成清到飲茶人。

六朝松（限文、雲、分韵，青溪）

森森千尺氣淩雲，和嶠：『森森如千尺松。』風振寒梢翠不分。謝混：『肅如寒松振風。』名士同時和謝盡，撫松誰配六朝文。
鍾山林木昔如雲，斤斧千年剩幾分。一樹尚榮遺峴盡，諸州刺史想移文。栽松峴在鍾山，爲六朝時令諸州刺史栽松于此。
古幹栖霞鎖嶺雲，梁皇手迹已難分。謁陵省憶銜哀日，變色松邊侍簡文。梁武帝謁陵，揮涕着松，皆變色。

秋老虎（限刪韵，青溪）

流金爍石氣斕斒，秋猛真如虎在山。祝汝渡河須北去，明年再爲使君還。
酷如苛政世同患，流火依然七月間。無計前門拒炎暑，短衣真欲射南山。
白帝何曾白額虥，炎威肆虐尚人間。餘蒸已是同婪尾，凶咥何人履尾還。

漢高祖過魯以太牢祠孔（限先韵，青溪）

何曾亭長敬儒先，藾栗居然肅豆籩。莫學人犧用鄫子，太公高俎置軍前。
纔溺儒冠未幾年，尼山俎豆帝心虔。鮒孫惜殉陳王難，禮器低徊讓史遷。

漢高祖過魯以太牢祠孔（限陽韵，稊園）

溺冠猶憶謝高陽，綿蕞初知用奉常。馬上詩書竟安事，陳牲今日拜宫墻。
亭長雲飛返故鄉，奉牲駐蹕謁宫墻。他年嘆鳳誰同感，遺宅依稀即魯王。
猛士歌風尚四方，乃公馬上謁宫墻。享牢要廣熙熙衆，此意尼山本伯陽。《老子》：『衆人熙熙，如享太牢，如登春臺。』
豐沛歸來戀故鄉，崇儒史筆記高皇。太牢別憶軍中饋，曾爲居巢間項王。漢王以太牢具進楚使，已而持去，曰：『以爲亞父使，乃項王使也。』

菊（限簫、腰、招韵，青溪）

孤舟尋壑好招招，三徑黄花换折腰。夢裏麗華比秋菊，揚州應憶玉人簫。
南山采菊素心招，三徑淵明爲折腰。乞食他年念冥報，東籬可有伍員簫。
秋來芳菊燦墻腰，九日清尊罷管簫。叢桂小山應遜汝，花中隱逸不須招。
歸來堂築隱誰招，瘦似黄花漱玉腰。别有悲秋詞一闋，鳳凰臺上憶吹簫。

菊花石（限肴韵，青溪）

犀通玉類竟誰教，頑石天生菊滿梢。壽骨故應宜壽客，琢成吟硯費推敲。
黧質天然菊放苞，秋容如畫影相交。貞心苦節真同調，介石今占第幾爻。
一卷刻畫性磽磽，作貢砮丹質未淆。元亮元章兩知己，素心爲爾訂神交。
花石頭綱入汴郊，瀏河靈産惜全拋。倘隨艮岳當年貢，菊部新聲配殿坳。

補遺

起甲集，訖乙集，凡補題及補詩都四十三首。

羅隱請錢武肅舉兵討梁（限真韵，蟄園詩社）

汴水朱家日月新，江東忠憤獨無倫。射潮北向三千弩，告廟何如一矢陳。

鐵鉉二女放出教坊謝恩詩題後（限麻韵，蟄園）

忠裔誰興塊肉嗟，教坊忍使抱琵琶。少年天子真仁聖，第一綸音與護花。

新主猶憐二女娃，教坊留得玉無瑕。鐵公祠畔湖波碧，曾照明璫姊妹花。

謝恩詩就洗鉛華，茵席重教護落花。此亦讀書真種子，遺孤祇合配方家。方孝孺幼子爲友人私匿，免誅。

孫皓爾汝歌（限陽韵，蟄園）

侍宴從容舉壽觴，鄰臣與爾未能忘。汝家此座誰爲惜，大好河山付八王。

謝太傅没字碑（限蒸韵，蟄園）

淝水奇功莫敢承，一辭不贊石崚嶒。碑文御撰終無益，拽倒他年有魏徵。
秦碑泰岱例相承，不侈功名是上乘。欣賞倘於文字外，東山片石即韓陵。

士人作駡孟詩獻李泰伯（限尤韵，蟄園）

刺孟聞風客效尤，登門餔餟亦風流。特豚榼奠他年撤，一語高皇惡寇讎。
嗜飲登門計竟售，俳詩一笑發新芻。蘇家枉自工批孟，無酒臨皋待婦謀。

糞壤金（限微韵，蟄園）

銷金鍋裏煉銀歸，糞壤真充屈子幃。此事我疑如願在，灰堆從汝覓青衣。

展重陽（集蘭亭字）

九日初游迹已陳，一年樂事快於春。放懷山水殊今昔，盛會猶能感室人。

王摩詰畫裏芭蕉（限江韵，蟄園）

妙筆能令造化降，右丞蕉雪景無雙。世間恨事何人補，燕子梅花入畫幢。

張九齡謂附楊國忠者爲向火乞兒（限支韵，蟄園）

煬竈紛紜亦太痴，火環群乞滅何時。當年炙手誰親見，冷眼三姨杜十姨。

題白練裙傳奇（限魚韵，蟄園）

白眼青樓憤未紓，練裙曲本謗狂且。墨池雪嶺原無定，絶倒崑崙月一梳。
未必觀音白練如，雙趺諷刺付軒渠。畫蘭枉有春風筆，不作羊欣醉墨書。

録事巷（限齊韵，蟄園）

女閭昉自海東齊，名妓東都巷可稽。不識當年餓録事，何人香洞聽神鷄。
舊巷句欄幾品題，居鄰酒糾屋東西。宫中亦録尚書事，莫誤瓊仙出内批。

驚婚（限佳韵，蟄園）

匆匆擇對誤裙釵，采選翻令鳳卜諧。吕尚枉譏花鳥使，誰知月老是官差。

陶淵明歸去來辭（限嵌干支字）

孤往良辰途未遠，巳丁甲子義熙年。只除癸丑臨河序，典午文章第一篇。

王昭君妹（限删韵，蟄園）

太息君王負玉顔，蛾眉未贖使軺還。一般阿妹春風面，權當琵琶入漢關。

湖目（限先韵，蟄園）

愁予目渺一湖烟，憐子芳名萬口傳。不解與誰供眼去，東坡六言詩：『湖目尚堪供眼。』秋波無賴付坡仙。

韓侂胄功德寺佛像（限先韵，蟄園）

的的蓮房態可憐，年年凝盼望湖烟。凌波便有横波意，善睞前身定水仙。

醋心樹（限支韵，蟄園）

南園富貴散如烟，空話琳宫拜佛年。吃罷街頭寒一盞，更誰一盞薦寒泉。

婆娑此樹病須治，無數微蟲落杏枝。桂蠹却輸朝漢貢，有人椎結長蠻夷。

李思訓明皇幸蜀圖（限肴韵，蟄園）

衛士傳餐出近郊，將軍畫録玉臺鈔。馬前難寫躊躇意，宛轉蛾眉一旦抛。

郭汾陽拜織女（限豪韵，蟄園）

天街夜色照銀袍，尚父功名左券操。福澤一生原有定，笑他乞拙柳州勞。

鶴胎（限豪韵，蟄園）

胎禽深護試啼高，萬里雲霄六翮毛。倘化君家楊道士，翩然孤鶴過臨皋。

賦愛克時光鏡（限先韵）

癥結全窺在眼前，鏡光勝飲上池泉。隔窗能見昌容骨，不异殷商古女仙。
指環照骨世無傳，驗疾奩光盡瞭然。靈草寧封空洞腹，衹今醫術是神仙。

宋嫂魚羹（限文韵，蟄園）

五嫂調羹技不群，銀鱗進御聖顔欣。北朝久饜頭魚宴，立馬吴山倘爲君。

撤荔（限元韵，蟄園）

燭奴燈婢照臨軒，小宴金盤醉上元。不待紅塵妃子笑，虬珠捧出六宮喧。

嚴嵩妻話鈐山堂事（限元韵，蟄園）

分宜獨相百寮尊，舊事鈐山莫更論。倘聽婦言知勇退，相將款段出都門。

孟蜀主鴛衾（限寒韵，蟄園）

錦江戲水不成瀾，花蕊鴛盟畢竟寒。香火張仙虚并枕，可憐誰是换巢鸞。

沈瑩中教白鸚鵡誦尚書無逸篇（限寒韵，蟄園）

御屏圖就念艱難，教與籠鸚伴女官。日課尚書如上口，聱牙更遣誦殷盤。
文采籠禽托羽翰，沈娘心事諷金鑾。經筵他日尚書進，便作琵琶譽板看。

月夜（限嵌建、除字）

危樓收燭麝成塵，暝破雲開月滿輪。執手階除人語定，建章門閉太平春。

賓喜鵲（限蒸韵，蟄園）

鴉凶鵲吉本無憑，報喜何人得美稱。若論棼贓比盧昶，衹應呼作侍中鷹。

候窗監（限侵韵，蟄園）

君王春曉戀鴛衾，窗畔遥知待漏心。織女渡河誰夜伺，帝星一夕黯華林。

一品妃（限鹽韵，蟄園）

賜緋體制冠宫奩，花國崇封錦上添。一樣榮銜配妃子，海棠春睡正懨懨。

蟹爪菊（限鹽韵，蟄園）

把菊持螯兩不嫌，蔡謨醉眼誤陶潛。餐英幻出將餹態，又與門生食譜添。

王珪進宜春帖子（限寒韵，蟄園）

人間天上兩漫漫，帖進春朝應制難。潤筆珠花盈袖後，故應揮灑不曾乾。

客氏名刺（限寒韵，蟄園）

拜門奔走幾衣冠，東廠初聯委鬼歡。三字强於三百刺，莫同盧杞一囊看。人搜盧杞囊中，惟綾文刺三百枚。

李龍眠賢己圖（限佳韵，蟄園）

縱博龍眠畫絶佳，口張閩語本俳諧。小囡郎罷皆詩料，此例涪皤或未乖。

能言鴨（限麻韵，蟄園）

射鴨闌邊一嘆嗟，彈丸何事誤相加。能言果貢宫中去，亦似籠鸚念帝家。

附録

附録一　稊園詩詞搜佚

關賡麟　著
孔繁文　輯録

一九〇二年

吴淞口

海雲漠漠波濤雄，犇輪直走扶桑東。有如萬馬快入陣，又似鵬翮驅長風。驚雷上激浪花白，電光下澈潛淵紅。遠山微茫青一髮，長波催沓迷雙瞳。忽然破空風轉急，飛湍怒濺船間濕。玻璃窗外不住嗚，海氣漫蒸雨横入。此時慄慄臨重洋，坐者起立立者忙。四顧蒼茫渺無岸，天青水黑知何方。豈知船體如張翼，運汽能當千馬力。種桅廿丈入雲高，縋綫一絲懸海直。帆船隱隱天際浮，海島迴翔飛未休。舟人自笑浪自涌，駛船如葉垂横流。昨宵天氣沉霾久，但聞雨怒兼風吼。夢中驚起聞喧呼，夜來已抵吴淞口。

入海而浴男女皆有顧視兒童甚樂口占

如拳孤島海門開，浪打周圍去復迴。百五倭童齊拍掌，驚濤飛也過頭來。

八月戊子朔養源以詩一律屬和即次其韵

拋却吾廬始愛吾，客中豪態尚狂呼。關河歸雁郵程晚，風雨聞鷄劍氣孤。遠志早難羈伯約，新交容易失周瑜。着穿游屐終何往，歧路蒼茫又有途。

一度登高一憶家，西風吹到夕陽斜。游踪著得千金草，詩思清於七碗茶。心似熱香重又冷，學如買菜益之差。朝歌今悔回車晚，底事婆娑賦績麻。

壬寅中秋

耽吟無處不詩囚，結習難忘興未休。海外相逢惟有月，客中容易又悲秋。新游聚散都如夢，濁酒牢騷偶寫愁。我欲乘風歸去也，一天寒意隔瓊樓。

夜與諸君及叔蘭墨齋孝芬團飲飛觴鬥令甚豪以同人見和之衆也席後更次前韵

戰退詩魔又酒囚，觴飛無算醉無休。十年詞筆風流債，一曲簫聲天地秋。身與文章俱歷劫，胸除塊壘尚澆愁。五雲極目星辰近，西北高寒擁玉樓。

高陽臺

鐙摇影紅，籬根蹴碧，深深簾外如烟。秋也無情，良辰在奈何天。姮娥似解相思苦，照人不到尊前。更那堪，惆悵黄昏，都付吟箋。　商量庭院蕭疏處，好尊就石枕，月成眠。一半清輝，留將分向南邊。病蟾明滅年年懶，倩簫聲、吹出團圓。且消停，中酒青衫，無限情牽。

探春慢・作秋感詞

冷冷清清，蕭蕭颯颯，聲聲斷斷續續。慘慘凄凄，高高下下，處處森森簌簌。莽莽蒼蒼裏，更樹樹山山曲曲。沉沉雨雨風風，依依紅紅緑緑。　事事顛顛倒倒，甚主主賓賓，歌歌哭哭。夢夢魂魂，朝朝暮暮，日日回回轆轆。碌碌年年，是又一一翻翻覆覆。渺渺綿綿，悄悄零零獨獨。

秋懷

天寒虱不跳，風急鳥方喜。翳翳深林中，蕭條衆芳靡。悠哉行遠人，歧路苦不止。固知進步難，孰念覆吾軌。所過盡榛莽，何處訪蘭芷。我歌歸去來，客云聊復爾。卧讀馬蹄篇，灼箝固如此。

九月丙寅重陽與季良養源韵笙小舟携酒往小石山植物園中高處縱飲下視池壑曲折萬松奔赴游女蹁躚歌聲徹林外日落始歸得詩

西風吹客上層岡，小石川前百卉長。箕倨科頭名士飲，滑稽抵掌乃公狂。美人香草傷遲暮，今日山黄憶异鄉。無數秋懷無限思，破除萬事一飛觴。

黄花無賴戰秋風，簌簌遥山萬葉紅。遠地懷人芳草外，孤烟浮樹夕陽中。著書未許成天問，餘瀝猶能酹鬼雄。見説舞臺天氣肅，明朝戲馬赤城東。

九月戊辰聞江督劉峴帥卒於位得詩一律

中興將相一時盡，大陸風霜天地秋。海外輪帆欽宿德，江南節鉞壓名流。疏留秘宬孤忠在，屏倚全淮老氣遒。詔下維新公先死，蒼茫身後有遺謳。

九月庚午出新橋送吴摯甫京卿返國且贈以詩

莽莽風潮趨亞東，沉沉大地無英雄。砉然巨力開鴻濛，千年學界荆榛通。扶桑一島靈氣鍾，前驅著鞭當要衝。種族文字自古同，先路我導留雪鴻。過江名士何童童，焦思苦學憂疲瘋。側身閶闔欲上冲，健翮作勢摩長空。桐城先生學者宗，耆德文字克熊熊。懸觀教育明雙瞳，東西异同折其衷。國民主義如劍鋒，霍霍人腦横來攻。洶然汗出心怱怱，生肉吾骨昭吾聾。提倡人格如豐隆，高宣雷鼓霆震聰。躍然開拓萬古胸，伏蟄齊振誰爲功。先生五月爲寓公，鑒取精意增磨礱。持此歸來餉童蒙，芟擊騰論除囂風。忽如魔夢聞晨鐘，卓若戈戟森垣墉。宗旨灼照懸當中，豈畏蜥説難相容。先生盛名衆所崇，東人載酒時相從。有時六合歸牢籠，議論今古撓嚴終。嗟哉西顧多内訌，衣冠酣宴猶夢夢。願爲學途洗障翳，皎然朝日生曈曨。

十月乙未寒甚東人志田好譽者以畫箋求詩爲書一絶

寒逼園林菊滿枝，朔風吹雁故遲遲。曉來拂硯渾無事，猶有都人丐小詩。

十月戊寅乘汽車赴大阪得雜詩二首

芳草無言隱故宮，乳鴉飛去夕陽紅。疏林有客停車語，殿閣猶留上國風。

琵琶湖外導晴川，波影侵寒上畫船。外史倘增溝洫志，利民第一使君賢。

夜不寐悄然有憂作感懷

一勾戰賬一文明，血本沽回瀉作聲。無數骷髏添價值，有時腦力負功名。病磁指極方針誤，反鏡迴光屈綫清。我爲太平歌舞哭，可憐白首戀公卿。

無計能加駑馬鞭，前途如海轉茫然。學於思想爲元素，國與頭顱兩少年。天演争存公理茁，人群進化主權全。夢游第二行星去，世界開明孰後先。

十一月庚辰早起以書別介夫且贈以二詩

不作平原十日游，匆匆過客等浮漚。虚心師竹情無限，浪迹如萍興未休。太息神州歡燕雀，幸存先路導驊騮。何時重訂論文約，天未凉風一葉舟。

冒雨停車德訪門，高風遥挹笑言温。懷人方判西京袂，愛客重開北海樽。滬瀆想留前度夢，瀛環今識大和魂。舊游倘欲尋鴻爪，掃徑當迎長者軒。

和東京三省堂書肆主人岡君韵云

傳語惟憑尺楮通，雅人佳趣古今同。日長最好消岑寂，身在千岩萬樹中。

東南大陸古交通，况乃神靈統系同。寄話此邦人士道，風潮今注太洋中。

十一月丙戌早起以泊馬關登船上望景得詩一律

海光山色黯樓臺，無限濃青鎖不開。兩壁魚龍鏖水鬥，雙丸日月倦輪迴。中流估客争舟急，向晚漁人得利來。關外至今餘恨在，斷潮嗚咽夜聲哀。

十二月戊子夜得詩一首志其事

兩國平分界，孤身過渡時。東西瀛澥隔，新舊歲時移。雲壓帆尖黑，風團浪脚遲。夜中横破海，豪氣鎮蛟螭。

一九〇三年

王渭生室中有黄白菊花并開屢屬題詩感而有作

大地團團物相競，自然劣敗優者勝。秋風獵獵菊始芳，白種漸衰黄種盛。當時黄種全已開，何曾見汝白種來。下視紅黑種種皆就萎，龐然偃蹇臨高臺。忽然肅肅天氣冷，西風凄烈東侵猛。劣種蕭條百卉摧，但餘黄白爲平等。黄今老太白少年，若論開化黄爲先。豈知少年活潑潑，黄種老大誰爲憐。依人楚楚可憐色，拒雪尤無排外力。從今樂地黄居難，遂使飄然白無敵。我聞天演當争存，黄種由來祇自尊。花時易過園丁睡，東籬零落今何言。從來老少相顛倒，安知黄不少年白不老。種類混合事所常，安知黄不變白白不黄。何爲白獨承天寵，反以半開目黄種。黄本早開白尚遲，豈與紅黑未開同一冢。未開半開何足憑，黄種白種必代興。一朝老圃白憔悴，晚節黄花意中事。

謁國大夫祠有懷

西風怒號南不競，弱小圖存惟所命。百年霸氣迭盛衰，晉楚刀砧魚肉鄭。强者搏噬不敢嗥，天演公例無能逃。争存雖急力非敵，乃於危難生人豪。當時士夫講仁義，呶呶霸者欺人事。譬如今日公法然，弱侯條教强侯志。偉哉大夫真相臣，侃侃援理争諸鄰。地圖雖小魄力大，辯學始祖君其人。内訌外患交相倚，執政營私苦不止。寵多族大忲且驕，貴族時代古如此。我今客洧瞻遺祠，往往再拜生遐思。當年輿誦倘畏殺，變法之禍將誰尸。七卿意氣終且解，未見黨禍鐫崇碑。古人維新亦得法，田廬都鄙咸熙熙。或言鄭之四十餘年免兵革，毋乃大類今日歐洲土耳其。俄人耽耽不得志，英奥齕後交相持。卒使片壤孤懸地中海，不令坐作强俄兼并貲。或言鄭以事大爲計得，又類亞東稚國高句驪。俄方垂涎欲染指，東倭投袂鋒交馳。兩虎磨牙莫先下，欲滅不滅猶自治。我誦此言良復疑，試刺取懷軒輊之。兩國國力誠不支，鄭乎鄭乎彼何時。俄搤土吭禍已亟，如餌在盤置未食。主權已失虚器存，屬地紛紛化爲國。鄭雖償費疲誅求，内政有權未此極。咄咄朝鮮三國奴，傀儡喜怒由人呼。刺芒在背建黄屋，苟帝一日聊自娱。鄭以有辭幸自保，豈至巢幕酣其軀。春秋局了七雄起，十九周□□世紀。古來治亂相嬗遷，國苟無人本先死。惜哉未廣鄉校規，議院學堂由此基。小邦自立□云易，令人却憶匈牙利。

一九〇四年

彰衛懷古

哀哀朝歌衆，入周稱頑民。奴隸非所甘，强權安可伸。天命既已去，人事方日新。不見八百侯，觀兵會盟津。專制生革命，得果由此因。眷眷一姓私，尚云不貳臣。恩澤六七朝，豈曰懷受辛。愚忠志排外，橫受不義嗔。免僇已多幸，哀哉亡國人。

一九一一年

題塞向老人遺墨

識公已晚鬢眉悴，國難家愁老此身。猶憶深宵陪笑語，重披遺札見酸辛。圍城三月偏無恙，剩墨千金故不貧。幸有履堂賢弟子，一瓢相守更何人。

一九一三年

癸丑三月三日任公招集萬生園脩禊分韵得風字

危樓突兀摩長空，雙橋夾水烟冥濛。周遭千樹媚新緑，蓓蕾萬卉含深紅。是日萬象廓清曉，春光都在揺蕩中。東堂雅集有故事，靈辰三日嗟難逢。主人愛客召群彦，飛觴促坐裁詩筒。座間唐生擅絶技，琵琶一撥生清風。低如幽泉咽岩石，高似戈戟環相攻。永和至今閲千載，盛會零落隨蒿蓬。今年癸丑合前轍，又見觴咏來群公。我讀蘭亭題名記，群賢傳作殊未工。自餘諸子皆閣筆，豈惟藏拙嗟才窮。寧知今人乃勝古，春華雕琢天無功。斯樓觀成未十載，興亡一姓何匆匆。瓊華島前集裙屐，昆明湖外多驕驄。前時禁苑付游騁，况乃此地非離宮。傳之好事足千古，何遽不與山陰同。

一九一五年

博道人招觀梅蘭芳演黛玉葬花新劇

林逋舊作梅花婿，世世與梅爲伉儷。偶幻揚州林美人，化身猶遺梅精替。道人濁世妙才華，聞道孤山是一家。道人亦姓林。約預歌台聽新曲，氍毹捧出日初斜。紅樓弱女慵梳掠，未識傷春情緒惡。何人清晝倦拋書，相逢一笑群花落。無端棖觸悼殘紅，茵溷飄零事不同。自挈錦囊收拾去，不教狼籍泣東風。一坏花冢經營始，品題却憶痴公子。男是鷗波館裏泥，女爲阿耨池中水。惜花顛倒費商量，翻嫌水垢輸泥香。女兒終愛土乾凈，辜負怡紅舊主張。笙歌別院微風度，暗惹情絲仍却步。雙泪應無姑竭時，一生總被聰明誤。雲散歡場客悄然，不堪惆悵奈何天。道人可有丹青筆，更結君家翰墨緣。梅生顔色傾都市，紙上美人應不死。阿顰若問葬儂誰，葬在人人心窟裏。

一九二四年

折枝吟（不限韵，丙子新年稊園、青溪兩社聯合外課）

鐘聲夜半漏遲遲，出手高攀費綺思。一樣屏風猩色畫，御題換取十聯詩。
七字吟成字字珠，交柯玉樹對珊瑚。蚍蜉撼樹群兒誤，借問旁枝撼得無。
無花空折惜秋娘，引喻依稀字兩行。失笑重陽風雨句，潘郎連理不成章。
按摩易事等閑看，屬對争先亦一端。却笑攀枯翁百歲，筆頭扛似挾山難。
天然玉合配停勻，枝節閑拈截句新。一樣刈薪勞妙手，個中翹楚屬何人。

一九三二年

壬申十二月十九日青溪詩社同人集寓齋爲坡公作生日以公贈李委詩分均得南字時大雪甫霽

大荒翩然下鸞驂，奎光耿耿臨江南。峥嶸歲暮薦杯斝，靈來伴我梅花龕。飛霞之閣久寂寞，薛孫槃敦傳美談。同光間，孫琴西衣言、薛慰農時雨在金陵，每歲集名流於冶城山飛霞閣，爲公作生日賦詩。公應愛看蔣山雪，重修祀典招朋簪。不知四海幾好事，心香一瓣同馡馣。年垂九百儼長在，視彭且過無論聃。雪堂四壁清輝涵，千林□鬖絲毿毿。雖無玉糝芋羹美，喜有酥酒松醪甘。高寒樓宇盡瓊玉，如迓廋馬行□□。奇才豈必作宰相，偃蹇下秩安江潭。中朝相公百十輩，今舉姓字無人諳。公生太平聲教覃，羌鹵魂落天驕戡。熙河命帥仛却敵，洮西報捷群安□。沿邊各置弓箭社，民間義勇親矛錟。贊普尺書招可致，鬼章賀表詞無慚。豈有大難似今日，四鄰虎視長眈眈。糠秕邊隅行及米，葉食上國逢饑蠶。疲甿已苦瞻烏止，勁虜猶作天狼貪。賢良安得散爲百，忠厚焉能宥之三。内憂外患兩煎迫，國事肉藿誰荷擔。假令生公在今世，奮髯抵几寧能堪。邊兵抗敵窘寸鐵，白戰方類詩人酣。腰笛何心歌赤□，避地真欲居瓊儋。春蟄正掀霧猪泉，冬温已壓柏仙庵。似聞關外凍徹骨，雪銷醜孽如蝗蝻。

一九三三年

齊天樂・題楊鐵夫抱香寶填詞圖

幾曾傳了空中恨，詞人便催頭白。得酒腸芒，看花眼纈，付與盤川吟筆。天涯浪迹，數雪竇德泉，月湖吹笛。覓句西冷，六橋還蠟阮生屐。　歸來故山倦客，愛新腔自度，檀板偷拍。殘夢温岐，斷腸賀老，儘借尊前歌出。幽香最憶，料厮守芳心，滿懷馨逸。寫問向青，有何人曾得。

八歸・題楊鐵夫桐陰勘書圖

鄉嬛甚處，層樓孤峙，桐院萬葉環緑。晨鉛暮槧垂垂老，猶是秀才餘習。静對牙軸，檢點庯奩藏萬卷，算抵得琳瑯天禄。更不數、南面官尊，坐擁百城獨。　人道誤，思一適，中年陶寫，此趣逾於絲竹。西山探秘，乙藜吹焰，拼却千□毫秃。恨籤縢四部，莫借晁家郡齋讀。還惆悵、平生東觀，未見書多，輸君饒眼福。

癸酉三月三日莫愁湖修禊以梁武帝河中之水歌分韵得二字五首

城西一勺春波膩，想像南朝佳麗地。千年喚返美人魂，遺與平湖作名字。月泉舊侶聯翩至，温嶠過江誰第二。軍國何曾藿食謀，觴咏祇應吾輩事。

天公慣與詩人戲，故遺玄冥隨巽二。却從久雨得新晴，遠山送喜横眉翠。前游鴻爪猶能記，烟艇石城何處繫。春風日日皺湖波，興亡閱盡人間世。

北望遼陽亘妖彗，失聲一角金甌碎。無酒能銷萬古愁，長歌且抵新亭泪。湖田賭弈真兒戲，莫更江山孤注試。滄桑一局幾輸贏，棋者誰與今屢二。是日，仲雲、季鴻、涵初諸君對弈。

蘭亭少長四十二，但解清談見高致。頗疑典午諸名流，閣筆多爲藏拙地。吾儕撰與前賢异，詩債無臺焉可避。玳梁燕子能笑人，莫負蓬池修序意。

郊坰小隊曾侯莅，六十年前會此地。樓下懸曾文正公像，爲同治癸酉年繪，一周甲矣。至今客與魚鳥親，不覺人言鵬鶚二。孫綽《蘭亭集序》：『焉復覺鵬鷃之二物哉。』山陰賢守昔好事，謂李太守堯棟。展圖剩睹蠅頭字。隔墻忽聞讀書聲，斜日横塘起蛙吹。

薌蘅見示試闈書感詩見示依韵奉和

五色吾能説戰場，卅年英氣斂青霜。奇人終不他途得，舊學誰堪邃密商。飲水喜君來建業，和詩屬客勝彭陽。憑高莫動登樓感，身世江湖付兩忘。

和石嗣重九日登耆闍山詩原韵

秋原選勝暫相違，容易山樓送多暉。霜信凄清遲菊盞，湖風摇落冷荷衣。逢僧竹院浮生暇，訪古松林過客稀。聞道耆闍新寺好，城西生悔不催歸。

與内子爲鄧尉之游遇陸君彤士陳君少芸與偕彤士先有詩内子和之余亦繼作

幾回噴飯伴湖州，藏酒仍謀赤壁游。此地昔稱花世界，有人名佚晋陽秋。謂郁泰玄。獨行誰識公沙穆，五友俄逢樂正裘。便合買舟光福去，篷窗山色落眉頭。天隨笠澤老詩人，脱手吟箋字字新。照玉花過三百樹，觀河面認十年皴。村籬想像香成海，山寺荒寒晚得春。紀勝倘留他日念，補圖吾欲唤公麟。

觀梅感賦

世界陽和運已闌，梅花第一付摧殘。風霜汝自能侵略，勁骨其如耐歲寒。

壺中天・壽夏蔚如同年六十

君真健者，想前身青兕，縱横南北。乳酪醐今四稔，壽骨兄弟群識。出塞功名，度遼心事，長揖將軍客。賦鷦何意，一枝巢父容得。聞道戀戀東華，故都塵土裏，微哦摇膝。省憶平生游釣地，無恙青溪柳色。螺黶貽香，鸞春舉案，霜髩相看白。石城文獻，幾時歸綴吟筆。

湛山灣垂釣口占

林石蕭森路屈盤，湛山南望海漫漫。此身坐得漁磯穩，不遣風波動釣竿。

泛舟登小青島

孤島閑行海氣腥，午燈無焰塔亭亭。滄波洗浄周遭石，剩取環山一半青。

子威有詩見懷且以病後疏筆硯相勸愧不克如約輒和原韵奉酬一首

要除大患在無身，身在終憂困負薪。仕宦已拚頭責我，光陰坐嘆墨磨人。養生有術勞欺魄，悟道何時葆谷神。爲報北來風日美，朱顔鏡裏早回春。

杯鐺已禁醉爲鄉，醫屬戒飲。韵語兼删費忖量。歸計先籌開蔣徑，藏書正擬發曹倉。安心有訣勝方藥，離手無時是筆床。獨愧石湖才力退，更無佳句和龜堂。

子威書來復寄和詩且云將有長沙之游賦此送行仍用前韵

衡雲湘水著吟身，道喪教傳未燼薪。講律季明才不讓，能詩元晦薦何人。途窮眼白知應免，曲罷峰青助有神。此去麓山秋意減，開門桃李自成春。

長沙地小昔蠻鄉，莫把儒衣闊窄量。戴石屏詩：『侵沙地窄儒衣闊。』梅訪百城應破萼，山尋石廩不成倉。小喬倘有荒墳硯，賈傅猶留故宅床。我正向齊君向楚，可堪歲月去堂堂。

挽吴絅齋

訪君三度憶西湖，雲散吟儔話故都。餘事文章經眼録，孤臣涕泪負書圖。交期細溯通家早，心力真緣注史枯。已是寒山悲絶響，九鐘忍又瘗榛蕪。

挽柯鳳孫

大老聲名接蓋公，登堂幾度挹光風。命書秘授聞宏景，賦序高文愧太冲。東海傳抄翻史稿，西園陪宴報詩筒。歸存忽痛靈光圮，經義何人與折衷。

李村道中偶成

馳道黄塵趁曉昕，海濱風物肅秋旻。野蕪青上游人屐，霜葉紅如郇女裙。百貨盈虚隨市集，千家生計足耕耘。無緣下馬應惆悵，萬木荒荒粤客墳。訪康更生墓未得。

司徒廟四柏中其一被雷火而枝葉仍盛作詩美之

四柏中間最矯雄，斧斤不赦虐雷公。劈如鄂廟分尸檜，生似龍門半死桐。殷社序疑兄弟及，葛祠愛亦主臣同。邊柯剪伐根還茂，活國吾思固本功。

景山與織雲聯句

采杞人歸日未斜，（穎）萬松浮翠誤昏鵶。危亭高下臨荒殿，（織）瘦蝶伶俜戀野花。石炭尚扃山澤氣，（穎）枯槐幾閱帝王家。春城誰念邊烽近，（織）流水依然陌上車。（穎）

病起示諸親友兼謝存問之誼

夢覺巫陽却遣回，兼旬病榻好懷開。紛紜時事仍棋局，惆悵詩盟負酒杯。斗室恨無行藥地，餘生倘減著書才。醫及家人，皆告戒用心。此身未合爲桑户，多謝連朝裹飯來。

癸酉夏時賢集廬山萬松林以晉釋慧遠詩分均爲余拈氣字見寄會病未有應也病復遇纕蘅金陵仍理前約補作寫懷

匡山吾故人，卜隱即莘渭。前游十裘葛，真面猶仿佛。甲子初夏曾游，今十年矣。飛泉挂白練，遥峰縈絳氣。竹莖掃雲低，蟬聲雜茶沸。追懷遠公塔，影堂翳榛卉。靈山闢東林，法性窮萬彙。頗懷天地勝，欲作神仙尉。買乏符戴錢，游無士遜費。繭足年復年，西望一歔欷。側聞冠蓋盛，林澗集時貴。位分略裴劉，虚名慕山魏。横麓得松林，一徑緑森蔚。玉潭起龍蟄，天闕澹珠緯。謫仙誰李白，郎官幾張謂。聰明濯靈泉，文章映腸胃。而我方積痾，窘若禽在罻。筆硯謝君苗，山澤阻到溉。譬如無舌人，濫與説蜜味。冥思等捫籥，卧游空自慰。雖承吟筒促，尚托簡書畏。方今風雅歇，詩逋久告匱。珠光豈敢韜，所慚非亥既。願言賦山居，恨無墅可乞。平生耻問舍，忍觸元龍諱。五老行笑人，白頭歸得未。

二月擬爲潁濱作生日已而未果鶴亭仲雲皆有詩余亦補作

岷峨間氣能生賢，二蘇俎豆今千年。平生大節同出處，獨讓奎宿人呼仙。當時蘇文滿天下，羊肉飽喫群鑽研。覃溪名齋意專屬，以兄掩弟何其偏。老泉教子逾錙向，聯步制科無輿讓。臨軒先帝顯奇材，留得子孫兩宰相。長公磨蝎遭命窮，君幸晚年累官謗。長公羅織憂箋云，君獨不聞進詩帳。一生沉默簡言語，福澤分明在鬌上。請看江上紫裘笛，何似海南黄子林。最憶南都從事貧，送老虀鹽秋復春。時時閉户觀物變，每走籬落尋荆榛。雷州一謫萬里身，投荒同是二毛人。還鄉黄鵠騎不得，丁寧願結來生因。相期不愛高官職，門下終然顯朝籍。齒爵差能勝阿兄，造物乘除誰失得。世人但喜鶴南飛，四海子由渾不識。老坡健啖家家拜，安得分身化爲百。潁濱苦無香火緣，正好減肌慳一食。君家兄弟不可當，海外歸來眼目長。吾儕取次虔瓣香，旋移臘酒陳春觴。耆先欲議延年方，欒城儼見鬚眉蒼。過眼四朝真旦暮，歲爲兩翁親治具。未供過子玉糝羹，且讀卯君茯苓賦。

弢齋師七旬有九生日晚晴簃社同人製詩屏爲壽

滄江一卧閲時多，津市家居即澗阿。身升尊榮曾敝屣，歸來安樂有行窩。舊藏楷杖能扶老，新屈松枝得養和。海内十年人厭亂，去思聞道南謳歌。

晚節香留别墅榮，杖朝隔歲祝耆英。海田幾變長增算，日月重扶待輟耕。恕谷師承兼體用，安陽詩集讓功名。夏峰應有期頤壽，更約蘇門聽水聲。

癸酉重九日集清凉山掃葉樓以龔半千半畝園詩分韵得敢字賦呈同游諸君

九衢過雨秋容淡，獰風穿窗天黯慘。商量何地作重陽，一徑清凉足登覽。危樓百磴客停車，林木低檐室生闇。遠山眉黛許平視，秀色烟霞容手攬。我從采藥二嶗歸，倦眼南湖憶秋菼。就菊初逢陶令來，題糕今喜劉郎敢。坐想調絲炙月人，病起吟成生百感。半千《病起詩》云：『宵深炙明月，高坐調冰絲。』衲衣持帚僧非僧，洗鉢長飢甘顑頷。去雕詩品比芙蓉，真味法書同橄欖。住持僧出示半千書畫，并贈詩集。生平行誼似茶村，死脱湯熸天所憯。『饑死不再出，回首皆湯熸』，《半畝園》詩中語。有弟能詩工刻畫，廓園門亦蓬蒿揜。半千弟翰，號廓園，有《寶香堂詩》。楚客不泣蘭臭燒，兩龔長饜藜羹糝。祇今落葉滿几榻，陽卉爭腓莎可毯。鄰庵客指松丸丸，素餐我慚檀坎坎。送酒雖無太守招，畫餅且供名士啖。變衰未許悲騷心，語險群思破鬼膽。義寧一老安車來，探珠徑取驪龍頷。故山猿鶴莫相催，大樹蚍蜉誰輒撼。明年此地掌故添，爲爾新編增削槧。

登會全岬炮臺和内子韵

殺氣消沉隧道開，旋盤重撫不勝哀。同游羯末今何在，廢壘依然我獨來。庚午夏，嘗與從弟平孫等在台上攝影。

重陽日京師大學同學宴集鷄鳴寺季屏有詩即依原韵奉酬

卅年攻錯憶他山，高論能令客視圜。晚節安陽期老圃，舊游康樂識禪關。九華鬢髮添秋色，五載襟痕認酒斑。俯瞰荒湖葭葦亂，沙鷗同我一般閑。

秋日乘軍艦沿海灣觀勞山風景遂至太清宮

黄河入海海變色，牡礪嘴前開不塞。成山突出作深灣，冥想千年萊子國。秦皇昔駐牢盛山，蓬萊誰道非人間。萬里沙前望洋嘆，徐生去棹何嘗還。二嶗盤盤起西北，拔海峰高四千尺。奇松怪石秀千岩，除却舟行看不得。天風吹雨雲幕開，幸遣戈船送客來。漁船點點隨鷗没，島客時時采鰒迴。經鮑魚島，船員言島産鮑魚甚多。山花煊染横如綉，空翠霏微落襟袖。明霞洞外瓦鱗紅，八水河頭秋瀑瘦。須臾椗泊不復東，漁碕磊砢紛撐空。移尊挈榼就野飲，陰森一徑趍琳宫。琳宫丹桂香風送，遠引游人入仙洞。道流艷説耐冬妖，花神能入書生夢。舊聞此地盜滿山，獨客常歌行路難。自從犀軍靖伏莽，月明不復扃雲關。我撫豐碑還太息，鄉人樹碣，頌海軍沈司令之功。孟顗未須憂劫賊。翻愁急景下高舂，北望華嚴長嶺隔。

戴季陶院長得永明二年孔子問禮圖石刻於洛陽歸築問禮亭見徵題咏分得長韵

宣尼萬世師，日月照天壤。道大兼衆流，景行高山仰。適周讀寶書，當年瘁輪鞅。柱下得异人，猶龍發遐想。頗聞問禮時，敬叔侍函丈。賓贄摯雁一，聖輿舞驂兩。文獻缺有間，後學嘆安仿。按：洪适《隸續》述《孔子見老子畫像》人物七，孔子面右贄雁，雙馬駕車。《史記》魯昭公之時，孔子一乘車兩馬一竪子，同南宫敬叔適周，問禮於老子。此畫聖輿兩驂，似是據此云云，與今石刻不同。蓋古來圖刻非一。戴侯禮世家，德聖今嗣響。洛土携石歸，深礲想疇囊。千年土花碧，古色照軒幌。永明幾畫師，探微陸探微計居長。宗宗測劉劉瑱及二毛毛惠遠、毛惠秀，盤礴誰見賞。紀年屬江東，何緣忽西上。時洛陽爲魏地，而此石乃江左正朔。吾聞齊高高帝道成武武帝賾，儒術非所獎。南朝宋文帝、梁武帝皆嘗修立孔子廟，惟齊世高帝以下不聞有尊孔之舉。林廟化浮圖，南齊時，以故宣尼廟爲浮圖，人呼爲孔子寺，地在金陵古長樂橋東。禮樂委榛莽。除非黠僧繇，柏堂庀燔蕩。建康有天皇寺內柏堂，張僧繇畫仲尼十哲像於壁。及後周滅佛，焚天下寺塔，獨以宣尼像得不毀。此皆金陵事，聞見付感愴。猶存一片石，差足贖既往。金鄉石祠刻，《水經注》：『金鄉有司隸校尉魯恭冢，冢前有石祠，孔子及七十二弟子形像皆刻之，四壁文字分明。』苦縣畫壁像。《魏志·倉慈傳》注：『漢桓帝立老子廟於苦縣之賴鄉，畫孔子像於壁。』後來録李唐，圖本秘周昉。《唐朝名畫録》：『周昉有《仲尼問禮圖》。』奇表四十九，龜脊復虎掌。不知至人姿，相較孰佛仿。立此求賢地，大書署亭榜。量才玉作尺，出海珊在網。方當樂名教，何止公直枉。於今言大同，世宙歸教養。人知禮運意，寧嫌河漢廣。頌美不成章，斐然愧吾黨。

宴清都·題李釋堪握蘭簃曲圖（依清真體）

髀肉重生否。投戈後，雅歌閑殺征虜。燈前看劍，鶯邊載酒，恁般情緒。九原喚起羅橫，要細説、新來鞠部。算拍遍、亞字闌干，空拋心力如許。

筵前試轉歌喉，商量節奏，移宮換羽。紅兒慧解，纖葱扇底，早偷簫譜。分明雪嶺增價，肯忘却、周郎顧誤。便自今、井水流傳，家家教舞。

疏影・題冒鶴亭虞山訪墓圖

髯乎好事，記絳雲阿姥，埋玉何地。迤邐琴川，雙冢郊西，披荊無恙碑字。争知月夜歸環珮，伴白髮、尚書朱履。便百年、宰樹森森，收拾美人名士。　應悵雲間薄倖，細林野哭日，無分偕死。棋劫餘生，家變從容，依舊尚湖清泚。誰携天乙山人筆，待補入、虞山圖裏。更□數、奩艷群芳，得似此君能幾。

六月十二日山谷老人生日同人公祝爲余探韵得不字會病不能與入冬始獲補作

涪翁才氣恣奇崛，鬼妒天嗔遠投紱。學士能齊奎宿名，史官恨未軒轅訖。詩仙草聖一身兼，下筆盤空詞詰屈。弟兄相對稱二難，築屋雲巢峰屹屹。平生壯志千蜺茀，雪霏雙井揮談拂。春去仍朱鏡裏顏，心安且寄杯中物。一書真絶方兄交，百事難從如願乞。買婢量珠惜我無，呵兒壞局胡君不。髯琳骨董故有意，法秀泥犁宜可祓。呼酒常陪冷卿醉，著書遠勝家侯吃。大鈞罔念生才難，冷眼盈朝汗章韍。至今詩派開江西，道高豈妨身暫絀。火雲六月公生日，凛凛伏中失炎鬱。陳後山《贈山谷詩》：『見之三伏中，凛凛有寒意。』我方病擁藥爐坐，賸理經時付湯熨。冥想石牛溪畔人，八馬幢旒來仿佛。誤探險韵吟遲遲，坐視流年摧匆匆。江南我似白鷗閑，久負詩逋真愧艴。

十月十七日青溪詩社同人爲陸放翁先生作生日分韻得入字

童時我愛放翁詩，手自精抄珍什襲。全稿未能萬首窺，短綆已苦千尋汲。翁生宣和太平時，九廟有知神已泣。積薪厝火曾幾年，槖駝滿都豺在邑。溯當烏帽初從師，已似蜚龍起春蟄。鎖廳舉首冠群才，玉階唾手榮名拾。科第何曾與風漢，名次誰知忤宰執。從此蹉跎蹇半生，憂國空懷濟川檝。微官特薦始登朝，敕令聖政勞編輯。散關渭水秋笳鳴，楚澤巴山吟筆澀。石湖大度許頹放，丞聾不計容長揖。輕裘駿馬成都城，城裏蜀棠宮錦濕。生平愛蜀居蜀久，編詩署以劍南集。自言詩家悟三昧，羯鼓手勻琵琶急。皐陵睿鑒有定評，筆力斡旋人不及。龜堂一老本天才，況有山川佐供給。從戎南鄭夢駝車，登高莪山吹篛笠。畫船禹廟盛隨波，踏月雲門勞拾級。晚年仍戀鏡湖春，納禄翩然歸羽戢。自命痴頑舊史官，强項到頭逾八十。坐看中原落人手，我似霽山同感悒。與翁共有香火緣，式瞻遺像高風挹。生時風雨暗孤村，一生聽雨多篇什。靈來忽似度瀘時，風雨縱横樓亂入。

癸酉十二月十九日稊園青溪兩社同時爲東坡先生作生日分韻賦詩余探得盡字南中友人復代探前字合成一首

赴壑修蛇催臘盡，江南獨客傳歸信。兩京同日集吟儔，下界鶴飛千里近。奎宿斂芒人海隱，逸韻前無居易積。散官終遣屈奇才，把酒青天焉可問。畫中笠屐真飛仙，夢婆覺後今千年。學士文章炳霄壤，當時鱉相嗔近前。北方氣候寒栗肩，敝園賓客猶聯翩。雪堂四壁莫浪擬，西山可惜非微泉。

一九三四年

將游華山偶成

閑却笙歌救火身，天池終洗素衣塵。虛聲莫被乖崖笑，夾道相迎恐有人。

八月十九日發華陰經雲臺觀址至玉泉院

五岳華最高，孤峻壓嵩岱。三峰列峥嶸，遠見百里外。行行漸近山，岡嶺反障蔽。華陰有修逵，正與真面對。晨興巾吾車，眉睫接烟黛。積翠峙中天，登麓得大概。道旁雲臺觀，頽埂久荒廢。風皺飲馬池，老柏閲人代。不如谷口泉，遠引玉井溉。餘芳挹山蓀。蟄籠此遺蜕。有樹名無憂，一化三猶在。獨坐無憂亭，憂豈爲吾輩。

玉泉院謁希夷先生睡像同內子作

谷口流泉一脉分，履河戴岳識遺墳。定儲片語符黄綺，賜號同時掩碧雲。羅隱之居碧雲洞，亦賜號希夷。刊石尚留無極説，摩崖虛擬鬵山文。支頤衣舊生前卧，乞睡千年合許君。

自玉泉院歷十八盤至青柯坪宿西道院

玉泉雲際來，曲折落平地。乍聆松濤壯，忽作琴筑細。笋輿溯源上，觸蹠萬珠沸。縱横踐巨石，錯落不成次。醉溪能陶人，悦耳真欲醉。危崖相對峙，一徑轉深翠。裂壁綻草叢，補縫若天繪。設險凡幾關，世亂此可避。至今絶巘巔，往往誅茅憩。隱居亟誰捫，仙骨驢或墜。焦仙役青禽，毛女鬌緑髻。吾儕物外游，懷古發遐思。迎面指上方，奇險絶思議。鑿磴劣容趾，仄陡怯審視。返觀十八盤，頗覺履平易。暮曛砭風寒，僕夫行告瘁。斯須青柯坪，道院東西二。突兀俯西峰，環擁若屏背。道人拓斗室，導客山床睡。從君借枕頭，岳色入夢寐。

迴心石

絶壁驚心蹈此身，險夷一視見精神。泰山亦有迴車嶺，甘作王陽有幾人？泰山迴車嶺在石馬山，爲游黄華洞要險。

二十日自青柯坪越千尺疃老君犁溝至北峰宿真武宫

中宵號疾風，策策攪崖樹。大聲破静籟，撼壁有餘怒。凉喧疑雨作，撫枕增客慮。東榮發晨熹，失喜報晴煦。短衣催急裝，縛袴躡芒屨。危磴千百尺，怵險不迴步。杙鐵牌郎當，旋隙徑環互。穴竇徐鼠竄，攀鏁續猱附。出峽趨仙橋，駕空匪懸度。五里入犂溝，深隘勇奔赴。累肩承踵踐，脅息兼肘布。援索輒妨杖，拾級怯曳踞。何人祠老聃，傅會鐵錨鑄。玆山夙天險，昔聞使人怖。述游喬屈記，探險洪嚴句。十九今坦夷，幾爲讀書誤。亭午登北峰，足健未肯駐。更臨聚仙臺，覆數來時路。

雲海行

風鑪夢醒雲臺客，晨色熹微室生白。窺窗初怪雪滿山，出户始知雲四壁。微雲膚寸岩隙生，須臾深谷塡皆平。神龍噓氣絲縷縷，陽烏匿迹天冥冥。天風橫吹勢噴薄，雲氣蕩胸掃林壑。神山樓閣忽上浮，隱約西峰餘一握。濤頭起伏海漫漫，置我孤立雲中間。雲開日出削壁露，依舊鬱鬱岩千盤。

廿一日過擦耳崖上天梯至蒼龍嶺遂登東峰還至玉女祠飯三首

昨日二仙橋，駕空須插羽。今朝擦耳崖，帖壁復似鼠。前指閻王砭，耳聞生畏沮。居然人鬼關，失足即千古。此皆襲昔名，於今義無取。自唐迄明清，好事幸踵武。手坎迹猶存，鐍素後所補。言登上天梯，日月近可拊。笑謂偕隱人，吾力尚堪努。果如古所云，肯以性命賭。

蒼龍與飛魚，長嶺雙露脊。世無騎鯨人，而有乘龍客。通天達一綫，廣徑裁三尺。深壑不見底，頻窺駭心魄。闌絙昔所無，舉踵莫敢即。移身但騎搦，避風或匍匐。修途五百步，龍口始一折。三峰路尚遥，咫尺隔箭括。退之此投書，慟與妻子訣。臨險一何孱，乃云賁育奪。我來掉臂游，屬幸過前哲。人力今勝天，先民應咋舌。

朝陽并玉女，差立東南隅。離合四爲五，别作中峰呼。巉巉仙掌崖，石月光模糊。傳聞五歧迹，留自巨靈胡。擘華成河流，荒邈開山圖。博臺近肘腋，天帝誰贏輸。懸鏁思一擲，凡體難凌虚。却尋玉女祠，龜腹何人刳。隆稱尊圣母，靈迹傳韓姑。石馬夜不嘶，玉井無芙蕖。泥頭怪非盆，臼五亦不符。我欲叩黄冠，妄指疑虚誣。置此且勿問，爲我傾酒壺。醴泉不可得，一飽甘山蔬。

輿蹄

墮驢此地憶希夷，偶折籃輿豈足奇。落地輸君能大笑，未知天下定何時。

將軍樹

天門峙立幾奇松，拔地蒼鱗半化龍。階换將軍應不愧，知君九等薄秦封。

午後登南天門越長空棧數步遽止纖雲獨援索躡空探朝元洞而返

華陽無他奇，深谷隔巃嵸。絶險惟棧橋，遠見已心動。舊聞賀老居，役作卌年董。壁立無傍依，施工同鑿空。一緣山腹横，萬仞壑霧滃。兩峰斷不連，梯度得夷壟。下爲避静宫，蹈險誰作俑。探奇本素志，相愛謝慫恿。方創羊祜臂，僅曳馬援踵。何期同心人，絶勝須眉勇。鏞鐵貫山骨，腐杙著崖孔。摇摇驚魂墜，淅淅毛骨聳。行如蟻緣壁，出似蠶脱蛹。二分足外垂，所恃惟不恐。返身幸無恙，相見慰雙棒。自言洞中神，麻列各端拱。猶思躡幽闕，頗悔行倥傯。歸當繪成圖，展讀尚神悚。

登南峰絶頂

平地望太華，其高非極天。視力盡所及，謂若他山然。志稱五千仞，似屬矜夸言。自從入山來，吾意乃漸遷。雲臺與量掌，近看疑齊肩。峰口回眺時，始覺崇殺懸。初登東西峰，北峰乃兒孫。今來落雁頂，巍然居獨尊。下視無輩行，兒孫成曾玄。乃知世間人，目察囿當前。尋丈以外物，混混同一觀。譬如山銜月，又若樹依山。其實各遠隔，不知路幾千。以此料山高，誤解非真詮。我來陟三峰，濯手太乙泉。峨峨半天雲，叠叠千葉蓮。此理忽有悟，不復疑陳編。澄心曠玄覽，頓識宇宙寬。凌虛御天風，誰謂非神仙。

金天宫

絶頂琳宫冠削成，灝靈秩祀應金精。中央旒冕臨群辟，元氣爐錘溯太清。擁翠天門霜檜老，刻丹石版砌苔生。此游略遜卷施閣，看日南峰夜四更。

還宿北峰是夕雨作廿二日大雨達暮困坐山房竟日不出

茫茫萬壑雲，森森八月秋。竟此五峰勝，并爲三日游。山靈惜客去，泥客更一留。呼龍夜行雨，過午不肯休。窗櫺霧沉沉，楄紙風颼颼。檐溜飛縱横，澗瀑聲轉稠。出門望諸峰，但見烟靄浮。東西且不辨，涇渭焉可求。偶然吹幕開，十道飛泉流。眼底白練垂，滅没疑蜃樓。頗思張蓋行，涉險踰犁溝。道人爲我言，欲速難爲謀。谷口玉皇瀑，没膝誰能泅。雨止需潦退，無寧姑逗遛。我興本未盡，閑言翻欲愁。消閑棋一枰，祛寒酒一甌。閉户日讀書，局促爲詩囚。靈乎試語我，明日能晴不。

廿三日晨起小霽登聚仙臺觀水簾洞瀑泉之勝遂下山中途遇雨止宿群仙觀

窗影宵欲明，檐聲晨忽止。重陰閣凍雲，暫霽已可喜。長風斂宿霧，飛流競山趾。策杖聚仙臺，群瀑入眼底。就中水簾洞，千尺懸纚纚。三峰廿八潭，匯注合成此。落崖勢轉雄，諸源趨一委。破空散爲烟，激響震人耳。昨日雲海雲，今朝水簾水。不因雨連層，焉得具二美。快意晴可望，疾趨遂十里。媪神洞非遥，久居亦宜徙。回首雲臺峰，三宿戀未已。

秀峰寺二首

問訊開先寺，重游迹未陳。十年仍廢刹，五嶺幾詩人。壁間觀詩文石刻，陳經、張維屏、康有爲皆粤人。峽瀑無今古，書堂孰主賓。磨崖留蘚刻，七佛證前身。眼福潭泉判，洪康兩更生。洪稚存記游，盛言青玉峽之勝，晝暮流連。康氏三次游此，皆以水淺爲恨。雙峰雲去住，一勺水聰明。天末垂龍尾，松陰閣鶴聲。年年山骨斫，湛輩竟何名。

翌晨將爲黃岩之游遇雨未果遂復由讀書臺至青玉峽流連久之同游閔君孝吉有和王文成韵詩即用其韵紀事

專壑誰爲客子猜，聽泉不厭百番來。深如堂後墨池黑，喧似湖中鐃唱回。頗笑讀書急統煜，未妨入社次宗雷。遥峰忽送黃岩雨，惆悵緣慳布水臺。

歸宗寺

開先山色接歸宗，卓塔金輪認遠峰。松樹長緣僧咒活，池泉無復墨痕濃。談禪宅自何年捨，護法香猶一瓣供。青社濂溪誰傅會，不嫌方外與過從。

自歸宗寺冒風雨至白鹿洞

山游喜晴明，久晴亦非願。天公如我作，暘雨宜得半。廬山信靈隩，氣候日數變。頗念雨景奇，暄霽盍相間。晨陰吹未開，林鳩果頻唤。興發催笋輿，道與雨師戰。横來襲衣裾，風動不可傘。靈湯泉無温，醉石浪四濺。飛筧溢邪徑，急淙趨渴澗。高下水田鳴，盛甚桔槔灌。行行并山南，俯仰得奇觀。時時雲往來，一一山隱見。茫茫村遠近，洶洶聲續斷。同時望諸瀑，素挂千尺練。峨峨五龐眉，端拱見真面。寒濘雖云苦，誰謂非勝踐。烟中流芳橋，萬里微可辨。林立鹿洞碑，稽古意未倦。詩成下村醪，一笑慰同伴。明發當烘晴，此語倘可券。

五月朔日往海會寺越嶺觀三叠泉遂至天池

朝發土樓鎮，咫尺及海會。名刹今滄桑，賓寮忽中廢。寫經不復藏，訪古剩深溉。寂無群僧語，但與五老對。逡巡謝老人，盤旋出其背。鳥道轉崎仄，踵接不得退。苦無樾可蔭，喘汗息一再。驕陽况逼人，帷坐久亦憊。畏途僅廿里，日昃達所届。森崖累鏐鐵，頑骨破嵐黛。懸岩長縫裂，飛瀑落雲外。拓胸嘆偉構，創作感大塊。叠泉尋常見，積苦獲愉快。物情互倚伏，何者别憎愛。瘦筇尚餘勇，天池探神怪。薄暮歸去來，挑燈述勝概。

東林寺

蓮社風流抗古歡，高賢禪衲雜儒冠。經翻靈運臺何在，筆諫誠縣字半殘。三笑橋荒溪水咽，六朝人去寺松寒。淵明終距東林遠，肯爲匡君早弃官。用王元美《記游》語意。

謁濂溪墓

墳園相望識書堂，栗嶺前溪聳石坊。風月四時見光霽，菊蓮千古有平章。罷官尚托湖山戀，奉母相依歲景長。淞柏森森留葬地，南康今日是桐鄉。

九日鷄鳴寺登高纕蘅代拈戀均賦寄

翔鴻西北飛，歸意千里倦。袖中華山雲，化作新詩卷。久懷白門侶，客心疾飛箭。預期菊花杯，青溪集群彥。搔頭餘短髮，破帽不解戀。豈知吟局成，忽促計忽變。九日故佳辰，兩都各傳宴。薊門盛簪裾，瓊島足游衍。終求金臺駿，遂謝烏衣燕。北山與西山，登陟咸壯觀。所惜憚遠行，局促托禪院。城中兩培塿，焉足副遐眄。舉俗愛虛名，登高復何訕。詩逋歲不負，結習亦自嘆。猶能趁西風，歸及暮秋餞。

自幽栖寺經六祖洞至獻花岩

六葉牛頭砥祖師，紫雲望氣識旁枝。風扶嶺竹如迎客，鳥蹴山花更獻誰。僧舍幱空搜蠹簡，佛龕塵冷罥蛛絲。只應古洞窮門在，曾見融公入定時。

四月廿八日登廬山自蓮花洞至黄龍寺歷覽黄龍潭神龍宫之勝

破曉積陰消，館人報朝霽。飛輿入青靄，雨屑復沾袂。塵颸不成絲，撲面亦已細。頽岩隱林隙，鳴鷄唤雲際。叢莽有伏流，震耳聲澌厲。飛泉解逆客，處處與人曾。遠近水石間，幽意静群籟。釋裝黄龍寺，午榻不敢憩。龍潭在深谷，道險進彌鋭。陽光隔勿入，終歲蔭蒙翳。下灘却回望，素帛但飄曳。神龍今不神，宫荒已無地。涉淺慎足滑，褰裳記嘗泵。緊誰降龍手，攖此騰攫勢。殿中時一鳴，敲石響清脆。歸來坐樹陰，浮漚出花砌。

秋日游祖堂山幽栖寺

過雨層巒菡萏秋，單衣短杖挈清游。虎馴法座泉無恙，佛去華嚴窟尚留。北望雙峰天闕近，南環萬樹寺門幽。我來暫借僧床睡，客與山雲共一樓。

登衡岳述游

五岳蟠中原，惟衡僻南暨。峨峨五大峰，環拱群在位。璣衡應辰象，潛霍儼副貳。佐命蓬萊股，開天盤古臂。朱陵砉靈扉，人世真福地。頗聞唐以前，尚罕名人至。少陵但遥望，夢得剩題字。昌黎阻登峰，謁廟遽回轡。開雲侈大言，意乃寓諷刺。昔賢艱攀躋，今乃坦途易。十年吾有約，獲竟向平志。桓桓馬將軍，宿草愴荒翳。十年前，馬將軍濟有招游衡山之約，未果。已而及難。

侵晨躡飛輪，冷然御風行。置身群峰巔，縮此一日程。邱壍數起伏，曲折闕圖經。岳廟森松杉，廊墀趨萬靈。溯潭渡玉橋，□□千澗鳴。懶殘不可見，石室無書聲。群刹陋以頹，頗費官經營。言登南天門，赤帝笑相迎。咫尺上封寺，解裝啓雲扃。老衲出遲客，盈盤餌黄精。山蔬快一飽，繩床夢魂清。

祝融舊陟地，今以名其峰。翹首峻朱雀，俯睨雲溟濛。群山如波濤，邱壑羅吾胸。森然九向背，百川儼朝宗。湘流拂白練，斷續不可窮。黎明望日臺，輪涌朝霞紅。精光但沸動，眩目金在鎔。頑石踞峰巔，長嘯來天風。横吹鐘磬音，下界驚群聾。

名山例僧占，所异惟羅浮。華首一刹外，十九皆羽流。衡岳盛宫觀，綿歷千春秋。道書侈洞府，處處神仙游。自從思公來，禪院彌林陬。般若啓懷讓，南台居石頭。祖庭幾曾宿，宗派分南州。黄庭與九仙，冷落非其儔。莊嚴古道場，欲去仍遲留。藏經不可讀，磨磚何時休。端居勿多言，懷哉吾鄴侯。

暮雨催游人，頽照失巉壁。异夫急投宿，方廣距咫尺。涓涓石澗流，凉氣潤枕席。閑栖非聖寺，醒眼懷太白。晨興溯鳴泉，榮壽訊遺迹。石廪依前峰，洗衲得磐石。群巒擢芙蕖，千瓣攢秀色。樓閣當中央，領此蓮華域。自古留題稀，深閟人莫識。酬唱慚朱張，一集詩十百。

岱宗司鬼籍，衡廟乃注生。萬物孰長養，耀此南離精。上有不死藥，流丹生芝英。世人喜長生，冠汝壽岳名。大亂盜滿山，此獨不被兵。避世或挈家，隱居得安寧。山間無廢壤，梯田皆可畊。僧徒不募施，取給資秋成。世豈有神仙，居此即上清。何須蕊珠宮，苦讀黄庭經。

既瞻禮斗壇，將叩彌陀寺。意中水簾洞，一破萬玉碎。匯壑喧晴雷，足解仙人醉。危崖雪浪亭，行讀李生記。山水謂有緣，焉知失交臂。三絶高幽奇，遺一得其二。人生有缺憾，頓悟盈虛意。凡事當留餘，庶免造物忌。吾非胡康侯，勞生困更事。除名得元長，始遂游山計。要當重蠟屐，一一采靈秘。再來竟何時，甘泉頭白未。

船山謁王薑齋先生遺像

急雨衡陽送客舟，先生長往影堂留。黄書初衍名家學，宋論陰懷异族憂。隱地有圖廬墓近，江湖無驗石船浮。張殲吴覆須臾事，成就修書到白頭。

木蘭花慢·甲戌上巳都中同人禊集玄武湖以孫興公詩序分均纕蘅代拈得年字

借誰家院宇，喚尊俎、對湖山。正春暮江南，湔蘭天氣，移棹鷗邊。危闌舊題襟處，繞城墻淡染六朝烟。算有繁櫻曉得，主賓冠蓋年年。

群賢歸燕，傳箋河朔，客序吟肩。嘆昔時城郭，遼東鶴語，非復人間。依然袚愁無計，祇臨風分付酒杯寬。惆悵孤花媚暝，何時載夢俱還。

爲陳述廬通勳題瞻麓圖

將鉞金陀識故營，父書善讀勝談兵。楚雲望斷知親舍，衡雁天低阻客程。烽火家山迷泪眼，松楸先壟起秋聲。義門瞻屺嘉玲岵，一樣深心畫不成。

廿年舊夢定王臺，登麓依稀喚棹迴。誰遣卧游懸畫幛，稍嫌濟勝負詩材。一谿禹迹流今古，九面湘帆客去來。愛晚亭前勞指點，滄桑倦眼爲君開。

别岳

岳靈三日小周旋，欲别群峰意惘然。客倦正同迴雁返，潭枯不起懶龍眠。開雲事瑣勞神福，縮地功成待後緣。九十重來腰脚健，可能容我作甘泉。

重游岳麓山和鍊人兄原韵

相逢愛客鄭當時，湘水衡雲慰夢思。尋我廿年經過地，添君一卷紀游詩。峽泉坐惜青楓晚，碑字烟迷赤石奇。合與名山增故事，唱酬須補舊編遺。

自長沙游衡岳即日登峰宿上封寺

出郭登峰日未晡，扶摇飈馭古應無。雨晴混合三天界，夷險紆迴九折途。風勁山窗寒翠袖，泉通石梘響香厨。致身福地非容易，五岳剛成第二圖。

望日臺觀日出和錬人韵

最采南離炳巨觀，吟懷眼界一時寬。自從高唱隨園後，重許君家仔細看。

福嚴寺和錬人韵

靈山排日訪，名刹有緣逢。受戒何年樹，能飛幾處鐘。清齋薦蔬笋，茂蔭接杉松。宸翰今無見，藏經悵太宗。

福嚴寺銀杏樹相傳二千年前物也

怪石叢篁此洞天，南能法嗣一燈傳。六朝銀杏今無恙，曾閲陳宫鑄佛年。

夜宿石淵潭紫蓋寺錬人有詩依韵賦和

一枕僧房曉，新詩衆口傳。山游招謝客，水調屬成連。夜聽聯床雨，朝尋洗衲泉。前賢談道處，信宿惜無緣。本擬宿方廣寺，未果。

二賢祠和内子韵

佛地留三宿，儒宗景兩賢。相思千里夢，私淑一爐烟。如見心傳接，何須骨相仙。吾鄉論學派，莫議白沙禪。

和杏驄同年見贈原韵

十年杯酒尚襟痕，話舊重逢各斷魂。集署一官成吏隱，文能獨造去陳言。知音宋玉聞歌郢，時同觀湘劇。好客孟公虛候門。見招家宴，會衡游未返。惜未祝融峰上立，與君携手看晨暾。

和子威見贈原韵

萍逢千里聚吟曹，游屐湘南第幾遭。福地雲開青玉峻，横江雨泛石船高。問程已近東西粤，訪勝差同大小勞。待約天堂峰下住，垂岩長結草衣緣。衡岳天堂峰有羅漢緣，一名垂岩草，草衣和尚結之爲衣。詩壇別久喜跫然，手筆追陪愧許燕。都講近聞尊祭酒，同舟惜未望神仙。卧游壁畫仍家法，偕隱蘆簾尚妙年。膝下諸郎何日聚，爲君更賦老人泉。

迴雁峰乘雲寺

岳峰南盡處，擢地一高邱。山胲臨江斷，林光入户收。雁争人去早，雲自佛乘留。無復鴛鴦語，仙師倘可求。

謁祭先外王舅惠肅公祠紀事用劉君篪生韵

積薪酣寢火初然，受命艱危仗大賢。生死幾人盟馬革，功名有客識鳶肩。堅貞疑賴神明祐，成見兼令將士捐。爲説縋城完守事，餘黎長憶解圍年。

詒謀未遠尚能追，弱息南來見孺思。趨府郭家多將相，障淮雍令繫安危。三公香火同神幄，四紀衣冠有口碑。祖硯未傳翻悵惘，世人誰讀治河詩。余選清詩，得公所爲《河上謡》，念藏稿必不止此，屬婦家更求，久無以報，遂并此亦未入選。

將游廬山舟中書示内子

十年舊夢墜匡廬，有願重尋幸未虚。潭影尚留前度客，篋編剩借故人書。王君蔭樵見假《卧游集》，尚存篋中。再來誓歷諸峰遍，一歲程真萬里餘。但喜同心得游侶，不嫌浹月瘁舟車。

和内子江行所見韵

倡和投詩共一囊，崎嶇仙路伴裴航。衡門煨芋猶殘火，漢水歸禽又夕陽。競秀千岩欣地近，分流九派溯江長。下游門户孤峰峙，誰遣神祠塑女郎。

九江旅舍阻雨與内子聯句

客舍廉纖雨，游程一日淹。（織雲）殘花催墜砌，驚鴿散栖檐。（穎人）濕靄寒侵簟，叢篁翠撲簾。（織）甘棠湖上水，坐覺漲痕添。（穎）

廬山贈内

當年訪廬阜，千里從妻兒。朋好各携家，比翼翔天池。所惜囿塵俗，酬答無新詩。竭來三日閑，二林猶未窺。袖手對江山，文藻工何爲。今年謝游侣，獨與德曜期。庶幾錦囊富，背從勞小奚。東林始高僧，禪宇遍雲樹。神迹遠公詩，絶峰曇諦賦。蓮社飲酒人，往往攢眉去。頗疑妻肉累，或礙禪門趣。何爲修净業，不得移家住。我笑李謫仙，常願辭人間。太清接盧敖，不復思紅顔。學道訪騰空，送内游廬山。乘鸞相門女，踽踽入雲關。相邀弄紫霞，何不偕往還。

我笑白樂天，草堂築山北。落成招衆賓，誓詞指泉石。左手引妻子，終老不復出。餘累恨未盡，且須婚嫁畢。虚存息壤盟，踐約知何日。

我笑周益公，浹月游匡廬。足繭山水間，忽然念妻孥。招之軍城來，骨肉偕歡娱。三峽雖重游，匆匆就歸途。嘗鼎僅一臠，滿志寧躊躇。

衡廬本接地，靈秀絶塵境。我今同翱翔，千里健足騁。纔尋劉困藥，更問董林杏。青山知故人，前游猶記省。預想白雲深，盛夏衣裳冷。玉龍喧萬壑，群籟破禪静。不惜秃千毫，摹寫追清景。期君爐峰巔，天風吹鬢影。

宿黄龍寺和散原先生觀寶樹詩原韵以贈寬静上人

喬樹千年大合圍，撑空高礙谷雲飛。幸逃刀斧留神物，幾閱山川送夕暉。入畫貞柯環木栅，題名磐石長苔衣。未成樑棟良材盡，話舊經樓一嘆欷。

夜宿黄龍寺仍用散原老人韵

名藍深谷四山圍，一雨潭龍勢欲飛。擬借叠屏居太白，恨無佳句和元暉。團蒲定後分僧榻，觀瀑歸來濕客衣。忽憶前游人不見，舊經行處轉歔欷。謂王櫨園夫婦。

二十九日自黄龍寺經含鄱嶺遍游棲賢萬杉秀峰諸寺夕宿秀峰

山房宵不温，晨暄忽可負。日出娑羅巔，隙光穿户牖。修衢繞池圃，屋廬錯林藪。草頭露未晞，山腰雲疾走。冥想雙峰間，穹門張虎口。鄱陽歸吐納，湖光吞八九。焉知膚寸雲，散作絮層厚。環顧群峰巒，面目失誰某。下視烟水鄉，一白無何有。我欲澄太空，恨無掃雲帚。息肩竟何地，徑往濯塵垢。七賢及萬杉，逝者憶吾友。流水寓琴志，老樟推賦手。謂易哭庵。僕夫忽告痛，斜日倏過西。秀峰僧肅客，隱士招已久。借問結廬人，此間能隱否。

一九三五年

題合肥龔居士寫經現瑞圖

寫經廿載漬殷痕，靈朕中宵燭寢門。長寄精誠留血瀋，終知澄寂證心源。定光泰宇聞蒙叟，肉髻祥輝感世尊。悟道不妨官廨托，修仙我憶魏華存。

不關穴腹佛圖澄，法炬居然應瑞徵。静室旁臨同慧日，暗幃夜炳即心燈。鏡臺一偈塵時拭，陽焰三身物孰憑。修薦未須商幻住，生天早慰老吴興。

破山寺

山光潭影閟禪房，少府高吟迹未荒。選字軒亭各題榜，蔽陰竹樹尚幽廊。禽聲遠近空林翠，龍氣微茫斷澗蒼。絶唱流傳人解誦，未須捫壁讀元章。

初至常熟有懷子威社兄

翺翔西北不曾閑，又爲虞鄉一解顔。晨旭人家雙塔路，朔風落木半城山。各携游屐無賓主，稍近書臺易往還。喜得清聲雛鳳伴，少文舊約未爲慳。

清涼寺

僧寮午憩飽霜蔬，急景清游趁歲餘。一澗沉波趨洞壑，三峰雲氣入衣裾。刻經鐘勒前朝字，易榜堂懸故相書。風景依然常尉日，雙松茅宇蔭扶疏。

逍遥游爲有明嚴氏别墅

倚山樓閣舊家遺，竹翠楓殷想盛時。閲世園林歸代謝，向陽草木自參差。星臺喬幹無神檜，丹井真人有斷碑。小立荒亭獨惆悵，鯤鵬何處是天池。

念奴嬌·題曹纕蘅移居圖

舊時羈羽，問誰家門户，修椽栖得。故壘春風曾幾日，苦費營巢心力。載具車輕，馱書驢瘦，行李忽忽色。城東小寄，素心欣共晨夕。今後却過槐盧，停驂携酒，休錯揚雄宅。查浦斜街尋尺咫，一樣龐眉書客。畫幌吟聲，琴床静響，往事分明憶。卜居何處，更移十四樓側。

浪淘沙·虞山小石洞露珠泉壁刻有孫子瀟嘉慶辛酉七月七日所作詞蓋嘗携兩歌女同游其詞凄怨仲雲和之余亦繼作

鐵笛收聲，石洞泉鳴，羽衣詩骨想風情。子瀟《夜宿小石洞詩》：『石氣欲吹詩骨冷，天風如化羽衣輕。』誰遣雙鬟萍水合，翹首雙星。　綺夢初醒，紅袖飄零，幾時昭諫遇雲英。五載重來人未嫁，郎也成名。

子瀟於後五年辛丑始登第。

瓶廬

丙舍荒凉屋數楹，萬家營家遍松聲。閉門思過君恩厚，環堵安居世怨平。誤遣顧厨商國事，何堪表餌試書生。井眉問訊瓶無恙，指點廬前止水清。

虞山謁仲雍墓

讓國清權作逸民，千年風教化文身。藩封豈意囚濱海，王業應能憶去邠。牧野戎衣誰始翦，尚湖釣叟倘芳鄰。繼周八代繇争得，陵寢今完有幾人。

言子墓

述作宗尼山，萬古文在兹。誨人首四教，及門多切偲。齊魯稱彬彬，儒行人交推。焉知文學選，乃落勾吴夷。問年未弱冠，已與陳桑園。小時殆神童，成名大益奇。言子少孔子四十五歲，孔子卒時，年廿七。厄陳蔡時，年僅十七，卜子長一歲，年十八。卜子教西河，六義序古詩。蕭統采選樓，王化繇此基。易傳雖僞出，缺殘猶可窺。《子夏易傳》完者爲唐張弧僞作。胡爲子言子，文字罕所遺。章甫歸其鄉，抗顔非人師。述古有不作，論語參者誰。《逸書》言《論語》爲仲弓、子游、子夏所撰。春秋嚴褒誅，贊聖無一辭。武陵政事才，學道承緇帷。弦歌作何語，毋乃講德詞。後賢富著作，梨棗紛劂剞。所得百無一，舉世寧可欺。返觀習禮人，不矜五采施。文質惜子成，豈别羊虎皮。夫子在南方，百世馨香宜。蜡賓論大同，坤乾兼夏時。斯文即道統，不在詞妍媸。立言果不朽，昭昭日星垂。請謁言子墳，載觀言子碑。

周章墓

斷髮匆匆四世過，始封陵慕此岩阿。三分不屬周西伯，大長差同粤趙佗。采藥後人徐福冢，食薇先德叔齊歌。漢家吴濞如相比，二仲姬劉業孰多。

壽賈孟文六十

交期卅載溯郵曹，年鬢相看各二毛。家集懷蘇承妙墨，閨名夢晋憶詩豪。禹都久罷還鄉計，歇浦新聽捲地濤。試倩董林栽杏手，更從海上種蟠桃。

乙亥元日連日苦雨

肥冬未過瘦年來，十日沉陰積不開。曲巷深泥稀轍迹，飄燈細雨黯樓臺。洗兵玉宇饒河水，送暖朱顔借酒杯。入夜教人推牖望，乾星依舊照林隈。唐人《占雨》有『乾星照濕土，明日依舊雨』之語。

田宿宇嬴撫黄大痴秋山無盡圖爲閔肖伋題

雲栖寺下剩元碑，我正虞山拜畫師。歸棹烟峦猶夢寐，展圖草木忽華滋。導源董巨探三昧，方駕王倪秀一時。如此臨摹誰解賞，墨痕惆悵故人詩。題詩卷中者，有吾鄉康更生、潘蘭史，并歸道山。

書常熟陳貞女公靜事（門人陳永釗之姑）

海虞文物衣冠聚，舊德高門多淑女。城坊綽楔道相望，懿行芳名艱僂數。邑中近數潁川賢，染濡耳目從笄年。慧心婉娩工織紝，善容長得孀親憐。讀書明理兼多藝，德曜長成苛擇對。苦心中歲撤環瑱，不讓北宮專紀載。弟兄負米鮮家居，妯娌持門讓小姑。才敏性剛善排解，女中何必無丈夫。樹風初静多餘晷，問字門前盛桃李。撫幼真如慈母慈，豈待負螟方是子。貞筠身後起雛凰，有侄從姑拜影堂。莫問人間壽修短，千秋彤史有輝光。

昭明讀書臺和仲雲韵

千祀文章集選樓，讀書處處古臺留。故宮無地尋鍾阜，别構何人訪潤州。金壇亦有昭明讀書台。築土未須煩燕喙，看山正好望牛頭。虞山一名牛頭山。可憐焦尾泉源涸，不洗蕭梁一代愁。

東澗老人墓

遺老何曾事耦耕，錯教鼎篆祖彭鏗。鈔經長憶楞嚴夢，删稿仍存脚氣名。四紀山妻非伉儷，六旬留守愧師生。一杯戢影悲黄土，芒角殘編上不平。

乙亥重九青溪詩社同人馬鞍山登高集宴金陵寺以李謫仙九日詩分韵得清字

青山自古如高人，作意偃蹇不入城。金陵諸山獨否否，大隱城市非逃名。當時築堞有深意，石頭橫截留峥嶸。非惟防禦利岩險，亦便詩客芒鞋輕。馬鞍山色從西來，盧龍石骨鑱分明。旦晚曳節訪僧侣，籃輿不待舁門生。貫休遺刹講剋制，北面鍾阜當檐楹。白澤對立門雙扃，伏龜藏頭竹萬莖。五代去今越千歲，歷劫非復前居停。鏗鏜莫問天策衛，武庫疑聽鷹揚營。却憶訶林二羅漢，遠適南海嗟無靈。滄桑兩地各灰燼，虚此得得千山行。天風吹雨朝甫晴，康莊稍遠輪轂鳴。半日看山計良得，飽餐蔬笋岩泉清。坐客雲臺變麟閣，賞詩第一誰能争。集者二十八人。一尊傍晚萬籟寂，忽看缺月窺林坰。

挽陳弢庵丈

纔侍清談浹月中，陳芳歸訊竟怱怱。七科以後無儕輩，五福而今備考終。下殿帝星空舊恨，遜荒家耄托微衷。一朝耆德需公殿，袁趙詩人未許同。

梧岡鳴鳳昔清班，抗疏聲名起懦頑。故里廿年忘宦味，修門再入痛時艱。甘盤講幄歸荒野，正則幽蘭伫帝闕。身受殊恩思盡瘁，敢同元晦筮天山。

毁室相隨尾畢逋，遂初賦就隱丁沽。已知落日終難返，妄擬移山亦大愚。壯歲許身空稷契，一家傳業付封胡。從來林木如名節，靈境幽居入畫圖。

汐社龍頭讓老成，燈宵歲歲壓群英。五男好時知家法，七字汾陰識正聲。小院藤花容寄傲，故鄉荔子愴離情。爛柯冷眼人間局，不問輸贏到幾枰。揮泪陶齋百韵詩，绿衣宏奬記年時。初識丈時，極推許余所作《悼端忠敏百韵詩》。良庖幸飽郇公饌，近局常陪左相卮。丈常入寒山詩社，嗣屢陪吟宴。夕照觚棱聞苦戀，春風宫禁罷重窺。滌齋再宴瓊林日，愧乏茗生好頌辭。

海内驚聞失典型，終難大藥挽頹齡。遺言預戒寧人仕，家訓長留子玉銘。哭寢門生多白髮，同舟仙侣幾晨星。鼓山逝水今無恙，闗塞魂歸不忍聽。

陳白沙梅花詩手卷爲潘安素題

酒家醉卧動微吟，曾向梅邊夢石琴。白沙詩：『梅花開處酒家眠。』不同羅浮尋正色，静中數點見天心。

束茅洗硯墨紛披，便抵人間鐵笛吹。誰識陽春臺上客，不求工處是工詩。

夏頌萊屬題雁來紅立軸（其兒媳丁瑛卿所繪）

西風花訊雁初還，點染秋光瘦石間。寫向高堂共陶醉，不須借酒駐朱顔。

與章一山譚篆卿夏蔚如賀履之夏頌萊倡集舊郵部前後同寅午宴於公園水榭賦詩紀事

亥既吟餘歲再周，郵部訖於辛亥，今年乙亥歲，星再周矣。匏廬侍郎以亥既名集，爲辛亥以後之詩。重逢都白少年頭。梁巢燕語興亡史，池水人生聚散漚。記室近憐失任昉，丹孫同年甫逝，未及與。小生長塊吏朱游。西街五載趨衙熟，猶有兒童識客不。

海桑三變愴遺民，危局依然厝火薪。故邸園林真傳舍，中年哀樂付奔輪。登臨杜甫逢多難，歌哭何戡幾舊人。無恙稷壇千樹柏，相期不負歲寒身。

題宗子威度遼吟草

窮塞年年風景异，一例江山助文字。天教小范作燕公，不合酒腸長化泪。詩人出塞多工詩，亭林而後繼者誰。吴漢槎洪稚存歸里張簣齋裴伯謙出，君不荷戈來何爲。混同東界巫閭北，不咸自白勿吉墨。昔時九關當極邊，今日竭來真几席。春明舊夢散如雲，絳帳東移伴細君。桃李新陰在庭宇，凉風天末歡論文。故都吟侣參差聚，楊史雲傅治薌高閬仙吴康伯接衡宇。講幄况聞饒楚材章行嚴、劉惠農，酬和聯翩今舊雨。三年皂帽居遼城，昭陵草木知才名。金石和林李仲約，詩史灤陽王馬平拯。可憐附郭弦歌地，一夜拂雲馳虜騎。辜負憂時杜老吟，錦城絲管花卿醉。脱圍相見來南都，壓裝詩卷牛腰粗。沉雄歸帶幽燕氣，莫悔年時北走胡。

挽黄晦聞節

百年壯論創攘夷，文字功成世未知。幾輩焦頭論賞外，有人不入黨人碑。君以文字提倡民族革命最早，所著均載《國粹學報》中。

著書却聘龍門子，高隱東明四海聞。天幸一官艱釋褐，青田此事不如君。

隔江村落對佗城，卜築河南各數楹。三五素心晨夕見，卅年影事尚分明。余兄弟與君并居廣州之河南，交游中文人順德胡仁陔、番禺黄樵仲、新會梁壁荃等時相過從，以論文酬唱爲樂。

海濱二鄧得新知，同讀朝歌吊古詩。光緒癸卯，遇君滬上，因君識鄧秋枚、秋門兄弟。君讀余《朝歌詩》，詑余革命思想之早。解道原君人有幾，梨洲私淑復爲誰。

燕市居停接舊歡，不辭屈宋托衙官。四旬始爲蒼生出，作掾中年老謝安。光復後，君始就余辟，爲京漢鐵路秘書，年四十矣，是爲君仕禄之始。吾友順德胡子賢以幕中能致高世之人，馳書相賀。

後先記室三才子，吟翰翩翩并絶倫。余先後所辟幕僚能詩者，多以君及常熟宗子威、無錫侯疑始爲尤。君詩格最高，宗材最贍。侯與君并工書。獨讓季明講詩律，教成門下一千人。

十年北學擁臯比，嶺嶠南歸得大師。自信説詩能救國，九原此恨補何時。

早晚談詩過散原，後山宗派許同論。讀書真具疏河手，我憶涪翁月旦言。陳散原跋君詩，比之後山，謂有過之無不及。頃散原語余，謂養病故都，與君無一月不相見也。

頭須半白未成翁，朋輩疑年有异同。君自隱其年。前歲潘蘭史告我，乃知君已逾六十，視之亦如四十許人耳。誰得堯臣光澤面，城西訣別太匆匆。三月前一晤於西長安街酒家，遂成永訣。

彌留執手竟無因，遠客遲歸未浹旬。君逝六日，而予至北平。太息讀書行絶種，定文後世付何人。君嘗爲余序《東游日記》及《詩鐘選》諸書，近印詩集，方欲馳書索序，而君已不及待矣。

九日瓊島登高分得年韵

九日清游太液邊，秋花臨水作春妍。客來早辦登山屐，風静無妨落帽筵。已感寒笳催落照，可容倦羽托修椽。柔波换盡驚鴻影，不似妝樓大定年。

河東君墓同仲雲作

紅顔亂世解憐才，復社尚書老黨魁。誤擬椒山虚代死，已逢卧子惜無媒。樓尊仙姥非凡骨，樹與山莊總劫灰。雙冢不書碑姓字，蓋棺心事使人哀。

念奴嬌·題張仁甫元群白門填詞圖

秦淮烟月，是南唐二主，按歌遺址。江水東流成絶唱，抗手伊誰繼起。西塞元真，霅川三影，莫是君先世。靈和人在，風流度越餘子。

幾回戛玉裁雲，新聲被管，教洗筝琶耳。六代滄桑如夢過，都付丹青筆底。近局壺觴，素心晨夕，喜擘詩筒紙。鍾岩北望，梅花邨訊開未。近復承和鍾山梅花詩，故及之。

乙亥九日京師大學堂同學聚宴賦呈政和

已分詩懷沮大臨，滿城昨暮尚沉陰。天公破例不風雨，我輩高談無古今。九日杯盤新選地，卅年弦誦舊時心。最難佳節逢休沐，更給携壺陟近岑。

一九三六年

丙子六月青溪社同人以疚齋北來公宴於秦淮酒家以秦淮懷古分題賦詩余得鄭妥娘

四美詩名最妥娘，獨留白髮閲滄桑。寇湄紅粉争佳俠，卞賽黄絁已道裝。身悵前朝錢拂水，謗疑樂府孔東塘。如臯自昔多知己，莫更桃花怨曲廊。如臯冒伯麐集妥娘及馬湘蘭、趙今燕、朱泰玉之作，爲《秦淮四美人詩》，疚齋盛稱妥娘之美，述牧齋語，謂其韶麗驚人。

題松海四絶句

琴臺濃翠擁豐碑，依戀松楸見孝思。選地新林纔百樹，區區應陋庾沙彌。
射虎殘年世未忘，後凋人是歲寒堂。萬龍今伴隆中卧，不種成都八百桑。
岩石新題字擘窠，目窮吹緑此滄波。者回驚倒談天衍，不道耘崧樹海歌。戲謂石遺老人。趙甌北《樹海歌》：『忽移渤澥到山嶺，此事直教髡衍詫。』
黄岳鋪雲鄧尉梅，幾多幻海世間來。靈黿却憶遺山句，西北天低浸五臺。

題周樂齊同年影書鄺湛茗嶠雅後即用其題詩原韵

紹述文艱澀，靈均詞陸離。并勞蠻嶠客，寫作鮮民詩。故國重光日，遺書解禁時。多君留手澤，珍重付曹師。杜牧長子名曹師。

祝阮仲璋七十有七雙壽（交大畢業生錫熊父母槩年七十）

雙星極婺焒維揚，獻歲屠蘇即壽觴。蠟屐風流歡客座，藍橋眷屬浥仙漿。楹書長守孿經寶，縞髮猶傳煮石方。相對稀齡成故事，寫將喜幸祝扶桑。草書『喜』字如七十七，『幸』字如七十，『米』字如八十八，喜壽、米壽者，日本人語也。

祝伍麟閣勳銘六十

北來人物應朋簪，白下同停嶺外驂。電掃訟庭才未老，岳摇詩筆興方酣。餘風蠶尾迢山左，總來龜堂署劍南。自壽吟成燈節近，酒樓仙侶想高談。

將歸粤贈内子

帷車新婦欲成婆，彈指流光廿稔過。一紀薜門栖海燕，八年鍾阜對修蛾。南歸作計家居有，用明思宗周后語意。中歲相逢嘆逝多。舊恨彌天能補未，不堪皺面照恒河。

徐容舟以其故室何夫人事行屬爲詩

造物初生人，男女各有宜。剛健實乾德，柔順惟坤儀。秉性循自然，救偏或相師。所以道家言，知雄守其雌。合作與互助，然後相益禆。古昔女有學，此即學所期。人各盡其長，而非勉强爲。沉沉四千年，忽覺迷路歧。矯枉過其正，疾趨成背馳。故步失邯鄲，越俎争代治。其它愚惰人，弃職方酣娱。誰歟得中道，守舊甘群歌。徐生悼賢儷，身後徵椴辭。自言托文字，聊塞中門悲。香山何翁女，垂髫聞淑姿。高門世積慶，寒舍占施褵。三日譽羹湯，卅年親槃匜。處亨無驕色，居嗇無怨詞。敬賓酬冀缺，奉母佐姜詩。馭下寬而和，撫幼愛以慈。儉則務中禮，勤乃能忘疲。指囷謀善舉，剉薦供酒眥。黴逐薄游觀，服色戒厖奇。昕夕拊病女，跬步無暫離。內言不出捆，如閉新婦帷。凡此率庸德，行百無一虧。何期孀星暗，忽已壑舟移。愿當花甲周，補頌同奚斯。泉下倘有靈，伸此未展眉。發書我深影，一諾誼不辭。雖未謁山公，夙已聞濟尼。今豈有是人，君非阿所私。世憎賢母妻，家庭弃如遺。內齊外乃治，百世理不疑。頹俗終有覺，橫流返何時。爲君書彤史，永足光門楣。君當頷我言，勿復傷微之。

纕蘅郵示貴陽九日詩久無以報會北事方亟因和元均奉懷

蠻徼秋山寫泬寥，愧無捷響答枚皋。柴翁詩境經巢壯，霞客游踪米洞高。聞道防邊憂蠆毒，更誰射日引烏號。散愁且學劉伶醉，身外焉知侍二豪。

壽邱躬景煒母勞太夫人七旬晋九

轂溪石壁毓靈祥，轂溪在龍游縣西北，縣東有石壁山。賢母南鄉喜介觴。婺女鏡臺分遠照，龍游縣南岑山號婺女照鏡台。婦人岩樹鬱奇光。龍游縣九岩多龍鬚樫柏，望之五采，世呼婦人岩。山門白佛通禪理，龍游北四十里有白佛岩。嶺水梅花雁壽昌。龍游縣北梅花嶺水，源出壽昌縣梅嶺。鞠跽諸郎今顯貴，始知人壽感穹蒼。

齊天樂·壽廖鳳舒夫婦七十

十洲歸載詩村富，吟懷懺後猶綺。筆有珠光，人如鶻健，不信稀齡能此。周情柳思。把粵調新謳，換成宮徵。偶憩孌鸞，恰宜歌舞六朝地。　詞仙坊宅不遠，小樓高卧處，塵世游戲。掃葉秋涼，鳴鷄埭古，寫盡蠻箋千紙。春濃臘蟻。看兒女擎觴，彩衣歡侍。三日年光，正梅花送喜。

自金陵至宣城道中

湖港縱横映畫檐，江南風物客中添。秋光殘蓋荷千柄，雲影空塘水一奩。囤米頗聞豐歲賤，種松誰利買山廉。團焦處處當塗道，鏡繪分明勝筆尖。

南樓有懷方正學

南樓名抗北樓高，過客臨風想二豪。龍首光華依佛地，鳳雛文字壓兒曹。讀書有種何曾絶，篡國遺名未許逃。身致太平儒者願，學韓幾輩此焚膏。時邑中即樓爲圖書館。

丙子重九與織雲登馬鞍山暮集浣花酒家期南京國學會青溪詩社同人醵宴以李太白九日登山詩分均得日字

寒城平楚秋蕭瑟，一昔鋒車吾遠出。手招太白亭邊雲，冷眼相看幾人物。臨潭餌鞠計尚早，但見人烟熟林橘。歸來勝趣在夢寐，宛水響山猶彷彿。宣城白下雨青溪，山貌石容真敵匹。太白《宣城青溪詩》：『山貌日高古，石容天傾側。』忽聞高會集群彦，便借舊詞觴九日。北樓迴駕客莫笑，低首謝公誰閣筆。前十日，余適游宣城，登敬亭山，會都中重九勝集，因即以太白詩分均，詩中言響山宛溪，蓋在宣城登高作也。馬鞍山色青峭崒，古刹香林尊第一。霜楓初染半殷黄，翠竹緑坡疏復密。老龍今歲懶行雨，土田龜坼憂百室。叢菊初苗綻不肥，問訊秋光還幾日。縞綦伴我尋秋來，溝壘近郊徼外出。呼唤登臨事偶爾，豈爲奚囊嘔長吉。興闌日暮集高臺，俯瞰萬家虹欻忽。鬟眉入鏡爚有光，劃破沉沉夜如漆。無端買醉酒家樓，却爲金陝添故實。

南强北勝接吟膝，海寓詩壇今統一。君謨新自海濱來，携有詞人初不櫛。謂寒瓊月色。目刮未愁想見晚，臂交莫遣同時失。三雅終然鬥酒兵，百籌且漫輸詩律。宿構才難敵仲宣，异鄉思勿愁摩詰。不辭多難一登臨，且可遐情寄雲物。古來避灾真左計，捍灾不避寧無術。安排浮白作鐃歌，聞道昆吾今稔日。

丙子展重陽後五日京師大學同人集宴於秦淮梁園賦奉諸同學正和

秋深猶及菊花觴，歲歲相期舊學商。淮水酒家勞杜牧，梁園上客有鄒陽。靄篯、樹文主其事，并同學中與余結詩社者。年催未改須眉健，詩在終令氣志昌。剩憶題糕人不見，灘江歸棹遲去聲劉郎。謂芙若。

清遠

維舟清遠縣，呼客蛋人譁。竹盛饒粗笋，賓來餉苦茶。燒猪新食譜，伐木小生涯。前度襟痕在，江干識酒家。

丙子重三冒雨游峽山飛來寺

逆流飛渡赤龍驤，時乘救火會紅電船往。故選佳辰事遠航。直以大江供洗祓，不辭零雨足流觴。泉聲似補猿聲咽，山影交連樹影長。風景未殊今已昔，逝波如此送彭殤。

鐵汁堂瞻大汕和尚像

鐵汁宗風尚未遥，頭陀遺像認前朝。談禪文字無多綺，乞食生涯舟一瓢。畫筆已融人我相。寺門常對去來潮。高才離六堂中集，不獨開山此丈寮。

道中喜晴

嶺南十日九逢雨，歸路今朝始放晴。峽底輕舠幾灘險，隧中犇轂各雷聲。前山古樹何年種，三月春衫自在行。隔岸人家風物好，緋桃縞李看分明。

瀾石至官山道中

春潮裁一尺，雨後得安流。漁簏人撈蜆，村榕樹蔽牛。山巒烟遠近，雲樹影沉浮。聞道江沙淺，前宵正膠舟。

重宿雲泉仙館

舊館今無恙，重來四十年。雨淫妨蠟屐，雲濕漏飛泉。掃榻分船室，傳炊問饌錢。道人麋鹿性，不與客周旋。

昔年逢相者，許我作言官。世事催華髮，餘年惜羽翰。種桃前度客，炊黍暫時觀。辜負邯鄲枕，人間夢未闌。

何白雲先生讀書處

一龕崖際祀先生，人去雲留邇未更。高士不嫌古林壑，傳人何必藉科名。重游舊句韋純黯，兩代交期龐振卿。飛瀑百年長聒耳，祇疑中有讀書聲。

玄武湖晨泛目即

翔陽斂靨窺雲縫，碎霞萬閃鱗波動。荷花四壁夾游船，葉底眠鷗散殘夢。幾人破曉先我來，絮談指盡新亭臺。酒家閉門呼不得，碧筒辜負銜深杯。鍾阜蒼蒼印湖影，尖塔分明葛仙嶺。南渡嬉娱復是誰，讓人立馬吳山頂。采風偶款人家扉，環湖洲户生計微。自嚴漁禁釣人少，擲波容得雙魚肥。

丙子十一月十六日青溪社預祝陸放翁生日以集中生日詩分韵得何字

科第丁年習論何，《老學庵筆記》《國初韵略》載進士所習有何論一首，何論蓋如「三杰佐漢孰優」「四科取士何先」之類。大蓬恩命晚蹉跎。孝徑蓓寫屏風字，祠禄長吟玉局歌。老友晦翁貽紙被，幸民康節讓行窩。劍南遺集童時熟，慚愧雷門布鼓過。投老猶思奮枕戈，湖山争奈夕陽何。銘詞三住家風在，月酒千壺幻夢多。方外還嬰扃道室，人間變相足天魔。溪藤崖蜜其餘供，百拜心香倘勿呵。

丙子嘉平爲寒瓊社長題

體相虚空不着埃，管城刻畫字周回。身衣隨意無遮礙，自在天中獨往來。

一九三七年

八月十四夜寄

月明虚幌誤佳期，容易清輝一綫虧。孤竹泰山勞悵望，軒車千里苦來遲。

中秋夜寄内

汝陰官舍冷吟身，誰倩東坡喚德麟。欲驗詩家舊時語，秋光故遣照離人。

丁丑重三青溪詩友集燕子磯酒家修禊以阮修上巳會詩分韻得戒字

酒人忽覺斗城隘，釃□臨江心始快。要將直瀆作山陰，禊日車徒先夙戒。桃花村落紅如掃，一夜天公施狡獪。颸輪依舊班班來，人意屺爲風雨敗。

山勢西來薄江介，天塹何曾存兩戒。觀音門峻擘山開，環抱岩巒真束隘。昔時設險今洞闢，夷坦故應游客快。青山離合沙洲隱，素波出没風帆挂。孤亭詩墨黯無華，御碑打向何人賣。六朝興廢漁樵話，坐閱霸才民幾屆。畫眉詩裏喚春回，打岸晚潮自澎湃。拳石居然欲飛動，衣冠誰下元章拜。落星巴斗指顧間，獨立危磯空眼界。醉思伸足濯江流，褰衣忽憶臨深戒。誃臺歲歲增吟債，元巳幾人破詩戒。江村蝦菜足流連，况復浮觴集俊邁。新章白傅起裴令，談道王澄逢衛玠。座中不速來僧繇，謂張君菁子。是日，允爲作圖紀事。徑許須眉入圖畫。要爲江山添掌故，頓覺心胸消芥蔕。詩成誦與水神聽，舉酒酹神神不怪。前游燕子磯，以裘文達爲水神，有詩及之，去今十年矣。

一九四〇年

嘯湖聞余素服將闕行事吟咏先以詩來次和

閑身無術謝吟筒，况值觀棋短局終。幸不失爲都散漢，幾曾餓死性天翁。成聲愧我彈琴拙，覓句輸君閉户工。料得捷才同響答，深源未肯達函空。

題茶壽會上龔治初維疆李橘叟德舟張誤齋景遜與蔡寒翁守談月色溶伉儷合作畫

老鳳長饑室不春，臺城小築此芳鄰。靈來忽覺通豪素，難得詩人盡畫人。

佳日同澆處士茶，秦訥夫携佳茗，澆杜茶邨墓。疏篁枯木冷生涯。就中偏喜寒梅蘂，此是先生伴讀花。

楊星山寫茶邨梅花伴讀書詩意爲圖。

茶壽會徵詩賦此寄寒翁

晚明門户分朝黨，販國千官多儈駔。臺閣封疆幾甲科，不道完人歸乙榜。黄岡一老老白門，青山埋骨梅花村。十年我憶訪遺墓，天風和墨招詩魂。辛未九月，曾與董卿鶴、亭仲雲訪茶村墓聯句，今十年矣。鷄鳴山尾遺民室，孔雀庵中初度日。瓣香惜未祝東風，花冢茶丘空彷佛。寒翁伴月行窩寒，一冬卧雪貂裘單。猴頭柴爇脚不暖，窮人舉火皆奇觀。危城亂定荒詩社，好事伊誰臂堪把。焉知三日展春燈，盡遺聾人知正雅。鶯燕新庚春一堂，不須介酒依僧房。千里遥徵送神曲，鄉親文采驚雌皇。劉雪蕉夫人亦黄岡人，爲作迎神、送神曲。故人懶性應難遂，詩題畫藁聯翩至。發緘嘆息對座賓，茶村軼事吾能記。時眉仙在坐，與縱談如此。虞山匠斧初鏗然，閉門卒拒尚書錢。譏謗群傖多口禍，屬有天幸安餘年。尚書文集在人口，夙詆韃夷如羯狗。虜官不識天朝書，告發無人訐蒙叟。不然此老應門誅，兩朝領袖要胥殊。初學集中好文字，豈待身後成禁書。先生身世同晞髮，未見佯狂人欲殺。持杯但勸少微星，處士居然無死法。舊時朋輩非賤貧，龔曹過眼皆埃塵。梅村但服三山草，焦穫甘爲兩截人。豈如久客堂中客，冷眼興亡雙鬢白。世事分明起滅泡，愛貧却聘仍良策。我別治城三度秋，詩盟夢戀借山樓。余所居樓名。各有故鄉歸未得，倘能重約江南游。劫餘問訊秦淮柳，鼓吹河房誰選手。閑却樊川筆一枝，宵來猶有燈船否。

癸卯甲辰二科爲千三百年科舉之殿時方改制試論義廢謄録借地汴闈獲隽者復入學堂習法政此皆异於歷來科舉者都下同人曩設癸甲同學會親厚有加良以此故比旅津同人倡爲消寒之集因作詩紀事且述其旨趣焉

刼燹初平榜再開，英雄接踵轂中來。卅年科第餘風漢，三館生徒此別裁。初設進士館，與師範、仕學、譯學三館，并隸於京師大學堂之下。東海遠游徐福島，南宮就試孝王臺。滄桑幾度同無恙，排日相期數酒杯。

一九四一年

瑣窗寒·題嘯湖社長鄰袁野屋圖即次原韵

指點隨園，寒雲一徑，那時烟篠。看山咫尺，不隔簡書猿鳥。讓詞人、芳鄰近依，謝墩景物平分了。子才自言園即謝公墩故址。付段家阿拂，丹青摹公，筆端嵐繞。林表。栖霞小。聞園有小栖霞。漫度曲迦陵，曙星悵渺。子才作《陳檢討填詞圖》，序云：『當時陳實渺矣晨星，此日袁宏居然碩果。』青溪舊侣，夢斷岩花江草，問何時重選舊游，展眉劇笑春未老。更從容、企脚西窗，冷眼浮萍擾。

雪柳奉同子裁作

雪來柳往歲爲期，忽遣同時亦一奇。樹稼官應稚圭怕，衣花祥尚謝莊疑。春心苦被寒感劫，物候終隨月閏遲。願借芭蕉右丞筆，白門教染縞千絲。

陳嘯湖書來將以三月二日爲袁隨園掃墓見徵賦詩余謂隨園一生毀譽參半坐風氣舊錮使然脱生今日叢訴當免因本此意成長篇奉質

君不見曼珠開國三十六秋，鶴書詔下徵巢由，望門幾輩行卷投。宏詞不學世所羞，仙才獨斥吴蒲州。又不見崇陵經濟求奇士，摺楷頌揚仍故技，如此登科顔有泚。九年坐視河山毀，鉅人首擯梁三水。其間純廟大科開丙辰，後先廿輩多貴臣，駃騠白眼徒逡巡。若較大名清福與高壽，誰及襴衫鍛羽末座疑年人。此曹下第群呼屈，失志焉知非永訖。人生得喪有乘除，莫或使之疑造物。造物安排且奈何，慰情我憶隨園歌。得子遲遲累亦少，休官早早詩翻多。子才才子人争羨，行樂山中身老健。白猿夢裏記前生，游戲人間凡幾變。買園當日青山側，紅粉白頭山四壁。抽將三考宰官身，化作一家老人國。故鄉移得六橋來，從此寓公忘作客。百年浩劫池臺平，曲廊無地尋詩城。幽宫逼仄委叢莽，矮碑墓徑猶分明。中薶考妣次妻妾，其外傔從庖養婢嫗環侍如平生。想見末年手治表圣壙，松梅一一煩經營。獨嘆生前諛墓稿盈尺，衹今誰與諛者喑無聲。我出太平門，訪墓茶村村。我來小倉山，展墓隨園園。兩墓尚可考，稍勝虛構郭璞兼謝墩。宣威詞人夙好事，遠爲苕生補憾真鄰袁。蔣心餘晚年有隨園結鄰之願，志卒不遂。選擇佳日携清尊，招呼賓客澆春播。去年茶丘今詩冢，古歡再結招吟魂。吾聞袁公言，於文慎所許。苦詆變雅堂，其文不足數。逸民本以介節重，盜竊名字此何語。文人相輕固其習，後視今猶今視古。後生每喜謗前輩，被攻亦鳴後世鼓。名教罪人通天狐，報施相尋真自取。公如有知應大悔，口給禦人竟何補。地下饑鳳如相逢，握手疑當謝前悔。恨公生不順康前，及見黄岡遺老身執鞭。亦恨生不光宣後，不與吾儕壇坫相周旋。我愧公年通籍早，我輸公世歸山好。就中一事頗相同，坐客耳名驚未老。公雖萬里游，何曾九州以外見九州。公雖萬卷讀，比似淵海之藏真一粟。我欲揖公國外擴聞見，不事束筆爲桴矢虛願。我欲屈公象翟習夷書，不苦玉堂洩白摹佉盧。置公歌舞場中講交際，履舄一堂彼昏醉，請業湖樓誰物議。著公南食筵前快老饕，百金一臠下箸豪，食單何足供匕刀。公能咄嗟風雅媚海客，購集新羅應絡繹。公能追隨僞體爲新詩，詩話紙貴投時宜。如公者流生今日，以前積毀當一雪。容爾低眉作詩佛，不辦投名安漢公，且可草玄長吃吃。江南三月桃花紅，壽公何日微异同。頗聞意羨長樂馮，一生此日姑朦朧。集中未言生日何日。以有三月二日一詩題，推想定之。然六十詩云：『懸弧時節百花嬌，三月初三柳正飄。』初三日也。八十詩云：『剛修禊事傾三雅，再宴瓊林欠四年。』則初三以後也。至五十詩則云：『羨殺馮瀛王，生日俱朦朧。』疑不欲人知，遂無定日，俟考。壽觴彷彿禊觴接，年年掃地呼春風。春風啼鳥曾相識，奇礓何處三生石。輪迴萬一作詩人，前世讀書應記得。公自挽詩：『勿再入輪回，依舊詩人作。』前世讀書，見《隨園詩話》。

九日冶城登高嘯湖代牛宬字均

十年建業飲江水，飽看鍾山暮霞紫。北歸四度作重陽，登高賦手今余幾。冶城遐想繼者誰，王謝舊時空燕壘。眼中安石已無墩，腕底義之寧有鬼。有唐九日典最重，想像金商陪玉宬。唐高宗《九日詩》：『端居臨玉宬，初律啓金商。』祇今學士集高齋，但聽清言泉亹亹。問主誰爲顧辟疆，追客無勞茅季偉。神宮禁地翹鴟尾，點綴秋容絢群卉。卞侯含瓦史翁痴，貴賤終須付螻螘。我開機作吹帽人，頗笑諸公怠設醴。頻年無酒負黃花，泉下黃公應腹誹。丙子九日鷄鳴寺登高，曾君仲鳴等主其事，廣集名流，僅具茗餌。吾友黃君茀怡盛怒曰：『吾年年重九，未嘗無酒，今日乃爲達官所誤。』亂後，曾、黃皆宿草矣。

蝦菜亭

荒潭一水北城隅，懷麓梧門宅總蕪。亭址臨流宜笠釣，羹材選雋足溪腴。曲池拾菜人來往，淺渚撈蝦事有無。燕市食鮮今不易，只應容甫老江都。汪容甫詩：『貧時蝦菜食鮮難。』

酒旗

市家懸望畫橋西，指點行沽路不迷。江上舟來當户見，蔣捷詞：『江上舟揺，樓上簾招。』烟邊樹亞出檐低。張昇詞：『烟外酒旗低亞。』玉鞭指點招游伴，金榼商量付小奚。星象有旗聞主酒，人間争怪醉如泥。

寒雁

秋邊一雁度譙門，蓼渚銜寒落漲痕。柔艣無聲江月静，荒笳入破暝雲繁。帛書應有胡天泪，箏柱先銷楚客魂。辛苦驚弦無避處，沉吟恐負稻粱恩。

陽烏將秋出雁門，星河壓響月黄昏。早霜關塞驚邊信，落木瀟湘斷客魂。消息枯蘆千里道，生涯菰米幾家村。朔風莫與巴延便，伯顔一譯巴延。野老江南有泪痕。

凝碧池咏雷海青事

管弦慟哭此長安，軋犖終知負阿瞞。舞馬蹋墀俱識主，沐猴踞座不成歡。逆知虜相東門嘯，遠念郎當蜀道難。幸未鬱輪袍曲奏，狀元瘖卧愧伶官。

御苑朝天刼百官，伶工按樂獨汍瀾。綽墩不共從亡寵，段笏真同擊賊看。鐘虡二京俱草莽，歐刀六等幾衣冠。池波曾照猪龍影，濺血餘腥兩未乾。

耶律文正墓

甕山遺冢薦溪芼，天語曾聞异代褒。宅址和林迷石象，公有《題和林新居壁》詩。墓前石象，見《長安客話》。鐘聲圓静接蒲牢。圓静寺在墓西半里。樹留枯瘦疑顱骨，公顱骨巨倍常人，見《野獲編》。草拂長髯肖頰毫。元太祖呼公長髯人。貴種契丹兩文正，迂齋寧較湛然高。公號湛然居士。元初，耶律有尚號迂齋，傳許魯齋之學，亦謚文正。

借材晋楚真成讖，數定應難惜羽毛。忍見長星妨故主，公以長星見，知金宣宗死。剩留琴阮付兒曹。爇香黝似燈炱墨，公有燈煤製墨法。酹酒殘餘鐵口槽。鐵口酒槽，見《本傳》。此去釣魚臺不遠，元碑恨未考南濠。元功德寺在甕山西，即看花釣魚臺，有元代碑二。見都穆《南濠集》。而公墓碑無考。

馮益都萬柳堂

易齋愛柳此徵歌，依樣廉園驟雨荷。宰相橋坊猶手筆，查初白《萬柳堂詞》云：『宰相橋坊，太平風景。那回祓禊曾到。』謂橋榜爲益都手筆也。門生衣鉢盡詞科。人才林木培名節，家釀賓朋飲太和。陳其年有《賦謝益都夫子飲以太和春詞》。莫問霜風舊顏色，當年古柏亦尋柯。用趙秋谷《文毅别業古柏》詩語。

野雲園址野雲訛，無奈儀徵過聽何。萬樹風凋輸古柏，一聲雨驟憶新荷。談龍同里生嗟晚，秋谷亦益都人，《集》稱文毅，時公已逝。并馬横橋客屢過。竹垞《萬柳堂宴集和益都》句云：『無妨并馬横橋渡。』志在東山留不得，草堂絶唱話西河。公最賞潘稼堂『東山身爲草堂留』之句，見《西河詩話》。

城南咫尺訪烟蘿，種柳曾同得士多。易世堂名仍右相，『堂仍右相名』，竹垞重過萬柳堂句。及門賦筆最西河。迎賓不見梳翎鶴，查聲山《留贈拈花寺衲公詩》：『更無人處鶴梳翎。』寺即堂址。浮水依然對酒鶃。初白《上巳萬柳堂禊飲詞》：『只添對酒新鶃，未有囀枝黄鳥。』惆悵承平觴咏地，幾人招手麴車過。『半酣猶望麴車過』，見曝書亭《九日萬柳堂詩》。

蠟梅

東皇琮玉翦奇葩，春到孤山別有家。仙羽寒天迷鶴子，疏枝澹暝透蟾華。金衣不隱眉間氣，檀暈還添額上塗宅加切。莫遣昭君消息遠，一丸邊信遞胡沙。

木棉庵

盼到循州路阻長，油[木粘]此地待平章。後堂蟋蟀驅群妾，更鼓蝦蟆送二杭。督戰巍巾無浄土，謳歌秃轎暴秋陽。漳城得住非容易，地下羞逢向侍郎。似道嗾言官，劾向士璧，勒居漳州，復逮殺之。

鬼車夜唤傍禪堂，血污游魂怨福王。末路大全終落水，餘生夷甫尚排墻。龍溪巾蓋沉秋草，葛嶺笙歌散夕陽。兩遇虎頭人斷送，覆軍未了又投荒。似道魯港之敗，以孫虎臣失利。

慈仁寺顧祠

辛苦炊羹賃廡居，孤栖不主貴甥徐。謂健庵兄弟。亭林有《答徐甥乾學詩》：『繞樹孤栖尚未成。』雙松殿址空臺石，寺前二松，相傳元時舊植，臺石一株尤奇。見《燕都游覽志》。四柿天涯戀墓廬。亭林結廬母墓後，有《寄題貞孝墓後四柿》詩。花市稍紆游客屐，寺故有花市，今移土地廟，相去不遠。風廊無復冷攤書。廟寺有書攤，往時間有秘本。漁洋嘗於風廊搜异書，見《香祖筆記》。饗堂誰擬增從祀，我欲功臣拜耒璩。亭林身後著作，皆門人潘耒校刊。閻若璩作《潛邱劄記》補正《日知録》五十餘條。顧氏功臣二人爲首。祠中舊以張穆附祀，閻別有祠，尋移太原館。

同題

菰中歲月亭林自稱菰中人。譜車秋舲徐星翁，香火西寮付夢餘。《春明夢餘録》記慈仁寺、毗盧閣甚詳。登閣才人凉玉麈，楊慎《登毗盧閣詩》：『玉麈生凉氛。』出家帝舅渺銀魚。明唐順之詩：『同行更説前朝事，綉蟒銀魚有故僧。』謂周太后弟吉祥祖師事也。藕絲塵誤神龕幔，亭林先世章志籍没，嚴嵩時得其藕絲帳，爲嚴氏三寶之一，四傳至亭林。及葉氏獄，急取以賄當事始免。松樹春分母墓廬。先生葬母於曾祖賜墓旁，在墓後結廬三楹。詩有『舊栽松樹無觸鹿』之句。無分朝天隨俎豆，相祠門巷憶尚書。亭林《金陵雜詩》：『記得尚書巷，於今六十年。功名存駕部，俎豆托朝天。』注尚書巷『先兵部侍郎官舍所在，有祠在朝天宮』。別有《拜祠詩》。

燈影梅花

籠燈冷暈閃寒葩，正合搖紅賦鬱華。韵蒔祭酒有《燭影搖紅詞》，咏梅影甚工，見《鬱華閣遺集》。映日九英光勃發，颭風數點影横斜。洞冥疑借雲明草，漢武帝鉎洞冥草爲泥，塗雲明館之壁，夜坐不加燈燭。對月何煩玉照花。張功甫植梅三百本，環潔輝映，朗如對月，因名玉照堂。却怪孤檠江僕射，凄迷向壁又誰家。宋廣平《梅花賦》：『江僕射之孤燈，向壁不可凄迷。』

同題

玉奴手剔照窗紗，别種村梅補范家。石湖《梅譜》無此種。擁髻生寒瑩泪顆，宋廣平《梅花賦》：『人如通德，掩袖擁髻。』借魂映月替鉛華。王安石《梅花詩》：『好借月魂來映燭。』又：『不御鉛華知國色。』爐中灰爇非三昧，周之翰作《爇梅文》，稱地爐中處士梅公之靈，有『却把芳心作死灰』『好與茶毗三昧火』等語。帳底風微睡九霞。楊維楨《紅梅詩》：『九霞帳裹睡東風。』始悟江爲輸暗字，黄昏浮動屬何花。林逋改江爲『竹影横斜水清淺，桂香浮動月黄昏』詩爲『疏』字、『暗』字，遂爲梅花絶唱，《居易録》《静志居詩話》均嘗議之。

桂枝香·閏庵師以明歲壬午重宴鹿鳴依舊制前一年由禮部題奏之例預行慶賀敬譜此闋

蟾宫舊籍，問誰記登科，終古停織。科舉停廢，已三十餘年。別後姮娥無恙，也應頭白。少年塗抹須臾盡，幾曾及、阿婆顏色。著書餘暇，久居鄭圃，了無人識。有班列、韓門藉湜。共桑田冷眼，摩撫銅狄。笑檢隨園成案，謾嫌鴞炙。宜青漢苑長生鹿，認重來前度嘉客。十年容易，瓊筵又訊，杏花消息。袁簡齋《八十壽》及《重宴鹿鳴》詩，皆前一年作，自謂預支年壽，有『見彈而求鴞炙』之語。

閏庵師鄉舉重逢紀恩唱和

笙詩徵及後堂宣，佳話繩先兆果然。師八世族祖雨三公，康熙戊子重宴鹿鳴，昔嘗預有此祝。熟聽霓裳諳樂譜，再來苹野滮賓筵。地偏幸處囂塵外，心細能尋學海沿。留與人間作祥瑞，不徒耆碩重鄉賢。

桂府仙人許再邀，尚勞褒語錫行朝。玉金相質詞何忝，賜額取顔光禄《曲水》詩語。宫闕高寒夢已遥。先德長留槐蔭遠，謂《槐蔭課孫圖》。餘年會睹莽氛消。分明禹柏精神在，萬木凌霜讓後凋。師近以大别山禹柏拓本命題。

賀新涼·壽嘯麓同年六十

大隱長安市。剩城東、兩家旗鼓，互摩吟壘。謂蟄園、稊園兩社。細數金經千名佛，緑鬢於今餘幾。正岩桂、天香送喜。六十平頭身未老，算公爲、始滿融過二。海桑幻，一彈指。　盡人室榜松喬字。卜此生、烟雲供養，沈文年紀。園有松喬堂額。各有故鄉歸何日，同戀離支風味。但偃蹇、上公園邸。蟄園爲福文襄故宅。袍笏登場收獨早，倘歲星、游戲人間世。濁醪熟，且謀醉。

水龍吟·夏夜瓊島遲月

無端思買清波棹，商量液池消暑。黄昏有約，橋邊虚費，單衫延佇。却顧山椒，浮圖破暝，静籠涼霧。喜盤旋石磴，碧杉叢合，爲游客，留佳處。　一徑松風蕉露。看流螢，斜柯暗度。姮娥羞面，遲遲雲罅，幾番偷覷。傳盞梅酸，裹巾蓮葯，賭拈詩句。又星河低轉，禁門下鑰，催人歸去。

挽謝作霖同年

隔年告别黯遺箋，歲厄龍蛇不再延。待□飾巾緣病久，豫凶絶筆亦神全。楹書恨乏孤兒讀，肆榜常留萬户懸。珍重義門家傳在，幽光依舊澈重泉。

辛巳重三招客修禊北海畫舫齋以陳伯玉于長史山池三日詩分均得合字

閏年節候遲，春寒展梅臘。草痕綻微青，宿根軟可踏。燕子能笑人，寂寂户雙闔。禊觴吾輩事，先日促書鴿。夜游喜改卜，卓午挈鑾榼。出門赴嘉約，天半堊孤塔。沉沉瓊島東，檐瓦翠合沓。池塘隱廊廡，雲霧鎖窗閤。不知今何日，空巷此紛還。胡姬施濃粉，草屧左右趿。群兒溢衢市，百戲盛沸諮。中和歌樂職，鼓樂導鞺鞳。頗勞王褒術，鞭策起茸闒。錯趾來如潮，栅隘窘宏納。齋舫臨春波，天章拂塵榻。徘徊游屐避，門賓不容雜。寫圖裾可接，騁辭響須答。金閨多妙才，授簡數逾卅。主客三十有一人。百憂間一嬉，許事付食蛤。左席誰爲虛，繭足托衰颯。謂閏庵師。雁行悵天末，夜雨阻連榻。謂吉符家兄。况念素心人，玳簪不重盍。龍蛇一周間，零露各朝溘。子勤、徵宇、董卿、六橋先後謝世。檢讀舊吟箋，殘墨動嗚唈。緣山折桃花，帽檐許斜搭。繁紅映酡顔，落英環四匝。歸途戀芳姿，徙倚暮雲合。禁烟計垂近，人家看傳蠟。

讀無錫高老愚家傳爲令子文海作

爲善無近名，而名自然歸。天爵豈不貴，安事人禄爲。梁溪一隱士，性行何嶔崎。窮居分非損，獨樂知者稀。吾道方晦冥，正氣兩間遺。俯仰不愧怍，身教真人師。賢哉二雛鳳，賁幽求文辭。前撲後復繼，令名必果貽。苦語動鬼神，金石誠可開。移此事救國，國運焉得頽。

晚明一大儒，東林子高子。爲學拔俗根，澄思體天理。終身兢業中，持心腔子裏。見道有必爲，所得在知耻。是非苟不明，世界誰綱紀。遺則泛屈平，嗚呼止水止。同志顧涇陽，世儒共欽企。明德後必達，厥應乃在此。

老愚愚非愚，祖德緊善繼。舉世飲狂藥，擔荷獨道義。青紫非所求，帖括不足事。牛羊得牧芻，黽勉當去聲會計。擴此安懷心，飢溺視嬰稚。孝友惟清門，全歸迄無愧。停當而平常，能此真不易。潛德有必彰，請看易名議。

我昔登惠山，君時當里居。我再游梅園，君已歸黄壚。咫尺隔顔色，亦未陳生芻。殷勤叔子緘，兼慟荆枝枯。示我志墓文，語我如在圖。不得誓不止，感我千噫吁。横流今何時，無地安露車。虚君畫蘭手，土失根行鋤。丹青渺遺迹，心事存楹書。平生寡過身，百失無一疏。矜式念至行，鄉黨非要譽。詩成快釋負，完君十年逋。

齊天樂·題陳莼衷秋河悵望圖册

甚時挽得銀河水，餘恨與君都洗。釵鈿三生，星橋六度，惆悵當年虚誓。餘衣未施。忍曝向中庭，又開塵笥。負手梧陰，痴郎此夜定無睡。

青衫且休偷揾，試針樓一綫，穿就珠泪。倘有靈槎，便和緘扎，寄與重泉鄉里。埋愁何地。怕湖海樓孤，盡銷豪氣。漫遣霜毫，寫秋人憔悴。

月色以寒翁畫石絶筆紀念索題

撒手行窩了墨緣，後凋風節各森然。相看和嶠松千丈，添入元章石一卷。鳳味長饑荒竹實，馬塍舊月冷梅邊。人天聚散原無定，合證君家解脱禪。

壽傅沅叔七十

甕山湖渌照須麋，吟榼隨身伴釣絲。向晚秋容安淡泊，從污吾道忍磷緇。四洪才子餘駒父，兩浙詞科録鮚琦。自信不爲阿世學，漫將待訪比明夷。

藏園萬卷擁精廬，過客頻停載酒車。賁硯齋高羅舊槧，抱經堂古補群書。君富藏書，兼事讎校，嘗自比何、盧。蕢村碑版聲名遠，芝麓詩篇歌舞餘。第一游山腰脚健，蕩胸五岳志躊躇。

道韞家風話析津，書籤雙鑑拂凝塵。丁丑秋，避亂天津，假室於姨甥孫杜杰氏家以居，其婦君從女也。始於案頭獲讀《雙鑑樓藏書目録》。名心未盡詩千首，袖手同看弈幾巡。專壑各懷娱老計，覆巢倘作幸完人。故鄉半隱歸何日，成就先生著作身。石山農吕半隱丁世亂，老不能歸蜀，築懷歸草堂，君殆同此感。

杖國頭顱雪未侵，登高先就隔宵吟。青山早有栖遲約，黄菊能知出處心。交誼潛郎溯鶉火，甲辰通籍，與令兄學淵同年同官兵部，爲兩家締交之始。詩名賈客播鷄林。相期盡醉流霞飲，更看蓬萊水淺深。

一九四二年

子威緘詩見懷次和

故巢歸燕忽經年，云散吟儔各一天。詩思關山今夜月，交情幕府舊時蓮。南村無計居元亮，東海真思蹈仲連。避世僅存如蠣地，厝薪仍慮火終然。

四時消息幾炎涼，冷服山蕪穢衆芳。獨樂有園漸涑水，萬回無信達閔鄉。倦游早息壺印辨，傳食愁非越橐裝。忽作招降河外夢，白頭恢復託黿堂。

超山宋梅（陽韵）

東風吹夢了錢塘，朝市梅邊換幾場。剩有冰心伴唐珏，坐看鐵幹出花光。海雲琴鶴荒題字，超山石崖有海雲洞字，相傳趙清獻所題。潭雨萍龍失廟梁。留閲百年胡運歇，瓊花地下慰維揚。揚州瓊花，德祐乙亥北師至，花遂不榮。後人有『他年我若修花史，合傳瓊花烈女中』之句。官梅真作野梅芳，高疏寮賦《聚景園梅詩》：『水際春風寒漠漠，官梅却作野梅開。』乾洞斜通濕洞涼。超山有乾、濕二洞。鶴子語寒年亦老，虎師尋古阱俱荒。超山看虎師設阱，獲七虎，見《湖壖雜記》。縞衣朔吹長遺恨，紅萼南枝尚向陽。千載胡沙共幽怨，九疑魂斷愴堯章。姜堯章《潭州紅梅詞》：『九疑雲杳斷魂啼。相思血，却沁綠筠枝。』與『昭君不慣胡沙遠』同一感托。

入夏苦嘆荷敗幾盡已而頻日獲雨雖御溝未漲而繁花沓開欣然有作

枯荷渴雨望兼旬，已分紅妝委麴塵。忽漫佩裳許平視，不辭風露與橫陳。遠觀坐客宜虛牖，早計鄰童選釣綸。稍惜淤泥遲淨洗，此間惆悵濯纓人。

陂塘不恨買無貲，慰我橋壖小立時。門外野風香滿袖，夜分霄月影浮池。照廊試士明燈燭，入社高賢集履綦。并與吾曹添故實，更煩商略畫中詩。

一九四八年

戊子仲秋重游秣陵泛舟後湖憶舊

湖漾林光別幾時，潮洄洲渚此尋詩。波瀲屬玉窺妝鏡，風弱蜻蜓顫釣絲。春色微分明月影，烟痕澹抹遠山眉。舊游十載溫餘夢，爲爾歸棹故故遲。

一九四九年

己丑四月重居稊園書感

小築滄桑剩巋然，主人歸日已華顛。蓬頭差不慚王霸，玉貌誰知問魯連。紙上樓臺非寶晋，夢中花木勝平泉。廿年重住東西屋，抵得聯床聽雨眠。

興廢名園總劫灰，記成須費格非才。舊時梁燕猶相識，別後林鴉倘復來。陋室不辭崔沔戀，行窩先爲邵雍開。登臺試向坊鄰望，新主王侯易幾回。

稊園落成於甲寅（一九一四年），重修於乙丑（一九二五年），皆賦詩徵和，分題兩卷中。丁丑（一九三七年）之夏攜之金陵，其秋國難猝起，却是淪陷，幸未毁，詩自是藏吾外王父張東肅公之政園複壁中十有一年。事定，發所藏以歸，而園宅亦爲有力者所强僦，至今十三年。始於己丑（一九四九年）之四月，復爲吾有，此亦爲一小滄桑也，識其年月於此。

己丑八月稊園社集中輟逾年今夏故址恢復遂以秋日重舉吟事率成志慶

無恙池亭幸避兵，敝廬人外返蘭成。移居圖史勞三徙，觀奕乾坤換幾枰。喬木風烟猶魚本，檐花燈火查鐘聲。玉山舊客今寥落，更遣時賢識顧瑛。
詩卷光陰此主賓，真同書局許隨身。十年行社成僑治，累篋遺箋屬古人。喜對松柯陶令健，莫嫌蘁菜孟嘗貪。相逢白髮嗟何闕，努力無懷作幸民。

一九五〇年

跋大吴寶鼎磚拓本

眼中彭祖了曹劉，肯信江東王氣收。應兆黄旗虛座設，紀年寶鼎故磚留。跋題特以名流重，文字寧於迹象求。待起翁程泉下問，千年瓦甓道存不。

伯駒社長示紫雲出浴圖卷索題

畫扇藏名惱不雕，玉人何夕罷吹簫。卷中顔色長無恙，英氣陳郎爲爾消。瘁力梅花百首詩，剛諧伴讀又將離。主人終靳云郎遣，爲底痴情語解頤。形影相依定夙因，青衣恨不女兒身。怪髯獨記推官語，澹秀天然屬婦人。侯門一度怨歸遲，曾和花箋案上詞。不識檀奴偷相日，可能試寫定情詩。弱柳輕雲豈久留，三弦遺物尚墻頭。展圖第一傷心事，不使功名見馬周。尺幅流傳閲海桑，吴曹而後至袁張。百年賴染詞人筆，却陋當筵小杜狂。

一九五一年

解語花・盆蓮

城中觀蓮，向以西苑、筒子河、十刹海爲最盛。今夏深濬三海，暫遏玉泉，洎淤泥。既清，花時亦過，巨浸渺然，托根無所矣。偶襲姜堯章故事，以院落盆蓮自娛，輒成此解，邀群公同作。昔趙松雪在萬柳堂賞荷賦詩有『誰知咫尺京城外，便有無窮千里思』之感。時議重舉詞集，即以『咫』爲社名，於是焉始。

薰風送爽，淡月分凉，慣聽新荷雨。舊時烟渚。明漪闊，誤盡殘魚飛鷺。西洲甚處。總不抵、濂溪庭宇。尋咫間、雜座紅衣，俯仰疑嬌語。　玉立亭亭待舞。奈凌波仙□，愁限纖步。液池鷺阻。盈手擷、怕惹蕩舟人妒。籠霞障霧。料眼眩、誰家尊俎。教翠雲、芳砌參差，入夢窗詞譜。夢窗有『翠參差，淡月平芳砌』句。

風流子・咏雙鳳硯

硯鐫雙鳳，背有朱竹垞、納蘭容若銘，周青士跋。察其文，似先屬周物，朱爲製銘，乃歸納蘭，後爲三六橋所得。曾以示邵倬盦且拓銘，貽之六橋。既以硯名齋，嘗舉詞社於其地，此硯遂爲詞家掌故。倬盦所爲作《風流子》詞者也。已而又得兩面拓本於曹理齋家，乃詳跋其始末，而軸裝之。嗣是硯不知展轉入何人手，而邵跋拓本近落梯園，念其所流轉，皆平生故人，彌有存歿變遷之感，因出質社友，同倚聲賦之。

一卷威鳳抱，參差羽、雙味漬雲烟。憶窮漠據鞍，賦才誇獵，直廬環衛，簪筆隨班。更携汝、法書臨禊帖，正韵訂花間。容若工書，喜臨禊帖，著《詞韵正略》，講室曰花間草堂。琴峽勒崖，貫華題額，《集》中有《彈琴峽題壁詞》。貫華閣在惠山，有容若書題。笑談風月，模寫山川。葯池知誰奪，長飄泊、市井不省何年。猶有可園詞客，謂三六橋。曾伴鵷鸞。想圖符出塞，齋添懸榜，粉雲飲水，六橋有《粉雲庵詞》，容若《側帽詞》，後易名《飲水》。光後因緣。翻念故人餘幾，鸜眼難乾。

霓裳中序第一・梯園賞桂（白石體）

中秋後三日，咫社詞集齋中，盆桂盛開，即以命題。時訒盦自滬來書，勸爲西湖滿覺隴看桂之游，未克往也。

中庭冷露白。招隱薌林來幾客，兩散天葩千百。倏紫霧濕衣，香塵籠壁。扶疏照席，恨風來珠蕊狼藉。争能試，爐薰方訣，爲我駐晨夕。向薌林嘗得海上方作爐薰，岩桂能耐久。猶憶。聖湖游屐。讖竺嶺飄香往迹，栽花園户定識。石屋吟踪，甚日重覓。晚霞天水逼。感桂子三秋今昔。還愁見，樛枝蟾窟，不是舊時色。

紫萸香慢·展重陽日瓊島登高（依姚江村四聲）

恨前番、郊園絲雨，霎時了却重陽。選登臨何地，永安塔，出崇岡。檻外晴漪彌望，自玻璃風換，占絶荷疆。剩西山、蘸碧縮影入滄浪，有畫槳、往來水鄉。　秋光。浣净詩腸。環啜茗、替持觴。帳衰兄足蹇，年年此景，辜負萸囊。古仙閲殘塵世，漢盤露、瞬滄桑。想黄花、故人還就，俊游商略，城北須訪劉郎。三徑未荒。時有□園賞菊之約。

虞美人·木意（花間體）

故鄉書綉專房嬖，錯嫁天亡婿。楚腰無分侍江東，斑筠舞草恨無窮、兩重瞳。　頭顱悔葬劉家土，定有冤魂語。英雄兒女總黄壚，花名多事解尚書、待誰娱。虞美人草出雅州，名舞草。宋祁益部《方物記》疑蜀中虞美人草『虞』當作『娱』，俗傳虞姬身葬靈壁，首葬定遠。

前調·咏虞美人草

暗嗚一决江山賭，傾國誰爲主。君王意盡妾何聊，早是迎風弱態不成嬌。　叢花開遍褒斜路，應節翩如舞。小名莫辨物和人，贏得一聲聲喚滿園春。《花疏》：『虞美人名滿園春。』

石湖仙・盼雪（用彊村韻）

殘冬看盡。怪行雪痴龍，慵報芳訊。催也轉俄延，枉風聲、連番迫趁。『風聲慫恿』，《花外集》催雪句也。西山如畫，遲點染、彈弓棉粉。多分。忘隔旬、待伴前引。雪後未消，後雪復繼，謂之雪待伴。注：此句多一字。　靈堂幾回竹響，誤開簾、教人惹恨。凍雀偷窺，剩認梅苞瘦損。紫陌尋踪，綺窗磨鬢。甚時聯韵。宵夢穩。嚴寒早晚拼忍。

蝶戀花・咫社同人見題梅花香裏兩詩人卷子賦謝

倩恨呼天天許補。三紀飴鄉，留得春常駐。多謝彩豪饒艷語，洞房尚記初相遇。　紙帳蘆簾偕隱處。五度移居，花木仍庭宇。葛鮑嶺南明歲去，海神倘獻珊瑚樹。南海有珊瑚井，晋葛洪常煉丹於此，相傳海神以珊瑚爲獻，故名。

細數歸來堂上戲。雪裏梅花，插鬢年年。李易安詞：『年年雪裏，常插梅花醉。』注：此句缺一字。除夜妝臺偕守歲，幾回分付花料理。宋薛深《客中守歲詞》：『罪過梅花料理我。』見方岳《深雪偶談》。　倩物推排同暮齒。病曆何時，重與商宮徵。授簡不辭嘲好事，牛腰吟卷從今始。

水調歌頭・題葉遐庵罔極庵圖

同歲郡文學，各白少年頭。藐孤蒼昊長恨，身世幾宜休。老去樓臺無地，不信團茅蓋頂，佳處爲庵留。世界現彈指，一霎此浮漚。　白雲裏，峰歷歷，見丹邱。座中萬象賓客，吾道付滄洲。造物真無盡藏，無盡藏出佛經。藏，去聲，庫藏之義，作平讀者誤。著我鄉無何有，六鑿泯天游。獨咏茫歸處，知者倩盟鷗。

菩薩蠻・題葉遐庵自畫竹石長卷

廿年愛竹栽無地，展圖却借伊名字。『二十年借竹爲名，而無家種竹』，蔣竹山語也。人竹兩平安，怒毫成喜歡。古人怒氣畫竹，今圖新萌秀茁，皆含春氣，不拘拘於古所云也。　彭城誰授訣，畫法通書法。篆幹草爲枝，知翁薄九思。

紫玉簫・頤和園紫玉蘭

苞斂茸黃，英藏嬌姹，谷風偏與開遲。誰題粉榜，誤游人評目，不識辛▢。輞川花隖，何意降、紫府真妃。翻疑是，玉樹後庭，水蘸胭脂。三吴自昔最重玉蘭花，《疏》稱以玉樹。古人咏此花者多及玉樹，兼言後庭，疑陳世曲名所指，即玉蘭也。朱竹垞《玉蘭詞》：『笑依然、玉樹陳宮，胭脂肯浣井中水。』亦同此意。　書空木筆無數，看出手凌霞，遍占高枝。承華宴罷，憶清歌、王母曾賞瓊姿。衆芳盟主，留雪蕊、鎮伴青芝。銀床積，教付餅壚，香茗酬伊。陳迦陵《玉蘭花餅詞》：『向花下、盈盈小摘，付與當壚説餅。』

惜餘春慢·送春

借酒澆愁，揉花消惱，不了傷春情緒。榆錢枉買，柳綫長縈，無計把伊留住。麈尾清尊，試酬飛絮，隨波流鶯收語。問天涯、此別年年，魂斷更禁銷否。　春慰我、行令乘陽，功成宜退，付與自然爲主。河山換緑，卉木逢昌，大運四時依序。還我童顔有期，何事悲歡，人間兒女。謝東君，情重清鐘，催曉驀無尋處。今年適以四月朔立夏。

定風波·摩訶池

成都摩訶池，世傳隋蜀王秀築，廣子城取土於此，因爲池。《益州記》《方輿勝覽》略同，然常璩《華陽國志》已有池名，不自隋始取土築城，别有張儀萬歲池前事，安知非傳聞致誤、命名之繇云。以胡僧有摩訶宫毗盧之目，取其首字名之。獨《寰宇記》謂池在錦城西，蕭摩訶所置。按：摩訶，故陳將，降隋爲漢王諒參軍，隨赴并州，同作逆伏誅，不聞其曾入蜀，是説亦疑出傅會。摩訶，梵語猶言大。今京師阜成門外八里，即有摩訶庵，不必定以擲鋧將軍得名也。自杜工部陪嚴鄭公泛舟賦詩，高駢亦有醉青春之咏，其後王衍廣開池沼，置宣華苑，至孟昶復盛栽花，曰牡丹苑，始極游觀之勝。《冰肌玉骨》一詞，藉人而傳，地亦千古矣。南宋時，蜀宫後門已爲平陸，僅餘水門之名，見《放翁集注》。自明訖清，即池址爲貢院，故蜀王宫正殿基也，見漁洋《隴蜀餘聞》。適聞客蜀者言，池去城可二里，積水一窪，雖仍舊稱，非可舟泛。吾友顧所持詩所謂『西御街前溝水流，摩訶池水暗通溝』，信也。詩人懷古，往往就廢墟憑吊成咏，固不問其地若何，今社課以此命題，因念余生平喜山澤游，獨未一至蜀，興慨陳迹，輒寓所懷。

避暑山巔定水邊，唐宫蜀殿總荒烟。南唐避暑宫在金陵清涼山，即翠微亭。後蜀乃在水殿。□□御池携手處，情語，美人髻亂懶朝天。孟昶時，婦女爲高髻，號朝天髻。消受荷香涼一味。休睡，艷詞上口付歌弦。誤信長春歡日永，誰省，西風暗裏换流年。東坡《洞仙歌》隱寓興亡之警，舒鐵雲詩：『解道流年暗中换，宫詞翻入洞仙歌。』深得坡意。

雜樹籠船十里堤，《放翁詩注》：『摩訶池入蜀王宫中，蒨泛舟入池，曲折十餘里。』少陵《摩訶池泛舟詩》：『雜樹晚相述。』廢池無復聖琉璃。《清异録》王衍伶官應制詞，有『一段聖琉璃』語，謂水澄天見也。不似蜀王灘畔水，和泪送君嗚咽各東西。昶歸朝，國人哭送至犍爲别去，因號曰蜀王灘。見《四朝聞見録》。劫後錦官成樂土。迴數，龜城幾度飲澄泥。唐宋以南詔攻城，井竭，嘗澄此泥而飲之。汶領西游吾有願，還問，甚時此願補羲之。余主脩路事，自漢通川，先後八年。以内戰迭起，二帑不繼，竟未一日涖所治，不無右軍汶領之憾。

齊天樂·題悔龕師刻燭零箋册子

丁卯二月，江陰夏閏枝先生寓居麻刀胡同。時以光緒中葉，京師詞人集會其家唱和詞箋，及庚子歲，彙抄詞稿，有王半塘、朱彊村、劉忍庵、宋芸子、左笏卿、張瞻園、王夢湘、易實甫、由甫諸老之作，皆一時名雋。滄桑後，裝裱成册，題曰《刻燭零箋》，并詳跋其歲月，留爲光宣間詞壇之掌故，今藏令子慧遠家，慧遠能讀父書，爲咫社後起之秀，携社徵題，爲述其緣起如此。

承平尊俎風流盡，貞元每思朝士。四印居停，卅年掌故，愁絶春明花事。彊村、忍庵庚子秋同居半塘四印齋。《春明感舊圖》，半塘徵諸人題咏卷也。危城送暑。剩小令無題，它年詩史。庚子秋詞皆無題，以六十字内調爲限。密字秋聲，夜窗燭跋替垂泪。　逢長衣鉢忝，恨歐梅節拍，傳授曾未。庚子鄉薦，座師裴、夏兩公，以庚辰、壬辰入翰林，余亦甲辰通籍。《香草亭詞》《悔龕詞》皆爲彊村所賞，選入《滄海遺音》，而余少喜填詞，中歲弃不復爲，老始結社，不及受教於兩公也。遼鶴重來，霓裳换譜，彈指滄桑幾世。吟壇又啓。問咫社何如，咫村諸子。《咫村吟集》爲庚子前半塘、彊村、瞻園、夢湘、由甫等分韵填詞，迭爲賓主所在，韵珊師、閏枝師皆與焉。識我詞人，有靈須唤起。

賀新凉·殘暑

無計逃隆暑，問何時、金飈散翳，火雲收午。要仗真人迴天手，鞭起商羊速舞。費幾度、秋風秋雨。紅藕花殘青梧墜，便霎時、改變凉庭宇。偏襶襶，爲留住。　陰陰夏木籠晴霧。盼盧堂、流螢破暝，寒蟬咽語。已分羅衣今抛却，争料依前戀汝。休置我、瓊樓高處。誰愛日長南薰殿，恨君王、不解人間苦。河朔飲，且須去。

買陂塘·題馬湘蘭山水蘭竹畫册

數秦淮，帕盟才俊，伊誰翹楚南苑。恨逢天壤王郎晚，巷口少年虚羨。吟筆健。更畫手、鴛湖薛五能兼擅。薛素素自稱薛五，嘉興人，畫大士、山水、蘭竹，皆工。陸君彤士亦藏有《湘蘭紫竹觀音》。俠腸放誕。憶碎玉揮金，小園飛絮，累月介春宴。可殿七十，湘蘭造飛絮園，置酒爲壽累月。　迴光寺，曾惹梁汾戀念。鄰庵何處人面。墨痕剩寫胸邱壑，不似戲書裙練。君試看。有紙上、媚香清節山平遠。含毫幾遍。料薄命書生，百穀爲出妾青琴賦詩有『書生薄命元同妾』句。星星雙暈，蘭室爲安硯。湘蘭有雙眼硯。百穀署曰星星湘蘭，自銘之，有長居蘭室云云。

玉京秋·暮秋郊望（依九十五字體）

馳道直。都門向西笑，醉人秋色。萬瓦周廬，衆香佛刹，滄桑陳迹。將作經營百堵，運雷輜、往來如織。橋厢側，野凫溪友，舊時相識。　半郭人家誰宅。度荒塍、垂楊巷陌。古堞霜濃，團焦烟起，殘蟬凄惻。壤叟相逢，剩勞苦、交問征人消息。數歸翼，天末邊風又急。

一九五二年

大聖樂（依一百十字仄韵玉田體，不限題）

吉符家兄七十晋四生日，作時危疾。甫起，仍苦喑痪，惟眠食增進。適咫社以此調徵詞，即用爲題。

燈火河樓，粥齏僧舍，少時窗侶。自北來、買宅長安，飽閲海桑重味，東華塵土。填莫苦貪高官職，正相約、休忘和仲句。還記取，願年年白髮，生朝同作。去聲　皤然兩翁再聚，憶入户、扶持猶笑語。怎體攖瘏悴。精鎖越渫，追悔巴山。聽雨造化，小兒知何，意又一榻沉綿長。見苦春，當愈遲韋家，玉缸花醑。

玉蝴蝶・題冒疚齋羅浮胡蝶圖卷（依屯田九十九字體）

嶺南詩人鮮不至羅浮，翁山、獨漉、藥亭集中并有《蝶繭》之作，且用爲饋贈方物。余初居京師，客自南方來見，饋二繭，未幾，先後破繭出，翅廣可六寸許，文采陸離，傍人不驚，數日間，忽不知所之。當時微以爲异，然未嘗賦詩以張之也。後二十年壬申冬，始爲浮山之游，山中飛蝶成團，然皆常産并屢本之野，蠶蛾無之，無論仙種矣。今又二十年，分無重陟飛雲之想，而疚齋適以靈蝶自來繪圖徵題，重感往事，輒成此解。

海上翩何來暮，靈緣一首，歸向朱明。莫是黄仙，游戲幻化青陵。黄野人幻形人物無定，有時爲大胡蝶。饋山家、非由繭蜕，訪洞穴、曾受郊迎。算多情。覺樓栩栩，偕夢瑶京。輕盈。天然粉本，貌將燈下，座有元嬰。似我腰圍，借他輪翅怕難乘。隔千里、驚看神物，祝再降、應識居停。問青精。已聾何術，密語容聽。青精君爲始鬭羅浮者，湯雨生《羅浮雜詩》：『蝶語新來聽不見，要尋七葉一枝花。』謂治聾仙草也。余亦微患重聽，故云。

六州歌頭·自題箕陵吊古圖

湯孫一脉，海外此營邱。天命易，柴門釋。起纍囚，位潘侯，武王克商，釋箕子囚。《尚書》《史記》圖書同。《吕氏春秋》云：『靖箕子之宫。』《淮南子》云：『柴箕子之門。』所記略异。道在夷何陋。興文化，陳樽俎，服冠弁，榮朝幘，築溝漊。《唐書》：『高麗傳食用籩、豆、簠、簋、樽、俎、罍、洗，有箕子之遺風。』《後漢書》：『高句驪置官曰加，尊卑有等，加著幘，幘無後，小加著折風，形如弁。』《北史》：『漢滅朝鮮，以高驪爲縣，常賜之衣幘、朝服、鼓吹。後於東界築小城，受賜名城爲幘溝漊，溝漊者，句驪言城也。』君子東方，百濟新羅盡，焉數流求。嘆彜倫斁叙，反手待陳疇，誰念民猷，訪梨洲。《洪範》：『凡厥庶民，有猷有爲有守，汝則念之。』又有：『大疑則謀及庶人。』箕子民治之主張具見於此。黄梨洲《明夷待訪》：『自托於箕子，識者病之，非其世也。』憶觀光日，故陵拜，檀君後，鬱松楸。陵在平壤，舊都也。箕子苗裔皆都於此，屬平安南道。今北韓算一大都會。朝鮮始祖檀君，生於帝堯。戊辰始都平壤，國人立廟祀之，見《朝鮮世紀》。檀君冢在江東縣。遺杖渺，豐碑屹，寫前游，付僧繇。平壤城内有箕子遺杖。龍戰今何世，鬥士血，染江流。唇齒國，犬牙錯，誓同仇。朝鮮與中華、蘇俄接境，與日本隔一海峽，居日本海、黄海、東海之分界處，宜爲三鄰國之所必争，然亦正以均勢之利害，國卒不亡，吾國援朝之志士投袂而起有以也。相問長安，父老平壤城亦曰長安城。甚時睹，祭典重修。吾國革命，漢族光復，輒有大祭明孝陵之舉。箕子在朝爲建國偉人，意戰後亦當有大告武成之典，期當非遠。便丸都銘勒，魏毌丘儉討高麗刊丸都山銘，都城在山下。福我萬貔貅，無作神羞。

踏青游・本意（依東坡八十四字十二韻體）

調以東坡詞句取名，當以此體爲正。

晴鵲喧檐，催人與春爲主。正躪柳、聽鸝時序。麴塵生，苔徑潤，瘦筇徐步。猛記取，多情去年立處。猶認乞漿門户。　花事摧殘，鈴幡幾曾呵護。却惹盡、蝶嗔蜂妒。恨東風，真宰遠，緑章難訴。休怨苦，光陰暗中偷度。轉眼又辭青去。

絳都春・稷園觀芍藥（依夢窗體）

丁香盡矣。數次第信風，尋花餘幾。贈芍俊游，彈指韶光歸婪尾。歌臺天幕春如海。絢壇殿、翻階紅紫。畫闌堆錦，朱堧吐焰，媚人心醉。　長記。豐臺麗質，阿錢正、嫁得惜花夫婿。試過舊塍，誰念紅顔珍叢底。尋芳久絶城南辔。但身在、仙宮禁址。再來還趁喧和，怕風又起。

滿庭芳

瓊苑幽香，青城嘉樹，爲誰深鎖宫堧。那知尤物，依舊在人間。王母宴游甚處，早難似、天聖當年。開時晚，榴花等恨，不及鬥春妍。當軒重恣賞，珍叢静繞，玉蕊成團。怪劍南，而後總靳名篇。往嘗以此爲蟄園詩社擊鉢吟題，以羌無故實，佳作殊鮮。辜負頻伽賦手，除窺鏡、虛貌嬋娟。蟄雲有題太平花影片，《絳都春詞》。尋芳後，銅彝石甃，容我聚群仙。

梅子黄時雨·長夏幽居有懷

鈴寂門深，怪客作平似閏蟬，炎嘒都懶。正過雨梅檐，潤收緹幔。消受春風纔幾度，緑陰霎聽園禽變。巡行遍。蔓帳笋鞭，生意庭滿。蕭散。微薰屏簟。賺詞人醉墨，年費吟管。只燕子窺梁，彷徨雙翦。終戀尋常舊時宅，馬纓休誤誰家院。流光換。可堪又成秋苑。

雨中花慢·槐花（同依秦淮海仄均體）

《詞律》此詞有缺誤字，與《詞綜》同，萬氏自言無秦集可查其實。『皇』爲『白玉』二字之誤，『天上』脱『青』字。《詞譜》及《歷代詩餘》已改正矣。然近出之景宋本爲淮海後人對岩所藏，仍少二字。杜筱舫校《詞律》則云依《淮海集》改補，『在』又作『任』，不知所據舊刻何本也，今依《詞譜》。

數盡尾番，風信又吹，槐庭落英如積。愛多情金蕊，故灑瑶席。道是非花還似，剛替亂紅狼藉。待玉纖收拾，那人封寄，奈難留得。　漫空黄雪，過夏誰忙，勞汝預提消息。兒孫貴、南柯夢耳，底須親植。轉眼緑陰天幕，蟲絲并掃無迹。悵東軒翠影，藏鴉門巷，怕過園側。稊園懷翠軒側老槐，大合抱，覆芘鄰。近薰風微扇，霏英滿地。入官後，婆娑非昔，每過黯然。

虞美人·李重光生日感賦（不拘調，擇集中詞和其韵）

林花過雨春紅了，面泪澆多少。韶光短短又西風，恨殺五更寒徹客衾中。　詞皇絶調千年在，不共江山改。莫將江水與量愁，幾個翰林學士似風流。

阮郎歸

宫中法曲念家山，難將春放閑。紅羅亭外珮珊珊，叢花擁座間。　香篆細，漏聲殘，纖裳高髻鬟。天孫吉語慢開顔，他時愁倚闌。

蝶戀花

鍾阜離宫樓五步。別殿笙歌，昏醉連朝暮。春色朱扉扃不住，布衣真個夷門去。　執梃朝班能幾度。鷓鴣前頭，心事難明語。天上星娥同別緒，佳期後會知何處。

臨江仙

玉纖正上南山壽，芻尼一霎驚飛。更難搗練寄遼西，華堂人散，燭泪剩雙垂。四十二年彈指過，誤儂紙醉金迷。再傳詞筆恨無兒，後主兩子仲宣先殤，仲寓淳化間卒，竟無後。後身誰是，佛屋愴皈依。

世言納蘭容若爲李後主後身，周稚圭亦語及之意，此稱許語，非有實徵也。

瑶臺第一層·寧臺秋望（同依《天籟軒詞譜》趙崑崙九十七字體）

京師城南黑窑廠，明造磚瓦所在。清初，廠刻歸窑户。坡陀最高處遂爲時人登眺宴集之地，見王漁洋、龔芝麓、徐健庵、朱竹垞、姜西溟、陳其年諸集。窑臺乃迤南所餘高坡，與陶然亭相望，凉秋游目，交蘆如雪，野趣可喜。沈歸愚登高於此，有詩。飽覺生且易其名曰『瑶臺』。蓋禁地未開，此爲專制時代平民游觀僅有之地，今闢爲公園，水木清華，一掃翳濁，而臺與亭尚巋然，陟者或不至數典而忘變遷之一歷史也。

不爲悲秋，争惹起、登臨楚客愁。瘦筇重陟，疏林摇落，臺榭山邱。一官誰領廠，想作詩、水部風流。江魚依郎中以康熙乙亥兼南廠監督，南廠爲明五廠之一，製造琉璃亮瓦以外之磚瓦，故曰黑窑廠。惟康熙甲戌，已交窑户，而黑窑廢。江作《陶然吟》時，或仍設官監督民辦耶？陶家穴，儘劉伶肩鍤，此處埋憂。城頭。西山蒼翠，太虛雲物望中收。錦墩人渺，黑灰劫換，休問歌樓。借茶權替酒，恨醉鄉、無地封侯。且歸謀。約來朝携榼，更喚羊求。

清平樂·鴿

女神天末，雪羽依稀插。佛影人間消怖懾，頂禮鴿王菩薩。《大度集經》，菩薩爲鴿王。　多時緣臂聽經，捨身飽士臺城。莫動銀泥合子，哨聲傳集西兵。

風鈴響起，大小城東市。解與群童銜硯水，認得陶齋門第。北京東城有大鵓鴿市、小鵓鴿市，端忠敏居此，且設小學。　傳書商舶軍營，知伊記臆偏靈。記臆力最强。　配取拙鳩夫婿，故應馴擾無争。鴿亦鳩屬，常與鳩爲偶。

鎖窗寒·寒流（用清真韵）

今冬天文臺測報十二月一日寒流，自内蒙古侵襲華北，攝氏寒暑表夜間當降至零度左右。連夕都中奇寒慄人，視前兩度尤甚。聞天津中夜乃至零點下十六度，或言寒威未過，繼此或更嚴重云。

大溟驚潮，高旻怒噫，冷衝庭户。神州萬象，霎變八方風雨。恨嘵音、紇干凍禽，不如鶴解堯年語。要浪淘盡了，排空堅堡，若林戎旅。　侵暮。歸何處。似海水横流，去天尺五。曾冰設獄，肯信生人爲侶。便瓊樓、容我置身，一寒至此能耐否。待春迴、氣母融調，暖熱陪芳俎。

沁園春·見故家藏書論斤捆賣述感（依東坡百十四字體）

世守書城，宋槧元鐫，此産不貧。怪浮攤販□，登門絮絮，數錢姹女，争價斷斷。貨主沉吟，牙郎掂掇，易重惟堪算一斤。終弃却，便太玄覆醬，論語爲新。而翁敝帚空珍，任籤帙、連楹積寸塵。想哭聲深夜，鬼哀倉圣，祭儀歲臘，神廢長恩。藏爲伊誰，讀猶今日，一炬何殊了絳雲。君休戀，總一齊見賣，值甚分文。用劉放、王覿互嘲語。

玉燭新·春節

桃符隨代换。記歲首朝正，序班春殿。帝王氣盡，西山樹、幾閱蓬萊清淺。詞臣應制，問故事、今誰曾見。行樂地、坊陌嬉游，都非舊時鶯燕。風前绛帕飄飄，替彩勝朱旛，費工裁翦。火蛾鬥轉。應不照、綉閣靚妝嬌面。辛盤罷薦。便節序、從人呼唤。三白過，歡倒田公，年豐可券。

陌上花·花生日祝蜕園六十壽（用蜕岩均）

超然遠覽樓居，何地卧滄驚晚。超覽爲善化相國樓名，即以樓名其集。逸社移尊，次第那家池館。海濱回首花朝宴，争信如今凄斷。想桑田、幾閱綠窗兒女，彩旛雲散。上海逸社爲善化相國所創，常於花朝日吟集。

賦才天、有意韶華九十，春到人間纔半。試喚花神，爲爾壽觴同暖。曉鶯正送千林喜，合譜兩行筝雁。待番風、數過夭桃穠杏，夜游休懶。『今朝凄斷，緑窗兒女，并其時楊子琴』，朱彊村詩詞中語。

未編年

子威緘詩見懷次和

資江僑寓快平生，一枕萸灘夜有聲。四海風流渾不隔，二難天末若爲并。兒曹文筆公家學，詩閣功名抵宦情。聞道衡湘多异士，倘緣石鼎識彌明。

當代識代竟誰高，諸道遺黎有笑號。身外是非棋黑白，鏡中勛業鬢刁騷。鮮民兮忍瓶罍耻，陋室差無案牘勞。羡汝三像勸涉筆，觀詩稿就付南濠。

夏日村居即事

堪隱非城市，田家興味長。雲山展圖畫，蟲鳥入宮商。樹蔭頻移榻，溪聲度隔墻。分明持國第，不及野人凉。

仲雲聞余來以詩見投先後遂至八章此殆近世疲勞轟炸之戰術也多不克和當以不了了之奉答二絶

絡繹吹筒似擲梭，陸機長是患才多。閉營次律仍豪語，肯便輸君曳落河。

抗手張英座上賓，野麋豈值弩子钧。屈人不戰真兵法，絶妙天朝待鼎臣。

新歲之作

故肆城南訪酒家，詩人幾輩戀京華。春幡尚溢□□□，古籍擬隨島國槎。深衢無燈誰礙月，積陰菲雪不成花。故人遠别還相見，仍舊吟豪手屬叉。

附録二　南海關穎人先生哀挽録

關肇冀　關肇方　關肇湘　關肇鄴　謹録
孔繁文　點校

稊園追悼會悼詞

南海關穎人先生自少篤學，年甫弱冠，即登高科，中光緒庚子辛丑科鄉試，甲辰成進士。次年乙巳，隨戴鴻慈等出使九國，考察政治。先後服官於郵傳、交通、鐵道部數十年。曾任交通部路政司司長、京漢鐵路局局長、川粵漢鐵路督辦、鐵道部顧問及交通大學校長，創立鐵路大學，造就人材甚多。主辦全國鐵路協會，負責編纂交通史，聲譽斐然。解放後，被聘爲中央文史研究館館員。先生平生尤好吟咏，先後與諸名流創集詩會詞社，如寒山、稊園、青溪、咫社等，迭相唱和，訂爲月課，暇則歌嘯。其間中經喪亂，舊侣零謝，先生仍獨力支持，迄不中輟，至今垂五十餘年。此雖屬詩人抒情寄興之餘事，但可窺見先生作事鍥而不舍之精神。今歲三月四日，即農曆壬寅年正月二十八日，忽以微疾逝世，享年八十三歲。同人等與先生交游數十年，文酒之聚，歷歷在目，今際世運新昌，春光燦爛之辰，而吟壇耆宿又弱一個，不禁唏嘘追悼，爲先生惋惜，且永念平生言笑風流於無窮也。謹致數語，藉表哀忱。

誄辭

張孝伯

維公元一九六二年，古曆壬寅正月廿八日。南海關穎人先生卒於京師，噩耗遥傳，曷勝痛悼，爰仿顔光禄之誄陶徵士，雖未能表揚先生之高風，其庶幾稍抒鄙人之悲感，九天靈爽，鑒此精誠。誄曰：

嶺南毓秀，挺生哲人。采芹摘桂，綺歲揚芬。觀光京國，雁塔題新。爲郎粉署，履綦皆春。美雨歐風，邦交胥待。遠隨使旌，乘槎碧海。樽俎折衝，筆花耀彩。有客談瀛，贊襄功在。禹迹茫茫，鐵軌初通。竪亥所步，力奪天工。雪來柳往，車走雷風。斡旋路政，勞著績豐。嗚呼哀哉！光復神州，滄桑照眼。民權肇興，人才是選。浮沉宦海，不記春秋。看棋袖手，擾龍狎鷗。如雲富貴，過而不留。身羈魏闕，心在一丘。鼓盆悼亡，神傷荀令。弦續鸞膠，復臨玉鏡。唱和閨中，鷗波名并。詩刻飴鄉，眉齊梁孟。嗚呼哀哉！才如實甫，學如樊山。精者沅叔，博者遐庵。咸與爲友，文苑往還。流風餘韵，譽滿人間。小築稊園，大隱朝市。裙屐琴樽，會比蘭梓。選勝探幽，樂山樂水。游遍九州，雪鴻印趾。香山結社，詩壇主盟。重游泮水，再宴鹿鳴。蒲輪徵辟，文史館登。筵開五豆，鄉飲禮成。嗚呼哀哉！壽逾杖朝，京華住久。世仰文章，名高山斗。洛社遺徽，儒林耆舊。福備箕疇，得天獨厚。參加吟集，余也學詩。得公領導，益友良師。南針時賜，八載於兹。和風甘雨，嘘潤遠施。忽報大歸，斯文喪汨。噩耗飛來，訃音突兀。靈光殿頽，長庚星没。遠道涕零，肝腸如剸。嗚呼哀哉！

公之著作，奕葉流芳。公之建樹，青史有光。公之修養，黯然日彰。備三不配，奚必旗常。非我知公，公爲我匡。交訂翰墨，因緣不長。荆州未識，音容莫詳。公忽弃我，我心悲傷。窆未臨穴，紼不執行。實我負公，所失難償。天何暗暗，野何茫茫。引領北望，揮泪彷徨。嗚呼哀哉！

挽詩

商衍鎏

絶异高才譽聞馳，科名夌尾甲辰雌。交通路政開新運，文社稊園仰導師。萬里京華傷别夢，三春風雨痛長離。淋漓墨瀋書猶在，更檢遺容不忍披。二月一日，潁人尚有長書致裁，并寄八十三歲小影一張，乃忽於三月四日作古。哀哉！

靳志

德星稀見聚福州，四海彌天一網收。飛蓋西園莫回首，可堪鄴下失應劉。

霜鍾聽徹莫言歸，老屋南池燈火微。此是西州門外路，羊曇醉後只花飛。

艱辛大雅伏扶輪，叢桂淮南賤作薪。隻手擎天今已矣，那能付與後來人。五十年獨力辦社，艱苦備嘗，曾屬我繼承，遜謝未遑。

論衡古調共商量，弦柱無端與改張。覆轍殷監言在耳，稊園一例有牧場。金松岑在蘇州主持《國學論衡》，後忽改組革新，余記爲不祥，不幸言中。稊園晚近選題多開新意，未盡納鄙見，亦竟成讖。

梅花香到玉京西，花裏詩人此共栖。永夜宫溝嗚咽水，也隨斷夢繞青溪。建議題石曰『梅花香裏兩詩人之墓』，樹梅墓上。

新年選勝有題材，千里詩筒火急催。迎富送窮春及矣，誰知春只帶愁來。孟春有此二題，仲春郵至，乃爲訃告。

臚唱宮門殿甲辰，春風紫陌又壬寅。慭遺未許須臾緩，不作恩榮宴上人。距甲辰廷試周甲兩年，君不及待矣。

露珠泉在小雲栖，洞口烟輕路不迷。紅雨紫雲清夢斷，重來好句共誰題。歲乙亥，同游虞山，邀稊園伉儷共和孫子瀟石刻《浪淘沙》令。

葉恭綽

少同縣學老京華，暮齒空期下澤車。往事凄迷雲蔽日，浮生飄瞥浪淘沙。詩篇稊社尊盟主，史乘郵曹儼作家。回首春明餘一夢，更堪歲運厄龍蛇。

夏仁虎

舊社瀟鳴早過同，稊園踵起合朋蹤。豈期今日嘉興寺，聽到寒山最後鐘。京師舊有瀟鳴詩鐘社，稊園起而張之，數十年無間絶。主人之喪，大殮於嘉興寺。

文雅縱横勝一時，更開咫社選新詞。從今雅士難同集，壇坫何人更主持。稊園晚年移居集雅士胡同，以其地名佳也，更名咫社，詩詞并徵。

緑窗琴瑟静無譁，趙管風流未足加。底事春來寒澈骨，尖風吹折玉梅花。夫人張氏亦工詩詞，當新婚時，水竹邨人賀以詩，有『玉梅花下兩詩人』句。去年夫人先逝，稊園神形并悴矣。

今年屢報失良朋，叔重先歸又漢卿。我似殘僧戀齏粥，送人先作打色行。春來先聞許季湘之喪，今稊園又逝，故人亦零落矣。

金梁

故京文教舊維新，六十年來僅一人。當代公推摻選政，天胡不吊共傷麟。同人正擬公推關同年與陳叔通、章行嚴主修新《文選》，我擬有舉例，如詩則古舉《擊壤歌》，今舉《東方紅》，文擬古舉《禮運大同》，今舉『馬列主義』『毛思想』，乃陳、章謙讓，未遑關又化去，今誰復能繼起耶。

黃君坦

仕學乘槎壯，聲華置驛勤。名場貫終始，邁往見精神。著述期忘老，篇章遂等身。八旬原上壽，何竟夭詩人。

詩酒嚶鳴集，堂堂五十年。平生無別好，一力作中堅。鐘應寒山杵，觴流曲水筵。月泉壇坫圮，餘事亦雲烟。

池館飄零後，烟波咫尺思。滄江艱一卧，白髮趣填詞。別鵠俄驚曲，春蠶未盡絲。高山琴賞絕，泪濺落花時。

卌載題襟侶，晨星盡自傷。余自甲子歲來京，獲預寒山、稊園吟集，今且四十年。環顧舊游耆老，僅三數人在耳。

招邀疏近局，諈諉豈尋常。誰起張吾幟，相期定禮堂。可堪耆舊盡，末座愴黃裳。

康同璧

大雅扶輪望若仙，聲華豈衹以詩傳。嘯歌及見中興日，鬚鬢新陪養老筵。世德論交同里閈，歲寒小別忽人天。鳳城三月春如飾，棲奠香花一盞泉。

胡先驌

耆年碩德邁群倫，魯殿靈光世所尊。早歲功名稱宦達，平生路政展經綸。英才作育存餘澤，詩句流傳到海濱。今日騷壇失盟主，衣冠傾巷哭斯人。

鄒樹文

魂斷清明細雨紛，故人直北訃書聞。上庠話舊能餘幾，同硯聯歡素賴君。更憶碧雲挈綦縞，衹教紅泪濕衣裙。昔游恰與香山接，此日遥悲新葬墳。

田樹藩

報道騷壇失主盟，初聞噩耗一心驚。歸真不受床頭苦，詔赴修文上玉京。

早歲成均館舍聯，君登甲榜着先鞭。老來詩酒常相會，回首淵源六十年。

稊園壇坫昨猶張，牛耳唯君執最長。文采風流今已矣，空留餘韵話滄桑。
洋溢才名攬儿華，無端大地起龍蛇。暮春倘過稊園巷，愁看海棠錦綉花。

祝紀藩

壯歲朋交換髩絲，鳳城壇坫復追隨。卌年詩繼寒山社，一代名齊飲水詞。夜雨聯床讀書日，春風酹酒哭君時。挽歌聲裏悲朝露，忍見丘墳碧草滋。

沈曾蔭

同容京華五十年，扶輪後進慕前賢。寒山月旦渾如夢，咫社風流渺若烟。一蹶歸真心匪料，隔旬違教耗驚傳。騷壇牛耳誰能繼，忍屆花朝哭逝川。

張傚彬

先人桃李滿門墻，癸甲人才更莫强。吟侶西山潘岳泪，詩壇南海魯靈光。春寒料峭增凄惻，酒薄馨香供薦嘗。逐隊權來虔灌將，思揚盛美愧枯腸。

戴亮吉

敲鐘擊鉢夜燈紅，韵事青溪記角雄。先生在寧辦青溪詩社，常集社友於鐵道部官舍夜飲，或打詩鐘，或作擊鉢吟。

太息吟朋多宿草，何堪傷逝及吾公。

重入都門樂咏觴，稊園文幟更堂堂。扣宮協角嚴聲律，辛苦於題解説詳。

梅花香裏兩詩人，趙管風流迴軼塵。叵耐飴鄉不偕老，從教奉倩最傷神。

一代詞壇賴主持，少微星墜不勝悲。談何容易標宗法，扢雅揚風屬阿誰。

廖旭人

無端弦索不成聲，南極懸星頓掩明。軌政半生心力瘁，盆歌一慟世緣輕。潔身曾洒新亭泪，淪陷期，君杜門不出。抵死終堅汐社盟。卌載追隨今已矣，遺編重撫曷爲情。

張少操

十八瀛洲選，千秋秘府藏。政途推早達，詩境造平蒼。老去心彌廣，興來氣轉强。文星驚遽隕，難止泪淋浪。

曹鐵如

管領騷壇五十年，老來心力更精專。聞根漸净真同病，余與公近年皆患重聽。詩句猶傳衹自賢。萬卷芸編書尚在，百壺清酒酌誰先。鐘聲鉢韵都銷歇，咫尺黃壚落照邊。

李兆年

詩詞壇坫主，大雅仗扶輪。積稿空堆笥，一棺俄附身。酒痕猶昨日，吟事渺前塵。玉尺今誰付，茫茫未有人。

泪下不能制，今朝竟哭君。猶懸徐孺榻，正月十八日，君約社友爲文字飲，臨别語予云：『日内擬走訪一談。』旋云：『君勿候，當先函約。』云。然迄未來也。倏拜仲舒墳。社飯虛懷舊，楹書幸嗣芬。等身宏著在，誰與定遺文。

車書尊一統，厝置在郵傳。夙昔經營苦，咸欽心力堅。幸當衰老日，及見中興年。償得平生願，應堪慰九泉。

奈何躓於室，此病至今疑。不幸吾言中，庚子秋，君約予診治，詢何病。云：『神經衰弱，記憶力鋭減，有時眩暈，幾不能支。』予云：『高齡神智衰退乃常態，惟眩暈切防傾跌，《臨證指南》徐靈胎於此症有論注，可仿其法開方與之。』今果一蹶不起，可悲也已。終難藥裹醫。飴鄉忍回首，挂榜愴徵詩。今年壬寅，爲君恩正并科重宴鹿鳴之年，君已於上年春季月課，以此命題徵詩。無限牙期感，含凄酹一卮。

周苕青

聯鑣先後動闈場，初掇芹香畫舸將。玄髮高堂馨色養，府尊桂五語偏詳。主人與仲兄吉符先生先後釋褐，應府試時，適家桂五先生知粵首府事，比垂詢頗詳。

客秋周甲記賢書，中策分曹武庫除。爲重職方郵傳置，長沙青眼藥籠儲。主人應禮闈中乙策，分發兵部，旋量移郵傳，正潛齋太姻丈開部時也，深資倚重。

記從瀛海徵方策，文軌專司史乘詳。爲翊中山倡盛會，菁莪作育砍膠庠。鐵路協會乃中山先生督辦全國鐵路時所創，主人協力成之。爲儲才，旋繼掌交通與畿輔大學。

近仁木訥遭時忌，早燭元凶竊國心。五路揭參甘屏弃，徒行何惜鬻輿金。五路參案事發，主人遵時韜晦，鬻輿馬自給，不甘帝袁也。

南朔詢謀一綫通，幾經擘畫啓蠶叢。領參新部期循軌，嗤彼童騃未苟同。民十八九年間，議修築粵漢鐵路，寧鐵道部未納主人所見。

東南烽火仗支持，寇退歸來局幾移。親舍白雲終養急，西山寧賦采薇詩。一·二八戰起，寧府悉遷洛中，以主人留守寧部，獨任其艱，暨淞滬和定，主人退處閑曹，比一月中四易部長。盧溝事變前，主人乞假北歸奉母。寇至，力避劫，特匿居西部。

不循介暇喜游山，虞麓金焦幾汗漫。僧床暫借社堂睡，人共雲山樓上看。某歲秋，同游祖堂山，小憩僧房，主人午睡起口占一律，末兩句云：『客來暫借僧床睡，人與雲山共一樓。』

兩度良緣成夢幻，梅花香斷杳飴鄉。張公祠祭猶堪記，無復雙雙晋奠觴。主人督辦粵漢路經長沙，偕夫人同謁祖外舅張石公祠。

昔年史局感延譽，牝牡驪黃總不如。遺澤寵題揚匿曜，自慚宗武太迂疏。主人曾序先父母詩詞集，末節云：『茗青沉思嗜學，方進而未已，非宗武與埒之比，或者其將必簡學士而亞夫。先生可以夙券風雅，一門而各有集。余將以次遍讀君家數世之詩，不其幸歟。』

新京重晤續前歡，四載栖遲樂考槃。生面待開詩史局，那堪蕭寺一憑棺。

夏緯壽

文章勛業早蜚聲，勁節高標世共傾。炳燭餘光勤著述，騷壇牛耳仰耆英。
累世師承繼後先，裁成提掖憶當年。問奇談宴悲陳迹，重過西州倍黯然。
深秋菊圃醉同歸，更約春游訪翠微。未到花朝成永訣，素車白馬泪沾衣。

宫廷璋

卌載辛勤不肯休，騷壇祭酒足風流。梁園待客陳樽俎，藻思如泉喜唱酬。山谷調高開一派，夢窗律細播群謳。惜今曲奏廣陵散，裊裊餘音落照收。

盧文炳

事業文章冠一時，退閑歲月寄詩詞。續膠深得飴鄉樂，主社欣邀异地知。著作等身貽後進，交通久領緬前規。輪扶大雅今誰嗣，北望燕雲意與馳。
猶憶菟裘向晚營，梯園園主喜遷鶯。泮游載咏觀鴞集，鄉舉重逢宴鹿鳴。北海壽融歡茗叙，西山秋爽愜吟情。詞壇祭酒悲長逝，合社興嗟失老成。

田名瑜

經綸盈懷抱，斂抑蔚若宕。桴海游外邦，才識鶩超曠。峨峨掌路政，設施尤偉壯。濟時抒籌策，曾耀中樞上。名山主壇席，文藝尊哲匠。總持數十載，海内有歸向。社會仰耆宿，崔嵬隆譽望。嚮哀賢織雲，荀倩綦淒愴。竊爲賦挽詞，慰唁善自養。一朝公倏萎，如川失其障。籲嗟玉堂人，靈光歸幾喪。荷題寄廡圖，鄰邇易迭唱。人琴兹惜亡，腹痛殊難狀。

楊毅　高鹿鳴

經營軌政起艱辛，盛業當時拜後塵。老適獨賡秋澗句，詩多合與放翁鄰。卅年壇坫青溪舊，四海門墻白髮新。幾日音容成永隔，遺篇重讀涕沾巾。

王胡公

噩耗驚傳失老成，疑真疑假涕縱橫。坐中誰是虎賁士，兀兀空齋想典型。

早歲文名驚海内，一生事業在人間。優游晚景群争羨，幾度回思總惘然。

文星隕落吟壇寂，天喪斯文可奈何。接對闇闇能下士，相交恨我日無多。

前歲初登君子堂，詩書滿篋富琳瑯。兒孫已長能循誦，不鑿楹空作久藏。

羅介丘

十年詩酒愛逢君，（借句）驚耗傳來老泪温。再世飴鄉隨織女，千秋社事話稊園。易名吾擬關文敏，折節誰知杜審言。雅士從今虛雁集，那堪春去覓招魂。

張炳權

濟濟稊園會，飄飄名士風。那期春社後，惡耗播都中。久慕扶輪手，勛名海内留。長才猶未盡，臨奠泪雙流。

許以栗

小别經旬驚噩耗，初春風雨悼斯人。稊園無復文星聚，大雅扶輪繫一身。文社詩壇推祭酒，論交京國十年情。素車白馬嘉興寺，一束生芻萬感并。

韓敏修

凌雲健筆獨稱雄，領袖騷壇説此翁。藝苑楷模登上第，飴鄉唱和仰高風。樽開北海英賢聚，燭剪西窗藻鑑公。太息崇朝成永訣，黄壚再過痛無窮。

徐移山

雅集稊園五十年，騷壇將領實空前。京華冠蓋愁雲漫，薤露陽阿郢樹烟。
九龍壁下罷吟餐，鴻爪同留曷忍看。已亥重三志修禊，題眉篆墨尚斑斑。

王西銘

詩亡春秋作，絶筆因獲麟。有聲畫連續，不慮詆娸人。
尼父聖之時，先生心所儀。風騷無界限，孺子豈能知。
淑氣雜秋氣，園林霜滿枝。吟壇傳鶴夢，想見永無期。
引領望都門，書空斷雁痕。未曾觀葬禮，剪紙欲招魂。

劉仲平

五載神交復忘年，詩詞唱和俗塵蠲。主持吟社騷人集，客寄京都雅士緣。老病經年緘札斷，噩音一日訃書傳。那堪纔抱鶺鴒痛，苦雨春寒倍黯然。

張超濟

去年策蹇國都時，邂逅重逢已憾遲。北海開尊如墮夢，西山柱笏耐回思。郵曹在昔推前進，吟社從今失導師。一別竟成千古恨，山陽聞笛可勝悲。

江上峰

一瞑何人管是非，千钧重擔手雙推。哭翁與世長辭去，砥柱文壇更屬誰。

歐陽祖經

意外傳凶耗，吟壇失仰宗。魂招南海上，泪墮北邙中。治術名猶著，斯文道不窮。年年觴咏地，忍憶舊游踪。

石榮暲

翔步清華正少年，襟期淳雅領群仙。身扶樞府培才士，望重輪輿保路權。同軌同文昭偉績，立功立德紀瑶編。稊園風物今猶昔，原有清芬世澤綿。

獨領詩壇四十年，休明鼓吹集群賢。胸羅斗宿標新幟，手抉天章富鉅篇。軒冕忘懷多老學，園林適志憶瓊筵。耆儒道範留千古，追溯豪情倍黯然。

葉鏡吾

太液池頭始遇翁，三年同館沐春風。稊園詩會尊耆宿，北海詞壇啓瞶聾。山谷高吟開贛派，夢窗同調奪天工。每編清課勞揮麈，鼓吹休明本大同。

一枝健筆領風騷，老去辭源尚涌濤。祠紀二安題句妙，去歲，濟南成立辛稼軒、李清照紀念祠，公題詞絶妙，傳誦一時。集成百卷仰詩豪。郇厨置酒留賓醉，毛閣勘經汲古勞。中華書局新印《全唐詩》，經公訂正。吟集從今誰嚮導，稊園花木亦悲號。

秦維毅

游仙一夢證諸緣，返璞歸真道自然。江北江南春正好，那堪消息隔人天。

碩德高年與世宜，鹿鳴重紀髩添絲。老成凋謝斯應惜，風雅何人更主持。

變幻烟雲眼底收，還從風物紀新猷。遥吟俯唱懷今昔，滄海汪洋匯衆流。

露著林花隱泪痕，不勝惆悵望京門。長松拔地傷摇落，合酹風前酒一尊。

丁瑗

不遺一老奈天何，涕泪如潮入海河。顯慶略車寧復省，貞元朝士更無多。文星晨傍龍星隱，陳迹空隨鳥迹過。高會杏園應未散，蘇門學士共婆娑。

甲科高第轉曹司，改制維新義在隨。蒼狗白衣徒變幻，黄龍青蓋慨遷移。紛華涉世初非喜，脂潤居官有不爲。檀板樗蒲常遠避，一生清介得誰知。先生《四十自述詩》云：『檀板每擎山鳥避，樗蒲總讓牧猪工。』蓋深厭都下當時浮奢之惡習也。

大雅扶輪早策勛，黄金臺下對斜曛。南池小築官河柳，東海晴簃秘閣芸。《晚晴簃詩匯》先生致力最多。壇坫風流成絶響，篇章月旦等衡文。高山流水知音杳，幾輩君苗筆硯焚。

公事詞八兩并堪，亦云愛好亦多貪。雙栖雅樂聞堂後，十字鋒車起漢南。先生屢長京漢路局，又督辦川粤漢鐵路。庠序録存森二璧，喆兄吉符先生與先生同時入泮，戊戌年，先生重游泮水，舉當年報録徵題咏。孝廉船過讓千帆。去年，先生重宴鹿鳴，同社均有題咏。天私貴壽酬淵嘿，恰及誠齋八十三。

奇花孰與養初胎，結社深心樂育才。天寶時妝宜復靚，崇寧詩禁許先開。春濃花信風重轉，雲朵材題月一來。上巳重陽俱作會，他年有會總傷懷。

慚負機雲入雒時，竹林把臂仰光儀。游揚家督同岑契，大先兄蓮峰、二家兄柏岩均從路政，每蒙先生盼睞奬成。哀誄先人小海辭。庚午九月，先君見背，承賜挽章七律四首。再踐京塵虚宿約，乙編社稿荷深期。《稊園詩詞社稿甲編》已印行，前年，先生賜書，以乙編校定事相屬，并約於去年春夏間來京一行，率率未果也。荒唐四十三年過，世事何非倒好嬉。己未十月二十七日，爲先生四十初度，詩社同人藉鐘會舉壽觴，各拈一韵即席聯吟，成柏梁體四十六韵，愚拈得嬉字，因用吾邱竹房倒押好嬉字即事，以喻先生與織雲夫人閨中唱和之樂，原詩及作者姓字載在《廣飴鄉集》補遺内。當時預會者四十六人，愚年最少，今似爲僅存之一人矣。

張次溪

冬寒猶未消，春雪方在舞。昭忠待長言，一諾遂千古。關丈屢允以長篇題袁督師故居。公也天下士，兼是騷壇主。一社啓寒山，五十易寒暑。遞衍闢稊園，恢恢集雅士。先君入社來，卅五季前事。詩海閲滄桑，檣櫓還堪憶。差幸小子存，略能踵先志。名山陪勝流，同社恣研討。波瀾各老成，得句篇篇好。小子側其間，每每侍堂構。始信魯靈尊，流光者積厚。哲人既云萎，山陽合思舊。一慟澈燕雲，鄰篴連宵奏。粤江倘有知，魂歸冀相候。

一代風騷有正聲，交親兩世結詩盟。長房縮地扶輪手，吾亦添陪策後生。勝利初期，公重整鐵路專科學校，約余襄助。

粤嶠詩種凋零盡，繼往多公獨主持。始創寒山開一脉，令名合祀智瓊祠。清季，公在京立寒山社，樊、易諸老民初始加入。

無復寒山擊鉢吟，稊園春禊亦消沉。商詩怕過城西路，忍憶青藤一架陰。故居有古藤，夏日穠陰，景殊清幽。

前年介壽泛瓊卮，曾獻南山一卷詩。愁絶吟魂招不得，白雲長繫死生思。前年，公八十壽，同社均有詩祝。

季嘯俠

春江慘慘咽清波，報道文星返大羅。親舊長安皆痛哭，儒林草野亦滂沱。從今思曼風流盡，怕聽山陽玉笛和。我願詞壇長紀念，年年此日祀東坡。

丁年冠劍作長游，倜儻京華六十秋。弱水蓬萊深復淺，桑田滄海沉還浮。論詩雅重風人旨，辭賦微憎應制儔。去歲法書貽八幅，一回展視一愴愁。

郭漁村

命題主課儼嚴師，立雪無緣每悵之。一紙書傳凶噩耗，五中如搗痛難支。
憶昔曾經賜數行，殷殷教誨意深長。案無留牘虚爲飾，隱示推敲不要忙。
詩壇領導卌餘春，故紙堆中更出新。日近花朝先解脱，杏花春雨倍傷神。
導師一逝盡人傷，花萼稊園鳥斷腸。繼起無人空想嚮，盍台買駿有誰當。

楊嗣箴

清曉訃音至，泪傾吴下蒙。乙未春，寄詩乞政，承惠書，有刮目之語。病多關藥裹，才盡慶詩筒。連年病慵詩廢，應課闕然。事業歸先輩，林園憶古風。神交逾十載，已矣夢華空。自庚寅獲結神交，屢思造室請益，緣慳，未遂所願。

石振聲

北望燕雲意若何，忽驚噩耗泪滂沱。一枝碩果如公少，十載春風惠我多。朝市雖堪供大隱，參苓無復起沉疴。白頭數馬長安道，凄絶西州不忍過。
幾樹棠梨照殯宫，滿園桃李泣春風。撑腸拄腹才空老，繼往開來道未窮。俎豆千秋誰北海，心香一瓣屬南豐。同人不食江西唾，詩祖交推有至公。

徐振五

題名雁塔共劉郎，科第巍然魯殿光。世重西銘緣復社，人知南海爲飴鄉。英靈定傍湖山在，浩氣常隨日月長。擊鉢稊園風未邈，休明盛業看賡颺。

丁傳經

痛哭詩壇失導師，再承明教永無期。三年幸得開茅塞，未把宫墻美富窺。

主持風雅氣凌雲，按月耑收翰墨勛。海内詞人奉圭臬，聲成法曲色成文。

靈光久仰峙京華，詞藻紛披五色霞。大耋方爲人壽瑞，何期噩夢應龍蛇。

當世宗師衆所欽，如觀山海測宏深。而今多士空翹企，望斷燕雲大雅音。

吴公退

領袖騷壇數十年，如公才望突空前。已齊别號關中叟，白傅閑吟池上篇。往日浮雲看富貴，衹今高卧即神仙。舉頭但覺長安遠，得傍門墻豈偶然。

噩耗驚傳喪導師，望中烟雨太迷離。千秋事業知誰繼，一旦彷徨失所依。野寺鶯花空奠酒，名山薤露敢陳辭。從今頓覺風流歇，寂寞人間又幾年。

新題擬賦牡丹春，噩耗驚傳倍愴神。濁酒一杯增一慟，從今課我竟無人。

汪瞻華

挽詞

靳志

管領騷壇，華年弦柱，錦瑟彈怨。午夜霜鐘，寒山鐙火，慣見瀛三淺。六朝夢覺，青溪如練，未信過江人婘。甚顰損、西山眉翠，老我舊京歸晚。　天南朱鳥，嶺梅春早，久别故園應戀。騎省傷神，鴒原酸骨，哀樂中年换。素衣緇遍，白頭吟望，贏得廣文樗散。問斯文、天之未喪，使人浩嘆。《消息》（稊園社創於民國壬子改元，至壬寅春正，爲五十周年，遂於社長相終始。今挽潁人即挽稊園詩詞社也，自伯駒出關北去，兩社至此奄然俱絶矣。）

陳寥士

驚聞噩耗騎鯨，謾云詩卷留天地。鄉嬛千古，優曇一現，何關榮悴。彦集聯綿，勝情稠叠，蔚興吟事。有珠徽鳴雅，嚶求明志，懺不盡、平生意。　壇坫悠長無例。聚苔岑、非弦非指。長才南海，名儒東塾，海綃鄉里。寂寞斯文，凋零知契，能無悲涕。愴老成云謝，典刑長在，照無窮世。《水龍吟·用朱彊邨挽麥孺博韵》

撒手壬寅，回頭壬子，可以群怨。四海吟筒，九州詩牒，肯放金尊淺。敲鐘擊鉢，騷壇牛耳，擘韵分題無媿。溯幽燕、渡江東下，傾蓋言歡非晚。分曹聯藝，置郵飛羽，聲應氣求堪戀。律呂同參，宫商交響，不斷年光换。白頭盟主，西山埋骨，人社俱驚亡散。從今後、都成陳迹，藝林嘅嘆。《消息・次靳仲雲韵》

向迪琮

海内詞人多寂寞，惟公才調昭聞。紫霞聲律陸機文。衆流歸吐納，萬象入陶鈞。天不憖遺哀此老，東華韵事誰論。淞濱凝睇獨傷神。落華啼鳥恨，凄黯不成春。《臨江仙》

謝稼庵

突如千丈懸崖，破空飛去尋無地。京華倦客，杜陵詩老，斯人憔悴。芳苑聯吟，春郊鬥韵，年時豪氣。剩空簾冷帳，殘鐘斷鉢，誰能忘、平生意。從古賢愚一例。莽乾坤、百年彈指。圍爐煮雪，篝燈聽雨，那堪回味。碧水東流，白雲孤注，匆匆如此。恨招魂儘賦，魂終不返，灑傾河泪。《水龍吟》

謝寄觀

草堂寂寞春消息，遲遲薊雲猶盼。病枕讀哀詞，儘聲吞魂斷。臨風懷碩彦，結吟社、不遺檮散。

翰墨因緣，寸心千里，誼深交晚。嘉遁老稊園，招鷗鷺、商量歲時游宴。盛績久昭垂，更名山千卷。錦鯨胡遽返。望躔次、數殘星漢。酌清酒，酹向天涯，奈送迎神遠。《徵招》

夏緯明

惆悵春光上柳條。山分月剩黯芳朝。『斷碧分山，空簾剩月』，玉田悼碧山詞也。論交累世傳薪火，問字何人罷酒醪。峰躋岳，海觀濤。白頭鉛槧主風騷。月泉社冷思壇坫，細雨清明賦大招。《鷓鴣天》

蕭禀原

九衢塵壒紫，文章黼黻，京朝多士。槃敦騷壇，卌載執將牛耳。聽取當前號令，敵無數、干戈盟會。今逝矣，殘膏剩馥，風流難繼。斷魂駘蕩春光，念此日稊園，寂寥花事。鉢弃鐘沉，分散一時朋輩。新緑孤墳草色，獨遥接、西山晴翠。羈客泪，揮從挽歌蒿里。《玉漏遲》

陳蓮痕

寒山人散，問風流誰繼。咫社稊園嘯歌起。集朋交高會、詩酒行厨，吟秀句、多趁四時花事。猶留文字在，楚些招魂，同灑春風客邊泪。履舄冷騷壇，一笛聲哀，疑向秀、山陽感逝。漬絮酒、何時吊斜曛。認宿草孤墳，近依嵐翠。《羽仙歌》

黃畬

大雅扶輪邁昔賢。飴鄉福慧艷當年。東華歲月雙仙隱，南海才名一世傳。　拈險韻，擘蠻箋。雲龍相逐結深緣。魂飛應到陳芳國，泪灑春風拜杜鵑。《鷓鴣天》（稊園先生追悼會正值偉大詩人杜甫一千二百五十周年紀念日，故云。）

秦彥釗

艷陽重到春明，看花少個稊園叟。盍簪上苑，流觴北海，去年時候。蕭寺今朝，素車白馬，雨趨風驟。吊吟壇老宿，主盟十載，無人繼、從今後。　早歲科名唾手。展經綸、公輸偏究。良辰雅集，登臨高會，酒朋詩友。郎署滄桑，師門零落，晨星耆舊。向長安再拜，幽靈永閟，水明山秀。《水龍吟》

陳守治

北望金臺隔兩春。曾陪秋屨與劉晨。九龍蟠壁同留影，此日披圖少一人。　公去矣，寂琴樽。問誰大雅繼扶輪。稊園吟集今稍歇，地下雙聲有織雲。《鷓鴣天》

李正學

心悲切，耆英今日傷離別。傷離別，京華音斷，少微星滅。　聯吟盛事成今昔，稊園花木春風歇，春風歇。誠齋壽命，漢卿音律。《憶秦娥》

挽聯

洛社耆英感寥落；
梯園草木變凄凉。
陳雲誥

著作經等身，事業文章留近史；
手書悲在篋，音容笑貌忽生天。
商衍鎏

同步木天，車路顯槃才，正濟時艱爲國士；
歷經桑海，梯園樹風雅，何堪春冷失詞人。
陳枚功

靜夜冗無鄰，獨把文章驚海內；
九原如有作，會看日月起中天。
汪公嚴

秦淮風月溯當年，憶曾詩酒聯吟，湖山覽勝，烹鰣焦嶼，訪友吳江，步履追隨剛六載，堪恨外敵侵陵，鐵鳥數轟天，倉皇疏散；
燕薊雲烟重聚首，看到夷氛掃淨，國寇驅颺，華屋凌霄，紅旗耀日，觴咏招邀復十春，何期偶病莫起，金星驚墜地，倏忽歸真。

鄭晟禮

閱歷滄桑八三載，確能自守，全受全歸逢全盛；
扢揚風雅四十年，樂此不疲，有終有始復有誰。

鄭晟禮　龔雲水

重宴纔幾時，失足真成千古；
分襟未五日，傷心頓萎老成。

吳靄宸

揚風扢雅賴斯人，奈何天不憖遺，注海傾河唯有泪；

王道元

把酒論文猶昨日，方冀老當益壯，鴒單鳳隻又凋年。
言簡齋

聲名耆舊垂晚節，高吟昇旭日；
愴惻交游遍春城，頃刻隕文星。
唐宗郭

等身著作自有千秋，儘多四政嘉猷，憔悴郎潛當季世；
同學耆英又弱一個，不少三春佳日，主持禊集屬何人。
戴亮吉

現代詞宗，青溪稊園，相從咏觴，祭酒推奠原不忝；
巍科遺恨，泮游鹿鳴，重逢甲子，瓊林罷宴欲何如。
蔡璐

主持壇坫數十年，誠摯辛勤如一日；
著述詩詞百餘卷，含英集雅足千秋。

周秉清

失足恨千秋，回首塵寰嗟善逝；
招魂逢上巳，愴懷杯酒罷聯吟。

文可傳，詩可興，落落孤高唐白傅；
澄不清，淆不濁，汪汪千頃漢黃生。

謝稼庵

詩筆老稱雄，善寫驩虞鳴盛世；
社鐘今不響，空嗟孤寂感哀年。

吴鵬

早歲擅才名，却能一業專精，經世文章存路史；
滿園鬥春色，正是百花齊放，惱人天氣吊詩魂。

鄭誦先

感嘆人琴，筭粵海詞宗又弱一個；
主持壇坫，繼寒山詩社已足千秋。

并世仰耆英，迴思樓苑花繁，故舊聯歡欣聚首；
槃才主壇坫，詎料南天星黯，知音寥落賦招魂。

李志吾

文學超出翰苑，勛業久著交通，餘事復多能，我昔卅載叨，交追隨部屬成知己；
派系夙耻同流，智識特喜前進，大端兼細節，公今千秋定，論溯洄時代總完人。

首鳳標

汐社主盟，歷五十年，隽句世争傳，直以詩篇爲性命；
湖堂聚語，才一二日，隴寒春未半，遽從談笑斷人天。

黄婁生

趙祖望　權世恩

享大壽八三齡，溯當年同學虞庠，文采足風流，早著先鞭成進士；
過元宵十餘日，痛吾輩離居歇浦，騷壇失盟主，竟從遠道哭詩翁。

路政費經營，勛名早耀交通界；
詞壇推領袖，詩卷長留天地間。

巢功常

郭有道，人倫之式；
韋應物，風雅所宗。

武郁芳

翰苑久蜚聲，瓊林早宴，鄉舉重逢，可算是玉振金鳴，大塊文章堪獨步；
京華空悵望，雅士停樽，稊園夢杳，再不見詩題詞課，滿城風雨動哀思。

嚴瑞祥

嶺嶠頓失高賢，自有詩篇傳海內；
稊園便成陳迹，何堪涕泪灑春前。

孫誦昭

致力交通，政績卓著，業餘猶集群賢，鑽研詩詞，發揚國粹留後世；
爲人重義，不務虛名，奈何天喪耆宿，摧折棟樑，不讓遺老續前賢。

吴耀華

幹濟在中年，蘆漢經營歸寇路；
期頤登上考，茂陵風雨吊詞人。

柳民均

早聞郵部賢勞，曾展精誠通輻輳；
晚共稊園游宴，猶餘詞賦動京華。

黄曾元

久仰丹忱，失瞻北斗；
荷蒙青睞，抱愧南園。

錢松齋

廖旭人

盛會幾曾逢，鉢韵鐘聲久沉寂；
詞壇誰更主，吟邊酒次失追尋。

林儀一

大夢一跌醒，筆絶滿江紅，束手針茅誰續稿；
問奇十日隔，琴亡廣陵散，傷心壇坫失斯人。

周茗青

人日話殷勤，忝列詩盟留愛日；
靈山悲結集，長埋史筆托名山。

郭漁村

瓊宴將重逢，卌餘年盟主騷壇，孤詣苦心，保護斯文逮明世；
詩筒猶未寄，一刹時神歸兜率，風流人往，撫摩遺著動悲思。
同調濫笙竽，詩課七年，愧我未曾親李御；

郭風惠

量材留玉尺，功虧一簣，伊誰繼起步蕭規。
牛耳執騷壇，卌餘年刼歷滄桑，詩史保存，端賴竭忱維國粹；
龍華赴勝會，一倏時神歸碧落，人琴俱寂，那堪揮泪誦飴鄉。

陸丹林

文宴屢追陪，仰筆陣詞源，每借華箋鈔稿去；
吟壇餘想像，縱天荒地老，再無月課送題來。

陸鴻罔

吟社賴主持，曩日詩詞推大雅；
遺編時諷味，臨風杯酒吊先生。

洛社聚群英，驥尾附名吾最少；
荆州慳一面，龍門遺業世同稱。

一面恨無緣，少微星竟歸天上；
千秋遺杰作，廣陵散尚在人間。

張龍士

地勝遺塵事，（李商隱句）結托既喜同，（陶淵明句）絳縣老人猶矍鑠；（樊增祥句）
日落望都城，（韋應物句）撫心獨悲詫，（郭璞句）青天無路可追尋。（李遠句）

張孝伯

名在千秋，不殊明月清風，倏然天際；
神歸一夕，此去瓊樓玉宇，倘勝人間。

金綬青

文會忝追從，屢誦新詩欽大雅；
藝林存夙望，竟傷春雨濕銘旌。

任季泉

當年出仕，獻身鐵道辦交通，府右培英才，恨小子忝列門墻，百里升堂未入室；
晚歲遁居，致力詩篇寄嘯傲，城西集雅士，羨先生衹談風月，一朝無疾而登仙。

孫譽方

畢生致力鐵路教育，培養人材傳後世，驚聞噩耗疑是夢；
時聆教誨曾幾何時，今遭不幸忽永別，追念先師益傷悲。

姚少川

與賢郎廿載知交，夙佩多年創業，整路培才留偉績；
聚雅士千秋酬唱，豈期一夕歸休，傳詩垂範仰高風。

陳厚銘

壯歲著賢勞，復以吟哦娛老境；
暮春驚噩耗，忍聞哀悼遍文壇。

金奉三

起儒林馺歷中外，爲作家，爲名宦，高行素潔，兄稱完人無愧色；
本僚屬兼聯姻婭，或獎掖，或提携，摯愛盛情，感懷知己有餘哀。

徐毓果

天上召修文，一覺歸休，人間了結離鸞恨；
冥中逢弱妹，重煩寄語，病裏長懷斷雁悲。

張祖馥

夙欽一代文章，幸附絲羅，自謂薰陶終有分；
可奈全歸福壽，緬懷杖履，誰知請業竟無緣。

馮中鎣

教養感殊恩，夙願惠慈長庇蔭；
愧慚孤厚德，傷心訓誨莫趨承。

張德宜

憶童年失恃，荷蒙教養，時自捫心，無以酬恩惟有愧；
詎新歲趨承，備聆訓誨，言猶在耳，何期報德永無時。

張德鎮

碩德翼鴻文，桃李永含春風煥；
耆年辭盛世，後生痛汨彥人喪。

張德庚

路政蜚賢聲，豈止文章驚海内；
津沽聞噩耗，太息魯殿失靈光。

賈啓賢

畢生唯篤學，培育英才，知著詞章，不親庶事，疇昔主饋持家，賴有辛勤亡嫂助；
一夢竟長眠，驚傳噩耗，猶存琴劍，遽杳音容，而今升階入室，詎期哽咽哭兄來。

關筱卓

附録三　關賡麟年譜簡編

關賡麟，譜名敭善，字伯辰，號咏仁、咏人、穎人。

父關蔚煌（一八四七—一九二六），字家端，號掞生。光緒丙子科舉人，官大埔縣訓導。

長兄關應麟（一八七六—一九三〇），字伯振。北洋大學畢業。歷任中國駐美國華盛頓領事館二等通譯官，高等實業學堂西文教員，南京臨時政府外交部顧問，北京大學英文系教授、文科兼預科教授、預科主任，國民政府司法院秘書等職。

二兄關慶麟（一八七八—一九五二），民國後改名霽，譜名績善，號吉符。優廩生，京師大學堂最優等畢業，學部奏獎師範科舉人。以主事簽分户部浙江司行走。歷任學部圖書編譯員、度支部庫藏司履算科科員、駐紐約領事館二等書記官兼紐約華僑二等小學校校長、度支部主事。民國後，歷任南京臨時政府外交部商務科科長兼代理通商司長，華盛頓會議中國代表團秘書，國民政府外交部秘書、外交部參事、内政部秘書、司法院秘書等職。

光緒六年庚辰（一八八〇）　**一歲**

十月二十七日出生。廣東廣州府南海縣江浦司吉利鄉關菊山公二十三世孫。

十二月，長兄關應麟入學。

光緒七年辛巳（一八八一）　**二歲**

七月，從妹關錦葵生（關漢卿七女）。

光緒九年癸未（一八八三）　**四歲**

六月，四妹關作楣生。同月從妹關瑶楣生（關紫明長女）。

光緒十年甲申（一八八四）　**五歲**

十一月，與二兄關慶麟一起入學。

光緒十一年乙酉（一八八五）　**六歲**

一月，與二兄關慶麟一起從梁福釗先生讀，凡七年。梁福釗，號弋漁，南海人，諸生，與關蔚煌結青錢社課文。

七月，五妹關亦楣生。同月，祖父關平階去世，終年六十一歲。

光緒十二年丙戌（一八八六）　**七歲**

正月，從弟關葆麟生（關少平長子，中國科學院院士關肇直之父）。

光緒十三年丁亥（一八八七）　**八歲**

二月，六妹關小楣生。

光緒十五年己丑（一八八九）　十歲

從梁弋漁先生讀。

光緒十六年庚寅（一八九〇）　十一歲

一月，長兄關應麟入讀香港皇仁書院。

四月，七妹生，五月殤。

光緒十七年辛卯（一八九一）　十二歲

六月，祖母黄太淑人卒，年六十四歲。

九月，染傷寒，兩月獲治愈。

光緒十八年壬辰（一八九二）　十三歲

隨父關蔚煌（教館香港周氏）讀，附董一夔課，凡五年。董一夔，番禺人，丙子科舉人。

光緒十九年（癸巳一八九三）　十四歲

八月，八妹關幼楣生。

光緒二十一年乙未（一八九五）　十六歲

應歲考，院考試不售。

二月，長兄關應麟應北洋大學堂招考，獲頭班第四名。

光緒二十二年丙申（一八九六）　十七歲

應科考試，招覆第十一名，不售。

光緒二十四年戊戌（一八九八）　十九歲

六月，應南海縣試第一名，廣州府試第四名，院試録廣州府學第三名。二兄關慶麟南海縣試第六名，廣州府試第二名，院試録南海縣學第一名。同案有梁福文。梁福文後改名宓，號卣銘，民國後任國務院秘書長。

是年，父關蔚煌第八次入京會試，報罷。

光緒二十五年己亥（一八九九）　二十歲

一月，與父兄回吉利鄉謁祖。

八月，應科考取合屬經古詞章，正取第二十一名，覆考以律賦冠場。以府學一等第五名咨送廣雅書院肄業。

是年，從弟關葆麟考入上海英華書院學習英文。長兄關應麟北洋大學堂專門法律學畢業。

光緒二十六年庚子（一九〇〇）　二十一歲

二月，父關蔚煌選授潮州府大埔縣訓導。長兄關應麟爲京師大學堂聘作教習，改上海南洋公學英文算學教習。

光緒二十七年辛丑（一九〇一）　二十二歲

二月，補府學廩生。

九月，中式廣東鄉試第十四名舉人。同榜一百七十六人，有漢軍金國寶等人。金國寶，號孟仁，歷任路政司交涉科副科長、京漢鐵路局通譯課長、交通大學教務長、北平鐵路大學秘書等職。

子金無怠。

十二月，回吉利鄉謁祖。

是年，八叔關蔚熙卒。關蔚熙，號熙臣，別署樵山山樵。畫花鳥、人物，工緻有氣韵。

光緒二十八年壬寅（一九〇二）　二十三歲

五月，獲派往日本弘文學院學習速成師範，全省各屬二十七人，同邑有羅汝楠、番禺胡漢民等。畢業後游歷大阪考察學校。

是年，出版著作《日本學校圖論》。

光緒二十九年癸卯（一九〇三）　二十四歲

一月，往開封會試，隨父至上海。

三月，應新科舉人覆試，取列一等第二名。會試報罷。到上海學習英文。

七月，入京應京師大學堂招考，取録第一名，撥入仕學館肄業。

十一月，請假回粤，娶番禺黄埔鄉梁丕荃之女。梁丕荃，號鎮藩，附貢生，時官分省通判，駐美使署隨員。

十二月，協助辦理南海縣學堂事。

是年，出版著作《東游考察學校記》。二兄關慶麟應京師大學堂預備科招考，正取第二名，入師範館肄業。

光緒三十年甲辰（一九〇四）　二十五歲

二月，由粤赴武漢往開封會試。

三月，會試中式第四十九名。會元爲譚延闓。

四月，在北京應新貢士覆試，得二等第五十五名。殿試中二甲第一百零一名。該榜狀元爲劉春霖，榜眼爲朱汝珍，探花爲商衍鎏。同邑登榜者有江孔殷。

五月，朝考得二等第五十六名。

六月，引見，以主事用兵部職方司兼武庫司行走，仍留京師大學堂仕學館肄業。

十二月，回粤。

光緒三十一年乙巳（一九〇五）　二十六歲

一月，回吉利鄉謁祖。

二月，回京。

六月，充出使各國考察政治參贊，從弟關葆麟、張煜全（時在美國耶魯大學攻讀博士）爲出使各國考察政治大臣隨員同行。

十一月，由日本渡洋至美洲。

光緒三十二年丙午（一九〇六）　二十七歲

一月，至歐洲。

二月，訪英、法、德各國。

三月，訪丹麥、瑞典。

四月，訪挪威，復返德國。

五月，訪荷蘭、比利時、瑞士、意大利。

六月，由歐洲經紅海，渡印度洋，歷南洋各島回國。

七月，回京銷差。

八月，廣東同鄉京官籌辦旅京學堂，公選關賡麟爲監學兼國文教習。

九月，爲郵傳部文案處内文股幫主稿，兼議事處評議員。

光緒三十三年丁未（一九〇七）　二十八歲

三月，郵傳部尚書張百熙卒，撰挽聯云：『愛才若命士歸之，爲告薦紳先生，命有盡時、才無盡時，得人以死夫奚憾；憂國如家公志也，最痛蕭條後事，家亦不足、國亦不足，來日大難將奈何。』

四月，充郵傳部路政司幫主稿。

八月，署郵傳部路政司主事。

九月，郵傳部派前往正太路驗收。先後督率華、洋各員由石家莊出發，逐段勘驗後，正太路遂告通車。

十月，充郵傳部路政司官辦科科長。

十二月，充郵傳部鐵路總局建設科總科員。局長爲三水梁士詒。

是年，從妹瑤楣適張煜全。張煜全，號昶雲，南海人。福州英華書院、香港皇仁書院、北洋大學堂畢業，後留學日本東京帝國大學、美國耶魯大學，獲耶魯大學法學學士、法學碩士學位。張煜全在第二次留學歐美畢業生考試中躋九名最優等之列，賞給法政科進士出身，改翰林院庶吉士。歷任北洋政府大總統府秘書兼外交部顧問、外交部參事，清華學校校長等職。

光緒三十四年戊申（一九〇八）　二十九歲

四月，改派郵傳部路政司總務科長，兼官辦科科長，往太原與山西巡撫丁寶銓會商保晉公司礦地案。

五月，奏補郵傳部路政司員外郎。

六月，至長沙，議洙昭鐵路事。至鄂，辦查湖北川漢鐵路款項差。

七月，差竣回京。

九月，補郵傳部電政司郎中。

十二月，驗收汴洛鐵路洛橋工程。

宣統元年己酉（一九〇九）　三十歲

二月，長子關肇冀生。

九月，兼川粵漢鐵路籌備處辦事員。

十二月，充郵傳部鐵路總局提調。

是年，居北京丞相胡同。

宣統二年庚戌（一九一〇）　三十一歲

一月，以覃恩例得三代正三品封典，本身妻室正四品封典。

二月，補郵傳部承政廳僉事，充本部憲政籌備處股員。

五月，赴東北調查南滿東清鐵路營業方法，并巡視京奉、吉長鐵路商務情形。

十一月，巡視汴洛鐵路至鄭州、洛陽、開封。

宣統三年辛亥（一九一一）　三十二歲

三月，銷鐵路總局提調差，專任路政司事。

九月，郎中俸滿，應截取道府，經部以現有要差咨請暫緩。

十一月，派充代理京漢鐵路會辦。

十二月，派往廣水與南昌政府代表會議京漢南段通車事宜。代理京奉鐵路局總辦（未到差）。

同年冬，借地京漢鐵路同人會，集賓客爲詩鐘之戲，民國二年（一九一三）設爲寒山社。

民國元年壬子（一九一二）　三十三歲

一月，伴送蔡元培赴漢。

三月十九日，在京漢鐵路同人會有詩鐘之會。

六月十五日，就京漢鐵路同人會會長職。

六月三十日，中華全國鐵路協會成立，當選評議員，後任副會長。名譽會長孫中山、會長葉恭綽。同月，充京漢鐵路局總辦。

九月十七日，與交通部朱啓鈐、馮元鼎、葉恭綽等官員在正太鐵路局設宴招待孫中山。

九月十八日，陪同孫中山到山西考察鐵路。

十月，撰《京漢旅行指南序》。

十一月，獲五等嘉禾章。

十二月，獲四等文虎章。

民國二年癸丑（一九一三）　三十四歲

三月十九日，主持鐵路同人會詩鐘之局，至者二十人。

四月九日，癸丑上巳，距王羲之蘭亭修禊整整一千五百六十年。參加梁啓超組織的可園續蘭亭修禊活動。梁啓超邀請在京的舊侶新知共四十餘人，於農事試驗場暢觀樓集聚。論時政，賦酒詩，仿蘭亭用『群賢畢至』等分韵唱和。分韵得『風』字。

十月，交通部給予一等第二級獎章。

十一月，獲四等文虎章。

是年，倡立咫社，專作詞。旋將詩詞合爲一，仍稱稊園吟集。成員有羅癭公、王書衡、鄭叔進、顧亞遽、沈硯農、夏蔚如、高閬仙、曾重伯、李孟符、侯疑始、靳仲雲、丁闇松等。遇春秋佳日，游宴之暇，屢有唱酬，二十年不衰。撰賀葉恭綽父葉仲鸞壽聯：『大智渾涵，所禀者厚；英姿矍鑠，得氣之先。』

民國三年甲寅（一九一四）　三十五歲

一月二十九日，赴寒山社詩鐘之局。

二月七日，設稊園詩鐘之局，到者二十餘人。

三月十六日，出版《寒山社詩鐘選甲集》五卷。同月，二子關肇榆生。京漢鐵路總辦改稱局長。

四月，與羅惇曧、黄文開、梁宓、黄節等同游西山，宿潭柘寺，拈韵賦詩。

十一月，買宅東安門外，取名稊園。占地三畝三。李霈爲繪製稊園雅集圖手卷。

是年，出版《京漢鐵路之現在及將來》。

民國四年乙卯（一九一五）　三十六歲

一月十日，獲四等嘉禾章。

一月二十五日，在稊園主持詩鐘。

二月七日，在稊園主持詩鐘。

四月十六日，上巳，在什刹海修禊。

五月一日，出版《寒山社詩鐘選乙集》十卷。

六月，北洋粤派與皖派互相攻擊，皖派策動肅政廳發動『五路大參案』，以糾彈路員舞弊案、營私案。卸京漢鐵路局長差。

十月十二日，在稊園主持稊園詩鐘兩百次大會。

十二月，平政院以屬員舞弊失察爲由，將關賡麟交文官高等懲戒委員會依法懲戒。

是年，出版《京漢鐵路規章匯覽》。

民國五年丙辰（一九一六）　三十七歲

一月，文官高等懲戒委員會給予關賡麟解職處分。三子關肇方生。南歸廣東。

二月，由財政部呈准晋給三等嘉禾章。

三月三十日，獲三等嘉禾章。

四月五日，上巳，招集粤中詩人珠江修禊分韵賦詩，至天山草堂拜何端恪公。

六月，交通部爲京漢參案平反，消去懲戒處分并交部任用。

十一月，財政部派在秘書上行走兼機要科幇辦。

是年，與樊增祥、易順鼎、高步瀛、羅惇曧、韓少衡等人共同發起北平射虎社。

民國六年丁巳（一九一七）　三十八歲

二月十一日，夫人梁氏殁於北京，得年三十四歲。

二月二十八日，財政部派爲財政會議會員。

四月十二日，財政部秘書胡彤恩被任命爲兩浙鹽運使，所遺秘書一缺派關賡麟署理。

四月二十三日，上巳，修禊什刹海，分韵得『儼』字。

五月三日，展上巳，修禊陶然亭，分韵得『鞅』字。

七月二十二日，任路政司司長。

七月二十三日，任交通部僉事。

八月七日，交通部派往查勘京漢鐵路被水情形，會同該路局局長迅籌恢復通車及善後改良辦法。同日，交通部派爲北京戰時委員會議員。

九月八日，交通部派爲交通研究會會員。

十月十一日，獲三等文虎章。

十二月一日，交通部審訂鐵路法規委員會成立，當選會長。

十二月十日，晋給二等嘉禾章。

是年，查勘新樂河橋。

民國七年戊午（一九一八）　三十九歲

一月二十六日，續娶雲貴總督銅山張亮基孫女、道員張紹石女兒張祖銘爲繼室，徐世昌爲其證婚。樊增祥賀婚聯云：『蜜月咏關雎，吉兆定賡麟趾什；華星聯張宿，天孫爲織雲錦裳。』

三月二十七日，交通部派爲鐵路防疫聯合會副會長。

四月十三日，上巳，與社友禊集江亭。

四月十六日，約諸戚屬展禊集稊園。

四月二十日，晋給二等文虎章。

五月三十一日，派充運輸會議議員。

六月八日，列席交通部第一次運輸會議。

七月三十一日，兼充鐵路聯運事務處處長。

八月，抵上海，調查滬寧與滬杭甬鐵路，會同洋總工程師前往驗收滬杭六灣吊橋。

九月二十日，獲三等寶光嘉禾章。

十二月二十八日，女關德禕生。

民國八年己未（一九一九）　四十歲

一月三十日，免路政司司長職，署交通部參事。

二月二日，撰挽財政部公債司司長盧學溥父盧蓉裳聯：『雒社詩篇宜梓集，南陽經藝有傳人。』

二月八日，以副會長身份參加鐵路協會會議。

二月二十六日，與梁士詒就反對國際共同管理中國全國鐵路問題，致巴黎中國專使電報。

三月四日，交通部審訂鐵路法規會借鐵路協會大會繼續展開討論，由關賡麟宣告接續開議號志規程草案，交通信號燈定爲紅、緑兩色。

四月三日，上巳，修禊瀛臺，同限『南』『海』二字，即用東坡《焦山》《放魚》二首原韵。

六月二十四日，任交通部參事。

七月二十一日，出版《寒山社詩鐘選丙集》六卷。

八月十四日，設交通部軍事委員會，會長爲葉恭綽，派關賡麟爲委員兼充戰時國際事務委員會審查員。

八月二十六日，充交通部編譯處處長。

十月十日，晋給二等大綬嘉禾章。
十二月一日，至上海，與梁士詒籌商事宜。
是年，撰《鐵路救亡問題》。北平射虎社解體。

民國九年庚申（一九二〇）　四十一歲

一月一日，獲二等寶光嘉禾章。
二月，與劉劍侯、高步瀛及顧震福等人，假西長安街鐵路協會地設立隱秀社。
四月二十一日，上巳，於北海静心齋修禊。
六月二十日，六叔父關蔚宸卒。關蔚宸，號紫明，清誥授中憲大夫，曾任輪船招商局上海局局長。
八月十六日，兼充漢粵川鐵路督辦。
九月二日，派充國際交通審查會會員。致函湖南督軍譚延闓。
九月二十六日，大總統徐世昌招飲晚晴簃。
九月二十九日，再致函湖南督軍譚延闓。
十月十日，撰挽交通總長曾鯤化父曾廣亨聯云：『辟穀已多年，仙訪赤松盟始踐；維桑欽盛德，湖鄰青草澤長流。』
十一月二十二日，派充交通部鐵路財政籌議會專任會員。
十二月九日，致函湖南水陸軍總司令趙恒惕。

十二月十八日，派充交通部賑災委員會專任副會長。
十二月二十日，幫同籌辦交通大學。
是年，主辦編譯處，修《交通史》。

民國十年辛酉（一九二一）　四十二歲

二月六日，晋給二等大綬寶光嘉禾章。
二月二十五日，派充全國鐵路綫路審查會會員并充該會參議。
三月，任第一届交通大學董事。
四月十日，上巳，與戚屬修禊静園。
四月十二日，修禊北海，分韵得『以』字。
五月十七日，在蟄園主持鉢集。
六月一日，呈報交通部株衡段工程事文。
七月，兼太平洋會議事宜委員會常任委員。撰《漢粤川鐵路進行計畫意見書》。
十月二十日，交通部派充内部賑災委員會會委員。
是年，撰《交通譯粹序》。

民國十一年壬戌（一九二二）　四十三歲

三月七日，子闓肇湘生。
三月二十三日，派充魯案善後交通委員會理事。

三月三十日，上巳修禊於萬生園，主客二十八人。
四月，參加京綏鐵路青龍橋站詹天佑銅像落成典禮。是月，免漢粤川鐵路督辦職。
六月十四日，受交通部指派，接任交通大學校長。
六月十五日，免交通部參事職。
八月十日，免交通大學校長職。
是年，撰《呈謝黎大總統頒賜勛詞文》《中國鐵路史講義》《各國交通職員養恤制度大綱》編纂出版《甲辰同年相譜》。

民國十二年癸亥（一九二三）　四十四歲

四月十八日，上巳，在玉泉山下禊飲。
十月一日，次女關德俶生。
十月十八日，重陽，主持稊園二百次大會。
二月，出版《稊園二百次大會詩選》。

民國十三年甲子（一九二四）　四十五歲

四月六日，上巳，修禊三貝子園。
五月，受交通部指派，接洽川漢鐵路借款事。
六月十九日，爲直奉和議赴天津謁段祺瑞。是月，發起捐資活動，創辦畿輔大學，任校長。該校以培養交通專門人才爲宗旨，民國十七年改爲北平鐵路大學，民國二十二年改爲私立鐵道學院。

十一月十六日，以中華鐵路協會副會長身份去電孫中山大元帥，云：『元惡鋤夷，統一有望。海內賢哲，正宜不分黨派，息爭互助，俾集建國之勛。我公功在國家，舉足爲時局推重，伏乞早日來京，與合肥諸公共商國是。不惟一隅僿敝之商民得稍蘇息，即交通救國之計劃，亦獲圖成。謹與本會同人掬誠以請。全國鐵路協會會長關賡麟等叩拜。』

十一月二十九日，簡派爲漢粵川鐵路局督辦。同月，撰挽內務總長田文烈聯：『雖無老成人，江漢此才終皓皓；獨得雄直氣，日星失曜正滔滔。』

民國十四年乙丑（一九二五）　四十六歲

一月，兼任交通史編纂處處長。致電湘鄂鐵路局，會商决定馬濟就近擔任護路司令。

三月十二日，孫中山在北京逝世。撰挽孫中山聯：『歷險夷成敗生死而未變初衷，先覺讓斯人，豪杰真能推一世；無親愛陌路仇敵之不可携手，中原付餘子，縱横誰令毋群才。』

三月二十六日，上巳，主持修禊於陶然亭，主客八十人。

四月，晋京。

五月，偕警務處長張祖錫到漢口、長沙考察路政。同月，撰挽原職方司司長呂壽生聯：『寰宇澹沉灾，曾錫褒題榮綽楔；郎官爲列宿，應從位業證真靈。』

八月二十一日，派充交通部鐵路同人教育委員會特派委員、交通史編纂委員會會長。

九月，到東北考察路政。同月，以漢粵川鐵路督辦兼交通史編纂委員會會長、中華鐵路協會副會長身份赴日本考察，著《瀛譚》。

是年，充交通部鐵路同人教育委員會特派委員。重修稊園。在《清華周刊》刊登《中國之産業狀况》。同鄉譚祖任在北京發起組建聊園詞社。

民國十五年丙寅（一九二六）　四十七歲

三月，父關蔚煌卒。

四月十四日，上巳，寒山社人集公園水榭修禊。守制，不赴。

六月，調路政司長，兼任隴海鐵路局督辦。

八月二十四日，張謇卒，撰挽張謇聯：『冠冕重南州，富教兼營，一代救時推巨手；聲名尊北斗，江淮載德，千年遺愛拜穹碑。』

是年，撰《英國庚款問題》《一年來交通事業之回顧》《我國三十年來交通事業之概况》等。

民國十六年丁卯（一九二七）　四十八歲

四月四日，上巳，禊集北海畫舫齋。

六月，爲保護萬松老人塔，與葉恭綽、鄧守瑕、齊之彪、朱道炎、趙潤秋等人組織成立萬松精舍。

七月二十三日，任交通部參事。

十月二日，致祭趙爾巽。

是年，受聘於北京交通大學，教授鐵路法規及中國鐵路史。撰《鐵路外交史講義》。

民國十七年戊辰（一九二八）　四十九歲

二月三日，在清華學校講演，題爲《各國對華鐵路投資機關之研究》。

四月二十三日，上巳，禊集北海静心齋。

六月二日，以參事兼代理交通部次長身份，與南京國民政府交通部交接工作。

八月三日，在南京與譚延闓過談。

九月，充任清華學校基金會秘書。

十月二十一日，游南京栖霞寺，遇譚延闓。

十二月十四日，國民政府第十一次國務會議召開，關賡麟被簡任爲國民政府鐵道部參事。

是年，在南京建立青溪詩社。

民國十八年己巳（一九二九）　五十歲

四月，任交通、鐵道兩部聯合組成的交通史編纂委員會委員長。

四月十二日，上巳，稷壇水榭修禊。

五月三十日，任全國鐵路協會公祭總理活動之主祭。

七月三日，以交通史編纂委員會委員長的身份和總纂張心徵聯合撰文，報告該會成立及辦理情形九項：一、擬定辦事細則；二、清理舊史稿及案卷書籍；三、經印編纂須知；四、修訂交通史目録；五、印發徵集鐵路史料例言各路史料；六、擬定徵集航空史料例言，徵集各公司史料；七、調查各種史料；八、審核及編纂史稿；九、召集會議。

七月十七日，任交通部材料考辦委員會委員。

九月十二日，參加中華全國鐵路協會在金陵中學舉行的執監常委選舉，并在會上發表演説。

十月四日，幼子關肇鄴生。同月，與高閬仙、劉劍侯選編的《隱秀社謎選（初編）》出版，并爲之序。

十一月二十九日，以業務司司長兼聯運處處長。

十二月二日，簡選爲完成隴海鐵路委員會委員長。

十二月二十七日，派作平漢鐵路局局長。同月，任鐵道部選派員生留學委員會委員。

是年，撰《消費合作社》《愛和平的民族》《故京師高等審判廳民庭庭長龔君墓志銘》等。據一九二九年的《鐵道部職員録》，關賡麟該年的職務爲鐵道部參事、業務司司長，兼聯運處處長、交通史編纂委員會委員長、鐵道法規編訂委員會副主任委員、審查鐵路詞典委員會主任委員、完成隴海鐵路委員會委員長、交通教育整理委員會主任委員。

民國十九年庚午（一九三〇）　五十一歲

一月六日，就平漢鐵路局長職。

一月十日，會見北平陸海空軍總司令行營主任方本仁、第五路總指揮部參謀長陳光組。

一月十八日，接閻錫山電，以軍事結束，速復平漢通車。

一月二十四日，與吴鐵城在山西太原謁見閻錫山，并在觀陸海空軍副總司令就職禮後，與吴鐵城同往北平。

一月三十一日，平漢鐵路修復後第一次通車，恐沿途臨時發生困難，特派總段長金景山於一月三十一日晚隨第一次快車由平南下，俾資接洽，結果甚圓滿。該車二月三日九時抵漢，僅誤點十五時二十五分，金景山四日晚押原車返平。

三月十六日，長兄關應麟病卒。同月，辭平漢鐵路局局長職。

四月一日，上巳，修禊公園水榭。

七月二日，參加中華全國鐵路協會會員代表大會開幕儀式，并朗讀宣言。

九月，爲詩社成員桂埴夫婦遠赴澳洲送行。

十月，《交通史》兩編脱稿，交部審議。

十月八日，代表鐵道部出席考試院全國技術人員考試會議。

十二月五日，參加鐵道法規編訂委員會會議，議決擬定各路單行規章何種應呈部核准或備案標準，呈部核定。

是年，撰《惺庵遺詩序》。據一九三〇年的《鐵道部職員録》，關賡麟該年的職務爲鐵道部參事、業務司司長，兼鐵道法規編訂委員會副主任委員、審查鐵路詞典委員會主任委員、完成隴海鐵路委員會委員長、路員資歷審查委員會委員。

民國二十年辛未（一九三一）　五十二歲

一月一日，約同人赴揚州游。

一月十五日，以會員身份參加全國内政會議第一次大會。

二月九日，鐵道部以隴海路借款合同訂於民國元年，衡以當時情形，多已陳舊不適用，派關賡麟與比利時的公司重訂隴海路辦事章程。

三月二日，參加鐵道部全國鐵路商運會議，任整理組審查委員會委員長。

四月八日，鐵道部設立正太路整治委員會，關賡麟任委員。

四月九日，兼任業務司司長。

四月二十日，上巳，與青溪詩社社友在南京鷄鳴寺修禊。

七月二日，鐵路警務會議開幕，任大會主席。

七月十七日，續任鐵道部參事兼業務司司長。

八月，赴天津監督開灤礦局與北寧鐵路局商訂新合同。視察平漢鐵路局務。北平鐵路大學附屬中學改稱東方高級中學，關賡麟兼任校長。

十一月，赴上海調查撞車事故。

十一月十七日，參加實業部長江上下游煤荒會議。

十二月一日，兼任運輸國煤委員會副委員長。

是年，撰《重印王幼霞半塘填詞定稿序》。據一九三一年的《鐵道部職員録》，關賡麟該年的職務爲鐵道部參事、業務司司長，兼鐵道法規編訂委員會副主任委員、審查鐵路詞典委員會主任委員、完成隴海鐵路委員會委員長、交通教育整理委員會主任委員。

民國二十一年壬申（一九三二）　五十三歲

一月十一日，任國民政府鐵道部業務司司長。
一月十六日，派爲國有各路應急會議主席。
一月二十三日，鐵道部應急貨運會議第五次會議開幕。
一月二十六日，夏曆十二月十九日，時值蘇東坡生日，與青溪社同人於居所借山樓雅集。
二月一日，因一月二十八日日軍在上海挑起『一·二八事變』，國民政府擬遷都洛陽，關賡麟兼鐵道部南京辦事處主任，處理留京一切事務。
四月八日，上巳，招青溪社同人禊集玄武湖。
五月一日，赴昆山青暘港了解昆山車站車輛脱險經過。
五月十一日，在北平鐵路大學演講，題爲《國難以後吾人所應作者何事》。
六月二日，去鐵道部業務司司長職，任鐵道部顧問。
八月十九日，撰挽國民政府委員馬福祥聯：『仲升功業文淵胄；仁願聲威守信年。』
十月八日，中華全國鐵路協會第二十一届會員代表大會在南京開幕，關賡麟任大會主席。
十月十二日，在鐵路協會發表演説，題爲《從鐵路立場上觀察調查團報告書》。
十一月二日，受鐵道部指派，赴粤調查粤漢路物産商業情形。當日即乘廣九快車赴港，巡視廣九鐵路狀況，抵港後轉程返京復命。
十一月八日，以鐵道部顧問身份，陪同新任株韶段工程局局長凌鴻勛，出發視察韶樂路段工程路綫，是日下午抵韶。九日，赴樂昌段沿路綫察勘，至十日始返韶。十一日，續由韶乘花車赴琶江，轉往清遠飛霞洞游覽。

十二月十五日，鐵道部改組平綏鐵路局爲委員制，并任關賡麟爲委員長。關賡麟表示不就，電呈鐵道部。

十二月三十日，考察北寧路畢，繞鄭州過徐州返南京。

是年，撰《碧梧桐館詩存序》。據一九三二年的《鐵道部職員録》，關賡麟該年的職務爲鐵道部業務司司長，兼選派留學生委員會委員、東北鐵路研究委員會委員、路員資歷審查委員會委員。

民國二十二年癸酉（一九三三）　五十四歲

一月十四日，夏曆壬申年十二月十九日，青溪詩社同人集其寓齋爲坡翁作生日。

三月二十八日，上巳，集莫愁湖勝棋樓修禊。

四月九日，梁士詒卒於上海。

四月十四日，北上視察各地鐵路交通狀況。

四月二十四日，與交通部、鐵道部同人公祭梁士詒。

四月三十日，與中華全國鐵路協會同人公祭梁士詒。

六月二十七日，九叔關蔚彬卒於上海。關蔚彬，號少平，曾任輪船招商局副局長。

七月二十三日，夏曆六月十二日，主持黄庭堅生日青溪詩社宴集。

十一月二十九日，夏曆十月十七日，主持陸放翁生日青溪詩社宴集。

十月二十七日，重陽，於清涼山雅集。
十一月八日，中華全國鐵路協會第二十二届會員代表大會在青島開幕，關賡麟任大會主席。
是年，撰《交通史序》《交通史路政編叙略》《交通史電政編叙略》《武岡張公琴舫傳》《九一八國難之回顧》《莫愁湖修禊詩序》《中國鐵路醫務概况》《淮陰徐庶侯先生七十壽序》。據一九三三年的《鐵道部職員録》，關賡麟該年的職務爲鐵道部顧問。

民國二十三年甲戌（一九三四）　五十五歲

一月，東坡生日，與青溪社同人以蘇軾《游祖塔院詩》分韵賦詩。
三月五日，爲紀念北平鐵路學院成立十周年，呈請蔣介石題額。
四月，與夫人張織雲游廬山。
四月十六日，上巳，主持莫愁湖修禊。
四月二十八日，登廬山。
五月十一日，受鐵道部特指派，至長沙與湖南省主席何鍵協商督修粤漢路事。
八月，游華山，有詩十六首紀游。
九月十三日，中華全國鐵路協會第二十三届會員代表大會在北平開幕，關賡麟任大會主席。同月，視察中華全國鐵路協會長沙分會會務。
十月十一日，致電鄒魯，祝賀國立中山大學成立十周年暨新校落成。
十月十七日，主持陸放翁生日青溪詩社宴集。

是年，撰《交通史航政篇叙略》。青溪社與稊園社的新年團拜課，即作棹歌，結集爲《青溪九曲棹歌》。編纂《青溪詩社詩鈔》第一輯。

民國二十四年乙亥（一九三五）　五十六歲

二月二十五日，參加黄節追悼會。同月，稊園、青溪兩社乙亥新年團拜聯合外課，與郭則澐、張伯駒等三十餘人唱和，結集爲《故都竹枝詞》。

三月二十五日，參加金陵大學總理紀念周，作報告，題爲《如何改變國人對於鐵路之心理》。

四月五日，上巳，於盋山精舍修禊。集者八十餘人，南海馮自由、羅述榟與關賡麟二兄關霽與焉。

七月，鐵路學院實行改組。裁撤事務長、教務長及各股主任，院長下設總辦公室，由蕭仁源充任主任。

九月十四日，從北平出發游恒山，同行者南海張煜全、郭流堯，銅山張適時。

九月二十一日，抵北平。著《恒岳游記》。

十月六日，重陽，主持青溪詩社馬鞍山登高事。

十月十日，鐵路協會第二十四届代表大會開幕，關賡麟爲主席團成員。

十一月十九日，參加北平市長秦德純在市政府西花廳的宴會。

十二月二十三日，陳少白卒，撰挽陳少白聯：『先烈溯黄花，共向九原稱後輩；小樓臨白塔，獨留千古伴斜暉。』

是年，撰《春生詩草序》《黄遠生遺著序》。

民國二十五年丙子（一九三六）　五十七歲

一月十三日，夏曆嘉平月十九日，在北平中山公園主持蘇東坡九百歲生日慶祝會。

三月，歸粤。回南海吉利鄉謁祖，游西樵山等處。

三月二十五日，上巳，冒雨游清遠峽山飛來寺。

五月十一日，中常會主席胡漢民逝世，致唁電云：『廣州鎮海路陳協之先生轉胡主席夫人禮鑒：展公矢志急難，扶疾遠歸。國難未夷，遽捐館舍。賡麟卅載摯交，兩月小别，遥聞噩訊，駭悼交并。尚祈順抑哀思，勉繼志以盡後死之責，庶慰九原。關賡麟。』

五月二十五日，在鐵道部總理紀念周作報告，題爲《從我國鐵道史上觀察粤漢鐵路》。

六月一日，出版《青溪詩社詩鈔》第一輯。同月，任國民經濟建設委員會委員兼專員。

九月八日，當選國民代表大會代表。

十月九日，中華全國鐵路協會會員代表大會在南京開幕，關賡麟爲主席團成員。

十月二十三日，重陽，馬鞍山登高，與青溪詩社社員集宴浣花酒家。

十月二十八日，重陽後五日，京師大學同人集宴秦淮梁園。

十一月十六日，主持青溪社預祝陸放翁生日雅集。

是年，撰《江陰夏閏庵夫子八秩雙壽序》。青溪社與稊園社舉行聯合社課，作折枝吟，結集即定名爲《折枝吟》。

民國二十六年丁丑（一九三七）　五十八歲

一月二十九日，夏曆嘉平月十九日，主持青溪社例壽蘇文忠公雅集。

四月十三日，上巳，主持青溪社詩友燕子磯酒家修禊事。

六月五日，參加安徽淮南煤礦局六周年紀念會及鐵路通車禮，并作演説嘉賓。

七月，抗日戰爭全面爆發，關賡麟携家眷南下，至天津，母病，不果行。日軍占領北平後，鐵路學院被『南滿洲鐵道株式會社』霸占，停辦。

是年，撰《故行政法院評事王君建祖墓志銘》。

民國二十七年戊寅（一九三八）　五十九歲

一月，生母張太夫人因病在天津寓第逝世。回北平治喪。

四月三日，上巳，守制，不赴中央公園稷園水榭禊集。

民國二十八年己卯（一九三九）　六十歲

三月二十二日，上巳，守制，不赴北海鏡清齋禊集。

十月二十四日，長女關德禕病卒。

是年，居北平。

民國二十九年庚辰（一九四〇）　六十一歲

四月十日，上巳，與青溪詩社同人河房禊飲。

六月十九日，主持稊園紀念傅山生日吟集。撰《傅青主先生生日稊園宴集詩序》。

是年，居北平。

民國三十年辛巳（一九四一）　六十二歲

三月三十日，上巳，主持北海畫舫齋禊集。

十月，賀傅增湘七十大壽。

是年，居北平。

民國三十一年壬午（一九四二）　六十三歲

四月十七日，上巳，赴北海鏡清齋禊集。

是年，題懿宣先生逝世紀念册。居北平。

民國三十二年癸未（一九四三）　六十四歲

四月七日，上巳，赴北海鏡清齋禊集。

是年，居北平。

民國三十三年甲申（一九四四）　六十五歲

三月二十六日，上巳，赴北海鏡清齋禊集。

是年，居北平。

民國三十四年乙酉（一九四五）　六十六歲

是年，居北平。

民國三十五年丙戌（一九四六）　六十七歲

一月，北平鐵路專科學校部分校産被發還。

四月四日，上巳，在張伯駒似園修禊。

十二月二十三日，參加中華全國鐵路協會在北平舉行的復興成立大會。
十二月二十四日，雅集於三貝子園豳風堂。
是年，爲張伯駒題詠《鬧紅秋褉圖》。

民國三十六年丁亥（一九四七）　六十八歲

四月二十三日，上巳，在稷園水榭修褉。
十二月二十八日，北平組建中華全國鐵路協會分會，關賡麟任理事會理事長。
是年，在北平結瓶花簃詞社。二兄關霽自南京北歸北平定居。

民國三十七年戊子（一九四八）　六十九歲

四月十一日，上巳，在中央公園稷園修褉，集者二十餘人。
九月，到南京。
十月，北平鐵路專科學校復校，關賡麟仍任校長。

民國三十八年己丑（一九四九）　七十歲

三月，人民政府接收北平鐵路專科學校，并入國立北平鐵道管理學院。後與唐山鐵道管理學院和華北交通大學聯合組成中國交通大學。
三月三十一日，上巳，是歲無修褉事。
四月，重居棣園。
四月四日，陳融在《嶺雅》刊登《黄梅花屋詩話》一則，憶與關賡麟舊游。
四月十一日，陳融在《嶺雅》刊登《黄梅花屋詩話》一則，論關賡麟詩。

八月，稊園詩社恢復雅集。
十月三十日，重陽，與諸友集稷園上林春爲登高之會。
十二月，作《七十自述》詩十首。

一九五〇年庚寅　七十一歲

五月二十一日，主持稊園詩會，集者二十餘人。
八月二十日，赴張伯駒庚寅詞集之約，作《金縷曲》。
八月二十九日，在稊園成立咫社詞社，集者十六人。
十一月二十八日，與萬松精舍同人葉恭綽等人致函文化部文物局，請求將萬松老人塔等納入永久保存古迹之列。

一九五一年辛卯　七十二歲

四月八日，上巳，主持承澤園修禊事，集者三十餘人。
十月七日，到中山公園，與科舉同人宴集。共二十三人。
十月九日，約社友到中山公園水榭宴集。

一九五二年壬辰　七十三歲

一月，吴湖帆爲冒廣生畫成《羅浮蝶影圖卷》，關賡麟以《玉蝴蝶》詞題雅集。
二月，油印二兄關霽所著《思痛軒詩存》，并爲之序。
三月二十八日，上巳，無修禊事。
四月十三日，主持咫社集會。

五月十七日，主持咫社中山公園集會。
七月六日，主持咫社中山公園集會。
是年冬，二兄關霽殁於北京。

一九五三年癸巳　七十四歲

三月，咫社停辦。
八月十五日，油印《咫社詞鈔》四卷。
是年，從妹夫張煜全在上海去世。

一九五四年甲午　七十五歲

一月，捐張維屏行書條幅一軸、莊有恭行書條幅一軸、梁耀樞草書中堂一軸、李文田七言聯兩軸給北京廣東會館。
是年，撰《北京廣東學堂創建記》。

一九五五年乙未　七十六歲

四月，油印《稊園吟集甲稿》兩卷。收録癸巳（一九五三）至乙未（一九五五）年間稊園和咫社社員七十五人社課詩詞。

一九五六年丙申　七十七歲

一月十四日，稊園詞課，作《法曲獻仙音》。
二月二日，列席中國人民政治協商會議第二届全國委員會第二次全體會議。
五月十六日，到豐澤園參加夏仁虎生日雅集。

六月，受聘爲中央人民政府文史館館員。
是年，輯《京師大學堂同人酬唱初稿》第二輯。

一九五七年丁酉　七十八歲

是年，輯《京師大學堂同人酬唱初稿》第三輯。

一九五八年戊戌　七十九歲

四月二十日，上巳，夫人張祖銘卒。

一九五九年己亥　八十歲

是年，出售宋刊本《楚辭集注》八卷、《楚辭後語》六卷給中國書店。

一九六〇年庚子　八十一歲

是年，爲中華書局訂正的《全唐詩》刊行。

一九六一年辛丑　八十二歲

春，在展春園主持稊園詞社春禊雅集，命題填詞《玉樓春》。
四月十七日，上巳，主持稊園吟社雅集，以吴梅村補禊詩分韵。

一九六二年壬寅　八十三歲

三月四日，夏曆正月二十八日，以微疾逝世，享年八十三歲。

一九六三年癸卯

是年，張伯駒等社員紀念關賡麟逝世一周年，油印《稊園癸卯吟集未定稿》。